KB106181

카상드르에 대한 사랑시집

I

Les Amours de Cassandre

by Pierre de Ronsard

Published by Acanet, Korea, 2018

학술명저번역 608

카상드르에 대한 사랑시집

Les Amours de Cassandre

피에르 드 롱사르 지음 | **손주경** 옮김

이 번역서는 2014년 정부(교육부)의 재원으로 한국연구재단의 지원을 받아 수행된 연구임.(NRF-2014S1A5A7035084)

| 역자 서문 |

피에르 드 롱사르 Pierre de Ronsard 1524-1585는 르네상스 프랑스 시의 개혁을 주장하고 실천하였던 '플레이아드 시파 La Pléiade'의 수장으로서, 1550년의 『오드시집』을 시작으로 소네트 형식의 『사랑시집』을 비롯하여 엘레지, 서사시, 찬시, 논설시 등과 같이 다양한 장르와 소재 그리고 형식들을 제시하며 르네상스 프랑스를 대표했던 시인이다. 프랑스 시의 새로움과 가치를 논하는 데 이 시인을 간과하고 말하기는 어렵다. 그는 시가 제대로 인정을 받지 못하던 시대에 시의 가치가 무엇인지, 시란 무엇을 노래하는지, 그리고 시인이란 어떤 존재인지를 시적 실천으로 증명하려고 시도하였다. 특히 그는 고대 모방을 통한 새로운 시의 창조라는 원칙을 견지하였다. 만약 시란 불멸을 보장하는 유일한 수단이라고 그가 강조한다면, 그것은 언어의 역량에 대한 무한한 신뢰가 그에게 있었기 때문이며, 시인이란 영광을 추구하는 자라고 말한다면, 세상의 다양한 흐름을 수용하면서도 그것을 승화시켜 세계에 대해 새로운 비전을 제시하는 시인의 역량에 강한 믿음을 지니고 있었기 때문이다.

고대를 모방하면서도 프랑스 시가 걸어야 할 새로운 길을 제시한 롱사르에게 '시인들의 왕자 Le prince des poètes'라는 수식어를 동시대 작가들이 부여한 것은 결코 우연이 아니다. 그만큼 롱사르의 시는 '다양성'을 특징으로 삼는 르네상스의 시대정신을 반영한다. 그에게 언어는 세상의 중심에 인간이 있으며, 그 곁에 시인의 목소리가 있다는 것을 밝힐 수 있는 유일한 수단이었다. 그가 고대작가들을 모방하고 철학의 다양한 주장들을 수용하면서도 그것을 시적 언어로 새롭게 승화시킨 것에서 시를 창조하는 자의 고귀한 위상은 인간과 세계 그리고 지상과 우주의 밀접한 상호성을 파악하는 가운데 확보될 수 있다는 장엄하면서도 웅장한 하나의 목소리를 들을 수 있다. 그의 시에서 만나게 되는 것은 인간에 대해 고민하고, 인간의 위엄을 우주의 광활함 안에서 노래한 '인문주의자'로서의 한 시인이다. 그는 시의 형식과 주제 그리고 장르의 차원에서 고대의 영혼과 함께 프랑스 시의 정서를 생생하게 되살린 시인, 개인적 감정과 보편적 사랑의 감정을 뛰어나게 결합한 시인, 나아가 개인의 경험에서 출발하여 자기 시대를 해석하고 인류의 보편적 감성을 노래한 시인이다.

이 번역은 1584년 『작품집 *Oeuvres*』에 실린 『사랑시집 제1권 *Le Premier Livre des Amours*』을 옮긴 것이다. 1552년 시집의 초판 제목은 『카상드르에 대한 사랑시집 *Les Amours de Cassandre*』이었다. 초판본은 182편의 소네트와 노래 1편 그리고 기타 작품 4편 등 총 187편으로 구성되었지만, 끊임없이 기존 작품을 수정 보완하며 시적 의식의 발전과정을 제시한 롱사르는 이후 『작품집』의 출간(1560, 1568, 1672-1673, 1584, 1587)과 더불어 많은 작품을 삭제하거나 새로운 작품을 추가하였다. 그리하여 그가 사망하기 직전에 간행한 1584년 판본은 229편의 소네트와 스탕스 1편, 노래 3편, 마드리갈 2편, 엘레지 3편, 입맞춤 1편 등 총 239편으로 구성된다. 이 번역은 여기에 권두시 1편, 기원시 1편, 삭제 시편 9편을 포함하여 총 250편을 옮긴 것이다. 다만 독자의 이해를 돕기 위하여 제목을 『사랑시집 제1권』 대신에 『카상드르에 대한 사랑시집』으로 선택하였다.

롱사르가 시집을 발간하던 1552년 당시에 이탈리아 르네상스의 선구자인 페트라르카의 『칸초니에레』는 사랑을 노래하는 시인들의 전범이었을 뿐만 아니라, 궁정의 세련된 양식의 형성에도 크게 기여하였다. 그러나 롱사르가 보기에 페트라르카를 모방한 대부분의 작품들은 이탈리아 시인의 시적 본질을 포착하기보다는 세련된 어법과 가벼운 사랑의 방식만을 취할 뿐이었다. 이런 창작이 프랑스어와 프랑스 시의 발달에 장애가 된다고 지적한 롱사르는 동시대인들에게 '완벽한 사랑에 대한 욕망'이 어떤 것인지, 그리고 사랑을 노래하며 프랑스 시가 어떻게 새로운 길을 걸을 수 있게 되는지를 『카상드르에 대한 사랑시집』에서 증명하길 원했다. 그는 이 작품에서 트로이아의 불행한 예언자 카산드라와 동일한 이름을 지닌 카상드르라는 한 여인에 대한 사랑을 고백하며 숭고한 시의 명맥을 이어간다. 그의 여인은 완벽한 아름다움을 지녔고, 그녀에 대한 열정이 그의 불행한 운명을 결정짓지만, 이런 비극적 상황에 기대어 롱사르는 사랑과 시의 밀접한 관련성, 시적 글쓰기의 의미, 시적 의식의 형성 그리고 인간의 욕망 등 다채로운 주제들을 탐색한다.

여기에서 사랑의 감정은 시적 영감과 동일시된다. 사랑의 욕망이 초래한 고통과 번민은 영원한 아름다움과 조우하기 위한 시적 창조의 고통과 다르지 않게 된다. 그리하여 페트라르카와 신플라톤주의의 이상적 사랑을 참조하였음에도 불구하고, 시인이란 우주적 진리를 성찰하는 진지함을 가진 자이며, 불가능한 사랑에서 인간 욕망의 수많은 무늬들을 재현하는 숭고한 기능을 지녔다는 내포된 정의에서 작품의 독창성이 드러난다. 형식적 완벽함과 내적 긴장성으로 무장한 시편들로 구성된 시집은 사랑에 대한 현대적 해석의 한 장을 열어 보인다. 프랑스 르네상스 시의 걸작이라고 말할 수 있다.

그런데 이런 시인이 한국의 독자들에게는 매우 낯설게 느껴지는 것 또한 사실이다. 프랑스 르네상스 시기에 활동한 작가들에 대한 질문을 받으면 우리 독자들이 힘겹게 떠올리는 인물들은 라블레나 몽테뉴 정도가 될 것이다. 그러나 이들은 셰익스피어나 세르반테스 그리고 페트라르카나 단테에 비하면 여전히 널리 알려지지 않았다. 하물며 롱사르라는 시인의 이름은 매우 생소하다. 「마리여, 일어나라, 게으른 나의 젊은 연인이여 Marie, levez-vous ma jeunesse paresseuse」가 1959년 박남수에 의해 『世界敍情詩選』(김종길 엮음, 成文閣, 1959, 59쪽)에 번역되어 소개된 후, 여러 시 선집에서 롱사르의 시편 몇몇을 발견할 수는 있지만, 이 시인은 여전히 한국의 독자에게 미지의 작가로 남아 있다.

이것은 무엇보다도 프랑스 르네상스 문학에 대한 소개가 연구의 차원이든 번역의 차원이든 본격적으로 진행되지 못했다는 데 기인할 것이다. 사실 소수의 이 분야 전공자들만이 르네상스의 문학적 특성과 가치에 대한 연구를 수행하고 있을 뿐이다. 프랑스 르네상스 문학을 특징짓는 다양성과 모호함 그리고 언어의 장벽은 학문적 접근도 어렵게 만들었다. 이런 이유로 새로운 프랑스 문학의 토대를 마련하기 위해 인문주의라는 거대한 격랑을 경험했던 작가들에 대한 관심은 개관적 소개의 차원을 넘어서지 못했으며, 제대로 된 번역의 도움을 얻지도 못했다. 당시 시인들을 이끌었던 문단의 수장이었을 뿐만 아니라 생존 시에 이미 유럽 각국의 시인들로부터 인정을 받았던 롱사르에 대한 우리말 번역이 여전히 부재했던 것은 말할 나위도 없다. 번역되지 못한 시인, 이름이 알려지지 않은 시인은 지적 관심의 대상이 될 수 없으며, 따라서 존재하지 않는 것과 다름이 없다.

물론 400여 년 전의 시인을 소개하는 것이, 그리고 그의 작품을 지금의 우리가 읽는 것이 어떤 의미를 갖는 것인지 자문해보아야 한다. 인간과 인간의 삶과 행동 그리고 인간을 둘러싼 세계에 대한 당시의 관점이 지금과 많은 차이가 있다는 것은 당연하며, 과연 롱사르를 지금에 와서 되살리는 것이 어떤 가치를 지니는지 살펴보지 않을 수도 없다. 그러나 세계 안에 던져진 인간의 가치와 중요성에 대한 롱사르의 탐색은 지금을 살아가는 우리가 삶의 조건과 조건을 구성하는 요소들에 대해 던지는 질문들과 연계된다. 롱사르가 제시한 인간에 대한 열정은 비단 그만의 문제가 아니라 현재를 사는 우리의 문제이기 때문이다.

그는 다양한 글쓰기를 통해 세계를 접하는 다양한 방식이 있다는 것을 누구보다도 먼저 제시하였고, 세계의 풍부함을 일상의 언어가 아닌 시의 언어로 포착하여 재현할 수 있다는 가능성을 증명하였다. 또한 시적 글쓰기가 일상의 인간에게 무엇을 줄 수 있는지, 인간을 둘러싼 여러 상황을 어떤 언어로 옮겨야 하는 것인지를 모색하는 가운데 시와 현실의 관계를 증명하고자 했다. 시적 언어는 분명 상징적이고 비의적이며 모호하지만, 그것이 대상으로 삼았던 것이 현실이라는 점에서 그의 시는 '지금'과 '이곳'을 어떻게 인식해야 할 것인지에 대한 단서를 제공한다. 현실의 굴곡과 억압, 아름다움과 위대함을 끊임없이 시라는 공간 안에서 저항적으로 그려 보이며, 시가 현실에서 무엇이 될 수 있는지, 그리고 현실이란 대체 우리에게 무엇인지를 따져보려고 했다는 측면에서 그는 지금의 독자에게 여전히 유효한 메시지를 전달하고 있다고 말할 수 있다. 시를 통해 진정한 인간과 삶의 무늬가 무엇인지를 가늠하게 만든다는 점에서 현재의 우리가 과거의 롱사르의 경험을 읽는 것은 하나의 감동이 될 수 있으며, 또한 그를 읽어야 할 당위성이 우리에게 있다고도 말할 수 있다. 롱사르의 시는 과거의 진귀한 골동품으로만 남을 수 없는 힘을 지녔다.

게다가 모든 시가 명시적이든 암시적이든 기존 질서를 부정하고 전복하여 새로운 질서의 구축을 목적으로 삼는다면, 롱사르의 세계 전복은 현재의 독자들이 선호하는 보들레르나 랭보에게서도 추구되었던 시적 테마와 다르지 않다는 것도 알 수 있다. 다시 말해 롱사르의 현재성은 그가 단지 현재를 살아가는 우리의 정신에 가치 있는 의미를 전해줄 수 있다는 것뿐만 아니라, 자기 이후의 시적 전통을 형성하는 데 토대를 제공하였다는 점에서 찾을 수 있다. 그는 400년 전의 고리타분한 낡은 시인이 아니라 여전히 현재성을 드러내는 시인이다. 또한 시적 언어의 특수성만 고집한 것이 아니라, 시의 세계가 인간에 관계된 모든 학문을 포용할 수 있는 내적 관대함을 지니고 있다는 것을 시도한 점, 즉 음악, 미술, 건축, 천문학, 철학 등을 포용하는 총체적 학문의 가능성이 시 안에 있다는 것을 탐색하고 제시했다는 점에서 그의 시는 세계에 던지는 고민이자 질문이며, 동시에 세계가 마련해줄 해답을 이미 자기 안에 내포하는 문학의 한 양상으로 자리매김한다. 롱사르를 읽어야 하고 이 시인이 소개되어야 하는 이유가 여기에 있다.

그럼에도 불구하고 롱사르에 대한 국내의 유일한 전공자인 역자로서는 여러 부족을 체감하지 않을 수 없었다. 시의 가치와 시인의 역할, 나아가 문학의 길에 대한 여러 시인들의 주장과 관점을 근대시의 문을 연 이 시인에게서 확연하게 찾아낼 수 있음에도 불구하고, 번역을 통해 그를 소개하려는 실천은 여전히 더디었고 주저되었다. 역자의 공부가 무르익지 않아서 롱사르가 개척한 시 세계의 본질을 파악하지 못하였기 때문이겠지만, 16세기 프랑스어의 구성방식과 당시의 독특한 사고방식에 기인하는 매우 낯선 우리말 번역문이 독자에게 즉각적 감동을 불러일으키지 못할 것이라는 우려가 많았기 때문이기도 하다. 이로 인해 번역작업이 자주 중단되었던 것도 사실이다. 여기에 롱사르 시 자체가 번역을 수행하는 데 장애가 되었다는 점 또한 덧붙여야 할 것이다.

진정한 모든 문학작품이 명확성의 저편에 어둠의 영역을 지니고 있듯이, 롱사르의 작품 역시 겉으로 드러난 표현 이면에 여러 의미를 숨겨놓는다. 욕망의 팽창과 좌절을 노래하면서 시인과 시 그리고 현재와 미래를 동시에 언급하는 그의 작품을 우리말로 번역하여 소개하는 것은 결코 쉽지 않았다. 시적 형식과 의미 사이의 완벽한 일치를 통해 단단한 구조물을 건축하려는 그의 의도를 현재의 한국어로 옮기는 것은 단지 시 번역의 어려움이라는 차원을 넘어 인식의 측면에서도 매우 지난한 일이었다. 물론 역자는 작품의 시적 가치를 간파하고 치밀한 해석을 거친 후에 우리말을 불러올 때에야 비로소 독자가 이 시인의 '의도'나 '정신'을 만날 수 있고, 그가 숨겨놓은 세계 안에서 시인과 시, 인간과 언어에 대한 무한한 믿음을 찾을 수 있게 된다는 것을 알고 있다. 만약 번역의 역할이 있다면, 그것은 시에 대한 풍부한 신뢰, 인간과 우주의 여러 면면들을 담아낼 수 있는 시어에 대한 무한한 자신감을 숨겨놓은 시인의 가면을 벗겨 독자에게 보여주는 데 있을 것이며, 역자라면 그 수고를 추호도 아끼지 말아야 한다는 것도 잘 알고 있다. 낯익은 것의 저편에 숨겨져 있는 낯섦을 발견하는 길을 제시하는 것이 번역이고, 지난한 그 길의 끝에서 새로움의 찬란한 환희를 독자들이 경험할 수 있게 해주는 것도 번역이라는 생각을 역자는 여전히 가지고 있다.

그러나 롱사르의 시를 통해 프랑스 르네상스 시로 진입할 수 있는 기회를 제공하려는 의도와 실천에는 많은 장애물들이 있었으며, 이것들을 하나씩 거두어가기 위해서는 학술번역의 방식이 필요하다는 생각을 하지 않을 수 없었다. 일반 독자를 위한 번역이라면 이해가능하면서도 즉각적인 반응을 이끌어낼 수 있는 한국어 운용방식이 필요할 것이다. 그렇지만 이런 번역방식은 원문의 가치를 많이 훼손시킬 우려가 있다. 따라서 번역서가 무게를 많이 짊어지게 될지라도, 비평 판에 버금가는 번역본을 제시하려고 역자는 시도했다.

이를 위해 롱사르 연구의 최고 권위자인 미셸 시모냉 Michel Simonin, 장

세아르 Jean Céard, 다니엘 메나제 Daniel Ménager가 갈리마르 출판사의 플레이아드 총서로 간행한 『전집 *Oeuvres complètes*』에 수록된 『사랑시집 제1권』을 번역저본으로 선택했다. 플레이아드 판본은 1584년 판본을 다루었다. 그러나 1552년 초판본을 저본으로 삼은 폴 로모니에 Paul Laumonier의 『전집 *Oeuvres complètes*』에 실린 『카상드르에 대한 사랑시집』(총 23권 중 제4권에 해당)과 1553년 판본을 저본으로 삼은 앙드레 장드르 André Gendre의 판본, 그리고 1552년 초판본의 난해함과 모호함을 고려하여 롱사르의 동료였던 인문주의자 앙투안 뮈레 Antoine Muret가 주석을 달았던 1553년 주석본 등과 같은 여러 판본을 참조하지 않을 수 없었다. 다양한 이본 variante에 드러난 시인의 관점변화를 확인하기 위해서였다.

인간의 위엄과 권위를 사랑이라는 보편적 소재를 통해 탐색하고 추적해온 인문주의 시인과 독자의 만남이 어색한 번역어를 통해 이루어질 것이라는 우려가 많다. 400여 년 전의 언어가 지금의 언어와 같은 무늬를 지니지 않았기 때문이고, 이것을 옮기는 역자의 우리말 역량이 무르익지 않았기 때문일 것이다. 그렇지만 장황하게 여겨질 수 있는 긴 주석에서 원문이 지닌 시적 구조의 통일성, 어휘사용의 논리성, 여러 판본들 사이의 차이점 등을 역자의 고유한 해석으로 소개하려고 시도했다. 이런 주석이 과도하며, 역자의 설명이 자의적일 뿐만 아니라 작품에 대한 해석의 기회를 독자에게 제공하지 않는다는 비판이 주어질 수도 있다. 그러나 어색하게 느껴질 것이 분명하다고 생각하면서도 원문과 번역문을 비교하여 설명하는 방식을 택하였고, 작품의 의미에 대한 이해에서 독자가 불편함을 느끼게 될 것을 예감하면서도 긴 주석을 마련하지 않을 수 없었다.

아무도 읽지 않는, 아니 이해하지 않으려는 롱사르에 대한 소개를 여러 어려움을 변명으로 삼아 한쪽으로 밀쳐두는 것은 전공자로서의 책무를 다하지 못한다는, 그리고 문학사에서 개론적으로 소개된 미개척의 시인을 연구하겠다는 힘들고도 무모했던 최초의 결심을 스스로 저버리는 것과 다르지 않다는 생각이 역자의 마음을 오랫동안 파고들어 왔다. 그런데 프랑스어 이외의 다른 언어로는 최초로 시도된『카상드르에 대한 사랑시집』의 번역을 마친 후 다시 읽어보니 여전히 미흡한 점들이 상당 부분 눈에 들어온다. 앞으로 기회가 주어진다면 지금의 번역을 보완하여 굳이 주석이 필요 없는, 한국어 번역만으로도 그 의미가 파악되고 독립된 시적 가치를 드러내는 번역문을 마련하기 위해 노력할 것이다. 또한 르네상스 프랑스 시를 연구할 미래의 전문가가 이 부족한 번역을 크게 수정할 수 있기를, 그리하여 롱사르라는 한 시인의 온전한 면모를 소개해줄 수 있기를 진심으로 기대해본다.

작품 제목에 대한 변명을 덧붙인다. 롱사르가 사랑을 소재로 삼은 작품들을 묶어 시집으로 간행한 것은 그가 사랑을 한 존재의 개인성이 발현되는 공간이자 수단으로 파악했기 때문이다. 인간 각자의 권위와 위엄을 발견하려는 인문주의라는 정신적 환경 속에서 사랑보다 더 적합한 주제는 없었다. 사랑은 개인적 욕망의 표출이 가능하고, 생각의 자유로운 표출을 보장하는 공간이었다. 그러나 롱사르의 시집은 사랑을 통한 화합과 합일을 추구하면서도 언제나 결핍을 경험하는 시적 화자를 등장시킨다. 이것은 상호소통을 전제로 하는 '연애'라는 우리말의 개념과는 일치하지 않아 보인다. 롱사르의 시가 화합과 소통이 완성된 상황을 다루기보다는, 미완성으로 남을 수밖에 없는 소통에 대한 고통스런 욕망의 질긴 소리들을 담아내기 때문이다. 그리고 '사랑'이라는 어휘가 실현을 지향하는 과정 중의 감정과 욕망을 포함할 수 있다면, 시집의 제목은 '연애시집'이 아닌 '사랑시집'으로 불리는 것이 더 적절할 것이라고 판단하였다.

역자는 이 번역서를 통해 한 시대의 지적 욕구를 시의 언어로 재현하려고 고민한 한 시인의 번뇌, 이상과 현실의 갈등을 체험하는 그의 내적 갈등, 현실의 언어와 끊임없이 충돌하는 시적 언어에 대한 그의 신뢰가 세상에 드러날 수 있기를 진정 바란다. 삶의 우여곡절을 경험하면서도 언제나 살아 있는 인간의 생명을 시적 언어로 옮겨놓고 있는 롱사르의 시에 대한 독서가 죽어버린 육체가 아닌 생생하게 살아 있는 육체를 껴안는 행위가 되기를 희망한다.

2018년 3월 20일

손주경

차례

일러두기

1. 원문에서 대문자로 표기된 보통명사 및 고유명사는 굵은 글자로 표시하였다. 단 카상드르와 롱사르는 예외로 한다.
2. 인명과 지명은 외래어 표기법에 근거하여 현지발음대로 표기하는 것을 원칙으로 한다. 단, 현지음이 아닌 제3국의 발음으로 통용되는 경우 관용을 따른다.(예: Vénus는 비너스로 번역)
3. 번역어의 뜻을 전달하기 위해 필요한 경우 한자를 병기한다.
4. 주석에서 텍스트의 의미를 설명하기 위해 필요한 경우 원문을 병기한다.

카상드르에 대한 사랑시집

책에게
소네트

가라, **책**이여, 가서 저 울타리를 열어젖혀라,
고삐를 풀어헤치고, 네 두려움을 가라앉히라,
한 치의 두려움 없이 단단한 저 길을 따라가서
바람 일렁이는 발걸음으로 가는 길 먼지로 뒤덮으라.

재빨리 날아오르라, 벌써 등 뒤에서
뒤따르는 자들의 완강한 질투 소리 들려오니,
나를 내달리게 부추긴 최초의 열정을
어떡해서든 앞지르려 한다.

아니다, 멈추어라, 대열에 머물러 있으라,
내 심장 고귀한 피로 끓어오르고,
내 무릎 강건하고, 내 호흡 여전히 뛰고 있으니.

책이여, 더 많은 부富를 얻으려 하지 말자.
멋진 **월계관** 내가 아닌 다른 이의 이마에
씌워진다 해도 우리 분노하지 말자.

기원시祈願詩

신성한 **누이들**이여, 그대들은, **카스탈리아**의
부드러운 강변에서, 그대 **태어난** 산에서,
그리고 맑디맑은 말의 샘가에서,
그대들 학원에서, 어린 나에게 가르침을 주었다.

노래하는 그대들의 원무에 도취하여
조화로운 운각으로 내 그대들 춤을 인도하였으니,
철보다, 구리보다 그리고 쇠붙이보다 더 단단하게
그대 신전에 이런 말들을 적어달라.

롱사르는, 그의 청춘이
사랑에 경의를 바쳤음을
미래의 시간이 가끔은 기억하길 바라며

오른손으로는 그대 제단에
소박한 선물로 불멸의 시집을,
다른 손으로는 자기 심장을 이 초상 발치에 바치노라.

이 시집의 저자, 롱사르의 모습은 이러했으니,
그의 눈, 그의 입 그리고 그의 얼굴은 이러했으니,
두 개의 다양한 붓으로 그려진 생생한 초상,
이것이 그의 몸이고, 그의 정신은 시 안에 있다.

I

보고 싶어 하는 자는, 얼마나 **사랑**이 나를 짓누르고,
얼마나 나를 공격하고, 얼마나 나를 압박하는지,
얼마나 내 가슴을 다시 불태우고 얼게 만드는지,
얼마나 내 수치에서 영광을 얻고 있는지,

보고 싶어 하는 자는, 자기 불행의 대상을
헛되이 쫓았던 성마른 청춘을,
와서 나를 읽으라. 나의 **여신**과 나의 **신**이 들려주지 않는
고통을 보게 될 것이다.

그는 알게 될 것이다, **사랑**이란 분별없다는 것을,
감미로운 환상을, 멋진 감옥을,
헛되이 우리를 키우는 공허한 희망을.

또한 알게 될 것이다, 인간이란 속게 마련이라는 것을,
착각으로 가득 찬 눈이 먼 그가
행동을 보고서 어린애를 스승으로 받아들이게 된다면.

II

자연은 완강히 대항하는 적들을 제 부드러움으로
굴복시켜야만 했던 카상드르를 치장하고,
천 년 전부터 소중히 아껴두었던
수없이 새로운 아름다움들로 그녀를 만들었다.

저 지극히 아름다운 천상에서 날개 아래
사랑-새가 소중히 품고 있던 모든 것 중,
자연은 **신들**을 감동시켰던 아름다운 그녀 눈의
영원한 우아함을 넘쳐나게 했다.

하늘에서 막 내려온 그녀,
내 보게 되었을 때, 영혼은 넋을 잃어
미치고 말았고, 날카롭기 그지없는 화살로

사랑은 그녀의 아름다움을 내 혈관 속으로 흘려보냈으니,
고통 아닌 다른 기쁨 내 느끼지 않는다,
그녀의 초상을 숭배하는 것이 아닌 그 어떤 행복도.

III

불붙은 두 눈 사이로
활시위를 늦추는 **사랑**을 보았는데,
가슴속에서 횃불은 퍼져 나가
저 차가운 깊은 곳에 불을 지피고야 말았다.

내 **여인**의 눈동자는 여기저기서
내게 내밀었다, 그녀 머리에 곱슬곱슬 매달려
출렁이는 꽃으로 뒤덮인 황금 올가미를,
내 영혼 옭아매기 위해서였다.

내 무엇을 할 수 있었겠는가? **궁수**는 참으로 온화했고,
그의 불꽃도, 그의 황금빛 매듭도 부드럽기 그지없었으니,
묶여버린 나는 여전히 나를 잊어버리고 만다.

그런데 이 망각이 전혀 괴롭지 않다,
그렇게 부드럽게 그 부드러운 **궁수**가 내게 활을 쏘았기 때문이니,
불꽃이 나를 불태우고 황금빛 고수머리 나를 묶어놓고 말았다.

IV

여전사 나의 카상드르여, 나는 결단코
무장한 **미르미돈**이나 **아이톨리아**인,
그대 오라버니를 살해한 투창,
그대 도시를 잿더미로 만든 **사수**가 아니다.

그대가 나를 포로로 삼기 위해
무장시킨 군대는 **아울리스** 항구를 떠나지 않으며,
그대를 얻기 위해 밀려오는
성벽 아래 수많은 함선을 그대는 알지 못한다.

오! 나는 미쳐버린 **코로이보스**,
이 심장 치명적 상처 입고 말았으니,
그리스인 페넬레오스의 손 때문이 아니었다,

막강한 궁수가 내 심장을 향해
무심코 쏘아댄, 내 눈 안에 숨겨둔
길을 타고 들어온 수많은 화살 때문이었다.

V

내 숭배하는 저 **태양**에 다른 **태양**을 견주나니,
저 태양은 눈빛으로
천상에 윤을 내고 불태우며 밝히지만,
이 태양은 내 프랑스를 아름답게 장식한다.

판도라의 상자에 담긴 온갖 선물들,
우주의 원소들, 별들, 제신들,
그리고 **자연**이 정성을 다한 이 모든 것들은
내 찬양하는 이를 눈부시게 만들었다.

아, 참으로 행복했을 것이다, 저 잔혹한 **운명**이
아름다운 얼굴 아래 놓인 저 순결한 심장을
단단한 보석으로 둘러싸지만 않았더라면,

가슴에서 찢겨 나온 내 심장이
얼음장 같은 그녀의 차가움 위에 뜨거운 못으로
박히면서 나를 배반하지만 않았더라면.

VI

저 황금빛 머리매듭들, 백합과 장미와 카네이션으로
가득한 저 진홍빛 입술,
저 눈썹, 새로 나온 두 초승달,
새벽을 닮은 저 뺨,

저 손과 목, 저 이마와 귀,
저 가슴의 푸르스름한 봉오리들,
저 눈 속의 쌍둥이 별,
영혼을 매혹시켜 전율케 만드는 그것들이

내 가슴속에 **사랑**이 둥지를 틀게 만들었다,
생명의 씨로 풍부한 그의 복부에는
형체 없는 알들이 가득해, 우리 피 안에서 부화한다.

내 어찌 괴로워하지 않고 달리 살 수 있단 말인가?
내 가슴속에 틀어박혀 잉태를 준비하는 **사랑**의
불멸하는 종種을 알게 되고 말았는데.

VII

그대의 시종이자 그대의 영지領地인 내 가슴 안에서
내 뼈를 녹여버리려고
사랑이 아니라 **분노**로 불 지피며
그대 즐거워할지라도,

다른 이에게는 매우 쓰라릴 이 고통이
감미롭게 여겨지니 한탄하지
않으련다, 내 삶을 사랑하지 않기 때문이니,
그렇게 하는 것이 그대 마음에 들지 않기 때문이니.

그러나 여인이여, 하늘이 나를
그대 희생물로 태어나게 했을지라도, 가련한 영혼 대신
그대의 제단에 나는 충절을 바치겠다.

그대의 아름다움 발치에 산 채로 던져진
피 흘리는 제물을 불태우기보다는
그대는 이 섬김을 받아들여야만 할 것이다.

VIII

내 눈이 그대 뚫어지게 바라보며 즐거워할 때,
능란하게 화살을 쏘아댄 그대 눈은
그 힘으로 나를 바위로 굳혀버린다,
끔찍한 **메두사**의 시선을 바라본 것처럼.

그대를 섬기는 내가 그대 영광 그리기 위해
오직 **토스카나** 사람만이 자격이 있는
누이들의 연장을 능란하게 사용하지 않는다면,
그대의 잔인함은 스스로를 탓해야 한다.

아니, 내 무슨 말을 했단 말인가? 바위 안에 갇혀버린
내가 그대 비난한다면 나 자신 안전할 수 없으니,
그만큼 그대 역정의 불길이 심히 두렵다,

그러니 내 머리가 그대 눈의 불길로
저주받아야 하리라, **에페이로스**산들이
신들의 벼락으로 벌을 받았던 것처럼.

IX

그지없이 울창한 외딴 숲은,
날카롭기 그지없는 거친 바위는,
삭막하기 그지없는 쓸쓸한 강변은,
적막하기 그지없는 동굴의 스산함은,

내 탄식과 목소리를 위로해주나니,
아주 은밀한 그늘 아래 홀로 떨어져 있어도
가장 푸른 시절에 나를 뜨겁도록 미치게 만든
이 사랑의 광증이 나아지는 듯하다.

그곳, 딱딱한 땅 위에 몸을 눕혀
품 안에서 초상 하나 꺼낸다,
내 모든 불행의 유일한 위로이니,

드니조가 담아놓은 그 아름다움,
나를 수없이 변하게 만든다,
단 한 번의 홀연한 눈짓만으로도.

X

사랑이 **천상의 음식**으로 나를 살찌우기에
신들의 **아버지**께서 **대양**의 처소에 머물며
입으로 마음껏 들이켰던
그런 술을 이 세상의 나는 더 이상 원치 않는다.

내 자유를 구속한 여인,
내 심장을 눈이라는 감옥에 가둬버린 그녀는
나의 허기를 특별한 과일로 맘껏 달래주니,
다른 행복이 내 상상을 살리지는 못한다.

물리도록 먹어도 질릴 수 없다,
온갖 생각의 수많은 즐거움이
내 식욕을 밤낮 없이 되살려 놓는다.

내 심장을 살찌우는 꿀의 달콤함을
담즙이 조금이라도 버려놓지 않았더라면,
신들 사이에 자리 잡아 **신**이 되길 원치 않았을 것이다.

XI

아, 반역자 **사랑**이여, 평화 아니면 휴전을 다오,
아니면 더 단단한 다른 화살을 골라
내 삶을 절단내어 죽음으로 나를 밀쳐다오.
죽음은 짧을수록 더욱 감미로울 것이니.

커다란 근심, 생각 안에서 몸을 일으킨다,
피를 빨아먹고, 정신을 갉아먹고,
결코 고통이 끝나지 않는
익시온의 운명처럼 내 운명 만들려 한다.

어찌해야 한단 말인가? 사랑은 저 높은 곳에서
나를 헤매게 만들고, 극도의 고통 말고는
어떤 구원도 감히 바랄 수 없다.

내 **신**께서 나를 구하지 않으려 하니
살아 있기 위해선 죽는 것이 더 나으리라,
죽음으로 죽음을 죽이는 것이 더 나으리라.

XII

희망하면서도 두려워하고 침묵하면서도 간청하고,
때론 얼음이면서 때론 뜨거운 불이고,
모든 것에 경탄하면서도 그 무엇에 관심도 없고,
느긋해 하다가도 다시 목을 조인다.

나를 괴롭히는 것이 아니라면 그 무엇에도 기쁘지 않으니,
용기가 있으면서도 마음이 부족하고,
희망이 낮으면서도 열의는 높고,
사랑을 두려워하면서도 감히 맞서기도 한다.

박차를 가할수록 나아가려 하지 않고,
자유롭길 바라면서도 노예이길 원하고,
모든 것을 열망하면서도 하나의 욕망만 있을 뿐이다.

시련에 빠진 **프로메테우스**, 내가 그렇다,
감히 행해보고, 원하고, 노력하나, 어찌할 수 없으니,
그렇게 검은 실로 **파르카이**가 내 삶을 엮어버렸다.

XIII

신성한 반짝임을 훔쳐서가 아니라
그대의 아름다운 태양을 지나치게 사랑하게 된 까닭에
잔인한 그대의 냉정한 바위에
사랑은 나를 수많은 자석 징으로 박아놓았다.

한 마리 **독수리** 대신, 무시무시한 **심려**가
내 영원한 상처에 발톱을 들이대며,
심장을 갉아먹는다, 내 고통 달래주기 위해
이 신께서는 그녀를 불러주지 않는다.

그러나 그대 혹독한 냉정함에 꼼짝없이 못 박힌,
수많은 고통을 수없이 견뎌내는 나에게는
가장 잔인한 것이라도 지극히 감미로울 것이다,

긴 시간 지난 후 그대의 은총을 받은
헤라클레스가 내게로 다가와 작은 매듭마저
풀어줄 것이라 희망할 수만 있다면.

XIV

저 별 아래 있는 그대 눈을 보았기에
어떤 기쁨도 나를 채우지는 못한다,
홀로 한숨지으며 노래하는 것 말고는,
나를 위로하라, 쾌활한 갈색 여인이여.

오 자유여, 내 얼마나 그리워하는가!
나에게 가혹하기를 바라지만
희망 잃은 나를 고통에 빠트린 채
그대 가버린 날 내 얼마나 그리워하는가!

시간은 흐르고 **사월**의
스무한날에 나 돌아온다,
사랑이 나를 보고 눈물 흘리던 감옥의 처소로.

그러나 보이지 않는다,
밖으로 나를 이끌어줄 단 하나의 수단도,
그렇게 내 나날의 죽음은 죽음으로 죽지 않는다.

XV

하늘 높이 **기사** 한 명을 날아올려
키메라를 죽게 만들 수 있는
카리테스의 **호메로스**, 그가
재빠른 일을 생각에 비유한 것은 참으로 잘한 일이다.

지나가는 배는 기사처럼 빠르게
이 바다 저 바다로 나아갈 수 없으며,
진실과 거짓을 발 빠르게 전하는 자 또한
들판에서 그를 꺾을 수는 없을 것이다.

휴식을 모르는 바람 **보레아스**는
천상에서도 바다에서도
그리고 들판에서도 **제테스**처럼 활기를 얻어,

생기발랄하게 태어난 내 생각을 싣고,
하르피이아이가 재미 삼아 삼켜버린
내 심장을 뒤쫓아 날아오른다.

XVI

온 **프랑스**로 내 번민을 쏘아대고 싶다,
당기자마자 날아오르는 화살보다도 더 빠르게.
내 귀를 밀랍蜜蠟으로 막아버리고 싶다,
더 이상 내 **세이레네스**의 소리를 듣지 않기 위해.

내 두 눈을 샘으로 변하게 만들고 싶다,
내 심장을 불꽃으로, 내 머리를 바윗덩어리로,
내 다리를 나무기둥으로, 잔인하도록 인간적인
그녀의 아름다움에 다시는 다가가지 않기 위해.

내 생각을 새들로 바꾸고 싶다,
내 감미로운 탄식을 다시 불어올 새로운 **제피로스**로,
그것들은 세상에 내 흐느낌을 퍼트릴 것이기에.

창백한 내 안색을 띤 꽃 한 송이를
루아르 강변에 낳고 싶다,
내 이름과 내 고통이 그려질 꽃을.

XVII

운명은 영혼 안에 남겨두길 원한다,
눈과 손 그리고 흐트러진 머리칼을,
나를 이리도 불태우고, 죄어놓고, 묶어놓아,
화상 입고, 사로잡혀, 옭아매졌으니, 그로 인해 죽어야만 한다.

불꽃, 결박 그리고 올가미는 매 순간
내 연정을 활활 태우고, 압박하고, 묶어놓아,
내 반쪽의 발치에 제물로 나를 바치니,
죽음으로 인해 내 삶은 더 행복하다.

눈, 손, 머리칼이여, 불태우고 얽어놓고,
구불구불한 그대 미로 속에
내 심장을 가둬놓고 불로 지져놓는구나,

나는 능변의 **오비디우스**가 될 수 없단 말인가?
눈, 그대는 찬란히 빛나는 아름다운 **별**이,
손, 그대는 아름다운 백합이, 머리칼, 그대는 고운 비단올가미가 될 터인데.

XVIII

어린애 같은 열다섯 살 아름다움,
곱슬곱슬 감아올린 수많은 황금고리들,
장밋빛 이마, 고귀한 안색,
영혼을 **별들**로 이끄는 미소.

그런 아름다움에 어울리는 품성,
새하얀 눈 같은 목, 우윳빛 목 언저리,
푸르른 가슴에 이미 무르익은 심장,
인간 여인에 깃든 신성한 미인.

밤을 밝히는 강렬한 눈,
내 목숨 손아귀에 가둬버린
고통을 강제하는 부드러운 손,

때로는 웃음 때문에, 때로는 탄식 때문에,
부드럽게 도드라지는 노래로 인해
내 이성은 이런 마법사들에게 현혹되고야 말았다.

XIX

때가 되기도 전에 네 관자놀이는 꽃을 피울 것이고,
며칠 지나지 않아 네 종말이 결정될 것이다,
저녁이 오기 전에 네 하루는 문을 닫을 것이며,
희망에 배반당한 네 생각은 스러지고 말 것이다.

나를 꺾지 못한 네 글들은 시들 것이고,
너의 재앙 속으로 내 운명이 달려갈 것이니,
시인들을 속이기 위해 나는 태어났으며,
네 한탄을 우리 후손들은 비웃을 것이다.

너는 저잣거리의 애깃거리가 될 것이고,
너는 연약한 모래 위에 집을 지을 것이며,
하늘에 그림을 헛되이 그릴 것이다.

이렇게 나를 미치게 만든 **님프**가 말을 하였으니,
그때 그녀 말을 증거하는 **하늘이**
오른손에 벼락을 들고 내 눈에 그런 징조를 예언하였다.

XX

내 간절히 원하길, 참으로 노오란
황금 빗방울 되어 방울방울 떨어지기를,
내 아름다운 카상드르의 젖가슴 안으로,
그녀 눈에 졸음이 스며들 때에.

그리고 내 간절히 원하길, 상냥한 소로
변하여 내 등 위에 그녀를 태우기를,
사월 그지없이 푹신한 풀밭 위를
수많은 꽃들을 매혹시켜 꽃피우며 그녀 지나갈 때에.

내 간절히 원하길, 고통 달래기 위해
나르키소스가 되기를, 그녀가 샘이 되기를,
한밤 영원히 그곳에 몸 담그기 위함이니.

그리고 내 원하길, 이 밤이 여전히
영원하기를, 그리고 **새벽**이
날을 밝혀 결코 나를 깨우지 않기를.

XXI

사랑이 내 마음을, 내 영혼을 재어보길 바라나니,
내 유일한 의도를 알고 있는 그는
보게 될 것이다, 희망 잃은
온 열정이 혈관에 넘쳐나는 것을.

맙소사, 나는 사랑에 빠졌구나! 이 세상에 또 있을는지?
내 영혼에 이리도 깊은 상처를 남겨놓은
완벽한 저 아름다움에 대한
열정으로 가득 찬 그런 마음이.

나의 **여왕**을 끌고 가는 흑마는
내 마차가 잘못 이끈 길로 접어들어
헛된 여정에 수없이 해매이고 말았으니,

내 정녕 두렵다(백마가 저 미친
질주를 가로막지 않는다면, 저 구보를
멍에로 막아내지 않는다면), 내 이성이 전복되고야 말 것을.

XXII

백번, 수백 번 같은 생각을 다시 생각하기,
아름다운 두 눈에 마음을 그대로 드러내기,
쓰디쓴 물로 언제나 갈증을 달래기,
극도의 쓰라림으로 언제나 배를 채우기,

창백한 영혼과 얼굴을 하기,
더욱 탄식하고 냉담함을 꺾으려 하지 않기,
번민에 죽고 고통을 감추기,
타인의 의지를 자기 법칙으로 만들기,

짧은 분노 자석 같은 믿음,
자기보다 원수를 도가 넘게 좋아하기,
이마에 수없이 공허한 모습들을 새기기,

소리치길 원하나 쉼을 가로막기,
모든 것을 희망하나 스스로 좌절하기,
이것들이 내 죽음의 가장 뚜렷한 징후들이다.

XXIII

아름다운 산호, 숨 쉬는 대리석,
눈썹을 장식하는 단청,
줄어든 궁륭 모양의 설화석고,
사파이어, 벽옥 그리고 반암,

제피로스가 감미로운 숨결로 생기를 띠게 만든
다이아몬드와 루비,
패랭이꽃과 장미,
황금마저 비추는 섬세한 황금,

이것들이 영혼의 깊은 감동 안에 나를 빠뜨려
그 무엇도 내 앞에 떠오르지 않는다,
벨로여, 내 찬미하는 그것들의 아름다움과

그것들을 그려보고, 생각하고, 다시 생각하고,
그려보고, 생각하고, 다시 또 생각하지
않을 수 없는 즐거움 말고는.

XXIV

그대의 상냥한 두 눈은 내게 선물을 약속한다,
내가 감히 요구할 수 없었을 그것을,
하지만 선조 **라오메돈 국왕**에게서
그대 그것을 물려받았기에 나는 심히 두렵다.

그 두 횃불의 불길 속에서,
그 축복에 속고야만 나는
내 섬김이 어떤 보상을 받을 것이라
생각하며 희망으로 불타오른다.

말로 나를 떨게 하는 유일한 입이여,
사랑스런 그대 눈과는
전혀 다른 것을 내게 노래하는 진실한 예언의 입이여.

그렇게 의심하며 나는 살고 나는 죽는다,
행복을 주고 불행을 주는 유일한 이의
눈은 나를 다시 살리지만 입은 나를 거부한다.

XXV

내 생의 두 불꽃, 이 갈색 두 눈은
내 눈을 향해 벼락같은 빛을 쏘아놓고는
내 자유로운 청춘을 포로로 잡아
감옥에 가두는 형벌에 처했다.

갈색 두 눈 때문에 나는 이성을 빼앗겼고,
사랑이 나를 붙잡아 세울 곳이 어디이든,
다른 곳에서 다른 아름다움 볼 수 없었으니,
그토록 두 눈만이 나의 행복이고 나의 욕망이었다.

다른 칼로 내 주인은 나를 찔러대지 않으며,
다른 생각은 내 안에 추호도 머물지 않으며,
다른 불꽃에 내 **뮤즈**는 뜨겁게 타오르지 않으며,

내 손은 다른 이름을 가꾸지 않으니,
내 종이는 영혼에서 느끼는 두 눈의 아름다움
말고는 그 무엇으로도 장식되지 않으리라.

XXVI

머지않아 갖가지 별들의 춤은
시들해질 것이며, 머지않아 **대양**은 파도를 잃을 것이고,
허둥대며 도망치는 저 **태양**도
돌고 돌면서 달리진 않을 것이다.

머지않아 **천상**의 벽들이 열리고,
세상은 조만간 형태를 알 수 없는 혼돈에 빠질 것이다,
내가 금발 여인의 시종이 되든,
초록 눈의 여인을 찬양하든 상관하지 않고.

오, 아름다운 갈색 눈이여, 내 영혼에서 그대 느끼니,
그대, 불꽃으로 나를 한껏 태웠으므로,
그 어떤 다른 초록 눈도 그대를 이기지는 못하리라!

게다가 너무 뜨겁기에, 주름진 내 누런 피부 안에서
정신마저 녹아내리니, 나는 사랑하리라,
내 심정의 태양인 아름다운 갈색 눈의 이데아를.

XXVII

참으로 수없이 수없이 시도했다,
내 **리라**의 현에 맞춰 노래 부르기를,
수없이 수많은 종이 위에 쓰려고 시도했다,
사랑이 내 가슴에 새겨놓은 이름을.

허나 불현듯 공포에 떨고 말았으니,
내 정신을 고문하는 이 아름다운 이름이
수많은 광기에 느닷없이 고통받아
경악하고야 만 나를 나 자신으로부터 다시 끄집어냈으므로.

나는 미친 **무녀**와 같다,
멀쩡했던 그녀는 **신** 때문에 혼란에 빠져
더듬거리며 목소리와 말을 상실하고야 말았다.

그렇게 내게 충격을 준 사랑에 혼란스러워,
미치고 멍해진 나는 단지 입만 빼끔거릴 뿐이다,
말하지 못하는 내 목소리가 허공에서 스러져간다.

XXVIII

모든 광기의 불쏘시개인 부당한 **사랑**이여,
네 힘에 굴복한 마음이 무엇을 할 수 있으랴?
마음을 주관하는 우리의 이성을
너는 기꺼이 감각으로 뒤집어놓고 마는데.

초원, 꽃, 동굴, 강,
들판, 바위, 숲, **루아르**강의 물결을 바라보노라면,
나를 시종으로 붙잡고 있는 저 아름다움이
그것들에 새겨져 있는 것만 같다.

때로는 빛나는 번개의 형상으로,
세찬 강물 혹은 굶주린 **호랑이**의 형상으로,
사랑은 밤이 되면 그것들을 환상 속으로 이끈다.

그러나 내 손이 꿈속에서 불, 배, 개울을 쫓을 때,
그것들은 나를 피해 달아나니,
나는 허공만을 진실이라 여길 뿐이다.

XXIX

사랑스런 가지의 수많은 주름들을
사랑스럽게 감싸며 얼싸안는 포도그루보다도 더 세게
내 팔을 휘감는 수많은 패랭이꽃, 수많은 백합들을
품 안에 안게 된다면,

근심이 더 이상 내 얼굴을 창백하게 만들지 않는다면,
기쁨이 내 안에 처소를 마련한다면,
빛보다는 어둠을 내 더 좋아하게 된다면,
신성한 몽상이여, 그 행복은 그대의 호의에서 오는 것이다.

비상하는 그대를 따라 내 하늘로 날아오를 터이지만,
그러나 내 눈을 속이는 그녀의 초상은
내 기쁨을 언제나 기만하며 끊어지게 만든다.

그러곤 행복 한복판의 나를 피해 달아난다,
허공에 사라지는 한줄기 벼락같이,
아니 바람에 스러지는 구름이라는 듯이.

XXX

내 상처에 미향을 뿌리는 신성한 **천사**여,
신들의 대변자이고 전령사인 이여,
내 영혼의 고통을 위로하기 위해
대체 너는 어떤 천상의 문을 빠져나왔단 말인가?

밤이 나를 생각으로 뜨겁게 달굴 때,
불안에 떨게 하는 내 고통 가엾이 여겨,
때로는 내 품 안에, 때로는 내 눈앞에
너는 내 **여인**의 이미지가 떠돌게 만든다.

머무르라, **꿈**이여, 진정 조금만 멈추어라,
기만자여, 이 헛된 초상에 대한 탐욕이 나를 갉아먹지만,
그것으로 내 배 가득하길 기다리라.

나를 죽게 만드는 그 몸을 돌려달라,
실체는 아니겠지만, 최소한 꿈을 꾸며
밤새도록 그 몸 껴안도록 허락하라.

XXXI

몸이 가벼운 **악마**들이여, 지상과
천상의 한중간을 차지하고 있는 이들이여,
천상의 비밀을 우리에게 신속히 전해주는
대기의 전령사들이여, **신**의 신성한 전령사들이여,

말하라, **사신**使臣**들**이여(알지 못할 마법사가
뜨거운 달무리 안에 그대들을 붙잡아둔 것이 아니므로),
말하라, 그대들은 우리의 들판을 파괴하면서
내 안에 참혹한 전쟁을 일으킨 저 아름다움 전혀 보지 못했단 말이냐?

만약 불행히도 그녀가 이곳의 그대들을 발견한다면,
그대들은 대기 중으로 다시는 자유로이 달아나지 못할 것이니,
그토록 그녀의 부드러운 힘은 감미로운 속임수를 쓸 것이고,

아니면 나처럼 그대들을 아름다움의
포로로 만들어, 그 아름다움이 단 한 번의 눈길로
그대들 모습을 **메두사**처럼 바꿔버릴 것이다.

XXXII

내 경배하는 **여인**은 태어나면서
우리 천상의 거처를 아름답게 장식했으니,
레아의 아들은 모든 신들을 불러 모아
그녀를 또 다른 **판도라**로 만들었다.

아폴론은 그녀를 화려하게 치장했다,
빛으로 그녀의 눈을 만들기도 하고,
그녀에게 감미로운 음악을 주기도 하고,
신탁과 아름다운 시마저 주면서.

마르스는 그녀에게 당당한 잔인성을 주었고,
비너스는 미소를, **디오네**는 아름다움을,
페이토는 목소리를, **세레스**는 풍만함을 주었다.

새벽은 손가락과 풀어헤친 머리칼을,
사랑은 화살을, **네레이드**는 자신의 발을,
클레이오는 영광을 그리고 **팔라스**는 신중함을 주었다.

XXXIII

나는 살아남을 사람들에게서 미래의 이야기,
속아 넘어간 자의 이야깃거리는 되지 않을 것이다,
내 이성이 그대의 진실 어린 목소리의
운명적인 판결을 제대로 따르기만 한다면,

진정 가련한 정숙한 예언자여,
그대는 종종 내게 예언으로 말해주었다,
그대를 섬기다가, 카상드르여, 내 죽을 것이라고,
그러나 불운은 결코 그대를 믿지 못하게 만들었다.

나의 사망을 부인하고 나에게 그대 믿지 말 것을
강요하는 저 당당한 운명은,
나를 기만하기 위해 그대 신탁을 받아들이지 않는다.

그러나 난 잘 알고 있다, 내가 처한 이 상황에서,
그대가 진실을 말한다는 것을, 어찌하든
내 목에 걸린 줄을 풀지 못하기 때문이다.

XXXIV

아! 나는 신음한다, 수많은, 수많은, 또 수많은,
허리춤에서 빼내려 해도 어찌할 수 없는 탄식에,
내 눈물이 짜내는 습기에 흠뻑 젖어
나지막이 숨 고르는 열기에 사로잡혀 버렸다.

또 나는 신음한다, 내 경배하는
진실의 그림자, 헛된 초상화에,
그리고 활기찬 불길로 타오르는
내 심장을 게걸스레 먹어치울 저 두 눈에.

허나 그 무엇보다도 생각 때문에 나는 신음한다,
그 생각 잔혹한 아름다움에 대한 기억을
가슴에 너무도 자주 흘러가게 했으니,

또한 후회 때문에 창백하게 시들어간다,
그로 인해 혈관 안에 피도,
신경 안에 근력도 뼈 속에 골수도 없어지고 말았다.

XXXV

한 번만이라도 앙갚음할 수 있기를,
내 심장을 뜯어먹는 생각에,
의기양양한 사자인 양 내 심장의
목을 졸라 가차 없이 먹어치우는 생각에.

시간이 흐를수록 시간마저 변해간다지만,
내 생기를 빨아먹는 이 폭한은
끈질기도록 가혹하여,
내 심장 아닌 다른 곳에 머무르지 않는다.

사실 낮 동안의 그는 음험한 식욕을
조금은 누그러뜨리고,
내 심장 위에 발톱을 세우지는 않지만,

저녁이 한낮의 문을 닫아버릴 때면,
먹이를 찾아 나온 굶주린 사자는
이빨을 세워 밤새도록 나를 갉아먹는다.

XXXVI

사랑이 내가 느끼길 바란 고통 때문에,
나처럼 **포이보스**여, 그대 눈물을 흘렸고,
사랑에 빠졌건만 추방당한 그대, 노래를 불렀다,
트로이아 근처 **스카만드로스** 강가에서.

리라를 어루만지듯 현을 울리며
강들과 꽃들과 숲들을 매혹시켰건만 헛되었다,
날카로운 상처로 그대 가슴 아프게 한,
그대가 영혼 속에 느끼는 아름다움은 아니었으므로.

그곳의 꽃들은 그대 안색에 창백해졌고,
그곳의 강들은 그대 눈물들로 넘쳐났다,
그곳에서 그대는 헛된 희망으로 살아갔다.

그 똑같은 이름으로 **사랑**은 나를 고통스럽게 한다,
루아르 강변 **방돔** 근처에서,
내 아픔에서 다시 태어난 **포이닉스**라는 듯이.

XXXVII

비스듬히 떨어지는 이 작은 덩어리들,
사선으로 방황하듯 내려오며
서로 부딪혀 아주 다양한 맺음으로 상호 얽어매면서
그렇게 세상을 구성하였다.

권태, 근심 그리고 감추어진 생각들은
내 사랑 저 깊은 곳으로 무성히 떨어지며
풍부한 갈고리로 내 마음 안에
사랑의 우주를 붙들어놓았다.

허나 땋아 올린 이 황금빛 머리카락들,
장밋빛 손가락과 상앗빛 손들이
아름다움 섬기는 내 실타래를 끊어버린다면,

물로, 흙으로, 혹은 불꽃으로 나는 돌아갈 수 있을 것인가?
천만에, 오히려 목소리가 되어, 저곳에서, 내 **여인**의
가당찮은 잔인함을 고발하게 되리라.

XXXVIII

사랑이 전통箭筒에서 꺼내 나를 향해
당긴 화살은 부드러웠다, 화살에 닿자마자 나를 엄습한
달콤하면서도 매서웠던
자라나던 열병은 부드러웠다.

그녀가 내 시를 손가락으로 튕겨가며
류트로 흥겹게 노래할 때,
매혹으로 가득 차버린 내 정신이 육신을 떠나도록 만들었던
그녀의 미소와 목소리는 부드러웠다.

그렇게 부드럽게 그녀 목소리 방울방울 흘러나오니,
그 소리 누가 듣지 못할 것이며,
영혼의 새로운 기쁨 그 누가 느끼지 못할까.

그녀 소리 듣지 않아도, 정말이지, **사랑**은 유혹하며
부드럽게 웃고 부드럽게 노래하니,
나 그녀 곁에서 부드럽게 죽어가리라.

XXXIX

내 뜻에 반해 그대 아름다운 눈의 매력은
내 영혼을 뒤흔들고, 내 그대에게
내 영혼이 죽음이라 말하고자 하면, 그대는 웃기만 한다,
심지어 내 고통에 그대 마음은 즐겁다.

그대를 사랑하며 더 나은 것을 얻지 못하였으니,
제발 죽어가며 마지막 숨을 쉬도록 내게 허락하라.
너무나 거만한 그대의 아름다운 눈은 나를 박해한다,
내 공포에 찬 고통을 개의치 않으면서.

내 아픔을 비웃고, 내 고통에 웃는 것,
경멸하며 내 불행을 더 자라게 만드는 것,
자기를 사랑하는 자를 증오하고, 그의 한탄으로 살아가는 것,

믿음을 꺾어버리고, 의무를 저버리는 것,
그런 것이, 허허, 잔인한 자여,
피와 살해의 흔적을 손에 묻히는 것이 아니더란 말이냐?

XL

푸르른 젖가슴의 정원 안에서 바라본다,
활짝 핀 **미의 여신들**과 **우아의 여신들**이
사랑의 화살들이 갇혀 있는
둥그런 우윳빛 두 초원을 부풀리는 모습을.

수없이 모습을 바꾸며 둔갑하게 된다,
장미로 아침을 애무하는
봄날의 새로운 장미나무 같은
그대의 자그마한 두 둔덕을 바라보며.

에우로페의 가슴이 그토록 아름다웠던 것처럼,
선량한 **주피테르**여, 그대는 현명하게도
대양을 가로지르기 위해 황소 가면을 썼다.

하늘은 규모에 있어서는 완벽하다 불리지 않지만,
그것과 이 가슴은 모양이 둥글기에 완벽하니,
완벽함이란 둥근 모양으로 이루어지기 때문이다.

XLI

아침이 되어 내 **여신**이 발뒤꿈치까지 내려오는
풍성한 황금 고수머리 차림새로,
아름다운 금발의 그물을
다양하게 치렁거리며 감아올릴 때,

나 그녀를 파도거품의 딸과 비교하게 되니,
그녀 때로는 갈색 긴 머리 곧게 빗으며,
때로는 셀 수 없이 꼬아놓은 곱슬머리 찰랑이며,
조개에 몸을 맡겨 바다를 건너왔다.

여인의 잔주름, 이마, 동작, 발걸음
그리고 초롱초롱 빛나는 두 눈망울은
인간 여인의 것은 아니다.

눈동자가 그처럼 아름답지도, 입술이 그처럼 탐스럽지도 않은,
머리채 헝클어뜨린 **님프**라면,
바위, 바다 그리고 숲들은 결코 처소에 받아들이지 않는 법이다.

XLII

백합이 뒤섞인 카네이션은
그녀의 진홍빛 얼굴에 추호도 견줄 수 없다,
황금으로 꿰맨 실은 곱게 땋았든 풀어헤쳤든
그녀 머리채를 능가하지 못한다.

궁륭처럼 겹쳐진 그녀의 산호 빛에서
내 근심 삭혀주는 부드러운 미소 태어나고,
그녀가 거쳐가는 대지는 시샘하여
그녀 발길 닿는 초원을 꽃으로 뒤덮는다.

그녀의 입은 용연향과 사향으로 가득하다.
더 이상 무엇을 말하랴? 들판에서 나는 보았다,
사방에서 천둥소리 터져 나오는데,

잔잔한 그녀 얼굴이 **신들**을 제압하고
주피테르의 오른손을 평온하게 만들고,
두 눈으로 천상을 굴복시키고 마는 것을.

XLIII

때로는 근심이, 때로는 희망이
내 심장 사방에 버티고 있다,
그 어느 것도 전투에서 승리자가 되지 못한다,
힘에 있어서나 인내심에 있어서나 마찬가지이다.

때로는 염려하고 때로는 확신에 가득 차
희망과 의심 그리고 공포 사이에서
헛되이 나 자신 속임을 당하였기에,
사로잡힌 마음에 나는 구원을 약속한다.

결코 볼 수 없단 말인가, 죽기 전에,
그녀 제 봄날의 꽃을 뜯어먹고,
그 봄날 아래 그늘에 내 삶이 머무는 모습을?

결코 볼 수 없단 말인가, 그녀의 두 팔에 얼싸안겨,
사랑에 짓눌려, 온통 얼이 빠지고, 기진맥진하여,
그녀의 품 안에서 맞이하는 아름다운 죽음을?

XLIV

둥근 형틀에 묶이고, 저 아래, 물속에 잠긴
익시온이나 **탄탈로스**가 되고 싶은데,
그리고 천사들에 버금가는 이 아름다움을
맨몸과 맨몸으로 품에 껴안고 싶은데.

그렇게만 된다면, 죽음의 형벌도
내겐 감미로울 것이고, 나를 달구지 않을 터인데,
그럴 텐데, 내가 독수리의 먹잇감이라면,
그럴 텐데, 바윗덩어리를 올리고 내리는 자라면.

그녀의 동그란 젖꼭지를 보거나 만지는 것이
사랑에 빠진 운명을 **동방 왕자**들의 위엄보다
더 낫게 바꿔줄 수 있을 터인데.

그녀의 입맞춤이 나를 반신半神으로 만들 터인데,
가슴과 가슴을 맞대고 내 뜨거움을 식히는 것이
암브로시아를 즐기는 **신**으로 나를 만들어줄 터인데.

XLV

사랑이 나를 죽인다, 그러나 죽어감이
즐거운 고통이라 말하고 싶지 않다면,
탄식 자아내는 이 감미로운 고뇌를
누군가 진정시킬까봐 그토록 두려워하기 때문이다.

사실 나의 괴로움은 시간이 흘러
나 스스로 이겨낼 수 있기를 바라지만,
내 건강을 기도하는 **여인**을 바라지 않는 것은
그만큼 내가 수난을 즐기기 때문이다.

침묵하라, 괴로움이여, 그날이 오고 있음을 느끼고 있다,
긴 시간 지난 후에 나의 그녀가
자신의 고고함이 내게 준 고통을 보고는,

우리를 번민에 빠뜨리고는 또다시 우리를 용서하는
신의 본성을 흉내 내어
냉정함을 온화함으로 바꿔놓고야 말 그런 날이.

XLVI

나 목숨 바치리라, **여인**이여, 그대 아름다움 위해서라면,
나를 낚아챈 아름다운 눈을 위해서라면,
감미로운 미소를 위해서라면, 용연향과 사향 냄새로 가득한
그 입맞춤, **여신**의 입맞춤을 위해서라면.

나 목숨 바치리라, 땋아 늘인 금발머리를 위해서라면,
지극히 순결한 젖가슴의 아름다운 윤곽을 위해서라면,
단번에 나의 병을 치유하며 덧나게 하는
부드러운 손길의 냉정함을 위해서라면.

나 목숨 바치리라, 갈색 피부를 위해서라면,
아름다운 노래로 내 마음
마음대로 옥죄는 그 목소리 위해서라면.

나 목숨 바치리라, 사랑의 전투에서,
한밤중 그대 품 안에 안겨
내 피 속에 가둬놓은 그 사랑 마음껏 탐닉하면서.

XLVII

여인이여, 그대 아름다운 시선에서 나온
최초의 화살이 내 고통을 재촉하고,
그 흰자와 검은자가
내 힘을 억눌러서 내 심장에 구멍을 뚫어놓은 이후에,

나는 영혼에 영원한 심지를 느낀다,
그것은 내 심장 한복판에서 언제나 타오르고,
내 온몸을 메말리는 아름다운 불길로
내 쓰라림을 인도하는 사랑의 등대이다.

밤마다, 낮마다, 내 꿈꾸고,
가슴을 갈고, 비틀고, 갉아먹으며,
사랑에게 내 생명 동강내달라고 기원하였지만,

나를 찔러대는 고통을 비웃는 그는
호소하고 권유할수록,
더욱 귀를 가리고는 내게 전혀 답하지 않는다.

XLVIII

그녀 머리의 물결치는 보물도,
그녀 웃음이 만든 양쪽 보조개도,
그녀의 도톰한 목주름도,
둥글게 쏙 파인 그녀의 턱도,

포로가 된 내 영혼의 군주로 내 눈이
선택하길 원했던 그녀의 아름다운 눈도,
궁수가 뾰족한 화살의 가장 날카로운 부분으로
나에게 꽂아놓은 그녀의 아름다운 가슴도,

우아함의 처소인 그녀의 아름다운 육체도,
수많은 심장들에 새겨진 그녀의 아름다움도,
내 젊은 사랑을 복종시키지 않았다.

단지 우리 시대의 기적인 그녀의 정신은
천상으로부터 모든 선물을 태어나면서부터 받았으니,
그 완벽함을 위하여 나를 죽어가게 만든다.

XLIX

사랑이여, **사랑**이여, 내 여인은 얼마나 아름다운가!
나의 주인이신 그녀의 눈이든,
이마의 우아함과 명예이든,
진홍빛 두 입술이든, 내 황홀히 바라본다.

사랑이여, **사랑**이여, 내 **여인**은 얼마나 잔인한가!
그녀의 분노는 내 고통을 더하고,
경멸은 내 눈물을 자아내고,
거절은 내 상처를 덧나게 한다.

그렇게 꿀처럼 감미로운 그녀의 아름다움은
내 마음을 키워 나간다, 그렇게 그녀의 잔인함은
뼈저린 쓰라림으로 내 온 삶을 쓰라리게 만든다.

그렇게 다양한 만찬을 탐식한
나는 그녀를 볼 때나 보지 않을 때나
오에발루스 형제들의 운명 속에서 살아간다.

L

수백 번 넋이 나간 나는 매일 다시 생각한다,
사랑이 누구인지, 그의 기질이 어떠한지,
그의 화살은 무엇이며, 우리 마음속의
어느 자리를 차지하는지, 그의 본체가 무엇인지.

나는 알고 있다, 별들의 흐름을,
어떻게 바다가 항상 달아나고 다시 오는지,
어떻게 세상이 전체 안에서 보존되는지,
단지 **사랑**에 대한 앎이 나를 달아난다.

나는 확신한다, 그가 힘이 센 **신**이라는 것을,
그리고 움직이기 쉬운 그가 때로는 내 마음속에,
때로는 내 혈관 속에 자리를 잡는다는 것을.

태생적으로 그가 결코 어떤 선도 행하지 않는다는 것을,
맛이 형편없는 과일을 만든다는 것을,
그 과일나무가 고통을 주렁주렁 매달고 있다는 것을.

LI

사실 수많은 이들이, 그리고 또 수많은 이들이,
또 여전히 수많은 이들이, 나의 전사 카상드르여,
내 그대의 그물에서 벗어나 그대를 버리고,
자기들과 관계를 맺으며 살아가길 원하였다.

아, 하지만 내 마음은, 그러나 더 이상 내 것이 아니며,
다른 것에 더 이상 몰두할 수 없을 것이다.
그대는 내 마음의 **여인**이고, 그대 마음 아니라면
무수한 죽음 기다리는 게 더 나을지도 모른다.

장미가 가시를 달고 태어나는 한,
봄의 여신이 물을 마시며 자라나는 한,
사슴들이 우거진 가지를 좋아하는 한,

그리고 **사랑**이 눈물로 생명을 이어가는 한,
언제나 내 마음속에 그대 이름과 그대의 품성이 있기에,
그대의 수많은 아름다움이 내 안에 새겨질 것이다.

LII

사랑이 하릴없던 **카오스**의
빛을 품고 있던 가슴을 열어젖히기 전에,
천상은 규칙 없이 형태도 없이
대지와 함께, 최초의 파도와 함께 뒤섞여 있었다.

그렇게 아무 일도 하지 않던 내 정신은
무겁고 투박한 물질인 육신 안에서
형태 없이 완벽한 모습 없이 헤매고 있었다.
사랑의 화살이 그대 눈을 거쳐 내 정신을 꿰뚫기 전까지는.

사랑은 내 본성을 완벽하게 만들어주었고,
그로 인해 내 본질이 정화되었으며,
그는 나에게 생명과 힘을 주었다.

그는 내 온 피를 불길로 달구어놓았고,
날갯짓으로 나를 뒤흔들어 놓아
그와 함께 내 생각들과 영혼은 움직이게 되었다.

LIII

나는 보았다 (오 민첩한 적의여!)
한창 푸르른, 단단하지 않고 유리처럼 부드러운
내 희망이 지상으로 추락하는 것을,
내 욕망이 반으로 동강나는 것을.

내 애정이 머문 **하늘** 그곳의 **여인**이여,
그 손이 내 목숨 통째로 쥐고 있으니,
내 심정을 그대 부드러운 연민으로부터 떼어놓으며
그대는 한 추종자를 위하면서 내게 고통을 주고 있다.

헌데, 부탁하건대, 고통 속에서 나를 괴로워하게 만들라,
죽음이 내게서 신경을 떼어내고 혈관을 떼어내는 한
나는 그대 것이 되리라. 그리고 **카오스**는 서둘러서

예전의 싸움으로 혼돈에 빠지게 되리라,
그리하여 그대 아닌 다른 아름다움이, 다른 사랑이
다른 멍에로 내 등을 속박하게 되리라.

LIV

오, 내 기억 깊은 곳에 새겨진
감미로운 단어들의 부드러운 말이여,
오, 사랑의 전리품이자 영광인 이마여,
오, 감미로운 미소여, 오, 상냥한 입맞춤이여,

오, 황금빛 머리칼이여, 오, 백합, 패랭이,
반암과 상아가 가득 심어진 가슴이여,
오, 뜨거운 두 눈이여, 그 안에서 하늘은
내게 아주 오래도록 사랑의 독을 마시게 했으니,

오, 흰 진주를 가두어둔 치아여,
장미가 두 줄로 선 루비의 입술이여,
오, 사자를 달랠 수 있는 목소리여,

그 감미로운 노래는 나를 찔러댔으니,
오, 완벽한 육체여, 그대의 자그마한 아름다움은
홀로 **일리온**의 침공을 받을 만하구나.

LV

결코 볼 수 없단 말인가, 그 계절을?
아주 날카로운 줄질에 닳아버린
내 심장을 좀먹는 근심의 이빨을 뽑아버리기 위해
휴전이나 평화, 삶이나 죽음을 내게 가져다줄 터인데.

결코 볼 수 없단 말인가, 나의 **나이아스**를?
풍랑을 헤쳐 나와 항구를 내게 가르쳐줄 터인데,
이젠 결코 나아갈 수 없단 말인가, 선상의 **오디세우스**처럼?
그는 구원을 받기 위해 허리에 수건을 찼었는데.

결코 볼 수 없단 말인가, 빛나는 쌍둥이별을?
나를 구원할 터인데, 두 불빛을?
물에 잠겨 기력 잃은 내 선복船腹을 비춰줄 터인데.

결코 볼 수 없단 말인가, 수많은 바람들을?
한데 모여 내 범선이 은총의 항구에 도달하듯
부드럽게 정박하게 인도해줄 터인데.

LVI

어느 고약한 운명이, 어느 별이 나를
미숙하게, 그토록 미치도록, 그리고 불행으로 가득 찬 자로 만들었는가?
어느 운명이 나를 저 엄정한 주인의
잔인함으로 항상 가득 차게 만들었는가?

대체 어떤 **누이들**이 태어날 때부터
나를 불행하게 만들기 위해 내 인간의 끈을 그을려버렸는가?
대체 어느 **악 천사들**이 자기 품 안에 나를 따뜻이 품고는
우유 대신 근심으로 나를 키워냈는가?

땅에 뼈를 묻은 육신은 행복하여라!
그들은 참으로 행복하여라,
카오스 밤의 거친 덩치에 무릎 짓눌린 자는!

감정 없는 그들의 휴식은 행복할 것이다,
나는 얼마나 비참한가! 사랑의 포로가 된 나는
시지포스나 **탄탈로스**가 아닌데도 너무 느꼈단 말인가?

LVII

신성한 **뒤 벨레**여, 그대의 수많은 시들은
범인들과는 구분된 열정으로
키테라의 아들을
활과 불꽃, 화살과 전통[箭筒]으로 다시 차려입혔다.

젊은 그대를 활활 태우는 저 감미로운 불꽃이
여전히 그대 신성한 가슴을 뜨겁게 달구고 있다면,
그대 두 귀가 여전히
사랑에 빠진 목소리의 흐느낌을 즐겨 듣고 있다면,

귀 기울이라, 흐느끼고 탄식하는 그대의 롱사르를,
공포에 창백하고 고통에 매달려
신들을 향해 헛되이 손을 모으니,

돛대도 돛도 노도 없는 가녀린 배를 타고
별과 같은 내 **여인**이 두 눈의 **등대**로 인도해주었던
저 **항구**에서 멀리 떨어져 버리고 말았다.

LVIII

태양이 머리 거꾸로 하고
노인네 품속으로 제 황금 수레 빠뜨릴 때,
밤이 망각에 젖은
잠의 띠를 우리 눈 위로 펼칠 때,

그러면 내 이성의 흔들리는 성벽을
무너뜨리고, 파먹고, 갉아먹는 **사랑**은
어둠과 꿈으로 자기 진영을 무장한 채,
전사처럼 서둘러 길을 떠난다.

그때 내 이성과, 그때 이 잔혹한 **신**은
단독으로, 똑같이 무장한 채, 끊임없이 일격을 가하며,
격렬하게 결투를 이어갈 것이다.

만약 **사랑**에게 문을 열어준 내 생각들이 없었다면,
사랑은 내 이성의 승리자가 될 수 없었을 것이니,
그토록 내 전사들은 내 마음을 거역한다.

LIX

차가운 겨울의 날카로운 얼음을
봄이 깨뜨리고 나면,
꿀맛 나는 풀잎을 맘껏 뜯기 위해
숲에서 나와 **새벽**과 함께 달아나는 한 마리 **노루**처럼,

그렇게 혼자서, 안전하게, 개들과 웅성거림에서 멀리 벗어나,
때로는 산 위에서, 때로는 계곡에서,
때로는 바다 근처 외딴곳에 몸을 숨기고,
자유롭게, 발길 가는 곳에서 흥겨워하니,

피로 물들어버린 죽음의 화살이
제 목숨을 위협하지만 않는다면,
그의 자유는 덫이나 활을 두려워하지 않았다.

그렇게 나는 근심을 원하지 않으며 걷고 있었는데,
그날, 한 시선이 **사월**의 계절을 맞이한
내 허리를 향해 갑자기 수많은 화살을 쏘아대고 말았다.

LX

동틀 무렵 타오르는 장미들을 보는 것도,
강변에 심어진 백합도,
류트의 노래도, 새의 지저귐도,
황금에 정교히 새겨진 보석들도,

산들바람의 활짝 열린 목구멍도
바다 위를 떠도는 범선의 웅성임도,
물살에 지저귀는 **님프**의 춤도,
봄에 피어나는 만물을 보는 것도,

곧게 세운 창으로 무장한 진지도,
이끼로 뒤덮인 녹색의 동굴도,
몸을 밀착시키는 숲들의 정상도,

바위들의 신성한 침묵도
나에게 **프레** 출신 여인만큼이나 즐거움을 주지는 못하니,
그녀 안에서 내 희망은 희망 없이 자라난다.

LXI

초원에서 **나이아스**를 보았다,
꽃들 위를 꽃처럼 걸었고,
부푼 치마에 머리 풀어헤치고,
형형색색 꽃다발을 단아하게 장식하던 그녀를.

그녀의 시선에 내 이성은 병이 들고 말았고,
내 얼굴은 근심에 젖고, 내 두 눈은 눈물로 가득 차고,
내 가슴은 움츠러들었다, 그렇게 수많은 고통의 무더기를
그녀의 눈짓은 내 자유 위에 새겨놓고 말았다.

그때 극심한 고통을 느끼는 영혼 속으로
쉽게 스며드는 감미로운 독이
눈에서 흘러내리는 것을 느끼고야 말았다.

내 안녕을 위하여 소나 양을 결코
해치지는 않았건만, 나 자신의 희생물이 되어버린
나는 **사랑**의 불로 몸을 불태우고 말았다.

LXII

이 아름다운 두 눈이 때가 되기도 전에
나를 저곳으로 추방하며 죽음의 판결을 내리면,
파르카이가 내 발걸음을
행복의 강변 저 건너편으로 끌고 가면,

동굴이여, 초원이여, 그대 숲이여, 그리되면,
내 아픔을 슬퍼하되, 날 경멸하진 말아달라,
오히려 그대 품 그늘진 곳에
영원하고 고요한 내 거처 마련해달라.

사랑에 빠진 어떤 시인이
내 불행한 운명을 가엾이 여겨
떡갈나무에 이런 경구를 짓게 하라,

이 아래에 방돔의 연인이 누워 있으니,
여인의 아름다운 두 눈을 너무 사랑했기에
고통이 이 숲에서 그의 목숨 앗아갔도다.

LXIII

보고자 원하는 자는, 젊은 날
정숙함과 맺어진 아름다움을,
소박한 부드러움을, 근엄한 위엄을,
모든 정절과 모든 고귀함을,

보고자 원하는 자는, **여신**의 눈과
우리 시대의 유일한 새로움을,
바라보라, 세상 사람들이 나의 연인이라고 이름 붙여준
이 **여인**의 아름다움을.

그는 알게 될 것이다, **사랑**이 어떻게 웃으며 상처 입히는지,
그가 어떻게 치유하고, 어떻게 죽음을 주는지,
그리고 말하게 될 것이다, 얼마나 놀라운 소식이겠는가!

지상은 아름다움을 천상에서 빌려왔건만,
저토록 아름다운 이를 얻은 지상은
이제 천상에서 아름다움마저도 빼앗아 왔노라고.

LXIV

비 궂은 날 **주노**가
지상을 먹여 살리는 대양을 넘쳐나게 할 때,
무지개는 빛나는 **태양**의 이마에
수없이 변화하는 색들을 비추지 않는다.

당당한 벼락으로
이피로스의 산들이나 **카리아**의 도도함을 벌할 때의 **주피테르**는
분노한 손을 수많은 번개로 무장하여
하늘을 붉게 물들이지 않는다.

황금으로 출렁이는 불꽃을 아침나절에
보여줄 때만큼 **태양**이 그토록 멋지게
빛난 적은 없었으니, 마치 **여인**을 보는 듯했다,

다채롭게 제 아름다움을 장식하고,
눈을 반짝이며, 환하게 모습을 드러낸,
내 영혼을 매혹시켰던 첫날의 그녀를.

LXV

그대의 아름다운 갈색 머리카락이
카리테스의 머리칼을 무색하게 만들고,
그대의 아름다운 눈이 **태양**을 뛰어넘고,
그대의 꾸미지 않은 아름다운 불그레한 피부를 보게 되자,

고개를 숙이고서 나는 흐느끼며 눈물짓는다,
(우아함에 어울리지 않는) 나는
매우 보잘것없는 내 노래의 화음으로
그대 아름다움의 영광을 배반하였으므로.

나는 잘 알고 있다, 그대를 찬양하며
침묵을 지켜야 한다는 것을, 허나 내 심장을 꿰뚫고 만
사랑의 상처는 혀를 매혹시켜간다.

그러나 (나의 **전부**여) 내가 그대의 우아함을 노래할
잉크와 목소리를 아주 능란하게 사용하지 않는다면,
그것은 운명이지, 나를 농락하는 기술 때문이 아니다.

LXVI

하늘, 공기, 바람 그리고 모습을 드러낸 들판과 산이여,
포도나무 구릉과 푸르른 숲이여,
구불구불한 강들과 너울대는 샘물이여,
깎여진 덤불들과 그대 녹색의 총림이여,

얼굴 반쯤 내민 이끼 낀 동굴이여,
초원, 봉오리, 꽃 그리고 이슬을 머금은 풀들이여,
움푹 파인 계곡 그리고 황금빛 해변이여,
내 시의 손님이신 그대 바위여,

근심과 분노에 갉아먹힌 나는 떠나면서
가까이서 멀리서 나를 혼돈에 가두었던
이 아름다운 눈에 **이별**을 고할 수 없었으니,

간청하건대, **하늘**, 공기, 바람, 산 그리고 평원이여,
덤불, 숲, 강과 샘이여,
동굴, 들판, 꽃들이여, 날 위해 그 말을 그녀에게 전해달라.

LXVII

선택받은 내 여인의 눈을 바라보며,
그녀에게 말했다, 오직 그대가 **유일하게** 내 마음의 기쁨이라고,
그토록 감미로운 과실로, **사랑**이여, 그대는 나를 살찌우기에,
내 영혼은 오직 이런 행복의 먹잇감일 뿐이다.

궁수여, 오직 선한 정신만을 기만하는 그대여,
엉뚱한 곳에다 화살을 잃어버리지 않으려는 그대는
내 풍성한 피를 두려움으로 얼어붙게 만든다,
내 그녀를 알아보거나, 혹은 그녀에게 인사할 때마다.

아니다, 사랑한다는 것은 결코 아픔이 아니다,
그것은 멋진 고통이며, 사랑의 감미롭고 쓰라린 불길은
쓰라림 아닌 감미로움으로 우리를 불태운다.

오, 두 배로, 아니 세 배로 나는 행복하다,
사랑이 나를 죽이고, **티불루스**와 함께
저 아래에서 사랑의 숲을 헤매게 될지라도.

LXVIII

가장 잔인한 자들을 공손하게 만들고,
모든 오만함을 겸손으로 유하게 만들며,
우리 정신의 가장 지상적이고 무거운 것을
자신의 섬세한 기질로 정제시키는 그 시선은

나를 아름다움에 빠져들게 만들었으니,
내 가슴에 다른 아름다움이 기어오르지 못하며,
언젠가 아름다운 눈의 램프를 내 보지 못하게 되면,
죽음이 나를 사로잡으리라 느껴졌다.

대기는 새의 것이고,
숲은 사슴의 것이며, 물은 물고기의 것이라는 점에서
그 아름다운 눈은 나의 것이다. 오, 빛이여,

나에게 존재와 운동을 부여할 목적으로
이리도 힘차게 나를 향해 쏘아대는 신성한 불길로 넘쳐나는 빛이여,
그대는 나의 유일한 **엔텔레키**가 아니란 말인가?

LXIX

내 여인이 세상에 태어났을 때
명예, 품성, 우아, 지식, 아름다움은
정숙을 앞에 두고 논쟁을 벌였다,
그녀에게 누가 더 큰 힘을 끼칠 수 있는지 알아보기 위해서.

어떤 이는 그녀를 즐겁게 만들려고 했고,
어떤 이는 그녀를 제 쪽에 두려고 했다,
헌데 이 논쟁은 영원히 계속될 뻔했다,
침묵을 요구한 **주피테르**가 아니었더라면.

그가 말하길, 딸들아, 하나의 자질만이
그녀의 집에 있다 하면 그것은 옳은 일이 아니다,
그러니 그대들이 해결하길 바라노라.

합의가 이루어졌고, 그의 말이
떨어지기 무섭게 모두가 공평히
그녀의 아름다운 몸 안에 자리를 잡게 되었다.

LXX

대체 어떤 약초로, 대체 어떤 뿌리로,
대체 어떤 향유로, 대체 어떤 용액으로,
뼈마디에 퍼져 치유할 수 없는
내 마음의 상처를 제대로 아물게 할 수 있단 말인가?

마법의 주문도, 돌도, 치유법도
약제도, 액즙도, 내 고통을 끊어놓지 못할 터이니,
그렇게 내 떨어져 가는 기력을 느끼며
이미 다가온 돛배에 몸을 싣고 있다.

사랑이여, 약초의 효력을 아는 이여,
내 마음에 상처를 갖게 만든 이여,
내 아픔을 치유하라, 네 기술을 내게 알려달라.

일리온 근처에서 너는 **아폴론**에 상처 입혔고,
나는 마음에 똑같은 화살을 느꼈으니,
더 이상 학생과 선생을 아프게 하지 말라.

LXXI

이미 **마르스**는 내 트럼펫을 선택했고,
내 시 안에서 벌써 그는 프랑스인처럼 말했으며,
내 당당한 시를 고양시킨 그는
내 영감을 받아 이미 창을 갈아놓았는데,

이미 **골족**의 명예가 확보되었고,
센강이 무기로 뒤덮여 빛났으며,
트로이아의 이름과 그곳의 명예를
이미 **프랑쿠스**는 **파리**로 이끌고 왔는데,

그때 등에 날개를 단 **궁수**가
어김없는 화살로 뼈까지 꿰뚫는 상처를 입히고는
그의 밀사가 되기를 내게 명하였다.

그러나 무기여 잘 있으라. **파포스**의 **도금양**은
사랑이 손수 그것을 건네주었던 것이기에,
델포이의 **월계관**에 결코 양보하지 않을 것이다.

LXXII

사랑이여, 시를 써서, 내가 가진 의지만큼
신의 은총을 얻을 수는 없단 말인가?
트라키아의 고암古岩을 홀린 늙은이여,
그대는 내 글 때문에 패배하게 될 것이다.

핀다로스나 **호라티우스**보다 더 높이
그대의 신성함에
뒤 벨레가 자리를 양보할 정도로
그토록 장중한 이 책을 매달아 놓겠노라,

우리 시대가 높이 평가하는
토스카나의 시에 실려 **라우라**마저도 **전 우주**로
그렇게 생생히 날아오르진 않았으니,

그렇게 **프랑스** 시의 명예이며,
민중과 **국왕들**의 승리자인 그대 이름은
내 시의 날개에 실려 날아오르게 될 것이다.

LXXIII

나의 마녀 **키르케**는 **사랑**에 완전히 속아버린
나를 단단한 우리 안에 가두어버렸다,
독이 담긴 향기로운 포도주를 쓰지 않고도,
독초의 즙을 쓰지 않고도.

꾀바른 **그리스인**의 복수의 검과
메르쿠리우스가 건네준 **영초**靈草는
받아 마신 술의 사악한 기운을
곧바로 이겨낼 수 있었고,

둘리키움의 짐승들은 마침내
첫 번째 가죽의 명예와
예전에 하릴없이 잃어버린 신중함을 되찾았다.

그러나 감각을 머릿속에 되돌려놓기 위해선
내게는 새로운 **아스톨포**가 필요하다,
그렇게 내 이성은 맹목적으로 잘못을 저지르고 말았다.

LXXIV

원소들 그리고 **별들**이 앞다투어 경쟁하며
그 어디에서도 그 무엇도
아름다움으로는 견줄 수 없는 그대의 눈,
내 **태양**의 광채를 만들었다.

태양이 목을 축이는 **이베리아**의 대양에서부터
잠을 잃고야마는 다른 대양에 이르기까지,
사랑이 그런 기적을 이제껏 본 적이 없었으며,
하늘은 그 위로 은총을 한껏 내려 보낸다.

이 최초의 시선은 사랑이 무엇인지 알게 해주었고,
처음으로 그것은 내 온 가슴을
제 화살의 과녁으로 삼아 쏘아대며 상처투성이로 만들었다.

그것 때문에 정신은 미덕을 갈망하게 되고 말았다,
패배를 모르는 길을 따라 저 가장 아름다운
이데아의 품 안까지 날아오르고 싶었다.

LXXV

나 그대 눈을 이 수정유리에 비교하나니,
그것은 내 영혼의 목숨을 앗아간 자를 비출 것이다,
빛나는 그것은 대기 중에 불꽃을 터뜨리고,
그대 눈은 내게 성스럽고 치명적인 불길을 내뿜는다.

행복한 거울이여, 나를 불태우는
아름다움을 너무도 바라본 내 고통과 같으니,
내 **여인**을 너무 비추었던 너는 나처럼
똑같은 감정에 쇠약해져 갈 것이다.

그러나 질투심에 내 너를 칭송한다,
화살을 숨겨놓은 **사랑**의 모습이
비치는 저 아름다운 눈을 너는 비출 것이기에.

자, 그러니 비추어라, 거울이여, 신중한 자여, 조심하라,
사랑이 나를 태워버렸듯 네 유리를 불태우며
사랑이 제 시선으로 너를 바라보지 않게 하라.

LXXVI

사랑스런 밤의 전투도,
사랑이 잉태하는 기쁨도,
연인들이 받게 되는 애정도,
수많은 나의 번민들 그 어느 하나에도 견줄 수 없다.

행복한 희망이여, 너의 호의 덕분에 나는
나를 기만하는 고통으로부터 휴식을 찾을 수 있었으며,
오직 네 덕분에 내 열정은
지금의 고뇌로부터 감미로운 망각을 얻었다.

더욱 깊어지는 내 고뇌여,
내 숨 가로막는 감미로운 형틀이여, 더욱 행복할지어다,
근심에 찬 내 생각이여, 더욱 행복할지어다,

그녀에 대한 감미로운 기억이여, 더욱 행복할지어다,
나를 얼려버리는 불길에 내 목숨 휩싸이게 만드는
그녀 눈이 쏘아대는 벼락은 더욱 행복할지어다.

LXXVII

독사들을 세상에 처음으로 낳아놓은 **고르고네스**,
그녀 머리채에 묻은 피는 진정한 저주였으니!
아, **헬레나**여, 그놈들을 발로 짓이겨
허리를 두 동강 내고 씨를 말려야만 했다.

언젠가 푸른 들판에서 사랑하는 그대와 나
향기로운 꽃들을 따고 있었는데,
얼음인 양 반짝이는 골풀 위에
크림과 우유 단지가 우리 사이 놓여 있었는데,

그때 독을 잔뜩 뒤집어쓴 뱀 한 마리,
무슨 불행 때문인지 내 섬기는 그대 발치를 향해
푸른 수풀에서 꿈틀대며 기어 나왔으니,

내 심장, 독을 지닌 이 괴물을 보고 온통 얼어붙었고,
비명을 질러댔다, 그녀를 **에우리디케**로,
나, 나를 **오르페우스**로 만들 것이라 생각했기 때문이다.

LXXVIII

귀여운 복슬강아지, 너는 얼마나 행복한가!
네 몸뚱이 그녀 품 안에 눕힐 수 있고,
그녀 사랑스런 젖가슴 안에서 잠이 들 수 있는
그런 행복한 운명을 네가 잘 알고 있기만 하다면.

그 젖가슴 안에서 나는 쇠약해지고 초췌하게 살았다,
내 운명을 지나치게 잘 알 수 있었기 때문이니,
아! 젊은 시절 많은 이유들을 알려고 한 나머지
나 스스로를 불행하게 만들고야 말았다.

시골데기가 되길 내 원했더라면,
어리석지만, 따지지도 않고, 이해도 부족한,
아니면 숲에서 일하는 벌목꾼이 되길 바랐더라면,

결코 사랑의 감정을 갖진 않았을 것이다,
너무 많이 안 것이 내 파멸을 초래하니,
내 고통은 너무 많은 생각에서 나오고 있다.

LXXIX

내 그대 품에서 죽게 된다면, **여인**이여,
만족할 것이다, 또한 세상에서 더 큰 영광을
얻기를 바라지 않을 것이다, 그대에 입 맞추며
그대 품에 영혼을 바치는 나를 보는 것 말고는.

마르스가 가슴을 다시 불태운 자는
전쟁에 나가라 하리라, 나이와 힘에
크게 분노하여 자기 가슴에
스페인의 칼을 받으며 즐거워해야 하리라.

겁이 훨씬 많은 나는, 카상드르여,
백년 뒤의 영광이나 명성 없이 너의 젖가슴 안에서
한가로이 죽는 것 말고는 다른 것을 원치 않는다.

왜냐하면 내가 잘못 생각한 것이거나, 아니면
알렉산더 대왕의 온갖 명예를 얻는 것보다도,
그렇게 짧게 살고 죽는 것이 훨씬 행복할 것이므로.

LXXX

내 여전사가 내 마음과 함께 머무는
저 들판과 강가를 보기 위해서라면,
만물을 키우시는 **태양**이시여, 내일, 동트기 전에
수레에 올라타 진정 서두르시라.

그 들판, 그곳에서 아름다운 눈의
사랑스런 힘은 지극히 평온하게
죽어갈 것을 내게 명령하니, 그토록 감미로운 죽음의
탄식보다 더 나은 삶은 없어야 하기 때문이다!

오른편 강가 저 멀리에서
탐욕스럽게 원하는 내 유일한 보물,
천사의 얼굴이 홀로 빛나고 있다.

그곳의 모든 샘물과 초목은
그녀의 아름다운 눈과 아름다운 머리칼의
자태를 제 안에 비추고 있다.

LXXXI

용서하라, **플라톤**, 내가 만약
신들의 둥근 궁륭 아래이든,
이 세상을 벗어나든, **스틱스**가 둘러싼
저 깊은 곳이든 간에 어떤 빈 공간이 있다고 생각하지 않는다면.

사랑이 내 고통 가엾이 여겨 고삐를 풀어놓게 될 때,
만약 대기가 액체의 궁륭을 가득 채우고 있다면,
대체 누가 내 눈의 저 많은 눈물을,
하늘에 흐느끼는 저 많은 탄식을 받을 거란 말인가?

허공은 있다, 아니 허공이란 전혀 없다,
가득함은 밀집한 대기에서 태어나지 않으니,
오히려 가련히 여기어,

내 고통의 결과를 받아들일 수 있는
저 천상은 내 눈물들로,
또한 내가 죽어가며 지을 시들로 사방이 채워지게 될 것이다.

LXXXII

나는 죽어간다, **파스칼**, 저리도 아름다운 그녀를,
저렇게 아름다운 얼굴을, 저 입을, 저 눈을,
새로운 화살로 나에게 상처 입혔던
의기양양한 **사랑**이 머무는 저 눈을 바라보면서.

행운이 나를 그녀 곁에 인도할 때면
내 피와 혈관과 골수는
온통 변해버리고, 마치 하늘에서
신들 사이에 앉아 홀린 것만 같다.

아, 나는 이곳의 위대한 **왕**이 아니란 말인가?
그녀는 내 곁의 **여왕**이 될 터인데,
하지만 그렇지 않으니, 떠나야만 한다

감히 다가갈 수 없는 그녀의 아름다움 곁을,
느끼지 말아야 할 터인데, 한 번의 시선에
내 눈이 강물로, 내 심장이 바위로 변해버리는 것을.

LXXXIII

사랑에 빠진 사람이 언제나 행복했다고 한다면,
여기서 고백하건대, 나는 행복하다,
아름다운 여인의 시종이 되었기에,
그녀의 아름다운 눈은 나를 불행하게 만들지 않기에.

명예, 아름다움, 품성 그리고 다정함 같은
다른 욕망을 나는 욕망하지 않으며,
오히려 꽃들은 그녀의 청춘을 찬미하니,
그것에 빠진 내 사랑은 경건하다.

그러니 누군가 그녀의 우아함과
그녀의 아름다움이 다른 아름다움들을 능가하지 않으며,
사랑에 내가 만족하며 사는 것이 아니라고 말하려 한다면,

사랑 앞에서 내 그를 결투로 불러내어
증명하리라, 내 가슴이 한결같음을,
그만큼 그녀는 그 여느 여인들보다도 가장 아름답다.

LXXXIV

사랑하는 여인이여, 내 목숨과
마음과 육체와 피와 정신이 그대에게 달려 있으니,
그대의 눈을 바라보며 **사랑**은 내게 가르쳐주었다,
그동안 내가 추구하였던 모든 미덕을.

내 심장은 사랑의 욕망으로 불타올라,
그대의 우아함에 홀연히 빠져버리고 말았으니,
그대의 단 한 번 눈길에 알게 되었다,
명예와 사랑과 헌신이 무엇인지를.

인간은 납으로 되었거나, 눈이 없다고밖에 할 수 없다,
그대를 바라보면서 무엇에도 견줄 수 없는 그대의 아름다움에서
모든 **신들**을 알아보지 못한다면.

그대의 뛰어난 우아함은 바위마저 멈추게 할 것이다,
세상에 빛이 사라지는 날이 온다면,
지극히 아름다운 그대의 눈은 세상의 태양이 될 것이다.

LXXXV

내 마음 사로잡는 감미로운 아름다움이여,
한 해가 지나는 내내
그대 눈 속에 내 영혼 가둬놓고
저토록 멋진 고통 살아가게 만드는구나,

아! 우리들 운명을 좌우하는 폭군인
천상 저 높은 곳에 나는 도달할 수 없단 말인가?
반복되는 저 흐름을 바꾸고 싶다,
내 불행을 행복으로 바꾸고 싶다.

허나 인간인 까닭에 나는 인간으로서
그대 눈을 위해 나에게 죽음을 명하는
잔인한 **천상**의 저 혹독한 폭력을 견뎌야만 하리라.

그러니 **여인**이여, 이 새로운 해를 맞아
내 그대께 바치노라, **신들**에게 복종하려는
마음과 정신, 육신과 피 그리고 영혼을.

LXXXVI

물과 불은 내 한껏 느끼고 있는
이 우주의 두 주인들이니,
그것은 성스럽게 등 위에 이 신성한 짐을
짊어진 천상의 **주인들**이다.

지상이든 천상이든 모든 것들의
원칙은 이 둘에 기인하니,
이 둘 모두는 내 안에 살고 있고,
이들 안에 내가 살고 있으니, 오직 이들만을 상상한다.

또한 오직 이들이 아니라면 내게서 그 무엇도 나오지 않으며,
내 안에서 이들은 서로 차례대로 태어난다,
고통을 달래려는 희망을 안고서,

너무 울어댄 내 눈을 가라앉히려 하면,
그 순간 심장의 용광로가 무섭게 불을 뿜어대고,
불현듯 뒤이어 눈물이 다시 흘러내리기 때문이다.

LXXXVII

그리스 군대의 시인이
나를 사로잡은 그대의 눈들을 바라보았더라면,
마르스의 위업을 결코 시도하지 않았을 것이며,
그리스 공작은 명성을 모르고 죽어갔을 것이다.

파리스, 계곡에서 **사이프러스 여인**을
보고는 홀딱 반했던 그가
그대를 네 번째로 보았더라면, 그대에게 상을 내렸을 것이고,
비너스는 명예를 잃고 떠나갔을 것이다.

만약 내가 **신들**의 가호를 받아
혹은 그대 아름다운 눈에서 나오는 빛을 받아
웅장한 시로 그대의 정복을 노래하게 된다면,

새로운 **백조**를 외치는 나의 소리를 사람들은 듣게 될 것이고,
어떤 도금양이든 어떤 월계수이든
그대에게도 나에게도 어울리지 않게 될 것이다.

LXXXVIII

나를 갉아먹는 그녀의 몸 안으로 흘러들어 가는
벌거벗은 별들의 행운을 찬양하기 위해서는,
지고로 훌륭한 미덕의 완벽함만을 존중하는
그녀의 정신을 칭송하기 위해서는,

아름다운 두 눈이 내 가슴 깊은 곳에 새겨놓은
그녀의 시선, 아니 날카로운 사랑의 화살을 찬양하기 위해서는,
내게는 필요하다, 내 시의 뜨거움이 아니라,
퐁튀스의 날카로운 **시적 열정**이.

내게는 필요하다, **앙주**의 리라가,
리무쟁의 저 차분한 **도라**가,
생전에 나의 재산이었고,

나보다 먼저 인생의 종말을 맞이하여
이제는 죽은 자들과 끝없는 전쟁을 치르는
저 **벨로**의 공부와 젊음의 미덕들이.

LXXXIX

없어 보이지만 모든 것을 주기,
미소로 자신을 숨기기, 흐느끼는 가슴을 갖기,
진실을 증오하기, 겉치레를 좋아하기,
모든 것을 소유하지만 그 무엇도 즐기지 않기,

자유롭지만 쇠사슬을 끌고 가기,
용감하지만 두려워 비굴하게 행동하기,
죽기를 원하지만 어쩔 수 없이 살아가기,
그리고 얻는 것 없이 재산을 탕진하기,

언제나 이마엔 수치스러움을, 손에는 상처를
마치 주인께 바치는 경의敬意인 양 지니고 다니기,
드높은 용기에서 나오는 생각에

끊임없이 새로운 날실을 걸어대기,
이 모든 것은 내 영혼 속에 자리 잡은
불확실한 희망과 또렷한 고통이 자아내는 효력들이다.

XC

내 광명의 **신**이신 태양처럼
내 눈을 마음대로 강제하는 시선이여,
내 감미로운 자유를 억압하며
나를 수없이 변하게 만드는 미소여.

호되게 다뤄지는 나를 바라보는 체하며
내 열정을 적시는 은빛의 눈물이여,
장미 사슬에 묶여버린
내 마음을 가둬버린 손이여.

나는 그렇게 그대 것이고, 그렇게 애정은
그대의 완벽함을 내 혈관 속에 그려놓았으니,
시간이든 죽음이든 제아무리 강하다 한들,

나를 가로막진 못하리라, 내 가슴 깊은 곳에,
언제나 내 영혼 안에 새겨 있는
시선, 미소, 눈물, 손을 간직하는 것을.

XCI

만약 이미지만으로
우리 눈이 사물을 알아보는 것이라면,
만약 내 눈의 시력이 떨어진다면,
만약 어떤 사물이 눈앞에 놓이지 않는다면,

모든 것을 이루신 그분은 어찌하여
네 목숨 가둬놓은 커다란 이미지를
더 잘 받아들이도록
내 눈을 좀 더 크게 만들지 않았단 말인가?

자기 재물에 대한 시기심은 많아서,
그녀를 홀로 만들어놓고, 신성한 그녀의 아름다운
모습이 어떠한지 혼자서만 바라보는 **하늘**은 분명,

그토록 소중한 재산을 시기한다는 듯이
세상을 봉해버리고, 내 눈을 멀게 하였다,
오직 혼자서만 그녀를 바라보기 위하여.

XCII

사월 어느 날, 금빛으로 반짝이는 투명한
강물 아래에서 진주 하나를 보았다,
그 광채 나를 사로잡았으니,
내 정신에 다른 생각이 떠오르지 않는다.

순백의 둥근 모양을 지녔고,
그 광채들 서로 다투듯이 크게 빛났다,
그것에 감탄하며 뚫어지게 바라보았으니,
운명이 그렇게 그것을 쫓으라고 내게 명했다.

그것을 건져내기 위해 수백 번 아래로 몸을 숙여댔고,
불타는 가슴으로 팔을 뻗었으며,
그러곤 마침내 진주를 손에 쥐게 되었다,

홀로 이 고귀한 먹잇감을 즐기기 위해
물을 흔들어놓고 내 눈을 흐리게 했던,
나의 보물을 시기하는 **궁수**는 보이지 않았다.

XCIII

오월의 첫날, **여인**이여,
아름다운 그대 두 눈 내 마음속에 느끼고 있으니,
그 눈, 얼음에서 불꽃이 일어나게 할 수 있을 것이고,
갈색이면서 부드럽고 정중하면서도 웃음 가득하고 온화하다.

그 아름다운 날의 추억이 나를 불태우고,
생각하노라면 나는 사랑에 빠지고 만다.
오, 내 마음의 다정한 살인자여!
그대의 힘을 나는 영혼에까지 느끼고 있다.

내 생각의 열쇠를 쥐고 있는 눈이여,
온통 흥분한 내 이성을 단 한 번의 시선으로
무너뜨릴 수 있는 나의 주인이여.

그대의 아름다움이 내 마음을 강하게 찔러대도,
그대 모습 내 더욱 오래 즐겨야만 할 것이다,
아니면 그대 아름다움 결코 보지 말아야 하든지.

XCIV

그녀의 황금머리카락이 서서히 부풀어 오르든,
혹은 젖가슴을 스치며 이리저리 흔들리고,
목덜미 위에서 흥겹게 헤엄을 치는
두 개의 매끈한 파도를 타고 떠다니든,

수많은 루비와 수많은 둥근 진주로
화려하게 장식된 매듭이
두 갈래 땋은 머리의 물결을 조이고 있든,
내 가슴은 만족하며 기뻐한다.

이 얼마나 즐거운가? 게다가 이 얼마나 황홀한가?
귀 너머 땋아 올린 그녀의 머리카락이
비너스 같은 여인의 방식을 모방할 때면.

그녀가 **아도니스**처럼 머리에 모자를 쓰고 있을 때면,
그녀가 소녀인지 사내인지 알 수 없을 정도로,
그렇게 그녀의 아름다움이 두 모습으로 변장하고 있노라면.

XCV

얼굴 붉게 붉힌 **아우로라**가 머리칼을
바람에 흩날리며 동방을 가득 채우자,
긴 머리칼의 하늘은 아침을 장식하는
수많은 에나멜에 얼굴을 붉혔다.

그때 그녀는 내 열렬히 사랑하는 **님프**가
머리를 엮는 모습을 보았으니, 그 황금빛깔
그녀의 명예로운 머리채를, 아니 그녀 자신을,
나아가 하늘 전체를 노랗게 물들이고 현혹시키고 말았다.

창피를 당한 그녀는 머리를 쥐어뜯었고,
눈물을 흘리며 얼굴을 숨겼으니,
그렇게 치명적인 아름다움은 그녀에게 고통을 주었다.

그러고는 수많은 탄식을 내뱉자,
그녀의 한숨은 바람을 일으켰고,
그녀의 수치는 불을, 그녀의 눈은 비를 뿌려댔다.

XCVI

그대처럼 사랑스런 이 장미를 받으라,
세상에서 가장 아름다운 장미이며,
세상에서 가장 새로운 꽃인,
그 향기 내 온몸을 도취시킨다.

이 장미를 받으라, 날개 결코 가져보지 못한 내 마음을
그대 가슴으로 통째로 감싸 안으라,
그 마음 한결같으니, 수많은 쓰라린 상처에도
그 믿음 간직하길 막을 수는 없다.

장미와 나에게는 단 하나 다른 점이 있으니,
장미의 탄생과 죽음을 지켜본 것이 단 하나의 **태양**이라면,
내 사랑의 탄생을 지켜본 것은 수많은 태양들이다.

내 사랑의 움직임은 결코 휴식을 알지 못한다,
그처럼 사로잡힌 내 사랑이
꽃과 같이 단 하루만 살아갈 수 있다면 좋을 터인데.

XCVII

내 눈물을 따라서 그대는 눈물을 진정 흘려야만 할 것이다,
슬픈 집이여, 그녀 머물고 있었을 때엔
그대의 **태양**이었고, 아니 오히려 나의 태양이었던
저 아름다운 눈이 애석하게도 지금은 자리에 없다.

아, **사랑**이여, 대체 얼마나 많은 아픔으로, 대체 얼마나
길게 머물러야 내 고통은 치유될 수 있을 것이란 말인가!
수치심에 가득 차 매 순간 생각하게 된다,
내 모든 행복을 한순간에 잃어버렸음을.

그러니, 안녕, 나를 염려치 않는 아름다움이여!
나무, 바위, 강, 산은
정녕 그대를 내 눈에서 멀리 떨어뜨릴 수 있을 터이지만,

그러나 내 마음은 그렇지 않으니, 그대를 지체 없이 따르고,
나보다는 그대 안에서 살아가면서
그대의 한 부분처럼 남아 있길 더 좋아하기 때문이다.

XCVIII

모든 것이 나를 불쾌하게 만들지만, 그 무엇도 내 여인의
아름다운 눈이 떠난 것보다 더 고통스럽진 않다,
그 눈, 내 영혼의 가장 감미로운 쾌락의
열쇠를 빛으로 감싸 가져가 버리고 말았다.

급류가 내 머리에서 쏟아져 내리고,
한탄에 온통 잠긴 나의 영혼이 빠져나간다,
내 생각의 범선을 유일하게 인도했던
저 신성한 불길의 뜨거움을 잃어버렸다.

그녀의 이글거리는 불꽃을 느끼게 된 이후,
나를 기쁘게 할 그 어떤 아름다움도 보지 못했다,
그것을 보지 못하게 될 것이다, 허나 진정 볼 수 있을 것인가,

죽기 전에 단지 이 포악한 **짐승**이
단 한 번의 눈길로 나를 절망시킨 **사랑**의 일격에
약간의 희망이라도 약속하는 것을.

XCIX

시기심 많은 **사랑**을 질투한 **태양**이여,
창백한 얼굴을 가린 **태양**이여,
그대는 사흘 동안 비를 내려
내 여인을 집 안에 홀로 가두어놓았다.

나는 더 이상 믿지 않으니, 예전 사람들이
노래한 너의 그 많은 사랑을, 그것은 시였을 뿐이니,
예전에 **사랑**이 그대 변덕에 영향을 받았을지언정,
그와 똑같은 나의 고통을 그대는 염려해야 할 것이다.

날카로운 뿔을 지닌 빛줄기로
그대는 나를 위해 평온하고 아름다운 날을
흐리는 구름을 깨뜨려야 할 것이다.

몸을 감추어라, 들판의 늙은 **목자**여,
그대는 **하늘**의 불이 될 자격이 없다,
단지 소 떼들의 **방목자**일 뿐이다.

C

내 그대를 바라볼 때, 내 그대를 생각할 때,
가슴은 전율로 고동친다,
피는 들끓는다, 많은 생각으로
다른 이는 커져 가니, 복종은 참으로 감미롭다.

신경과 무릎이 통째로 흔들리고,
불에 닿은 밀랍처럼 나는 녹아내리니,
정신은 추락하고, 쓸모 빠진 내 힘은
호흡과 맥박을 잃어 싸늘해져 간다.

웅덩이에 처박아 놓은 사자死者와 내가 다르지 않으니,
끔찍하게 창백한 나는 그렇게 메말라 간다,
죽음에 내 감각들이 변하는 것을 느끼면서.

그러나 스스로를 불태워 가면서도 나는 기쁘고,
같은 고통에 우리는 서로를 편하게 여긴다,
나는 죽어가면서 그리고 그대는 나를 죽이면서.

CI

육신이 활기를 잃고, 정신은 더 따분해져
죽은 듯한 몸뚱어리를 질질 끌고 다닌다,
또한 뮤즈가 제 사람들에게 얼마나 많은 명예를
안겨주었는지 알지 못하는 나는 그녀를 경멸한다.

그러나 그대에게 반하게 된 그날 이후,
미덕으로 그대의 눈은 나를 이끌었고,
나를 매혹시키고 말았으니, 그렇게
우둔한 자에서 현자가 될 정도가 되었다.

그러니 나의 **전부**여, 내 무언가를 만들고,
그대 두 눈에 걸맞은 무언가를 쓰게 된다면,
그것은 그대가 몸소 내게 일으킨 효력일 것이다.

나는 그대로부터 가장 완벽한 은총을 받고,
그대는 나에게 영감을 주고, 또 내가 만들 수 있는
모든 좋은 것들을 그대는 내 안에서 만들어낸다.

CII

영혼의 눈으로 매 순간 바라본다,
내 마음 안에 자리 잡은 저 아름다움을,
산도, 숲도, 강물도, 그녀가 내게 말을 걸지 않으리란
생각을 내게서 사라지게 만들지는 않았다.

여인이여, 내 지조와 내 헌신을 알고 있는 이여,
바라보라, 제발, 지난 칠 년의
존재하지 않았던 시간이 결코
그대 위해 견디는 즐거운 내 고통을 줄이지 않았음을.

내 그것을 견디는 게 지겹지 않았으며,
그렇게 되지도 않을 것이니, 저곳으로 간다 한들
수만 번 수만의 몸으로 태어나리라.

하지만 나는 이미 내 마음에 지쳤다,
그것은 나를 기쁘게 하지 않으며, 예전처럼 그렇게
내게 소중할 수도 없다, 그대가 내 마음을 쫓아냈기 때문이다.

CIII

모래 위에 씨를 뿌린다,
심연의 깊이를 재어본들 소용없다,
아무도 나를 부르지 않건만, 언제나 스스로 나선다,
얻는 것도 없이 세월을 소비한다.

맹세하며 그녀의 초상에 내 목숨 걸어놓으니,
그녀의 불길 앞에서 내 가슴 유황으로 변하고,
그녀의 눈 때문에 혹독히 힘들어하고,
아픔은 셀 수 없지만, 하나도 후회하지 않는다.

내 삶이 얼마나 단단한지 잘 알 수 있는 자는
결코 사랑에 빠지길 원치 않을 터이지만,
뜨거움에, 차가움에, 타오르는 나를 느낀다.

내 모든 기쁨은 쓰라림으로 절어 있다,
번민에 살아가고, 슬픔에 쇠약해진다,
너무 사랑했기에 이리되고 말았다.

CIV

눈앞에 밤낮 없이 떠오른다,
천사 같은 얼굴의 성스러운 초상이,
글을 쓰든, 혹은 내 시를 **류트**에
얽어매든, 언제나 떠오른다.

제발 바라보라, 감옥에 나를 붙잡아
한사코 풀어주지 않으려는 어떤 아름다운 눈을,
나를 저버리고 생각으로 살게 하는
저 그물에 옭아매지고 만 내 마음을.

오, 커다란 고통이여, 우리의 영혼은
기괴하게 태어나며 환상 속에 사로잡히고 말았다!
판단은 언제나 감옥에 갇혀만 있다.

사기꾼 **사랑**이여, 어찌하여 그대는
흰 것을 검은 것이라고,
감각이 이성보다 더 나은 것이라고 믿게 만든단 말인가!

CV

나는 수치스런 사랑으로 그대 더럽히기 위해
발걸음을 서둘러 그대 뒤를 쫓아가지는 않으련다,
그러니 머무르라, **지레**의 강변에서
아이아스가 그대 겁탈하지 말라고 내게 조언을 던지니.

저 아래에서 그의 비난을 들었던 **넵투누스**가
파렴치한 그의 머리를
거친 폭풍우 속에서 커다란 바위로 으깨었더니,
사악한 자 스스로 목숨을 내던지고 말았다.

그는 그대를 겁탈하려 했으니,
그때 **그리스 아테네**의 복수에 가득 찬 발치를
그대는 공포로 인해 껴안고야 말았다.

그러나 나는 그대의 신전에 바칠 것이다,
내 순결한 마음만을, 그대 허락만 해준다면,
그것을 제물로 바쳐 그대 섬기게 할 것이다.

CVI

여인이여, 그대를 사랑했기에 나는 도둑이어야 한다,
내 살고자 원한다면, 그대의 아름다운 두 눈에서
그 시선을 훔치고, 나를 황홀케 한
그대 시선을 내 눈짓으로 흐리게 만들어야만 한다.

오직 아름다운 두 눈에 나는 굶주릴 뿐이니,
두 눈이 힘을 얻어갈수록,
내 가슴 기쁨으로 가득 채워지고, 내 나날들은 연장되어간다,
거기서 나오는 한줄기 불꽃은 나의 생명이기 때문에.

그대가 즐겨 던지는 한 번의 눈짓은
내게는 삼일의 양식이고, 그 양식 떨어지면
다른 눈짓을 찾아 되돌아오게 되는 나는

불행한 운명 속에서 내 생명을 훔쳐야 하는,
금지된 것을 찾지 않을 수 없는 도둑일 뿐이니,
즐거움을 위해서가 아니다, 어찌할 도리가 없기 때문이다.

CVII

열정으로 달아오른 나를 얼게 만드는 이름에 반하여
내 다정한 **카리테스**를 생각하며
에메랄드를 무색하게 만드는
푸르른 꽃 한 송이 신중히 골라 여기에 심는다.

온갖 고상하고 숭고한 장식들,
아름다움, 박식함, 명예, 우아함 그리고 재능은
향기로 천상과 지상을 가득 채우는
이 **마르그리트**에 뿌리를 두고 있다.

내 생명이 머무는 **신성한** 꽃이여,
언제나 새로워지는 그대 이마 위로
언제나 천상의 선물이 내려오기를 바라며,

젊은 처녀도, 꿀벌도, 둥글게 휜 낫도,
그리고 까불어대는 어린양의 발톱도,
결코 그대에게 다가가지 않기를 바라노라,

CVIII

느긋한 화살이 내 기억의 바위 안에
그대 이름을 새겨놓은 그날 이후,
그때 그대의 시선은(그 안에서 그대 영광 활활 타오르고)
두 눈의 벼락을 느끼게 만들었고,

벗어날 수 없는 섬광을 맞은 내 심장은
그대의 새로운 승리를 피하기 위해
그대의 상앗빛 물결 아래로,
사랑스런 그대 머리카락 속으로 몸을 숨기고 말았다.

그곳에서, 쓰라린 내 상처에 아랑곳하지 않고,
안심을 한 내 심장은 그대 머리카락에 흥겨워하고,
그대 불꽃의 섬광을 흔쾌히 즐겼다.

그렇게 내 심장은 제 주인을 좋아했으니,
창백하고 차가운 나를 저버리고 돌아오지 않았다,
마치 제 무덤을 피해 달아난 정신이 그랬던 것처럼.

CIX

아픔은 크고, 치료는 너무 짧다,
가라앉지 않는 쓰라린 내 고통에게는,
그리하여 아래부터 위까지, 발치에서부터
나는 성치 않다, 머리끝에 이르기까지.

내 생각의 열쇠를 쥐고 있던 시선이
내게는 빛나는 별이 아니었기에,
격렬한 사랑의 파도 사이에서
내 범선을 경멸에 부딪쳐 동강나게 만들었다.

깨어 있든, 꿈을 꾸든, 목숨 앗아가는 근심은,
이 굶주린 호랑이는, 무수한 이빨로 나를 파먹는다,
심장, 허파, 옆구리를 찔러댄다.

게다가 굶주린 독수리처럼 나를 짓누르는
저 반복되는 생각은 나를 풀어주지 않는다,
피 흘리는 또 다른 **프로테우스**인 나를.

CX

사랑이여, 내 열병이 더해가고,
그대 화살을 계속 쏘아 내게 상처를 입힌다면,
이 인간 껍데기의 푸르른 짐을
때가 되기도 전에 내려놓을까 두렵다.

이미 나는 느끼고 있다, 힘을 잃어가는 내 심장이
뜨거운 내 생각의 불길 앞에서
푸르른 숲이 아닌 화약가루로 변해가며
제 죽음을 앞당기고 있는 것을.

끝없이 화살을 쏘아 그녀 시선을 내게 쏟아부은
저 사랑의 물을 마셔댔던
그 하루하루가 진정 내게는 불운이었으니,

오, 진정 행복할 것이다! 이처럼 오랜 병마에
나를 붙잡아두지 않기 위해, 나를 구하기 위해,
사랑이 내게 죽음을 허용하게 될 그날 이후부터는.

CXI

감각과 이성을 잃게 만드는
달콤하고도 쓰라린 계절의
기억이 내 가슴에 이토록 감미로운 상처를 입히니,
어떤 기쁨도 내 고통을 어루만지지 않는다.

사랑이 나를 엄습하며 만들어놓은 상처를
치유할 그 무언가를 나는 추호도 원치 않으며,
나의 열망이 다른 곳에서 자유를 누리도록
누군가 내 감옥 문을 열어주길 조금도 원치 않는다.

나는 죽음보다 자유로부터 더 많이 도망친다,
슬그머니 나를 공격해 들어오는 이 부드러운 끈에서
벗어나는 것이 그토록 내게는 두렵기만 하다.

이런 시련을 겪는 것이 내게는 영광이다,
모든 것을 보상할 단 한 번의 입맞춤을
언젠간 할 수 있으리란 희망이 있기 때문이다.

CXII

그대의 두 눈이 내 목숨 앗아갔던,
아니 죽인 것이 아니라면, 최소한
메두사처럼 차가운 얼음으로 바꿔놓았던,
그날, 그해, 그달, 그 장소, 그 시간, 그 순간은 행복했다.

사실 화살은 여전히 내 얼굴에
남아 있건만, 고삐 풀린 정신은
그대 안에서 살기 위해 육신을 잊고 말았다,
차가운 덩어리 같은 나를 홀로 버려두고서.

그대가 예전에 두 눈을 돌려 조금이나마
나를 바라볼 때, 생기를 주고,
신경을 달구어준 작은 불꽃을 느꼈으며,

그것이 내 냉기에 어떤 작은 활기를 주었건만,
그대 시선은 내 고통만을 늘려놓았을 뿐이니,
그렇게 첫 번째 시선이 나의 죽음을 초래하고 말았다!

CXIII

궁수 **사랑**이 모든 화살을 나를 향해
갑자기 쏘아댔을 때, 그녀는 단 한 번의
시선으로도 나를 위로하지 않았다,
그녀의 눈에 마음을, 그녀의 얼굴에 생각을 바쳤건만.

태양으로부터 나를 녹여버리는 얼음이 만들어진다,
놀라지 않을 수 없다, 사랑스런 불꽃으로 내 가슴에
깊은 상처를 내고 만 저 시선의 광채에
내 차가움이 사라지지 않고 있으므로.

이런 상황을 맞으며 내 목숨은 여위어가고,
내 초췌함은 가장 불행한 자마저도 질투할 정도이니,
그렇게 아픔은 자라나고 심장은 약해져 간다.

그러나 내 영혼을 괴롭히는 고통은 커져만 가니,
오, 잔인할지어다! **사랑**과 내 여인이
내 아픔을 알 터인데 조금도 염려하지 않는구나.

CXIV

수많은 여인네들 속에서 나의 **님프**를 보았다,
작은 별무리 속에서 **초승달** 같고,
그 어떤 별들보다도 아름다운 눈으로
절세 미녀들의 아름다움을 흐리게 한다.

그녀의 젖가슴 안에 불멸하는 **우아**의 여신들과
활기의 여신과 **사랑**의 두 형제가
날아다니고 있었다, 마치 다시 자라난
푸른 가지 사이의 작은 새들처럼.

이토록 아름다운 그녀를 보고 홀딱 반한 하늘은
장미와 백합 그리고 꽃 모자를 비처럼 내린다,
한복판에 자리 잡은 그녀 주변에 동그랗게.

을씨년스러운 겨울은 왔건만,
그녀의 사랑스런 두 눈의 힘 덕분에
아름다운 봄이 그녀 얼굴에서 피어나게 될 것이다.

CXV

국왕들이나 그들의 왕홀이나 재산보다도
나는 더 좋아한다, 나의 **폭군**이 노니는 이 이마와
티르의 보라색도 부끄럽게 만드는
저 아름다운 뺨의 홍조를.

내 보기에 모든 아름다움은 저 가슴에 비한다면
별것이 아니니, 그 가슴 숨 내쉬며
그녀의 장식깃을 흔들고, 그 아래에서 **비너스**가
제 것이라고 말하게 될 작은 물결이 출렁인다.

어떤 **뮤즈**가 제 노래로 도닥거려
주피테르를 진정시킨 그런 방식대로,
그렇게 나는 그녀 노래에 반하고 말았다,

그녀가 자기 류트에 손가락을 사용하던 그때에,
내가 사로잡힌 어느 날 그녀가 읊조렸던
부르고뉴 무곡을 노래하던 그날에.

CXVI

내 눈이 찬미하고, 수많은 죽음 속에서
나를 살게 만드는 이 아름다움은
내 개들을 앞세우고는 내 발걸음을 쫓았다,
사이프러스의 황금여인이 **아도니스**를 추적한 것처럼.

생기 있는 그녀 팔에 나처럼
혼미해진 가시덤불이 헛되이
입을 맞추었더니 아래로 흘러내렸다,
진홍색 소중한 액체가.

그때 대지는 신성한 피를
조심스레 보듬고, 풍성하게 잉태했다,
피와 같이 붉은 예쁜 꽃송이를.

그렇게 **헬레나**가 그녀의 아름다운
이름에서 별명을 얻은 꽃을 낳았듯이,
이 꽃은 카상드르에게서 **카상드레트**라는 이름을 얻게 되었다.

CXVII

이십 대에, 공격도 비난도 하지 않고,
너무도 막무가내였던 새 한 마리에, 경솔하게, 이끌려,
피가 젊고, 턱수염이 여렸던,
생생하고도 활달했던 나는 그대를 섬기게 되었다.

허나, 오, 잔인한 여인이여, 가혹한 그대에게 굴복당한
나는 늙어버린 피부에, 하얗게 바랜 머리로,
아름다움 잃고서 되돌아가니,
이렇게 된 것은 **사랑**의 장난과 술책일 것이다.

아니, 내 무슨 말을 하고 있단 말인가? 어디로 가려 한단 말인가?
다른 행복에 나는 만족할 수 없으니,
사랑이여, 너는 나를 독으로 살찌고, 양육되는

메추라기처럼 만들어버렸구나.
다른 행복으로 나는 자라나길 원치 않으니,
다른 곳에 살길 원치 않으니, 그렇게 그대 독이 나를 즐겁게 한다.

CXVIII

한탄하지 않고 이곳에서 살 수는 없다,
애정이 넘치는 내 **여인**의 두 눈이,
내 심장을 살찌웠던 감미로운 독을
내 영혼에 쏟아부은 그날 이후로는.

사랑스런 눈송이여, 사랑스런 감미로운 불이여,
보라, 내 어찌 얼어붙고 어찌 불타오르는지,
불꽃에 녹아내리는 촛농처럼
나는 꺼져만 가는데 그대는 나에게 관심이 없다.

밤낮 없이 찔러대는 그대 두 눈 밑으로
즐겁고도 구슬프게 흘러가는
내 삶은 분명코 행복하다.

그러나 그대의 아름다움은 생각하지 않는다,
애정이 애정의 보답을 받지 않는다는 것을,
사랑이 형제 없이는 결코 자라지 않는다는 것을.

CXIX

사랑과 시련의 사신이여,
영혼 깊숙한 곳마저 흔들어놓을 수 있는 자여,
맹목적인 지식으로 눈을 가리는 자여,
가슴을 무지로 가리는 자여,

가라, 다른 곳에서 너의 거처를 찾으라,
가라, 다른 곳에서 사람들을 기만하라,
내 집에 그대 받아들이길 이젠 원치 않는다,
불쾌하고 혐오스런 희망이여.

잔인한 독재자 **주피테르**는
부친의 피로 손을 더럽히고,
우리 있는 이 땅에서 황금을 훔치면서,

새로운 괴물 같은 너를,
인간을 속이기 위해 **판도라**에게 주어진
상자 저 깊숙한 곳에 홀로 남겨두고 말았구나.

CXX

이성에서 벗어나 광기의 노예가 된
나는 야생의 짐승을 사냥하러 갈 것이다,
때로는 산에서, 때로는 강을 따라,
때로는 젊음과 방황의 숲속에서.

나에겐 묶을 끈 대신에 불행이란 긴 화살이 있고,
나에겐 설개 대신에 드센 용기가 있고,
나에겐 벌개들 대신에 열정과 젊은 나이가 있고,
나에겐 채찍 내리치는 인부 대신에 희망과 고통이 있다.

그러나 이것들은 쫓으면 쫓을수록
더 날렵하게 달아나는 야생의 짐승을 보고 나서는,
먹잇감을 버리고 내게로 되돌아와

내 살로 감히 배를 채우려 한다,
종들이 주인을 다스리려고 하니,
이 얼마나 가련하단 말인가.(나를 해치는 걸 내 피할 수는 없구나)

CXXI

하늘은 원치 않는다, **여인**이여, 내 의무에 마땅한
저 감미로운 행복을 내가 즐기는 것을,
나 또한 원치 않으며, 그 무엇에도 기쁘지 않다,
그대 섬기며 고통을 얻는 것이 아니라면.

그대로 인해 내 고통받는 것이 그대에겐 기쁜 일이기에,
나는 행복하다, 그러하니 그대를 섬기며
그대 두 눈에 내 마음 바칠 수 있다면,
그보다 더 큰 영광 나는 얻을 수 없으리라.

그러니 내 손이, 제 맘대로, 가끔은,
그대 젖가슴 속에서 나를 타오르게 할 무언가를 찾으면서
정숙한 사랑의 법칙을 거스르려 한다면,

그대 눈의 벼락으로 그것을 벌하라,
그리고 그것을 불태우라, 내 손이 그대를 언짢게 하기보다
손 없이 사는 것을 나는 더 좋아하기 때문이다.

CXXII

사랑이 날카로운 화살로
겸허하지만 잔인하고, 잔인하지만 겸허한 여전사의
초상을 내 마음 깊은 곳에 새겨둔 지
이미 육 년의 세월이 뒤로 흘러갔건만,

그래도 나는 행복하다, 이 늦은 나이에
저 빛을 보았으므로, 그 안에는 내 정신 끌어당겨
천상의 멋진 여행하게 해준 아름다운 그녀의
아름다운 초상이 살고 있다.

젊은 봄을 맞이한 그녀의 **사월**만이
우리 시간을 황금, 진주, 술 장식으로 치장하지만,
이 시간은 내 여인의 고결함을 알지도 못했고,

그 눈에서 반짝이던 광채를 알지 못했다.
오직 나만이 그것을 보았으니, 그녀 위해 나 죽으리라,
이보다 더 큰 행복을 신들이 내게 주었던 적은 없었다.

CXXIII

잠에 길들여지지 못한 눈으로
사방 만물을 주시하는 자와 같이,
동방의 경계를 잠에서 일깨우는
리라의 장인이며 위대한 **왕자**인 그가

내 열망하는 행복을 위하여 다시 슬퍼해준다면,
나는 참으로 행복하지 않겠는가? 야금야금
태양에 상처 입혔던 바로 그 화살이
내 심장 잘라내며 그런 시련 겪게 했으므로.

저렇게 위대한 **신**을 동병상련의 벗으로
감히 삼으려 했으므로,
정령 이 아픔에 나는 기쁘다, 그렇게

무거운 멍에에 잔등 휘어진 들판의 소 한 마리,
제 일을 다른 소와 함께 해내게 되면,
더 가볍고 흥겹게 짐을 지고 가게 된다.

CXXIV

저 강아지, 내 여인의 뒤를 따라가며
아무도 알아보지 못한 채 짖어대고,
저 새, **사월**의 온밤에 흐느끼며
제 탄식을 울려대고,

저 성문, 더위가 다가오면 그 안에서
생각 많은 여인 홀로 사색에 잠기고,
저 정원, 그곳에서 그녀의 손놀림은
제피로스가 만들어낸 온갖 꽃들을 거두는데,

그 무도회, 거기에서 잔인한 화살은
나를 꿰뚫었고, 새로 온 계절,
그것은 해마다 내 고통의 원기를 북돋아주고,

그녀의 눈짓 그리고 성스러운 그녀의 말,
그리고 가슴속에 새겨놓았던 그녀의 우아함,
이 모든 것이 눈물의 두 강물로 내 눈을 적셔간다.

CXXV

사랑의 불길로 좀이 쑤신 **루지에로**여,
(마법의 겉보기 속임수에 속아)
거듭나는 열정을 식히려고
그대 **알치네**의 침대로 와서 몸을 눕혔다.

고집스레 네 뜨거움 가라앉히려
지극히 아름다운 여인의 품 사이에서
그녀와 몸 맞대고 노를 저었으니,
사랑과 그 여인에게 그대는 앙갚음할 수 있었다.

감미로운 **제피로스**는 재빨리
호의 머금은 바람으로 그대 뱃고물 밀어주며
사랑의 항구가 그대 눈에 들어오게 해주었다.

그러나 항구에 다가가려는 내 배를
무시무시한 어떤 폭풍우는 언제나 저 먼 바다로
힘껏 밀쳐내니, 나는 참으로 불행할 뿐이다.

CXXVI

인간들아, 나는 그대들을 증오하니,
루아르강, **가틴** 숲, **브레** 하천,
뇌폰 숲과 포도나무 심어진 구릉 구석까지 펼쳐진
푸르른 버드나무 숲이 그 증인들이다.

나 홀로 멀리 떨어진 이곳을 거니노라면
사랑은 내게 말을 걸어와
근심 키워가는 이 적막한 곳을 헤매는
내 상처를 치유하지 않고 오히려 덧나게 한다.

그곳에서 한 발짝 한 발짝 걸을 때마다, **여인**이여, 나는
그대의 얼굴, 입 그리고 궁수들을 과하게 뒤따르는
아름다운 눈에 담긴 여전한 우아함을 다시 떠올려본다.

그러곤 빛나는 강물에 드리운 아름다운 그대 모습을
그려보면서 탄식하고 흐느껴 울었으니,
단단한 바위마저 울부짖게 만들고야 말았다.

CXXVII

아니다, 표면에 균열을 가하는 **여름** 한낮에
타오르는 대지의 저 열기도,
아니다, 갈증에 목매어 들이키는
미지근한 물마저도 말려버리는 **큰개자리**도,

아니다, 천천히 사라져가는 작은 불똥으로
온 세상을 비추는 저 불꽃도,
결단코, 여름도, 그 타오르는 불길도,
내 혈관을 태워버리는 이 뜨거운 용광로를 만들지는 않았다.

그대의 순수한 불꽃, 아름다운 그대 눈의 정령,
하늘을 덥히는 그대의 부드러운 광채가
내 용광로의 불길을 영원히 타오르게 한다.

아폴론이 수레를 끌고
게좌를 향해 가든, **궁수좌**를 향해 가든,
그대의 시선은 내 영혼 안에 **여름**을 만들고야 말았다.

CXXVIII

동방의 보물, 수많은 진주들 위에
두 줄로 나란히 펼쳐진 이 산호도,
사랑이 애원하며 입 맞추려 하고,
그렇다고 전혀 물리지도 않는 이 아름다운 백합들도,

장난하듯 물결치는 수많은 매듭으로
서로 얽혀 있는 곱슬곱슬한 이 아름다운 황금도,
얼굴에 표현된 백합의 흰색에
진정 견주게 될 이 패랭이꽃도,

환히 빛나는 저 이마의 아름다운 하늘도,
두 눈썹의 두 아치도,
내 삶에 죽음을 선고하지는 않았다.

단지 그녀의 아름다운 눈만이 (그 안에 확신에 찬 **궁수**가
나를 죽이려 화살을 감춰두었으니)
저녁이 오기 전에 내 하루를 끝낸다.

CXXIX

그대들 중 누구라도 말하라, 크지도 않은 사랑을
주는 척하면서 그것마저 감추려 하지 말라,
아픔이 너무 커서 대놓고 비통해할 수도
그렇다고 억누를 수도 없을 정도이다.

만약 그대 감추지 않는다면, 희망하기에 위안이 되는
저 달콤한 선물을 내 어찌 거부할 수 있겠는가?
만약 그대 감추려 한다면, 어찌하여 죽은 희망으로
나를 키우면서 언제나 나를 속이려 하는가?

한쪽 눈으로 그대는 나를 지옥으로 몰아넣고,
훨씬 온화한 다른 눈으로 그대는 온 힘을 다하여
나를 천국으로 다시 올려 보내려 애를 쓰니,

그렇게 나를 다시 살리고 죽게 만드는
그대의 두 눈은 쉼 없이 나를
폴룩스같이, **카스토르**같이 만들어버리고 만다.

CXXX

일천오백 그리고 사십육 년,
아름다운 만큼이나 내게는 잔인한,
저 잔인한 한 **여인**이 머리칼에 넋이 나간
내 마음을 머리채로 묶어버리고 말았다.

그때 생각했었다, 영원한 고통을
받기 위해 태어난 못 배운 바보처럼,
음험한 그 금발의 매듭들이
기껏해야 이삼 일 나를 묶어둘 것이라고.

한 해가 지나고 또 다른 해가 시작되었건만,
이전보다 올가미에 더 사로잡히고 만
나를 보고 있으니, 때때로 죽음이

내 고통의 끈을 풀어버리려 했지만,
사랑은 내 심장을 애무하며
헛된 희망으로 더욱 강하게 조여온다.

CXXXI

변함없는 외딴곳이여, 너에게 해마다 제물을
바칠 것을 명령한다, 네 안에서 몸을 떨며 겁에 질렸던
나는, **여인**이여, 그대를 섬기며 견뎌내야 했던
슬픔의 노고를 겪고 말았다.

사랑의 고통을 선언하기에
가장 안전하고 적당한 최고의 외딴곳이
사이프러스에도, **크니도스**, **아만토스**, 혹은 **에릭스**의
저 지극히 행복한 과수원 안에 있지는 않았다.

나는 야심찬 **군주**의 황금을 가질 수 있을 것인가?
외딴곳이여, 네가 황금과 어마어마한 돈이
넘쳐나는 귀중한 신전이 될 수 있을 것인가?

네 제단 주변에서 싸우고 다투었던
연인들은 그곳에서 장엄한 맹세를 하며
스스로를 희생물로 바칠 수 있을 터인데.

CXXXII

오월의 명예이고 **봄**의 전리품인
나를 굴복시킨 손이 엮은 꽃다발이여,
네 아름다움은 언제나 **사월**을 꽃피게 하면서
작은 꽃송이들에게 수치를 안기는구나.

나는 너를 느낀다, 코가 아니라 가슴으로,
네 향기가 굴복시킨 정신으로,
혈관 하나하나 타고 차오르며
너는 온 감각에 향기를 내뿜는다.

자, 여인을 대신하여 나에게 입 맞추라,
제발 내 탄식을 받아달라, 내 눈물을 받아달라,
그것들은 네 색채를 더욱 돋보이게 할 것이며,

(그렇게 네 꽃은 시들지 않게 될 것이므로)
축축한 내 눈물과 뜨거운 탄식을 받아달라,
언젠가 내 마음속에 네가 뿌리내리길 원한다면.

CXXXIII

아르고스가 꾸며낸 이야기라고 사람들이 말할지라도,
선량한 후손들이여, 그 말을 믿지 말라,
그것은 허구가 아니라 진실이며,
불행히도 나는 그것이 사실인 것처럼 느끼고 있다.

다른 어떤 **아르고스**가 무시무시한 두 눈을 뜨고서,
꾸미지도 지어내지도 않은 인간의 몸을 하고서,
나를 두렵게 하고 비참하게 만든
아름다운 여인을 엿보고, 망보고, 지키고 있다.

아르고스가 제 눈으로 아름다운 그녀를 붙잡아두지 않는다면,
그 목덜미에 내가 언제나 매달리게 한다면,
나는 그의 선한 성품을 잘 알고 있다고 할 수 있을 터인데.

아! 진짜 **아르고스**여, 진정 너는 나를 시름하게 만드는구나,
오, 제발 다른 **메르쿠리우스**가 오기를 바라노니,
그대 죽이기보다는 꿈으로 잠재우기 위해서이다.

CXXXIV

새로운 봄으로 언제나 지속되는
그대의 젊은 아름다움에,
경쾌하고도 푸르른 신선함으로
꽃들을 다시 피우는 이 **사월**을 비교해본다.

그대로부터 잔인함은 멀리 달아날 것이고,
사월 앞에서 가장 잔인한 계절은 도망친다,
사월은 진정 아름답고, 그대 얼굴 진정 아름다우며,
사월의 흐름은 꿋꿋하고, 그대의 충실함은 단단하다.

사월은 강변과 숲과 들판을 채색하고,
그대는 아름다운 가지가지 꽃들로 내 시를 채색한다,
사월은 일꾼들의 힘든 노동에 물을 뿌리고,

내 고통을 헛된 희망으로 씻겨준다,
사월은 **하늘**에서 풀들 위로 눈물 떨어지게 하고,
그대는 내 눈에서 두 샘물 흐르게 한다.

CXXXV

감미로운 아름다움이여, 내 목숨 앗아가는 이여,
그대 안에는 심장 대신 바위가 놓여 있다,
그대는 사랑의 욕망에 빠진
살아 있는 나를 고민하고 피 마르게 한다.

그대를 사랑하게 이끌었던 젊은 피는
그대로부터 차가움을 앗아올 수는 없었으니,
가혹하게 완강한 이여, 그대, 아무런 쓸모없는
차가운 고통이 아니라면 그 무엇도 좋아하지 않는다.

살아가는 것을 배우라, 오 당당한 잔인함이여,
플루톤을 위해 그대 아름다움 지키려 하지 마라,
사랑할 때 적은 기쁨 느끼게 될지라도,

부드럽게 죽음을 속여야만 한다,
대지 저 아래에서 육신은 당연히
그 무엇도 느끼지 못하는 재가루일 뿐이므로.

스탕스

우리가 무릎을 꿇고 성당에
머무르게 된다면, 신을 찬양하기 위해
교회의 가장 신성한 장소에서
겸허하게 허리 굽히는
사람들의 방식을 따라
독실한 신자의 모습을 하게 될 것이다.

그러나 침대 위에 우리가
서로 얽혀 있게 되면, 이불 속에서
수많은 사랑의 행동을
장난치듯 자유롭게 벌이는
연인들의 방식을 따라
음탕한 짓을 하게 될 것이다.

그러니 어찌하여 내가
너의 아름다운 머리칼을 물어뜯고
너의 사랑스런 입술에 입 맞추고
너의 아름다운 젖가슴에 손을 대려 하면
너는 수녀원에 갇힌
어린 수녀를 흉내 내려 하느냐?

누구를 위해 네 눈과
맛난 가슴과
이마와 두 입술을 지키려 하느냐?
카론이 너를 배 위에
태우고 난 뒤에야 그곳에서
플루톤에 입 맞추려 한단 말이냐?

네가 조만간 죽게 된다면
말라비틀어진 너는 그곳에서
창백한 주둥아리만 얻게 될 뿐이다,
내가 죽어 **어둠** 속의 너를
보게 된다면, 네가 예전의
내 애인이었다고 털어놓지 못하게 될 것이다.

네 머리에 살덩어리는 남지 않게 될 것이고
그토록 아름다웠던 네 얼굴에서
정맥도 동맥도 사라지게 될 것이다,
단지 너는 묘지의 해골들에서
볼 수 있는 그런 치아들만
갖게 될 뿐이다.

그러니 살아 있는 동안에
여인이여, 생각을 바꾸어라,
내게 네 입술을 아끼지 마라,

조만간 너는 죽게 될 것이고
그제야 너는 내게 가혹했음을
후회하게 될 것이다.

오, 나는 죽어간다! 오, 내게 입 맞추라!
오, 여인이여, 내게 다가오라!
몸을 떠는 **목신**마냥 달아나는구나,
적어도 내 손이 너의 젖가슴 속에서,
아니 괜찮다면 더 아래쪽에서
뛰놀도록 허락해달라.

CXXXVI

그물 안으로 나를 유인한 것은
아름다운 그녀 눈의 계략이고 유혹이며 미끼였다,
그녀가 웃고 있든, 류트 소리에
발걸음을 세어가며 맞추든 간에.

한밤에 그렇게 많은 횃불들이 있을 수 없고,
그렇게 많은 모래가 **에우리포스** 해협을 지날 수는 없으니,
그처럼 저 아름다움들은 그녀의 우아함을 드높이고,
그것을 위해 나는 수많은 죽음을 견뎌야만 했다.

하지만 내 삶을 메말려 버리는 고통이
너무도 즐겁기에, 감미로운 고통에서
결코 멀리 떨어져 있고 싶지는 않다.

그러니 **사랑**이여, 죽어서도 내 여전히 지니게 하라,
내가 살아서 바위 같은 심장 안에 간직한
저 사랑스런 상처의 쓰라린 감미로움을.

CXXXVII

찬란한 빛으로 내 폭풍을 닦아주는 눈이여,
눈썹이여, 아니 내 마음을 다스리는 하늘이여,
별들로 반짝이는 이마여, 화살통과 활이 담긴
내 **주인**의 **전리품**이여.

아름다움이 기대고 있는 대리석의 목이여,
행복으로 풍요로운 순백의 턱이여,
명예가 살고 있는 상아의 젖가슴이여,
희망으로 내 노고를 달래주는 가슴이여,

그대들은 내 욕망을 유혹하여,
내 허기와 내 기쁨을 채우고 말았으니,
하루에도 수없이 그대들을 보아야만 한다,

물고기 넘쳐나는 해변으로 돌아가지 않으면 쉬지도 못하고,
거기에서 먹잇감을 찾지도 못하면,
날아오르지도 못하는 한 마리 새처럼.

CXXXVIII

높이 날아오르시오, 그리고 활짝 편 날갯짓으로
저 바람의 거만함과 세력을 막아내면서.
드니조, 네 붓들을 들어 움직이시오,
신전을 가진 신들의 천상까지.

그곳에서 **아르고스**의 눈으로 그들의 신성함을 응시하시오,
바라보시오, 그들의 우아함과 지식을,
그리고 완벽한 내 **여인**을 위해
가장 아름다운 것에서 환상적인 하나의 모델을 상상하시오.

그런 후 찾아내시오, 수많은 꽃들의 색채를,
그것들을 적셔내시오, 내 얼굴을 따라
서서히 흘러내리는 저 눈물의 축축함에 담아서.

그런 후 그대 정신과 그대 시선을
신들을 피해 나온 주인에게 곧장 묶어
그려내시오, **드니조**, 내 목숨 앗아가는 저 아름다움을.

CXXXIX

내 **여인**의 고향이자, **왕들**과
내 욕망이 머무는 도시 **블루아**여,
네 안에서, 젊었던 나는 영혼을 꿰뚫은
갈색 눈에 굴복당하고 말았다.

네 안에서, 이 최초의 불꽃을 받았고,
네 안에서, 잔인함이 어떤 것인지 알았고,
네 안에서, 저 거만한 아름다움을 보았으니,
그 기억 또다시 나를 타오르게 만든다.

사랑이 영원히 너의 도시에 머물고,
그의 활집, 그의 램프, 그의 화살은
그의 영광을 기리는 신전, 네 안쪽에 걸려 있다.

그가 날개 품 안에 너의 성벽을
영원히 품고, 네 **루아르**강에서
언제나 발가벗고 고수머리 감기를 바라노라.

CXL

행운을 내려주는 별은 행복하였다,
호의의 시선으로 내 **여인**을 알아보았기에,
그녀가 태어난 날, 배내옷으로 감쌀 수 있었던
손과 요람은 행복하였다.

천상의 행운을 받은 유방은 행복하였다,
최초의 젖을 그녀가 맛보았기에,
수많은 선물로 장식된 저 아름다움을
잉태한 태내는 진정 행복하였다.

이런 명예를 얻은 부모는 행복하였다!
행운의 별을 낳은 그녀를 보았기에,
아름다운 이의 탄생을 지켜본 성벽은 행복하였다!

그녀가 수태할 아들은 행복할 것이다!
그러나 아이를 배게 한 그는 더욱 행복할 것이다!
처녀가 아니라 여인 그리고 엄마로 만들게 될 그는!

CXLI

나의 탄생을 주재한 떠오르는 별이
제 시선으로 **신들**을 지배한 것은 아니다,
내 태어났을 때, 그 별은 그대의 두 눈,
나를 굴복시킬 훗날의 독재자들 안에 머물고 있었다.

나의 모든 것은, 나의 재산, 행복, 지식은,
그대 눈으로부터 온다, 우리를 더 잘 묶어놓을 목적으로
두 눈에서 나오는 예언의 불길이 우리를 합쳐놓았고,
우리 둘은 하나의 본질이 되고 말았기 때문이다.

그대 안에 내가 있고, 그대는 홀로 내 안에 있다,
내 안에서 그대는 살고, 나는 그대 안에서 산다,
그렇게 우리의 사랑은 완벽하게 원을 이루었다.

그대 안에서 살 수 없음은 나의 죽음일 것이니,
그렇게 **명충나방**은 불꽃을 잃고서는
살아갈 수가 없다, 물살을 잃은 **돌고래**도 마찬가지이다.

CXLII

땋아 늘인 그대의 아름다운 검은 머리칼로
사랑은 활시위를 엮었으며,
그는 그대의 생생한 반짝임으로 불을 만들었고,
그는 그대의 갈색 눈으로 화살을 만들었다.

그의 첫 번째 화살은 나를 죽어가게 만들었지만,
그의 두 번째 화살은 나를 죽음에서 살려놓았다,
그 화살, 깊은 상처에 건강을 되돌려주었고,
화살로 생긴 상처는 화살을 맞아 아물어간다.

그렇게 예전에 먼지 일렁이는 **트로이아** 땅에서
그리스 전사의 **펠리오**산 나무망치는
미시아인의 고통을 끝나게 해주었다.

그렇게 그대의 아름다운 눈이 내게 쏘아댄 화살은
나를 살게 하고 동시에 죽게 한다.
아, **파르카이**는 어찌 이리 내 운명을 짜놓았단 말인가!

CXLIII

벌이 만든 꿀보다 더 달콤한 미소,
치아들, 아니 두 개의 은빛 성벽들,
그녀의 붉은 입술 산호 안에 박힌
두 줄의 다이아몬드,

영혼을 홀리는 감미로운 말,
내 심려를 매혹하는 노래,
두 개의 별에 붙여진 두 개의 하늘,
그것들은 내 **여신**의 경이로움을 알려준다.

청춘의 봄을 맞이한 그녀의 아름다운 정원에서
향기가 피어나서 부드러운 숨결로
언제나 하늘을 향으로 가득 채우리라.

거기에서 매혹적인 목소리 새어나와
숲을 온통 도취시켜 기뻐 뛰어놀게 만들고,
언덕을 들로, 들판을 산으로 솟아나게 만든다.

CXLIV

천사와 같은 여인을 보았던 이 초원 위를
언제나 꿈꾸며 몽상하며 가리라,
그녀, 희망과 근심으로 나를 살게 하며
내 운명을 자기 두 눈에 담아두었다.

그녀의 신선한 머리를 장식하는
길게 땋은 머리칼은 얼마나 비단결 같았던가?
이리스처럼 변하는 그녀 얼굴은
얼마나 장미 같았던가, 얼마나 꽃다웠던가?

그때 내가 본 것은 죽어야 할 시골 처녀도
죽어야 할 귀부인도 아니었으니,
그녀에게는 이마도 눈도 없었다.

그러니 **이성**이여, 내 넋이 나간다 해도
그것이 이상하지 않다, 진정으로 그녀는 **천사**였기 때문이다,
그녀, 우리를 사로잡기 위해 **천상**에서 내려왔다.

CXLV

내 정신은 아주 음울하고 무거웠다,
내게 고통을 주는 그곳으로부터
우리가 이토록 반겨하는 바로 그 고통 때문에
나처럼 누렇게 된 황금오렌지 받았을 때에.

사과는 **사랑**의 선물이니,
그대들은 잘 알고 있다, 오, 여전사 **아탈란테**여,
가슴 쓰라린 황금 글자 때문에
아직도 흐느끼는 **키디페**여.

사과는 **사랑**의 진정한 증표이기에,
사과를 받을 수 있는 자는 행복할 것이다!
비너스가 가슴에 항상 지니는 것도 사과이므로.

아담 이후에 우리는 그것을 갈망하지만,
카리테스만이 그것을 손아귀에 쥐고 있으니,
결국 **사랑**은 재미난 사과놀이에 불과할 뿐이다.

CXLVI

온통 두려움에 떨며 샘물을 찾는다,
저 무시무시한 꿈을 씻어내기 위해서,
그 꿈은 내 고통을 더해가며 공포에 떨었던
내 영혼을 온밤 내내 갉아먹었다.

잔혹한 내 다정한 이가
소리치는 것 같았다, 내 사랑, 위험에서 구해주세요,
생면부지 도적이 강제로
나를 붙잡고 숲으로 끌고 가네요.

그때 목소리가 이끄는 곳으로 몸을 달려
손에 칼을 단단히 쥐고 숲을 가로질러 갔다,
그러나 몸을 피하던 그녀 뒤를 쫓아 달리다가

그 도적 내게로 달려드는 것을 보고야 말았으니,
그놈은 내 칼로 심장을 꿰뚫어버리고는
나를 불타는 격랑 속으로 던져버리고 말았다.

노래

1 **여인**이여, 끈덕진 고통에 괴로워하던
나는 결코 생각하지 못했다,
그대 가슴이 나를
이리도 냉담하게 대하리라는 것을,
나를 구원하기는커녕
아름다운 그대 눈이 나를 죽게 만들 것을.

내 그대 처음 보았을 때
지나치게 헌신적으로 사랑했기에,
그 이후 받을 고통을
10 내 미리 알았더라면,
자유로웠던 이 마음이
그처럼 빨리 굴복하진 않았을 것이다.

그런데 그대는 나를 속일 유일한
그대 두 눈에 대고 맹세하게 만들었다,
내 마음이 갖고자 바라는 것 이상으로
나를 바칠 것을,
그러곤 내 평안을 질투한다는 듯이
내 행복을 허무로 바꾸어버렸다.

나 그대 아름다운 눈 보자마자
20 **사랑**은 나의 고결함을
쾌락의 제국에 굴복하도록
욕망으로 나를 묶어버렸고,
그대 시선이 내 심장을 향해 쏜
첫 번째 창을 뽑아버렸다.

여인이여, 바로 그것이 나에 대한 그대의 환대였다,
진정 나를 행복하게 만들기 위해
그대 시선의 열쇠로
연인들의 낙원을 내게 열어 보이고
이 아름다운 곳의 노예가 되어
30 인간인 나는 신이 되고 말았다.

더 이상 나는 예전의 나가 아니라
나에게 상처 입힌 시선이 되었고,
헌신의 담보로 내 심장을
내 주인께 바칠 것이다,
그때 내 심장은 만족스러운 노예가 되니,
다른 아름다움이 그것을 기쁘게 하진 않을 것이다.

때로는 밤낮으로
수많은 사랑의 역경에 고통을 받아도,
가장 잔인한 원수 같은 번민도

40　그것에겐 지복으로 여겨지며,
다른 눈에 고통받기를
결코 바라지 않게 될 것이다.

등에 짊어진 거대한 바위도,
언제나 격렬한 발길질도,
강변을 내리치는
바람도, 격랑도,
비바람 일렁이는 그대 냉정함에 휩싸인
내 심장보다 더 강하지는 않다.

자기를 사로잡은 아름다운 눈을
50　사랑하기 때문에 마음 변치 않는 내 심장은
단단함을 유지하기 위해
다시 세공되기보다는,
쇠망치 아래서 깨지고 마는
그런 보석과 같기 때문이다.

따라서 유혹적인 황금도
우아함도, 아름다움도, 그 어떤 자태도,
내 가슴에 그대 아닌 다른 초상을
심어놓을 수는 없다,
그러면 오히려 내 심장은 번민으로 죽어갈 것이다,
60　다른 이의 초상에 괴로워하기보다는.

그러니 다른 **여인**이
그것을 차지할 수 없도록
내 가슴을 거대한 바위로,
해자[垓字]로, 혹은 성벽으로 둘러쌀 필요는 없다,
그대가 **사랑**의 명을 받아 그것을 완전히 굴복시켰으므로
이제 더 이상 그것은 정복될 수 없을 것이므로.

노래여, 천상을 밝히지 않고도,
별들은 빛날 수 있다,
그리고 바다 위로 불어대는 바람은
70 더 이상 폭풍우를 내리지 않을 것이다.
그녀의 잔인한 두 눈이
내 충절을 쇠약하게 만들기 전까지는.

CXLVII

펼쳐진 지평선의 어두운 장막이
느닷없는 습기로 하늘을 뒤흔들고,
가느다란 우박으로 터져버린 대기가
사방의 들판을 튀어 오르며 때려댔다.

이미 **불카누스**는 이름난 대장간에서
애꾸눈 병사들의 손들을 재촉하였고,
주피테르는 구름 저 깊은 곳에서
투창의 빛으로 손을 무장하였다.

그때 부풀어 오른 소박한 치마 입은 나의 **예쁜 님프**는
꽃들을 꺾으면서 눈의 광채로
우박과 비 내리는 대기를 씻어냈다.

빠져나온 바람의 무리를 다시 가두었고,
키클롭스의 망치질을 멈추게 하고는
주피테르의 두 눈에 평온을 주었다.

CXLVIII

나를 환히 비출 그녀의 두 불꽃은
다른 곳을 밝히기 위해 가버리고 말았다,
심지어 반짝이는 한낮을 만들기 위해
마음들 안에 꿋꿋이 머무르는 밤을 보지 않기 위해서.

아, 내 양 허리춤 주위에는
어찌 저런 날개가 돋아나지 않았단 말인가 ?
사랑의 호위를 받으며 **하늘** 저 높은 곳으로
날아갈 텐데, 마치 그녀 주변을 맴도는 **백조**처럼.

허리를 꿰뚫은 그녀의 찬란한 빛으로
내 날개들을 피로 붉게 물들일 텐데,
내 견뎌온 저 고통을 증명하기 위해서.

그런데 나에게는 확신이 있다, 내 슬픈 고통이
탄식을 내뿜으며 그녀의 마음을,
아니 단단한 바위를 꺾게 되리라는 것을.

CXLIX

그대가 **신**에 맞서 부서지지 않으려거든
내 말을 들으라, 결코 경멸하지 말라,
간청의 자식인 가련한 한숨을,
간청은 **주피테르**의 딸이므로.

간청을 물리치는 그 누구도
결코 청춘을 온전히 마치지 못할 것이고,
언제나 냉랭했던 제 얼굴의 오만함이
지옥까지 떨어지는 것을 보게 되리라.

그러니 거만한 여인이여, 이 폭풍우를 피하라,
나의 눈물에 그대 마음을 적시라,
자비를 베풀고, 내 고통을 치유하라.

하늘이 언제나, 물이 언제나, 바람에 흔들리지는 않으니,
그대의 거만한 아름다움은 내 상처를 덧내는
이 가혹함을 언제나 꼿꼿이 세워서는 아니 될 것이다.

CL

이 봄날에 어찌하여 내 품 안에 들어오지 않는단 말인가?
풀이 무성해 융단 같은 이 강변에서
내 상처를 생생함으로,
내 생각을 느긋한 고통으로 붙잡아둔 그녀가.

그녀는 이 푸른 숲에서 태어난
님프가 아니란 말인가? 저 그늘진 서늘함을 지나며
새로운 **실바누스**인 나는 활활 타오르는 불길로 나를 태우는
이 불꽃의 열기를 진정시켜야 하리라.

아, 신들이시여, 어찌하여 그대들이 만든 운명의 법령은
편력기사로 나를 태어나게 만들지 않았는가?
그는 등에 홀로 처녀들을 태우고 갔고,

질투와 비방에서 멀리 벗어나
그녀들의 몸을 만지고, 입을 맞추고, 말을 나누며,
숲속에서 그녀들과 함께 보내지 않았던가?

CLI

이 세상의 모든 것은 변하는 법이니,
눈물에 취한 **사랑**은 이제
단단한 떡갈나무에서 꽃을 피우리라,
바람에 부딪혀도 물이 더 이상 흔들리지 않으리라.

자연을 거역하여 꿀이 바위에서 흘러나오리라,
봄날의 색깔들이 한결같으리라,
여름이 차갑고, 겨울이 열기로 가득하리라,
구름이 더 이상 바람에 가득 차 부풀어 오르지 않으리라,

모든 것이 변하리라, 나를 옥죄는
저 단단한 매듭, 죽음만이
끊어낼 수 있을 그것을 그녀가 풀어헤치길 원했기 때문이다.

사랑이여, 어찌 그대는 이 법을 멸시한단 말인가?
어찌 그대는 일어날 수 없는 일을 만든단 말인가?
어찌 그대는 그대 신념을 그토록 거짓되게 깨뜨린단 말인가?

CLII

검은 머리의 **여신**, 갈색 눈의 달이여,
이곳, 저곳, 높은 곳, 낮은 곳, 그대는 돌고 돌며
결코 멈추지 않고 또 되돌아오며,
그 끝없는 노고의 수레를 끌고 간다.

그대 욕망에 내 욕망 비할 바는 아니리라,
그대 영혼을 찔러대는 사랑들과
내 영혼을 자극하는 열정들은
고통의 치유를 위해 서로 다른 희망을 욕망하기 때문이다.

라트모스산의 잠든 자를 애무하는 그대는
태양을 잠들게 해서 달아나는 그대 수레바퀴를
언제나 늦추길 원할 터이지만,

밤새 **사랑**에 뜯어먹히고 있는 나는
저녁이 오자마자 **새벽**을 기원한다,
그대의 밤이 내게 감춰버린 저 햇빛을 보기 위해서.

CLIII

쓰라린 사랑의 갖가지 번민이
익지도 않은 채 영혼 안에 시퍼렇게 남아 있고,
눈 안에서는 샘물이 출렁이고,
화산은 심장을 불구덩이로 만들어버린다.

어떤 것은 뜨거움으로, 어떤 것은 차가움으로,
때로는 나를 얼려버리고, 때로는 벼락을 내려친다,
차례대로 돌아가며 내 안에서 싸움을 벌이지만,
그 누구도 승리를 거두지는 않는다.

부탁한다, **사랑**이여, 누구든 하나가 자리를 차지하게 해달라,
불이든 혹은 차가운 얼음이든,
누군가가 이 대결을 끝내게 해달라.

아! **사랑**이여, 나의 죽음을 간절히 원하면서도
두 독사들은 서로 맞서 싸우면서
생명의 불을 추호도 꺼뜨리지 않는구나.

CLIV

제 법을 따르라고 압력을 행사하는
그 눈이 더 이상 내 눈 안에서 빛나지 않기에,
어둠은 나에겐 낮이고, 낮은 나에겐 밤과 같으니,
그 눈이 없기에 내 고통은 이리도 쓰라리다.

침대는 혹독한 전쟁터와 같고,
그 무엇에도 기쁘지 않으며, 모든 것이 나를 해친다,
나를 따르고 또 따르는 이런 생각이
집게보다 더 강하게 내 심장을 죄어온다.

예전에 **루아르** 강둑에 핀 수많은 꽃들 사이에서
한탄과 눈물의 번민에 취했던 나는,
강건한 이 불안을 진즉 끝낼 수도 있었으리라,

어떤 **신**이 내 눈을 이끌어,
유일하게 나를 위로하는 바람이 불어오던 곳,
그대가 머무는 그곳을, 바라보게 하지만 않았더라면.

CLV

에리만토스산 축제 때, 혹은 **로도피**산,
혹은 어떤 다른 산꼭대기의 열기처럼,
봄이 되니 차갑던 눈은 녹아내리고,
바위 사이를 흘러 달아나는 물이 되었다.

그렇게 그대의 눈(나를 괴롭히는 태양이여)은
바라보는 나를 촛농으로, 눈송이로 만들어버리고,
이미 녹아내리는 내 두 눈을 때려,
내 눈물로 넘쳐나는 강물에 뒤섞어버렸다.

금잔화, 주목나무, 사이프러스가 아니라면,
어떤 풀도 꽃도 그 주변에서 자라지 않으며,
그 강물도 청랑한 물방울로 넘쳐나며 흘러가지 않는다.

다른 강들은 들판을 가로질러 흐르지만,
가슴 안으로 흘러들어 온 이 강은
내 고통에서 태어나며 마르지 않는다.

CLVI

날카로운 걱정과 가지가지 근심에
그대 눈꺼풀이 쉼 없이 깨어 있을지라도,
그대 입술이 검은 독에 젖어 있을지라도,
그대 머리칼이 독사들로 뒤덮여 있을지라도,

나병에 걸린 저 거창한 벌레의 감염된 피로
그대 가슴과 그대 목이 더럽혀졌을지라도,
그리고 녹슬어버린 곁눈질로
원하는 만큼 나를 흘겨 바라볼지라도,

언제나 하늘을 향해 나는 고개를 쳐들 것이며,
폭풍우처럼 으르렁거리는 글로
그대의 기괴한 시도에 벼락을 내리칠 것이다,

나를 죽일 목적에, 혹은 나의 **요새**를 무너뜨릴 목적에,
그대가 그것들의 안내자로 나설 때마다,
그대는 매 순간 **헤라클레스**와 같은 나를 느끼게 될 것이다.

CLVII

과도한 사랑이라는 명칭으로 불리며,
내게는 설탕이면서도 쓰디쓴 비소이기도 한,
달콤하지만 가시 무성한 저 목장으로부터
양식을 얻건만 배부르지 않다.

내 힘을 구속하는 저 갈색 아름다운 눈은
굶주림으로 나를 이리도 쇠약하게 만들지만,
나는 허기를 채울 수 없다,
헛된 초상의 단 한 번 눈짓이 아니라면.

그 초상 바라볼수록 취기가 달아난다,
나는 진정 비참한 **나르키소스**이다.
아, **사랑**이란 얼마나 잔인한 것인가!

사랑이 나를 죽일 것을 잘 알고 있건만,
내 고통 구해낼 수 없으니,
내 혈관 안에 그렇게 많은 독이 퍼져 있기 때문이다.

CLVIII

공허한 얼굴의 모습을 좋아하는
나의 눈이 나를 농락하며 속여대니,
오, 거듭나는 잔인한 고통이여!
오, 가혹한 운명이여! 오 **신들**의 악의여!

샘물을 너무도 좋아한 까닭에
나는 나를 시기하게 되었는데,
알 수 없는 감각에 사로잡힌 내 이성은
고통을 행복으로 잘못 생각해야 한단 말인가?

내 얼굴의 헛됨이
뜨거운 햇볕에 녹아내리는 밀랍처럼,
이 얼굴을 잘게 부숴야 한단 말인가?

그렇게 사랑에 빠진 **나르키소스**는 눈물을 흘렸더라,
촉촉한 샘가, 아름다운 제 피에서
아름다운 꽃이 피어나는 것을 느끼면서.

CLIX

고통을 받는 나는 불행하지만 기쁘다,
밤이 천상의 불꽃을 늘여가건,
혹은 **새벽**이 길고 두꺼운 무늬의 맨드라미
흩어진 햇빛을 뿌려대건.

즐거운 고뇌로 내 정신을 살찌운다,
그리고 멀리 떨어져 홀로 있는 어딘가에서
나는 항상 바라본다, 내 눈앞에 있는,
내게 전쟁과 평화를 불러일으킨 그녀를.

너무 그녀를 사랑했기에 또한 나는 견디고 있다,
똑같은 방식으로 내 마음을 옥죄는
때로는 기쁨을 때로는 가혹한 아픔을.

한마디로 내 압생트는 그런 달콤함으로 가득하니,
기쁨은 고통만큼 나를 기쁘게 하고,
고통은 기쁨만큼 나를 기쁘게 한다.

CLX

정액으로 흥분한 **주피테르**가
소중한 자식들을 낳고 싶어 하는 지금,
불타는 뜨거운 허리로
주노의 촉촉한 가슴에 씨를 뿌리는 지금,

바다 그리고 격렬한 바람이
무장한 거선에 자리를 내주는 지금,
울창한 숲속에서 새 한 마리
트라키아 사람의 고통을 다시 노래하는 지금,

수없이 셀 수 없는 온갖 색채로 물든
들판들이, 그리고 꽃들이
저토록 기뻐하는 대지의 젖가슴을 채색하는 지금,

홀로 생각에 잠겨 아주 은밀한 바위 안에서
소리 없는 마음으로 내 슬픔을 말하노라,
숲속을 거닐며 내 상처를 감추리라.

마드리갈

저주받을지어다! 그대의 모습을 비추고,
그대를 그렇게 아름다움에 오만하게 만들고,
그래서 내가 욕망하는 행복을 거절하며
잔인함으로 그대 가슴 부풀려놓은 저 거울은.

지난 삼 년 동안 그대 두 눈 때문에 탄식한다,
내 눈물은, 내 맹세는, 내 충정은
그대 가슴에서, 오 운명이여! 떼어내지 못하였다,
나를 시련에 빠뜨린 저 감미로운 오만함을.

허나 그대는 모르지 않는다,
아래로 축 처져버린 꽃처럼,
이 아름다운 달도, 그대의 나이도 지나가리라는 것을,
지나간 시간이 다시 모이지 않는다는 것을.

그대, 젊음과 우아함을 간직할 동안
그리고 사랑의 전투에 알맞은 이 시간이
감미로운 기쁨에 조금도 싫증나지 않을 동안,
제발, 사랑도 없이 죽음을 기다리지는 말라.

CLXI

사랑이여, 내 심장 안에 여인이 살고 있듯,
어찌 이 **야수**는 내 품 안에 살지 않는단 말인가?
단 한순간만이 내 번민을 치유할 수 있을 텐데,
내 고통이 죽음의 강변으로 건너가 버릴 텐데.

달리면 달릴수록 그놈은
오만과 냉정의 길을 따라 더 잽싸게 도망치지만,
지쳐버린 나의 힘은 점점 더 빠져가고
느려터진 걸음으로 그 뒤를 걸어간다.

제발, 내 말을 들으라, 그대 발걸음 늦춰라,
사냥꾼처럼, 아니 느닷없이 상처 입히는 궁수처럼,
내 그대 뒤를 쫓는 것은 아니다.

오히려 그대 눈의 아름다운 광채로 화살을 만든
사랑의 일격에 꿰뚫려 쓰러진,
그대에 대한 애정에 상처를 입은 연인과 같다.

CLXII

하늘에 맞서 내 마음은 반항하였다,
내 부서뜨릴 수 없는 운명이
이 새로운 껍데기를 걸치기 이전에
지금의 나에게 여인을 다시 보게 해주었을 때.

그러자 골수에서 골수로,
신경에서 신경으로, 혈관에서 혈관으로
뜨거움이 심장을 불태워버렸다, 이후로 나는
때로는 기쁨에 아니면 잔인한 고통에 살아왔다.

그녀의 아름다움을 지금 바라보지만, 얼마나
그녀가 신성한가, 예전에 그녀를 낙원에
남겨두었다는 생각이 다시 떠오른다.

다시 상처 입게 된 그날 이후,
가까이든 멀리서든, 실제로든, 생각으로든,
그녀에 대한 숭배를 결코 멈추지 않았기 때문이다.

CLXIII

이곳이 바로 그 숲, 내 성스러운 **앙즐레트**가
봄이 오면 자기 노래로 기쁘게 하겠지,
이것이 바로 그 꽃들, 제 홀로 생각에 잠긴 그녀가
길을 가며 밟게 되겠지.

바로 이곳이 그 초원과 푹신한 강변,
한 발씩 걸으면서 새로 나온 풀잎의 아름다운 에나멜을
그녀가 품속에 숨길 때마다
그녀 손에 닿아 생기를 얻게 되겠지.

여기서 노래하고 저기서 눈물 흘리는 그녀를 보았다,
여기서 미소 짓고, 저곳에서 나는 반하고야 말았다,
내 목숨 앗아가는 그녀의 말에.

여기에 앉았다가 저기에서 춤을 추는 그녀를 보았으니,
이리도 헛된 생각의 베틀에서
사랑은 내 인생의 씨실을 엮어놓고 말았다.

CLXIV

분명 내 눈은 너무도 담대하게
저토록 아름다운 것을,
여신에게나 어울리는 품성을,
사랑마저 사랑하게 된 그것을 바라보았다.

그날 이후 쇠약해져 갔으니,
저 잔인한 아름다움을 너무 사랑했기 때문이다,
잔인하다고? 아니다, 나를 불행에 빠뜨린
이 욕망을 그 아름다움은 상냥하게 거부하였다.

불행하다, 아니, 행복하다고 고백해야 한다,
그런 여인을 사랑하는 것은 당연하다,
그녀 위해 나 살아가고, 나는 그녀의 것이기 때문이니.

그녀를 기쁘게 하면서 나 자신을 혐오하련다,
사랑하지 않을 수 없을 만큼 그녀를 사랑한다,
그녀를 위하는 **사랑**이 나를 절망시킨다 할지라도.

CLXV

성녀 **가틴**이여, 오 내 번민의
다감한 비서여, 네 숲에서
때로는 큰 소리로, 때로는 낮은 소리로,
내 마음이 감추지 못하는 긴 탄식에 대답하는 이여,

루아르강이여, 언제나 나를 허기지게 만들고
나를 해치는 저 아름다움을 고발하는 내 소리를 듣고는,
우리 **방돔**을 거쳐서 구르듯 흘러가는
변덕스런 물살의 흐름을 저지하는 이여,

내가 호의를 띤 운명을 받았다면,
온화한 **탈레이아**의 은은한 시선에
내 시선이 어제 속지만 않았더라면,

그대들은 나를 죽음을 극복한 **시인**으로 만들 터인데,
그대들은 나의 **월계관**으로, 나의 **카스탈리아**로,
온 프랑스에서 노래 불릴 터인데,

CLXVI

세상에 오직 하나뿐인 미덕을, **바이프**여,
네가 공들여 닦고 있을 때,
아스크라 사람이 뮤즈들 사이에서 들이킨
저 강물을 쭉 마셔대며 네가 취해 있을 때,

사뷔산이 건장한 어깨 위에
포도송이 잔뜩 짊어진 이곳으로
추방된 나는 이리저리 흐르며 바다로 공물을 싣고 가는
루아르강을 바라보며 생각에 잠긴다.

때로는 동굴이, 때로는 야생의 숲이,
때로는 강물의 비밀이 나를 기쁘게 하여,
내 근심 속여대려 하지만,

내 비록 홀로 버티고 있다 해도,
침묵하는 **사랑**이 내게 말을 걸어오지 못하게 할 수는 없으며,
나 역시 언제나 그에게 말을 걸지 않을 수도 없다.

CLXVII

그녀의 눈을 오랫동안 빼앗긴 지금,
내 어떤 행복을 얻을 수 있겠는가?
그 눈은 찬란한 광채로 여름 한낮의
태양을 부끄럽게 만들 수 있었는데.

얼마나 즐거울 것인가? 수많은 아름다움을 숨겨둔
저 멋진 이마의 둥그스레한 하늘과
골풀 바구니에 응고되어 봉긋해진 우유마저도
새하얀 빛으로 능가하는 저 뽀얀 목을 보게 된다면.

로토스의 감미로움에 유혹되어
그것을 즐기다 조국으로 귀환하지 않은
저 방황했던 어리석은 그리스 군인들처럼 되고 말겠지.

그러니 나는 두렵다, 저토록 귀하고
부드러운 살덩어리에 길들여진 내 영혼이
육신을 팽개치고 낯선 곳에 가서 살게 될 것을.

CLXVIII

내게는 없기 때문에, 나를 유혹할 **미궁**으로부터
테세우스처럼 벗어나기 위한,
크레타에서 방황하며
불안해진 내 걸음을 인도할 실타래가,

수정으로 혹은 반짝이는 유리로 만든
젖가슴이나마 가질 수 있다면,
그대 눈은 내 심장 안에서 읽을 수 있을 터인데,
어떤 믿음으로 이 사랑이 완성되었는지를.

대체 어떤 열정 때문에 완벽한 그대에게
내가 사로잡혔는지 그대가 알게 된다면,
죽음은 내 흐느낌의 구원이 될 수 있을 터이지만,

그러면 연민에 사로잡힐 그대는
식어버린 내 육신의 잿더미 위에서 내쉬게 되겠지,
늦은 사랑에 대한 얼마간의 탄식을.

CLXIX

오, **환대**여, 그대의 달콤한 말은
비겁하게도 내 청춘에 상처를 입혔다,
스무 살의 그를 과수원으로 끌고 가서
사랑의 노래를 따라 춤추게 만들면서!

사랑은 그렇게 현명하지 못한 생각을 스승 삼아
제 학교에 나를 집어넣었으니,
그 스승 아무런 이유도 없이
어리석은 춤에 박자를 맞추도록 나를 이끌었다.

오 년 동안 이 초원의 주인이었던
나는 허위의 위험과 함께 춤을 춘다,
농간으로 가득 찬 여인의 손을 붙잡고서.

사랑에 속은 이가 나 혼자만은 아니겠지만,
나의 청춘을 책망해야 할 뿐이다,
머리가 허옇게 세면 더 쉽게 속게 될 것이므로.

CLXX

검술을 겨루던 중 불행이
내 왼팔에 둔기를 내려쳤으니,
무디면서도 날카로운 칼끝이
팔꿈치 뼈까지 파고들어 왔다.

팔 전체가 금세 피로 물들기 시작했고,
내 목숨 앗아가는 아름다운 여인은 안타까움 느꼈는지
온 마음 다하여 조심스레 상처를 지혈하고,
제 손가락으로 상처에 붕대를 감아주었다.

아, 그때 말하고 말았다, 만약 기꺼이 그대가
내 삶의 상처를 감싸주길 바랄지라도,
상처에 본래의 생기를 돌려주길 바랄지라도,

이번엔 그리하지 말라고, 오히려 연민의 마음으로 살펴보라고,
그대 아름다운 두 눈을 무기 삼아
사랑이 심장 한복판에 깊숙이 새겨놓은 이 상처를!

CLXXI

영원한 겨울에 내리는 눈의 무게가
언제나 숲의 정상을 짓누르지는 않는다,
목숨 앗아가는 **신들**의 벼락이
언제나 지상을 향해 맹렬한 위협을 가하지는 않는다.

언제나 바람이, 언제나 **에게**의 대양이
무시무시한 폭풍우로 노호하지는 않는다,
그러나 끝없는 근심의 이빨에
내 가련한 삶은 언제나 상처를 입는다.

그 근심 없애려고 애를 쓰건만,
다시 태어나서 더 요동을 친다,
내 안에서 전쟁을 잉태하려고.

오, 강건한 **테베인**이여, 명령에 순종하는 그대의 힘이
다시 한 번 이 괴물을 무찌를 수 있다면,
그것은 진정 그대의 열세 번째 무훈이 될 것이다.

CLXXII

이 불완전한 내 인간 껍질을 불태워
저 하늘로 날아가 버리고 싶다,
불꽃에 휩싸여 **신들** 사이에 자리 잡은
알크메네의 아들마냥 영원을 누리면서.

이미 지고의 행복을 열망하는 나의 정신은
반항아가 되어 내 살덩이 속에서 어슬렁거리며,
그대 시선이 품어내는 불꽃에 바쳐질
희생의 장작더미를 벌써 그러모으고 있다.

오, 성스러운 잉걸불이여, 오 신의 불길이
피워놓은 불꽃이여, 그대 뜨거움으로
내 낯익은 껍질을 활활 불태우라,

그리하여 자유롭고 그리고 벌거벗은 나 하늘 너머로
단번에 뛰어올라 그곳에서 찬미하련다,
그대의 아름다움을 낳은 또 다른 아름다움을.

CLXXIII

당당히 욕망하는 저 행복을 뒤쫓아
내 어리석은 생각은 더 높은 곳에 오르기 위해
밀랍 섞인 날개깃털을 달고 말았으니,
최초의 뜨거운 빛에 녹아내리기 알맞았다.

내 생각은 이리 날고 저리 나는 새가 되어
헛되이 시련의 대상을 쫓아가건만,
이것을 막을 수 있으며, 또 그래야만 하는 그대,
그대, **이성**이여, 잘 알고 있건만 개의치 않는구나.

그토록 아름다운 별의 광채 아래에서,
생각이여, 네 날개를 위험에 처하게 하지 말라,
불에 타서 깃털 잃는 네 모습 보기를 원치 않으니.

이리도 쓰라린 뜨거움 식히기에는
내 눈물도, 하늘의 비도, 대양의 물결도
충분하지 않을 것이기 때문에.

CLXXIV

사방에 흩뿌려진 얼음과 우박으로,
하늘이, 땅이 넘쳐나는 지금,
가장 싸늘한 계절의 공포가
들판의 머리칼을 곤두세우는 지금,

반항하며 어슬렁거리는 바람이
바위를 깎아내고 숲을 헐벗게 만드는 지금,
갈수록 더 짖어대는 대양이
팽창한 분노를 해변으로 이끄는 지금,

사랑은 나를 불태운다, 차가운 겨울은
모든 것을 얼려버리지만, 여전히 생생한
내 뜨거운 열기를 추호도 얼리지는 못한다.

보라, **연인**들이여, 내가 어찌 다뤄졌는지,
가장 뜨거운 여름에 추워서,
차가운 심장 안이 뜨거워서 죽어가고 있으니.

CLXXV

뮤즈여, 내게는 전혀 익숙하지 않다,
늦은 저녁 흥겹게 춤추는 그대 모습 보는 것이,
나는 날개 달린 말 발치에서 태어난 딸인
신성한 샘물을 한 방울도 마시지 않았다.

활활 타오르는 그대의 멋진 광채 덕분에
나는 시인이 되었으니, 내 목소리가 흥겹고,
그대 매혹시킨 내 리라가 마음에 든다면,
파르나스가 아니라 그대 시선이 칭송을 받아야 할 것이다.

분명 그대는 하늘 덕분에 **프랑스**에서 태어났다,
그때 **토스카나** 사람은 **소르그**강과 그의 **피렌체**
그리고 그의 **월계관**을 하늘에 새겨놓았다.

하지만 이제는 너무 늦지 않았는가, 참으로 신성한 아름다운 이여,
그대는 알고 있지 않은가, 오, 우리 나이가
그대 두 눈을 말할 자격이 없다는 것을!

CLXXVI

그토록 아름다운 **님프**의 경멸도,
나를 고통으로 녹여버리는 기쁨도,
그녀의 부드러운 완강함의 당당함도,
사랑에 반항하는 그녀의 정숙함도,

그녀를 너무 생각하는 생각도,
내 눈의 영원한 액체도,
내 심정의 메신저인 내 탄식도,
차가운 그녀의 영원한 뜨거움도,

나를 갉아대고 물어뜯는 욕망도,
내 얼굴에 새겨진 죽음을 보는 것도,
길고 긴 한탄의 방황들도,

그녀의 아름다움을 영원히 새기려고
보석으로 만들어진 내 심장을 부수진 못하리라,
≫ 진정 사랑하며 죽는 자의 종말은 아름답기 때문이다.

CLXXVII

생각에 잠겨 쉬고 있는 바로 이 침대에서
내 **여인**이 생기를 잃어가며 죽어가고 있었다,
그저께였다, 그날 열병이
연분홍빛 안색과 장밋빛 입술을 지워 나갔다.

그녀의 고열에서 새어 나온 어떤 기운이
침대에 누워 있던 나에게 독을 뿜어댔고,
그것은 가혹하고 고약하게도 나를 공격하여
내 수많은 혈관 안에 또 다른 열기를 가두어놓았다.

그녀의 열은 때로는 떨어지고 때로는 뜨거웠지만,
뜨겁든 차갑든 그 어떤 열도 내 고통에는 모자라지 않았으니,
상승한 열기는 내려오지 않았다.

고열이 언제나 그녀를 사로잡은 것은 아니었으니,
이틀에 한 번 꼴로 그녀의 뜨거움은 진정되었건만,
내 뜨거움이 계속될 것을 나는 언제나 느끼고 있다.

CLXXVIII

오, 영혼 깊은 곳에 박힌 화살이여,
오, 어리석은 시도여, 오 되풀이되는 생각이여,
오, 헛되이 지나간 청춘이여,
오, 나를 양육하는 여인의 꿀이여, 오 담즙이여.

오, 나를 얼리고 불태우는 열기여, 오 한기여,
오, 희망을 깨뜨리는 민첩한 욕망이여,
오, 감미로운 방황이여, 오 헛되이 내딛는 발걸음이여,
오, 고통에 상처를 더하는 산이여, 오 바위여!

오, 대지여, 오 바다여, 혼돈이여, 운명들이여, 신들이여,
오, 밤이여, 오 낮이여, 오 지옥의 **망혼**이여,
오, 당당한 욕망이여, 오 너무 강한 열정이여,

오, 그대 **악마**들이여, 오 그대 신성한 정령들이여,
만약 어떤 사랑이 때때로 그대들을 엄습한다면,
바라보라, 제발, 내 젊어진 고통이 어떠한지를!

CLXXIX

불길에 휩싸여도 침묵해야만 한다,
불을 끄고 싶어 할수록 욕망은
죽은 잉걸불 아래에서 시들어가던
불꽃들을 더욱 살려내기 때문이다.

진정 나는 행복하다(게다가 나를 달래주기도 한다),
내 견딜 수 없을 더 많은 고통을 받고 있으므로,
나를 슬프게 하는, 슬프다고? 아니다, 나를 기쁘게 하는
저 고통을 견뎌내야 하므로.

달콤한 아픔 덕분에 나는 칭송하였다,
겸손한 잔인함으로 나를 묶어버렸던 미녀를,
나를 위해 무지의 끈을 풀어주었던 그녀를.

아픔 덕분에 나는 **사랑**의 신비들을 알았고,
아픔 덕분에 나는 희망의 힘을 알았고,
아픔 덕분에 내 영혼은 천상으로 되돌아갔다.

CLXXX

사랑과 **마르스**는 거의 같은 부류이다,
한쪽은 백주대낮에, 다른 쪽은 밤에 전쟁을 치르며,
한쪽은 연적들에게, 다른 쪽은 군인들에게 해를 입히고,
한쪽은 집 안 문을, 다른 쪽은 성문을 부순다.

한쪽은 능란하게 요새화된 도시를 기만하고,
다른 쪽은 쥐도 새도 모르게 한 집안을 유혹하며,
한쪽은 밀회를, 다른 쪽은 전리품을 추적하고,
한쪽은 불명예를, 다른 쪽은 부상을 안겨준다.

한쪽은 땅바닥에 몸을 누이고, 다른 쪽은 대개
찬바람 맞으면서 문 앞에 터를 잡으며,
한쪽은 물을 많이 들이켜고, 다른 쪽은 많은 눈물을 마신다.

마르스는 홀로 길을 가고, **사랑들**은 제 갈 길 홀로 간다,
따라서 하릴없이 시들어가길 원치 않을 자는
연인이든 군인이든, 둘 중 하나가 되어야 하리라.

CLXXXI

결코 가슴 안에 담지 않으리라,
비록 무덤의 망각 속으로 떨어질지라도
내 상처를 치유하고 덧나게 만들었던
저 따스한 환대의 기억을.

그녀를 위하며 수많은 죽음을 시도하건만,
아름다운 그녀, 눈짓으로 짧게 웃으며 인사할 뿐,
내 슬픔에 참으로 관대하였으니,
단 한 번의 시선에 나는 수많은 아픔을 겪게 된다.

그때 오랜 기다림 끝에, 부드러운 손길 가득한
내 기대하는 환대의 행복이
수많은 달콤함에 내 희망 적셔준다면,

팔과 팔로 사랑의 끈을 엮어
아름다운 그녀를 꿈에서라도 붙잡을 수만 있다면,
그 행복 나에게 멋진 낙원 안겨주지 않겠는가?

CLXXXII

홀로, 괴로워하니, 그 누구도 알 수 없으리라,
나 말고는, 내가 견디는 이 고통을,
솜씨가 빼어난 도둑 같은 **사랑**이 단번에 내 심장을
앗아가 버렸으니 되찾을 수는 없다.

참으로 과격한 저 원수에게
그리 많은 권력을 주지 말아야 했으나,
첫날부터 그를 받아들이고 말았으니,
내 의무가 그의 논리에 굴복하고 말았다.

그런데 어찌하랴! 그는 앞만 보고 달리기 시작했고,
그를 더 이상 되돌릴 수는 없었으니,
완강한 그는 고삐를 쥐고 있다.

알고 있다, 그가 내 삶을 이끌고 있다는 것을,
보고 있다, 내 잘못이 무엇인지를, 하지만 상관없다,
≫ 그대 손에 죽는 것이 참으로 멋지기 때문이다!

CLXXXIII

수많은 꽃들이 주변을 온통 수놓은
계곡 깊숙한 저 먼 곳의 그녀를 알아보았다,
그녀의 아름다움이 내 심장 안에 몸을 숨겼다면,
내 얼굴에는 아픔이 모습을 드러냈다.

숲이 울창한 저 깊은 곳을 바라보며
가슴을 새로운 확신으로 무장해본다,
그녀를 향한 나의 고통과 아름다운 그녀 눈이
내게 만든 고뇌를 그녀에게 들려주기 위하여.

내 연약한 혀는 이미 수많은 방식으로
첫 번째 말을 궁리하였다,
내 형벌의 짐을 덜어낼 목적으로.

그때 내 삶을 시기한 **켄타우로스**가
그녀를 등에 태워 달아나 버리고 말았으니,
나만 홀로 그리고 끝내지 못한 내 외침만 남게 되었다.

CLXXXIV

가까이서든 멀리서든 내 고통 키워가는
내 여인의 아름다운 눈을 빼앗긴 집이여,
내 그대를 꽃을 잃은 들판에,
영혼이 사라진 육체에 비유하련다.

모든 이들에게 빛과 따스함을 주는
저 불꽃이 하늘의 명예가 아니었단 말이냐?
너의 장식은 나를 매혹시키는
아름다운 그녀 눈의 증표가 아니었단 말이냐?

네 가구가 황금으로 가득 차 있을지라도,
네 벽이 여전히 황금 실로 엮은
수놓은 융단으로 장식되어 있을지라도,

그런 것이, **집**이여, 나를 기쁘게 할 수는 없다,
네 안에서 그 **여인**을 보지도 듣지도 못하기 때문이다,
내 생각 안에만 머무는 그녀를 언제나 듣고 보아야 하기 때문이다.

CLXXXV

오늘, 나를 위로하기 위해
여인은 내게 머리카락을 주었는데,
내 마음이여, 나는 너를 용서하노라,
이 원수들을 내 **요새** 안에 받아들인 너를.

헌데 머리카락이 아니었다, 그것은 단단하기 그지없는 끈이었다,
사랑이 그것으로 나를 엮었고, 하늘이 내게 그것을 명령했다,
그 안에 주저 없이 나를 내맡기고 포로가 된다,
내 죽음의 결박인 이 아름다운 머리칼에.

델로스가 숭배하는 **신**은 그런 머리카락으로
제 우윳빛 목덜미를 금빛 장식하지는 않았으며,
이집트 여왕도 그렇게 머리의 별들을 장식하지 않았건만,

불꽃으로 머리에 테를 두른 별들은
밤이 되었어도 내 팔을 둘러싼
이 매듭보다 더 밝게 빛나지는 않았다.

CLXXXVI

나는 확신했었다, 하늘이 바뀌면
새로운 한 해가 내 운명을 끊어놓으리라고,
뱀과 같이 돌고 돌아온 한 해가
근심으로 가득한 내 고통 달래주리라고.

그러나 눈 내리고 비 내리는
한 해의 이마가 축축한 하루로 젖어버렸으니,
알게 되었다, 이 한 해가 흘러가는 동안
눈물로 내 삶이 흘러내리게 될 것을.

오, 그대여, 나의 다섯 번째 본질이여,
내 기질을 힘으로 억누르는 그대의 기질로,
아니 그대의 두 눈으로 내 고통에 평온을 주는 이여,

아니 내 눈을 샘으로 만드는 이여,
내 눈물에서 태어날 강물에
내 사랑과 내 고통을 익사시키려는 이여.

CLXXXVII

앙심을 품은 **아글라우로스**여, 질투가 넘쳐나는 영혼과
경솔한 험담에 절어버린 혀로
목숨만큼이나 내게 소중한
저 비밀을 무모히 누설하고 만 이여.

잔인한 **티시포네**가 네 목에 매달려
회한과 근심과 후회,
뜨거움과 채찍과 뱀과 화살로
쉴 틈도 주지 않고 네 미친 짓을 벌하길 바라노라.

내 원수를 갚기 위해 내가 쓰는 이 격노의 시가
아르킬로투스가 비방시의 날을 벼리며 사용했던
분노에 찬 악의가 만들어낼 공포를 뒤따르길 바라노라.

내 정당한 분노는 네 목을 칭칭 감으리라,
인색했던 **리캄베스**가 자기 목을 조르고서야
스스로를 구할 수 있었던 저 죽음의 밧줄로.

CLXXXVIII

베르길리우스가 노래했던 것처럼 세상 그 어디에도
맹세가 확실한 곳이 없다는 것, 그것을 알게 되었다,
너무도 연약한 사랑에 제 맹세를 꺾어버린
그대의 젊지만, 그러나 속임수에 늙어버린 마음 덕분에.

쓸모없어진 여인처럼, 그대 힘에 마음들을
복종하게 만들 수는 없을 것이다,
바람개비처럼, 쉽게 출렁이는 물결처럼,
너무도 불안한 영혼을 지닌 너무도 아름다운 여인이여.

들어라, **사랑**이여, 때로는 내 목소리의 바람을 타고
네가 아주 높이 날아오를지라도,
내 마음이 다시는 그녀 마음 만나게 하지 말라.

그녀에 대한 정당한 대가로 **하늘**이
가장 날카로운 삼지창 벼락을
그녀 혓바닥 위에 퍼부어주기를 바라노라.

CLXXXIX

그녀의 머리칼은 금발이고, 그녀의 이마는 한 폭의 그림이니,
거기에서 내 고통이 가져다준 이득을 보게 되고,
그녀의 손은 아름다워, 때 이르게
내 얼굴과 머리칼 그리고 피부를 바꿔놓는다.

그녀의 입과 그녀의 쌍둥이 태양은 아름다우니,
눈과 불로 그녀의 얼굴이 아름답게 꾸며졌으니,
그걸 위해 **주피테르**가 때로는 **백조**의 깃털을,
때로는 **황소** 가죽을 다시 뒤집어쓰게 되리라.

그녀의 미소는 부드러워, **메두사**마저도
바위 안에서 창백하게 굳어버리니,
수많은 잔혹함을 단번에 복수해버린다.

그렇지만 **태양**이 작은 별들을
사라지게 하듯이, 그렇게 내 믿음은
완벽하기 그지없는 그녀의 아름다움을 뛰어넘으리라.

CXC

메나데스들을 타락시킨 방황이 언제나
그들의 정신을 속여 넋 나가게 만들지는 않는다,
요란한 나팔소리에 그녀들이 언제나
내 **트로이아** 언덕들을 미친 듯 뛰어가며 짓밟지는 않는다.

술에 취한 **티아데스들**의 신이 언제나
흥에 취한 그들의 마음을 미치게 만들지는 않으며,
가끔은 그들의 넋 나간 정신도
날뛰길 멈추고, 병에서 벗어난다.

코리반트는 때때로 쉬어가기도 하고,
무기로 무장한 민첩한 **쿠레테스**가
여신의 날카로움을 언제나 느끼는 것은 아니다.

그러나 나를 겨냥한 그녀의 광기는
한시도 나를 평온하게 두지 않으며,
두 눈으로 내 마음에 언제나 날카로운 상처를 입힌다.

CXCI

등 뒤에 남겨둔
들판, 강물, 마을들, 산과 숲들이,
내 행복을 흘려보내 주었던 운명의 별인
다정한 내 여전사와 나를 멀리 떼어놓아도,

내 최초의 열정을 책임졌던,
신들의 허락을 얻은 어떤 **악마**는
한결같은 날갯짓으로 언제나 데려다준다,
내 눈의 처소에 그녀의 아름다운 형상을.

매일 밤 서두름에 초조해진
나는 품에 껴안고 매만진다,
수많은 거짓형태를 지닌 그녀의 헛된 초상을.

하지만 만족하여 잠이 든 나를 보게 되면
그것은 내 행복을 끊어놓고 날아가 버리니,
수치와 공포로 가득한 침대에서 홀로 잠에서 깨어난다.

CXCII

날은 더웠고, 미끄러운 졸음이
꿈꾸는 내 영혼 안으로 방울방울 떨어져 들어왔고,
그때, 알 수 없는 발랄한 여인의 모습이
내 잠을 감미롭게 뒤흔들어 놓았다.

내게로 새하얀 멋진 상아를 기울이며,
팔딱이는 혀를 내 쪽으로 내밀면서,
앙증맞은 입술로 내게 입 맞추어댔다,
입과 입을, 허리와 허리를 맞대면서.

그때, 활짝 핀 두 손 가득히,
수많은 산호와 백합과 장미를
서로 몸을 움직이며 만져본 것 같지 않았던가?

오, **신**이시여, 오, **신**이시여, 그 숨결 얼마나 감미로웠던가,
그녀의 입은 알 수 없는 향기로
알 수 없는 루비로 그리고 보석으로 얼마나 가득했던가!

CXCIII

통통하게 살찐 젖가슴의 쌍둥이 물결이
하얀 계곡을 지나서 밀려오고 밀려간다,
마치 해변의 파도가 모래사장으로
천천히 밀려왔다 빠져나가듯이.

두 젖가슴 사이에 길이 열리고,
한겨울 바람 잦아들면
흘러내린 눈에 하얗게 변해버린
두 언덕 사이에 평평한 오솔길이 펼쳐지는 것처럼.

그곳에 오뚝 선 루비 두 개가 붉게 빛나니,
둥글고 포동포동한
상아의 색을 무색하게 만든다.

그곳에 온갖 명예와 그곳에 온갖 은총이 넘쳐나니,
그 아름다움, 세상에 있는지는 알 수 없으나,
이 멋진 낙원의 처소를 날아서 찾아온다.

CXCIV

어떤 번민이 이 아름다운 머리를 헐뜯는단 말인가?
어떤 검은 베일이 이 두 눈을 흐리게 한단 말인가?
새벽에 맞서는 이 아름다운 가슴이
어찌 창백해져 붉은 생기를 잃어야 한단 말인가?

의술의 **신**이시여, 그대에게 여전히
테살리아 나무에 대한 예전의 열정이 살아 있다면,
이 여인의 창백한 안색을 도우러 와주시오,
그녀의 파리한 백합에 패랭이꽃 색채를 더해주시오.

오, 그대 **수염 덥수룩한 이**여,
에피다우룸의 백성, **라구스인들**의 충실한 수호자여,
내 생명의 불씨가 꺼지지 않게 해주시오!

그것이 산다면 나 살 것이고, 그것이 죽는다면 나 아무것도 아니리라,
그녀의 영혼에 내 영혼이 닿아 있고,
내 운명은 그녀의 운명을 따를 것이기에.

CXCV

태양이 멈추는 **스페인** 땅에서
인도에 이르기까지 그런 꽃은 자라지 않는다,
아름다움과 우아함 그리고 값어치에 있어서
마르그리트의 안색에 견줄 만한 꽃은.

행운으로 가득하여 번득이는
동방에서 세공된 값나가는 보석도
아직은 어린 **비너스**가 새겨진
조개껍데기의 명예를 조금도 장식하진 못할 것이다.

아도니스의 피에서 태어난 활짝 핀 진홍빛도,
텔라몬 사내의 구슬픈 소리 **아이**, **아이**도,
인도 보석의 그 화려함도,

강 저쪽 이국의 온갖 갑부들도,
두 배로 풍요로운 그녀의 가장 작은 명예와
제 보물들을 맞바꿀 수는 없을 것이다.

CXCVI

죽어버린 가슴 저 깊숙한 곳에
한 손을 받아들이고 말았으니,
나를 약탈한 그 손, 내 심장
포로로 잡고 끌고 가는 주인이 되었다.

부당한 관습이여, 나쁜 종류의
잘못되고 파렴치한 규범이여,
네가 나를 죽이고 말았다, 그렇게 너는 내게 맞서는구나,
인간의 법칙이여, 너무 잔인하고 강력한 굴레여.

수많은 번민 속에서 혼자이어야 한단 말인가?
황량한 내 침대를 수많은 밤에 품어야 한단 말인가?
아! 볼품없고 무자비한 저 **불카누스**에 대해

나는 증오와 질투를 갖지 않을 수 없으니,
내 반쪽의 찬란한 빛에 몸을 내밀어
그가 내 삶의 **태양**을 가리기 때문이다.

CXCVII

아름다운 여인이여, 그대 가슴속에 붙잡아 가둬놓은
내 심장을 돌려달라, 내 심장을 돌려달라,
그대 아름다운 두 눈에 경솔하게도 맡기고 만
내 달콤한 자유를 돌려달라, 돌려달라,

내 생명을 돌려달라, 아니면 저 죽음을 늦춰달라,
알지 못할 명예로운 잔인함으로
그대의 아름다움 사랑하는 나를 뒤쫓고 있으니,
내 고통을 좀 더 가까이 와서 바라보라.

만약 죽음으로 내 번민의 값을 치르게 한다면,
후대는 냉정함을 저주하며
그대에 대해 말하리라, 저 오만했던 여인의

유골은 편히 뉘이지 못하리라고,
자기 목숨보다 더 소중히 여겼던 자를
잔인하게 죽음에 처해버렸노라고.

CXCVIII

커다란 눈이 **쌍둥이자리**에 이르게 되면,
온화한 햇빛에 온 세상이 평온해지고,
속이 여문 이삭으로 녹색의 들판은 물결치며,
온갖 색채로 강물은 물들어간다.

그러나 비스듬히 펼쳐 있는
샛길을 느린 걸음으로 빠져나가
궁수자리에 이르게 되면, 빛과 꽃과 아름다움의
다채로운 변화를 우리는 잃고야 만다.

그렇게 내 **여신**의 눈이 내 심장 안에서
환히 빛나게 되면, 아름다운 수많은 생각들이
그 안에 생겨나며 나를 안심시키겠지만,

그녀의 빛이 달아나 버리면,
내 상념의 과일은 익기도 전에 떨어지고,
여물지 못한 희망은 두 동강이 나버린다.

CXCIX

시동아, 따라오거라, 다채로운
푸른 계절의 무성한 풀을 베러 가자,
그리고 한 줌 가득 움켜쥐어 청춘의 사월이
탄생시킨 저 꽃들을 집 안에 흩뿌리자.

지저귀는 리라를 갈고리에서 내리거라,
할 수만 있다면 노래를 부르겠다,
추파를 던지는 여인네의 힘으로 내 이성을
매혹시킨 저 아름다운 눈의 독에 대해서.

나에게 잉크와 펜을 달라,
내 근심의 증인인 무수한 종이들로
내가 견디었던 고통을 그리려 한다,

보석보다 더 단단한 이 수많은 종이에서,
미래의 어느 날 우리 후손이
사랑하며 겪었던 이 고통을 심판할 수 있도록.

CC

어쩌다 잠시 읽게 된 **호메로스**의 시들은
운명에 의해서든 우연에 의해서든, 아니면 천명에 의해서든,
나를 위해 모두 같은 소리로 노래한다,
내 견디고 있는 고통이 치유될 것이라고.

손짓과 얼굴과 행동에서 미래의 일을
예측하는 저 늙은 **바르뷔스**들은
이토록 쓰라린 내 시련의 열정들이
위안을 얻을 것이라고 알려줄 것이다.

심지어 밤이 되어, 내 침대에 포근하게
그대를 눕히는 저 꿈은 나에게 예언해준다,
수그러든 그대의 오만함을 보게 될 것을,

사랑의 신탁을 내리는 유일자 그대가
조만간 수많은 예언들의 피할 수 없는 종말을
내 품 안에서 확인하게 될 것을.

마드리갈

어리석은 **불카누스**가 내 **사이프러스** 여인을 화나게 만들었으니,
그녀 분노를 감추지 못한 채 눈물을 흘렸다,
그녀의 한쪽 눈은 불꽃의 반짝임으로 무장했지만,
다른 눈에선 눈물이 방울방울 뺨 위로 흘러내렸다.

그때 미인의 가슴팍에 안긴 가녀린 새처럼
몸을 숨긴 어린 **사랑**이
촉촉한 눈에 날개를 축이다가
뜨거운 눈에 깃털을 말렸다.

그렇게 구름이 반 정도 **태양**을 가로지르면,
다양한 얼굴을 드러내며
웃다가 또 동시에 울어대는
머뭇대는 봄날의 **태양**을 보게 된다.

얼마나 통탄스럽고 또 얼마나 기뻤던가?
그녀의 이런 모습을 보는 것이, **하늘**이 귀 기울여준
탄식에 가득 차서 그녀가 쏟아내는 눈물을 보는 것이.

CCI

사랑이여, 내 **여인**은 얼마나 많은 고통과
얼마나 많은 눈물과 탄식을 감추면서 만들어내었던가?
비통함이 죽음의 색채로 그녀의 매력을
물들여갈 때 그녀의 흐느낌은 또 어떠했던가?

꺼져가는 가슴 위에 두 손을 모으고
하늘을 향해 서서히 시선을 응시하며,
눈물을 흘리면서 그녀는 아주 구슬프게 말했다,
제 탄식이 바위마저 깨뜨리게 될 것이라고.

그녀의 고통스런 외침에 단호했던 **신들**은
안색과 태도와 의중을 바꾸었고,
연민을 느끼게 된 그녀로 인해 병이 들었고,

이마의 주름 골이 더욱 깊게 파인 **별들**은
머리에서 빛줄기들을 흔들어 털어냈다, 그렇게 측은함이
수정 같은 그녀의 축축한 눈동자 안에 떠돌고 있었다.

CCII

내 **여인**의 쌍둥이별이
신성한 불꽃의 빛줄기를 내뿜으며
한낮의 광채를 감춰버린
울먹이며 내리던 어두운 안개비를 태워버렸다.

아름다운 은빛방울이 뜨겁게 주르륵 흘러내리고 있었다,
그녀의 뺨을 타고, 백색의 목덜미에,
궁수가 날카롭게 화살을 갈아댔던
순결한 젖가슴의 저 멋진 처소에.

그녀의 얼굴은 미지근한 눈송이로 가득 찼고,
금빛머리칼, 칠흑 같은 두 눈썹,
두 눈이 운명의 별처럼 반짝였고,

억눌려진 고통에 장미와 백합은
어찌할 수 없는 한탄의 소리를 내뱉었으며,
흐느낌은 불을, 눈물은 수정水晶을 만들어냈다.

CCIII

완벽한 본보기를 따라서
세상을 만드신 이께서는
제 신전의 천장을 둥글게 마무리 지으며
나에게 그대의 노예라는 운명을 명하셨다.

신성하게 태어난 영혼이
자신의 **신**을 만나기 위해 그의 얼굴 바라보며
그를 본다는 것 이외의
어떤 더 큰 행복도, 보상도 받지 않았던 것처럼,

그렇게 나는 일상의 고통과 헤어져 간다,
그 무엇에 견줄 수 없는 걸작인
그대 아름다운 눈의 광채를 오래오래 바라보면서.

그렇게 그대의 눈이 어디에 머무르든
언제나 그것을 향해 나도 모르게 몸을 돌린다,
태양의 광채를 향하는 한 송이 **금잔화**처럼.

CCIV

모든 것을 진정시키는 감미로운 잠은
나를 사로잡은 근심을 결코 위로해주지 않는다,
그대 안에서 나는 죽고, 오직 그대 안에서 나는 살고 있다,
나를 기쁘게 하는 그대가 아니라면 그 무엇도 보지 않은 채.

그대의 눈은 내 마음에 그렇게 불씨를 던져놓았고,
그 후로 불꽃은 언제나 나를 뒤따르니,
춤을 추는 그대를 바라보았던 그날 이후,
나는 그대를 위해 죽어가고, 그리고 그것이 진정 편하다.

고통에서 고통으로, 근심에서 근심으로 건너가는
내 영혼은 구슬프고, 내 육신은 차갑다,
그대의 얼음 같은 냉정함을 녹이지 못하였다.

제발 읽으시라, 그리고 보시라, 내 이마에서
그대의 감미로운 시선이 얼마나 많은 죽음을 만들어놓았는지,
숨겨진 근심이 내 얼굴에 드러나 있지 않은가.

CCV

흔히들 그러듯이 사람들이 더 이상
내 정신과 육체가 나태하다고 비난하지 않는다면,
부족한 내 영혼을 완성하였던
이 아름다운 눈의 화살에 그 영광을 돌리리라.

그 고귀한 불꽃의 단 한줄기 빛은
총체를 보기 위한 내 무모한 비상을 공중으로 이끌어
나를 천상에까지 오르게 했으니,
이곳에서 그 아름다움의 일부가 나를 불태운다.

내 생각에 날개를 달아준 저 열등한 아름다운 눈 덕분에
내 생각은 아름다움의 가슴 한복판으로 날아오른다,
극도의 신들림에 아픔을 느끼면서.

그곳에서 진정한 아름다움의 완벽함을 나는 칭송하니,
그곳에서 나태했던 나는 활기를 얻게 되었고,
그곳에서 내 여인과 나 자신을 알게 되었다.

CCVI

격렬한 **아퀼로**여, **스키타이족**의 공포여,
구름을 몰고 오는 이여, 바위를 흔들어버리는 이여,
대양을 성나게 만들어 파도 한쪽이 지옥에,
다른 한쪽이 하늘에 닿도록 만드는 이여.

아름다운 **오레이티이아**의 기억이 그대에게 남아 있다면,
그대, **겨울**의 전령사 그리고 궁수여,
내 **루아르**강이 얼굴을 펴게 하라,
내 **여인**이 강변에 나와 있을 수 있도록.

그러니 그대 얼굴은 조금이라도 물에 젖어서는 안 되며,
무시무시한 바람이 넘나드는 그대 목청은
깊은 굴 속에서 언제나 울부짖어야 할 것이다,

그리하여 오래되고 오래된 떡갈나무 가지들이,
그리하여 땅과 바다와 하늘이,
공포에 몸서리쳐야만 한다, 그대 지나는 모든 곳에서.

CCVII

파리스의 누이여, **소아시아 왕**의 딸이여,
의심 많은 **아폴론**이 신중치 못하게
갖다주었던 예언의 바늘에서
그대 영혼은 아무것도 얻어내지 못했지만,

그대는 나에 대해서는 변덕의 마음을 바꿀 것이다,
그대의 **루아르**강을 내 **루아르**강의 처소와
(비록 늦긴 했지만) 맞바꾸어
이곳에 그대 거처 공들여 지으려 하기 때문이다.

나를 위해 **하늘**은 이곳으로 그대를 인도하였다,
내 얼굴에 그려진 생생한 색채의 근심을
그대가 좀 더 가까이 볼 수 있게 하기 위해서.

오라, **님프**여, 오라, 나를 동정하고,
내 목소리에 활활 타오르는 바위와 숲은
내 고통에 눈물 흘리며 그대 차가움 녹여내고 말 것이다.

CCVIII

황금빛 곱슬머리, 그 아름다움 때문에
내 고통 커갈수록 더욱더 찬양하게 되니,
어느 날 이마의 매듭을 풀어헤치고는
내 숭배하는 젖가슴 위로 흩어져 내렸다.

아! 그때를 되돌아본들 허망할 뿐이다,
숲으로 날아올라 이 가지 저 가지
제 맘대로 옮겨가는 한 마리 어린 새처럼
내 심장은 그 안으로 날아가 버리고 말았다.

열 손가락, 상앗빛 열 개의 가지는
아름다운 머리카락의 잔가지 그러모아
날 홀린 그물로 내 심장 사로잡았으니,

나는 그것을 보았건만 소리칠 수 없었다,
공포가 내 혀를 묶으러 왔고,
단번에 내 마음과 내 말을 얼려버리고 말았다.

CCIX

두려움과 경탄에 몸서리치지 않는다면,
그런 **인간**의 머리는 납이나 나무로 된 셈이다,
비길 데 없는 나의 그녀를 정면에 바라볼 때이든,
그녀의 조화로운 목소리를 들을 때이든,

아니면 가장 아름다운 계절에
사색에 잠겨 홀로 정원을 거니는 그녀가
혼자 있던 **사랑**에 이끌려 진홍빛 손으로
애써 고른 예쁜 꽃다발을 만들 때이든,

혹은 **여름** 한복판 폭염이 가시는
황혼녘 문가에서 그녀가 능란한 손놀림으로
비단을 황금 천으로 바꾸는 모습을 바라볼 때이든,

그런 후 손가락으로 장미들을 시들게 하며
류트를 켜면서 눈길 한 번 돌려
지나는 수많은 사내들의 마음을 약탈할 때이든 간에.

CCX

피어나는 꽃들과 봉오리와 함께
아름다운 **봄**은 내 아픔이 다시 초록을 띠게 만든다,
모든 신경과 동맥과 정맥에
뼛속까지 나를 불태우는 불길을 불어넣으면서.

보레아스가 더욱 무섭게 숨을 내뿜을 때면,
뱃사람은 물결이 얼마나 많은지 세어보지 않으며,
내 심장에 갇혀 있는 번뇌만큼이나
아프리카도 그렇게 많은 모래로 넘쳐나지 않는다.

나에게는 수많은 아픔이 있어,
내 번민의 거처인 저 **성벽** 갉아대며
하루에도 수없이 목숨 끊길 바라지 않을 수 없을 정도이지만,

내 심장에겐 참으로 달콤했던
치명적 일격이 새겨놓은 이 상처가
내 죽은 후에 사라질까 두려워 떨지 않을 수 없다.

CCXI

황소들이 **마르스**의 전쟁터에서
이아손에게 굴복하고 넘겨주었던 황금양털은
내 슬픔을 죽게 하고 내 기쁨을 강화하는
저 머리카락보다 더 금빛으로 빛나지도 아름답지도 않았으며,

티르를 살 곳으로 정한 장인들의
고운 비단도 저보다 더 펄럭이지 않았으며,
한창 좋은 계절에 나무껍데기를 뒤덮은
이끼도 그것보다 더 부드럽지 않았다.

여신의 머리에나 어울릴 머리카락이여,
네 일부를 나에게 남겨주었으니,
심장 안에서 기어오르는 희망이 느껴진다.

용기를 내라, **사랑**이여, 이미 도시는 함락되었다,
양쪽으로 갈라져 서로 다투었지만,
한쪽이 승리자의 손에 굴복하고 말았으므로.

CCXII

땅 밑에 갇혀버린 증기에서
바람 일렁이는 대기가 생긴 것은 아니며,
루아르가 밀밭을 망쳐가며
들판으로 넘쳐흐른 것이 강물 때문은 아니다.

교만한 노예의 요동치는 바람을
이 계절에 풀어놓은 자가 **아이올로스** 왕자는 아니며,
폭풍우 머금은 파도의 원천을
큰 자물쇠로 풀어버린 자가 **대양**은 아니다.

오직 내 한숨만이 이 바람을 낳았으며,
내 눈물 때문에 **루아르**는 범람하고 말았다,
참으로 잔인했던 아름다운 이가 떠나갔기 때문이다.

하여 쉼 없이 탄식하고 눈물짓는
나를 보고 내가 놀라고 말았으니, 눈치채지 못하였다,
탄식이 바람으로, 눈물이 강물로 바뀌는 것을.

CCXIII

여인이여, 그대가 내게 뜨겁게 입 맞출 때에
내 마음은 **신들**보다 더 평온해진다,
그대 입맞춤의 좀도둑 같은 부드러움에
정신 잃은 나는 **천상**까지 날아오른다.

그러니 내게, 내 심장에 입 맞추라,
어떤 **여신**이 부둥켜안는 애정놀이에서
사랑스런 팔로 벌거벗은 나를 안아주는 것보다
단 한 번의 입맞춤을 나는 더 좋아한다,

그렇지만 그대의 도도함은 언제나 능란하게
밋밋하고 차갑고 쓰라린 입맞춤을
동반할 뿐이니, 더 이상 이런 운명

견딜 수는 없으리라, 수많은 아름다움을 접한
내 영혼이 내 입을 통해 달아날지 모르므로,
그대 젖가슴 안에서 지극히 편하게 죽어가길 원하므로.

CCXIV

기억 속에 초상을 느낀다,
그대의 긴 머리카락, 그대의 입, 그대의 눈,
그대의 부드러운 시선, 그대의 사랑스러운 말,
그대의 부드러운 동작, 그대의 부드러운 자태.

프랑스의 영광, **자네**마저도
궁수의 능란한 화살이
내 마음속에 그려놓은 생생한 기억보다
그것을 물감으로 더 잘 그려낼 수는 없을 것이다.

마음에 담은 저 보석의 깊은 곳에, 그리하여,
나는 그녀의 초상을 간직한다, 내 마음보다
그것을 더 사랑한다, 오 생생한 모습이여!

자네의 기술은 소멸하고 말겠지만,
그대 초상은 내 심장 안에 남게 될 것이다,
내 장례 이후에도 살아남을 것이므로.

CCXV

손재주 뛰어난 **헬레네**는 손에 바늘을 쥐고
자기 **남편들**의 전투를 천 위에
그려 나갔으니, 그것만큼 그대는 즐거이
고통을 수놓아 내 삶을 가득 채웠다.

그러나 **여인**이여, 그대의 천과
그대의 검은 실이 내 죽음의 윤곽을 그려 보인 것만큼,
어찌하여 그대는 반대로 내 아픔에
푸르른 희망을 그려놓진 않는단 말인가?

내 눈은 보고 있을 뿐이다,
그대가 펼쳐놓는 검은색과 주홍색만을,
내 긴 고통의 서글픈 증인들이다.

오, 가혹한 운명이여! 그녀의 눈이 내 삶의 매듭만
풀어놓은 것은 아니니, 그녀가 만든 모든 것이
내게 절망만을 약속할 뿐이구나.

CCXVI

사랑이여, 나는 얼마나 좋아하는가!
내 여인의 아름다운 눈에 입맞춤하기를,
별들처럼 빛나는 이마 위에서 살랑거리는
저 고운 그녀의 금빛머리칼을 입에 물고 굴리기를.

내 심장마저 설레게 하는 저 멋진 눈은
내 좋아하는 그녀의 가장 아름다운 부분이니,
저 아름다운 눈매, 험한 **스키타이족**의
마음마저 공손하고 관대하게 바꿔놓는다.

그녀의 눈부신 금빛머리칼과 눈썹은
아침을 멋지게 장식하는 **아우로라**를
제 아름다움으로 부끄럽게 만든다.

그녀의 두 눈에 머무는 미덕은
사랑의 화살로 내 병을 치유해주겠노라
약속한다, 그러나 나는 그것을 믿지 않는다.

CCXVII

흉갑도 방패도 별 신경 쓰지 않는
가장 용맹한 전사에게 명령을 내리는 활이
감미로운 화살로 내 용기를 꺾어버렸고,
단번에 나는 무기를 내려놓고 말았다.

사랑을 주인 삼아 노예처럼 살게 된 후,
절개 없는 자처럼 위험을 전혀 알리지 않았으며,
또 그럴 수도 없었으니, 포로가 되어버린 나에게
눈물의 도움 말고 어떤 구원도 없었기 때문이다.

그렇지만 패배했다는 것, 전투에서
좀 더 오래 버티지 못하고 심지어 단 일격에
무너진 것에 나는 크게 분노한다.

그러나 나의 패배는 큰 상을 받아야 마땅하다,
나를 사로잡은 **군주**, 아니 **신**께서는
하늘에, 지옥에, 대지에 맞서 싸우시기 때문이다.

CCXVIII

저 눈은 세상에 대해 내가 만족하게 만들고,
다가오는 자가 있으면 바위로 만들고,
때로는 웃음으로 때로는 분노의 시선으로
내 마음의 갈등과 평화를 키워 나간다.

아름다운 눈이여, 그대로 인해 고통받는 나는 침묵하고,
성스럽고 천사같이 아름다운 입이여,
고통이 나를 건드리기 무섭게
나는 그대 부드러움에 다시 살아난다.

입이여, 어째서 그대는 내가 죽음을 원할 때
말로써 나를 다시 구하러 오는가?
어째서 내가 다시 살아가길 바라는가?

나는 근심이 넘쳐나는 진정한 **프로테우스**,
고통 속에서 다시 살아간다, 근심이
내 마음으로 좀 더 오래 자라나길 바라므로.

CCXIX

포로가 되어 한탄하던 그날 이후,
뱀처럼 해가 일곱 번 바뀌었고,
(그런 별자리에 나는 낚시를 던졌고) 그러나
처음보다 더 많은 열병이 나를 학대한다.

내가 **피렌체** 시인의 저 흐느끼는 목소리를
공부하며 읽곤 했을 때,
의심 많던 당시의 나는 그를 조롱하면서
웃음을 참을 수 없었다.

그때는 참으로 서툴렀던 나는
내가 느끼지 않는 것을 사람들이 느끼리라 생각하지 않았고,
내 일에 근거하여 다른 일들을 판단하였다.

하지만 이런 나에게 화가 난 **궁수**가
화살을 내 가슴속에 숨겨놓으며 나를 벌하였으니,
그 이후 나는 추호도 기쁨을 느끼지 못하게 되고 말았다.

CCXX

그대가 혼잣말을 되뇌며
아래로 머리를 약간 떨구고
사람들과 나로부터 홀로 떨어져
생각에 온통 골몰하고 있을 때,

나는 정적을 깨기 위해 가끔씩 그대에게
인사하려 했지만, 억눌린 목소리는
너무 많은 두려움에 입 안에서
오그라들고, 침묵 속에 나를 던져놓고 말았다.

당황한 내 눈은 그대 시선 견딜 수 없었으며,
그대 눈빛에 내 영혼 흔들리지 않을 수 없었고,
혀를 움직일 수도 소리를 낼 수도 없었다.

오직 한숨만이, 오직 슬픈 얼굴만이
나를 위해 말을 할 뿐이었고, 참기 힘든 그런 고통이
나의 사랑을 증명해줄 뿐이었다.

CCXXI

정맥에서 정맥으로, 동맥에서 동맥으로,
신경에서 신경으로, 그녀의 인사가 나를 뚫고 지나갔다,
그 인사, 어느 날 내 **여인**이
구슬프고 고독한 내 마음에 남겨둔 것이었다.

그 인사, 참으로 감미로웠다고 말하지 않을 수 없으니,
스쳐 지나가며 바늘들을 내게 남겨두었고,
그 인사, 날카로운 상처 내게 입혔으니,
심장에 종양만이 생겼을 뿐이다.

그녀의 눈과 목소리 그리고 우아한 자태는
그 순간 서로 잘 화합하였기에,
내 영혼 그 기쁨 절실히 욕망하였고,

지극히 달콤한 행복의 맛에 빠져버린
내 영혼은 지상의 끈을 끊어버리고
나를 버릴 것인지 수천 번 고민하였다.

CCXXII

무슨 말을 하는 것인가? 뭘 하는 것인가? 내 사랑이여!
무슨 생각한단 말인가? 나를 전혀 생각하지 않는단 말인가?
그대에 대한 근심이 나를 찔러대는데,
그대는 내 불안을 조금도 염려하지 않는단 말인가?

그대 향한 사랑에 내 온 마음 끓어오르고,
눈앞에서 끊임없이 나는 그대를 보고,
없는 그대의 소리를 듣고, 그대에게 귀 기울이니,
내 생각 다른 사랑의 소리로 가득 차 있지 않다.

그대 아름다움, 그대 우아함, 그대 눈을
내 안에 나는 새겨놓았다, 춤추고, 말하고, 웃던
그대를 보았던 장소와 장면들도.

나는 그대를 나로 여기기에 나는 내가 아니다,
그대는 내 마음에, 내 눈에, 내 피에, 내 불행에, 내 행복에
숨결을 불어넣는 유일한 사람이다.

CCXXIII

잊으라, 약초의 **신**이여,
다르다넬스 해협 멀지 않은 곳에서
내 여인이 너에게 가했던 나쁜 행실을, 그리고 와서 치료하라,
민첩한 손으로 열병에 창백해진 그녀의 안색을.

꺼져가는 그녀의 아름다운 육신에 건강을 되돌리라!
아폴론이여, 너에겐 큰 수치일 것이다,
네 도움 받지 못해 너를 그토록 오랫동안 번민에
빠뜨렸던 그 눈을 허약함이 쓰러뜨리고 만다면.

나를 위해 네가 그녀를 염려한다면,
나는 노래하리라, 떠다니던 **델로스**가
어떻게 네 명령에 뿌리를 내리게 되었는지,

어떻게 **피톤**이 너의 첫 번째 전리품이 되었는지,
어떻게 **다프네**가 땋아 올린 네 머리에
첫 번째 장식의 영예를 부여하게 되었는지를.

CCXXIV

사랑이여, 그대 화살이 혹독하고,
그대가 기만과 악의에 가득 차 있을지라도,
사랑이여, 나 그대 충분히 섬겼고,
그대의 진영을 뒤따르며 행복하게 살았다.

나를 번민에 빠뜨린 이 아름다운 여인에게,
아니, 오히려 내 번민이 덧없지 않기를 바라는 그녀에게
입맞춤을 하였더니 그녀가 내게 말했다,
제 황금머리칼의 사랑스런 매듭을 잘라달라고.

참으로 영광스러웠다, 심지어 그녀의 가위로
그 매듭 잘라내었으니. 자 바라보라, 내 최고의 사랑을,
바라보라, 연인들이여, 내 위대한 행복을.

가위 그리고 머리카락,
하나는 나의 전령사이고 다른 하나는 나의 끈이니,
내가 오직 시로써 그것을 찬미하리라.

CCXXV

사랑이 제 화살로 나를 못 박아놓은 저 사슬을,
내 발을 결박한 저 사슬을 풀어버리고
자유롭게 벗어난다면, 나를 매어놓은 그물을
풀어버리고 내 목이 자유로워진다면,

루아르강이 두 팔을 벌려 서로 엮어놓은,
초원의 한복판, 사람들로부터 멀리 떨어진 그곳에,
풀밭의 신전을 나 그대에게 바치리라,
행복하고 성스럽고 자비로운 **자유**여.

그곳에서 나는 걸어놓으리라, 신전 저 높은 곳에,
모든 연인에게 본보기로 사용될 수난의 그림 한 폭을,
그들이 나를 따르지 않기를 바라는 마음으로.

더 이상 거기에서 다시는 떨어지지 않도록
신들께 희생의 **제물**을 죽여서 바치리라.
살아 있는 동안 잘못을 고치는 자의 종말은 아름다운 법이므로.

CCXXVI

서서히 나를 갉아먹으며
한 발 한 발 따라오는 동반자, 고통 때문에,
나는 진정 알고 있다, 너무 사랑했기에
아직 내 노래의 끝에 도달하지 않았음을.

여인이여, 나의 노래에 생기를 주고,
이 과업에 지치지 않게 만들어주는 그 열정을
그대가 흐뭇한 마음으로 쥐고 있음을,
그대의 생각 가장 높은 곳을 내가 붙잡고 있음을 나는 알고 있다.

사랑이여, 이토록 멋진 **여인**의 아름다움으로부터
애정을 받으며 살고, 또 좋아하며 살아가는
나는 행복하고, 행복보다 더 행복하니,

내 시를 읽고 판단을 내릴 이가 그녀이며,
그녀를 위하며 행복의 탄식을 늘어놓을
까닭을 내게 주고 있는 이도 그녀이기 때문이다.

CCXXVII

장난과 **우아함** 그리고 **쌍둥이형제**가
내 **여인**을 뒤따르며, 그녀가 가는 어느 곳이든,
그녀는 발치에서 땅을 빛나게 하고,
겨울에서 새 봄이 태어나게 만든다.

그녀를 위해 새들은 재잘거리고,
아이올로스는 바람을 동굴 안에 가둬버리며,
은은한 **제피로스**는 감미로운 숨결을 풀어놓고,
실개천은 소리를 죽이고 조용히 흘러간다.

원소들이 그녀에게 자신들을 맡긴다.
자연은 이토록 아름다운 그녀를 보고 미소 짓는다,
나는 두려움에 온통 몸을 떤다, 이 **신들** 중 누군가가

그녀의 아름다운 얼굴에 열정을 품을 것 같아서,
우리 시대의 보물인 그녀를
약탈하고 겁탈하여 하늘로 데려갈 것만 같아서.

입맞춤

네 열린 두 입술 사이에서
(꽃들이 피어 있는 두 오솔길에서처럼)
장미의 숨결을 느낀다,
입맞춤의 전령사 내 입술은
기쁨에 얼굴 붉히고,
너에게 입술 가져다 대니,
내 모든 소원이 흥겨워한다.
입맞춤의 촉촉함이
가슴 안으로 살포시 스며드는,
네 눈이 지펴놓은
이 뜨거운 사랑의 불씨를 달래주기 때문이다.

카상드르에게 바치는 엘레지

1 나의 눈이고 나의 마음인 나의 **카상드르**, 나의 생명이여,
어찌하랴! 마땅히 그대는 저 위대한 **국왕**에 대해
앙심을 품어야 할 것이니, 그는 내 노래에
그대 이름이 실리기를 더 이상 원치 않기 때문이다.
그는 내 류트를 트럼펫으로 바꾸길 원하고,
자기에 대한 찬양이, 아니 그만이 아니라
하늘 저 높은 곳 **신들**의 자리에 앉아 있는
그의 모든 조상들에 대한 찬양이 울려 퍼지길 바라므로.
그가 그걸 명하시니 나는 그리해야 할 것이다.
10 그 **국왕**의 힘은 너무도 막강하여
군대마저도 저항할 수 없을 것이고,
회피하려 해도 소용없기 때문이다.
티불루스를, **프로페르티우스**를, **오비디우스**를,
저 박식한 **카툴루스**를 읽은들,
페트라르카를 그렇게 바라보며 밑줄을 친들 무슨 소용 있겠는가?
만약 **국왕** 때문에 이들을 따를 힘이
내게서 빠져나가고, 갈고리에 매달리고 만
리라가 더 이상 내게 말을 걸지 않으려 한다면?
그렇게 헛되이 언젠가는 **토스카나 사람**이
20 우리 **프랑스**가 **토스카나**만큼이나 사랑의 탄식을
훌륭히 노래하고 있음을

보여주리란 희망을 키워 나갔는데.
심지어 우리가 그를 뛰어넘을 수 있음을 보여주기 위해
고대의 방식을 따라 나는 수많은 **엘레지**를,
수많은 멋진 **오드**를, 그리고 수많은 **목가**를
이미 엮어내기 시작했는데.
왜냐하면 사실 내 정신은
우리말로 글을 쓴 자들에 만족하지 않았기 때문이며,
그들이 노래한 사랑이란 아무런 가치가 없거나,
30 아주 보잘것없는 평판에만 어울리기 때문이다.
프랑스에서 눈물을 흘리는 수많은 연인들의
저 공들인 노래들을 감히 무시할 정도로
그렇게 내가 영광스럽다고 자랑하려는 게 아니다.
오히려 내 시가 맨 앞을 걷지는 않을지라도,
최소한 맨 끝에 수치스럽게 놓이지 않으리란
희망이 나에게는 있다.
사랑에 문을 닫아버린 **에라토**가
두 눈 똑바로 뜨고 나를 제 작품으로 이끌었기 때문이다.
너무도 잘난 체하는 어떤 이는 사랑을 과장되게 노래하고,
40 힘이 빠진 어떤 이는 그것을 비천하게 질질 끌고 가며,
어떤 이는 우리에게 방탕한 한 여인을 그려 보이고,
어떤 이는 그 뜻보다는 시행들만을 중히 여겨
아무리 감추려 해도 **페트라르카**식으로
시를 잘 짓는 기술을 배우지 못한다.
카상드르여, 나의 감미로운 영혼이여, 왜 눈물 흘리는가?

그대를 위한 일감을 전부 완성하지 않고서는
베틀에 걸쳐놓은 내 씨실을
사랑은 아직 끊으려 하지 않는다.
내 **국왕**이 야수의 젖을
50 빨아댄 것은 아니다, 그의 젊은 마음은
내 생각이 틀리지 않다면, 가끔은
국왕들을 능가하는 **사랑**의 화살을 느꼈을 것이다.
만약 그가 그것을 느꼈다면, 내 잘못은 사라지는 것이고,
그의 위대함이 분노하지 않게 될 것이니,
그러면 나는 저 참혹한 전투에서 돌아와
갈고리에서 **류트**를 내려
줄들을 튕기면서 전투를 알리는 소리가 아니라
사랑을, 그대의 아름다움들을, 내 눈물을 노래하게 될 것이다.
줄이 지나치게 팽팽히 당겨지면
60 탄력을 잃거나 쉽게 부러지기 때문이다.
그렇게 전투에서 병사들을
땅에 쓰러뜨려 수없이 죽게 만들고 난 후의 **아킬레우스**는
잔인한 살육의 흔적이 여전히 남아 있는
황금 **류트**를 손에 쥐고
메네티우스의 아들을 마주보고 앉아
연인 **브리세이스**에 대한 사랑을 노래했다.
그러고는 홀연히 무기를 손에 쥐고
더 당당하게 전쟁터로 되돌아갔다.
그렇게 내 주인의 선조께서

70 오른손을 전투에서 빼내시어
막사에 홀로 머물며 무기 내려놓으시게 되면,
바로 그때 너의 **롱사르**는 **류트**를 들어
너를 노래하리라, 목숨이 붙어 있든, 혹은 항구 저 너머
가벼운 짐이 될 나를 **카론**이 죽음으로 건너가게 하든,
다른 아름다움이 내 마음을 사로잡는
그런 일은 일어나지 않을 것이므로.

뮈레에게 바치는 엘레지

1 아니다, **뮈레**여, 우리에게 근심을 불러일으킨 **궁수**가
사람들을 속이고 또 속이는 실수를
야기한 것이 오늘만은 아니다.
아니다, **뮈레**여, 아니다, 우리가 처음인 것은 아니다,
승리의 작은 화살로 그의 활이
심장 안에 커다란 상처를 숨겨놓은 것이.
들판이든, 숲속이든, 산속이든
모든 짐승들은 그의 힘을 느끼고 있고,
그의 달콤하면서도 쓰라린 불길은
10 바다의 **괴물들**을 물속에서 불태운다.
아! 이 어린애가 불태우지 않은 게 어디 있단 말이냐?
저 천상을 떠받치고 거인족을 물리친 자,
헤라클레스도 그 불길을 느끼고 있다, 저 건장한 테베인도 말이다,
그는 손으로 멧돼지를 목 졸라버렸고,
네소스를 살해했고, 몽둥이로
구름의 아이들이 죽어 쓰러지게 만들었다.
활로 **레르네** 전체를 기겁하게 만들었고,
지옥의 사냥개들을 가두어버렸으며,
테르모돈의 강변에서
20 정복한 처녀의 허리띠를 받아냈다,
바다괴물을 처치했으며, 여러 번에 걸쳐

아켈로스의 속임수를 비웃었다,
포르키스의 딸을 죽게 만들었고,
사자를 힘으로 목 졸라 죽였고,
안타이오스를 팔로 감아 으스러뜨렸고,
자신의 징표로 두 기둥을 심어놓았다.
다시 말해, 세상의 악을 징벌하였던 저 **영웅**은,
두려움 모르는 그 마음은, 저 전쟁의 벼락은
이 **신**을 느끼고 있으며, 사랑의 뜨거움은
30 명을 내리는 **국왕** 이상으로 그를 꼼짝 못하게 만들어버렸다.
그의 정신은 그대가 **잔느**에, 내가 **카상드르**에
품은 열병과는 전혀 달랐다.
사랑이 그를 그렇게 부추겼으니,
그의 온 마음은 까닭도 없이
혈관들을 태워버리는 뜨거운 고통에 끓어올랐다.
사랑의 불길이 뿜어대는 연기가 혈관들을,
뼈와 근육과 신경들을 가득 채워 질식하게 만들었고,
우주를 정화시켰던 **헤라클레스**에게는
이올레의 아름다운 눈이 그에게 쏟아부은
40 미친 듯한 사랑 말고는 아무것도 남지 않게 되었다.
언제나 **이올레**의 아름다운 두 눈을 그는 사랑하였다,
하늘에 불을 밝혀주었던 수레가
물속에서 튀어오를 때이든, 물속에 빠져
온종일 바퀴를 굴리던 때이든,
모든 인간의 노동에 휴식을 얻게 해주었건만,

헤라클레스의 비참한 고통은 예외였다.
그의 영혼 깊은 곳에 **그녀**의 두 눈만이
박혀 있었던 것은 아니다,
그녀의 말, 그녀의 우아함, 그녀의 부드러움이
50 언제나 그의 심장에 바짝 들러붙어 있었다.
그의 영혼은 그녀 아닌 다른 것을 생각하지 않았고,
언제나 부재하는 그녀를 그는 눈앞에서 바라보았다.
헤라클레스여, 운이 좋아 네가 그녀를 보게 되어도
네 목소리는 목구멍 안에서 말을 더듬었고,
사랑하는 여인의 얼굴을 보았다는 공포에 얼어붙었다.
아니면, 사랑의 불길은 훨훨 타올라
네 영혼을 갉아먹었고, 혹은 사랑의 전율에
얼음이 되어버린 너를 벌벌 떨게 만들었다.
네 커다란 손이 **괴물들**을 처벌하던 그 순간
60 무시무시했던 네 몽둥이는 치욕스럽게
발아래 내동댕이쳐졌고, 네 거친 등을 뒤덮었던
털이 무성한 가죽은 발아래로 떨어졌다.
더 이상 네 눈썹은 괴물들을 바라보며 찡그리지 않게 되었다.
오, 헛된 용기여, 오 추악한 수치여,
오, 비열한 비난이여, **헤라클레스**는 그렇게
(세상을 구해내었건만)
에리스테우스도 아니고, 잔혹한 **잔느**도 아닌,
소박한 처녀의 손에 길들여갔다.
그러니 제발 바라보라, **사랑**의 힘이 어떠한지를,

70 일단 이성의 탑을 무너뜨리고 나면,
그것이 우리에게 남겨줄 것은
온통 열병으로 변하고 말 것이다.
그것만이 전부가 아니다. 단지 사랑하기 때문에
그는 잊지 않았다, 어떻게 자신을 무장해야 하는지를,
혹은 자기와 함께 위험에 맞설 몽둥이를 어떻게 움켜쥐어야 하는지를,
아니면 어떤 위험한 모험을 어찌 완수해야 하는지를.
그러나 **폭군들**을 무너뜨렸고,
세상의 두려움이었던(오, 이 얼마나 비열한 치욕인가),
그의 마음은 서서히 약해져서 무력해지고 말았으니,
80 그는 여인의 옷차림새를 하게 되었고,
영웅에서 여인네가 되고 말았으며,
바느질을 하고, 실타래를 돌리게 되었고,
저녁이 되면 하녀가 그렇듯이
일감들을 달콤한 간수에게 건네주지만,
쇠고랑을 찬 그 어떤 죄수보다도
더 세게 그의 족쇄는 죄어왔다.
위대한 **주노**여, 그대의 복수는 그렇게 완성되었다,
그의 인생은 나태함으로 변해버렸고,
괴물들을 퇴치한 저 위대한 **알케이데스**는
90 그렇게 실 잣는 여인이 되고 말았다,
그대의 억누를 수 없는 분노에 그의 형 **에리스테우스**가
고안해낸 임무들을 덧붙여도 소용없게 되었다.
대체 그 이상 무엇을 원하는가? **이올레**는 그가

여인의 차림새를 하게 만들었으니, 그는 그녀를 두려워했고 염려했다.
난폭한 주인의 채찍질을 두려워할 그 어떤 노예보다도
그는 그녀의 손길에 더 겁을 먹었다.
그가 옷차림새를 매만지고, 몸매를 가꾸고, 장식하고,
잘 다듬어진 수염 끝을 애지중지하고,
머리를 정성들여 빗겨낼 것을
100 생각하고 있는 와중에,
처벌을 면한 **괴물들**은
원하는 대로 세상을 정복해갔고,
헤라클레스가 세상에 있다고는 더 이상 생각하지 않게 되었다.
그리되고 말았다. 그의 심장 안으로
깊숙이 스며들어 떠돌던 독은
몸은 살게 했건만 그를 죽이고 말았다.
뮈레여, 그와 같은 열정이 그렇게
우리의 마음을 난폭하게 미치게 만들었으니,
가능하다면 **키테라섬**의 아들이
110 우리에게 엮어놓은 저 끈들로부터 벗어나자.
우리를 지배하는 이 살들을
우리를 진정한 행복으로 이끌고,
우리 감각의 주인으로 군림하게 될,
저 신성한 이성의 굴레 아래로 이끌고 가자.
그러나 만약 **사랑**이 저 길들여지지 않는 화살로
치유될 수 없는 상처를 우리에게 이미 남겨놓은 것이라면,
이성의 가르침을 따르지 않는 고통이

온갖 치료법을 무시한다면,
사랑에 우리 패배하고 말았으니 갈망에 길을 터주도록 하자,
120 우리의 삶을 **알케이데스**처럼 꾸미도록 하자.
주름이 우리 이마에 고랑들을
미처 새겨놓지 않은 지금,
노년의 서리가 내려
우리 머리가 허옇게 바래지 않은 지금,
사랑을 따르지 않는 단 하루라도 헛되이 우리 곁을
흘러가게 두지는 말자, 그렇게 하는 것이 잘못은 아니리라,
오히려 보잘것없는 우리 처지로서는
위대한 주인들의 선례를 따르는 게 더 큰 영광일 것이므로.

노래

1 월계수를 씹어 목으로 삼켜가며
나는 들었다,
리코프론의 시에서 나의 **카산드라**가
트로이아 사람들에게
그들을 재로
만들게 될 방식을 예언하는 소리를.

그러나 고집을 피우던 이 가련한 자들은
키벨레를
믿지 못할 운명을 얻고야 말았으니,
10 한참 뒤에 보고야 말았다,
그리스의 불화살이
미친 듯이 자기네 도시를 휩쓸어가는 것을.

심장에 죽음을 맞이하고서,
손을 내리쳐
벌거벗겨진 가슴을 퍼렇게 멍들인 후에야,
잿빛머리카락을 쥐어뜯으며,
길게 통곡하며
그녀를 믿지 않은 것을 그들은 한탄하였다.

그러나 그들의 통곡은
20 약탈로 빵빵해진
그리스인들의 마음을 누그러뜨리지 못했고,
예전에 **트로이아**였다는
이름 말고는
그 무엇도 그들은 남겨놓지 않게 되었다.

그렇게 믿지 않았다,
그대가 내게
미래의 고통을 예언했던 것을,
그대를 사랑한 대가의
선물로
30 혹독한 죽음만을 받게 될 것을.

쉼 없이 타오르는 커다란 불길이
내 뼈와
내 신경과 내 심장을 불태운다,
그대를 사랑했기에 받고야 말았다,
믿음이 없었던
트로이아보다도 더 많은 불길을.

CCXXVIII

나의 **데 조텔**, 그대는 어릴 때부터
저 정상을 흐르는 강물을 들이켰다,
그곳 동굴 안에서 아홉 **누이들**은
홀로 떨어져 신성한 거처를 마련하였다.

예전에 사랑의 힘이 그대 이마 위에
도금양을 씌워주었고,
그대를 반하게 한 저 아름다운 눈들은
그대 글 덕분에 우리 **프랑스**의 명예가 되었다.

내 가련한 번민을 동정해달라,
내 자유를 옥죄는 이 마음을
그대의 소리로 달래달라.

이따금 내가 부르고뉴에 머물게 된다면,
내 시로, 어찌되든, 누그러뜨리겠노라,
그대의 아름답고도 **신성한** 여인의 잔인함을.

노래

1 사랑에 빠진 그날부터
아무리 맛있다 한들 어떤 음식도,
아무리 감미롭다 한들 어떤 술도,
내 마음을 추호도 기쁘게 하지 않았다,
그날 이후로 나를 만족시킬 무언가를
먹지도 마실 수도 없었기 때문이다.
다른 무엇도 아닌 슬픔이 내 영혼 안으로 들어와
문을 닫아걸고 자라만 갔다.

사랑하진 않았지만 자유로웠던 그때,
10 내가 높이 샀던 모든 즐거움을,
이제는 그것을 경멸한다,
칼싸움도 공놀이도 사냥도 춤추기도
더 이상 즐겁지 않으며,
사나운 짐승이 되어
야생의 동굴을 은신처로 삼아
분노를 감추기 위해 몰두한다.

사랑은 참으로 강력한 독약이니,
내 이성에 마법을 걸었고,
얼굴에 당당히 지녔던

20 담대함을 앗아가 버렸다,
우울하게 그리고 생각에 잠겨 머리를 떨구고
한 걸음 한 걸음 걷게 만들었고,
두려움에 가득 차 그 무엇도 믿지 않는
인간으로 나를 만들어버렸다.

저 전해져 내려오는 **익시온**의 고통은
내 열정에 비견될 수가 없으리라,
단 하루의 연인이 되느니
차라리 일 년 내내
탄탈로스의 형벌을 받기를 더 좋아한다,
30 카상드르가 내 마음을 사로잡고
돌려주지 않게 된 이후로 번민하기 위해서
수많은 불행들을 만들고야 말았다.

왕실 화가 자네에게 바치는 엘레지

1 내게 그려달라, **자네**여, 제발 그려달라,
이 화폭 위에 내 사랑하는 이의 아름다움을
내가 너에게 들려주는 그대로.
거짓된 기술로 그것을 꾸며달라고
성가신 사람처럼 부탁하진 않겠다.
있는 그대로의 그녀 모습을 그대가
그릴 수 있을지라도, 그녀를 돋보이게 하기 위해
그녀의 자연스러움을 감추려 하지 않는 것으로 충분하다.
꾸미는 것은 아름답지 않은 여인들이
10 그림을 부탁할 때나 필요하기 때문이다.
삼나무의 색깔을 닮은, 일렁거리고,
매듭을 묶은, 곱슬곱슬하고, 고리모양을 하며, 너울거리는
그녀의 머리카락을 그려달라,
아니면 매듭을 풀어, 자연스레 펼쳐서,
네 기술을 마음껏 사용해서 화폭 안에
머리카락의 본래 향기를 풍기게 해달라,
봄날 **제피로스**에 흩날리는 꽃들 같은
그런 향기를 그녀의 머리카락이 풍기기 때문이다.
그녀의 아름다운 이마가 단 하나의 주름으로도
20 깊게 파이지 않게 해달라,
약간의 바람도 일으키지 않고,

죽음 같은 잠으로 봉해진 물결을 진정시키며
자리에 꼼짝 않고 누워 있는
대양의 수면 같게 해달라.
그 한복판에 한 가닥 줄을 타고
아름다운 루비가 화폭의 사방을 비추며
내려오게 하라, 마치 한밤중,
계곡 깊은 곳으로 떨어지는,
아직 인간의 발이 흩트려놓지 않은
30 눈 위를 비추는 **달빛**처럼 반짝이게 하라.
그러고는 검은 **흑단**으로
아치 모양의 멋진 눈썹을 그리라, 그 굴곡이
매월 첫날에 뿔 모양새를 구름 사이로
드러내는 **초승달**을 닮게 하라,
만약 그대가 **사랑**의 활을 전혀 본 적이 없다면,
그림을 들어 둥근 반원의 곡선을 따라
절반 정도 돌려보라,
사랑의 활과 그녀는 하나일 뿐이기 때문이다.
헌데 어찌하랴! **자네**여, 어찌하랴! 그대가
40 (비록 **아펠레스**의 기술을 지니고 있다 할지라도)
하늘의 별들을 부끄럽게 만드는
아름다운 눈의 저 자연스러운 우아함을
어떤 식으로, 어떻게 그릴지 나는 알지 못한다.
한쪽 눈이 부드럽다면, 다른 눈은 화에 차 있고,
한쪽은 **마르스**의 것이고, 다른 쪽은 **비너스**의 것이니,

모든 희망이 한쪽 눈의 온화함에서 나온다면
모든 절망은 다른 눈의 잔인함에서 나온다.
한쪽 눈은 가련하여 보고 있자니 눈물이 나는데,
바닷가에서 정신이 나가
50 눈물을 쏟아내고, **테세우스**를 불러댔건만
소용없었던, 마치 **디아** 해변에 버려진
아리아드네의 눈과 같다.
다른 눈은 쾌활하여, 예전에 이십여 년 떨어져 있다가
다시 돌아온 남편을 보게 된,
칭송을 받을 만한 **페넬로페**가
예전에 지녔던 그런 눈이라고 믿을 만하다.
이제 자그마하고 평평한, 희고도 분홍빛이 도는
그녀의 동그란 귀를 그려달라,
수정 안에 담긴 백합처럼
60 베일 너머로 모습을 나타내는 것과 같고,
아니면 유리병 안에 담긴 신선한
장미가 모습을 드러내는 것과 같으니.
그러나 그대가 그림을 수많은
장식으로 매우 아름답게 그린다 한들,
그녀의 아름다운 코의 윤곽을 제대로
그려내지 못한다면 소용이 없으리라.
그러니 내게 그려달라, 너무 짧지도, 너무 튀지도 않게,
매끄럽고, 오뚝하게, 시기심 많은 자가
비난하길 원해도 그리할 수 없도록.

70 마치 들판을 가르며 작은 산이 솟아오르듯,
그것이 얼굴을 타고 쭉 내려오도록
그렇게 아주 완벽하게 그려달라.
그리고 그녀의 멋진 뺨을 생동감 넘치게 그려달라,
우윳빛 호수 위를 떠다니는
장미의 색깔을 닮도록, 혹은 붉은 패랭이꽃에
입 맞추는 백합의 하얀 색조를 닮도록.
얼굴 한복판에 보조개를 그려달라,
보조개, 아니 **사랑**의 은신처를 만들어달라,
그 안에서 그 어린애가 자그마한 손으로
80 수많은 화살을 쏘아대면, 눈을 거쳐
심장에 곧장 닿지 않는 헛된 화살 하나도 없게 하라.
아! **자네**여, 그녀의 입을 잘 그리기 위해선
대체 어떤 붉은색이 어울릴 수 있는 것인지
호메로스가 제 시로 그대에게 겨우 말해줄 수 있을 뿐이다,
그 입에 마땅하게 그리기 위해서는
카리테스의 입을 그려야 할지도 모른다,
그러니 내게 그려달라, 그 입이 말을 하는 것처럼,
혹은 미소 짓고, 혹은 어떤 알 수 없는 신성한 숨결로
대기 중에 향기를 내뿜는 것처럼,
90 그러나 무엇보다도 그 입이
설득의 감미로움으로 가득 차도록 만들어달라.
그 주변에 수많은 웃음과 매력을,
장난기와 멋들어짐을 덧붙이고,

고르고 고른 작은 진주들이 두 줄을 이뤄
이가 있던 자리에 정돈되어 들어서서
그 안에 진정 우아하게 늘어서 있게 하라.
그 주변에 두 줄의 입술을 그려달라,
장미나 붉은 산호를 닮은 색조를 띤
그것은 자연스레 솟아올라
100 입맞춤을 요구하는 듯하고,
한쪽은 **봄날** 가시나무 숲에서 타오르고,
다른 쪽은 바다 깊은 곳에서 붉게 물들고 있다.
얼굴 한복판에 살짝 들어간 그녀의 턱을 그려달라,
사과처럼 둥근 윤곽이
이미 꽃을 피우며 모습을 드러내는
구석의 꽃봉오리 같게 하라.
골풀 위에 엉겨붙은 우유보다도 더 하얀
목을 그려달라, 그러나 약간 길게 그려달라,
매끈하지만 토실토실하게, 그리고 부드러운 목 언저리가
110 목처럼 약간 길어야 할 것이다.
그런 후에 그녀에게 그려달라, 정확히 잰
주노의 팔꿈치와 팔들을,
그리고 **미네르바**의 사랑스런 손가락들을, 또한
아우로라에 견줄 손들을.
이젠 모르겠다, 나의 **자네**여, 내가 어디까지 말했는지,
혼란스러워 말이 안 나온다, 지금까지 했던 것처럼
그렇게 그대에게 내가 보지 못했던 아름다운

나머지 부분을 들려줄 수는 없겠다.
아! 그녀의 멋진 드러난 가슴을 볼 수 있는
120 축복을 나는 결코 가져보지 못했다.
하지만 어림잡아 생각해본다면,
따지고 따진 후에 내 확신하건대,
드러나지 않은 아름다운 부분은
우리가 보고 있는 그런 아름다움을 닮았을 것이다.
그러니 그것을 그려라, 다른 완벽한 아름다움처럼
그렇게 그녀의 아름다움이 내게는 완벽히 그려져야 할 것이다.
봉우리 같은 그녀 가슴을 내게 들어 보여라,
맑고, 하얀, 우아하고, 큼직한, 반쯤은 드러나고, 가득 찬,
그 안에 수없이 가느다란 신경들이
130 붉은 피로 가득하여 바르르 떨리게 하라.
가슴 피부 아래의 근육들과 신경들이
살아 있는 것을 네가 보게 된다면,
그것들 위에 신선한 두 개의 사과가 부풀어 오르게 하라,
과수원의 푸르른 사과 두 개가
아직 때가 되지 않아
가장자리만 불그스레 물들이는 것을 보듯이.
대리석 같은 양 어깨 바로 위에
신성한 카리타스의 거처를 그려달라,
그리고 쉬지 않고 날아다니는 **사랑**이
140 언제나 그것을 가슴에 품고 날개로 그것에 바람을 부치게 하라,
그가 **짓궂은 형제**와 함께

키테라의 정원에서 가지 사이로 날아다닌다고 생각하면서.
그 바로 아래쪽에 볼록한 거울 같고,
아주 둥그렇고, 포동포동하고, 균형 잡힌
비너스를 닮은 그녀의 배를 그려달라,
그녀의 배꼽과 그것의 작은 과녁을 그려달라,
그 안쪽이 **태양**이 아끼는 아름다운 카네이션보다
더 붉게 보이도록 만들면서.
왜 꿈지럭거리는가? 아주 아름답지만,
150 내 감히 말할 수 없는 그것, 그리고 초조하게 바라건만
나를 쑤셔대는 다른 부분을 그려달라,
그대에게 바라니, 다른 이들이 그것을 슬쩍 볼 수 있도록
투명하고 고운 비단으로 짠 베일이 아니라면
그것을 한사코 가리려 하지 말라.
그녀의 엉덩이는 왕실건물을 단단히 받치고 있는
정교하게 만들어진 둥근 **원주**같이,
살이 통통하게 오르고, 그 선이 아주 둥글둥글하여,
마치 **탑**을 만드는 것처럼 그려져야 할 것이다.
솜털이 보송보송하고, 포동포동하며, 둥그렇고, 여리며, 푹신한,
160 그녀의 무릎이 두 개의 언덕처럼 봉긋 솟아나야 할 것이다,
그 아래에 단단한 종아리를 그려달라,
에우로타스 강변에서 팔짱을 단단히 끼고
함께 싸우면서 강바닥에 상대방을 내동댕이친,
혹은 **아미클레스** 숲속에서 늙은 수사슴을
개들을 풀어 사냥하는

라코니아 처녀들의 장딴지 같게 하라.
그리고 마지막으로 그녀에게 **테티**스의
좁은 발과 작은 발가락을 그려달라.
아, 이제, 그녀 모습이 보인다! 거의 다 그려졌다.
170 획을 한 번 더하라, 한 획을 더해보라, 그녀가 완성되었구나.
이제 손을 들어보거라, 아, 정말, 그녀가 보인다!
조금만 까딱하면 그녀가 내게 말을 걸겠구나.

CCXXIX

때로는 근심에 쌓이고 때로는 희망에 가득 차,
내 눈의 눈물을 닦으려 한다,
앙리가 **프랑스** 국경 저 멀리서
첫 선조들의 명예에 복수를 할 그날이 오면,

하늘에 오르기 위해 날카로운 창끝으로
영광의 길을 가로질렀던
그가 승리의 팔로
라인 강변에서 용맹한 **스페인** 병사들의 목을 벨 그날이 오면.

힘찬 날갯짓으로 내 정신을 사로잡는
그대 신성한 무리들이여, 나의 지주이자 나의 영광이여,
아주 예전에 그대들은 **헤시오도스**가 목을 축였던

그 강물 마시도록 내게 허락했었다,
기억의 신전 가장 신성한 곳에
이 탄식을 영원히 새겨놓을 수 있도록.

제1권 끝

삭제 시편

1578년에 삭제된 1572년『사랑시집 제1권』수록 작품들

[LVII]

나는 **오비디우스**의 치유법을 수백 번 시도했으며,
지금도 매일같이 수백 번 시도한다,
내 가슴을 너무도 달구었던 내 예전의 사랑이
비어버린 가슴을 지닐 수 있는지 알아보기 위해서.

하지만 헛된 희망을 품게 하는 자는
구원의 장소에 다가가는 나를 보고는 내게 재갈을 물린다,
나도 모르게 순식간에 내 행적을 무위로 만들고,
그로 인해 온전치 못한 자가 되니, 병에 걸린 나를 다시 끌고 간다.

아! **로마 시인**이여, 그대에겐 참으로 쉬운 일이었다,
규방의 여인으로 인해 뜨거워진 어떤 이가
그녀로부터 벗어나기 위해 어떤 처방을 스스로 내리는 것이.

하지만 내 **태양**의 눈을 본 이 신중한 자,
그에 버금가는 순결함이 이 세상에는 없건만,
노예가 되어갈수록 더욱 그리되길 원한다.

[LXXIX]

오라버니 **파리스**를 그대는 아름다움으로 닮았고,
여동생 **폴릭세네**를 정숙한 정신으로 닮았고,
오라버니 **헬레노스**를 예언의 기술로 닮았고,
충성심 없는 그대의 변신한 조상을 닮았고,

아버지 **프리아모스**를 용맹한 권위로 닮았고,
노파 **안테노르**를 꿀 같은 달변으로 닮았고,
고모 **안티고네**를 놀랄 만한 자부심으로 닮았고,
큰 오라버니 **헥토르**를 당당한 잔인함으로 닮았다.

넵투누스는 **트로이아**의 성벽 안에
그대만큼이나 단단한 바위를 갖다놓지 않았건만, 그런 그대 위해
나는 수많은 죽음을 견딘다, 승리자 **오디세우스**도

트로이아를 그토록 많은 불과 외침, 무기와 탄식 그리고 울음으로
가득 채우지 못했건만, 그럴 가치가 없는데도
그대는 내 마음을 탄식과 눈물로 넘쳐나게 만든다.

[CCXXXIX]

니칸드로스가 노래했던 것처럼,
바꽃의 수액을 마신 자, 그의 정신은 혼미해지고,
그가 보는 모든 것은 두 겹으로 보이고,
어둠이 그의 두 눈 위로 점점 퍼져 나간다.

카상드르의 사랑을 마신 자,
그의 심장 안으로 그녀 눈빛이 흘러들어 오니,
이성을 잃게 되고, 얼이 빠지게 되고,
하루에도 수백 번 **파르카이**가 그를 잡으러 찾아온다.

그러나 생석회가, 아니 녹이, 아니 포도주가,
아니 용해된 황금이 바꽃이 일으킨
혹독한 고통에 종말을 고할 수 있겠지만,

죽음만이 유일하게 내 **여인**이
독으로 감염시킨 자들의 심장을 치료할 수 있을 뿐이다,
그런데 그렇게 죽을 수 있는 자 진정 행복하리라.

노래 [CCXLII]

1 내게는 하루가 일 년보다
더 길게 느껴진다,
불행히도 내 마음을 사로잡은 그녀의
빼어난 아름다움 바라보는
그런 행운 얻지 못한다면,
전부를 본다 한들 아무것도 보지 않는 것과 같다.

예전에 현자였던 누군가가 말하길,
사랑하는 자의 마음은
사랑하는 것으로 살아간다 했는데, 그의 말은 사실이다,
10 다른 곳에서 이 자는 살아갈 수 없으며,
다른 고기를 양식으로 삼지도 않는다,
나는 이것을 믿으며, 그러려고 시도해보았다.

사랑하는 자는 언제나 여인 안에서 살아간다,
그런 이유로 내 굶주린 영혼은
사랑에만 취하려 한다,
사랑을 내 영혼은 열렬히 갈구하고,
오직 사랑이라는 고기로만
낮이든 밤이든 배를 채우려 한다.

내가 착각하고 있다고 누군가 말한다면,
20 직접 **메두사**를 바라보라,
그녀는 내 마음을 바위로 만들었고,
그녀를 보게 된다면, 내 확신하건대,
그 즉시 그는 내 불행의
동반자가 되고 말 것이다.

아는 것이 많은 **여인**의 목소리가
매혹하지 않을 자 누구 있겠는가?
설령 잔인한 **스키타이족**이라 할지라도,
여인의 해박한 목소리가
아름다움과 결합되어 있다면
30 그 어떤 마법도 이보다 결코 더 클 수는 없다.

지금 나는 사랑에 빠졌고, 고백하건대,
점점 더 늙음을 향해 가게 되어도,
점점 더 그 마음 변치 않길 원한다,
재가 된다 할지라도 나는 잊지 않으리라,
내 마음을 제 눈 안에 담아둔
내 **카상드르**의 감미로운 사랑을.

안녕, 지난날의 자유여,
이제 더 이상 내 것이 아닌 것 같구나,
안녕, 내 소중한 삶이여, 안녕!

40 네가 달아난들 서운할 순 없다,
이토록 아름다운 곳에서
내 원해서 나 스스로를 망치고 있으므로.

노래여, 내가 말하는 그곳으로 가라,
내 여인의 방으로 가라,
그녀의 하얀 손에 입 맞추며 말하라,
나에게 건강을 다시 되돌려 주려면
그녀 가슴속에 네가 몸을 숨기도록
허락하지 않으면 아니 된다는 것을.

[CCXLI]

사랑이여, 화살로 쏘아대는 그대는
꼬리로 찔러대는 좌두충을 닮았으니,
그 날카로움은 치명적이어서
심장까지 뚫고 들어와도 흔적 하나 남기지 않는다.

혹독한 죽음으로 그대는 나를 데려가지만,
나는 아픔을 느끼지 못하고, 어떤 상처 때문에,
어떻게 그대 독이 내 영혼을
둘러쌌는지 알지 못한 채 죽어간다.

대역죄를 새로 범한 자들, 반역의 죄악을
행한 자들은 피 흘리는 발을 물에 담근 채,
고통을 알지 못하고 죽어간다.

그들처럼 나는 죽어간다, **사랑**에 맞서서
어떤 배반도 어떤 중죄도 짓지 않았건만,
지나친 사랑은 죄라고 불리지도 않건만.

1567년에 삭제된 1560년 『사랑시집 제1권』 수록 작품들

[CCXXXIII]

키케로여, 불명예 말고는 어떤 불행도 없다고 말한
그대여, 능란한 거짓말쟁이여,
내 여인이 내게 가한 불행을 그대가 지지한다면,
적어도 그것이 불행이라고 그대는 말해야 할 것이다.

심장 위에 자리 잡은 독수리를 매일같이 나는 느끼고,
근심이 갉아대는 소리를 듣고 있으니, **푸리아이**마냥
그 소리 버거워하는 나를 파먹어가는데, 그대는 원한다,
그대 말에 속은 내가 고통은 불행이 아니라고 말하기를.

그대들, **그리스**와 **로마**의 철학자들 모두여,
그대들은 그런 식으로 맘에 드는 것만 논쟁으로 삼지만,
그러나 **사랑**이 만드는 쓰라린 일을

시선이 영혼 안에서 다시 해낸다면, 그것은 고통이다,
명예의 상실과 수치와 치욕은
사랑의 고통에 비한다면 결코 불행일 수가 없다.

노래 [CCXXXVI]

나는 두 개의 사랑에 빠져 있다,
한 사랑에 나는 절망하고,
다른 사랑에 행복을 희망한다,
그러나 그 무엇도 믿을 수는 없다.
행복을 욕망하였건만
불행과 시련만을 얻었을 뿐인데,
두 사랑 때문에 그렇게 오랫동안
한탄했던 것이 무슨 소용 있겠는가?

헌데 이제는 모든 사랑을
나는 떠나려 한다,
사람들이 내 안에서 믿을 수 있는 자뿐만 아니라
거짓말쟁이도 보게 되었으므로.
더 이상 사랑에 괴로워하지 않으리라,
내 충실함을 시련에 빠뜨리지 않으리라,
이제 스스로에 만족해야 하는 시간이,
오직 나 자신만을 사랑해야 하는 시간이 되었다.

1553년에 삭제된 1552년『사랑시집 제1권』수록 작품들

[LXI]

가녀린 날갯짓으로 희망을 쫓아 날아가건만,
날아오르는 데 뛰어난 그것은 울타리 너머로 날아가 버리고,
뒤에서 날아오는 나를 보고는
그것은 더욱더 힘을 가한다.

나를 피하기 위해 날아오르는 그것을 보았기에,
나는 방향을 바꾸어 울타리를 넘어서고,
낮게 날아가며 뒤로 물러선다,
더 이상 그것 잡지 않으려고, 사로잡힌 나를 보지 않으려고.

존재하지 않는 형상을 만지기 위해
속임을 당하는 제 손가락 헛되이 펴는,
그런 꿈꾸는 병자와 나는 닮았다.

형상이 달아나면, 누구는 헛된 추격을 하고,
그렇게 도망가는 희망을 뒤쫓는다 해도,
그 희망 쫓기지 않으니, 나는 헛되이 발걸음만 잃는다.

[CLVII]

미친 듯한 열정으로 나를 흥분시켰던
욕망이 나를 뒤흔들어 놓기 전에,
내 시적 열정을 치유하기 위해
파리를 버리고 **루아르** 강변으로 가리라.

거기에서 나는 **그리스**나 **로마**의 어떤 **뮤즈**도
더 이상 염려하지 않고 살았건만,
사랑이 변덕스런 화살로
내게 고통을 일으켜 그토록 나를 아프게 했다.

들판에서 그리고 푸르른 숲속에서
꽃들 사이에서 안전하다고 생각했는데,
감미로운 **투라노스**가 내게 일격을 가하였고,

내게 알게 해주었다, 사람이란 어디로 장소를 바꾸든지,
우리를 지배하는 **천상**의 명령을
결코 제 머리에서 떼어낸, 낯선 자가 될 수 없다는 것을.

주석

이 주석은 원문의 어휘배치, 시행구성, 리듬 조성 등의 파악을 통해서만 확인될 수 있는 롱사르 작품의 완결성을 소개하고, 그 의미에 대한 이해를 돕기 위해 작성되었다. 이를 위해 작품의 내용과 형식의 내적 특징을 제시하고 이를 다시 연이나 시행으로 구분하여 설명했다. 시행번호는 번역문을 기준으로 삼았으며, 필요한 경우 원문의 시행번호를 밝혔다. 한국어 번역문의 이해를 위해 필요하다고 판단되는 경우에는 원문을 인용하였다. 판본 사이에 의미의 변화가 있는 경우를 설명하기 위해서 Ronsard, *Oeuvres complètes*, éd. Paul Laumonier, révisées et complétées par Raymond Lebègue et Isidore Silver, Paris, Nizet et Didier, 1914-1975, 20 vol., t. IV와 Ronsard et Muret, *Les Amours, leurs commentaires* (1553), éd. Christine de Buzon et Pierre Martin, préface de Michel Simonin et postface de Jean Céard, Didier, 1998 등을 참조하였다. 작품에 대한 역자의 설명이 주관적일 수 있으나, 해석의 몫은 전적으로 독자에게 있다. 롱사르 시의 깊이에 대한 독자의 관심을 불러일으키고, 작품의 뛰어난 시적 가치를 전달하려는 의도에서 긴 주석이 마련되었다.

시집 제목

롱사르의 시집 제목 선택에 관한 여러 견해들이 있다. 시인이 시집의 모델이 된 페트라르카가 『칸초니에레 *Canzonieri*』를 위해 참조했던 오비디우스의 『사랑 시집 *Amores*』을 모방했다는 주장이 있다. 그렇지만 오비디우스 작품이 위 제목을 지닌 단행본 시집으로 롱사르 이전에 발간된 경우가 없었다는 점을 고려한다면, 그가 로마 시인의 제목을 따랐다는 견해를 수용하기는 힘들다. 물론 롱사르가 오비디우스를 전혀 염두에 두지 않았다고 말하기도 어렵다. 그가 로마 시인과 어깨를 겨룰 수 있는 시인으로서의 역량을 이 시집을 통해 보여주길 희망했다는 것이 이유가 된다. 오비디우스의 선례를 따랐다는 주장 곁에, 롱사르가 지오바니 폰타노 Giovanni Pontano와 벰보 Bembo 그리고 타소 Tasso의 사랑시에서 영향을 받았을 것이라는 추측도 있다. 특히 롱사르의 작품이 페트라르카에 대한 수동적 모방을 극복하려는 의지를 담고 있다는 점에서 양식화되고 규범화된 사랑을 거부한 벰보의 영향이 강조될 수 있다. 롱사르 이후에 장 앙투안 드 바이프 Jean-Antoine de Baïf(*Les Amours*, 1552), 올리비에 드 마니 Olivier de Magny(*Les Amours*, 1553) 그리고 자크 펠르티에 Jacques Peletier(*L'Amour des Amours*, 1555) 등과 같은 여러 프랑스 시인들이 '사랑'이라는 용어를 시집 제목에 포함시켰다.

책에게

소네트

1552년에 간행된 『오드시집 제5권 *Le Cinquiesme Livre des Odes*』의 말미에 실린 작품이다. 따라서 1행의 "책"은 『오드시집』을 가리킨다. 그런데 롱사르는 이 소네트를 1584년 『작품집 *Oeuvres*』의 맨 앞에 수록하며 오드시편들뿐만 아니라 자기가 쓴 모든 시의 성격을 규정하는 역할을 담보하게 만든다. 그는 책에게 말을 걸면서 시인인 자기의 의도에 충실하기를, 그리고 자신의 창작경험을 증명하기를 권유한다. 시집을 말에 비유한 것에는 이유가 있다. 일반적으로 말의 생동감은 추진력의 상징이 되지만, 뒷발굽으로 뮤즈들의 샘물이 솟아나게 한 페가소스와 관련될 때의 말은 예술적 영감을 상징한다. 역동적인 영감의 획득에 대한 확신은 시 창작을 통해 자연이 인간에게 부과한 경계를 뛰어넘어 불멸을 얻게 되었다는 자부심에서 나온다.

1**행** 롱사르는 『오드시집』 서문의 「독자에게 Au lecteur」에서 그리스 작가를 모방한 로마 시인들의 창작을 경계를 뛰어넘어 미지의 길을 달려가는 행위에 비유한 바 있다.

2**행** "두려움"은 고삐를 풀어헤치고 울타리를 넘는 행동에 대한 두려움 그리고 뮤즈들의 신성한 영감이 주는 두려움을 동시에 의미한다. 울타리는 자유를 얻기 위해 뛰쳐 나가는 시를 방해하는 장애물을 가리킨다.

1-4**행** 명령형의 반복은 일종의 긴박함이 시 창조의 길에 놓여 있다는 것을 암시한다. 시인이 두려워할 대상은 과거의 시이며, 자신이 만들 새로운 시에 가해질 세상의 비판을 그는 감내해야만 한다. 동사 "먼지로 뒤덮다 em-poudrer"는 '먼지를 일으켜서 길을 뒤덮는다'는 뜻이다. 먼지는 창작 행위의 민활함을 의미

하지만, 훈연으로 인간의 눈을 매혹시키는 종교적인 의식과 관련될 때에는 길을 박차고 나서는 행위의 신성함을 암시할 수도 있다. 이 동사를 통해 롱사르는 창작의 필요성과 창조행위의 신성함, 그리고 시를 짓는 행위의 숭고함과 정당성을 드러낸다. 또한 여기에는 창조행위의 파괴성도 내포되어 있다. 길을 먼지로 뒤덮는다는 것은 기존의 전통을 파괴하고 새로운 길을 창조한다는 뜻을 지니기 때문이다. 특히 "바람 일렁이는 venteux"이라는 표현은 바람의 민활함을 상기함으로써 시를 쓰는 행위의 민첩성과 역동성을 강조한다. 이런 역동성은 1행의 반복되는 명령형 "가라 Va" 사이에 "책이여"를 위치시킨 점에서도 발견된다. [v]와 [r]의 반복은 물결의 흐름을 연상시키며 길을 가는 행위의 역동성을 뒷받침한다. 2행의 "고삐 bride" 역시 유사음의 효과로 1행의 역동적 움직임을 뒷받침한다.

5행 롱사르는 『오드시집』 서문에서 새로운 시의 길을 개척하려는 자신을 비난하는 기존 시인들의 존재를 분명히 인식한 바 있다. 부사 "벌써 desja"의 사용은 자기 시를 질투한 시인들, 특히 대수사파 시인들 Grands rhétoriqueurs과 당시 생 즐레 Saint Gelais나 마로 Marot와 같이 궁정에서 권력을 누리던 시인들로부터 시기를 받았던 경험이 이미 지나간 일이 되고 말았다는 롱사르의 자부심을 드러낸다.

10행 "고귀한 피"는 신들로부터 시적 영감을 얻은 시인의 고귀함에 대한 비유이다.

13행 "이마" 혹은 머리에 쓰인 월계관에 대한 언급 덕분에 이 작품 다음에 롱사르의 초상이 놓이게 된다.

14행 복수형 1인칭 "우리"는 9행의 "대열"과 마찬가지로 시의 혁신을 주장하고 실천한 플레이아드 시파 La Pléiade의 구성원들을 가리킨다. "우리"라는 표현에서 일종의 겸양의 태도가 엿보인다고 말할 수도 있지만, 실은 이미 월계관이 자기에게 주어졌음을 확신하기에 타인에게 영광을 빼앗기는 일은 있을 수 없다는 자신감을 이 어휘에서 읽을 수 있다. 원문의 마지막 각운이 "mien"인 것도 이것을 증명한다. 게다가 이미 많은 것들을 획득하였기에 굳이 새로운 영광을 얻기 위한 길에 나설 필요가 없다는 당당함도 드러난다. 1행에 뒤이어 12행에서 "책"을 다시 반복하는 것은 월계관의 원형의 모습, 즉 완성이 충만하게 이루어졌다는 확신을 대변한다. 사실 롱사르는 많은 시에서 자신의 시적 영광을 노래하였다. 특히 『오드시집』 제4권에 실린 「나의 뮤즈에게 A sa Muse」에서 그는 "강철보다 더 단단하게 나는 이 시집을 완성하였노라 Plus dur que fer j'ay fini cest ouvrage"라고 선언하였다.

기원시

일반적으로 기원시는 짧은 운율로 작성되지만 롱사르는 10음절을 사용한다. 이것은 그가 새로운 형태의 기원시를 시도하고 있다는 증거이다. 시집을 뮤즈들에게 헌정함으로써 불멸의 영광을 얻기를 기원하는 시인뿐만 아니라 자기 심장을 사랑하는 여인 카상드르에게 바침으로써 사랑과 시적 영감이 동일한 것임을 드러내려는 롱사르의 태도가 엿보인다. 뮤즈와 카상드르라는 두 대상에게 작품을 헌정한다는 측면에서 롱사르의 의도가 모호해 보일 수도 있다. 그러나 사랑의 열정을 표현하는 것이 불멸을 얻는 길이라고 확신하는 시인은 사랑의 욕망을 담은 작품을 창조하며 불멸에 다가서길 욕망한다. 책은 그가 누릴 영광의 기념물, 그의 명성을 후세에 전해줄 매개가 될 것이다. 따라서 시인이 된다는 것은 영원한 건축물을 완성하는 것과 다르지 않다. 롱사르의 시적 사명에 신성성이 내포된 것은 이 점에서 이해된다. 이 시인은 예언자이고, 신성의 집행자가 되기를 지향한다.

1**행** 뮤즈들(무사이)이다. 1552년 판본에서는 "무리 troupeau"라는 표현이 사용되었다. "누이들 Soeurs"이라는 표현은 친근감을 내포한다. 델포이 출신 카스탈리아는 아폴론에게 쫓기다 샘에 몸을 던져 익사했다. 이후로 그녀의 이름이 붙여진 샘은 아폴론에게 바쳐졌다.

2**행** 올림포스산의 파르나스 정상을 가리킨다. 헤시오도스에 따르면 아홉 뮤즈들은 이 산에서 탄생했다.

3**행** 히포크레네 샘에 대한 암시이다. 뮤즈들의 신성한 숲으로부터 멀리 떨어지지 않은 헬리콘산에서 피에로스의 딸들과 뮤즈들의 노래 경합이 벌어졌다. 헬리콘산은 기쁜 나머지 점점 부풀어 올라 하늘에 닿으려 했다. 넵투누스의 명을 받은 페가소스는 산에 발길질을 하여 본래의 크기로 되돌아갈 것을 명령했고, 이때 이 발길질에 바위 바닥에서 샘이 솟아났다. 샘 주위에 뮤즈들이 모여 춤을 추고 노래하였는데, 이 샘물은 시인에게 영감을 준다고 알려져 있다.

4**행** "누이들"이라는 표현과 마찬가지로 뮤즈들과 시인 사이의 친근함을 강조한다. 이를 위해 롱사르는 뮤즈들로부터 직접 교육을 받았다고 언급한다. 이런 친근감은 시적 영광의 획득을 확신하는 자신감을 반영한다.

6**행** 롱사르는 영감을 준 뮤즈들에게 종속되기보다는 오히려 그들에게 명령을 내릴 수 있는 자격이 자신에게 있다고 밝힌다. 뒤이은 명령형 사용은 이 덕분에 가능했다.

8**행** 영원성과 불멸성을 지향하는 의지가 피력된다.

9-10**행** 1552년 판본에서 7-9행은 "다가올 시간들이 / 아버지부터 자식까지 / 능란하게 미치도록 만든 아름다움을 기억할 수 있도록"이라고 적고 있다. 여기에서 독자는 롱사르의 태도에 변화가 있음을 확인할 수 있다. 1552년의 롱사르는 다소간 겸양의 태도를 유지한다. 그러나 1578년 판본에서는 "청춘이 사랑에 경의를 바쳤음"으로 수정하면서 자신의 시적 생애, 특히 아름다움을 노래한 자기 과거에 대해 강한 확신을 표명한다. 뮤즈들의 호의적인 운명을 희망하며 그녀들에게 이끌렸던 1552년의 시인은 이제 뮤즈들을 이끄는 시인으로서의 위상을 얻었다. 시에서 성공을 거두었다는 강한 신념이 그에게 있다.

14**행** 1552-1553년 『사랑시집』에서부터 기원시 뒤에 롱사르와 카상드르의 초상화가 실렸다. 기원시의 내용은 1584년 판본의 마지막 작품 「소네트 CCXXIX」에서 다시 반복된다. 이를 통해 롱사르는 작품의 순환구조를 완성하면서 시집을 구성하는 작품들이 서로 반향하게 만든다.

초상

1552년 판본은 롱사르와 카상드르의 초상을 같이 싣고 있었다. 롱사르의 메달 주변에는 테오크리토스의 『전원시 *Idylles*』 2권 82행에서 빌려온 "첫 눈에 광기가 나를 사로잡았으니 au premier regard, la folie s'empara de moi"라는 카상드르의 모습에 반한 시인의 상황을 암시하는 문구가 새겨져 있었다. 1552년 판본의 두 초상을 위해 장 앙투안 드 바이프는 그리스어로 "도금양의 관을 쓴 롱사르의 초상에 대해. / 사이프러스의 나무는 사이프러스의 작품을 찬양했던 자의 머리를 장식하니, / 사이프러스를 영광스럽게 만든 시인은 사이프러스의 관을 마땅히 받을 만하다"라는 4행시를 작성했다. 이 4행시는 1578년에 우리가 읽는 텍스트의 첫 4행시로 교체되었다. 1552년 카상드르의 메달 주변에는 "욕망은 찢고 찢기도다"라는 오비디우스의 『변신』에서 빌려온 문구가 새겨져 있었으며, 역시 바이프의 다음과 같은 그리스어 에피그램이 뒤따르고 있었다. "롱사르가 카상드르에게. / 그녀에 대한 사랑에 사로잡힌 포이보스는 카산드라를 자기에게 사로잡힌 무녀로 만들었다. / 다른 골루아의 카상드르, 그녀는 포이보스의 무녀가 아니라, / 에로스와 포이보스로 인해 나를 사로잡히게 만들고야 말았다." 여기에서의 무녀는 예언자로 읽을 수도 있다. 특히 마지막 시행은 롱사르가 사랑과 예언의 광기에 휩싸이게 되었다는 것을 말한다. 고대의 카산드라와 현재의 카상드르를 일치시키고 있다는 점에서 롱사르의 사랑시는 서사성을 띤다. 또한 역사를 영원한 사건으로 만드는 서사시가 그러하듯, 시간으로부터 자유로울 수 있다는 점에서 그의 사랑은 카산드라의 상기에서 비시간성을 획득한다. 그의 사랑은 영원에 속하는 것이다.

2행 롱사르의 의상은 로마 제국의 전사를 연상시킨다. 이런 의상은 사랑의 제

국주의를 의미하기도 하고, 연인 사이의 전쟁에 대한 은유이기도 하다.

3행 "두 개의 다양한 붓으로 그려진"은 음양을 말하는 것으로 보인다. 우주의 구성이 상이한 두 요소의 결합에 의해 이루어지듯이, 롱사르는 카상드르와의 사랑에서 서로 침투하는 소통을 기대하고 있으며, 이 기대는 완전하고 충만한 사랑에 대한 희망에서 온다. 따라서 위 표현은 완벽함과 충만함을 지닌 시인의 위상과 관련된다.

4행 롱사르는 머리 위에 아폴론의 상징인 월계관이 아닌 '도금양 myrte'을 쓰고 있다. '신성한 비너스'의 나무인 도금양을 통해 시인은 사랑에 빠진 자신뿐만 아니라, 최초의 사랑이 지닌 열정을 노래하려는 의지도 드러낸다. 큐피드의 어머니인 비너스는 사랑이 탄생하던 순간, 태초의 질서가 형성되는 순간을 상징하는 에덴의 인물이며, 순수한 열정의 상징이다. 따라서 도금양은 롱사르가 이 시집에서 궁극적으로 추구하는 것이 태초의 세계, 질서의 세계, 균형의 세계를 회복하는 것임을 암시한다. 그가 시집에서 사랑의 고통을 끊임없이 노래한다면 그것은 고통이 소멸하는 질서의 세계, 즉 최초의 세계를 닮은 바로 그런 세계로 돌아가기를 희망하기 때문이다. 보티첼리의 「비너스의 탄생」은 바로 이런 바다거품, 즉 우라노스의 정액에 의해 조개껍데기에서 태어나는 순수함의 순간을 묘사한다. 최초의 질서 잡힌 세계에 대한 희망을 표현하기 위해 롱사르는 「소네트 XLI」에서 카상드르를 황금머리칼의 거품에서 태어난 여인 비너스로 묘사하게 될 것이다. 한편 1552년 판본에서 서로 마주보고 있는 롱사르와 카상드르의 초상은 사랑하는 자와 사랑받는 자의 허구적 공간을 마련한다. 특히 카상드르의 드러난 가슴은 롱사르의 고대풍 자태와 어울릴 뿐만 아니라, 시적 풍요로움을 암시할 수 있다. 게다가 시집에서 다루어질 내용과는 다르게 두 연인의 초상에는 어떤 가혹함이나 거부에 대한 암시가 없다. 소통과 결합에 대한 암시만이 강조되었다. 이런 초상을 통하여 롱사르는 카상드르와의 소통뿐만 아니라 이미지의 세계와 언어세계가 서로 소통하게 만들려는 시적 의도도 드러낸다.

I

이 작품은 페트라르카의 「소네트 248」편 「자연이 할 수 있는 모든 것을 보고자 원하는 자는 Chi vuol veder quantunque pò Natura」에서 영감을 얻었다. 롱사르에 따르면 카상드르에게 바친 시집은 절망과 불행, 고통과 번민의 작품이다. 시의 도입부에서 그는 독자에게 자신의 불행을 드러내며, 사랑의 본질을 알고자 원하는 독자들을 자기 경험 속으로 안내한다. 그리고 자신의 불행에도 불구하고 그의 서정적 자아가 독자보다 훨씬 더 높은 자리를 차지한다는 것을 보여준다. 사랑에서 자신을 알아보고, 사랑의 모든 허영을 체험하였지만, 결국 체념에 빠지고 만 그에게 남아 있는 것은 '보여주는 것', '알게 만드는 것, 독자를 가르치는 것이'다. 사랑으로 인해 환멸을 경험하게 되는 자는 시인인 개인이 아니라 바로 인간 모두이기 때문이다. 따라서 카상드르에게 바친 시집은 만족을 경험하지 못한다는 결핍의 심정을 넘어서 사랑이라는 불안정한 우주의 한복판에 놓인 인간 존재에 대한 하나의 해석이 된다.

1**행** 원문은 관계사 "qui"로 시작하며 파열음을 통해 도입부에서부터 독자의 관심을 끌려는 시인의 의도를 드러낸다. 사랑의 신이 헛된 희망을 불러일으키고, 그의 억압에서 벗어나지 못한 인간이 제 신세를 탄식하게 된다는 언급은 신플라톤 철학자 피치노 Ficin의 사랑영감 이론으로부터 영향을 받은 흔적이다. 피치노에 따르면 사랑의 독은 인간의 눈을 뚫고 들어와 심장에 이르고, 피와 뒤섞여 감각을 마비시키고는 영혼에 도달한다. 이런 이유로 사랑에 빠진 자는 수동적인 존재가 될 수밖에 없다. 이 상태의 인간이 자기가 느끼고 있는 감정이 육체적인 것인지 혹은 정신적(신비적)인 것인지를 파악하지 못하는 것은 당연하다.

1-4**행** 큐피드의 본성을 알고자 한다면 사랑이 시인의 내면에 초래한 여러 반

응을 살펴보는 것만으로 충분하다고 말할 수 있었던 것은 사랑의 신이 지닌 모든 속성을 시적 화자가 내면에 가지고 있기에 가능했다. "얼마나 comme", "나를 me", "내 mon, ma"의 반복은 "불태우고 enflamme"에서 발견되는 음소 [m]의 나열과 더불어 시절 안에서 메아리 효과를 자아내고, 이로 인해 큐피드가 아니라 1인칭인 '나'가 시의 중심이 된다는 인상을 갖게 만든다.

5-8행 원문에서 주절은 1-6행에 이르고, 7행에서 술어가 등장함으로써 시적 긴장감을 고조시키고 독자의 호기심을 강화한다. 그리하여 총 14행에 이르는 소네트 형식에서 시적 화자인 '나'와 "읽는다 lire"의 행위가 시의 중심에 놓이게 된다. 1553년 판본에서는 "읽다" 대신 "보다 voir"가 사용되었다. 시인에게서 "보다"는 "읽다"와 같은 의미를 지닌 셈이다. 이것은 시인이 여인을 보게 되면서 사랑의 불행을 경험하게 되듯이, 독자는 시인을 보면서 그의 고통과 사랑의 냉혹함을 읽게 될 것이라는 예고가 된다.

9-11행 각 시절의 도입부에서 사용되는 미래형은 바로 뒤에 오는 현재형 동사에 의해 시간의 흐름을 상기하기보다는 사랑에 빠진 시적 화자를 영원한 욕망의 시간으로 데리고 간다. 카상드르가 머무는 세계는 현실의 인간전체가 함께 이동하려는 욕망을 지닐 수밖에 없게 되는 마법의 세계, 매혹의 세계, 그리고 환상의 세계이다. 롱사르가 작품에서 노래하는 것은 인간의 모든 감정과 연유된 세계, 모든 것이 고정되지 않고 끊임없이 동요하며, 불안과 두려움이 매혹의 찬란한 순간과 동시에 공존하는 세계이다.

14행 "어린애"는 큐피드를 가리킨다. 그의 행동만을 보고 섬기는 인간의 어리석음을 노래한다.

II

당시의 독자들은 시인이 말하는 여인이 프랑스에 정착한 이탈리아 은행가의 딸인 카상드르 살비아티 Cassandre Salviati라는 사실을 잘 알고 있었지만, 동시에 카상드르의 이름에서 트로이아의 예언자 카산드라를 상기했을 것이다. 롱사르가 성을 생략하고 간단히 이름만을 언급하는 이유가 여기에 있다. 카산드라의 환기는 롱사르의 사랑시에 서사성을 부여한다. 그런데 이 서사성 안에는 시인의 불행이 있다. 카산드라가 트로이아의 멸망을 예언하였듯이, 그녀의 이름은 사랑을 노래하는 시인의 불행을 예언한다. 또한 예언을 하지 않을 수 없을 정도로 미쳤던 카산드라처럼, 롱사르 시의 카상드르는 사랑의 열정을 글로 옮기지 않을 수 없는 시인의 '미친 정신'을 암시하기도 한다. 이로 인해 "정숙한 예언자 Chaste prophete"(「소네트 XXXII」)라고 불리는 과거의 카산드라는 현재의 카상드르와 연계된다. 또한 카산드라의 등장은 그녀의 예언이 무시당했던 것처럼, 시인이 '사랑받지 못한 사내'로 남게 될 것을 예고한다. 따라서 롱사르의 카상드르는 예전의 아폴론이 맡았던 트로이아의 멸망이라는 비극적인 역할을 그에게 부여하며, 사랑의 비극을 노래하는 것이 그의 운명임을 환기시킨다.

4행 "수없이 새로운 아름다움들"을 통해 시인은 자기가 노래할 대상이 지닌 아름다움의 새로움과 다양성을 암시하고, 자기 노래 역시 새롭고 다양한 어조와 내용으로 치장될 것을 예고한다.

6행 큐피드를 새에 비유한 알렉산드리아 시인들의 영향을 받은 비유이지만, 알을 품은 새는 단지 사랑의 감정을 품고 있다는 의미를 넘어선다. 사랑이 새인 것처럼, 그의 시도 새이며, 사랑이 저 높은 곳에 오를 수 있다면, 그의 시 역시 그곳을 지향한다. 그의 목소리는 바람에 실려 저곳으로 날아갈 수 있다. 롱사르 시에서 자주 발견되는 새의 비유는 상승을 지향하는 시적 욕구를 표현하면서 시의 역동적 성격을 강화한다.

9**행** 신성함의 속성을 지닌 카상드르를 가리킨다.

12**행** 시인의 혈관 안으로 들어온 여인의 아름다움은 그의 정체성에 변화를 초래한다. 그것은 그를 이성을 상실한 자로 만들어버린다. 원문의 비일관된 통사구조 "Amour coula ses beautez en mes veines, / Qu'autres plaisirs je ne sens que mes peines, / Ny autre bien qu'adorer son pourtrait"는 시인의 미친 상태를 형상화한다.

14**행** 시인을 매혹한 것이 그녀의 초상이고, 천상의 여러 아름다움들을 기억한 화가에 의해 이 초상이 만들어졌음을 상기한다면, 앞으로 시인이 경험할 사랑의 고통은 '이미지에 대한 사랑'으로 인해 초래될 것이다. 시인의 가슴에 심어진 이미지가 사랑노래의 동인인 셈이다. 이것은 앞의 「기원시」가 암시하였듯이, 시인이 사랑의 경험을 이미지에 대한 애정의 경험으로 대체하면서 사랑을 미학적이고 예술적 차원에서 다루게 될 것을 선언한다. 이런 이유로 카상드르의 아름다움은 물질적 차원("자연")에서 신화적 차원("천년 전")과 형이상학적 차원("하늘")으로 확대되지 않을 수 없었다.

III

머리카락의 올가미와 시선의 불꽃은 페트라르카 『칸초니에레』의 「소네트 CXVI」과 「소네트 LIX」를 모방한 것이지만, 롱사르가 1549년에 발간된 뒤 벨레의 『올리브 *L'Olive*』에 실린 「소네트 X」을 염두에 두었음을 배제할 수 없다. 뒤 벨레는 다음과 같이 올리브에 대한 사랑을 노래했다. "여인이여, 내 자유를 처음으로 놀라게 한 / 이 황금머리칼은 속박이라오. / 사랑은 타오르는 가슴의 불꽃이며 / 이 눈은 내 영혼을 관통한 화살이라오. / 매듭은 단단했고, 불꽃은 매섭고 강렬했다오. / 능숙하게 뻗은 일격은 충격이었다오. / 그러나 나는 좋아하고 경탄하며 매혹당했다오, / 나를 옥죄고, 불태우고, 상처 입히는 그것에. / 이 단단한 매듭을 풀고, 이 뜨거움을 식히고, / 이 상처를 치유하려고 / 나 구하지 않는다오, 칼도, 물도, 약도. / 그렇게 해서 내 없애는 것은 / 행복과 기쁨이기에 나는 / 자르지도, 식히지도, 치유할 수도 없게 되었다오."

13**행** 큐피드를 가리킨다.

4**연** 여인에 대한 사랑이 관능적 어조로 표현된다. 영혼을 얽어맨다는 것은 육체를 묶어놓는 것과 다르지 않다. 이런 매혹 앞에서 시인은 자신을 포기한다. 그런데 이 포기 역시 부드러움에 감싸여 있다. 3-4연에서 사용된 "부드러운 doux", "황금빛 or", "매듭 noud", "여전히 encore", "전혀 point"와 같은 어휘들이 포함하는 유음의 반복은 부드러움의 상태를 청각적으로 제시한다. 이런 부드러움과 느릿한 리듬은 아름다움을 바라보는 관찰의 시선이 미학적으로 펼쳐지게 만드는 기반이 되기도 한다.

IV

작품은 롱사르의 신화사용 방식에 대한 중요한 단서를 제공한다. 롱사르는 고대신화를 자신의 상황과 자기의 시대에 적용시킨다. 그는 신화를 사용하며 신화의 영역을 확대한다. 이 작품에서 롱사르는 "코로이보스 Corébe"에, 카상드르는 트로이아의 카산드라에 비유된다. 그런데 카산드라의 속성을 지시하는 "여전사"라는 표현은 적절하지 않다. 카산드라는 전사이기보다는 예언자이기 때문이다. 그렇지만 이 표현은 작품의 서사적 배경을 건축하는 데 기여하며 독자를 『일리아드』의 세계로 인도한다. 롱사르 자신도 서사적 인물로 등장한다. 그런데 『일리아드』의 배경이 감지되는 이 시에서 카상드르에게 대립하는 롱사르는 그리스의 승리자가 아니다. 그는 『일리아드』의 부수적 인물인 코로이보스와 자신을 동일시한다. 유일한 승리자는 "궁수 Archerot"인 큐피드일 뿐이다. 그리하여 호메로스의 세계는 큐피드의 세계로 옮겨간다. 이를 통해 롱사르는 사랑에 빠진 자신의 상황에 서사적 어조를 부여한다. 신화 속에서 부상당한 자와 자신을 동일시하며 카상드르에 대한 자기 사랑의 위대함을 드러낸다. 신화가 시적 상상력을 자극하는 데 동원되는 증거이다. 게다가 호메로스의 영웅을 닮은 이 시인의 사랑에 맞선 투쟁은 사랑의 감정을 드러내는 작품에 웅장함도 부여한다. 롱사르는 신화를 사용하여 제 감정의 세계를 생생하게 묘사하려는 의도를 지녔다. 전사와 다르지 않은 그가 겪을 고통이 신화의 문맥 안에서 다루어짐으로써, 그의 노래는 영원한 울림을 확보할 기반을 마련한다.

1**행** 페트라르카풍 시인들 사이에서 사랑하는 여인은 가슴에 전쟁을 일으키는 자로 취급되었다. 페트라르카도 『칸초니에레』의 「소네트 XXI」에서 여인 라우라를 "나의 감미로운 여전사"라고 불렀다.

2행 미르미돈이나 아이톨리아인은 아킬레우스와 "포이닉스 Phenis"의 통치하에 놓인 두 종족이다.

4행 "사수"는 카산드라의 오라버니 파리스를 화살로 쏘아 살해한 필록테테스 Philoctète를 가리킨다. 그는 오십 명의 궁수를 이끌고 트로이아 원정에 참가하였다.

5행 베르길리우스의 『아이네이스』 4권 425-426행에서 "나는 아우리오스에 있지도 않았고, 그리스인들과 함께 트로이아 함락을 맹세하지도 않았으며, 페르가모스를 치기 위해 함대를 보내지도 않았다"라고 아이네이스에게 말하는 디도를 모방하였다.

6행 트로이아 함락을 위해 아울리스 항구를 출발한 그리스 함대에 대한 암시이다.

8행 호메로스, 『일리아드』 2권 4장 488-492행, 베르길리우스, 『아이네이스』 2권 197-198행 그리고 4권 425-426행을 모방하였다.

9행 코로이보스는 프리기아왕 미그돈의 아들로서 프리아모스왕을 도와주는 대가로 왕녀 카산드라를 아내로 달라고 했다. 트로이아가 함락되던 밤 카산드라를 지키려 했지만 "페넬레오스 Penelée"에 의해 살해된다.

11행 전통적인 사랑의 토포스이다. 사랑은 눈을 통해 들어와 심장 안으로 스며들어 간다. 그리스어 '에로스 eros'는 동사 'eroein', 즉 '흐르다'라는 뜻을 지닌 동사에서 파생했다.

V

시를 작성한 롱사르와 작품 속 시적 화자의 동일성을 확인할 수 있다. 태양을 숭배하는 시적 화자인 '나'는 태양을 자신과 견주는 주체인 롱사르와 동일인물이다. 한 시행에 두 개의 '나'를 위치시키는 롱사르는 시의 창작과 사랑의 노래가 결코 분리될 수 없음을 암시하고, 나아가 카상드르를 사랑을 불러일으킨 주체이면서 동시에 자기 시의 독자가 되게 만든다. 글쓰기와 사랑하기가 동일한 속성을 공유한다.

1**행** 카상드르는 태양에 비유된다.

4**행** '카상드르의 아름다움이 전 프랑스에 걸쳐 이름이 나 있다'라는 의미이다. 우주의 구성요소들이 여인의 아름다움을 빛나게 한다는 주제는 페트라르카의 「소네트 CLIV」와 「소네트 CXCIII」에서 다루어졌다.

11**행** "단단한 보석"은 페트라르카식 표현이다. 페트라르카는 112행으로 구성된 「시편 CCCXXV」에서 라우라의 육체를 금빛 지붕의 알바트로스 궁전에, 그리고 그녀의 가슴을 흠 없이 투명한 보석에 비유하였다.

3**연** 여인이 그토록 정숙하지 않았더라면 지금보다 자신이 더 행복했으리라고 시인은 노래한다. 사랑의 호소에 냉담한 여인에 대한 원망을 토로하지만, 그 비난에는 여인의 순결함에 대한 찬양도 담겨 있다.

12**행** 여인의 냉정함과 고통스런 시인의 심정을 대립시킨다. 피 묻은 심장을 가슴에서 움켜 꺼내는 시인은 코카서스 정상에서 독수리에게 가슴을 파먹히는 프로메테우스와 다르지 않다. 프로메테우스 신화는 「소네트 XII」, 「소네트 XIII」 그리고 「소네트 CIX」에서도 다루어질 것이다.

4**연** 사랑의 열정을 호소하는 모습을 못을 박는 행위에 비유하는 시인은 사랑의 뜨거움으로 여인의 냉정함을 녹이지 못하는 자신의 고통을 한탄한다.

VI

카상드르의 아름다움은 머리카락, 입술, 젖꼭지, 눈, 목, 귀 등의 여러 신체 부분들로 묘사된다. 여성의 몸 전체가 아닌 육체의 부분들만 바라보면서도 시적 화자에게는 사랑의 감정이 생긴다. 자기 몸으로 들어온 여인의 이미지를 부화하는 이 시적 화자는 출산의 역할을 담당함으로써 사랑에 종속된 자로 남기보다는 여성과 같이 생산의 능력을 지닌 능동적인 존재로 변화한다. 따라서 마지막 연에서 파악되는 시인의 고통은 고통일 수 없다. 시적 화자가 자기 몸이 창조를 수행하게 되는 것을 목격하기에 그러하다. 그가 부화할 알들은 사랑의 노래 그 자체가 될 것이다. 스스로에게 여성의 역할을 부여하면서 새로운 정체성을 얻은 시적 화자를 제시하는 작품은 사랑의 노래가 '타자'와 동화된 자에게서 탄생할 수 있다는 의미를 전달한다.

1-2연 페트라르카 『칸초니에레』의 「소네트 CC」의 9-14행을 모방하였다. 작품은 여성의 신체 부분을 찬양하거나 풍자한 '블라종 blason'에 해당한다. 롱사르는 뒤 벨레가 중세의 유산으로 간주했던 블라종을 자기 시에 수용하지만, 수사적인 의도나 여성의 아름다움에 대한 찬양을 유일한 목적으로 삼지는 않는다. 그는 블라종을 시 창작과 관련된 노래를 위해 사용하면서 전통의 맥락을 넘어선다.

4행 새벽의 여신 에오스이다. 여인의 순결성과 순수성을 붉은색으로 암시해준다.

6행 완숙하게 무르익지 않은 가슴을 가리킨다.

2연 1연이 붉은색으로 여인의 순수함을 노래했다면 2연은 푸른색을 도입한다. 여인의 순수성은 마치 세상이 창조될 때의 순결한 색조를 띤다. 시인이 전율하게 되는 이유는, 세상이 창조되는 순간을 목격하고 있다고 느끼기 때문일 것이다.

3**연** 두 사행시절 뒤에 오는 동사 "만들다 faire"는 순수함을 지니고 탄생한 여인의 행위와 다음 시절에서 노래될 사랑이 가져올 행위를 연결한다. 시행걸치기를 통해 시인은 바라보는 행위와 행동을 연관시키며 생산의 의미를 강조한다. 1-2연이 육체의 운동성을 노래했다면, 나머지 연은 정신적 운동성을 다룬다. 또한 여인의 "가슴 sein"과 시적 화자의 "가슴 sein"을 연결하여 여인의 생산성을 자신의 창조적 생산성으로 환원시키고, 더 나아가 "우리 피 안"이라는 표현을 통해 시적 화자가 타인에게 창조의 힘을 전파하는 역할을 수행하게 되었음을 노래한다.

11**행** 「소네트 II」는 '부화'의 이미지를 다룬 바 있다. 롱사르는 『엘렌을 위한 소네트집 제2권』의 「소네트 LXVII」에서 "따라서 나는 사랑해야만 한다, 올바른 정신을 갖기 위해 / 글로써 아이들을 잉태하기 위해 / 내 고통을 대가로 내 이름을 퍼뜨리기 위해 Il me faut donc aimer pour avoir bon esprit / Afin de concevoir des enfans par escrit / Pour allonger mon nom au depens de ma peine"라고 노래한 바 있다. 글을 쓰는 것은 알을 부화시키고, 아이를 분만하는 것과 다르지 않다. 그래서 "내 가슴속에 사랑이 둥지를 틀게 만들었다"라는 표현은 시적 창조와 관련이 된다. 여성의 육체에 대한 욕망이 육체의 아름다움을 소재로 삼은 시를 만드는 요소가 된다.

12**행** 정체성의 상실은 고통을 초래한다. 그러나 이런 고통만이 새로운 사랑의 시를 탄생시킨다. 시 쓰기는 고통을 동반하고, 시인은 고통의 주체가 된다. 끊임없이 타자를 받아들이며 자신의 정체성을 부정하고 새로운 정체성을 획득하는 자는 고통을 벗어날 수 없다. 그것은 영원히 지속될 것이기에 더욱 고통스럽다.

3-4연 「소네트 II」에서처럼 롱사르는 시를 새에 비유한다. 알을 품고 있는 새에 대한 비유는 단지 사랑의 감정을 품고 있다는 의미를 넘어선다. 그의 시가 새라면, 그의 시는 언제나 날아오를 수 있다. 사랑이 저 높은 곳에 오를 수 있다면, 그의 목소리 역시 바람에 실려 저곳으로 날아갈 수 있다.

VII

2행 하계의 가장 어두운 암흑인 에레보스에 살고 있는 난폭한 분노의 여신들 Erynyes을 가리킨다. 베르길리우스는 『아이네이스』에서 그녀들이 채찍으로 죽은 자들을 괴롭히고, 타르타로스의 깊은 곳에서 자기네 머리에 달린 뱀을 이용해 영혼에게 공포심을 불러일으키는 장면을 묘사하였다. 그녀들은 하계의 징벌을 관장하는 신들이다. 그런데 작품에서 롱사르는 그녀들의 분노를 사랑을 호소하는 시인을 냉정하게 대하는 여인의 마음상태에만 비유한다. 「소네트 VIII」에서 카상드르의 분노는 다시 상기될 것이다.

2연 여인이 바라는 것은 시적 화자의 죽음이다. 그녀는 분노로 사랑을 거부하며, 사랑을 호소하는 자에게 죽음을 요구할 힘을 지녔다. 시적 화자는 이것을 부인하지 않으며, 오히려 그것을 자신의 운명으로 삼는다. 그러나 3연에서부터 그의 어조는 급격하게 변화한다.

8행 여인은 언제나 시적 화자의 죽음을 기대한다.

3-4연 동사 "~해야만 할 것이다 devoir"를 통해 시적 화자는 여인의 희생물이면서도 희생물의 위상에 어울리지 않는 명령과 권고의 의지를 지닌다. 이것은 여인에 대한 경고이기도 하다. 불로 자신을 죽음에 처하기보다는 살아 있는 자신의 섬김을 받는 것이 그녀의 분노를 일으키겠지만, 이 분노가 그녀에게 득이 될 것이라고 그는 단정한다. 사랑의 호소, 즉 사랑노래가 없다면 여인 또한 사라질 것이라고 확신하기 때문이다. 그래서 9행의 역접사 "그러나"는 시적 화자의 시의 생명력에 대한 강한 의지를 담아내는 표현이 된다.

VIII

「소네트 VII」에서 희생의 죽음을 강요하기보다는 살아 있는 희생물의 섬김을 받는 것이 더욱 필요하다고 여인에게 요구했던 시적 화자는 그런 요구의 까닭을 이 작품에서 설명한다. 바라보는 자를 바위로 변화시키는 메두사의 등장은 시적 화자가 두려워하는 대상이 여인의 분노이기보다는 오히려 망각임을 환기시킨다. 바위는 소리와 기억의 소멸에 관한 비유이다. 바위가 된 자는 자신의 애정을 전달할 수단을 박탈당한, 즉 말의 생명력을 잃은 부동不動의 인간이다. 침묵이 그의 공간이다. 그러나 말을 이어갈 수 있는 권한을 잃지 않으려는 의지를 드러내는 9행의 간투사 "아니 Las"에서 알 수 있듯이, 시적 화자는 여인에게 부단히 말을 걸기를 욕망하고 또 그것을 시도한다. 그리고 이런 시도의 일환으로 여인의 분노를 다시 일으킨다. 분노가 있어야만 그의 고통이 유지될 수 있다. 그것 덕분에 그는 여인에게 고통을 호소하는 말을 걸 수 있다. 롱사르가 『오드시집』의 제4권 6편에서 "내 그림은 침묵하지 않으며 / 오히려 생생하고 [···] Ma peinture n'est pas mue, / Mais vive [···]"라고 고백했듯이, 소리의 부재는 그가 거부하는 대상이다. 게다가 침묵의 승리는 뮤즈의 부재를 가리키기도 한다. 『사랑시집』에서 롱사르가 끊임없이 여인의 이름을 부르며 그녀와의 대화를 원하는 것은 시의 종말을 두려워하기 때문일 수도 있다. 이 시인은 여인이 강제하는 말의 소멸에 맞서서 시의 공간을 탄식과 외침으로 채워야 한다. 말로써 사랑의 고통을 호소하는 그는 말로 욕망을 대체하고, 말을 에로스의 무기로 사용하는, 말의 에로스를 탐색하는 자이다.

3행 "힘"은 원문의 "vertu"를 옮긴 것이다.

1연 메두사는 자신을 바라보는 자를 돌로 변하게 만들었다. 페트라르카는

『칸초니에레』의 「소네트 CLXXIX」 9-11행에서 메두사의 비유를 사용한 바 있다. 익히 알려져 있다시피 메두사의 흉측함은 넵투누스를 매혹시킨 그녀의 아름다움 때문에 생겼다. 아름다움이 메두사가 지닐 모든 불행의 원천이다. 미네르바는 아름다움으로 신들을 유혹하는 메두사를 괴물로 만들었다. 다시 말해 메두사가 자신을 바라보는 자들을 돌로 굳게 만들어버린 것은 그녀의 아름다움 때문이기도 하고, 그녀의 흉측함 때문이기도 하다. 따라서 메두사는 이중의 성격을 상징하는 존재이다. 아름답지만 포악하고, 이상적이지만 괴기한 메두사의 두 양상은 마치 메달의 양면과 같은 여성의 잠재적 성격에 대한 비유가 된다. 또한 성적 욕망을 자극하기도 하고 그것을 위협하기도 하는 메두사는 욕망의 이중적 속성의 상징이기도 하다. 공포는 매혹에서 오고, 매혹은 공포심을 자아낸다.

6**행** 페트라르카를 가리킨다. 롱사르는 『사랑시집』에서 처음으로 페트라르카를 언급한다. 여기에서 이탈리아 시인의 영향을 받은 흔적이 작품에 다수 남아 있을 것으로 추측할 수 있지만, 롱사르는 그에게서 단지 메두사의 비유만을 가져올 뿐이다.

7**행** 뮤즈들의 리라를 가리킨다.

8**행** 「소네트 VII」에서처럼 롱사르는 여인의 냉정함을 비난한다.

11**행** 「소네트 VII」에서 언급된 "분노"를 롱사르는 다시 상기한다.

13**행** '낙뢰의 해협'이라는 의미를 지닌 그리스의 아크라케라우노스 Acroceraunia의 로마식 표현이다. 현재의 키메라 해협에 해당하며 번개가 자주 내리치는 곳으로 이름이 나 있다.

3-4**연** 시인의 어조가 급격히 변한다. 그는 자신을 바위로 만든 여인에 대한 원망을 후회하며 그녀를 비난한 것이 의도된 것이 아니었다고 고백한다. 여인의 분노에 대한 두려움 때문일 것이다. 그런데 그의 어조는 당당하다. 그녀에 대한 두려움이 시적 화자에게 목소리를 내지 못하게 할 정도는 아닌 것이다. "아니

Las"의 간투사와 의문사가 그 증거이다. 시적 화자는 비난으로 인해 자기 안전을 돌볼 수 없다는 사실을 그리고 그녀를 두려워한다는 점을 감추지 않는다. 오히려 그것을 드러낸다. 왜냐하면 그것이 그를 시인으로 만드는 동인이기 때문이다. 그의 사랑노래는 그녀에 대한 두려움과 분노에 대한 공포가 지속되는 한에서만 가능하다. 그래서 벼랑에 선 존재처럼 최후의 순간을 뒤에 남겨두고 그는 끊임없이 자신을 향해 분노의 화살을 쏘아댈 것을 여인에게 요구한다. 4연에서 자신의 영혼이 망가지기를 당당하게 희망하는 것도 같은 맥락에서 이해될 수 있다. 영혼을 위협하는 그녀의 존재만이 역설적으로 그에게 그녀의 영광을 그리게 할 수 있고, 그녀에 대한 자기 노래의 영속성을 보장할 수 있다. 이런 면에서 시적 화자는 언제나 고통을 기대하는 자로서의 면모를 지닌다. 그는 자신과 여인 사이에 놓인 공간을 고통의 외침으로 채워가야 한다는 운명을 스스로 구하는 자이다.

IX

시적 화자는 사랑의 고통을 치유하기 위해 전원의 은둔을 택해야 한다. 그곳은 고독이 지배하는 곳이지만 그 적막함 안에서만 그는 사랑하는 여인의 초상을 간절한 심정으로 바라볼 수 있다. 따라서 전원의 고요함과 외로움은 그의 강렬한 욕망과 그로 인한 고통을 위로하는 안식처이다. 롱사르는 1-2연에 자연을 등장시키고 뒤이어 예술의 세계가 자연을 뒤따르게 하면서 여인의 초상이 지닌 치유적 기능을 도입한다. 여인의 초상이 모든 고통의 유일한 위안이 될 수 있기 때문일 것이다. 이처럼 고통의 치유를 위해 시적 화자가 최종적으로 선택한 곳은 예술이라는 공간이지만, 초상을 가슴에서 꺼내는 행위를 한 자는 시적 화자이기도 하다. 그는 불행에 지배당한 수동적 인간이지만, 이 불행을 예술로 극복하려는 의지를 지닌 능동적 인간이기도 하다.

1-2**연** "그지없이 울창한"의 원문은 "Le plus touffu"이다. 형용사형 명사는 페트라르카와 모리스 세브 Maurice Scève의 작품에서 자주 발견되는 용법이며, 플레이아드 시인들은 이런 부류의 명사형을 즐겨 사용했다. 최상급의 반복은 시인이 처한 지극히 불행한 상태를 암시한다. 7행에서도 최상급이 사용되는데, 그것은 시적 화자의 가장 푸른 청춘을 가리키기 위해서이다. 동일하게 최상급이 사용되었지만 고독과 청춘의 대립에서 시적 화자가 느끼는 극도의 고통을 가늠케 한다. 그래서 8행에서 "광증 rage"이라는 표현이 쓰일 수 있었다. 이런 대조는 번역문의 6행과 8행에 해당하는 원문 6-7행의 "그늘 ombrage"과 "광증"의 각운을 통해서도 드러난다.

6**행** 외로움의 토포스이다. 고통으로 인해 찾은 외로움은 오히려 예술적 영감의 원천이 된다.

12행 플레이아드 유파 시인들의 동료인 니콜라 드니조 Nicolas Denisot de Mans는 시인이자 화가이고 동시에 정치인이다. 동료들은 이름의 철자 순서를 바꾸어 그를 알시누아 백작 Le Conte d'Alsinois으로 불렀다. 드니조는 1552-1553년 『사랑시집』에 실린 롱사르와 카상드르의 초상화를 그렸으며, 롱사르는 그에게 바친 오드에서 화가이자 시인으로서의 그의 자질을 높이 평가한 바 있다. "하지만 오 드니조, 대체 누가 / 내 여신 카상드르의 / 부드러운 두 눈을, 그리고 그녀의 / 곱슬곱슬한 금발을 그려줄 것인가? Mais, ô Denisot, qui est-ce / Qui peindra les yeulz traitifz / De Cassandre ma Déesse, / Et ses blondz cheveux tortifz?" 롱사르는 「소네트 CXXXVIII」에서 "목숨 앗아가는 아름다움 la beauté qui tue"을 그린 드니조를 원망할 것이다.

13행 "나 me"와 "수없이 mille"가 대조를 이루며 "홀로"(6행) 있는 시적 화자의 고독을 더욱 부각시킨다. 『사랑시집』에서 자주 발견되는 변신의 주제(「소네트 XLI」, 「소네트 LXXXIX」)는 라우라의 눈이 발휘하는 힘을 "저 멀리 눈부시게 빛나는 광채가 / 내 눈으로 좀 더 가까이 오기만 한다면 / 빛이 바뀌는 것을 본 테살리아처럼 / 나, 내 모습 온통 바꿀 것이니"라고 노래한 페트라르카 『칸초니에레』의 「소네트 LI」를 참조한 결과이다. 시인이 욕망하는 것이 눈짓으로 사랑에 응답하는 여인이었다는 점에서 그는 그녀와의 소통을 지향한다. 그러나 여인의 눈짓이 그를 변하게 만든다는 점에서 상호소통의 사랑은 정체성의 '변신'을 통해서만 가능하다.

X

큐피드가 시적 화자에게 여인의 이미지를 가져다주고, 육체 안으로 스며들어온 이미지는 그를 살리는 양식이 된다. 이런 그의 상상은 여인에 대한 욕망을 강화하는 시적 영감의 원천이기도 하다. 따라서 그가 사랑이라는 상상의 바다에 의도적으로 진입하는 것이 이상할 수는 없다. 사랑하는 여인의 이미지에 매혹당한 그는 기꺼이 상상을 즐긴다. 어떤 면에서 그는 여인을 찾아 헤매는 것이 아니라 오히려 시적 이미지의 무한한 원천을 찾아 나선 것으로 보인다. 여인의 초상은 그의 욕망, 나아가 그의 생명을 지속시키는 힘이다. 이제 여인이 그의 심장과 피로 자신을 살찌우는 것이 아니라 시적 화자 스스로 여인의 초상을 먹이로 삼게 되었다. 이런 행위에 고통스러움이 없지는 않다. 그러나 고통에 힘겨워하면서도 여인에 대한 상상을 멈추지 못하는 그에게 행복은 순간일 뿐이다. 고통만이 지속된다. 이런 고통의 반복은 롱사르 시에서 프로메테우스 신화의 반복적 등장을 가능하게 만든다.

1행 '나, 신들의 양식을 사랑 덕분에 먹게 되었기에'라는 의미이다. 페트라르카 『칸초니에레』의 「소네트 CXCIII」 1-2행의 "고결한 빵이 나의 정신을 살찌워 / 더 이상 주피테르를 시샘하지 않는다"를 모방하였다. 여기에서 신들의 양식은 불멸을 상징한다. 페트라르카를 참조하였지만, 이 작품은 이탈리아 시인의 방식대로 맹렬한 허기나 폭식을 다루지 않는다. 반대로 여인과 시적 화자가 서로에게 양식을 주는 행위가 서서히 진전된다.

2행 호메로스 『일리아드』 1권의 묘사에 따라서 당시 시인들은 신들이 향연을 자주 열었던 장소를 '대양의 여신의 처소'라고 부르곤 했다. 롱사르는 1552년에 간행된 「미셸 드 로피탈에게 바치는 오드 A Michel de L'Hospital」에서 어머니를 찾아 바다 속으로 들어가는 뮤즈들을 묘사하면서, 대양의 여신은 뮤즈들의 아버지 주피테르에게 향연을 베풀어준다고 노래한 바 있다. "극도의 욕망에 이끌려 그녀들은 / 머리를 아래로 향해 빨려가듯 내려간다, / 아버지께 해저의 향연을 베풀어주었던 / 대양의 성문에 다다를 때까지."

4행 롱사르는 신들이 누렸던 천상의 만족을 사랑 덕분에 지상에서 느끼게 되었다고 노래한다.

7행 1행의 "천상의 음식"을 가리킨다.

8행 여인의 시선이 시적 화자의 생존에 절대적으로 필요한 요소라는 생각은 페트라르카『칸초니에레』의「소네트 LXXI」에서 빌려온 것이다.

13행 담즙의 쓰라림은 여러 시인들에 의해 자주 환기되었다. 특히 모리스 세브는『델리 *Délie*』의「소네트 CCLXXIII」에서 "사랑의 온갖 감미로움은 사라져버리네 / 쓰라린 담즙과 죽음을 가져오는 독에 의해서"라고 노래한 바 있다.

14행 사랑에서 고통을 느끼지 못한다면 시적 화자가 굳이 신들의 처지를 부러워할 이유는 없다.

XI

16세기에 가장 많이 음악으로 해석된 롱사르 작품 가운데 한 편이다. 시적 화자는 큐피드에게 영원한 평화를 부여해주길 권고하고, 만약 그리할 수 없다면 사랑의 전투를 잠시라도 멈추게 해주기를 부탁한다. 그리고 그것도 불가능하다면 고통의 종식을 위해 죽음에 처하게 만들 것을 명령한다. 이런 권유와 부탁 그리고 명령은 시적 화자의 절박함을 암시하지만, 여기에는 자신을 구하기 위한 어떤 시도도 가능하지 않을 것이라는 불안이 내재되어 있다. 그의 고통은 소멸되지 않을 것이다.

1행 페트라르카 『칸초니에레』의 「소네트 LVII」 9행 "이 상황에 평화와 휴전이란 없다"를 모방하였다.

8행 사랑에 빠진 시적 화자의 운명은 끝없는 고통을 제우스로부터 받게 된 익시온 Ixion의 운명에 비유된다.

3연 시적 화자의 비꼼은 17세기 프레시오지테 취향에 의해 자주 되풀이될 것이다. 16세기 당시 페트라르카를 추종하는 프랑스 시인들은 이런 비꼼을 자주 다루었지만, 그것은 또한 『장미이야기』(4297행)나 클레망 마로의 「롱도 XXIX」 "희망이 나를 좌절시키길 희망하며"라는 표현에서도 발견된다.

14행 원문은 "Et de tuer la mort par la mort mesme"이다. 인간적인 죽음을 선택함으로써 사랑이 부여한 고통의 죽음을 소멸시키겠다는 불안한 정신이 드러난다. 롱사르는 페트라르카의 「소네트 CCCLVIII」 8행 그리고 「시편 CCVII」 91행 등에서 죽음에 대한 호소를 모방하였다.

XII

모순어법을 골격으로 사용한 이 작품은 페트라르카 『칸초니에레』의 「소네트 CXXXIV」와 「소네트 CLXXVIII」 전반부 그리고 「소네트 CLXVIII」 서두에서 "단박에 사랑은 나에게 박차를 가하고 고삐를 잡아대고 / 나를 두려움에 떨어지게 만들고는 얼음장 같은 나를 불태운다"라는 노래에서 영감을 얻었다. 롱사르는 이 기법에 의지하여 사랑이 자기에게 가한 무한한 기쁨과 극도의 고통이라는 상반된 영향들을 나열한다. 이런 태도는 사랑에 굴복한 자의 어찌할 수 없는 상황을 드러내지만, 사랑이 초래한 불길한 결과들을 있는 그대로 제시하는 자의 진실한 태도도 보여준다. 시적 화자는 사랑의 모든 힘을 수용하는 능동의 인간이다. 이것은 시적 어조의 전개과정을 통해서 증명된다. 화자의 어조는 1연에서 3연으로 나아가면서 고조된다. 최초의 '희망하기'가 3연에 오면 '욕망하기'로 강화된다. 또한 반복되는 주어와 타동사의 사용도 이를 뒷받침한다. 특히 13행 "감히 행해보고, 원하고, 노력하나, 어찌할 수 없으니"의 원문은 목적어가 삭제된 "J'ose, je veux, je m'efforce, et ne puis"이다. 목적어가 화자 자신이기 때문이지만, 동시에 그는 동사를 이끄는 주체이기도 하다. 큐피드가 모순의 상황을 시적 화자에게 강제하듯이, 그 역시 사랑의 신만큼이나 모순된 속성을 제 것으로 삼는 자이다. 여기에서 큐피드와 시적 화자는 구분되지 않는다. 시적 화자 역시 사랑이며, 사랑이 그가 됨으로써 시적 화자와 사랑의 수직적 서열 관계가 소멸한다. 그리하여 시적 화자가 독자에게 보여주는 것은 큐피드가 아닌 자기 자신이 된다. 큐피드 대신 자신을 시의 중심에 위치시킴으로써, 작품을 시적 화자에 대한 노래가 되게 만든다. 12행의 표현은 이런 이유로 가능했다. 시의 중심을 큐피드라는 존재가 아닌 시적 화자가 차지하도록 만들기 위해 롱사르는 사랑의 신이라는 초월적 존재에 버금가는 프로메테우스를 불러오며 사랑에 맞서는 시인의 힘을 암시한다. 프로메테우스의 반복되는 영원한 고통은 모순을 초래하는 사랑의 속성이면서 동시에 시인의 속성이 된다. 이제 희망 안에 내재된 고통, 고통 안에 내재된 희망이라는 서로 다른 것들을 시인은 노래할 것이고, 그의 노래는 멈춤을 알지도 못할 것이다. 여기에서 시적 화자의 사랑이 지닌 숭고함을 지적할 수도 있겠지만, 경계가 모호한 상이한 것들이 상호 공존하지 않을 수 없는 지상의 운명을 노래의 대상으로 삼아야만 하는 시인의 모습도 발견된다. 게다가 프로메테우스의 불이 지상에 창조의 원인을 제공했다면, 사랑은 시인이 여전히 삶을 유지할 수 있게 만드는 요소가 된다. 시인이 살아 있다는 것은 그가 창조를 계속할 수 있다는 의미이다. 따라서 시인에게는 여인이 가져다줄 열정과 고통이 모두 필요하고, 이것을 통해 그는 창조하는 자로서의 삶을 지켜낼 수 있게 된다.

9**행** 시적 화자에게서 사랑의 열정이 프로메테우스처럼 끊임없이 되살아난다는 의미이다. 하늘의 불을 훔친 대가로 스키타이 Scythie라고 불린 코카서스 정상에 사슬로 묶인 프로메테우스는 독수리에게 간을 파먹혔다. 낮에 독수리에게 파먹힌 그의 간이 밤마다 새로 자라나게 됨으로써 그의 고통은 영원한 것이 되었다. 여기에서 코카서스는 형벌의 장소, 즉 고통스런 사랑의 장소를 상징한다. 이런 이유로 프로메테우스의 운명은 르네상스 시인들이 사랑을 노래할 때 즐겨 사용한 소재 가운데 하나였다. 모리스 세브는 『델리』의 「소네트 LXXVIII」에서, 퐁튀스 드 티아르 Pontus de Tyard는 『사랑의 방황 *Erreurs Amoureuses*』 2권 26편에서, 뒤 벨레는 『진정한 사랑 *Honneste Amour*』의 「작품 XI」에서 프로메테우스를 다룬 바 있다.

XIII

시적 화자의 형벌은 그의 능동적 행위에 의해 주어진 것이 아니다. 그의 죄는 단지 사랑의 힘을 거부하지 못한 데에 있다. 그는 사랑의 매혹에 사로잡힌 까닭에 형벌에 처해졌다. 이 점에서 본다면 작품의 신화적 해석은 고전신화의 맥락과는 상이하다. 프로메테우스는 의도적으로 불을 훔친 이유로 형벌을 받았지만, 시적 화자는 사랑에 이끌린 이유로 고통을 받게 된다. 새로운 프로메테우스가 등장했다.

2행 "아름다운 태양"의 원문은 "tes beaux soleils"로서 여인의 눈동자를 가리킨다.

3행 "냉정한 바위"는 코카서스의 바위를 가리킨다.

1연 번역문 2행과 4행의 "사랑하게 aimant"와 "자석 aimant"이 운을 이루게 함으로써 사랑이 자석의 성질을 지니고 있음을 암시한다. 시적 화자의 고통도 바로 이런 자석에 이끌렸다는 이유에서 온다.

2연 여인의 초월적 능력에 대한 암시이다. 큐피드의 부름마저도 거부할 정도로 그녀의 힘은 초월적이다. 따라서 시적 화자는 그녀와의 만남에서 고통의 소멸을 기대하지만, 그런 만남은 허용되지 않을 것이다.

3연 사랑의 고통을 감미로운 것으로 느낄 수 있는 자는 사랑의 속성, 즉 달콤함과 쓰라림을 동시에 내부에 지닌 자이기도 하다. 그는 사랑의 희생물이라기보다는 사랑 그 자체이다.

12행 고통을 기쁨으로 오랫동안 누리겠다는 의미이다.

13행 사슬에 묶인 프로메테우스를 구해준 인물은 헤라클레스이다. 황금양털을 얻기 위해 이아손 Jason과 함께 정복에 나선 헤라클레스는 주피테르의 명을 받고 코카서스산을 지나다가 화살촉 같은 부리를 지닌 독수리를 죽인 후 프로메테우스를 속박에서 구해낸다. 롱사르는 「소네트 XII」에서와 마찬가지로 프로메테우스로 등장하지만, 이 시행에서는 큐피드의 은총을 받은 헤라클레스, 즉 사랑의 희생물이 아니라 사랑을 승화시킨 헤라클레스를 소환한다. 헤라클레스는 불을 통해 인간영혼을 태워 그 신성한 성격을 자유롭게 만들 수 있었기 때문이다.

3-4연 11행의 "감미로울 doux"과 원문 14행에 해당하는 번역문 13행의 "매듭 nouds"이 운을 이룸으로써 억압이 감미롭다는 뜻을 드러낸다. 억압과 감미로움을 같은 성질에 속하는 것으로 보는 시적 화자는 고통을 감미로움으로 바꿀 수 있는 자이기도 하다. 다만 여인과의 만남이나 여인이 보낸 초월적 능력의 소유자인 헤라클레스가 자신을 구해준다는 조건하에서 그렇다. 그러나 이것은 실현되지 않을 것이다. 4연의 조건문은 그것의 불가능성을 예고한다. 따라서 작품은 극도의 고통에 놓인 시적 화자의 상황을 노래한다. 영원한 고통을 형벌로 받은 그가 여인과 소통하는 일은 일어나지 않을 것이다. 그런데 바로 여기에서 영속적인 고통을 견디는 것이 시인의 업보임을 롱사르는 노래한다. 시인이란 자는 초월적인 힘에 의해 주어진 고통을 인간의 몸으로 견디는 자이다. 「소네트 CLXXI」에서 그는 지상에서 버림받고 천상에서도 버림받은 우주의 중간에 끼인 불행한 존재로 시인을 소개할 것이다. 따라서 잔인함을 감미로움으로 바꾸어 노래하는 것만이 그에게 주어진 일이 된다.

XIV

1행 페트라르카는 『칸초니에레』의 「소네트 CCLX」에서 "그 별 아래 내 그대 아름다운 두 눈을 보았지"라고 노래하였다. 이 작품에서의 별은 불행한 사랑의 운명을 결정하는 첫 번째 만남을 주선한 별이다. 시적 화자는 사랑의 감옥에 갇힌 자신을 슬퍼하며 자유를 그리워한다. 단지 죽음만이 그를 그곳에서 구해낼 수 있을 뿐이다.

1연 롱사르는 페트라르카의 주된 소재인 "한 눈에 반함"을 의미하는 '이나모라멘토 innamoramento'를 노래한다. 그러나 작품에는 프랑스의 전통적 요소가 덧붙여졌다. 특히 4행은 프랑스의 오래된 노래의 후렴구이다. 마로가 『노래』의 「작품 XVIII」에서 이 주제를 후렴으로 사용한 바 있다. 롱사르는 일반적으로 페트라르카풍의 전통에 따라서 카상드르의 갈색머리를 찬양하지만 「소네트 XXVI」에서는 그녀가 금발의 여인이라고 소개한다. 실제의 카상드르와 가상의 카상드르 그리고 이탈리아 전통과 프랑스 전통이 서로 뒤섞인다.

10행 사월은 비너스의 달이며, 페트라르카는 라우라를 4월 16일에 만났다. 따라서 시인들은 사월을 '이나모라멘토'의 계절로 부른다. 롱사르의 연대기를 작성한 클로드 비네에 따르면 작품에서 언급된 사월 스무한날은 시인이 블루아성에서 카상드르를 만난 날이기도 하다. 따라서 이 소네트는 『사랑시집』에 실린 작품 중 비교적 초기에 작성된 것으로 추정된다.

11행 큐피드가 자신을 가엾게 여길지라도 사랑하는 여인은 참으로 가혹하게 나를 대하고 있다는 의미이다.

14행 수사적 말법에 해당한다. 치명적이고 절대적인 죽음과 사랑의 고통이 안겨주는 나날의 죽음을 대조하기 위해 동원되었다. 롱사르는 「소네트 IX」에서 유사한 표현을 이미 사용한 바 있다.

XV

1행 코린토스의 페이레네 샘에서 목을 축이고 있던 날개 달린 말 페가소스에 올라탄 벨레로폰테스 Bellérophon는 하늘로 재빠르게 날아올라 가 괴물 키메라 Chimère를 죽였다.

3행 카리테스 Charites는 아름다움의 여신들로 자연과 인간의 마음, 심지어 신들의 마음까지도 기쁘게 만들 수 있는 능력을 지녔다. 이들은 정신적 작업과 예술작품에 영감을 불어넣어 주는 자들이다.

4행 호메로스는 재빨리 이루어진 일을 묘사하기 위해『오디세이아』7권 36행에서 "날개나 생각보다 더 빠르게"라는 표현을 사용했다.

7행 수많은 눈과 입을 지녔으며, 재빨리 날아가는 파마 La Renommée를 가리킨다.

11행 보레아스의 아들이다.

12행 시적 화자는 자신의 민활한 생각을 제테스 Zethés에 비유한다. 이때의 생각은 잃어버린 심장을 되찾으려는 것과 관계하지만, 동시에 여인에 대한 사랑의 민활함을 의미할 수 있다.

13행 "하르피이아이 Harpye"는 순진한 얼굴을 한 날개 달린 정령이다. 동작이 매우 빠른 하르피이아이는 아이들과 영혼들을 낚아채 약탈하는 것으로 알려져 있다. 롱사르는 카상드르를 하르피이아이의 한 명으로 비유한다. 정령의 탐욕은 시인의 심장을 앗아간 카상드르의 속성과 다르지 않다고 여기기 때문이다.

3-4연 시적 화자는 여인이 삼켜버린 자신의 심장을 되찾기 위해 그녀의 뒤를 보레아스를 타고 재빠르게 쫓고 있다. 보레아스는 북풍의 신이다. 동시에 그는 아테네를 위협하는 페르시아 함대들을 물리친 아테네의 수호신이기도 하다. 롱사르가 보레아스를 등장시킨 것은 바람의 강력함과 민활함 때문이지만, 동시에

잃어버린 심장을 되찾으려는 행위가 보호를 받고 있음을 암시하기 위해서이다. 롱사르는 1556년 하르피이아이를 격퇴하는 제테스의 신화적 소재를 『칼라이스와 제테스에 대한 찬가 *Hymne de Calaïs et Zéthès*』에서 세밀하게 다루게 된다.

XVI

시적 화자는 자신을 온갖 유혹으로 괴롭히는 여인에게 다가가지 않기 위해 모습을 바꾸고 싶어 한다. 그는 여인으로부터 벗어나길 원하면서 동시에 자신의 고통을 세상에 알리려고 시도한다. 고통을 공유하는 것이 그에게 위안을 마련해줄 것이기 때문이다. 그런데 이런 의도는 여인에 대한 간접적인 비난의 어조를 담고 있다. 여인으로 인해 초래된 고통을 알리는 것은 자신에 대한 여인의 잔인함을 고발하는 것과 다른 것이 아니다. 게다가 고발하는 그의 목소리는 결코 느리지 않다. 그것은 큐피드가 쏘아댈 화살보다도 더 빠를 것이다. 이런 간접적 비난을 통해 시적 화자는 사랑의 고통으로부터 '자유'와 '생명'을 얻으려는 의지를 드러내고, 이를 위해 시적 어조의 역동성에 의지한다. 사실 『사랑시집』은 어조와 리듬의 운동성으로 채색되어 있다. '비상'과 '새'의 은유가 자주 사용된다. 수평적 이동과 수직적 상승의 교차는 작품의 리듬을 급격히 확장시키면서 시적 어조의 빠른 확산을 조장한다. 시급하고 절박한 어조는 여인이 준 고통이 만들어낼 한탄의 노래를 퍼트리려는 강한 의지를 담아내는 그릇 역할도 수행한다. 날개 달린 사랑, 바람에 실려가는 목소리 등의 비유들은 시를 만들어내려는 시적 화자의 정당하고도 진지한 에토스를 반영한다. 작품의 각 연에서 반복되는 조동사 "싶다 vouloir" 역시 시 전체의 어조를 긴밀하게 연결할 뿐만 아니라, "쏘아대다 pousser", "변하게 만들다 muer", "바꾸다 changer" 등의 본동사를 수반하면서 변화를 통해 새로운 노래를 만들려는 그의 시도를 보장하는 요소로 기능한다.

1행 원문의 동사 "pousser"는 '화살을 쏘다'의 뜻을 지닌다. 프랑스에 대한 언급은 이탈리아 시인의 뛰어남에 비견되는 프랑스 시인의 위대함을 드러내기 위해서이다. 이런 특징은 고대 그리스와 로마 그리고 이탈리아의 문화를 모방하면서도 이에 맞서 프랑스어를 풍부하게 만들고, 나아가 문학과 문화의 발전이 필요하다는 뒤 벨레의 『프랑스어의 옹호와 현양』에서 이미 다루어진 바 있다.

4행 자신에게 죽음을 불러일으키는 카상드르는 세이레네스에 비유된다. 『오디세이아』 12권 170행에서 오디세우스는 부하들에게 유혹적이고 위험한 세이레네스의 노래를 듣지 못하도록 귀를 막을 것을 명령하였다. 그렇지만 이 시행에서 그것은 자신의 내부에 집중하려는 시적 화자의 의지를 엿보게 한다. 그가 부를 노래가 자신의 처지 그리고 욕망과 관련될 것임을 암시하기에 그러하다.

5행 물의 유동성을 자신의 것으로 삼아 한탄을 퍼뜨리려는 욕망을 내포한다. 샘의 부드러움과 유동성이 여성의 속성이라면, 이 시행은 13행의 "낳다 enfanter"가 내포한 여성적 창조성과도 연관된다.

10-11행 "새로운 제피로스"의 이미지는 '새로운 탄생'에 대한 염원을 담고 있다. 제피로스는 뜨겁고 축축한 바람으로 생명의 탄생에 적합한 바람이다.

3연 새에 비유된 생각은 사랑의 감정을 천상에까지 비상시키려는 의도를 드러낸다. 시적 화자는 신들이 자신의 한탄에 귀 기울이길 희망함으로써 지상과 관련된 1연, 그리고 천상과 관련된 3연을 통해 우주 전체를 자신의 흐느낌으로 채우려 한다. 연속되는 한탄은 그의 생명을 보장하는 요소가 될 수 있기 때문이다. 온 공간을 채울 한탄은 그가 창조해낼 "꽃"과 다르지 않다. 그는 자신의 생명이 슬픔의 토로에 의해서만 보장된다고 말함으로써, 흐느낌을 담은 노래를 세상에 퍼뜨리며 생명력을 이어가려는 의도를 드러낸다.

14행 오비디우스의 『변신』 10권 208-209행의 아이아스 Ajax와 히아킨토스 Hyacinthe의 사랑에 대한 암시이다. 처참하게 죽음을 당한 두 연인은 "AI"라는 글자가 새겨진 잎을 지닌 꽃으로 변하였다. "ai"는 아이아스 이름의 첫 글자를 지시함과 동시에 그리스어로는 히아킨토스가 아이아스의 죽음을 보고 지른 외침인 '아아 hélas'를 의미한다. 고통이 새겨진 꽃의 이미지는 롱사르 집안의 가문 devise에 새겨진 명구銘句, '타오르는 가시덤불 ronces qui ardent'의 이미지를 환기시킨다.(「소네트 CXCV」 참조)

XVII

시적 화자는 사랑하는 여인의 눈과 손 그리고 머리카락이라는 세 가지 요소가 가슴속으로 스며들어 와 자리 잡고 있기에 죽어가지 않을 수 없으며, 만약 자신이 신들의 변신을 노래한 오비디우스일 수 있다면 눈을 별로, 손을 백합으로 그리고 머리카락을 비단 올가미로 만들어 사랑의 행복을 노래할 수 있을 것이라고 말한다. 사랑에 빠진 자의 고통의 토로가 작품의 주제인 것처럼 보인다. 그런데 그를 고통스럽게 만든 것은 실제의 여인이라기보다는 그가 상상하는 여인의 이미지이다. 몸 안으로 들어온 시선의 테마는 플라톤이 『파이드로스』에서 언급한 바 있다. 그에 따르면 사랑의 대상인 여인의 눈은 사랑에 빠진 자를 기쁨으로 가득 채우는 원자들을 발산하여 희생자의 내부에 뜨거운 욕망을 만들어내고, 피에 스며들어 그의 정체성을 바꿔놓고야 만다. 그런데 오비디우스가 언급됨으로써 작품의 의미는 다른 차원으로 이동한다. 시적 화자가 현재의 고통에서 벗어날 수 없는 상황에 처해 있음을 한탄할지라도, 오비디우스처럼 되기를 욕망한다는 점에서 독자는 언어를 통해 사물을 제 마음대로 변화시키고 새로운 존재를 탄생시킨 힘에 대한 그의 갈망을 읽어낼 수도 있다. 여인의 발치에서 죽음을 맞이할 수밖에 없는 운명을 바꾸기 위해 시적 화자가 추구하는 것은 변신이다. 그는 오비디우스로부터 '말의 힘'을 빌려와 죽음을 삶과 아름다움의 언어로 바꿔놓고자 한다. 13-14행이 "아름다움"이라는 용어를 반복하는 것은 바로 이런 이유 때문이며, 원문 1행의 "남겨두다 demeure"와 운을 이루는 4행의 "죽어가다 meure"는 '머물러 있음이 죽음과 다르지 않다'는 암시를 전달할 수 있다. 시적 화자는 생명을 확보하기 위해서 정체된 상황에서 벗어나야만 한다. 그는 고통의 언어를 별처럼 빛나는 아름다움의 언어로 조탁하여 고통의 성질을 바꾸고, 더 나아가 자신의 불행한 상황을 바꾸려고 시도해야만 한다. 사랑의 고통에서 사물을 새롭게 만드는 창조자의 길을 열망하는 시적 화자를 통해, 독자는 롱사르가 생각하는 시인이란 일상세계에 대한 전망을 능숙한 언어사용을 통해 새롭게 제시하는 자일 것이라고 생각할 수 있다. 작품이 상감형 소네트의 형식을 취한 이유가 여기에서 설명될 수 있다. 앞의 시행에서 언급된 용어들을 뒤이은 시행에서 차례로 등장시키는 수사적 형식은 언어를 유연하게 다룰 수 있는 시적 능력과 관계한다. 수평적 독서와 수직적 독서를 동시에 가능하게 만드는 상감형식은 작품에 역동적 생명력을 부여하는 시인의 섬세한 표현력의 증거가 된다.

1행 1552년 판본은 "운명에 의해서 Par un destin"로 시작하는데, 여기에서 시적 화자는 수동적인 존재로만 남아 있을 뿐이다. 이런 수동성은 4연에서 변신의 능력을 희망하는 시적 화자의 태도와 어울리지 못한다. 그래서 롱사르는 이후 판본에서 "운명"을 주어로 위치시키며 시적 화자의 수동성보다는 운명의 적극성을 강조한다.

2행 "눈", "손", "머리칼"은 집단 단수로 취급되어 원문에서 단수형 동사 "남겨두다 demeure"를 동반한다. 눈, 손, 머리카락은 3행의 "불태우고, 죄어놓고, 묶어놓아" 그리고 4행의 "화상 입고, 사로잡혀, 옭아매졌으니"와 각각 상응한다. 또한 5-6행, 9행, 11행 그리고 13-14행에서 다시 등장한다. 작품을 수직적으로 읽히게 만드는 상감구조는 벗어날 수 없는 상태에 갇혀버린 시인의 상태를 형상화한다.

4행 가해자의 속성을 지닌 피해자로서의 화자가 등장한다. 화자는 가해자가 자신에게 끼치는 무력적 영향을 거부하지 않고 그것을 받아들여 자기 속성으로 삼는다. 이로 인해 가해자와 피해자의 속성은 서로 닮은 형태를 띠게 된다. 여기에서 가해자와 피해자 사이의 수직적 관계는 동등한 관계로 변화한다. 이 점에서 2-4행의 수직적 구조는 의미의 수평적 구조와 겹치면서 균형성을 파괴당한다. 피해자이지만 피해자가 아니게 된 시적 화자를 등장시키는 유사용어의 사용은 표면적인 수직적 구조와 의미의 수평적 구조를 겹치게 한다. 이것은 자신을 변형시키고, 타자를 변형시켜 그것과 결합하려는 행위, 즉 변화를 추구하는 시적 화자의 의도를 강화하는 데 기여한다.

7**행** 카상드르를 가리킨다. '나의 살아 있는 반쪽 dimidium animae leae'은 플라톤이 『향연』(189d-193d)에서 사용한 용어이다. 그에 따르면 두 연인은 본래 양성의 동일체에서 갈라졌기에 서로 합치하려는 욕망을 지닌다. 1552년 판본은 "Occise aux piés de ma fiere moitié"로서 "내 반쪽의 발치에서 죽음을 당한" 나의 삶이라는 의미를 지녔으나, 이후 판본에서 롱사르는 이것을 퇴고한다. 그가 '스스로를 제물을 바치다'라는 뜻을 지닌 "S'immoler"라는 동사로 바꾼 것은 자신을 위협할 죽음이 실은 죽음이 아니라는 것을 알기 때문이다. 물론 "s'immoler" 동사에 '희생시키다' 등의 죽음과 관련된 의미가 내포되어 있지만, 그것은 죽음에 처해진 존재를 또 다른 차원의 영원한 삶을 위해 바치는 행위를 가리키기도 한다. 이전 판본의 동사 "occire"라는 용어에는 이런 의미가 없다. "s'immoler"는 한 존재의 모든 것이 소멸하는 현상을 지시하지만, 이런 붕괴가 오히려 모든 것의 새로운 구축을 가능하게 만든다. 롱사르가 다음 시행에서 "s'immoler"와 대립하는 "내 삶 ma vie"을 언급하는 것은 죽음이 오히려 생명이 된다는 것을 암시하기 위해서이다. 그의 죽음은 그를 살게 하고 여인과의 결합을 그에게 허용한다.

8**행** 시적 화자는 죽음으로 인해 사랑의 고통에서 벗어나게 된 자기 영혼이 마침내 행복을 맞이하게 된다고 말한다. 이것은 사랑으로 인해 초래된 죽음이 그의 영혼을 자유롭게 풀어놓아 여인과 조우하게 만들기 때문이다. 신플라톤주의에 따르면 사랑에 빠진 자는 그 자체로 사는 것이 아니라 사랑하는 여인 안에서 살아간다. 따라서 죽음에 의해서만 자신의 여인을 만날 수 있을 것이기에 죽음은 행복의 조건과 다르지 않다.

10행 페트라르카가 「소네트 CCXI」의 14행에서 언급한 "사랑의 미로"이다. 2행의 "흐트러진 머리칼"의 여인과 유사성을 지닌다. 아름다움에 사로잡힌 영혼을 강조하기 위해서 이 표현을 사용하였다.

12행 1552년 판본은 "Hé, que ne suis je Ovide bien disant"로서 이런 표현에는 오비디우스가 될 수 없는 자신의 신세를 한탄하는 시적 화자의 좌절감이 과도하게 드러나 있다. 그러나 이후 판본에서 '할 수 있다'의 뜻을 지닌 "pouvoir" 동사를 사용함으로써 오비디우스가 될 수 있을 가능성에 대한 긍정적 태도를 부각시킨다. 이런 측면에서 본다면 1552년 판본의 롱사르보다 1584년의 롱사르가 창조에 대해 훨씬 더 적극적인 태도를 지니고 있다고 말할 수 있다.

13-14행 7행의 "내 반쪽"과 더불어 신플라톤주의의 영향이 드러난다. 그러나 롱사르는 이 철학적 경향의 초월성을 수용하지 않는다. "찬란히 빛나는 별"은 영혼이 떠나왔던 천상으로의 회귀를 암시하기 위해 사용되었지만, "아름다운 백합"은 자연의 아름다움을 지시하고, "고운 비단올가미"는 인간의 산물을 가리킨다. 따라서 롱사르는 천상과 자연 그리고 인간 사이의 연계를 염두에 둔다. 천상의 '유일한 아름다움 Une Beauté'이 자연과 인간세계 안에서도 발견된다는 점에서 롱사르가 신플라톤주의의 중심사상을 변형하여 수용했다고 말할 수 있다.

XVIII

롱사르는 페트라르카 「소네트 CCXIII」에서 육체에 대한 비유와 전개방식을 빌려왔지만, 정신적 아름다움만을 노래한 이탈리아 시인과 달리 그의 작품은 육체적 욕망과 정신적 욕망이라는 두 개의 축 위에서 건축되었다. 물론 정신적 욕망은 신플라톤주의를 따른다. 이탈리아의 피치노에 의해 소개된 이 철학적 경향은 중세 궁정연애의 정신과 결합되고, 페트라르카풍의 문체에 실려 당시 궁정과 문단에서 유행했다. 롱사르 시가 신플라톤주의의 영향을 받은 것은 당시의 지적 상황을 비껴갈 수 없었기 때문이었을 것이다. 그러나 그것은 시적 글쓰기와도 관련이 있다. 신플라톤주의에 따르면 정신적 사랑, 혹은 성스러운 사랑은 한 개인의 완벽성을 지향한다. 지상의 인간은 이런 완벽함에 이데아 idée의 반영을 통해서만 접근할 수 있다. 시적 화자가 사랑의 열정에 사로잡히게 되면, 그는 여인의 아름다움을 추구하게 되지만, 그가 추구하는 아름다움은 총체적인 대문자 아름다움의 시뮬라크르에 해당할 뿐이다. 따라서 총체적 아름다움을 획득하기 위해 시적 화자는 "노래"를 이어 나간다. 여인에 대한 사랑으로 인해 고양된 그의 정신은 멈추지 않을 노래를 만들어낸다. 따라서 영원한 아름다움에 대한 추구는 노래의 에로스를 조장한다고 말할 수 있다. '비너스의 책'이라고 불릴 만한 『사랑시집』의 시적 화자는 여인의 아름다움이 신성하다고 반복하여 외칠 수밖에 없다. 만약 시적 화자가 여인의 아름다움을 노래하지 않는다면, 그의 시는 신성함을 만나지 못하게 될 것이다. 여인에 대한 노래는 시적 불멸성에 접근하기 위한 수단이고, 사랑을 노래하는 글쓰기의 시원이 된다. 카상드르에 대한 사랑시집의 에로스는 글쓰기의 에로스이다.

1행 1552년 판본은 "가슴을 지피는 정숙한 불 Un chaste feu qui les coeurs illumine"이었다. "정숙한 불"이라는 표현에 의해 신플라톤주의의 흔적이 뚜렷이 드러나는 초판본과 달리 롱사르는 1560년부터 현재의 표현으로 퇴고하며 순수한 육체의 아름다움만을 부각시킨다. 신플라톤주의에 대한 시인의 태도 변화가 1560년을 즈음으로 시작되었다는 것을 추측할 수 있다.

3행 "고귀한"은 "damoiselet"를 옮긴 것이다. 이 용어는 귀족출신 여인을 가리키는 'damoiselle'에서 유래했다.

1연 머리가 묘사의 대상이 된 것은 인간의 육체 가운데에서 가장 숭고한 부분이기 때문일 것이다. 페트라르카는 「소네트 LXXII」에서 "나는 내 여인을 바라보고 있네, / 그녀의 눈이 움직일 때마다 부드러운 빛이 / 나에게 천상으로 이어진 길을 보여준다네"라고 노래한 바 있다.

5행 1552년 판본은 "아름다움" 대신 "우아함 graces"으로 기록하면서 1행과 마찬가지로 신플라톤주의의 흔적을 남겨놓았다.

2연 1연이 육체적 미덕을 다룬다면, 2연은 육체의 일부가 지닌 아름다움을 노래하면서도 정신적 미덕으로 옮겨간다.

8행 원문의 "une beauté divine"에서 "beauté"는 의인화된 "미인"으로 보는 것이 적절하다. "아름다움"으로 옮기면 추상성이 강화되고, 이것은 인간 육체의 아름다움을 강조하려는 맥락에 어울리지 못한다.

9행 여인의 시선은 밤의 어둠을 밝히는 기능을 수행한다. 이로 인해 밤은 어둠의 속성을 상실하고 낮과 같이 빛나는 시간이 된다. 이런 표현은 자연의 시간을 바꿀 수 있는 여인의 힘을 암시하며, 나아가 이 여인을 벗어날 방법이 시적 화자에게 결여되어 있다는 것을 내포한다.

12행 작품의 카상드르는 신과 같은 존재가 아니다. 그녀의 아름다움에는 인간성과 신성함이 깃들어 있다. 그녀의 "탄식"은 바로 이런 인간적 측면의 증거이다. 롱사르는 카상드르를 추상적인 여인으로 그리기보다는 상반된 인간적 감정을 표현할 줄 아는 여인, 그러나 신성함에 어울리는 육체적 아름다움을 지닌 여인으로 소개한다. "웃음"과 "탄식"의 공존은 페트라르카풍 시의 전형적인 모순어법에 속한다. 모순어법은 서로 상반된 것들을 하나의 공간으로 불러들인다는 점에서 총체성에 대한 시인의 의식을 반영한다. 상반된 만물이 우주의 조화를 구성하듯, 시인 역시 인간성 안에 신성함이 놓여 있고, 신성함이 인간성을 배제하지 않는다는 것을 노래하면서 자신의 시를 추상성과 구체성이 서로 얽혀 있는 완성된 세계로 만들어간다. 여기에서 인문주의 시인으로서의 롱사르를 발견할 수 있다.

13**행** "도드라지는"은 "decoupé"를 옮긴 것으로서, 1552년 판본은 페트라르카의 표현을 그대로 빌려 "상처 입은 offensé"이라고 표현하였다.

XIX

이 작품은 「소네트 XX」에서 주피테르의 모습으로 변신을 꾀하는 시적 화자를 등장시키기에 앞서 의문을 가득 지닌 그의 영혼 상태를 그려 보인다. 사랑으로 인해 얻게 되는 것은 불안이라는 생각이 시적 화자에게 있다. 사랑에서 그가 얻을 것은 죽음이며, 설령 사랑을 노래한다고 해도 제 노래가 불멸을 얻을 것이라는 기대가 그에게는 결여되어 있다.

1**행** 머리가 하얗게 셀 것이라는 뜻이다.

1연 육체와 정신 그리고 인생 모두가 종말을 갑작스레 맞이할 것이라는 예언이다.

2연 영원한 아름다움을 찾아 나서는 시인이 글을 통해 그것을 획득하는 것이 불가능할 것이라는 예언은 여인이란 존재가 글 안에 남아 있으면서도 언제나 글을 벗어난다는 것을 암시한다. 시인의 언어가 여인을 붙잡을 수 없다는 점에서 시적 언어의 무력함은 조롱의 대상이 된다. 여인을 얻지 못할 시인을 기다리는 것은 비웃음일 뿐이다.

3연 고상한 정신을 지닌 자로부터 외면될 시의 언어는 숭고의 공간에서 축출되어 버림받은 시인의 산물이 된다.

4연 고대 로마인들에게 오른손의 벼락은 재앙을 가리켰다. 하늘에 오르지 못할 운명을 얻게 된 시인의 파멸이 그려진다.

XX

다나에 Danaé와 에우로페 그리고 나르키소스 신화가 동시에 환기되는 작품은 카상드르와 육체적으로 결합하려는 시적 화자의 욕망을 노래하지만, 스스로 잠이 되어 여인의 잠을 연장시키려 한다는 점에서 초월적 양상을 띤다. 게다가 지상의 인간적 한계와 시간을 벗어나는 소통에 대한 욕망이 시적 화자에게 여인의 속성을 선택하게 만든다는 점에서 기존의 정체성을 버리고 새로운 정체성을 획득하는 것만이 사랑의 욕망을 충족시켜줄 수 있다는 의미도 전달한다. 자신의 정체성을 바꾸어야만 하는 시적 화자의 어조가 "내 간절히 원하길 Je voudroy bien"의 연속되는 반복이 증명하듯이 일견 진지해 보이는 것도 이런 필요에 기인한다. 롱사르는 마로를 비롯한 전통 시인들의 사랑시에서 발견되는 가볍고 외설적인 사랑을 선호하지 않는다. 그는 가벼운 놀이를 하는 자의 태도를 가지고 사랑에 접근하지도 않는다. 작품 안에서 사랑하는 이와의 육체적 결합을 희망하는 관능적 욕망이 비춰지고 있다면, 그것은 결코 가벼운 유희를 지향하기 위해서가 아니다. 게다가 롱사르는 페트라르카와는 달리 이상적이고 붙잡을 수 없는 추상적 여인만을 등장시키는 데에도 만족하지 않는다. 비록 카상드르가 여러 신들로부터 많은 재능을 부여받은 신성한 여인이라는 것을 그가 굳이 부인하지 않으며, 또한 아름다운 그녀의 육체가 자신의 불행한 영혼을 반영하는 거울이라고 인정할지라도, 그는 사랑을 구하는 자를 복종의 상태에 영원히 머무르게 만드는 라우라를 닮은 카상드르를 사랑의 대상으로 삼지도 않는다. 오히려 작품을 감싸는 관능적 분위기는 육체와 정신의 소통, 사랑을 갈구하는 자와 사랑을 거부하는 여인 사이의 결합을 보장하는 기능을 진지하게 수행해낸다. 작품의 원문은 다음과 같다.

Je voudroy bien richement jaunissant
En pluye d'or goutte à goutte descendre
Dans le giron de ma belle Cassandre,
Lors qu'en ses yeux le somme va glissant.

Puis je voudroy en toreau blanchissant
Me transformer pour sur mon dos la prendre,
Quand en Avril par l'herbe la plus tendre
Elle va fleur mille fleurs ravissant.

Je voudroy bien pour alleger ma peine,
Estre un Narcisse et elle une fontaine,
Pour m'y plonger une nuict à sejour :

Et si voudroy que ceste nuict encore
Fust eternelle, et que jamais l'Aurore
Pour m'esveiller ne rallumâst le jour.

1연과 2연의 각운인 "~ant", "~scendre", "~endre"는 카상드르 Cassandre라는 이름에서 그 기원을 찾는다. 카상드르라는 이름의 애너그램 anagramme이라고 할 수 있는 각운은 대립적 관계에 놓인 시행 첫 부분의 "내 Je"와 동일하게 강세를 받으면서 시적 화자와 여인의 관계에 대한 페트라르카식의 수직적 관계를 파괴한다. 게다가 작품 곳곳에 숨겨져 있는 롱사르의 이름을 상기하는 음소들은 이런 관계의 변화를 정당화하는 요소가 되기도 한다. 3연과 4연의 "r"와 "~on"의 반복 그리고 "or"의 음절은 롱사르의 존재가 시의 곳곳에 뿌려져 있다는 인상을 자아낸다. 특히 "~or"는 12행과 13행의 "encore", "Aurore"와 결합하여 변화된 모습을 지니려는 시적 화자의 의도를 암시하는 기능마저 수행한다. 그래서 롱사르의 이름 순서를 뒤바꾼 "or"는 6행의 "transformer"에서 카상드르("~ans")와의 결합("~or")을 이루어낸다. 시인은 작품에서 단지 변화의 속성을 무기로 삼아 여인과의 결합을 의미상으로만 드러내는 것에 만족하지 않고, 언어의 형태적 기능을 최대한 활용하여 자신이 원하는 결합이 시 안에서 이미 실현되었다는 암시를 이끌어낸다. 그가 추구한 "황금비 pluie d'or"나 "소 toreau"는 단지 미래의 대상이 아니라 이미 시니피앙 안에 롱사르를 담고 있음으로 인해("or") 롱사르 자신을 상기시키는 단서가 된다. 이런 음소들의 나열을 통해 시 전체는 느릿한 리듬을 타며 천천히 앞으로 나아가게 되고, 그것은 카상드르의 가슴속으로 스며들어 가려는("descendre") 시인의 은밀한 의도를 비춰낸다. 카상드르를 향해 조심스레 나아가는 시선을 통해 시인은 육체적 욕망의 진지함을 드러낸다. 은은하게 출렁이는 물결 같은 언어의 리듬은 시인을 나르키소스로 만들지만, 그는 유혹당하는 자로서의 형벌을 받아야만 했던 고대의 인물과는 달리 새로운 "샘", 즉 새롭고 풍요로운 사랑의 탄생을 알리는 자로서의 새로운 역할을 부여받게 된다. 시적 언어가 시적 화자의 비현실적이고 초월적인 '변신'에 대한 갈망을 실현하는 셈이다. 결코 이루어질 수 없고, 또한 그럴 수 없을 것처럼 보이는 불가능한 '변신'은 시어의 세계 속에서 사랑의 결합이 완성된 '현실'이 된다. 이런 면에서 시어의 힘에 의해 시적 화자와 여인의 경계는 소멸하고, 언어의 잠재적 기능과 시의 신비한 공간 안에서 그들은 결합의 풍요로움을 누릴 자격을 얻게 된다. 여기에서 우리는 롱사르의 이런 역량이 단지 언어에 대한 뛰어난 통찰력에만 기인한다고 지적할 수는 없다. 왜냐하면 시어의 활용은 그의 세계관을 반영하기 때문이다. 사실, 시적 화자가 원했던 '변신'처럼 세상의 모든 변신은 유사성에 근거한다. 유충

이 번데기가 되고 나방이 되듯이, 올챙이가 개구리로 변해가듯이, 모든 것들은 유사성을 유지한다. 그리고 그것들을 본래 "옮겨놓다 transporter"라는 라틴어에 어원을 둔 '은유 métaphore'의 힘으로 서로를 지탱한다. 변신이 가능한 것은 은유가 세상의 요소들을 연결하는 힘이라는 롱사르의 관점 때문일 것이다. 시인이란 존재는 은유에 의지하여 자신의 고유한 시적 세계를 창조한다. 장미가 여인의 은유이자 동시에 죽음의 은유가 될 수 있듯이, 서로 상반된 것들은 내부의 유사성에 의해 동일한 변화를 준비하며, 그 준비된 모습이 시인의 시선에 포착된다. 롱사르가 작품에서 카상드르와의 결합을 욕망하는 것은 카상드르의 속성이 자기 내부에도 담겨 있다는 믿음, 즉 서로 다른 것들의 유사성이 존재하며 이것에 의지할 때 변신 역시 가능할 것이라는 신념을 지녔기 때문이다. 따라서 그의 결합에 대한 욕망은 우주가 이런 유사성의 끈에 의해 지탱되고 있다는 세계관에서 나온다고 볼 수 있다.

3행 롱사르는 1552년 판본의 "Dans le beau sein de ma belle Cassandre"를 "Dans le giron de ma belle Cassandre"로 퇴고하였다. 1552년의 "beau sein"이 1-2행에서 암시된 '롱사르(~ron)-카상드르'의 밀접한 관계를 강조하는 데 이르지 못한다고 판단했을 것이다.

1연 다나에에 대한 암시이다. 딸 다나에로부터 태어난 아들이 자신을 죽이게 될 것이라는 예언을 듣게 된 아버지 아크리시오스 Acrisie는 그녀를 거미 탑에 가둬버렸다. 오래전부터 이 아름다운 공주에 반한 주피테르는 새벽에 황금비가 되어 지붕을 타고 탑 안으로 스며들어 가 마침내 그녀와 결합하였다. 그래서 새벽녘의 깊은 잠을 그리스인들은 '불안 inquiétude'이라고 부르게 된다. 페트라르카 역시 『칸초니에레』의 「소네트 XXIII」 161-614행에서 다나에 신화를 환기하지만, 이때는 자신의 충족되지 않는 사랑과 다나에의 신화를 대립시키기 위해서였다. 밤의 세계에 갇힌 잠든 여인은 접근할 수 없다는 이유 때문에 그녀를 바라보는 자의 욕망을 강화한다.

6**행** 롱사르는 1552년 판본의 "Me transformer pour finement la prendre"를 "Me transformer pour sur mon dos la prendre"으로 퇴고하였다.

2**연** 에우로페에 대한 암시이다. 주노의 분노를 피해 에우로페를 확실하게 유혹하기 위해 주피테르는 흰 소로 변하여 에우로페를 크레타섬까지 데리고 간 후 그곳에서 그녀와 결합하였다. 바이프는 이 신화를 소재로 「에우로페의 납치 Ravissement d'Europe」(Paris, Veuve M. de La Porte, 1552)를 작성한 바 있다.

10**행** 오비디우스의 『변신』 3권 339-510행에서 소개된 연못 속의 얼굴이 자신의 것이 아니라고 생각한 나르키소스에 대한 암시이다. 롱사르는 「소네트 CLII」에서 이 신화를 다시 한 번 다룰 것이다.

13**행** 새벽의 여신 에오스를 가리킨다.

4**연** 시인과 여인의 결합이 잠의 공간에서 가능했음을 상기한다면, 잠은 사랑의 욕망이 실현되는 데 도움이 되는 공간으로 기능한다. 잠은 육체적 욕망의 실현이 가능한 공간이며, 동시에 시적 상상력의 원천이기도 하다. 이것은 잠이 사랑을 실제로 실현할 수 없는 화자에게는 만족의 공간으로 이해된다는 뜻도 지닌다.

XXI

플라톤의 『파이드로스』(253d-e)에 따르면 백마는 추상적인 행복에 대한 바람이고, 흑마는 구체적인 육체의 욕망에 해당한다. 시적 화자가 두려워하는 것은 육체적 욕망으로 인한 이성적 자아의 파괴이다. 이를 견제하기 위해 그는 여인의 육체적 아름다움을 추상적 아름다움에 대한 고귀한 욕망으로 바꿔놓길 원한다. 그러나 여인의 육체에 대한 욕망이 너무도 강렬한 그에게서 확신의 태도를 발견할 수는 없다. 육체적 욕망의 포로와 다르지 않은 시적 화자는 자유를 상실할 것을, 그리고 검은 욕망으로 제 길을 벗어나 헤매는 자로 남게 될 것을 두려워한다. 정신을 지배하는 육체의 욕망이 아름다움을 향한, 그리고 아름다움이 보장하는 소통과 조화로움을 향한 정신적 도약을 불가능하게 만들 것을 그는 알고 있다. 그의 불행은 이런 도약을 위한 시도를 무한히 반복해야 한다는 데 있다.

1-2**연** 롱사르가 '열정 passion' 자체를 부정하는 것은 아니지만, '사악한 열정 la passion vicieuse'을 염려하는 것은 사실이다. 「지적 품성과 도덕적 품성에 관하여 Des vertus intellectuelles et moralles」라는 앙리 3세의 궁정아카데미에서 그가 행한 연설이 보여주듯이, 이 시인은 '절제된 열정 la passion modérée'의 지지자이다. 흔히 '시적 영감 fureur'과 동일시되는 열정은 시인을 시적 고양의 상태로 이끌어 일상의 인간들에게는 감춰진 진실을 볼 수 있는 특권을 부여한다. 그러나 사랑은 통제되지 못한 열정이기도 하다. 그것은 사랑에 빠진 자의 마음과 혈관 그리고 피를 끓어오르게 하고 혼탁하게 만든다. 따라서 3행에서 "희망 잃은 Veuve d'espoir"이라는 표현과 5행의 간투사 "맙소사 mon Dieu"는 열정에 굴복하여 이성을 상실한 시적 화자를 소개한다. 2연의 세 행에 걸친 의문문은 그의

혼란스럽고 분열된 영혼의 상태를 반영한다.

9**행** "여왕"은 '합리적 이성'을 가리킨다.

10**행** 마차는 원문의 "chair"를 옮긴 것이다. 이 어휘의 번역어는 "살"이나 "육체"가 아닌 "마차 char"가 적당하다. 플라톤의 『파이드로스』에 나오는 '수레 cocher'에 해당한다. 그러나 이 용어가 육체를 가리킨다고 해도 부인할 수는 없다. 시적 화자가 욕망하는 것이 여인의 육체이기 때문이다.

4**연** 시적 화자의 이성을 앗아간 여인이 육체를 지닌 존재로만 그려진다는 점은 흥미롭다. 그는 여인의 몸에서 정신의 지복이 마련할 기쁨을 기대하지 못한다. 그만큼 아름다운 육체를 지닌 존재로만 그려지는 여인이 시적 화자에게 끼친 영향은 매우 크다.

XXII

작품은 하나의 문장으로 구성된다. 9행을 제외한 1행에서 13행까지는 동사형 주어들이 나열되고, 문장 전체의 동사는 마지막 시행에 등장한다. 사랑의 광기가 초래한 영혼의 혼란을 문장 구성으로 드러내는 이런 글쓰기는 '얼빠진 문체 style éperdu'의 한 사례를 보여준다. 시적 화자에게 사랑의 광기가 끼친 영향은 그가 말을 제대로 구사하지 못하도록 방해한다. 언어구성의 능력을 빼앗긴 그가 할 수 있는 것이라곤 동사가 배제된 명사형 구문만을 나열하는 것뿐이다. 1-13행까지 나열된 주어들을 받아들이는 것은 마지막 시행의 '~이다 être'라는 동사이다. 이런 행위는 광기가 초래한 모든 상태를 자기 몸 안에 받아들이며, 자기 "죽음의 가장 뚜렷한 징후들 de ma mort les plus certains augures"을 시 안에 늘어놓는 기능을 발휘한다. 동사들이 주어가 되고, 동사가 앞의 동사들을 정의하는 이런 글쓰기는 동사의 운동성을 동사로 정의하는 새로운 방식이지만, 그것은 또한 시 쓰기에 대한 롱사르의 관점을 드러낸다. 광기를 정의하기 위해서는 명사주어와 동사의 결합이라는 일상적인 글쓰기 방식이 무용하다는 것을 그는 알고 있다. 광기가 낯선 것이고 일탈적이라면, 글쓰기 역시 일탈의 방식을 통해 광기를 정의하지 않을 수 없기 때문일 것이다. 사랑의 폭력적 양상을 언어로 포착하려는 그의 시도는 파괴의 고통에서 새롭고 낯선 세계를 제시하는 시적 글쓰기의 등장을 예고한다.

1연 고통받는 영혼을 강조하기 위해 1행에서 반복법을 사용하고, 동사들로 각 시행을 구성함으로써 시행을 빠르게 읽도록 이끈다. 이것은 사랑의 광기가 지닌 속성과 더불어 광기에 상처 입은 영혼과 마음의 불안한 상태를 전달한다. 또한 원문의 1-2행에서는 동사원형을 시행 중간부분에 위치시키지만, 3-4행에서는 시행 앞에 동사원형을 놓음으로써 구조의 변화를 추구하는 양상도 엿보인다. 일관성을 상실한 혼란한 시적 화자의 심적 상태를 암시하기 위한 것으로 보인다.

1-2연 동사원형들의 나열이 연의 구분을 파괴함으로써 행동이나 욕망이 완성되지 못하고 여전히 진행 중인 상태에 머문다. 동시에 주어가 생략된 동사원형 구문의 나열은 사랑의 광기에 사로잡힌 영혼이 자아를 상실했음을 드러낸다. 시적 화자의 영혼과 심정은 혹독한 여인의 의지에 종속되어 있을 뿐이다.

9행 "짧은 분노 Un court despit"의 단속성을 강조하기 위해 동사를 제거한 구문들이 사용되었다. 이로써 동사원형이 나열되었던 8행까지의 호흡이 9행에 와서 급격히 변하면서 낯선 인상을 갖게 만든다. 그런데 동사가 배제된 짧은 구문은 단속적인 리듬에 힘입어 시적 화자의 여인에 대한 믿음과 헌신의 단호함을 엿보게 할 수도 있다. 작품에 시적 화자의 의지가 전적으로 결여되어 있지는 않은 것이다. 그에게는 여인을 섬기려는 강한 결심이 있다.

11행 "수없이 mille"는 1행의 "백번, 수백 번 Cent et cent fois"과 연계되며 각 연 사이를 긴밀하게 연계시킨다. "공허한 모습들 vaines figures"이란 자기 것으로 삼지 못할 여인의 모습들을 가리킨다. 그런데 바로 이것이 시적 화자가 경험하는 고통의 원인이다. 등장했다가 사라지며 그 흔적만을 보여주는 사랑의 모습들로 인해 그는 여인에 대한 추구를 멈출 수 없다. 그에게는 단단한 사랑의 마음과 헌신의 자세가 있지만, 그의 욕망은 이런 자세를 배반한다. 여인의 모습을 획득하지 못하였기에 그의 탐색은 영원한 불안 속에서 계속될 수밖에 없다.

14행 1-13행의 동사는 14행에 와서야 등장한다. 주어들과 분리된 동사는 행위 자체의 불안함을 반영한다. 이것은 시행 중간에 놓인 "죽음"의 위치를 통해서도 암시된다. 또한 "뚜렷한 certains"은 11행의 "공허한"과 대립하면서 갈등을 체험하지 않을 수 없는 시적 화자의 상황을 드러낸다.

XXIII

작품에서 사용되는 표현들은 페트라르카로부터 영향을 받은 증거이다.(「소네트 CLXXI, CLVII, CCXVI」) 롱사르는 블라종 형식 안에 페트라르카의 여성에 대한 숭배 방식을 도입한다. 블라종은 16세기 전반기에 유행한 장르로서, 마로의 「아름다운 젖꼭지의 블라종 Blason du beau tétin」이 대표적인 작품이다. 이탈리아 작가들의 영향을 받았지만, 프랑스 궁정시의 전통이 결합되어 있는 이 장르를 통해 시인들은 여인의 신체일부가 그것을 바라보는 자에게 깊은 정신적인 영향을 끼치는 것을 주된 소재로 삼았다. 여인의 신체를 숭배의 대상으로 삼고, 그 숭배에서 얻을 수 있는 황홀과 감탄의 세계를 노래한다는 점에서 한편으로는 종교적인 배경이 이 장르의 탄생에 놓여 있다고 말할 수도 있다. 작품은 감동을 불러일으키는 여인의 아름다움을 구성하는 신체 각 부분을 노래한다. 이것은 여성의 육체가 지닌 지극한 아름다움을 찬미하기 위한 것이지만, 동시에 아름다움을 떠올리고 즐거움을 노래하는 것 이외에 그 어느 것도 할 수 없는 황홀의 상태에 빠진 시적 화자를 드러내기 위한 것이기도 하다. 그러나 그는 여인에 대한 강박관념에 빠진 자의 모습을 띠고 있다. 고통이 기쁨이 되고, 즐거움이 불안을 낳는 모순된 숙명 앞에 놓인 시적 화자가 12-13행에서 반복해서 생각할 수밖에 없는 상황을 언급하는 것이 증거가 된다. 그런데 이 시행들은 또 다른 해석의 가능성을 열어놓는다. 시적 화자가 노래한 여인의 신체들이 은유를 통해 소개된다는 점에서 그것들은 그의 생각이 만들어낸 산물들이기도 하다. 생각한다는 것은 상상하는 행위의 또 다른 표현인 셈이다. 그리고 이것은 자신을 매혹하여 사로잡는 아름다움 앞에 선 시적 화자에게 주어진 자유의 본질이기도 하다. 이런 측면에서 블라종이라는 형식을 선택한 롱사르가 단지 여성의 육체가 지닌 아름다움을 황홀하게 바라보는 자를 소개하는 데 만족하고 있다고 보기는 힘들다. 그는 여성의 육체를 분해하고 그것을 상상의 힘으로 재건축하는 '만드는 자 homo faber'로서의 기능을 노래하고 있다.

1-4**행** "산호"는 붉은 입술을 가리킨다. 롱사르는 「소네트 CXLIII」의 4행에서 "그녀의 붉은 입술 산호 안에 Dans le coral de sa bouche vermeille"라고 다시 노래할 것이다. "대리석"이 가슴을 가리킨다는 주장이 있지만, 여기에서는 숨을 내쉬는 입으로 보아야 한다. "설화 석고"는 백색의 이마, "사파이어"는 눈, "반암"은 피부색의 비유이다.

2**연** "제피로스"는 호흡을 가리킨다. "루비"는 젖꼭지를 가리키는 것으로 추측할 수도 있지만, '입술'을 가리키는 것으로 보는 것이 적당하다. 롱사르는 「소네트 LIV」의 10행에서 "장미가 두 줄로 선 루비의 입술이여 Lévres, rubbis, entre-rangez de roses"라는 표현을 통해 입을 비유하게 된다. 또한 이런 해석은 작품이 상상력과 관련된다는 점에서 가능하다. 롱사르는 묘사를 눈에서 시작해서 눈으로 끝낸다. 이미 언급된 요소를 재언급함으로써, 묘사의 규칙이 파괴되고, 하나의 대상은 산호와 루비라는 두 개의 은유로 지시된다. 이것은 시적 화자의 시선에 의해 여인의 얼굴이 분해되었다가 재조합되어 새로운 의미를 띠게 되었다는 점을 반영한다. 그가 여인의 얼굴을 분해하고 다시 조합하는 행위를 반복하는 것에서 아름다움에 대한 강박관념을 말할 수도 있겠지만, 이런 행위가 가능한 것은 시적 화자가 바라보는 여인의 얼굴조차 실제 얼굴이 아닌 '상상'의 산물이기 때문일 것이다. "패랭이꽃"과 "장미"는 홍조를 띤 얼굴색의 비유이고, "황금"은 금발머리를 가리킨다.

1-2**연** 두 연은 여인의 아름다운 상체를 노래한다. 롱사르가 하체를 노래하지 않는 것은 외설성을 기피하고 여인의 신성함을 강조하기 위해서이다. 이로 인해

그녀는 자연이 만든 가장 완벽한 아름다움을 지닌 존재로 등장한다. 그렇지만 여기에서 여인과 시적 화자 사이의 종속적 관계를 발견하기는 힘들다. 여성의 육체를 분해하고 파괴하는 것은 시적 화자의 시선이다. 그는 완벽한 아름다움을 지닌 여인의 신체를 자기 시선으로 바라보며 그것을 구성하는 요소들을 하나씩 떼어 찬양한다. 여인을 바라보는 시선의 황홀함과 동시에 진행되는 그녀의 육체를 분해하는 행위에서 시적 화자의 시선에 담긴 강렬한 욕망뿐만 아니라 여인을 분석하는 그의 우월한 시선도 엿볼 수 있다.

9**행** 앞에서 나열된 각 사물들의 화려함은 여인의 아름다움에 깃든 풍요로움에 대한 은유이다. "깊은 감동 안에"의 원문은 "en si profond esmoy"인데, 1552년 판본은 "sont au coeur"로 적고 있다. 롱사르는 작품이 단순한 심정의 문제가 아닌 정신과 관련되어야 한다는 판단에서 수정한 것으로 보인다.

13-14**행** 원문은 "De les songer, penser et repenser, / Songer, penser et repenser encore"이다. 생각의 반복은 고통이 초래한 증상이지만, 롱사르는 이 고통을 "즐거움 le plaisir"과 연계시킨다.

XXIV

롱사르가 카상드르를 트로이아의 카산드라와 동일한 인물로 상정하는 것은 이름의 유사성 때문이지만, 동시에 카산드라를 환기함으로써 작품의 서사성을 확보하기 위해서이다. 서정시의 보편적 주제인 사랑을 다루면서도 그는 시적 화자의 발언에 서사시의 장중함을 부여한다. 그러나 그가 카산드라와 연관된 신화적 소재를 있는 그대로 수용한다고 보기는 힘들다. 예를 들어 롱사르가 초판본의 11행 "진정 나에게 예언을 노래하는 입이여 Bouche vraiment qui prophéte me chante"를 퇴고하면서 부사 "vraiment"을 형용사 "vraye"로 바꾸고, "Bouche prophete"와 "me" 사이에 위치시킨 것은 카산드라의 트로이아 몰락 예언이 사람들의 신뢰를 얻지 못했다는 점을 염두에 두었기 때문이다. 신화 속 인물과는 달리 롱사르의 시적 화자는 카상드르의 죽음에 대한 예언이 카산드라의 말과는 달리 진실이라고 믿으려 한다. 사랑이 죽음을 불러오리라는 확신이 그에게 필요했다. 죽음을 기다리는 고통이 없다면 그의 입은 더 이상 여인을 찾지 않게 될 것이기 때문이다. 이 점에서 롱사르는 신화의 카산드라와 현재의 카상드르를 일치시키면서도 구분한다. 카산드라의 예언이 헛된 것처럼 지금의 카상드르가 예고하는 죽음이 거짓이라면, 그는 굳이 사랑의 고통을 노래할 필요가 없다. 따라서 신화의 카산드라는 '지금' 그리고 '여기에서' 고통을 주는 카상드르를 위해 환기된다. 롱사르의 작품에서 신화는 단지 수사적 장치가 아니라 지금의 상황을 강조하기 위해 도입되었다.

1행 롱사르는 1552년 판본의 "신성한 divin"을 "상냥한 courtois"으로 퇴고하였다. 여인의 두 눈에 "신성한"이라는 속성을 부여한 것은 시인이 받기로 한 약속이 신성의 영역에 속하는 것임을 암시한다. 롱사르의 퇴고는 신플라톤주의에 대한 그의 관점이 초기와 그 이후에 차이가 있다는 것을 보여주지만, 다른 한편으로 이런 퇴고는 여인에게서 신성한 속성을 제거하여 그녀와 자신의 관계를 더욱 긴밀하게 상정하려는 의도에 기인한다고 볼 수 있다. 반면에 이런 친근성의 상정은 시적 화자의 기대를 저버릴 여인으로부터 얻게 될 상처가 더욱 크다는 것을 말하기도 한다. "선물"은 '사랑의 영감'을 가리킨다. 시적 화자는 여인의 영혼을 반영하는 눈을 바라보며 사랑의 감정을 얻게 되었다.

4행 선물에 대한 약속이 거부되리라고 시적 화자는 예감한다. 그의 이성이 감성의 자리를 차지한다. 따라서 3행의 역접사 "하지만 mais"의 사용은 카상드르가 트로이아의 카산드라와 다르지 않기 때문이라는 전제에 근거한다. 롱사르의 작품에서 현재의 카상드르는 신화의 카산드라와 동일시되며 자주 등장하는데, 트로이아 멸망에 대한 카산드라의 예언이 트로이아 사람들의 불신을 받았던 것처럼, 시적 화자는 카상드르가 줄 사랑의 약속이 실현되지 않을 것을 알고 있다.

5행 "두 횃불"은 여인의 두 눈에서 나온 광채를 가리킨다. 피치노의 신플라톤주의가 끼친 영향의 흔적이다.

11행 "전혀 다른 것"이란 카상드르의 입을 통해 전달될 시적 화자의 죽음을 말한다.

13행 "유일한 이 un seul objet"는 카상드르를 가리킨다.

4연 여인으로부터 사랑을 기대하였기에 시적 화자는 행복하지만, 동시에 그것이 그에게 고통을 안겨줄 것을 알기에 불행에 빠져 있다. 모순된 사랑을 추구하는 것이 시적 화자에게 주어진 운명이다.

XXV

페트라르카 『칸초니에레』의 「소네트 XCVII」 12-14행 "사랑은 다른 대상을 향해 나를 몰아세우지 않으며 / 내 발은 다른 길을 알지 못하고, 내 손은 / 다른 사람을 글로 어찌 찬양할 수 있을지 알지 못한다"를 모방하는 이 작품에서 "뮤즈"와 "종이"에 대한 언급은 시적 화자와 롱사르를 동일시할 수 있는 단서를 제공한다. 뮤즈를 불러오고 종이를 소유한 작품 속의 '나'는 롱사르 자신이다. 따라서 시적 화자가 털어놓을 고통은 시가 다룰 소재이고, 불행을 말하는 방식은 시의 구성 양상에 대한 은유가 된다. 그리고 감옥에 갇힌 죄수와 같은 시적 화자의 상황은 이성을 앗아가는 사랑의 강력함을 노래의 소재로 삼지 않을 수 없는 롱사르의 상황에 대한 소개가 된다.

6행 큐피드를 가리킨다.

4연 "장식되다 s'esmailler"는 시적 화자의 고통이 다양하다는 것, 즉 여러 색채로 빛난다는 것을 암시하며, 이것은 『사랑시집』이 사랑에 빠진 자가 경험할 다양한 심적 상태를 다양한 어조로 다루게 될 것이라는 예고가 된다.

XXVI

롱사르는 금발 여인을 사랑하든 녹색 눈의 여인을 사랑하든 세상의 질서가 파괴되어 혼란의 세계가 도래하길 기원한다. 이때의 그는 신플라톤주의의 용어를 사용하면서도 그것을 벗어난다. 원문 1행과 4행의 각운 "갖가지 divers"와 "돌고 돌면서 travers", 5행과 8행의 각운 "열리고 ouvers"와 "초록 vers"은 그가 꿈꾸는 혼란스런 세계의 깊고 넓은 폭을 암시한다. 또한 별의 수직적 운동과 대양과 태양의 수평적 운동 그리고 3연의 열린 세계와 4연의 영혼 안에 갇힌 공간의 상호공존은 그의 혼란스런 심정의 움직임을 그려낸다. 깊은 죽음과 높은 이상 사이에서 사지가 찢기는 고통을 겪는 그의 마음처럼 시 역시 사방으로 흔들거린다. 그가 우주를 구성하는 모든 물질이 붕괴되길 희망하는 것은 세계가 붕괴하며 자기 심정의 소우주가 "눈"에서 "불꽃(영혼)"으로 상승할 것이고, 시간에 제한된 삶의 "피부"에서 벗어나 "심정의 태양"을 만날 수 있을 것이라고 확신하기 때문이다. 그런데 그가 플라톤의 이데아를 육체와 연결하고 있다는 점은 흥미롭다. 그의 이데아는 플라톤이 『향연』에서 소개한 이데아와 상이하다. 그는 어떤 정신적인 엄격한 절제의 추상성을 수용하지 않는다. 플라톤의 접근 불가능한 부동 immobilité의 이데아는 붕괴와 파괴를 통한 운동성과 역동성을 지향하는 롱사르의 시 안에서 거부된다. 오히려 그는 천상이 붕괴되어 새로이 형성되는 여인의 눈, 즉 시적 화자의 심정 안에 새롭게 자리하는 여인의 눈을 추구한다. 그는 세상을 붕괴시켜 자기 내부에 새로운 이데아를 창조하면서 세상의 경직된 질서를 거부한다. 지금의 세상이 자기에게 사랑을 허용하지 않을 것이라면 과감히 이 세상을 파괴하고 전복시켜 사랑이 실현될 새로운 세상을 꿈꾸고 그려가는 것이 필요하기 때문일 것이다. 그리하여 5행과 8행의 각운 "~vers"가 프랑스어로는 '시행'을 의미한다는 점에서, 그는 새로운 세계를 창조하는 시, 검은 눈과 초록 눈과 같은 과거의 아름다움이 아닌 갈색 눈과 같은 새로운 이상을 담아내는 시를 만들기를 기원한다.

1행 별의 반짝임을 가리킨다. 별들의 조화로운 춤에 대한 생각은 플라톤의 『국가』나 키케로의 『스키피오의 꿈』에서 영향을 받은 것으로 보인다. 이 이미지를 시인은 「평화에 대한 오드 Ode de la Paix」(1550)에서 "그리하여 흘러가는 별들이 추는 무도회의 춤이 / 하늘에서 질서정연하게 열리게 되었다"라고 노래한 바 있다.

2행 메마른 바다는 파괴된 세계에 대한 비유이다.

3행 "태양"은 1552년 판본에서는 "위대한 전체의 영혼 du grand Tout l'ame" 이었다. 세상의 네 방위에 퍼져 있는 우주의 영혼을 가리킨다.

4행 멈춰버린 태양을 의미한다.

5행 천상의 붕괴를 가리킨다.

6행 바다가 말라버리자 천상으로부터 비가 쏟아져 홍수가 일어난다는 뜻이다.

8행 질서의 법칙을 따르지 못하게 된 사랑에 빠진 자의 혼란스런 영혼은 세상의 종말을 바라본다. 시인의 노래와 상관없이 우주는 혼돈에 빠질 것이다.

9행 7행과 마찬가지로 「소네트 XIV」에서처럼 카상드르는 갈색 눈의 여인으로 등장한다. 여인의 외모가 일관성을 지니지 못한 것은 시적 화자가 경험하는 여인의 아름다움이 실제가 아니라 이미지에 해당하기 때문이다. 시인의 영혼이 기억하는 것은 아름다움의 이미지일 뿐, 그것이 갈색이든 초록색이든 그에게는 상관없다.

3-4연 롱사르는 1547년도에 발표한 「사랑하고픈 여인의 미에 대하여 Des beautez qu'il voudroit en s'amie」에서 "나는 검은 눈과 갈색 피부를 좋아한다 / 비록 프랑스인들이 녹색 눈을 지극히 선호하지만"이라고 말하며 자신의 취향

을 소개한 바 있다. 그러나 이런 언급이 그의 개인적 취향을 드러낸다고 보기는 어렵다. 검은 눈은 고대인들에 따르면 완벽한 아름다움에 요구되는 조건이었다. 핀다로스는 『델포이 신전의 무녀 *Pythie*』의 「오드 VI」에서 검은 눈의 비너스를 "싱싱한 자두색 눈을 가진 여인"이라고 불렀으며, 헤시오도스는 『신들의 계보 *Théogonie*』 16행에서 비너스를 "반짝반짝 빛나는 눈을 지닌 여인"이라고 노래했다. 『일리아드』 2권 1장 98행에서 호메로스는 "그들이 생기 가득한 눈을 지닌 여인을 그 아비에게 되돌려주기 전에"라고 말하며 비너스를 묘사했으며, 『찬시』의 「디오스쿠로이에게 Aux Dioscures」에서는 "생기 있는 뮤즈여, 그대 노래의 소재로 제우스의 아들들을 삼으시오"라고 노래하였다. 호라티우스는 『오드집』 1권 32편 11-12행에서 "그러니 리쿠스여, 아름다운 검은 눈과 검은 머리카락을 가진 자여"라고 말한 바 있고, 『시학』 37행에서는 "검은 눈과 검은 머리카락으로 유달리 내 눈에 들어온 여인"이라고 적고 있다. 롱사르가 이 작품에서 초록 눈을 언급한 것은 미네르바를 염두에 두었기 때문일 것이다. 로마신화에서 미네르바의 눈은 초록색이며, 창조를 주관하는 문예와 예술의 여신인 아테나와 동일시되기도 한다. 따라서 시적 화자가 "갈색 눈"을 찬양하는 것에서 새로운 아름다움을 창조하려는 의지를 엿볼 수 있다.

XXVII

노래를 부르고 여인의 이름을 종이에 새겨 그 울림이 영원히 메아리치기를 희망했다는 점에서 시적 화자가 두려워하는 대상은 말과 소리의 부재가 된다. "수없이 mille fois", "수많은 cent" 등의 과장법과 1인칭 주어와 관련된 표현들, "나 je", "나를 me" 등의 반복은 시적 화자의 말과 글에 대한 강박을 드러낸다. 허공에서 사라지는 목소리, 울림의 전달에 실패하는 목소리, 사랑의 광기로 인해 초래된 벙어리 상태에 대한 두려움은 말의 상실에 대한 그의 공포를 전달한다. 말을 잃은 시적 화자가 사랑의 욕망을 노래에 담을 수는 없을 것이다. 그는 자신에게서 말을 빼앗은 여인이나 사랑의 광기에 분노하기보다는 침묵을 더 두려워한다.

2연 원문을 소개하면 다음과 같다. "Mais tout soudain je suis espouvanté : / Car son beau nom qui l'esprit me martyre / Hors de moymesme estonné me retire, / De cent fureur brusquement tourmenté." 원문의 구조는 사랑의 광기에 노출되고 사로잡힌 그의 영혼을 반영하듯 균형감을 상실했다. 7행의 "나를 me"은 7-8행에 걸친 "경악하고야 만 estonné"과 "고통받아 tourmenté"의 한정을 받고, "나 자신으로부터 Hors de moymesme"와 "수많은 광기에 느닷없이 De cent fureur brusquement"의 비교적 긴 표현들은 뒤에 놓인 "estonné"와 "tourmenté"의 짧고 단속적인 음성들과 결합한다. 롱사르는 평온을 상실한 영혼이라는 시의 의미와 글쓰기의 양상을 일치시킨다. 시적 표현과 의미가 서로 밀접히 보완한다.

12행 말을 잃은 상황을 노래하는 3연 뒤에 등장하는 논리접속사 "그렇게 ainsi"는 의미적으로 보면 역설적이다. 말을 더듬고 침묵에 빠질 것을 두려워한다고 말하는 시적 화자가 이런 접속사를 사용하는 것은 그의 의식이 여전히 명료하기 때문이다. 이런 특징은 번역문 8행에서 "~으므로"라고 번역한 원문 6행의 "Car"의 사용에서도 발견된다.

XXVIII

여인의 아름다움에 사로잡힌 시적 화자의 환각 상태를 암시하는 이 작품은 「소네트 XXIX, XXX, CXCI, CXCII」와 마찬가지로 꿈과 관능적 욕망의 상관성을 다룬다. 자연 안에서 여인의 아름다움을 만나는 시적 화자의 기쁨과 달아나는 아름다움 때문에 얻게 된 절망이 동시에 그려진다. 시적 화자가 2연에서 자연의 구성요소들을 언급하는 것은 그가 환각상태에 빠져 있다는 의미이다. 바라보는 행위의 대상에 여인의 아름다움이 새겨져 있다고 느끼는 그는 보는 행위를 멈추지 않는 한 이성을 뒤흔드는 아름다움으로부터 자유로울 수 없을 것이다. 흥미로운 것은 여인의 아름다움이 자연에 새겨져 있다는 언급이다. 여인의 아름다움은 신성하지만 동시에 자연의 산물이기도 하다. 그런데 자연 속 여인의 아름다움이 다양한 모습으로 등장한다는 측면에서 자연의 구성물을 추적하는 그의 환상 역시 다양한 모습을 띠게 된다. 3연에서 시적 화자가 겪은 환상의 여러 측면이 나열되는 것은 이런 이유에 기인한다. 1연의 뒤집힌 이성의 양상이 3연에서 "번개", "강물", "호랑이"가 대변하는 폭력으로 펼쳐짐으로써 시적 화자는 환상을 벗어날 수 없는 자신의 상황을 인정하지 않을 수 없다. 그의 영혼은 이성을 저버렸다. 아니 의도적으로 이성적 질서를 거부하기 위해 그는 밤을 선택했다. 그러나 이런 행위에서 시적 화자의 종속성만을 발견할 수는 없다. 밤은 억압되고 거부되었던 것들의 재도약을 허용하는 공간으로도 기능한다. 밤은 자유에 대한 욕망을 받아들이며, 이성을 벗어난 상상력의 발화를 허용한다. 따라서 밤의 파괴적 성격은 현실이 허락하지 않는 새로운 상상의 경험에 대한 가능성을 제시한다. 낮에는 금기로 남아 있던 아름다움을 향한 비상이 밤의 시간 속에서 가능하게 된다. 그래서 시적 화자는 마지막 연에서 모든 환상들의 공간인 밤을 "진실"로 여길 수 있었다. 그는 욕망의 실현이 불가능하다는 것을 알면서도 그것에 대한 추적을 계속한다.

2연 자연의 요소들은 인간이 쉽게 볼 수 있는 친근한 대상이다. 롱사르가 자연의 구성요소들을 나열한 것은 종속된 시적 화자의 상황을 강조하기 위해서이다. 보는 행위는 사물을 영혼에 새겨놓는 것과 다르지 않다. 그래서 "새겨져 있는 peinte"이라는 표현이 가능했다.

8-9행 "형상으로 en forme"라는 표현은 시적 화자가 대상의 본질적 속성을 간파하지 못하고 어렴풋한 형태에 대한 인상만을 갖고 있다는 암시이다. "번개"가 그를 불태우고, "강물"이 그를 달아나고, "호랑이"가 그를 잡아먹기 때문이다.

11행 1552년 판본의 "사랑이 밤에 내 눈을 이끈다 Amour la nuict devant mes yeulx la guide" 대신에 이후 판본은 "환상 속으로 Par fantaisie"라고 적고 있다. 사랑의 신은 육체와 영혼 사이에 놓인 시인의 환상 속으로 밤을 이용해 슬며시 스며들어 그의 내부에 다양한 모습을 펼쳐놓는다. 밤은 욕망이 개화하는 시간이다. 그 안에서 환상은 자유롭게 펼쳐진다. 그러나 뒤이은 시행들은 밤의 환상이 헛된 것임을 자각하는 시적 화자를 등장시킨다.

13행 「소네트 XXIX」에서 달아나는 여인의 아름다움은 구름에 비유될 것이다.

14행 11행의 "이끈다 guide"와 14행 "허공 vuide"이 운을 이룬다. 이것은 허공이 시적 화자의 안내자 역할을 담당한다는 의미를 제시한다.

XXIX

롱사르에 따르면 허구의 본질은 시의 장식과 화려함을 이용해서 세상의 표면적 현실을 벗겨내고 사물의 본질에 대한 강렬한 비전을 제시하는 데 있으며, 이런 시적 비전은 상상의 힘을 요구한다. 롱사르가 신플라톤주의의 용어를 도입하는 이유가 여기에 있다. 비록 이 철학적 흐름에 전적으로 기대지는 않지만, 그는 용어들을 빌려와 사물의 본질에 언어로 다가가는 방법을 제시한다. 신성한 꿈에 빠진 시적 화자를 등장시키는 이 작품에서 여인의 초상은 상상에 해당한다. "수많은"이란 형용사의 반복은 강렬한 욕망을 대변하고, 꽃은 여인의 몸에 대한 은유로서의 기능을 수행하며, 포도그루는 육체적 욕망의 구체적 실현에 대한 희망을 암시한다. 따라서 '잠'은 단지 사랑에 빠진 삶의 이미지라는 기능에 국한하지 않는다. 잠은 육체의 욕망에서 영혼을 해방시켜 비현실적이고 이상적인 세계 안에서 실현되는 욕망에 대한 기대를 걸게 만든다. 그러나 작품은 꿈의 세계가 쉽게 사라져버리는 것에 대한 시적 화자의 안타까움도 노래한다. 꿈은 지상을 벗어나 천상의 세계로 날아오르려는 그를 도울 수는 있지만, 동시에 그에게 초월의 길로 나아가는 모든 길을 봉쇄하는 상반된 기능도 담당한다. 상상력은 언제나 기다리는 자를 "기만"하는 것이다. 그럼에도 불구하고 속임을 당할 수밖에 없는 운명을 지닌 그는 지상의 포도그루와 아름다운 꽃들을 닮은 현실 너머의 행복을 여전히 꿈꾼다. 뒤이은 「소네트 XXX」이 "꿈을 꾸며 밤새도록 그 몸 껴안도록 허락하라"고 외치게 되듯이, 꿈에 대한 열망은 사랑을 연장하는 유일한 수단이다.

2행 포도그루의 이미지는 벰보 등의 신라틴 시인들의 작품에 자주 사용되었으며, 뒤 벨레는 『올리브』에서 이 은유를 통해 사랑의 강렬한 욕망을 표현했다.

얽히면서 자라나는 가지들의 역동성은 여인의 몸을 껴안으려는 강렬한 욕망을 대변한다. 사랑의 욕망을 자연현상에 비유하는 롱사르에게서 지상적이고 물리적이며 육체적인 욕망에 대한 집착을 발견할 수 있다.

1연 시적 화자는 강렬한 육체적 욕망과 거기에서 얻을 정신적 행복을 노래한다. 반복되는 형용사 "수많은 mille"은 뒤이은 시행들에서 다루어질 꿈속에서 여인의 다양한 아름다움을 접할 수 있다는 가능성에 대한 복선이다. 꿈속의 여인이 자연이 부여해준 다양한 아름다움을 지니고 있다는 측면에서 롱사르는 신플라톤주의의 '단일자 L'Un'라는 개념을 벗어난다. 지상의 수많은 욕망은 풍요로운 사랑에 대한 기대를 낳게 한다.

9행 아름다움의 본질이 있는 천상으로 날아오르는 몽상을 시적 화자는 욕망한다. 그는 지상에서의 행복을 천상까지 이어가길 희망한다. 롱사르는 1552년 판본의 "그대와 함께 Avec toy"를 "비상하는 그대를 따라 Suivant ton vol"로 퇴고하면서 상승의 욕망을 부각시켰다. 물론 이런 욕망의 강조는 시적 화자의 좌절을 더욱 강화할 수도 있다.

10행 롱사르는 1552년 초판본에 "내 눈 안에서 헤엄치는 qui nage dans mes yeux"이라고 썼다. 유동적이면서도 부드러운 물과의 접촉을 통해 육체적 쾌락을 강조하기 위해서였다. 그러나 이후 판본에서 그는 "내 눈을 속이는 qui me trompe les yeux"으로 바꿔 쓰면서 초상의 허구적 기능만을 언급한다. "그녀의 초상 son portrait"은 카상드르의 이미지를 꿈꾸는 행위를 가리킨다.

3연 상상된 것은 소멸하기 쉽기 때문에 천상으로 상승하려는 욕망은 실현될 수 없다고 시적 화자는 말한다. 상상은 지상의 행복을 영원으로까지 연장시키지 못한다. 롱사르는 상승의 욕망이 갑자기 추락하는 과정을 부각시키기 위해 역접사 "그러나"를 삼행시의 처음이 아니라 두 번째 시행의 앞머리에 위치시킨다. 불현듯 찾아온 욕망의 실현 불가능성을 시적 리듬에 담아내기 위해서이다. 상상의 공간에서 이루어지는 모든 것은 허무하고, 시적 화자에게 높은 곳으로의 상승을 허용하지 않는다.

3-4연 사라지는 것들의 반복적인 등장은 1-2연의 지상적 행복과 대립한다. 원문에서 12행의 각운 "행복 bien"과 13행의 각운 "허공 rien" 사이의 운 맞추기도 이런 대립을 드러낸다. 또한 1연의 "mille"의 반복과 4연의 "rien" 사이의 대립은 강화되는 욕망을 배반하는 상상의 허무함을 부각시킨다.

XXX

천상에서 지상으로 이동한 여인의 "이미지"를 통해 롱사르는 꿈이 천상에서 지상으로 내려온 것으로 간주한다. 그는 천상으로 상승하려는 욕망을 지니기보다는 지상에 머물며 천상에서 내려올 꿈을 기다린다. 그러나 이 꿈은 그의 갈증과 고통을 적극적으로 위무해주지도 않는다. 그것은 언제라도 그를 달아날 준비가 되어 있다. 여인의 이미지를 음미하도록 꿈이 시적 화자에게 허용할 시간 역시 일시적이다. 천상에서 내려온 꿈은 지상의 속성을 닮은 셈이다. 작품은 이 점을 여러 표현법으로 드러낸다. 우선 13행의 "최소한 au moins"이라는 부사와 원문의 11행에 해당하는 번역문 10행의 "헛된 vain"이라는 형용사는 일시적인 꿈의 속성을 암시한다. 그리고 2연의 "떠돌게 만들다 nager"라는 동사와 "때로는 Ores"의 반복, 그리고 3연과 4연에서 반복되는 비음들("Songe", "encore", "Trompeur", "moins", "vain", "dont", "ronge", "Ren", "Sinon", "embrasser")은 천상에서 지상의 시인에게로 다가오는 이미지의 유동적 움직임을 환기하지만, 동시에 이 이미지는 영원히 고요한 천상의 바다가 아닌 지상의 움직임에 영향을 받고 있다. 일시적인 허상에 지나지 않는 꿈이 시적 화자의 고통을 영원히 달래줄 수는 없다. 오히려 달아날 꿈으로 인해 사랑의 결핍을 경험하게 될 그의 고통은 더욱 강화된다. 3연에서 그가 꿈에게 간청하지 않을 수 없는 이유가 여기에 있다. 그는 여전히 욕망에 "갉아 먹힌 ronger"다. 비록 그가 4연에서처럼 일시적인 만족을 얻을지라도, 마지막 행 "밤새도록 그 몸 껴안도록 허락하라 Toute une nuit je le puisse embrasser"의 접속법 동사는 꿈을 영원히 간직할 확신이 그에게 없다는 것을 보여준다. 꿈이 희망하는 모든 것을 영원히 보장할 것이라고 그는 생각하지 못한다. 1연에서 꿈의 정체를 의심하다가 2연에서 꿈이 위안을 주는 주체임을 인정하고, 그러다가 3-4연에서 꿈을 강제하면서 동시에 간청하는 일관되지 못한 시적 화자의 태도 역시 지상의 일시성을 닮았다. 초상의 이중성과 꿈의 이중성 그리고 시적 화자의 비일관성이 겹쳐진다. 이런 시적 화자에게 구원의 수단이 주어질 수는 없다. 만약 지상에 붙잡힌 그에게 하나의 희망이 있다면, 그것은 일시적이고 미온적인 꿈이 그에게 가져다줄 "이미지"를 확보하는 것뿐이다. 육체의 실체가 아니라 천상 여인의 모습을 지닌 이 허구는 영원한 행복을 누리지 못할 그가 의지할 유일한 대상이다. 이런 시적 화자는 천상으로 날아올라 영원한 아름다움의 실체를 볼 수 있는 권한을 상실하였다. 그에게 유일하게 허락된 것은 모든 것이 일시적인 지상에서 신성한 아름다움의 일부분이라도 일시적으로나마 음미하는 것, 영원히 갉아먹히는 고통을 경험하면서도 "껴안다 embrasser"의 육체적 욕망을 잠시라도 해소하는 것뿐이다. 그를 살게 만드는 것이 실제 여인이 아닌 그녀에 대한 환상이라는 점에서 그의 욕망은 영원히 채워질 수 없을 것이다. 시적 화자는 지상적 가치에 몸을 맡기고, 허구의 비현실적 공간을 추구한다. 영원한 상승의 욕망을 갖지 않은 그에게 사랑은 고통이다. 그러나 사랑의 고통이 영원히 진행될 것이라는 점에서 그는 그녀를 껴안는 욕망을 여전히 지니게 될 것이다.

1연 꿈은 두 개의 문을 통해 나온다. 『오디세우스』(XIX, 562-567행)에서 "페넬로페 Penelope"는 다음과 같이 말한 바 있다. "흔들거리는 꿈은 두 개의 문에서 오는 것이에요. 문 하나는 뿔 corne로 되어 있고, 다른 하나는 상아 ivoire로 되어 있어요. 꿈이 상아로 된 문에서 오면 그것은 거짓이고, 단지 말의 단순한 유해물일 뿐이지요. 잘 다듬어진 뿔로 된 문을 지나는 사람들은 자신들을 바라본 인간들의 성공을 뿔피리로 불어대지요". 오디세우스에게 한 페넬로페의 말은 때로는 진실 같고 때로는 거짓 같은 꿈의 모호한 성격을 드러낸다. 낮에는 인간세계와 거리를 둔 꿈은 어떤 문을 통과하느냐에 따라 이성적이고 질서정연한 세계와 환상적인 세계라는 상반된 두 기능을 맡게 된다.

10행 1552년 판본의 "아름다운 가슴 le beau sein"은 1567-1572년 판본에서 "아름다운 몸 le beau corps"으로 수정되고 1578년 판본부터 "헛된 초상 le vain portrait"으로 퇴고되었다.

XXXI

「소네트 XXX」에서 전개된 꿈의 세계와는 대립하는 공간을 다루는 이 작품은 꿈의 세계에서 현실 세계로의 이동, 불과 돌의 거친 세계로의 이동을 노래한다. 신의 전령사인 "악마들 Demons"을 만약 여인이 대기 중에 붙잡아놓는다면 그것은 천상과 지상이 서로 소통할 가능성을 파괴하는 것뿐만 아니라 천상의 의지마저도 배반하는 것이 된다. 천상에 자리를 마련해야 할 그녀가 악마들을 상대로 아름다움의 매력을 발휘하는 것은 천상으로 상승하려는 욕망을 그녀가 버렸다는 것과 다르지 않다. 그녀는 오히려 신의 분노를 기다린다. 따라서 그녀는 언제나 대기나 시인의 지상을 겨냥한다. 롱사르가 카상드르를 메두사에 비유하는 이유를 여기에서 찾을 수 있다. 비상하지 못하는 카상드르의 운명은 아름다움으로 인해 비극에 빠진 메두사의 운명을 닮았다. 악마들이든 시적 화자든 그들을 바위로 만들어버리는 것은 분명 그녀에게 승리를 가져다주겠지만, 동시에 천상에 오르지도 못하면서 신들의 전령사들을 무력화할 수밖에 없는 자신의 비극을 다시 확인하게 만든다. 따라서 여인은 승리자가 되지 못한다. 작품은 여인의 부드러운 아름다움이 지닌 강력한 힘을 노래하기보다는 오히려 그녀에게 주어진 비극적 운명을 환기시킨다. 자신의 불행을 닮은 여인의 운명을 암시하기 위해 롱사르는 여인의 속성이 지상의 속성을 닮도록 만든다. 대기에 있는 것들을 고체로 만든다는 것은 물질화한다는 것이며, 세계를 불과 돌의 시간으로 되돌린다는 의미를 지닌다. 그것은 폭력과 고통이 지배하는 세계로의 회귀이다. 그녀는 악마들과 시적 화자를 돌로 굳게 만들면서 지상의 혼돈을 닮은 자신의 역량을 발휘한다. 여인의 운명이 그러하듯 시적 화자의 운명 역시 조화와 안정을 알지 못한다. 이런 점에서 그들의 운명은 서로 닮았다.

1연 『플라톤 신학 *Théologie platonicienne*』 4권 1장에서 피치노는 세계창조 이후에 신이 그 어느 곳도 빈 곳으로 두기를 원하지 않았다고 말한다. 세계가 가득하길 신이 바란 것이다. 그리하여 대기 역시 자신만의 고유한 피조물, 즉 악마들을 지녀야만 했다. 구름의 공간인 대기가 형태의 무한한 변화가 이루어지는 공간인 것처럼 악마 역시 다양한 형태를 쉽게 취한다. 때로는 그 모습이 기묘한 형태를 띠기도 한다. 따라서 악마는 공포의 대상이면서도 무지개와 같은 황홀의 대상이 되기도 한다. 플라톤의 『향연』 202d에서 악마는 천상과 지상을 연결하는 역할을 수행한다. 이 선한 악마들은 인간에게 학문과 예언을 전달하고, 인간을 교육하며, 인간에게 미래를 보여주는 역할을 맡는다. 1행의 "몸이 가벼운 악마들"은 「소네트 XXX」의 "내 상처에 미향을 뿌리는 신성한 천사여, 신들의 대변자이고 전령사인 이여"를 상기시킨다. 악마들은 꿈과 같은 역할을 수행하는 것이다. 롱사르에게서 악마들은 열정의 포로가 될 수 있는 인간에 가까운 존재들이다. 악마들에 의해 인간의 행위는 천상에 전달되고, 천상은 이들의 중재를 통해 자신들의 의지를 지상에 전달한다. 롱사르는 『악마들 *Les Daimons*』에서 인간과 신들 사이에서 전령사의 역할을 담당하는 그들을 천상의 조화와 일치하지 못할 지상의 다양성을 만든 장본인들로 파악한다.

7행 "우리의 들판 nos champs"은 여인이 더 이상 천상에 머물지 않는다는 암시이다. 여인은 시적 화자의 공간인 지상 가까운 대기에 머문다.

10행 2연에서처럼 여인은 악마들과 마찬가지로 대기 중에 있다.

11행 여인은 악마의 모든 기능을 정지시킬 수 있는 또 다른 마법사이다. "부드러운 힘"이라는 표현은 여인의 아름다움이 폭력이면서 동시에 기쁨의 원천이기에 가능했다.

14행 메두사의 테마는 「소네트 VIII」에서 이미 다루어졌다. 뒤 벨레도 『올리브』의 「소네트 LXXXII」에서 악타이온 신화를 통해 사랑의 파괴적 힘을 노래하였다.

4연 여인의 이미지를 직접 바라보는 것은 시적 화자에게는 죽음을 재촉하는 행위와 다르지 않다. 메두사인 여인은 가장 두려운 마법사이고, 카상드르의 시선은 대기 중의 유동적인 모든 것을 굳게 만든다.

XXXII

「소네트 V」와 같이 여인의 블라종에 해당하며, 신들로부터 여러 선물을 받은 카상드르를 노래한다. 여인의 내적, 외적 아름다움에 대한 찬양이 나열되는 작품에서 시적 화자의 자리는 마련되지 않은 것처럼 보인다. 그러나 1행의 "경배하다 adorer"와 5행의 "치장하다 décorer"가 서로 운을 이루게 하면서 그는 카상드르를 아름답게 만드는 아폴론의 행위에 버금가는 자신의 "칭송"이 지닌 가치를 암시한다. 시적 화자는 그녀가 아름답지만 잔인하고, 그녀의 말은 설득적이지만 화살의 날카로움을 지녔다고 지적한다. 상반된 모든 성질을 겸비한 여인을 소개하며 그는 신비의 탄생에 참여한 목격자로서의 위상을 견지한다. 롱사르는 「소네트 XLVIII」에서도 신들로부터 모든 선물을 천부적으로 받은 카상드르를 소개하면서 여인의 출생을 둘러싼 비밀을 알게 되는 시적 화자를 소개할 것이다. 게다가 작품이 블라종에 속하듯이, 시적 화자는 여인의 내면과 외면의 아름다운 부분들을 일일이 소개하는 명료한 인식도 지닌다. 이로 인해 여인은 시적 화자의 눈과 정신이 분해하는 대상으로만 남게 된다. 천상의 보물이라고 할 수 있는 여인의 몸을 분해하여 찬양하는 시적 화자는 그녀에게 몸의 선물을 주었던 천상의 존재들과 동일한 위상을 지니려 한다.

3행 주피테르를 가리킨다.

4행 판도라는 천상의 불을 훔친 인간을 벌하기 위해 신들이 만들어낸 인물이다. 모든 재능을 신들로부터 골고루 선물로 받은 그녀는 인간을 유혹하기 위해 지상으로 내려왔다. 그러나 호기심을 극복하지 못한 그녀는 세상의 온갖 불행의 씨를 담고 있는 상자를 열고야 말았으며, 이로 인해 지상에 악이 퍼지기 시작했다. 다만 그녀가 상자 뚜껑을 재빨리 다시 닫았기 때문에 희망은 남게 되었다.

롱사르는 당시 유행에 따라서 판도라를 모든 것을 주는 여인으로 파악한다.

8행 고대의 예언자 카산드라를 환기한다.

2연 번역어 어미 "~하고"는 원문에서는 시행 앞부분에 놓인 접속사 "때로는 or"을 옮긴 것이다. 반복되는 이 접속사는 작품의 리듬을 강화하지만, 동시에 명사 "or", 즉 '황금'을 연상시키며 아폴론의 고귀한 속성을 강조하는 효과도 지닌다.

10행 비너스는 웃음을 좋아하는 여신이기도 하다. 호라티우스는 『오드집』 제1권 「오드 II」의 33행에서 "원하신다면 그대는 웃기 잘하는 에릭스 Eryx 산정의 여신"이라고 비너스를 부른 바 있다. 시칠리아섬에 위치한 에릭스산에는 비너스의 신전이 있다고 전해온다. 디오네는 제우스와 결합하여 아프로디테, 즉 비너스를 낳았다. 또 다른 신화에 따르면 '물거품'에서 태어난 여신 비너스의 아버지는 우라노스이다.

11행 "페이토 Pithon"는 설득의 여신이고, 세레스 혹은 케레스는 식물 성장의 힘을 암시한다. 풍요의 신 플루투스는 케레스의 아들이다.

12행 새벽의 여신 에오스 Eos이다. 에오스는 태양의 전차가 드나들도록 하늘의 문을 열어주는 '장밋빛 손가락'을 가진 여신이다.

13행 네레이드는 아킬레우스의 어머니 테티스를 가리킨다. 테티스는 네레우스와 도리스의 딸들이자 오케아노스 Okeanus의 손녀들인 바다의 정령들 네레이데스 Néréides 자매 중의 한 명이다.

14행 역사의 뮤즈인 "클레이오 Clion"의 이름은 영광을 의미하는 그리스어 클레오스에서 파생했다. 팔라스는 아테나 여신의 별칭으로, 로마신화의 미네르바이다. 전쟁과 시, 의술, 지혜, 상업, 기술, 음악의 여신이다.

XXXIII

시적 화자가 카산드라의 불행한 운명을 상기하는 것은 그녀의 진실한 예언이 거짓으로 간주되었던 상황을 암시하기 위해서이다. 시대와 아폴론이 카산드라를 믿을 수 없는 예언자로 만들었지만, 시적 화자는 그녀를 거짓 예언자로 만든 신화를 받아들이지 않는다. 그녀의 예언을 "진실"한 것으로 여기며 그녀가 말할 죽음을 스스로의 것으로 삼으려 한다. 그리하여 아폴론 신화에 대항하는 역사적 인물, 그리고 스스로 아폴론이 되어 그녀의 예언을 진실한 것으로 여기는 자로서의 위상을 얻고자 한다. 게다가 카산드라가 아폴론이 욕망한 대상이었음을 환기한다면, 시적 화자는 아폴론의 사랑마저 제 것으로 삼으려 한다. 이런 그의 시도는 현재의 시인이 신화라는 기억 속으로 들어가 신화를 해체하고, 신화의 공간에 새로운 아폴론으로서의 자신을 위치시키는 행위가 된다. 그는 과거의 신화를 재구성하여 현재의 상황에 적용시키는 것 이상으로, 카산드라의 예언을 신뢰하는 자가 등장하는 새로운 신화를 만들고자 한다. 여기에서 롱사르의 신화사용 방식의 일면을 알 수 있다. 그에게서 신화는 배경이 아니라 시의 의미망을 형성하는 중요한 도구이며, 그 의미의 망들을 촘촘히 엮어내는 요소가 된다. 또한 새로운 신화의 시간 속에서 과거와 현재 그리고 미래가 서로 중첩되게 만들면서 시간을 통제하는 자신의 위상을 드러낸다. 롱사르에 따르면 시인이란 무릇 현재를 점검하고 미래에 대한 전망을 제시하기 위해 과거를 기억하고 그것을 현재의 시간 안에 위치시키는 자이다. 이로 인해 시간의 경계는 소멸하고, 시간이 소멸된 바로 그 자리에 시인의 목소리가 탄생한다. 그의 목소리는 시간을 살아남는 신화처럼 영원한 울림을 간직한다. 이런 신화사용의 방식에서 시적 화자는 카상드르에 대한 자신의 믿음과 죽음마저도 두려워하지 않는 사랑을 구축한다. 그리고 사랑이 초래한 불행에 신화적 울림을 부여하는 데 성공한다. 이제 강조될 것은 시적 화자의 숭고하고 진실한 목소리일 뿐이다.

2행 '미래의 사람들이 자신을 속아 넘어간 자라고 말하지 않게 될 것이다'라는 의미이다. 「소네트 XXII」의 1-4행에서 다루어진 카산드라의 트로이아 몰락에 대한 예언을 다시 다룬다.

3행 시적 화자는 여인이 진실을 말하지 않을 것을 알고 있고, 그로 인해 불안하다.

5행 아폴론의 사랑을 단호히 거절한 카산드라의 정숙함은 예언자로서의 그녀를 부인하게 만들었다. 롱사르는 카산드라의 정조와 그로 인해 트로이아 사람들로부터 버림받은 "가련한 pitoyable" 한 여인으로서의 카산드라를 노래한다. 이런 여인을 그가 저버릴 수는 없다. 그는 카산드라의 예언을 진실로 여기고, 그녀의 예언이 담고 있는 트로이아의 멸망에 비유될 자신의 죽음을 수용한다.

7행 원문은 "Que je mourray, Cassandre, en te servant"이다. 시행 첫머리의 "que"의 단음은 죽음의 갑작스러움과 날카로움을 음성으로 표현해낸다. 시행 중간에 놓인 호격은 시적 화자의 고조된 감정 상태를 반영한다. 시적 화자의 진정성이 엿보인다.

10행 "당당한 fier"은 상반된 번역어를 불러올 수 있다. 카산드라의 예언을 믿지 못하게 한 운명을 시적 화자가 거부하고 있음을 환기한다면, 이 어휘는 조롱의 어조를 지닌다. '저 잘난' 정도가 번역어로 합당할 수 있다. 그러나 동사 "받아들이다 accorder"가 권력을 지닌 자가 무언가를 베푸는 행위를 가리키고, 4연에서 시적 화자가 "난 잘 알고 있다 je voy bien"라고 단호하게 말하는 것을 고려한다면, 그의 어조는 진지하고 절제를 지닌다고 볼 수 있다. 이 경우에는 '당당함'과 관련된 용어로 번역할 수 있다.

11행 카산드라의 예언을 믿지 않게 만든다는 것은 시적 화자가 죽음을 당하지 않을 것이라고 예언하는 것과 다르지 않다.

12행 시적 화자는 카상드르에 대한 사랑에서 기꺼이 죽음을 기대하며 그녀에게 절대적 신뢰감을 드러낸다.

4연 카산드라의 예언이 트로이아의 멸망을 증명하였듯이, 카상드르의 말에서 시적 화자는 자신의 몰락을 읽어낸다. 이런 그녀의 진실함은 역설적으로 그의 죽음에 대한 예고가 된다.

XXXIV

작품은 「소네트 CXXXVIII」, 「소네트 CCXIV」와 더불어 여인의 초상을 소재로 삼는다. 여인과의 직접적인 마주침이 초래할 위험을 피하려는 시적 화자는 여인의 초상을 가슴에서 꺼내보는 간접적인 방식을 택한다. 그러나 여인의 모습을 기억하는 그는 초상이 실제가 아니라는 것을, 비어 있는 그것이 자신을 속일 것을 알고 있다. 그런데 초상이 진실의 그림자라는 이유가 그를 초상에 더욱 집착하게 만드는 동인이 된다. 초상이 그에게 기쁨과 슬픔을 동시에 안겨주며 그의 감각을 움직이게 하듯이, 허구는 기쁨과 고통이 지속되게 만들 힘을 지니기 때문이다. 비어 있는 초상으로 인해 그의 모든 기력은 소멸되어간다. 여인의 이미지는 시적 화자의 모든 육체를 게걸스럽게 먹어치울 잔혹함으로 풍부하다. 시적 화자의 기억에 대한 수많은 집착은 그에게 고통을 낳고, 여인의 넘쳐나는 잔인함 역시 그의 고통을 배가한다. 자신의 것이든 여인의 것이든 풍부함은 치료의 역할 대신 고통을 강화하는 역할을 수행한다. 이런 상황에서 여인의 이미지가 시적 화자의 육체 안에 깃들어 살고 있다는 전제는 흥미롭다. 여인이 자신의 잔인함을 부양하기 위해 먹어치우는 것은 시적 화자의 풍부한 정신이 아니라, 혈관, 신경, 뼈와 같은 그의 육체이다. 여인의 생존을 보장하는 요소가 정신적이고 추상적인 것이 아니라 시적 화자의 육체 자체, 즉 소멸하고 사라질 지상적 속성들이라는 점에서 여성이 지상을 언제나 대상으로 삼고 있다는 것을 알 수 있다. 게다가 여인의 초상으로 인해 시적 화자가 육체의 고갈을 경험하면서도 여인의 이미지를 반복해서 상기하고, 또한 그것이 초래할 고통을 탄식으로 반복한다는 점에서 여인의 이미지는 그의 노래를 연장시키는 원천이기도 하다. 작품이 "아! 나는 신음한다, 수많은, 수많은, 또 수많은 […] 탄식에"로 시작하는 이유가 여기에 있다. 1-3연에서 "나는 신음한다 je me plains"가 반복적으로 사용되는 것에서 알 수 있듯이 시적 화자는 탄식의 행위를 되풀이하면서 육체의 죽음을 비껴가고, 여인에 대한 기억을 되풀이할 것이다.

1연 1행의 "수많은 mille"의 반복과 2행의 "어찌할 수 없는 en vain", 3행의 "습기 eau"와 4행의 "열기 chaleur" 사이의 대립은 시적 화자의 모순된 운명에 대한 암시이다.

2연 번역문의 6행에 사용된 원문 5행의 "헛된 inutile"과 번역문의 7행에 해당하는 원문 8행의 "활기찬 fertile"의 각운은 1연에서 암시된 모순성을 강화한다.

3연 "잔혹한 아름다움"은 1연과 2연에서 제시된 시적 화자의 모순된 상황을 압축하는 용어이다.

4연 접속사 "또한 et"과 "창백하게 blanc"는 있음과 없음의 상반된 의미를 담으며 죽음 안에서 탄식을 이어가는 시적 화자의 모순된 운명을 환기한다.

XXXV

시적 화자에게 폭력을 행사하는 이는 여인도 큐피드도 아니다. 여인의 사랑에 대한 그의 욕망이라는 점에서 그를 괴롭히는 것은 그가 낳은 상상이라고 말할 수 있다. 자기 생각에 복수를 원하는 그는 자기 욕망이 낳은 상상의 희생물인 셈이다. 나르키소스처럼 그는 자기가 만든 환상을 탐닉하는 주체이자 그것의 희생물이 되며, 자기가 만든 생각의 환상을 사랑한다. 여인의 이미지를 탐닉하길 바라지만, 그에게는 자신을 먹어치우는 것 말고는 달리 할 것도 없다. 그의 상상은 휴식과 정지를 알지 못한다. 그것은 여전히 그의 심장을 갉아먹으며 여인에 대한 생각을 끝없이 갖게 만든다. 이런 점에서 밤은 고통의 시간이지만, 동시에 상상이 활동하는 시간이기도 하다. 상상이 되살아나는 한밤에 그의 욕망은 더욱 강렬해지고, 사랑에 대한 생각 역시 더욱 강고해진다. 밤의 고통은 낮의 고통보다 더 쓰라리고, 밤의 상상은 낮의 상상보다 더 폭력적이다. 이런 상상의 위협이 초래하는 죽음의 고통 앞에서 시적 화자는 그것에 맞서야 하지만, 동시에 그것을 자기의 조건으로 삼으며 여인에 대한 사랑의 욕망을 키워가야만 한다. 그는 모순된 운명의 희생자이다.

1연 페트라르카 『칸초니에레』의 「소네트 CCLVI」을 모방하였다. 심장을 "뜯어먹 dévorer"는 생각은 사랑시가 자주 다루는 토포스이다. 롱사르는 이미 「소네트 XI」에서 "커다란 근심, 생각 안에서 몸을 일으킨다, / 피를 빨아먹고, 정신을 갉아먹고", 「소네트 XV」에서 "생기발랄하게 태어난 내 생각을 싣고, / 하르피아이가 재미 삼아 삼켜버린"이라고 노래한 바 있다. 시간과 더불어 모든 것은 변해가지만, 생각만은 결코 자리를 바꾸지 않고 오히려 날이 갈수록 더 강건해진다고 판단하는 시적 화자는 굶주린 사자가 되어 자신의 심장을 이빨 세워 갉아먹는 생각에 언젠가 앙갚음할 수 있기를 희망한다.

4연 작품의 '밤'은 프로메테우스의 밤, 즉 휴식을 보장하는 시간, 낮 동안 고통받은 그의 영혼을 깨끗하게 정화해주는 시간, 그리고 잠이 든 아이들을 품에 안은 어머니의 무한한 사랑의 시간도 아니다. 시적 화자의 고통은 낮과 마찬가지로 밤에도 계속되며, 사랑의 욕망에 굶주렸던 그의 채워지지 않은 허기는 여전히 그를 괴롭힌다.

XXXVI

「소네트 XXXIII」에서처럼 시적 화자는 아폴론과 자신을 동일시한다. 그가 지금 느끼고 있는 고통은 과거 아폴론이 경험한 것과 다르지 않다. 자연을 감동시켰던 신의 노래는 여인을 설득하지 못하였다. 여인이 지닌 아름다움의 성벽은 신의 노래에도 무너지지 않을 정도로 견고했다. 게다가 그것은 자연의 속성도 닮지 않았다. 고통의 노래에 자연의 만물은 사랑에 빠진 자와 공감을 나누지만, 그녀의 아름다움은 자연에 속한 것이 아니었기 때문이다. 그것은 아무런 대답을 주지 않으며, 그 무엇에도 동요되지 않는다. 따라서 시적 화자와 아폴론의 사랑은 멈추지 않는 고통에서 다시 태어날 수밖에 없다. 카산드라에 대한 사랑 때문에 고통을 얻었던 아폴론과 카상드르에 대한 욕망에서 시련을 겪는 시적 화자, 이들의 노래는 여인을 유혹하는 데 실패했다. 게다가 사랑의 피해자인 그들은 고향의 포근함을 알지 못한 채 고통만을 노래해야 할 추방당한 자들이다. 그런데 자신의 고통을 아폴론의 고통에 비유하고, 예언자 카산드라에게 자신의 카상드르를 결부시키는 시적 화자의 노래는 역설적으로 여인에 대한 극도의 찬양을 숨겨놓고 있으며, 그것을 고통에서 얻어낼 수 있다는 예외적인 시적 역량을 은근히 제시한다. 작품의 구조가 그것을 증명한다. 원문을 인용한다.

Pour la douleur qu'Amour veut que je sente,
Ainsi que moy Phebus tu lamentois,
Quand amoureux et banny tu chantois
Pres d'Ilion sur les rives de Xante.

Pinçant en vain ta lyre blandissante,

Fleuves et fleurs et bois tu enchantois,
Non la beauté qu'en l'ame tu sentois,
Qui te navroit d'une playe aigrissante.

Là de ton teint tu pallissoit les fleurs,
Là les ruisseaux s'augmentoyent de tes pleurs,
Là tu vivois d'une esperance vaine.

Pour mesme nom Amour me fait douloir
Pres de Vandôme au rivage du Loir,
Comme un Phenis renaissant de ma peine.

1행의 "고통 douleur"이 14행의 "아픔 peine"에서 다시 언급되는 것에서 알 수 있듯이 시적 화자의 노래는 자연의 순환성 안에 여인에 대한 사랑을 가둬둔다. 9행의 "꽃들 fleurs"과 10행의 "눈물들 pleurs"의 각운은 자연의 모든 힘을 빌려 여인을 순환하는 노래 안에 위치시키려는 그의 의도를 암시한다. 이 세계의 중심을 12행 한가운데에 "사랑 Amour"이 위치하듯 그녀에 대한 사랑이 차지한다. 시적 화자가 노래를 멈추리라고 기대할 수는 없다. 그의 노래는 메아리처럼 고통을 울려대는 시의 공간 안에서 끝없이 되풀이될 것이다. 따라서 여인의 답을 기다릴 수 없는 운명을 지닌 시적 화자가 유일하게 자기 위안으로 삼게 될 것은 5행의 한복판에 놓인 아폴론의 "리라"가 부를 '헛된' 사랑노래이다. 따라서 작품은 여인의 예외적인 아름다움에 대한 찬양과 그녀에 대한 암시적인 비난뿐만 아니라, 반복될 자신의 노래에 대한 예고 역시 품고 있다. 아폴론이 헛된 희망으로 생명을 유지한 것과 마찬가지로 그의 노래는 '비어 있는' 대답을 생명으로 삼아

포이닉스처럼 영원히 울릴 것이다.

XXXVII

「소네트 XXXVI」과 마찬가지로 시적 화자의 '공허한' 사랑을 채우는 목소리의 역동성을 다룬다. 원소들의 파괴와 생성에 관한 루크레티우스의 주장과 아리스토텔레스의 생성과 소멸의 법칙을 수용하는 작품에서 시적 화자의 죽음은 오히려 사랑의 생성으로 이어지며 운동을 지속시켜간다. 떨어지는 운동이 소멸이 아니라 생성을 낳고, 시적 화자를 죽이는 것이 실은 그의 사랑을 더욱 자라게 한다는 점에서 시적 화자의 수직적 하강은 여인을 고발할 목소리의 상승과 교차하며 그가 사라진 후에 남게 될 빈 공간을 채워 나간다. 이런 이유로 여인의 아름다움들을 원소로 간주하는 시적 화자의 어조는 절실하지만, 그렇다고 해서 그가 패배자의 모습을 지닌 것은 아니다. 목소리라는 원소의 운동성에 의지해 천상에 올라 그녀를 고발할 시적 화자의 의지는 시의 내부를 가득 채우는 운동성으로 드러난다. 원문 1행과 4행 그리고 8행의 각운인 "비스듬히 de travers", "다양한 divers", "우주 univers"의 어미 "~을 향해 vers"는 지향성을 띠고 있으며, 6행과 7행의 각운 "무성히 profonde"와 "풍부한 feconde"의 음소 "onde"는 물결의 움직임을 내포함으로써 생산을 낳는 유동성을 암시한다. 시의 공간은 끊임없는 운동 속에서 무언가를 만들어간다. 게다가 "방황하듯 vagabonde", "travers", "divers", "univers", "상앗빛 ivoirines"의 음소 [v]는 시 안의 곳곳에서 뿌려져 서로 반향하면서 시적 화자의 "목소리 voix"가 지닌 역동성을 강조한다. 그것은 사방에 뿌려져 부단히 움직일 그의 외침이다. 이런 목소리를 통해 시적 화자는 비어버린 사랑의 마음을 소리로 가득한 공간으로 변화시킨다. 시적 화자의 여인에 대한 미래의 비난은 그것이 아직 실현되지 않았다는 점에서 시적 언어의 무한한 가능성에 대한 예고와 다르지 않다.

1-2행 "비스듬히 de travers"와 "방황하듯 vagabonde"의 용어는 고정되지 않고 이리저리 움직이는 현상을 지칭한다. 이 용어들을 사용하는 롱사르는 물질의 하강이 지닌 동작성과 운동성을 강조하면서, 시적 화자의 사랑 역시 고정되지 않은 운동성을 지니고 있다는 점을 암시한다. 그의 사랑이 헤맨다는 것은 여인과의 합일이라는 욕망을 채우지 못해 빈 공간을 떠돌고 있다는 것을 뜻하지만, 동시에 그것은 운동성이 배제된 빈 공간을 인정하지 않는다는 뜻도 지닌다. 모든 공간 안에 희망이라는 것이 풍부하게 자리 잡을 것이다. 사랑의 부재를 염려하는 롱사르가 빈 공간을 인정할 이유는 없다. 따라서 롱사르는 이 용어들을 통해 시적 화자의 사랑이 빈 공간을 운동으로 채워가며 혹은 "구성하며 composer" 여인에 대한 지향을 계속할 것을 예고한다.

3행 초판본은 "얽어매기로 서로 엮이면서 s'entr'acrochans d'acrochemens"라고 적고 있다. 초판본이 원소들 사이의 서로 엉키는 현상을 강조했다면, 1584년 판본의 "아주 다양한 맺음으로 상호 얽어매면서 S'entr'acrochans de liens tous divers"는 원소들 사이의 유기적 관계를 강조한다.

1연 루크레티우스의 『사물의 본질에 관하여 *De rerum naturum*』 2권 216행 이하의 내용을 롱사르는 수용한다. 루크레티우스에 따르면 원소들은 직선으로 하강하지 않고 서로 사선으로 부딪히며 떨어지면서 상호관계를 형성하고 이런 충돌과 결합에서 세상이 구성되었다.

5행 "생각들 les pensers"은 루크레티우스가 말하는 원소들로서, 여기서는 시적 화자의 사랑을 구성하는 물질들이다.

6행 1연과 마찬가지로 하강의 운동성이 강조된다. 이 운동을 받아들이는 시적 화자의 깊은 마음으로 인해 공간의 폭과 깊이가 확장된다. 초판본은 "내 깊은 사랑의 허공을 가로지르며 Croisans le vain de mon amour profonde"였다. 여기서 "허공 vain"은 '빈 공간 vide'의 뜻을 지닌다. 시적 화자의 빈 공간은 비어 있다고 할 수 없다. 그것은 원소들과 같은 근심들로 가득 채워져 있다.

7행 "풍부한 갈고리 une agafe feconde"는 시적 화자의 사랑이 지닌 풍부함을 의미한다. 그리하여 2연에서 시인의 사랑은 깊이의 차원에서 심화되고, 그 안에 놓인 내용물들의 운동으로 인해 공간적 차원에서 확장된다.

11행 '끊어짐'의 이미지는 원소들이 비스듬히 하강하며 서로 부딪히는 운동성과 관련하여 생각할 수 있다. 여인의 아름다운 신체들이 시적 화자의 근심들에 해당하는 원소들이라면, 여인의 아름다움은 그의 사랑을 구성하는 역할도 수행한다.

13행 시적 화자는 자신의 삶이 여인으로 인해 종말을 맞이하면 그 이후에 목소리로 그녀를 비난하겠다는 의지를 피력한다. 그가 이런 말을 할 수 있는 것은 물질의 생성과 소멸에 관한 아리스토텔레스의 견해를 따르고 있기 때문이다. 물질은 소멸하지 않고 다만 형태가 변한다는 원칙에 따라 그는 죽음 이후의 소멸을 신뢰하지 않는다. 오히려 죽음 뒤에 그녀에게 비난을 가할 수 있는 기회를 얻게 될 것이라고 믿는다. 여기에서 시적 화자를 죽이는 여인의 힘이 오히려 그를 영원히 살게 하는 역설의 기능을 수행한다는 것을 알 수 있다. 따라서 시적 화자가 그녀의 위협을 두려워할 까닭은 없다. 이런 롱사르의 생각은 1552년 판본에서는 다르게 피력되었다. 이 판본에서는 "저곳 là-bas" 대신 "위대한 총체 grand Tout"라는 표현이 사용되었다. 즉 플라톤의 관점을 수용하는 초판본과 달리 롱사르는 자신의 불멸을 노래하는 방식을 택한다. 또한 이 용어는 상승과 하강의 수직적 구조 대신 빈 공간 내에서의 무질서한 확장의 역동성을 강조한다.

XXXVIII

롱사르는 카상드르의 감미로운 목소리를 "부드러운 doux", "부드러움 douceur", "부드럽게 doucement"의 용어들을 시 전체에 흩뿌리며, 그것이 지닌 죽음의 힘을 암시한다. 여인의 부드러운 목소리는 시적 화자의 영혼과 육체를 분리시키지만, 그는 목소리에 죽어가면서도 그것의 감미로움을 노래한다. 13-14행의 "부드럽게 노래하니 doucement chanter"와 "부드럽게 죽어가리라 mourir doucement"의 결합은 부드러운 노래가 감미로운 죽음의 원천임을 보여준다. 그런데 시적 화자가 여인의 "부드러움"을 자기 죽음의 속성으로 삼고, 여인의 부드러운 폭력을 거부하기보다는 오히려 받아들인다는 점에서 작품은 여인이라는 타인과 융합하고 타인의 속성을 자기 것으로 삼아 이전의 자기 정체성을 대체하는 시적 화자의 태도를 드러낸다. 그가 죽음을 택한 것은 여인의 부드러움에 매혹당해서이지만, 또한 그것은 타자인 여인과 동화하려는 의지의 결과이기도 하다. 따라서 노래와 죽음을 "부드러움"을 매개로 연결시키는 이 작품에서 "doux", "douceur", "doucement"은 사랑에 빠진 자의 본질적 의도를 밝혀주는 용어가 된다.

2행 시의 도입부에서부터 사용된 형용사 "doux"의 무절제하고도 빈번한 반복은 벰보를 지나치게 모방한 흔적이라는 주장이 있으나, 이 용어가 시적 화자의 여인의 관계를 정의하는 역할을 담당한다는 점에서 용어의 반복은 의도된 것으로 보는 것이 적절하다.

3행 시적 화자의 죽음에 대한 복선이다.

2연 페트라르카는 「소네트 CLXVII」에서 라 카펠라를 노래하거나 루트를 연주하는 여인을 소개한 바 있다. 이 소재는 퐁튀스 드 티아르의 『사랑의 방황』 제

1권 「소네트 XLII」와 뒤 벨레 『올리브』의 「소네트 XCIV」에서도 다시 사용된다. 1552년 『사랑시집』은 익명의 작곡가가 이 작품을 무반주 노래나 악기 연주를 위한 악곡으로 작성한 악보를 부록으로 싣고 있다.

9행 "흘러나오다 distiller"는 단단한 무엇이 녹아내리는 현상을 지시함으로써 쾌락의 느릿한 기쁨을 암시한다.

12행 "정말이지"로 옮긴 원문의 "dis-je"의 삽입구는 마치 '신이 말하길'과 같은 강한 어조를 지닌다.

XXXIX

'부드러움'의 소재를 연장하기 위해 1553년에 추가로 삽입된 작품이다.

1연 시적 화자와 여인의 대립적 관계가 드러난다. 그의 고통은 여인의 즐거움이며, 그의 죽음은 여인의 생명이 된다. 그러나 이런 관계는 이미 시적 화자와 여인 사이의 거리가 매우 가깝다는 것을 전제한다. 그는 여인에게 말을 걸 수 있고, 여인은 그를 바라볼 수 있다. 상호반응에 대한 이런 암시는 단절적이었던 관계에 또 다른 양상을 부여한다. 시적 화자는 여전히 자신의 목소리를 유지하고 있는 것이다. 사랑이 초래한 고통을 마주한 그는 1행의 "반해 contre"가 암시하듯 자신의 뜻을 굴복시키는 여인을 소개하면서도 동시에 그런 상황을 연출하는 여인을 비난하는 대담함을 지녔다. 따라서 "contre"는 시적 화자의 의지를 담는 전치사라고 할 수 있으며, 이런 중요성으로 인해 원문에서 작품 맨 앞에 놓이게 되었다. 나아가 여인과 대등한 위상을 담보하려는 시적 화자의 의지도 엿보인다. 1연에서의 시어의 배치가 이것의 증거가 된다.

Contre mon gré l'attrait de tes beaux yeux

Force mon âme, et quand je te veux dire

Qu'elle est ma mort, tu ne t'en fais que rire,

Et de mon mal tu as le coeur joyeux.

각 시행은 1인칭 소유형용사 "mon"과 인칭대명사 "je" 곁에 2인칭 소유형용사 "tes", 인칭대명사 "tu"와 "te"를 나란히 배치하며 시적 화자와 여인의 동등한 관계를 암시한다.

2연 시적 화자의 간절한 상황이 다루어진다. 그러나 여인과 그가 1연에서 서로 맞서는 모습을 유지했던 것처럼, 이 시행들에서 발견되는 피해자인 그의 모습은 7행에서부터 다른 양상을 띤다. 그의 어조가 당당해진다. 뒤이은 시행들에서 발견되는 여인의 죄목에 대한 나열이 그것을 뒷받침한다. 죽음의 공포 앞에 선 그의 모습은 의연하고, 오히려 여인을 질책하는 단호함을 지닌다. 이것은 사랑의 고통을 바라보면서도 그가 명증함을 여전히 지니고 있다는 반증이기도 하다. 따라서 5-6행에 도입된 간청의 어조는 희생자로서의 모습이라기보다는 여인에게 마지막 경고의 말을 전달하는 자로서의 모습을 연상시킨다. 그는 여인을 자기 말의 희생자로 삼아 여인과의 관계에 반전을 가져오려고 시도한다. 여인의 즐거움이 시적 화자의 고통에서 비롯된 것이라면, 그의 고통에 대한 토로 없이는 여인이 누릴 기쁨도 사라질 것이기 때문이다. 여인은 시적 화자의 말에 얽매인 포로가 될 수 있는 것이다.

12행 2연에서 암시된 시적 화자와 여인 사이의 관계의 전복은 "믿음 foy"과 "의무 devoir"를 여인에게 상기할 수 있는 근거였다. 시적 화자는 여인의 사명이란 자신의 고통에 공감하는 것이라고 강조한다. 그것만이 그녀에게 남은 유일한 의무이다. 반대로 시적 화자의 사명은 자신에게 고통을 부여한 여인의 잘못을 질책하면서 그녀와 동등한 혹은 우월적인 입장을 시 안에서 확립하고 증명하는 것이 된다.

13행 원문의 "허허 hé"는 조롱과 빈정거림의 어조를 띤다. 1553년 판본이 접속사 "et"를 사용하며 점층법에 의지하여 어조를 고조시키는 것에 반해 1578년 판본 이후부터 시적 화자는 여성을 비난하는 조롱 섞인 어조에 의지한다.

14행 여인에 대한 시적 화자의 질책은 여인이 생명을 앗아가는 존재임을 다시 상기시킨다. 그녀의 잔인함은 동족 살해의 행위에 비유된다. 이런 비난은 여인에게 오만함을 벗어버릴 것을 요구하면서도, 그녀의 삶 자체가 그녀의 뜻에 반해 스스로를 살해와 피의 세계에 빠뜨릴 수 있다는 경고의 의미를 지닌다. 여인의 삶 역시 시적 화자가 지금 경험하고 있는 고통의 희생물이 될 수 있는 것이다. 여인과의 관계를 전복시켜, 여인을 자기 말의 희생자로 만들 것을 시도하는 시적 화자의 이런 당당한 목소리는 「소네트 XXXVII」의 13-14행 "천만에, 오히려 목소리가 되어, 저곳에서, 내 여인의 / 가당찮은 잔인함을 고발하게 되리라", 그리고 「소네트 XXXVIII」의 12행 "그녀 소리 듣지 않아도, 정말이지, 사랑은 유혹하며"에서 발견되는 시적 어조의 엄정함을 환기시킨다.

XL

카상드르의 아름다움을 찬양하기 위해 그녀를 자연과 우주에 조응시키는 것은 여인에 대한 육체적이고 음탕한 자기 시선을 자연 속에서 희석시키기 위해서이지만, 주피테르를 등장시키며 여인의 아름다움을 만나려는 강한 의지를 드러내기도 한다. 신화적 인물의 등장은 그의 의지를 신화의 공간, 나아가 우주의 차원으로 고양시키며 그의 바람이 영원할 것임을 예고한다. 물론 이로 인해 여인의 아름다움은 완벽함이라는 영원의 속성을 얻게 된다. 두 인물의 결합이 둥근 가슴의 원형으로 상징되면서 우주의 아름다움에 비견되는 것은 말할 것도 없다. 정원에 비유된 여인의 두 젖가슴이 우주의 정원이라면, 시적 화자의 사랑은 우주의 완벽한 존재를 대상으로 삼아 확장된다. 그런데 이 확장이 두 인물의 모습 바꾸기를 요구했다는 점은 흥미롭다. 에우로페와 주피테르의 등장은 사랑의 욕망에 신화적 위엄을 부여하려는 시적 화자를 제시하지만, 5행의 "둔갑하게 된다 se transformer"에서 알 수 있듯이 그는 자신의 변화를 수용해야 하는 운명을 지니고 있기도 하다. 주피테르가 에우로페와의 결합을 위해 황금소로 둔갑하였듯이, 자기 주체성의 상실만이 욕망의 쾌락을 실현시켜주는 조건이 된다. 이런 운명은 카상드르에게도 해당된다. 에우로페에 비유된 카상드르가 모습을 바꾼 주피테르의 희생자일 수밖에 없다는 것에서 사랑의 결합은 변신의 과정을 거쳐서만 가능하다는 해석을 찾을 수 있다. 그러나 이런 변신의 요구에는 여인의 희생자로 남기를 거부하는 시적 화자의 상황도 숨겨져 있다. 주피테르로의 변신을 통해 그는 여인과 결합하려는 자신의 욕망을 실현하기 때문이다. 1552년의 다음과 같은 초판은 에우로페와 결합한 주피테르로서의 시적 화자보다는 남성성의 승리를 더욱 부각시켰다. "[…] 아, 나는 벼룩이 아니란 말인가! // 그녀에 입 맞추며 매일매일 물어뜯을 텐데, / 그녀의 아름다운 젖꼭지를, 하지만 밤이 되면 / 다시 남자로 모습 바꾸길 나는 원하리라 Hé, que ne sui-je puce! // La baisotant, tous les jours je mordroi! / Ses beaus tetins, mais la nuit je voudroi / Que rechanger en homme je me pusse." 1552년 판본이 여성성을 먹이로 삼아 자신을 살찌우는 벼룩에 의해 분해되고 해체되는 여성의 몸을 드러낸다면, 1584년 판본은 여성의 신체를 해부하면서도 부분의 육체로 전체의 충만함을 노래한다. 롱사르는 퇴고를 통해 남성적 측면을 약화시키면서 사랑의 실현이 정체성의 변화에 의해서만 가능하다는 메시지를 강조한다.

1행 "푸르른 젖가슴 ce sein verdelet"의 비유는 여인의 가슴이 아직 성숙하지 않았다는 뜻이다.

2행 여인의 아름다움에 성스러움을 부여하며 여인을 신의 반열에 오르도록 한다.

1연 가슴의 신선함과 자연의 풍요로움을 결합시키며 여인과 자연의 동화를 시도한다. 육체와 주변의 장식, 가슴과 자연은 서로 겹쳐서 하나가 된다. "sein verdelet"와 "우윳빛 초원 gazon de lait"은 두 번씩 서로 합쳐지면서 여인의 속성을 자연의 모습으로 변화시킨다. 하얀 젖가슴과 푸른 풀들이 서로 겹쳐지며 여인의 육체는 자연의 아름다움과 동화된다. 여인은 자연처럼 풍요롭고 부드러우며, 시인이 자연을 바라보듯 자신을 바라보는 것을 허용한다. 그런데 이런 바라봄이 시적 화자에게 언제나 행복의 감정을 가져다주는 것만은 아니다. 이어지는 행들에서 볼 수 있듯이 바라보는 행위는 그에게 몸의 변신을 요구한다.

6행 '아침이 되면'의 뜻이다. 시적 화자는 아름다움이 자신의 내부에 생성시킨 인상을 환기하고는 자신이 감히 하지 못하는 애무를 장미에게 부탁한다. 1연에서 강조된 시각에 이어 환기된 촉각은 시적 화자의 인상이 그만큼 강렬하다는 것을 뜻한다. 여기에서 여인의 완전한 초상을 발견하기는 힘들다. 그러나 감각적 인상은 여인의 아름다움이 숭고성을 지니고 있음을 드러낸다.

10행 "현명하게도"의 원문 "sage"는 '조심스런 prudent' 혹은 '절제된 modéré'의 뜻을 지닌다.

14행 1연에서 자연에 조응된 여인의 아름다움은 4연에서는 여인과 우주의 일치로 연장된다.

XLI

1행 물결치는 긴 머리칼은 비너스의 속성이며, 아름다움의 마법적인 기능에 대한 암시이다.

2-3행 금발은 고귀한 성격을 의미한다.

5행 파도거품에서 태어난 비너스를 가리킨다. 헤시오도스는『신들의 계보』 196행에서 천상과 지상의 아들인 사투르누스는 아버지 우라노스의 생식기를 끊어 바다에 던졌는데, 여기에서 생긴 거품이 바닷물과 뒤섞이는 가운데 비너스가 태어났다고 기록한다. 비너스는 그리스어로 '파도'를 가리킨다. 따라서 비너스는 종종 남자의 생식기를 좋아하는 여인으로 불리기도 한다. 그녀가 첫 번째로 만난 장소가 사이프러스이기에 사이프러스 여인으로 불리기도 한다. 플리니우스 Pline의『자연사 *Histoire naturelle*』35권 36장 24행에 따르면 고대인들은 조개껍데기를 타고 바다를 떠다니는 그녀를 즐겨 그렸다. 조개껍데기는 여성성의 상징이며, 물과 불의 결합에서 만들어진 까닭에 영혼과 육체의 재탄생을 상징하기도 한다. 보티첼리의 작품이 비너스의 탄생이라는 제목을 지닌 것도 바로 이런 이유 때문이다. 고대에 패총무덤은 재탄생과 부활, 영원함을 죽은 자에게 부여하기 위해 만들어졌다. 게다가 조개껍데기는 이집트의 무덤에서 볼 수 있듯이 고귀한 보석의 상징이 된다. 진주의 탄생이 조개껍데기 안에서 이루어지기 때문이다. 사랑하는 여인과 비너스의 비교는 전통적인 방식이다. 그러나 물결치는 파도와 치렁치렁한 머리카락 그리고 아침나절의 화장에 관한 세세한 묘사로 인해 전통적 주제는 새롭게 해석된다. 앙투안 드 바이프는 비너스의 머리칼을『멜린에게 바치는 사랑시집 *Les Amours de Méline*』제2권의「뮤즈와 비너스에게 Aux Muses et à Vénus」에서 다룬 바 있다. 인용하면 다음과 같다. "오 파도거품의 딸이여 / 조개껍데기 타고 / 사이프러스에 도달했다, / 여전히 물에 젖은 / 가

닥으로 땋은 금발머리칼을 쥐어짜면서, / 신성한 향기를 내뿜으면서."

3연 롱사르가 여인과 비너스를 비교할 수 있었던 것은 그녀의 외모에서 인간적인 특징을 발견할 수 없었기 때문이다. 비너스를 통해 그는 카상드르의 신성한 성격을 암시한다.

4연 롱사르는 마지막 삼행시절에서 렐리오 카필루피 Lelio Capilupi의 소네트 한 편을 모방하였다. 현재 프랑스 국립도서관은 롱사르의 자필이 여백에 기록된 카필루피의 『시집 *Rimes divers*』(1548)을 소장하고 있다.(BnF Rés. pYd 136) 이것은 그가 이탈리아 시인의 작품을 참고했다는 추측을 가능케 한다. 카필루피의 소네트를 인용하면 다음과 같다. "황금빛 금발 머리칼도 / 그녀의 감미로운 소리도, / 그녀의 미소도, / 그녀의 자태, 발걸음, 가지런한 눈썹도 인간의 것이 아니다. / 울창한 숲, 높은 산, 투명한 바다는 / 님프의 깨끗하기 그지없는 얼굴과 거룩할 정도로 새하얀 두 뺨을 숨길 수 없는 법이다." 그러나 롱사르는 전통적이고 관습적인 형용사를 삭제하고 "아름다운"이라는 형용사만을 작품 안에서 반복함으로써 카상드르의 외모에 대한 찬양을 더욱 부각시킨다.

XLII

1연 황금빛 머리칼은 비너스의 신성한 성격을 암시한다.

5행 붉은 입술을 의미한다.

2연 페트라르카의 『칸초니에레』 「소네트 CLXV」 1-2행을 모방했다. 헤시오도스는 『신들의 계보』 5권 194-195행에서 비너스의 발길이 닿는 곳마다 꽃들로 가득한 초원이 생겨났다고 언급한다. 앞의 소네트와 마찬가지로 롱사르는 이런 표현을 통해 비너스처럼 아름다운 여인을 소개한다.

9행 「소네트 XLVI」 3행에서도 향기가 강조될 것이다.

13행 주피테르는 오른손에 벼락을 쥐고 있다. 이 시행은 벼락을 내려놓게 만들 정도로 주피테르를 매혹시키는 여인의 아름다움을 다룬다. 벼락을 놓쳐버린 주피테르의 비유는 페트라르카의 『칸초니에레』 「소네트 XLII」 1-5행을 모방한 것이다.

XLIII

정신적 사랑에 대한 지향과 육체적인 사랑의 비유들이 뒤섞이는 작품에서 순수한 사랑과 관능적 욕망이 서로 얽혀 있다. 여인으로 인해 생긴 근심과 희망 사이에서 주저하는 시적 화자는 고통을 그대로 수용하기를 거부한다. 그는 제 심정을 구원하기 위해 여인이 부가한 고통을 여인의 육체를 맛보는 가운데 얻게 될 행복한 죽음으로 바꾸려고 시도한다. 그가 여인의 몸을 탐하려는 것은 고통에서 벗어나기 위해서이지만, 그 벗어남의 끝에는 죽음이 자리한다. 그렇지만 이때의 죽음은 여인의 육체를 맛보는 능동적 행위로 인해 초래된 죽음이기에 거부의 대상이 되지 못한다. 그는 근심으로 인한 수동적 죽음을 원치 않는다. 죽음을 또 다른 죽음으로 극복하는 이런 양상은 시적 화자가 여인에 대해 영원히 지니고 있는, 무한히 반복되는 두려움과 희망의 모습과 다르지 않다. 영원한 반복을 강조하기 위해 그는 4연에서 "두 팔에 얼싸안겨 en ses bras"와 유사한 "그녀의 품 안에서 entre ses bras"를 반복하고, "결코 볼 수 없단 말인가? verrai-je point?"의 의문문을 되풀이한다. 또한 이것은 성적 행위가 낳을 가쁜 호흡의 반복을 암시할 수도 있다. 시적 화자는 반복되는 공포의 죽음과 관능적 죽음을 경험하며 여인에 대한 두려움을 극복해 나간다. 작품에서 암시된 관능성과 죽음의 상관성은 뒤에 이어질 여덟 편의 작품(「소네트 XLIV」에서 「소네트 LI」까지)에서도 연속적으로 다루어질 것이다. 특히 이 소네트들은 1553년에 추가된 시편들이다.

1행 롱사르는 1552년의 "두려움 effroi"을 "근심 crainte"으로 퇴고하며 공포의 두려움 앞에서 무력한 시적 화자보다는 그의 내적 상황을 강조한다.

2행 롱사르는 1552년의 "이리저리 deçà delà"를 "사방에 de tous costé"로 퇴고하였다. 초판본이 부분적으로 비어 있는 주변공간을 형상화한다면, 퇴고는 시적 화자의 근심이 적대적이고 강력한 외부와의 관계로 인해 형성되었다는 점을 표현한다.

4행 여인의 화답을 기다리는 시적 화자의 육체적인 힘과 정신적인 끈기 그리고 인내심을 가리킨다.

6행 1552년 판본은 여인의 냉정함을 강조하는 "공포에 대한 희망과 냉정함 Entre l'espoir & le froid de la peur"으로 쓰고 있다. 2연이 시적 화자의 심적 상태를 그리고 있기 때문에 롱사르는 여인과 관련된 "냉정함"을 수정하며 시행을 시적 화자의 상황과 연관된 어휘로 교체하였다.

9행 "결코 볼 수 없단 말인가"는 「소네트 LV」에서 다시 등장할 정도로 롱사르가 즐겨 사용하는 표현이다. 여인에 대한 사랑이 화답을 받지 못할 것을 염려하는 시적 화자의 심정이 드러난다.

10행 꽃의 비유는 성적인 요소를 가리킨다. '꺾인 꽃 fleurs cueillies'은 중세에 이미 유행한 토포스로서 꽃의 시듦을 의미한다.

11행 사랑에 대한 근심에서 벗어나 그녀의 품 안에서 육체를 탐닉하며 한가로이 지내는 그런 날을 기다리는 시적 화자의 바람이 드러난다.

13행 지친 시적 화자를 암시하지만, "얼이 빠지고 tout penthoist"는 성적 행위에 헐떡이는 상황을 암시할 수 있다. 그는 여인의 육체를 관능적으로 탐하는 시간을 희망한다.

14행 원문은 "D'un beau trepas entre ses bras je meure". 롱사르는 "entre"를 시행 중앙에 위치시키면서 여인의 품에 안긴 시적 화자를 그려 보인다. 1552년의 "영광스럽게 Honnestement"를 시인은 "아름다운 죽음"으로 퇴고했다. 이것은 여인의 아름다운 육체에 그의 죽음을 견주기 위해서였다. 초판본의 죽음은 단지 여인의 호혜에 의해 이루어진 혜택이었지만, 1584년 판본의 "아름다운 죽음"은 여인의 행위를 개입시키지 않고 시적 화자의 죽음만을 다룬다.

XLIV

1553년에 새로 추가된 여덟 소네트의 서문 역할을 하는 작품으로서, 충족되지 못한 육체의 욕망이 지옥의 형벌과 다르지 않다고 생각하면서도 스스로 형벌을 자초하며 자신을 변화시키려는 시적 화자를 등장시킨다. 정체성의 변화를 수용하려는 시적 화자의 변화에 대한 확고한 의지는 작품의 순환구조에 의해 설명될 수 있다. 1연의 익시온과 탄탈로스에 대한 언급은 2연에서 프로메테우스와 시지포스의 등장으로 반복되고, 마지막 행의 암브로시아에 대한 희망으로 연장된다. 이런 신화적 틀이 단일한 어조에 실린 것은 아니다. 원문을 싣는다.

Je voudrois estre Ixion et Tantale,
Dessus la roue et dans les eaux là bas,
Et nu à nu presser entre mes bras
Ceste beauté qui les anges égale.

S'ainsin estoit, toute peine fatale
Me seroit douce et ne me chaudroit pas
Non, d'un vautour fussé-je le repas,
Non, qui le roc remonte et redevale.

Voir ou toucher le rond de son tetin
Pourroit changer mon amoureux destin
Aux majestez des Princes de l'Asie ;

Un demy-dieu me feroit son baiser,

Et sein sur sein mon feu desembraser,

Un de ces Dieux qui mangent l'Ambrosie.

3행의 "천사들에 버금가는 이 아름다움 Ceste beauté qui les anges égale"의 신성하고 종교적인 어휘가 4행의 "맨몸과 맨몸으로 nu à nu"의 육체적 이미지와 결합하고, 9행의 "동그란 젖꼭지 le rond de son tetin"가 10행의 "동방 왕자들의 위엄 les majestez des Princes de l'Asie"과 같이 놓이며, 12행의 "반신 un demy-dieu"과 14행의 "암브로시아 Ambrosie"가 13행의 "가슴과 가슴을 맞대고 sein sur sein"와 뒤섞인다. 또한 번역문의 2행에 해당하는 원문 1행의 "익시온이나 탄탈로스가 되고 싶은데 Je voudrois estre Ixion et Tantale"와 12행의 "그녀의 입맞춤이 나를 반신으로 만들 터인데 Un demy-dieu me feroit son baiser"가 동일한 통사구조를 지님으로써 작품의 균형을 유지한다. 동일어휘의 반복 역시 작품의 순환구조를 유지하는 요소이다. 번역문의 4행에 해당하는 원문 3행의 "품 bras"과 6행의 부정부사 "~않다 pas" 그리고 7행의 "먹잇감 repas"이 그러하다. 시적 화자가 신화적 인물의 고행을 갈망하는 것은 그의 열정이 극도에 도달했다는 것을 의미하며, 동시에 고통의 토로는 여인의 잔인함을 노골적으로 고발하는 행위가 될 수 있다. 여인을 고발하면서 고통에서 행복을 찾으려는 시적 화자의 모습은 비극적 상황에서 불행을 노래함으로써만 그것을 극복할 수 있는 시인의 역할에 대한 암시이기도 하다.

1행 "저 아래 là bas"는 지옥을 가리킨다.

2행 익시온과 탄탈로스는 모두 형벌을 받은 자들이다. 익시온은 주노와 결합하고자 해서, 그리고 탄탈로스는 수많은 범죄로 각각 원형 틀에 묶이거나 물속에 반쯤 잠기는 형벌을 받았다.

4행 형벌을 당하더라도 여인의 육체를 탐하고 싶은 강한 욕망을 드러낸다.

2연 프로메테우스와 시지포스에 대한 비유이다. 시적 화자가 고통을 희망하는 것은 그것이 감미로울 것이라는 생각 때문이다. 감미로운 고통의 형벌이 반복되기를 바라는 것에서 순간적인 욕망의 실현이 영원하기를 바라는 시적 화자를 찾을 수 있다.

9행 둥그런 젖가슴의 윤곽에 대한 상기는 작품의 관능성을 강화하지만, 고통의 순환과 반복을 지향하는 시적 화자의 의지를 암시하는 용어이기도 하다.

10행 시적 화자의 운명은 그녀의 육체를 만지지 못하도록 영원한 처벌을 받았다. 이 불가능의 운명을 그는 반복되는 형벌을 감수하고서라도 실현하려는 의지를 엿보인다.

11행 형벌의 순간에 여인의 육체를 소유한 시적 화자는 동방군주들의 의기양양함을 일시적으로라도 누릴 수 있을 것이라고 확신하며, 그것을 강렬히 희망한다.

4연 형벌을 받는 것은 오히려 사랑의 순간적 실현을 가능하게 할 것이다. 그런 형벌을 통해 시적 화자는 자신의 불행한 운명이 불러오는 뜨거운 고통에서 벗어날 수 있을 것이라고 생각한다. 사랑의 고통을 형벌의 고통으로 잠재우려는 이런 시도는 변증법적이다. 고통을 고통으로, 그리하여 그것이 감미로운 것으로 여겨질 수 있다는 생각에서 시적 화자는 자기 정체성의 변화를 두려워하지 않는다. 이루어지지 않는 사랑에 패배한 자인 그는 의도적으로 지옥의 형벌을 받는 패배자가 됨으로써 운명을 벗어날 수 있다.

XLV

앞의 작품과 마찬가지로 고통을 견디는 시적 화자를 등장시킨다.

5행 "나의 괴로움 ma langueur"은 사랑의 번민이 초래한 우울한 병적인 상태를 가리킨다.

8행 "수난 martyre"의 표현을 롱사르는 『사랑시집』 전체에서 단 여덟 번만 사용하였다. 종교적 의미를 지닌 이 용어를 통해 시적 화자는 고난을 견디고 절제하는 순교자로 자신을 간주한다.

3-4연 여인이 자기 사랑을 받아줄 수 있으리라고 시적 화자는 확신한다. 냉정함이 관대함으로 바뀌는 것은 자연의 순환적인 섭리에 따른 것이기 때문이다. 시적 화자가 고통을 견디는 이유이기도 하다.

XLVI

도취상태에서의 쾌락을 노래한다. 시적 화자가 추구하는 쾌락은 현실에서 맛보기가 불가능하며, 과거에도 불가능했다. 그것의 실현은 오직 환상적인 상황에서만 가능하다. 현실의 불가능을 비현실의 가능으로 바꾸기 위해 그는 매 연마다 "~하리라 vouloir"를 조동사로 삼은 미래형과 현재형을 동시에 사용한다. 그리하여 불가능의 현실이 극복의 대상이 되기보다는 오히려 미래 지향적인 환상의 공간으로 변하게 된다. 특히 마지막 연은 현실의 욕망을 미래에 투사하고, 그 투사된 미래로 현재의 위안을 마련하는 시적 화자의 모습을 보여준다. 여인의 목소리는 그를 죽음으로 인도하는 역할을 한다. 여인의 잔인성에서 나온 감미로운 목소리에 도취한 자가 죽음을 피할 수는 없을 것이며, 그 죽음은 여인이 원한 것이기에 역설적으로 여인에게 가까이 갈 수 있는 권한이 되기도 한다. 여인의 전쟁터에서 장렬히 사망함으로써 죽음을 원하는 여인의 욕망을 충족시켜주는 것은 여인의 품에 안기는 행위를 시적 화자에게 허용할 것이다. 죽음이 초래한 제 피를 여인이 몸에 묻히게 된다면, 그것 역시 여인과 그토록 바라던 접촉을 실현하는 것이 된다. 이런 까닭에 시적 화자는 여인이 자신에게 강제할 죽음을 거부하지 않으려 한다. 여인과 시적 화자 모두 죽음을 욕망한다는 동일한 목적을 지닌 존재로 변화한다. 더불어 그는 여인이 원하는 죽음을 스스로 선택함으로써 죽음을 강제할 수 있는 여인의 권한마저 여인으로부터 빼앗아온다. 여기에서 시적 화자가 여인의 희생물로만 남게 된다고 말할 수는 없다. 스스로 죽음을 희망함으로써 여인의 잔인성을 피해가고, 여인의 권한을 무력화하며, 동시에 자신의 욕망을 실현하는 그는 희생자이면서도 동시에 여인의 속성을 바꾸는 역량을 지닌 자이다. 그는 이중의 정체성을 지녔다.

1행 "나 목숨 바치리라 Je veux mourir"의 반복은 오비디우스의 『사랑의 치유법 *Les remèdes à l'amour*』 2권 10장 29행을 모방한 것이다.

7행 베르길리우스는 『아이네이스』 2권 353행에서 아킬레우스의 창이 상처를 입힘과 동시에 그것을 치유하였다고 노래한다. 논리에 맞지 않는 이런 어법 'hysterologia'은 페트라르카 작품들의 특징이기도 하다.

14행 "내 피 속에 가둬놓은 그 사랑 l'amour, qu'au sang je porte enclose"이라는 표현은 오비디우스의 『변신』 2권 10장 35-36행에서 빌려왔다. 시적 화자는 그녀와 단둘이 있는 가운데 죽음을 맞이하기를 욕망한다.

XLVII

고통을 초래한 것은 여인이지만, 고통을 책임져야 하는 자는 시적 화자가 된다는 해석을 가능하게 만드는 작품이다. 시적 화자는 나르키소스처럼 고통을 주는 이미지를 스스로 생산해낸다. 이런 과정을 통해 그는 고통을 낳은 여인처럼 고통을 만들어가면서 여인과 동일한 일을 수행하는 자신을 드러낸다. 그는 고통을 갈구함으로써 역설적으로 여인과의 만남에 관한 자신의 욕망을 실현할 가능성을 마련한다. 또한 부재하는 여인을 자기 내부에서 구하는 그가 두려워하는 것은 여인의 냉정함이라기보다는 자기 호소에 대한 여인의 말없음이다. 그는 부단히 여인에게 화답하기를 요구해야 한다. 침묵이 사랑을 위협하는 요소라면, 그는 영원히 말없는 여인에게 말을 걸고, 말을 하도록 권유하며, 침묵 안에 갇힌 여인을 비난해야만 한다. 여인이 침묵을 깨고 나오는 날, 시적 화자의 사랑에 대한 "호소"는 필요 없게 될 것이다.

1-2행 원문 "Dame, depuis que la premiere fleche / De ton bel oeil m'avança la douleur"의 구문은 동사 "재촉하다 avancer"의 속도감을 강조하기 위해 "fleche / De ton bel oeil"로 시행을 가름한다.

4행 시적 화자의 상처 입은 심장을 강조하기 위해 시행 중간에 "심장 coeur"을 위치시킨다. 이 심장은 애정과 고통을 모두 동반한다. 이런 이유로 롱사르는 작품의 전반부를 긍정문으로, 후반부를 부정문으로 구성한다. 또한 심장을 꿰뚫은 여인의 힘을 환기하기 위해 "Forçant ma force, au coeur me firent breche"의 시행에서 음소 [f]를 반복한다. 전반적으로 여인의 화살이 지닌 속도감이 강조된다. 게다가 1연은 시간부사구문이다. 그런 까닭에 주절이 놓인 2연으로의 이동이 속도감을 얻는다.

5행 1연이 "여인이여 Dame"로 시작한다면, 2연은 "나 Je"로 시작하며, 각 연에 여인과 시적 화자가 동등하게 배분되어 있다. 여인에게 종속된 상황에서 벗어나려는 시적 화자의 의지를 염두에 둔 구성방식이다. 또한 "영원한 심지"의 원문은 "eternelle meche"이다. 롱사르가 1553년 판본의 "사랑스런 amoureuse"을 "eternelle"로 퇴고한 것은 여인의 날카로움이 지닌 잔인한 속성을 강조하기 위해서이다.

7행 원문의 8행에 해당하는 이 시행의 원문은 "Par un beau feu qui tout le corps me seche"이다. 1553년 판본의 "s'ecoule au chaut dessus le pié me seche"를 퇴고한 것이다. 롱사르는 여인의 날카로움이 시적 화자의 신체 전체에 영향을 미쳤음을 제시하기 위해 1553년 판본에서 "내 발을 dessus le pié"이라는 표현을 사용했다. 그로 인해 2연이 "영혼-심장-발"의 순서로 나아가게 된다. 그러나 "s'écouler" 동사의 부드러운 어조는 잔인함의 날카로움을 드러내지 못하는 한계를 지녔다는 판단에서 그는 퇴고했다.

8행 여인의 잔인함은 시적 화자의 영혼에 날카로운 상처를 내지만, 앞의 「소네트 XLVI」이 이미 밝혔듯이 그의 고통을 인도하는 "등대"라는 모순된 역할을 수행한다. 이런 모순의 반복이 시적 화자의 운명을 규정한다.

9행 "밤마다, 낮마다 Ny nuit ne jour"의 부정부사의 반복은 고통을 거부하면서도 여인을 갈망하는 시적 화자의 모순된 상황을 소개한다.

3-4연 이 작품에서 다루어지는 꿈은 「소네트 XX」에서처럼 시적 화자의 욕망을 실현시켜주는 공간이 아닌 것처럼 보인다. 꿈속에서 그는 스스로에게 고통을 가하며 생명의 종말을 기원하기 때문이다. 그러나 시적 화자의 죽음은 자신에게 고통을 가하던 여인이 원하는 것이었다. 여인의 승리를 결코 희망하지 않는 그는 여인처럼 꿈속에서 고통을 만들어간다. 게다가 그는 꿈의 공간에서 큐피드에게 호소할 수 있는 기회마저 마련할 수 있다. 이 점에서 꿈은 욕망이 전달되는

공간이다. 시적 화자는 꿈을 통해서만 현실의 고통에 대한 말을 건넬 수 있다. 또한 그가 사랑의 신에게 "호소"할 수 있다는 면에서 꿈은 말이 가능한 공간이기도 하다.

XLVIII

1553년에 추가된 여덟 편으로 구성된 소네트 군의 다섯 번째에 해당하는 작품으로 '죽음'의 테마를 다룬다. 흔히 이 작품은 여인의 육체보다는 정신을 찬양하는 시적 화자를 등장시킨다고 해석되어왔다. 그러나 이런 해석은 작품의 의미를 충분히 밝히지는 못한다. 부정구문의 나열은 여인으로 인해 죽음을 맞이해야 하는 시적 화자의 불만을 표현한다. 그러나 1연과 2연에서 발견되는 운동성이 여인의 자발적 행위에 의해 형성된 것이 아니라 바라보는 자의 동작과 관련되는 까닭에, 여인은 바라보는 주체인 시적 화자의 대상으로 남아 있다. 게다가 3연에서 여인의 아름다움이 자신의 젊은 사랑을 종속시킨 것이 아니라는 시적 화자의 발언은 그가 그녀에게 매혹된 다른 자들과는 차별된다는 것도 암시한다. 그에게는 신의 선물이며, 여인의 정신에 깃든 아름다움과 완벽함을 발견할 수 있는 특별한 능력이 있다. 여인의 정신에 매혹당해 죽음의 도래를 예감하는 그가 4연에서 자기 죽음을 신성함이 원한 것이라고 언급하는 이유가 여기에 있다. 자신에게는 신의 희생물이 될 만한 자격이 있다는 것이다. 그리하여 그가 꿈꾸는 죽음은 그가 원한 것이면서 동시에 신성한 존재가 바라는 것이 된다. 여인이 그를 죽음에 처하길 바라지만, 그녀로 인한 죽음은 신성한 죽음, 따라서 소멸이 아닌 영원성을 지향하는 죽음이 된다. 작품의 순환구조가 이것을 뒷받침한다. 1연의 "도톰한 grassette"과 "둥글게 쏙 파인 rondement fosselu", 2연의 궁수를 가리키는 표현이 "Archer"가 아니라 "Archerot"였다는 것, 그리고 1연의 "보조개 fossette"와 4연의 여인의 "완벽함 perfection"이 원의 이미지를 상기시킨다는 것에서 시적 화자의 죽음 역시 원의 형상을 닮았다. 이 점에서 여인의 아름다움만이 "기적 miracle"은 아니라고 할 수 있다. 그 기적으로 인한 시적 화자의 죽음 역시 '예외적'인 것에 속한다. 여인의 아름다움만이 "천상으로부터 모든 선물

du Ciel tous les dons"을 받은 것이 아니라, 그의 죽음 역시 이 "선물 don"(어휘의 울림성과 원형의 이미지에서 알 수 있듯)의 수혜자이다. 롱사르는 시적 구조를 통해 여인의 정신이 완벽한 것처럼, 그녀에게 "포로가 된 sugette" 자신의 영혼 역시 영원한 순환의 완벽함을 닮았음을 노래한다. 이로 인해 작품은 여성의 정신성에 대한 찬양을 넘어서 시적 화자가 겪게 될 죽음의 의미를 밝히는 단서들이 숨겨져 있는 공간으로 변화한다.

2행 "웃음"의 소재는 「소네트 XLVII」에서의 큐피드의 웃음을 환기시킨다.

1연 여인의 육체가 지닌 부드러움과 유연함을 다룬다.

6행 시행 첫머리에 놓인 "선택하다 Choisir"는 시적 화자의 자유의지를 강조하기 위한 것으로 보인다.

2연 앞에서 암시된 여성의 유연한 육체는 2연에서는 큐피드의 민활한 동작의 지지를 받는다.

11행 롱사르는 1553년의 "자유로운 사랑 libre affection"을 "젊은 사랑 jeune affection"으로 퇴고했다. 이것은 젊은 시적 화자의 자유의지가 여전히 훼손되지 않고 남아 있다는 것을 강조하기 위해서이다.

13행 "모든 선물 tous les dons"은 신성하지만 잔인한 여인의 정신을 가리킨다.

XLIX

여인의 육체와 정신은 시적 화자의 접근을 허용하지 않는다. 그럼에도 불구하고 바라보는 행위에서 그는 기쁨을 얻고 동시에 고통도 얻는다. 상반된 두 감정의 영원한 반복은 카스토르와 폴룩스 쌍둥이 신화가 등장하는 4연에서 영원히 되풀이되는 불행한 운명으로 이어진다. 여인의 아름다움은 달콤한 양식이지만 동시에 독이고, 욕망은 끊임없이 여인을 바라보도록 그를 부추기지만, 바라보는 행위로 인해 그의 고통은 나날이 자라난다. 끝나지 않을 욕망과 감정을 지닌 시적 화자의 운명은 천상과 지옥을 번갈아가며 영원히 배회할 것이다. 여인은 시적 화자에게는 모순된 "만찬 repas"이다.

3행 "이마의 우아함 de son front la grace"은 눈썹을 가리킨다.

6행 1553년 초판에는 "그녀의 늦은 답변 un raport"이라고 적혀 있다. 시적 화자를 고통에 빠뜨리는 것은 그녀가 아니라 사랑의 호소에 대한 그녀의 침묵이다.

7행 시적 화자의 눈물은 초판본에서는 동사 "영원하다 paranniser"의 한정을 받았다.

11행 초판본의 롱사르는 비유법을 자주 사용했지만 시간이 지날수록 비유법의 사용을 자제한다. "뼈저린 쓰라림으로 내 온 삶을 쓰라리게 만든다 D'un fiel amer aigrist toute ma vie"의 초판본은 "D'aluine amere enamere ma vie", 즉 '쓰디쓴 압생트로 고통의 내 삶을 가득 채우다'였다.

14행 카스토르와 폴룩스를 가리킨다. 폴룩스는 죽음을 당한 카스토르의 환생을 간청하였고, 이에 주피테르는 두 형제가 서로 교차하며 하루를 살도록 했다. 그리하여 카스토르는 지옥을, 폴룩스는 천상을 갖게 되었다. 우주의 순환성 속에 죽음을 위치시킴으로써 시적 화자는 고통의 궁극을 암시하고 동시에 죽음의 고통을 반복하는 프로메테우스에게 자신을 빗댄다.

L

1553년에 추가된 작품은 앞의 「소네트 XLVIII」과 「소네트 XLIX」처럼 순환하는 고통의 운동성 안에 시적 화자를 위치시킨다. 1연에서 사랑의 본체에 대해 의문을 지녔던 시적 화자는 2연을 "나는 알고 있다"로 시작함으로써 자신에게 불안정한 기질이 있다는 것을 드러낸다. 이것은 모든 것이 변하는 지상의 속성이 그에게 반영되었음을 의미한다. 그런데 변화를 속성으로 삼는 것은 그만이 아니다. 큐피드 역시 3연에서 "움직이기 쉬운 mobile"의 형용사로 규정되고, 바다의 썰물을 위해 사용되었던 "달아나다 fuir"라는 동사의 한정을 받으면서 우주의 유동적인 운동성 안에 위치하는 운명을 얻게 된다. 시적 화자와 큐피드를 동일한 운동성 안에 자리하게 만들기 위해 롱사르는 "수백 번 Cent fois"의 부사로 시작하는 작품에 순환구조를 부여한다. 우주의 운동을 알고 있다고 확신하는 시적 화자가 등장하는 원문의 2연은 동사 "알고 있다 cognoitre"로 시작하여 "cognoitre"에서 파생된 명사 "앎 cognoissance"으로 끝난다. 또한 4연의 "선 bien"과 "고통 peine"이 서로 운을 이루면서 우주의 순환구조를 벗어날 수 없는 큐피드의 운명을 제시한다. 그와 시적 화자가 경험하는 운명은 반복의 운동성을 벗어날 수 없다. 이런 면에서 시적 화자는 사랑의 본질을 큐피드에게서 찾지 않는다. 신의 기질이 자기 기질과 같은 운동성을 지니고 있다는 것을 "확신"하게 된 그는 자기를 탐색하는 것에서 사랑의 본질을 알 수 있게 될 것이다.

1행 1553년 초판본에서는 "따로 떨어져 마음 깊숙이 생각하고 생각한다 cent fois le jour, à part moi je repenset"였다. 시적 화자의 '고독'이 강조되었다. 그러나 이후 판본은 이성을 빼앗긴 상태에서 생각을 하게 되는 시적 화자를 등장시킨다. 여인의 매력에 반하여 이성을 잃은 채 생각을 하는 시적 화자의 모습은 모순이다. 그렇지만 여인을 생각의 대상으로 삼았다는 점에서 여성의 힘에 압도된 것처럼 보이는 1행의 시적 화자에게서 의지적 태도를 발견할 수도 있다.

2행 "그의 기질 quelle humeur"은 구체적으로는 '정신상태'를 가리킨다. 시적 화자는 자기 정신으로 큐피드의 정신을 분석하려는 자세를 지녔다. 인간이성으로 신성의 본질을 파악하려는 태도에서 인간의 속성과 가치를 중시하는 롱사르의 인문주의적 태도를 엿볼 수 있다.

3행 "우리 마음 nos coeurs"이라는 1인칭 복수를 사용한 것은 시적 화자의 정신활동이 개인적인 것이 아니라 인간전체와 관련된다는 암시이다.

5행 "별들의 흐름 des astres l'influence"은 1553년 판본에서는 "별들의 힘 des astres la puissance"이었다. 9행의 큐피드를 가리키는 "힘이 센 신 un puissant Dieu"과 동일한 형용사를 반복하여 사용했다. 시적 화자가 별들의 원칙을 알고 있지만 막강한 사랑의 정체를 모른다는 점에서, 롱사르는 동일한 표현이 서로 다른 개체에 적용되는 것이 적절하지 않다고 판단한 것으로 보인다.

8행 시적 화자는 우주와 지상의 원리를 잘 알고 있다. 그는 논리에 의해 우주의 순환법칙을 이해하는 지식인의 모습을 지녔다. 그런데 그가 사랑의 신을 파악하지 못하는 것은 부단히 움직이기 때문이다.

10행 1연의 "우리 마음속의 Dedans nos coeurs"가 "내 마음속에 Dedans mon coeur"로 다시 등장한다. 시적 화자는 '우리'를 대표하여 사랑에 맞서 그 본질을 파악하고 분석할 책임을 지닌 자로서의 위상을 지녔다. 사랑을 추적하는 그의 행위는 유동적인 세계 안에서 살아가는 인간전체를 위한 것이다.

3연 스스로에게 사랑의 정체에 대해 질문을 던지는 1-2연과는 달리 9행의 "나는 확신한다 Je suis certain"는 자신의 앎을 긍정하는 시적 화자를 등장시킨다. 상반된 이런 태도는 그가 사랑만큼이나 유동적인 성질을 지녔음을 드러낸다. 사랑을 알지 못한다고 말하는 그의 태도는 매우 열등하지만, 9행 뒤에 관계절을 네 개나 끌고 올 정도로 그는 아는 것이 많다. 또한 3연과 4연을 하나의 문장으로 구성함으로써 각 연 사이의 간극을 소멸시킬 수 있는 힘도 지녔다. 그러나 그와 큐피드 사이에 여전히 불화는 남아 있다. 사랑의 신이 부정부사로 규정된다면("결코 ~ 행하지 않는다 ne fais jamais", "형편없다 ne vault rien"), 시적 화자는 분리되어 있어야 할 3연과 4연을 서로 연결시키는 긍정의 힘을 지녔다. 큐피드와 시적 화자가 서로 화합할 수는 없는 법이다.

12행 원문의 "태생적으로 de nature"는 큐피드 입장에서 보면 조롱이 담긴 비하적인 표현이다. 왜냐하면 4행에서 시적 화자는 큐피드의 "본체"를 알 수 없다고 말하며 이 용어를 변화에 종속되지 않는 신의 성질을 강조하기 위해 사용했지만, 12행에서는 태도를 바꾸어 "태생 nature"이란 표현을 사용하며 사랑을 주재하는 신의 성질이 자연에 관련된 것, 즉 6행의 밀물과 썰물처럼 변화에 관계된 것으로 제한하기 때문이다. 이로 인해 큐피드는 본래의 순수한 본질의 상태에서 "만드는 faire" 행위, 즉 물질을 변화시키는 역할을 수행하게 된다. 그의 "본체"는 신성한 것에서 자연의 운동에 속하는 것으로 변하고 만 것이다. 시적 화자의 확신에 의해 큐피드의 성질이 지상의 운동에 갇히게 되었다.

4연 12행 각운 "선 bien"과 14행 각운 "고통 peine"이 상반된 의미를 지니고 있음에도 불구하고 서로 운을 맺는다는 점에서 시적 화자나 큐피드 모두 순환의 운동성 안에 갇힌 존재로 등장한다.

LI

1553년에 추가된 시편들의 마지막 소네트이다. 일반적으로 연구자들에 따르면 이 시의 롱사르는 신플라톤주의에 따라서 사랑이 우주의 생명력의 원천임을 노래한다. 그러나 작품은 「소네트 L」에서 암시된 바 있는 우주와 자연의 순환법칙에 사랑을 묶어두려는 시적 화자의 의지를 담고 있는 것으로 해석할 수 있다. 시적 화자는 많은 이들이 서로 긴밀하게 관계를 맺고 있는 공동체에 소속되지 못하고 한 여인이 펼쳐놓은 그물에 갇히는 불행을 경험하게 된다. 이런 운명을 극복하기를 원한다면 그는 여인을 개인적 공간에서 집단의 공간으로 이동시켜야만 한다. 이런 행위는 사랑의 개인성을 보편성으로 변화시켜야 하는 것과 관계된다. 이를 위해 시적 화자는 3-4연에서 자연과 우주의 법칙을 언급한다. 그는 초월적인 여인과 그녀의 냉혹함을 만인에 관계되는 우주의 순리 안에 위치시킨다. 여인을 사랑하고 거기에서 얻은 고통을 만인이 경험할 수밖에 없는 자연의 법칙을 따른 결과로 간주한다. 이로 인해 여인의 존재는 초우주적 범주에서 자연의 범주 안으로 편입되고, 공동체에서 분리되었던 시적 화자는 타인과의 연대성을 회복하게 된다. 4연의 접속사 "그리고 et"의 반복이 이를 증명한다. 또한 그는 여인에게 그녀의 이름과 품성 그리고 아름다움이 오직 자신의 불행한 고통이 만들어내는 "눈물 pleurs"에 의해서만 영원할 수 있음을 환기한다. 제 눈물을 여인의 영원성을 보장하는 요소로 정의하기 위해서이다. 이제 여인이 영원한 본래의 힘을 확보하기 위해서는 그의 눈물을 받아들여야만 한다. 시적 화자의 눈물이 계속 흘러내려야 하는 까닭, 즉 그가 고통을 부단히 호소해야 하는 이유가 여기에 있다.

1행 "사실 수많은 이들이 Mille vrayment, et mille"라는 표현은 「소네트 L」의

과장법과 연계를 이루고, 접속사 "그리고 et"의 반복은 많은 이들의 집단적 연대성을 형상화한다.

3행 "그물 reth"은 큐피드가 시적 화자를 사로잡기 위해 사용한 수단을 가리키지만, 구체적으로는 여인의 머리카락 '매듭'에 해당한다.

4행 "원하다 vouloir" 동사의 접속법 반과거("voulusse")를 사용한 것은 희망을 드러내기 위해서이지만, 반대로 시적 화자의 불안도 내포한다.

5-6행 접속사 "하지만 mais"과 "그러나 ainçois"의 반복은 공동과 개인의 대립적 관계처럼 시적 화자의 심정 역시 연계가 아닌 단절을 경험하고 있다는 것을 드러낸다. 원문 "Las! mais mon coeur, ainçois qui n'est plus mien"에서 감탄사 "아 las"의 1음절과 "mais mon coeur"의 3음절, "ainçois"의 2음절 그리고 "qui n'est plus mien"의 4음절의 단속적 리듬은 이런 단절의 또 다른 표현이다. 또한 관계사 "qui" 역시 파열음을 통해 단절의 고통을 강화한다. 시적 화자는 박탈당한 자의 운명을 맞이한다. 그는 6행에서 언급되듯 타인과 관계를 맺기를 원하지만, 여인의 약탈은 그의 의지를 무력화한다. "~ 할 수 있다 savoir" 동사의 조건법 "sçauroit"는 의지를 상실한 자의 상황을 반영한다.

8행 4행의 "살다 vivre"와 8행의 "mort"가 대조를 이룬다. 이런 삶과 죽음의 한복판에 시적 화자의 "내 마음 mon coeur"(5행)이 위치한다. 시어의 배치는 분열된 마음을 형상화한다.

9-12행 고통에서 아름다움이 탄생한다는 순리의 법칙, 봄의 탄생은 물에 의해 이루어진다는 우주의 법칙, 짐승들이 생기를 띤 나뭇가지를 좋아한다는 자연의 법칙에 대한 환기이다. 시적 화자가 사랑으로 인해 갖게 된 고통은 순리에 따른 것이다. 3연에서 어조의 반전이 시작된다. 9-11행에서 반복되는 "~하는 한 tant"은 1연에서 반복된 "수많은 mille"을 다시 반복한다는 착각을 낳을 수 있지만, 3연은 1-2연과는 전혀 다른 어조를 제시한다. "태어나다 naistra", "자라다 se paistra", "좋아하다 aimeront"의 미래형과 1연의 파편화된 리듬과는 상이한 긴 호흡은 연계의 가치를 환기한다. 나아가 4연의 첫 번째 행이 "그리고 ~ 하는 한 Et tant"으로 연결되면서 1-2연에서 다루어진 공동체와의 단절과는 다른 상황을 연출한다. 시적 화자는 3-4연에서 연계성을 회복하려는 의지를 드러낸다.

13-14행 5행에서는 시적 화자의 마음이 여인에게 속한 것으로 노래되었지만, 14행의 수동태 구문 "Et tes beautez me seront imprimées"은 시적 화자의 내부에 새겨지는 여인의 운명을 제시한다. 게다가 1-2연의 순간성은 "언제나 toujours"에 의해서 지속성을 확보하기에 이른다.

LII

1552년 초판과 1584년 판본에 이르는 동안 많은 퇴고를 거친 작품이다. 앙투안 뮈레의 1553년 판본 주석이 말하고 있듯이 이 작품은 '사랑이 시적 창조의 원천임을 노래'한다는 평을 받고 있다. 사실 작품은 한가한 카오스처럼 "무겁고 투박한 물질 lourde et grosse matiere"이었던 육체에서 큐피드가 시적 화자를 끄집어내 무한히 초월적인 정신적 삶에 도달하게 이끈다는 주제를 다룬다. 그래서 많은 연구자들은 이 작품을 신플라톤주의에 충실한 롱사르를 소개하는 한 증거로 삼는다. 그러나 작품에 대한 세밀한 분석은 이런 기존의 해석과는 차이가 있는 의견을 내놓을 수 있다. 시적 화자의 해방된 영혼이 세계의 영혼을 향해 도약한다는 의미는 1552년 판본에서는 미약하게 다루어졌다. 1552년 초판의 5행 "그렇게 내 전체가 무질서하게 방황하였다 Ainsi mon Tout erroit seditieus"는 원의 거대한 공간("globe") 안에서 '순환 circuler'하는 시적 화자의 "물질"을 암시함으로써, 롱사르가 오히려 "매우 유동적인 물질은 아주 둥글고 작은 요소들로 구성되어야 한다"고 『사물의 본성에 대하여』(III, vv. 186-187)에서 언급한 루크레티우스를 따르고 있음을 보여준다. 비상이나 도약이 아닌 원의 순환성을 통한 운동성만이 1552년 판본에서는 부각된 것이다. 이와 달리 1578년 판본은 루크레티우스를 떠나 아리스토텔레스를 수용하는 롱사르를 제시한다. 커다란 원 안에서 운동하는 원소들을 지적하며 상승의 이미지를 떠올리지 못했던 루크레티우스 대신 1578년 판본의 10행 "그에 의해 내 성질은 둥글게 되었다 Ronde par luy ma qualité s'est faite"는 "물질", "형태", "본질", "자질"이 모두 천상이 아니라 지상에 속하는 요소들로 남아 있다는 것을 가리킨다. 아직 완벽한 상승은 이루어지지 않았다. 영혼이 육체를 떠나 상승한다는 점을 인정하면서도 그것이 물질로 구성된 '현세 sublunaire'에서 이루어진다고 지적한 아리스토텔레스를 롱사르가 수용하고 있다고 볼 수 있다. 반면 1584년 판본은 1578년 판본의 "성질 qualité"을 "본질 essence"로 퇴고하며 피치노의 영향을 받았음을 분명히 한다. 물질세계에서 형이상학적 세계로 이동하는 것이다. 게다가 13행의 "날갯짓 vol"은 피치노의 이론에 따라 물질로부터 정신으로의 '수직적 상승'의 운동성을 드러낸다. 그러나 3연은 롱사르가 피치노에 대해 그리 충실하지 않았다는 증거를 제시한다. 물질의 '완성 parfaire'을 통해 "본질"이 순수하게 될 수 있다는 언급은 루크레티우스와 아리스토텔레스의 물질관을 피치노가 제시한 영혼의 귀환 개념과 뒤섞고 있기 때문이다. 롱사르는 육체를 구성하는 물질을 '영혼의 무덤 tombeau de l'ame'으로만 보지 않는다. 9행에서 그는 완벽해진 물질이 정신을 더욱 완벽하게 만든다고 말하면서 아리스토텔레스의 철학을 피치노의 이론과 결합시킨다. 따라서 사랑은 단순히 정신적인 과정으로만 취급되지 않는다. 오히려 육체와 정신 모두에 사랑은 관계한다.

2행 카오스는 "품다 couver" 동사로 인해 여성의 역할을 담당한다. 카오스는 창조의 모태인 셈이다. 그러나 활동 없는 모태이다. "열어젖히다 ouvrir"와 "couver"의 결합을 통해 롱사르는 '열림'과 '닫힘'의 이미지를 제공한다. 이로 인해 카오스의 공간이 역동적으로 팽창한다.

3행 1행의 "하릴없음 ocieux"이 '활동 없음 inerte'을 가리킨다면 "규칙 art"은 '움직이지 않는'의 뜻을 지닌다. 이 용어들은 운동성과 관련되는데, 여기에 "형태 forme"가 덧붙여져 아리스토텔레스가 제시한 형태와 물질 사이의 불가분의 관계를 환기한다.

1연 세상이 질서를 잡기 이전의 최초의 혼돈을 노래한다. 이것은 창조와는 거리가 먼 정지되고 고착화된 세계이다. 큐피드의 기여는 이 세계를 뒤흔들었다는 데 있다.

5행 시적 화자는 자기의 "정신 esprit"을 활동하지 않는 카오스와 동일시한다. 그의 정신은 내부의 추진력이 없는 상태, 무언가를 만들어낼 수 있는 자극을 받지 못한 정적이고 비생산적인 상태에 놓여 있다.

8행 "그대 눈 tes yeux"의 2인칭 단수는 시적 화자와 여인 사이의 친근성을 암시한다. 여성을 꿰뚫은 큐피드의 화살은 일종의 정신적 구원에 해당한다.

9행 "본성 nature"은 "정신"과 대립하는 요소이다. 즉 인간의 가장 기본적인 '자연 그대로의 상태 Etat naturel de l'homme' 혹은 '자연적인 신체 부분들 parties naturelles'을 가리킨다.

10행 천상에 오르기 위해서는 내적인 미덕을 갖추어야 한다는 의미이다.

3연 롱사르는 피치노의 영향을 받고 있다. 피치노는 '신', '세계의 영혼', 그리고 '세상'을 구분한다. 그는 사랑에 의해 최초에는 형태를 지니지 못한 '세상의 물질'은 '세계의 영혼'을 향하게 되어 있으며, 세계의 영혼으로부터 '형태'를 부여받게 된다고 언급했다. 롱사르는 "본질 essence", "형태 forme", "카오스 Chaos", "불길 flame" 같은 용어뿐만 아니라, 사랑의 탄생, 신성한 빛의 투과, 도약, 완벽함 등의 이미지를 피치노에게서 빌려온다. 또한 "물질 matiere", "본성 nature", "영혼 ame", "생각들 pensers" 등은 피치노가 제안한 네 개의 원 그리고 그 중심에 놓인 '신의 선의 la bonté de Dieu'를 상기시킨다.

12행 여기서의 "피 sang" 역시 피치노의 영향을 받은 흔적이다. "불길 flame"은 시적 화자의 영혼을 정화시키는 유일한 요소이다.

13행 "뒤흔들다 agiter"는 물질에서 천상의 영혼으로 상승하는 운동성을 암시한다.

14행 "그와 함께 Avecques luy"는 큐피드와 시적 화자의 "생각"과 "영혼"이 운동을 같이하고 있음을 암시한다. 그의 생각과 영혼이 활력을 얻게 된 것은 큐피드 덕분이지만, 이런 활력을 얻은 후에 그의 생각과 영혼은 사랑의 신과 함께 운동을 하게 된다. 즉 큐피드가 느긋했던 카오스에 활력을 넣어 형태와 모습을 갖추게 한 것처럼, 시적 화자는 운동을 통해 자신의 사랑에 형체를 부여할 수 있게 된다. 원문에서 1행의 각운 "하릴없던"과 14행의 각운 "영혼 ame"은 대칭을 이룬다. 카오스의 비운동성과는 상이한 상태에 놓이게 된 영혼을 운으로 배치하면서 롱사르는 세계창조의 중심에 자리하는 시적 화자의 민활해진 영혼의 활동을 강조한다.

LIII

여인에 대한 사랑을 키워오던 시적 화자의 희망은 여인이 그에 대해 지닌 원한에 의해 지상으로 추락하면서 파괴된다. 5행에서 자신의 애정이 머문 장소인 천상을 언급하는 것에서 그에게 비상의 의지가 있었다는 것을 알 수 있지만, 여인의 적의는 그의 모든 것을 파괴한다. 희망의 붕괴는 비상의 가능성마저 소멸시켰다. 여기에서 작품은 신플라톤주의의 상승 지향적 세계관을 비껴간다. 그런데 시적 화자가 추락할 자신의 상황을 인식하고 있다는 점은 흥미롭다. "내 알 수 없는 어떤 악의 때문에 Par ne sais quelle estrange inimité"였던 1552년 판본의 1행이 이후에 퇴고된 것은 시적 화자가 여인과의 관계를 분명히 인식하고 있음을 암시하기 위해서이다. 지금의 그는 자신의 희망이 추락하고 욕망이 반으로 갈라지는 것을 두 시선으로 '목격'한다. 파괴가 그에게 고통을 불러일으키지만, 여인은 그의 이런 고통에 즐거워한다. 문제는 그가 이런 고통을 벗어나려고 하지 않는다는 데 있다. 그는 카오스를 희망한다. 건널 수 없는 여인과의 관계에서 얻게 되는 이런 고통이 그에게 죽음을 가져다줄 것을 희망한다. 죽음이 혼돈으로의 귀환이라면, 그 혼돈에서 시적 화자는 현재의 혼돈, 즉 지금의 고통을 벗어날 수단을 마련할 수 있으리라고 생각한다. 그것은 지금의 사랑 방식과는 다른 어떤 사랑의 방식, 즉 자신을 떼어놓는 여인의 현재에서 벗어나 모든 것을 다시 창조하게 될 또 다른 카오스의 세계를 창조하는 것과 관련된다. 이에 대한 시적 화자의 확신은 분명하다. 11행에서 알 수 있듯이 죽음이 오히려 그를 여인의 소유로 만들어줄 것이라고 기대하기 때문이다. 지금의 그가 여인의 것이 아니라면, 죽음은 그를 여인의 곁에 놓인 포로가 될 수 있도록 허용할 것이다. 죽음은 여인과 함께할 수 있는 새로운 사랑을 허용하는 원천이 된다. 카오스의 도래에 대한 시적 화자의 희망은 이미 시어의 유기적 구조에 의해 도입부부터 암시된다. 1

연의 파괴에 의해 초래될 혼란과 3연의 신체의 파괴에 의한 무질서의 정착이 그러하다. 그러나 시적 화자는 내적 무질서를 주변 공간의 무질서로 확장해가면서 공간의 무질서에서 태어날 새로운 질서를 예고한다. 그렇다고 해서 그가 추구하는 새로운 사랑이 영원한 모습을 지닐 것이라고 말할 수는 없다. 작품의 시제가 과거-현재-미래로 진행되며 수평적 전진의 양상을 띠는 것은 분명하다. 그렇지만 미래와 관련된 3연의 신체분해에 대한 언급이 1연에서 파괴된 자신을 바라보는 시적 화자의 과거시제가 제시하는 분해된 육체를 환기한다는 점을 고려한다면, 작품의 의미상 시간은 과거-현재-미래-과거로 전개된다. 새로운 과거는 파괴될 미래에 의해 가능하다는 해석을 낳는 이런 시간의 순환 안에서 파괴와 탄생은 언제나 반복될 것이다. 이것이 시적 화자의 운명이다. 그는 고통 속에서도 새로운 사랑을 꿈꾸는 자의 모습을 지닐 수밖에 없다.

1연 시적 화자의 희망은 연약하다. 그것은 갓 피어난 잎처럼 푸르지만 쉽게 파괴된다. 그러나 그의 이런 발언에는 이제 막 피어난 것조차 파괴하는 여인에 대한 비난이 실려 있다. 이것은 시적 화자가 자신의 희망을 유리에 비유한 것과 관련된다. 유리는 물질들의 완벽한 용융에 의해 만들어지며, 불에 의해 형태를 갖추게 된다. 유리는 지상적 가치의 상징이다. 그래서 1연은 유리라는 지상의 산물과 희망과 욕망이라는 추상적 가치 모두를 파괴하는 여인에 대한 고발을 담고 있다. 이런 비난은 1행의 "나는 보았다 J'ay veu"라는 표현이 지닌 단호함에 의해 힘을 얻으며, 4연에서 언급할 카오스의 도래에 대한 희망의 근거가 된다. 따라서 시적 화자의 상황을 무력하다고 규정할 수는 없다. 5행에 등장할 여인에 앞서 1행에 "나"가 등장하는 것은 앞으로 전개될 상황의 주인이 시적 화자이기 때문이다. 또한 각 연을 "나"와 "여인"이 공평히 나누어 가진 것은 그와 여인의 관계가 표면적 의미처럼 종속적이지 않다는 복선에 해당한다.

10행 카오스의 혼돈 상태를 “신경을 떼어내고 de-nerver”, “혈관을 떼어내고 de-veiner”와 같이 페트라르카의 「소네트 CXXVIII」에서 빌려온 표현들과 [t], [p], [v]의 파열음으로 표현한다.

11행 “나는 그대 것이 되리라 Je seray tien”와 같이 시행 안에 놓인 완결문은 시적 화자의 단호함을 표현한다. 자신이 여인의 소유가 될 것이라는 확신은 작품의 시제를 통해서도 드러난다. 원문에서 6행까지의 과거는 7-8행의 현재로 이어지며, 여인의 전유물이 될 것이라는 시적 화자의 확신과 카오스의 도래를 위한 염원은 뒤이은 시행들에서 미래형으로 표현된다. 과거에서 미래로의 이동은 새로운 사랑을 꿈꾸는 시적 화자의 의지를 반영한다.

12행 주절과 동사가 연을 달리하며 분리됨으로써 “혼돈에 빠지게 되다 se troubler”의 상황을 시각적으로 제시한다.

13행 “다른 아름다움 autre beauté”은 1552년 판본에서는 “엄정함 rigueur”이었으나 롱사르는 시적 화자가 진정 원하는 것이 여인의 “아름다움”이라고 판단하여 퇴고하였다.

LIV

페트라르카 『칸초니에레』의 「소네트 CCLIII」에서 표현들을 빌려온 작품이다. 시적 화자는 여인의 말과 육체의 부드러움을 찬양한다. 자신의 기억 깊은 곳을 꿰뚫고 들어와 새겨진 이후 그를 떠나지 않는 여인의 부드러움은 간투사 "오 Ô"의 반복처럼 시 안에서 끊임없이 메아리친다. 따라서 울림으로 가득한 이 시는 시적 화자의 감탄과 절실함을 옮겨줄 뿐만 아니라, 여인의 감미로운 노래가 영원한 울림을 얻기를 희망하는 시적 화자를 소개한다. 그리고 메아리치는 여인의 감미로운 목소리를 시각적으로 제시하기 위하여 간투사를 작품 전체에 늘어놓는다. 시적 화자가 희망하는 것은 여인의 침묵이 아닌 그녀의 말이다. 그는 자신의 외침과 여인의 목소리가 시의 공간 안에서 울림을 공유하기를 욕망한다.

14행 "일리온 Ilion"은 트로이아의 다른 이름이다.

LV

시적 화자는 카상드르의 부재와 실현되지 못할 사랑의 욕망을 슬퍼한다. 그러나 자신을 오디세우스에, 그리고 카상드르를 물의 님프 레우코테아(이노) Leucothée에 비유하며 자신의 열정을 신화의 차원으로 확장시킨다. 자기 욕망에 숭고함을 부여하기 위해서이다.

1행 페트라르카 『칸초니에레』의 「소네트 CCLII」를 모방한 롱사르는 "결코 볼 수 없단 말인가 Verray-je point?"의 의문문을 「소네트 XLIII」에서도 사용한 바 있다.

4행 롱사르는 「소네트 XI」의 1행에서 "평화 아니면 휴전을 다오 donne moy paix ou tréve"라고 쓴 바 있다.

5행 카상드르는 물의 요정 레우코테아에 비유된다.

7행 『오디세이아』 5권 333행에 등장하는 난파의 위기에 처한 오디세우스에 대한 환기이다. 오디세우스에게 카드모스의 딸이자 물보라의 여신 레우코테아는 마법의 천을 펼쳐주어 그가 헤엄을 쳐서 무사히 해변에 도달하게 도와주었다.

9행 시적 화자는 카상드르의 두 눈을 난파의 선원들을 인도하는 쌍둥이 별자리에 비유한다. 「소네트 LVII」에서 카상드르의 두 눈은 "등대 Fare"에 비유될 것이다.

11행 배를 가리킨다. 제유법이다.

12행 롱사르는 「소네트 CXXV」에서도 같은 표현을 사용할 것이다. 뒤 벨레는 『올리브』의 「소네트 XCVIII」 마지막 연에서 "하늘의 자비로우심으로 나 그대 물길 발견하네 / 내 숭배하는 그대 아름다운 두 눈, 두 불꽃은 / 내 함선을 그대 은총의 항구로 인도하네"라고 노래한 바 있다.

LVI

여인의 모습이 시적 화자의 영혼과 육체에 스며들어 와 그에게 깊은 상처를 남긴다. 사랑의 고통이 가져다주는 고문에 그는 '죽음'과 '꿈'을 대치시키지만, 불행히도 그에게 행복한 죽음은 허용되지 않는다. 페트라르카의 작품에서 자주 발견되는 '꿈꾸지 않는 밤의 휴식'이라는 소재를 롱사르는 선호하지 않는 것처럼 보인다. 페트라르카의 「소네트 XXII」는 꿈을 죽음의 형제로 간주하며 살아 있음을 찬양하고, 여성의 모습을 시인에게 생명을 부여하는 원천으로 고려한다. 또한 「소네트 LXXII」와 「소네트 LXXIII」에서는 모든 근심이 소멸된 시인의 진정한 내적 평화는 라우라를 바라볼 때 얻어질 수 있다고 노래한다. 이와 달리 롱사르는 '잠'을 선호한다. 고통의 기억이 거부되는 공간으로서의 잠은 여인을 끊임없이 눈앞에 데려다주기 때문이다.

1연 여인의 운명을 좇게 된 자신의 신세를 한탄하는 시적 화자가 원망하는 것은 여인이 아니라 사랑을 갖게 만든 큐피드이다. 현실의 그는 "미숙 jeune"하지만 사랑에 미쳐 있고, 동시에 사랑이 초래하는 불행을 경험한다. 그런데 스스로를 미쳐 있다고 말하는 시적 화자는 자신의 상황을 냉철하게 파악할 줄 아는 자이기도 하다. 어쩔 수없이 인간이 사랑에게는 무력하다고 말하는 그는 자기 사랑의 범주를 인간적 차원을 넘은 신성의 범주 안에서 다루려 하기 때문이다.

5행 "누이들 Soeurs"은 운명의 세 여신을 가리킨다.

2연 시적 화자는 자기 운명의 불행을 신성함의 탓으로 돌리며, 자기 불행의 무게와 위엄을 제시한다. 그렇지만 신성한 존재들에게 말을 걸 정도로 그는 자신의 불행을 신성의 영역으로 승화시킨다.

11**행** "카오스의 밤 la nuit du Chaos"은 죽음을 의미한다. "거친 덩치에 무릎 짓눌리다 Presse au giron de sa masse brutale"는 땅에 묻혔다는 뜻이다.

12행 "감정 없는 Sans sentiment"은 사랑의 욕망을 갖지 않은 자를 가리킨다. 죽음 이후에 평온이 올 것을 생각하는 시적 화자의 등장은 롱사르 작품에서 매우 드문 경우에 속한다. 이 시인은 「소네트 LXII」에서도 죽음을 휴식으로 간주되는 꿈과 동일시할 것이다.

13행 16세기에 형용사 "las"는 "불행한"이나 "비참한"의 의미로 사용되었다. "사랑의 포로"는 "chetif amoureux"를 옮긴 것이다.

14행 자신을 시지포스나 탄탈로스와 비교하며 시적 화자는 스스로의 지위를 고양시킨다. 제 고통이 신성한 존재들에 비견될 수 있다고 생각하기 때문이다. 덕분에 1연에서 암시되었던 불행의 승화는 자기 승화로 완결된다.

LVII

1553년에 추가된 시편이다. 작품은 뒤 벨레에게 자신의 고통에 귀 기울여주기를 기원한다. 뒤 벨레는 1550년에 간행된 『올리브』의 소네트 「수없이 감미로운 영감을 내게 불어다오 Inspire moy les tant doulces fureurs」에서 카상드르를 언급을 하며 롱사르의 뛰어난 시적 영감을 칭송하였다. 따라서 이 소네트는 자신에 대한 찬양을 아끼지 않은 뒤 벨레에 대한 감사의 의미를 지닌다. 롱사르는 「소네트 LXXXVIII」에서도 뒤 벨레를 찬양할 것이다. 이런 친밀한 우정에도 불구하고 두 시인의 경쟁은 익히 알려져 있다. 그것은 대개 동일한 소재를 두 시인이 다루고 있는 작품에 대한 분석에서 파악될 수 있다. 예를 들어 뒤 벨레와 롱사르는 페트라르크카나 아리오스토 L'Arioste 혹은 『광란의 롤랑 *Roland furieux*』과 같은 작품에서 가져온 표현과 형식을 서로 공유하면서 창작활동을 했다. 롱사르의 소네트 「그의 머리는 황금색이고 그의 이마는 화폭이니 Son chef est d'or, son front est un tableau」(CLXXXIX)는 아리오스토의 「Madonna, sète bella e bella tanto」를 모방한 것이며, 이 작품을 뒤 벨레는 『올리브』에 실린 「내 여신은 위대한 아름다움으로 가득하니 De grand'beauté ma Déesse est si pleine」(VII)를 위해 모방한다. 따라서 두 시인의 작품들을 상호 비교하는 것은 동료이자 경쟁자인 그들의 관계를 파악하는 데 매우 중요한 단서를 제공할 수 있다. 이 작품에서도 뒤 벨레에 대한 찬양보다는 자신의 불행한 상황을 호소하는 롱사르의 목소리가 더 강하게 부각된다. 롱사르는 뒤 벨레라는 역사적 이름을 빌미로 삼아 카상드르에게 자기 발언의 진정성을 전달하는 데 더욱 치중하고 있다.

1행 번역어 "시"의 원문은 "lois"이다. 그리스어 "nomos"는 "법 loi"과 동시에 '곡조 mode musical'를 의미하는데, 여기에서 '노래 chanson', '오드 ode' 그리고

‘시 poème’의 의미가 파생된다. 1행의 “시”는 『사랑시집』보다 먼저 출간된 뒤 벨레의 『올리브』를 가리킨다.

2행 플레이아드 시인들의 귀족적인 경향에 대한 암시이다. 그들은 일반대중의 귀를 즐겁게 하는 시인들을 비난하였다. 플레이아드 시인들의 영감이론은 신의 목소리를 들을 수 있는 특권을 가진 존재로 시인을 간주하게 만들었다.

3행 큐피드를 가리킨다.

10-11행 난파의 위기에 처한 아이네이스의 동작을 환기시킨다. 절망감을 사라지게 하려는 희망의 행동이다.

12행 폭풍우 몰아치는 겨울 바다를 건너는 배에 자신을 즐겨 비유한 페트라르카가 『칸초니에레』의 「소네트 CLXXXIX」와 「소네트 CCLXXVII」에서 사용한 표현이다. 사랑의 폭풍에 대한 암시이다.

14행 원문의 “등대 Fare”는 ‘빛을 주다’의 뜻을 지닌다. ‘파르 Phare, Pháros’는 이집트의 한 섬으로서, 고지에 위치한 까닭에 한밤에 불을 비춰 선원들을 인도하였다. 알렉산드리아의 등대가 이곳에 있었다. 시행은 여인을 다시는 보지 못하리라는 절망감을 다룬다.

LVIII

대양이라는 "노인네 품"속으로 빠지는 황금수레와 "잠"의 세계 안으로 떨어지는 시적 화자를 소개하는 작품은 신플라톤주의의 상승이 아니라 하강을 선택한 롱사르를 제시한다. 창조가 이루어지기 이전의 세계, 즉 카오스의 세계에 시적 화자는 떨어지고 만다. 잠의 공간 안에서 휴식을 취하려 하지만, 사랑에 대한 욕망은 여전히 그의 이성을 뒤흔든다. 큐피드와의 결투에서 그는 여전히 패배한다. 그에게 사랑을 극복할 권리나 힘은 없다. 잠의 공간마저 욕망에 패배한 이성을 위로하지 못한다. 시적 화자가 놓인 세계는 혼돈으로 가득하며, 욕망에 패배하는 그의 이성도 그가 맞이하게 될 세계를 닮았다. 그에게는 카오스를 벗어날 운명이 주어지지 않았다.

2행 대양의 신 오케아노스를 가리킨다. 오케아노스는 흰 수염을 닮은 '파도거품 l'écume de la mer' 때문에 항상 노인네에 비유된다. "황금 수레 빠뜨릴 때 plonge / Son char doré"는 밤이 된다는 뜻이다.

3행 밤의 여신 눅스 Nux는 카오스의 딸이다. 이 시행은 카오스가 펼쳐지는 상태를 다룬다. 밤은 시적 화자에게 고통을 잊게 해주는 시간이다. 롱사르는 1554년에 작성된 「사랑에 바치는 서정단시 Odelette à l'Amour」에서 밤을 알지 못하는 여인의 잔혹함을 노래하며 밤을 고통의 시간인 낮과 달리 휴식의 공간으로 상정한 바 있다. 이 작품에서 시적 화자는 한낮의 고통을 밤에는 되풀이하지 않기 위해 큐피드를 잠재우길 원한다. 이런 면에서 시적 화자는 독수리에 시달리는 프로메테우스를 닮았다. 독수리는 그의 심장을 언제나 파먹지는 않으며, 밤에는 심장이 다시 자라게 내버려 두기 때문이다. 밤은 최소한 프로메테우스에게는 고통을 위안할 수 있는 시간인 셈이다.

1연 시적 화자는 기억 이전의 세계로 진입하길 희망한다. 그는 망각의 세계인 잠과 기억이 대립한다는 것을 알고 있다. 잠은 고통을 위무하고 영혼의 평온을 가져다주는 '꿈 Somnus'을 낳는다. 사랑의 신이 깨어 있는 존재라면 꿈은 깨어 있음을 벗어나게 만든다. 그것은 큐피드의 광기를 가라앉히고 영혼에게 휴식의 공간을 제공한다. 꿈의 세계에서 근심은 "망각"된다.

2연 사랑의 신이 "이성"을 허용하지 않는다고 말하는 것은 그가 지닌 막강한 파괴력을 환기하기 위해서이다.

10행 "똑같이 무장한 채"는 원문의 "per à per (pair à pair)"를 옮긴 것으로 사랑과 시적 화자가 일대일 대결을 위해 서로 무장했다는 뜻이다.

3연 시적 화자의 "이성"은 자신에게서 밤과 꿈을 빼앗고 파괴를 일삼는 큐피드에 맞서 싸운다. 이성이 보장할 질서와 사랑이 초래할 파괴 사이의 전쟁이 시작된다.

12행 '여인을 추구하는 시적 화자의 생각이 사랑에 문을 열어주지 않았다면'의 뜻이다.

14행 "내 전사들 mes soudars"은 여인을 그려보는 시적 화자의 "생각"들을 가리킨다.

4연 여인에 대한 "생각"으로 인해 시적 화자의 "마음"이 고통을 겪는다. 그의 생각이 마음을 배반하여 사랑에 문을 열어주지 않았다면, 큐피드가 그를 굴복시키고 고통에 빠지게 만들지는 않았을 것이다. 이 신은 언제나 승리자이고, 시적 화자의 "생각"의 주인인 "이성"은 언제나 패배한다.

LIX

롱사르는 1530년 프랑스에 처음 번역되어 소개된 이탈리아 시인 벰보의 『운문시 *Rime*』에 실린 「소네트 III」을 모방하였다. 벰보의 작품을 번역으로 소개하면 다음과 같다. "그렇게 호되고 적대적인 겨울이 / 지나 더 나은 계절에 자리를 양보할 때 / 언제나 그렇듯이 어린 암사슴은 동이 틀 무렵 / 온화하고 아담한 고향의 수풀을 떠난다. / 때론 언덕에서 때론 강물을 따라서 / 인가와 목동들로부터 멀리 / 거리끼지 않고 걸어간다. 그리고 욕망이 이끄는 대로 / 발걸음 옮기는 곳곳에서 풀잎과 꽃들로 배를 채운다. / 그녀는 어떤 화살도, 어떤 함정도 두려워하지 않으니, / 잠복한 능란한 사수가 활을 당겨 / 그녀 허리 한복판을 꿰뚫지만 않는다면. / 그렇게 다가올 고통을 생각하지 않고 / 나는 길을 갔다, 여인이여, 그대 아름다운 눈이 / 아아, 내 왼쪽 전체에, 상처 입혔던 그날에". 벰보의 1530년 판본의 "암사슴"이 1548년 제3판에서 "노루"로 퇴고된 점을 고려한다면 롱사르는 제3판을 『사랑시집』의 작품들을 작성하기 직전에 참고한 것으로 보인다. 롱사르는 벰보와 마찬가지로 사랑하는 여인을 만나기 이전의 모습으로 되돌아가려는 욕망을 드러내지만, 그의 표현은 벰보보다 훨씬 더 역동적이다. 그래서 에티엔 파스키에 Etienne Pasquier는 사후에 출판된 『프랑스 탐구 *Recherches de la France*』(암스테르담, 1723) 제7권 8장에서 이탈리아 시들이 프랑스 시보다 더 뛰어나다는 주장을 반박하기 위해 롱사르의 이 소네트를 예로 들었다.

4연 12-14행은 1-4행과 밀접한 연관을 맺으며, 작품을 다시 처음으로 되돌아가게 만드는 기능을 수행한다. 두 연은 "봄 printemps"과 "사월 Avril", "날카로운 얼음 la poignante gelée"과 "수많은 화살 mille traits", "깨뜨리다 détruire"와

"쏘아대다 Tirer", "달아나다 s'enfuit"와 "걸어가다 aller" 등과 같이 의미론적, 통사론적, 음성학적 측면에서 연관이 있는 어휘들을 배치하며 작품의 순환구조를 구축한다. 특히 원문 1행에 해당하는 번역문 4행의 "처럼 comme"은 12행의 "그렇게 ainsi"에 와서 이런 비교를 완성한다. 작품의 단단한 순환성으로 인해 비교대상인 노루와 비교주체인 시적 화자 사이의 관계는 더욱 견고해진다.

LX

페트라르카의 「소네트 CCCXII」를 모방한 작품으로서, 뒤 벨레 역시 『올리브』의 「숲속을 달리는 님프들도 Ny par les bois les Driades courantes」(「소네트 XCVI」)에서 이탈리아 시인을 모방한 작품을 작성한 바 있다. 롱사르의 고민은 이탈리아 작가와 뒤 벨레의 뛰어남을 수용하면서도 그들을 능가하는 작품을 생산하는 데 있었다. 이를 위해 그는 묘사가 단조로운 뒤 벨레와는 달리 지상과 우주의 이미지들이 서로 조화롭게 어울려 여성의 아름다움을 표현하도록 배려하고, 여기에 육체적 욕망과 관련된 신화들을 첨가한다. 롱사르의 나열방식은 매우 다양하지만 분산적이다. 이런 특징은 이 소네트가 모방한 페트라르카의 「소네트 CCCXII」가 천상과 별에서 출발한 여정의 궤적을 그리는 경우와 구분하게 만든다. 그런데 시적 화자가 나열하는 다양한 것들은 사랑의 풍요로운 욕망을 대변하는 역할을 수행한다. 1연에서 시적 화자는 자연의 아름다움과 예술품들(류트, 보석)의 아름다움을 결합하여 다양성을 완성하고, 그런 다양성은 2연에서는 범선의 항해라는 빠른 속도의 운동성으로 이어진다. 그리하여 4연에서 희망은 만들어지는 즉시 소멸되고, 그 소멸된 자리에서 또 다른 희망이 바로 탄생한다. 시적 화자의 이런 유동적인 시선이 인간에서 자연의 한 부분으로 그리고 더 광대한 자연으로 확대된다는 점에서, 그가 세상의 구석구석을 매우 빠르게 바라보고 있음을 알 수 있다. 그는 그곳에서 자신의 상황을 설명할 무언가를 찾아 헤맨다. 자신의 내부가 아니라 자신을 둘러싼 외부의 공간에서 내면을 설명할 해석을 찾아 나서는 그에게 세상은 진실을 밝혀줄 비밀이 숨겨져 있는 공간과 다르지 않다.

1연 작품에서 열거된 사물들은 13행의 "즐거움 plaisir"과 관련되지만, 그것들의 즐거움은 절망을 안겨주는 카상드르로부터 시적 화자가 얻을 즐거움을 초월하지는 못한다. 1연에서는 자연의 아름다운 색채감, 자연의 음악, 악기의 소리 그리고 자연의 신비인 보석들이 열거된다. 자연의 시각적 그리고 청각적 대상들을 나열하며 다양성을 강조한다. 이것은 연의 구성에서도 발견된다. 원문을 제시한다.

Ny voir flamber au poinct du jour les roses,

Ny liz plantez sur le bord d'un ruisseau,

Ny son de luth, ny ramage d'oyseau,

Ny dedans l'or les gemmes bien encloses,

1행이 동사구문이라면 2-4행은 명사구문이며, 2-3행이 명사로 시작되었다면 4행은 전치사로 시작된다. 이것은 시적 화자의 시선과 귀, 그의 육체와 정신이 다양한 사물들에 다양한 방식으로 작동한다는 것을 보여준다. 그의 정신은 사물들의 다양성에 민감하다.

2연 8행의 동사구문은 1행의 동사구문과 동일한 문장구성방식을 따르고 있으며, 2-4행과 5-7행이 명사구문으로 구성됨으로써 1연과 2연이 반향의 효과를 자아낸다. 원문은 다음과 같다.

Ny dez Zephyrs les gorgettes décloses,

Ny sur la mer le ronfler d'un vaisseau,

Ny bal de Nymphe au gazouillis de l'eau,

Ny voir fleurir au printems toutes choses,

그리하여 8행까지 진행된 나열은 진부한 인상을 갖게 만들기보다는 오히려 작품이 내적 운동성을 지니고 있다는 것을 부각시킨다. 게다가 시적 화자의 시선이 1연에서는 지상에 머물렀다면, 2연에서는 바람과 바다에서 계절의 우주적 움직임으로까지 확장된다. 모든 것은 아름다움과 관련되며, 그 아름다움은 1행의 "타오르다 flamber"와 8행의 "피어나다 fleurir"의 내적 각운에 힘입어 열림의 운동성을 지향한다. 이런 운동성은 1행의 "동틀 무렵 au poinct du jour"과 8행의 "봄에 au printems"에서 알 수 있듯이 시간적 차원에서도 발견된다. 시적 화자의 시선은 이런 방식을 통해 우주의 역동성을 목격하고 그것을 간과하지 않는 면밀함을 드러낸다. 한편 6행의 "웅성임 ronfler" 그리고 7행의 "춤 bal"과 "지저귀는 gazouillis" 등과 같은 표현들은 즐거움이 시각에 국한되지 않고 청각과 촉각으로까지 확장되는 것을 엿보게 한다.

9행 전쟁을 치르기 직전의 팽팽한 긴장감과 부대들의 멋진 위용을 가리킨다.

10행 인간의 공간에서 자연의 굴이라는 공간으로 시선이 이동한다. 오래되어 신비를 간직한 공간에 대한 언급이다.

11행 1552년 판본은 "님프들을 밀어붙이는 실바누스들도 Ni les Sylvains qui les Dryades pressent"였다. 모리스 드 라 포르트 M. de La Porte의 『형용사 *Les Epithetes*』에 따르면 실바누스는 '빠른 속성'을 지닌 숲의 정령들이다.

12행 시적 화자가 여인에게서 느끼는 즐거움은 침묵에서 벗어난 쾌활함과 명랑함에 해당하지만, 동시에 마치 바위처럼 신비하고도 무거운 양상을 띤다.

13행 롱사르가 카상드르를 만난 것은 1546년 4월 21일이지만, 이듬해 그녀는 투렌 지방 "프레 Pré"에 영지를 소유한 장 페네 Jehan Peigné 공작과 결혼했다.

14행 모순어법이다. 절망이 희망을 자라게 하고 희망을 보장한다. 부재가 현존을 위한 조건이 된다는 이런 언급은 부재 자체를 삶의 용기와 동력으로 간주하려는 의지의 표명으로도 읽힐 수 있다.

LXI

1행 초원의 이미지는 「소네트 LIX」에 이어 계속 등장한다. 나이아스는 물의 요정이다.

2행 "꽃처럼 걷다 comme fleur marchoit"는 꽃처럼 우아한 여인의 발걸음을 가리킨다.

3행 안에 둥근 철사를 대어 부풀린 속치마를 가리킨다.

8행 사랑에 포로가 되어 자유를 상실한 상태를 그린다.

3연 피치노는 『플라톤 향연 주석 *Commentarium in convivium Platonis*』에서 사랑의 '첫 번째 만남'의 병리학을 다음과 같이 설명한다. "눈을 크게 뜨고 누군가를 바라보는 시선이 사랑하는 사람의 눈에 자기 눈빛의 화살을 쏘아대고, 정신의 매개체인 이 화살에 힘입어 그는 정신 esprit이라 불리는 핏빛 안개를 그 사람에게 씌우게 되는데 이보다 더 놀라운 일이 있는가? 그리하여 독을 머금은 화살은 사랑을 불러일으킨 자의 심장에서 나오는 것인 양 그의 눈을 통과하여 자신이 머물러야 하는 거처인 그 심장을 겨누려고 한다. 이후 화살은 심장에 상처를 입히고 가장 혹독한 절정에 이르러 부러지면서 다시 피가 된다." 작품 11행의 "쉽게 스며드는 subtil à se mesler"은 피치노가 제시한 마지막 단계를 상기시킨다. 모리스 세브 역시 『델리』의 「소네트 XLII」에서 "그녀의 눈에서 은밀하게 나온 독이 / 그녀 눈을 통과해서 그 가슴 깊은 곳으로 돌아갈 때"라고 노래하였다.

4연 젊은 날의 가장 푸르른 시절을 사랑의 고통으로 보냈다는 고백이다. 1552년 판본에서 시적 화자는 "아름다운 백합처럼, 유월의 뜨거운 햇볕에 / 상처 입어, 머리 떨어트린 채 흐느적거리며, / 푸른 청춘의 한 시절에 나는 야위어갔다 Comme un beau lis, au mois de Juin blessé / D'un rai trop chaut, languit à chef baissé, / Je me consume au plus vers de mon age"라고 말하며 자신을 뜨거운 햇살에 쉽게 시들어버리는 백합에 비유한다.

LXII

아름다움은 시적 화자의 자연적 죽음에 대해서도 최고의 권력을 행사하며, 그에게 자연스런 운명에 따른 죽음을 허용하지 않는다. 오히려 그가 얻을 죽음은 아름다움에 의한 것이기에 미학적 죽음의 속성을 띤다. 시적 화자의 자연에 대한 호소는 영원한 아름다움을 대상으로 하는 미학의 세계 안으로 자연을 편입시키는 행위이기도 하다. 게다가 자연 안에 미래의 젊은 시인의 입을 빌려 묘비명을 새기게 하는 것은 자신의 불행한 운명을 기록한 시가 사후에도 여전히 읽히도록 만들기 위해서이다. 이런 면에서 여인이 강제한 죽음은 시적 화자에게는 미학적으로 살아남을 수 있는 계기를 마련해준다. 여인이 강제한 죽음을 통해서만 그는 자연적 죽음에서 미학적으로 부활할 수 있다.

1-2행 원문은 "Quand ces beaux yeux jugeront que je meure, / Avant mes jours me bannissant là bas"이다. 여인의 아름다움이 시적 화자가 신으로부터 부여받은 운명보다 더 막강한 것임을 드러내지만, 아름다움에 대한 추구는 자연이 안겨줄 죽음의 순간보다 더 먼저 온다는 의미도 지닌다. "추방하다 bannir"는 표현은 죽음의 운명이 시적 화자에게 강제된 것임을 암시한다.

3행 원문은 "Et que Parque aura porté mes pas"이다. 반복되는 파열음 [k]와 [p]는 죽음을 불러오는 운명의 가혹함을 환기시킨다. 미래형 동사가 사용되고 있는 까닭에 시적 화자가 여인의 명령을 두려워하는지, 아니면 그것을 기대하는지 독자는 파악하기 힘들다. 시인이 죽음을 아직 맞이한 것은 아니다. 그러나 그가 죽음을 염두에 두고 있다는 것, 그리고 아름다움과 죽음의 관계를 생각하고 있는 것만은 분명하다.

4행 시적 화자에게 이곳은 행복의 세계이다. 반대로 그 건너편은 어떤 곳인지 밝혀져 있지 않으며, 그는 그곳에 대해 두려움을 지닌다.

6행 시적 화자는 자연의 구성물들이 자신을 비난하지 않기를 희망한다. 그의 죽음은 자연에 의해서가 아니라 여인의 아름다움을 좇았던 자신에게 강요된 것이기 때문이다. 아름다움과 자연 사이에 놓인 시적 화자의 갈등이 표현된다.

8행 원문은 "Une eternelle et paisible demeure"이다. 1552년 판본은 "어떤 평온한 거처의 휴식 Quelque repos de paisible demeure"으로 적고 있다. 롱사르가 "repos"를 "영원하고 eternelle"로 퇴고한 것은 사후에도 여전히 시적 화자에 대한 기억이 생명력을 얻어 살아남게 될 것을 예고하기 위해서이다. "영원하고 고요한 내 거처"는 불멸의 욕구를 반영한다.

3-4연 사후의 그가 놓일 자연은 있는 그대로의 자연이 아닌 자신이 추구한 아름다움에 대한 기억이 시로 새겨진 미학적 공간이 된다. 롱사르는 여러 작품에서 자신의 사후 거처에 대해 언급했다. 특히 『오드집』 제4권에 실린 「오드 IV」의 「무덤의 선택에 대하여 De l'election de son sepulchre」에서 그는 화려한 묘비명보다는 방돔 지방의 한적하고 고요한 곳에 자기 무덤을 마련하길 희망한다. "떡갈나무 un cyprés"가 무성한 자연 안에 죽음의 자리를 마련하려는 것은 지상의 인간적 시간과 공간을 벗어나려는 의지를 드러낸다.

LXIII

"자연이 할 수 있는 모든 것과 천상이 우리들 사이에서 / 할 수 있는 모든 것을 보길 원하는 자는, 와서 이것을 보라"로 시작하는 페트라르카의 『칸초니에레』 「소네트 CCXLVIII」을 모방한 작품이다. 롱사르는 「소네트 I」에서 이미 "보고 싶어 하는 자는 Qui voudra voir"이란 표현을 반복해서 사용한 바 있다. 시적 화자는 아름다움을 추구하는 젊은이에게 자신의 경험에 관심을 가질 것을 권유한다. 그가 경험하는 아름다움은 정숙함을 모르지 않으며, 다정다감하고, 인위적이지도 않으며, 일상을 넘어서는 고귀함을 지닌다. 그가 여인에게서 발견하는 속성이라기보다는 여인이 이런 성질을 가질 것을 그가 희망한다고 보는 것이 더 나을 수 있는 이런 표현들에는 어떤 간절함이 깃들여 있다. 물론 여기에는 2연에서 볼 수 있듯이, 그런 아름다움을 지닌 여인을 애인으로 삼은 자의 우쭐한 의식도 섞여 있다. 세상에서 찾을 수 없는 아름다움, 즉 새로운 아름다움을 발견하는 시선이 그에게 있기 때문일 것이다.

4연 여인은 천상에 머물지 않는다. 시적 화자는 천상의 아름다움이 지상에 머물게 되었다고 노래하기 때문이다. 그녀는 천상의 아름다움을 지상의 인간들에게 보여주는 주체가 되고, 천상의 속성을 지상에게 얻게 만드는 역할도 한다. 시적 화자가 여인의 자리를 이런 식으로 규정한 것은 지상에 머문 자신과 그녀 사이의 소통을 간절히 원했기 때문이다. 그러나 3연의 삽입 구문 "얼마나 놀라운 소식이겠는가 Quelle estrange nouvelle"에서 알 수 있듯이, 천상의 아름다움이 지상에 내려왔다는 놀라운 사실을 그는 지상의 인간들에게 전달하여 그들에게 기쁨을 주려고 한다. 그는 천상의 아름다움을 욕망하는 모든 청춘들의 선구자이자 모델이 되기를 원한다.

LXIV

전반적으로 작품은 페트라르카 「소네트 CXLIV」에서 영감을 얻었지만, 1-2행은 오비디우스의 『사물의 본질에 관하여』 1권 5장 250-251행을 모방하고 있기도 하다. 작품에서 지상은 천상과 아날로지의 관계를 유지한다. 무지개와 번개를 환기하는 롱사르는 카상드르가 자신에게 던진 시선을 마치 찬란한 태양의 떠오름에 비유한다. 아침나절의 색깔이 붉고 고귀하며 동시에 눈부시게 투명한 광채를 지녔다면, 그것은 카상드르의 아름다움을 반영한다. 그녀는 신화 속 인물들의 본질적 속성마저도 무색하게 만드는 아름다움을 지녔다. 최초의 만남에 대한 인상을 묘사한 대표적 작품이다.

1행 주노는 여기에서는 에테르와 동일시된다. 대지는 주노의 할머니였다.

6행 아르테미스가 죽은 남편 마우솔로스 Mausol를 위해 소아시아 카리아 Carie에 세운 묘지를 가리킨다.

3-4연 원문은 다음과 같다.

Ny le Soleil ne rayonne si beau
Quand au matin il nous monstre un flambeau
Tout crespu d'or, comme je vy ma Dame

Diversement ses beautez accoustrer,
Flamber ses yeux, et claire se monstrer,
Le premier jour qu'elle enchanta mon ame.

그녀를 처음 만날 때를 노래하는 11행의 "마치 여인을 보는 듯했다 comme je vy ma Dame"는 4연과 시행걸치기로 연결된다. 롱사르는 여인의 아름다움이 하나의 연에 갇히는 것을 원하지 않는다. 1-2연이 아름다움과 관련된 단 하나의 사건만을 다루고 있다면, 그는 여전히 지속되는 카상드르의 아름다움을 3-4연으로 이어간다. 이런 구성방식은 신화적 아름다움마저 능가하는 여인의 아름다움이 지닌 영원성을 강조하기 위해서이다. 게다가 3연 마지막 행의 "여인 Dame"과 4연 마지막 행의 "영혼 ame" 사이의 각운은 11행 후반부에 "comme je vy ma Dame"가 연 끝자락에 불안하게 걸려 있는 것처럼, 시적 화자의 황홀하지만 불안한 영혼상태를 시각적으로 제시하는 효과도 갖는다.

LXV

1연 시적 화자는 여인의 머리카락과 눈 그리고 피부의 아름다움을 찬양한다. 그것은 신들의 아름다움을 초월한다. 특히 4행의 "불그레한 rougissant"은 여인이 지닌 건강한 아름다움을 환기한다. 1552년 판본에서 여인의 머리카락은 황금색이었으며, 그녀의 눈은 "별들"의 아름다움을 초월하는 것이었고, 생기 넘치는 가슴이 노래되었다. 롱사르는 수정을 거듭하며 찬양의 대상을 몸의 일부에서 전체로 확대하였다. 아름다움은 극대화되었고, 황금과 붉은 색채감이 지배하게 되었다. 눈부신 색채를 띤 여인의 몸 앞에서 시적 화자의 시선이 방향을 잃고, 그의 목소리가 소리를 잃는 것은 당연하다. 목소리를 상실한 그는 고통을 벗어날 수는 없다.

2연 시적 화자의 눈물은 여인의 아름다움에 걸맞지 않는 보잘것없는 제 노래 때문에 만들어진 것이기도 하다. 여인의 아름다움을 노래로 재현하지 못하는 무력한 그의 눈물은 여인의 아름다움을 시로 옮길 수도 없다. 그런데 그의 슬픔은 여인의 아름다움을 자기 노래로 재현하지 못한다는 것에도 기인한다. 그가 굳이 "배반하는 trahissant"이란 용어를 사용한 것도 그녀를 자기 노래 안에 가두어 그녀로부터 능력을 빼앗으려는 시도가 성공하지 못했기 때문이다.

3연 아름다움을 노래할 능력이 없는 시적 화자는 사랑의 상처로 인해 노래의 충동을 얻게 된다는 모순을 표현한다. 그의 노래는 무력하지만, 사랑이 남겨놓은 상처는 그에게 노래의 의무와 권리를 부여하고, 노래에 대한 욕망을 불러일으킨다. 그에게 말의 자격을 준 것은 오히려 사랑의 상처이다.

4연 고통으로 인해 역설적으로 노래의 권리를 되찾은 그가 부르게 될 노래가 뛰어나지 않다면, 그것은 시적 화자의 능력이 모자라서가 아니라 그의 노래를 짓누르는 여인의 아름다움으로 인해 초래되었다. 그리하여 노래의 아름다움을 가로막는 잘못은 시적 화자가 아니라 여인에게 있다. 너무도 뛰어난 아름다움이 그에게 잉크를 제대로 사용하지 못하도록, 그리고 소리를 내지 못하도록 만든 동인이었다. 여기에서 시적 화자는 자기 글쓰기의 모든 운명이 그리고 고통의 원인이 여인에게 달려 있음을 보여준다. 따라서 작품은 여인의 아름다움에 굴복한 시적 화자의 무능력에 대한 고백이라기보다는 오히려 노래의 장애물이 되어버린 여인에 대한 고발을 이면의 내용으로 다룬다.

LXVI

자연의 구성요소들과 여인의 아름다운 눈이 환기되는 작품에서 시적 화자는 여인에게 이별을 고할 수 없는 자신의 처지를 드러내고 자연이 자신의 말을 대신해줄 것을 요구한다. 그의 이런 부탁과 권유는 자연에 대한 시적 화자의 전적인 신뢰 덕분에 가능했다. 자연은 천상과 분리된 인간의 영역이 아니다. 그것은 아름다움이 머물고 있는 천상과 소통하려는 시적 화자를 품에 안고, 5행의 "얼굴 반쯤 내민 à demy-front ouvers"이라는 표현이 내포하듯 그의 말에 귀를 기울이면서, 그것을 천상에 전달하는 기능도 담당한다. 롱사르는 천상과 자연의 분리를 희망하지 않는다. 사랑의 욕망이 도달할 곳이 여인과의 합일이 실현되는 지점이라면, 그의 작품이 천상과 분리된 자연을 노래의 대상으로 삼을 수는 없었을 것이다.

1연 원문을 싣는다.

Ciel, air et vents, plains et monts découvers,

Tertres vineux et forest verdoyantes,

Rivages torts et sources ondoyantes,

Taillis rasez et vous bocages vers :

자연의 구성요소들에 대한 언급은 시적 화자의 시선이 지상을 향해 있음을 암시한다. 이런 지향성은 2-3행의 각운 "푸르른 verdoyantes"과 "너울대는 ondoyantes"이 의미하듯 지상적 요소들의 운동성에 기인하며, 4행의 각운 "녹색의 vers"가 숨겨놓은 것처럼 그것들이 시적 화자의 "시 vers"를 만드는 자극이 된다. 게다가 1행의 "들판과 산 plains et monts"은 2연에서 나열된 것들과 더불어 시적 화자의 자연구성물에 대한 지극한 관심을 드러낸다. 2행의 "포도나무의 vineux"는 이전 판본에는 "fourchus"로 적혀 있었다. 밭을 두 갈래로 갈라놓은 형태를 의미하는 이전 판본의 형용사가 포도와 관련된 용어로 바뀐 것에는 물질의 가치를 수용하고 그것을 통해 형태가 소멸할 것들의 현재를 즐기는 바쿠스의 에피쿠로스주의에 대한 롱사르의 관심이 컸다는 것을 암시한다.

5행 "동굴 Antres"을 언급한 것은 이곳이 신비의 장소이기 때문이다. 시적 화자는 자연 역시 천상의 신비를 간직한 공간으로 간주한다.

7행 "해변 plages"은 밀이 심어진 들판의 비유이다.

1-2연 나열된 자연은 4행의 "녹색의 총림"을 구성하는 요소이기도 하다. 롱사르가 녹색을 지칭하기 위해 원문에서 "vert"라는 형용사 표현 대신 "vers"라는 표현을 사용한 것에는 이유가 있다. 1연과 2연에서 언급된 자연의 구성요소들은 시적 화자가 받아들이고 노래할 '시의 손님들'이기 때문이다.

3연 자연을 노래하면서 여전히 "아름다운 눈 ce bel oeil"을 지향하기에 시적 화자는 언제나 불안하다. 따라서 1-2연에서의 호격은 그의 불안이 계속되리라는 암시의 기능을 맡는다. 특히 원문에서 "분노 ire"와 "고하다 dire"의 각운은 시적 화자가 다가갈 수 없는 여인으로 인해 갖게 되는 분노가 그가 할 "말"의 기원이 된다는 것을 암시한다. 그의 호소는 멈추지 않을 것이다. 1-2연에서 호격의 반복이 그것을 이미 예견한 바 있다. 그의 "혼돈 esmoy"은 사라지지 않을 것이다. 그것은 시적 화자의 창작의 기원이자 자양분이다.

3-4연 여인을 버릴 수 없다는 메시지를 전달해줄 것을 자연에게 부탁하는 이 시행들에서 자연에 대한 시적 화자의 애정과 집착을 엿볼 수 있다. 그가 여인에게 이별을 고할 수 없는 데에는 이유가 있다. 그녀가 시적 화자에게 끼친 영향이 너무 컸기 때문이다. 그러나 여인과의 이별을 고하는 것은 그가 만들 시의 죽음

을 의미하는 것이 될 수도 있다. 이별 이후의 그에게 더 이상 시는 약속되지 않는다. 따라서 여인에게 이별을 고할 수 없다는 그의 말은 이별의 표현에 대한 '약속'만이 계속되리라는 암시이기도 하다.

LXVII

1553년에 추가된 작품이다. 여인이 시적 화자의 마음을 먹이로 삼아 살찌운다는 언급은 여인의 성장과 시적 화자의 성장이 상호관계를 맺고 있다는 의미를 지니지만, 그의 마음이 없다면 여인이 굶주림을 경험하게 될 것이라는 위협 역시 담고 있다. 가해자로서의 여인이 피해자로 변하게 되는 순간이 다루어진다. 시적 화자의 이런 의지는 큐피드의 역할을 부정적으로 인식하는 그의 태도에서도 드러나며, 그것은 시적 화자가 "선한 정신 les bons esprits"의 소유자임을 증명한다. 그는 큐피드가 여인과 자신의 먹고 먹히는 긴밀한 관계를 방해할지라도, 화살의 아픔을 기쁨으로 여기며 사랑의 불을 계속 태우려 한다. 부정부사 "아니다 Non"를 통해 사랑의 역할을 단호히 거부하는 그는 사랑의 역할을 해석하는 자로 남으려 한다. 여인의 전적인 희생물이 아닐 수 있는 것처럼, 큐피드의 희생물이 되지 않으려는 것이다. 그래서 그는 마지막 연에서 행복한 자신을 소개할 수 있었다. 고통을 기쁨으로 인식할 수 있고, 그런 변화의 희생물이자 수혜자가 되는 존재로 거듭 태어나는 행복을 그는 경험할 수 있다. 따라서 그의 죽음이 낙원의 행복을 보장하는 요소가 된다고 말할 수도 있다. 사랑에 빠진 시적 화자에게 죽음은 또 다른 생명을 보장하는 동인이 되는 셈이다. 생명 안에 죽음이 있고, 죽음 안에 생명이 내재되어 있다는 이런 인식은 만물이 양성을 지녔음을 지지하는 롱사르를 소개한다. 그가 티불루스를 굳이 언급하는 이유도 여기에 있다. 이 로마 시인과 더불어 시적 화자는 자연 속에서 구슬픈 사랑을 노래할 것을 꿈꾼다. 그는 기쁨과 고통을 주는 사랑, 쓰라리지만 감미로운 사랑, 양면의 성격을 지닌 사랑, 그리고 상반된 속성을 모두 지닌 자신과 여인의 운명을 노래할 것을 희망한다. 따라서 그의 행복은 여인을 바라봄으로써 얻어지는 것이고, 사랑의 신이 안겨줄 두려움을 즐거움으로 변환시키며 얻어지는 것이지만, 궁극적으로는 전원에서 양성적인 사랑의 본질을 노래하는 것에서 획득된다. 작품이 천상의 역할을 담당하는 지상을 노래한 「소네트 LXVI」 바로 다음에 놓인 이유이기도 하다.

2행 여인과의 대화를 생생하게 제시하기 위해 직접화법을 사용한다. 롱사르의 시에서 직접화법이 사용된 경우는 매우 드물다.

5행 큐피드이다. 시적 화자는 자신의 선함을 강조한다. 그가 말을 거는 대상이 여인에서 사랑의 신으로 바뀌는 것은 흥미롭다. 큐피드는 여인과 시적 화자의 관계를 방해하는 존재이다. 여인에 대해 공포심을 갖게 하는 것은 여인이 아니라 오히려 큐피드이다. 반면에 1553년 판본의 8행에 해당하는 "그는 내 마음에서 모든 고통을 앗아갔다 Qu'il m'a du coeur toute peine tolüe"에서 사랑의 신은 시적 화자를 위안하는 역할을 수행했다.

13행 사랑의 비극을 다룬 작품을 주로 쓴 로마의 시인이다.

LXVIII

시적 화자는 여인을 자신의 영혼으로 간주하고, 그것이 지닌 완벽성을 인정하지만, 자기 존재의 운동을 통해 여인과의 합일을 이루는 과정 역시 중시한다. 그는 이 과정이 자기 존재를 구성하는 물질들의 운동에 의해서만 가능하다고 제시한다. 예를 들어, 1행의 "공손하게 appris", 5행의 "빠져들게 épris", 8행의 "사로잡으리라 pris" 등은 주체와 객체 사이의 운동성을 드러내는 용어들이다. 특히 4연의 동사 "쏘아대는 darder"은 소멸과 생성의 동력인 불의 운동에 의해 시적 화자가 자기 존재와 운동성을 확보하게 되었음을 암시한다. 롱사르는 신플라톤주의가 제시한 영혼의 존재와 영혼의 자체적인 운동성을 받아들이면서도, 아리스토텔레스의 운동에 대한 개념을 수용한다. 지상에서의 운동을 통해 천상으로의 상승이 가능하다는 관점이 그에게 있다.

1연 가벼운 여인의 시선은 천상에 속하는 것이기에 강력하다. 그래서 지상적 속성을 지닌 것들의 무거움을 변화시킬 수 있다.

5행 "나"를 시행의 앞에 위치시키며 여인의 아름다움이 대상으로 삼은 것이 시적 화자라는 점을 강조한다.

6행 「소네트 LIII」에서 시적 화자는 여인이 자신에게 꾸준히 고통을 주길 바라면서도 다른 여인의 아름다움을 추구하겠노라고 선언한 바 있다. 시적 화자는 그녀의 아름다움이 지닌 막강한 영향력을 노래하기 위해 다른 아름다움을 언급한다. 이것은 그가 다른 아름다움을 추구한다면 그것을 저지할 정도로 여인의 힘이 막강하다는 것을 말하기 위해서이다. 여기에서 시적 화자와 여인이 서로 저항하며 긴장된 관계를 유지하고 있다는 것을 알 수 있다. 여인의 힘 앞에서 시적 화자는 무력한 존재로 남기보다는 끊임없이 자신의 힘과 정체성을 유지하려고 시도한다.

7–8행 원문의 "Et m'est avis, sans voir un jour la lampe / De ces beaux yeux, que la mort me tient pris"에서 "lampe"와 "De ses beaux yeux" 사이의 단절과 쉼표를 세 번이나 사용하며 시행을 나누는 것은 죽음에 의해 초래된 시적 화자의 파편화된 육체를 형상화하기 위해서이다.

3연 자연의 여러 생명체가 자신들의 고유한 영역을 가지고 있듯이, 여인의 아름다운 눈이 자기 것임을 선언하는 이런 언급은 시적 화자가 여인을 쫓아 천상을 바라보는 이유를 설명한다.

4연 키케로는 『투스쿨룸 대화 *Tusculanae disputationes*』, I, X, 22에서 아리스토텔레스의 "엔텔레키 entéléchie"를 '영원한 운동'으로 정의하였다.

LXIX

1555년 마리 Marie에게 바친 『사랑시집 속편 *Continuation des Amours*』에 처음 소개되고, 1560-1572년에는 『사랑시집 제2권 *Le Second Livre des Amours*』에 수록되었으나 1578년 이후 카상드르를 위한 시집인 『사랑시집 제1권』으로 자리를 옮긴 작품이다. 이 소네트에 따르면 카상드르는 단지 물질적인 품성만을 지니지 않는다. 명예 honneur, 품성 Vertu, 우아 Grace, 지식 sçavoir, 아름다움을 주관하는 신들은 서로 뛰어나다고 다투지만, 주피테르에 의해 그들은 서로 공평하게 그녀의 아름다운 속성을 구성하는 요소로 참여하게 된다. 명예와 품성과 지식은 여인에게 정신적인 자질이 있음을 드러낸다.

2-3행 프랑스어에서 "명예"와 "지식"은 모두 남성명사이지만, 여기서는 '명예의 여신'과 '지식의 여신'으로 의인화되었기에 롱사르는 의인화된 다섯 명사를 모두 여성으로 취급한다. 이 시기에 "vertu"는 품성과 용기 그리고 재능을 모두 포함하는 의미를 지녔다. 롱사르는 『장미이야기』 등에서 사용된 중세의 알레고리를 시에 도입하였다. 「소네트 CLXIX」에서도 "환대 Belacueil"의 알레고리가 사용될 것이다.

LXX

「소네트 XXX」에서 카상드르는 아폴론으로부터 치유의 비법을 전수받은 트로이아의 여인 카산드라와 동일시되었으며, 오직 그녀만이 시적 화자의 병을 치유할 수 있었다. 그러나 이 소네트에서 치유의 능력을 지닌 자는 사랑의 신이다.

8행 "돛배 la barque"는 하데스의 사자 카론 Charon이 모는 죽음의 배를 가리킨다.

12행 오만한 아폴론이 무거운 화살을 지닌 큐피드를 놀렸는데, 이에 큐피드는 그 누구도 내 화살을 비껴갈 수는 없노라고 대답했다. 큐피드에게는 두 개의 화살이 있었다. 하나는 사랑의 영감을 불러일으켰고, 다른 하나는 사랑을 물리치게 만들었다. 큐피드는 두 번째 화살을 아폴론에게 쏴서 그가 다프네를 사랑하게 만들었지만, 다프네는 아폴론의 이 사랑을 거부하였다. 아폴론이 경험한 최초의 사랑이다. 그런데 모든 약초의 효험을 알고 있고, 모든 이를 치유할 수 있는 의학의 신 아폴론은 큐피드의 화살 앞에서 자기 능력이 스스로에게는 무효하다는 것을 한탄하였다.

14행 시적 화자는 스스로를 치유할 수 없는 의학의 신 아폴론에 비유된다. 큐피드의 도움 없이는 그가 사랑의 고통에서 벗어날 가능성은 없다. 그러나 그는 큐피드에게 치유를 구걸하는 비루한 모습을 갖지 않으려 한다. 큐피드에게 말을 거는 그의 어조는 오히려 당당하다.

4연 롱사르는 1552년 초판본을 대폭 수정하였다. 원문은 다음과 같다.

De tes beaus yeus allege mon souci,

Et par pitié retien encor ici

Ce pauvre amant, qu'Amour soule de vivre.

네 아름다운 눈으로 내 근심을 위무하라,
동정심으로 다시 이곳에 붙잡아두라,
사랑이 살려두길 혐오하는 이 가련한 연인을.

초판본의 4연에서 시적 화자는 큐피드에게 여인의 치유를 간청하며, 스스로를 "가련한 연인"으로 지칭한다. 이에 반해 1584년 판본의 시적 화자는 아폴론 옆에 자기 이름을 놓을 수 있는 당당함을 지니고 있으며, 사랑에 고통받는 자로 남지 않겠다는 의지를 드러낸다.

LXXI

월계수를 도금양으로 대체하며 사랑시가 서사시보다 열등한 장르가 아니라고 롱사르는 지적한다. 도금양의 관을 머리에 쓰는 것은 서사시인에게 주어지는 월계관만큼이나 그것이 영광의 상징이 될 수 있다는 행위에 해당한다. 월계수처럼 상록수인 도금양이 영원한 봄의 상징인 것처럼 사랑의 화살에 상처 입은 시적 화자는 언제나 큐피드를 찬양하는 "당당한 시"의 주인으로 남게 될 것을 예고한다.

3행 "내 당당한 시 ma brave poësie"는 서사시를 가리킨다.

8행 메로빙거 왕조는 프랑쿠스를 실존인물로 간주하였다. 그는 헥토르의 아들로 불렸으며, 프랑스 왕조의 설립자로 인정받았다. 롱사르는 프랑쿠스를 1572년에 간행된 서사시 『라 프랑시아드』의 핵심인물로 삼았다. 이 소네트는 롱사르가 매우 일찍 프랑스 왕조 설립에 관한 서사시를 구상했다는 단서가 된다. 그렇지만 시인은 여러 번에 걸쳐서 서사시 작업이 다른 장르로 인해 늦춰지는 것을 안타까워했으며, 앙리 2세가 서사시 작성을 위한 물질적인 보은을 주지 않는 것에 대해 불만을 표시하기도 했다.

9행 사랑에 바쳐진 도금양은 비너스의 온화한 나무이며 그녀에게 헌신하는 자에게 주어지는 상징의 식물이다. 16세기에 월계수만이 영광을 상징하는 식물은 아니었다. 뒤 벨레가 1549년에 출간한 작품의 제목이 『올리브』였던 것은 동일 이름을 지닌 여인을 페트라르카의 라우라에 비견하기 위해서였지만, 보통명사 올리브가 영광을 위한 새로운 상징의 기능을 할 수 있다는 생각이 그에게 있었기 때문이기도 하다.

14행 전투의 영광과 관련된 월계관은 델포이에 신전을 둔 아폴론의 식물이다.

LXXII

롱사르는 여인에게 말을 걸면서 오르페우스, 핀다로스, 호라티우스, 뒤 벨레, 페트라르카 등의 고대와 근대의 시인들, 그리스와 로마 그리고 프랑스와 이탈리아의 시인들을 모두 자기 시 안으로 소환한다. 여인에 대한 사랑이 사랑의 신성화를 지향한다면, 그것은 제 사랑의 노래가 시적 영광의 획득과 관련된다는 것을 뚜렷이 드러내기 위해서이다. 그러나 고대와 당대의 뛰어난 시인들을 극복하려는 그에게 단 하나의 조건이 요구된다. 그것은 신의 은총을 받은 책을 만드는 것이다. 그 책만이 신성을 찬양할 자격을 그에게 부여하고, 장중함을 지닌 책만이 신성한 존재들 곁에 여인의 자리를 마련해줄 수 있다. 이 책은 여인과 시인의 불멸을 약속할 것이다. 책에 담긴 시인의 목소리가 여인을 영원히 살게 만든다면, 신성을 누리는 여인에 대한 시의 소리 역시 영원을 누리게 될 것이다. 그리하여 1행을 “사랑 Amour”의 호격으로 시작하고, 14행을 “시 ryme”라는 어휘로 종결하는 이 소네트에서 사랑과 시는 구분되지 않는다. 1연과 4연의 원문을 싣는다.

Amour, que n'ay-je en escrivant, la grace
Divine autant que j'ay la volonté ?
Par mes escrits tu serois surmonté
Vieil enchanteur des vieux rochers de Thrace [···]

Comme ton nom, honneur des vers François,
Victorieux des peuples et des Roys,
S'en-voleroit sus l'aisle de ma ryme.

카상드르의 이름은 시의 다른 이름이 되며, 비상하는 그녀의 이름은 시의 비상을 허용한다. 게다가 영원을 향해 날아오르는 시적 의지는 작품의 운동성으로도 표현된다. 상승과 고양, 비상과 도약의 리듬은 작품에 생기를 부여하며, 시인의 붓에 날개가 달렸다는 인상을 갖게 만든다. 자신과 여인을 비상하게 만드는 그의 시는 비상하는 한 마리 새와 다르지 않다.

3행 오르페우스를 말한다.

2연 시적 화자는 자신이 고대나 자기 시대 프랑스의 그 어떤 시인보다도 더 뛰어나다고 자부한다.

3연 이탈리아의 페트라르카마저도 자기 시를 능가하지 못한다는 표현이다.

LXXIII

작품은 오디세우스와 키르케의 만남에서 소재를 취한다. 트로이아 패망 후에 키르케의 섬에 난파한 오디세우스는 부하들을 보내 섬을 알아보게 했지만, 그들은 키르케의 마법에 걸려 돼지로 변하고 말았다. 이를 복수하기로 결심한 오디세우스는 메르쿠리우스가 건네준 영초의 뿌리에서 추출한 신비의 물약을 가지고 부하들의 저주를 풀어냈다.

1행 카상드르는 과자나 포도주를 먹여 인간을 자신이 원하는 동물로 변하게 만들었던 아폴론의 딸 키르케에 비유된다.

5행 메르쿠리우스의 가르침을 받고 키르케를 경계한 오디세우스를 가리킨다.

6행 오디세우스의 부하들을 키르케의 저주에서 구해낸 영초의 뿌리는 검정색이었고, 그 꽃은 우윳빛을 띠었다. 플리니우스는 『자연사』 25권 8장에서 이 영초가 아르카디아에서 자란다고 적고 있다.

9행 "둘리키움 Dulyche"은 오비디우스의 『변신』 13권에 따르면 이타케 Ithaque와 사모스 Samos와 함께 오디세우스가 소유한 섬의 명칭이다. "짐승들 troupeau"은 돼지로 변했던 오디세우스의 병사들을 가리킨다.

10행 인간으로서의 명예를 말한다.

12행 "감각을 머릿속에 되돌려놓기 위해선 pour mon sens remettre en mon cerveau"은 '두뇌가 감각을 인지하게 만들기 위해서'라는 뜻이다.

13행 아리오스토의 『광란의 롤랑』 6권 32-53장과 39권 36-80장에서 알치나 Alcine의 유혹에 속아 도금양으로 변했던 아스톨포 Astolfo는 후에 롤랑을 보호하였으며, 그가 사랑으로 인해 잃어버렸던 이성을 되찾도록 도움을 주었다.

LXXIV

1553년 간행된 『사랑시집』의 재판에서 피치노의 신플라톤주의 영향이 두드러지게 발견되는 작품은 대략 43편이다. 시집에 수록된 작품의 약 20%를 차지한다. 그중 이 소네트가 가장 대표적인 작품으로 소개되었다. 신플라톤주의의 대표적 경향은 두 가지로 요약될 수 있다. 우선 하나는 '바라봄의 인상학 la physionomie de la vision'으로 명명될 수 있는 것으로, 눈으로 바라본 여인의 이미지가 시인의 영혼에 스며들어 혈관을 타고 흐르면서 육체와 정신을 사로잡는다는 이론이며, 다른 하나는 여인의 아름다움이 절대적 아름다움의 그림자 ombre라는 관점이다. 이 소네트는 두 번째 특징을 노래한다. 신성한 빛의 불꽃 étincelle인 여인의 아름다운 눈은 시적 화자를 이데아의 세계로 비상할 수 있도록 이끈다. 롱사르는 원문의 2행에 해당하는 번역문의 4행에서 "내 태양의 광채 les rais de mon Soleil"를 언급함으로써, 여인의 반짝이는 신성한 아름다움을 일종의 신의 선의 bonté와 동일한 것으로 간주한다. 그런데 작품이 이것만을 주제로 다룬다고 말하기는 힘들다. 9행의 "이 최초의 시선은 사랑이 무엇인지 알게 해주었고 Cet oeil premier m'apprit que c'est d'aimer"에서 "시선"과 "사랑하다" 사이의 한복판에 "나 moi"가 놓이기 때문이다. 이 표현은 작품이 신플라톤주의의 영향을 그대로 드러낸다는 기존의 견해에 의문을 제기하게 만드는 단서이다. 롱사르는 여인과 사랑을 표면적 찬양의 대상으로 삼지만, 찬양의 주체인 "나"의 위상을 소홀히 다루지 않는다. "나"인 시적 화자는 여인의 시선과 사랑 사이의 공간을 확장하면서 여인을 찬양하는 자기 역량의 뛰어남을 암시한다. 따라서 궁극적 찬양의 대상은 시적 화자 자신이 된다. 이를 위해 롱사르는 마지막 연에서 "이데아의 품 안까지 날아오르 Jusqu'au giron de plus belles Idées"려는 비상에 대한 시적 화자의 의지를 소개하지 않을 수 없었다. 또한 9행에서 여인의 눈에

"최초 premier"라는 수식어를 부여한 것과 마찬가지로, 10행에서 이 용어를 "내온 가슴 il vint premier tout le coeur m'entamer"과 관계하게 만든다. 그리하여 신플라톤주의의 '최초의 유일한 아름다움'을 상기시키는 "premier"라는 어휘는 여인에게만 국한된 것이 아니라 시적 화자와도 관계를 맺기에 이른다. 그에게는 여인의 힘에 걸맞은 의지와 역량이 있다. 그는 고통을 부여하는 여인의 시선만큼이나 당당한 자세로 "패배를 모르는 길을 따라 par un trac non batu" 이데아의 저 신성한 공간을 탐할 자격을 지닌다. 이 당당함은 이데아의 "품 giron"이라는 용어에 의해서도 설명된다. 이 어휘는 롱사르의 이름을 상기시키는 어소 "ron"을 포함한다. 따라서 시적 화자는 작품의 도입부에서는 종속적이었지만 중반에서부터 여인과 대등한 관계를 맺게 되고, 후반부에 이르면 여인은 사라지고 그의 '의도'만 남게 된다. 작품은 이데아의 공간에 자리 잡은 사랑이나 여인을 노래하기보다는 자기 본래의 자리로 비상하려는 시적 화자의 의지를 더욱 부각시킨다. 비상의 욕망을 갖는 것, 그것은 사랑의 외침을 고양시키기 위한 것이다. 또한 숭고의 저 높은 곳에 시의 자리를 마련하기 위한 것이기도 하다. 롱사르는 신플라톤주의의 철학적 요소를 수용하면서도 그것을 시적 화자의 의지, 나아가 비상을 지향하는 시의 높은 가치를 위한 소재로 활용한다.

7행 "기적 miracle"은 여인의 눈을 가리킨다.

2연 1-2행의 수평적 공간과 3-4행의 수직적 공간이 겹쳐지면서 공간이 최대한 확장된다. 이 부풀어진 공간은 비 뿌리듯 내려오는 은총의 풍요로움을 닮았다. 이 공간 안에 놓인 여인의 아름다움을 노래하는 시적 화자는 자기 사랑이 충만하다는 것도 동시에 암시한다.

4연 플라톤이 『파이드로스』에서 언급한 '회상이론 la théorie de la reminiscence'을 환기시킨다. 지상의 아름다움을 바라봄으로써 인간은 자신이 떠나온,

그러나 다시는 되돌아갈 수 없는 천상의 아름다움을 기억하고 갈망하게 되었다.

12행 "그것"은 원문에서는 3인칭으로 의인화된 "luy"를 옮긴 것으로서 여인의 눈을 가리킨다. 이데아의 세계로 진입하기 위해 시적 화자는 가장 투명하고 깨끗한 정신을 지닌 자가 되어야 하는 까닭에 "미덕 vertu"이 언급되었다.

LXXV

말과 의미의 기교가 거울의 모티프를 중심으로 강조되는 작품은 페트라르카의 전형적인 찬양방식을 사용한다. 원문을 제시한다.

Je paragonne à vos yeux ce crystal,
Qui va mirer le meurtrier de mon ame :
Vive par l'air il esclate une flamme,
Vos yeux un fue qui m'est saint et fatal.

Heureux miroër, tout ainsi que mon mal
Vient de trop voir la beauté qui m'enflamme
Comme je fay, de trop mirer ma Dame,
Tu languira d'un sentiment égal.

Et toute-fois, envieux, je t'admire,
D'aller mirer les beaux yeux où se mire
Amour, dont l'arc dedans est recelé.

Va donq' miroër, mais sage pren bien garde
Que par ses yeux Amour ne te regarde,
Brulant ta glace ainsi qu'il m'a brulé.

1연 시적 화자는 수정유리로 만들어진 거울을 여인에게 선물한다. 이때 그의 시선과 여인의 시선은 거울을 함께 향하게 되고, 서로의 시선이 거울 안에서 교차된다. 서로 얽히게 되는 시선들의 결합에서 거울의 투명함이 강조되지만, 교차된 시선으로 인해 시적 화자와 여인 사이의 거리 역시 사라진다. 거울은 시적 화자와 동일한 행위를 수행한다. 그것은 동일한 상황에 놓이게 될 여인을 끌어들이는 매개체이다.

2연 시적 화자의 심정과 같이 수정거울의 투명함도 여인의 찬란함으로 인해 무색해진다. 그것은 여인의 빛에 압도되어 본래의 빛나는 성질을 잃어버린다. 이것은 시적 화자가 사랑으로 인해 자기정체성을 잃어버리며 초췌해져 가는 것과 다르지 않다.

3연 세상의 사랑을 비추는 여인의 눈을 거울은 밖으로 비춘다. 따라서 거울이 반사하는 것은 여인의 눈이자 동시에 여인의 눈이 내포한 사랑이다. 마치 액자구조와 같이 거울 안에는 거울을 비추는 여인의 눈이 놓여 있다. 그런데 시적 화자는 이 거울을 자기와 동일시하며 세상을 비추는 여인의 눈이 자기 안에서 비치도록 만든다. 여인의 반영 기능은 이제 그의 속성이 된다. 세상을 반영하는 여인을 거울이 비추는 것처럼, 시적 화자는 여인의 눈에 비치면서 동시에 자기 눈을 통해 여인의 눈이 세상 밖으로 비치게 만든다. 시적 화자와 여인이 비춘다는 동일한 기능을 공유하고, 이때 그는 여인과의 합일을 성취해낸다. 거울의 반영효과에 의지함으로써 사랑이 파괴할 수도 있었을 연대감이 회복된다.

4연 자신의 고통을 거울이 겪게 될 것을 염려하는 시행들에서 여인의 눈과 거울 그리고 시적 화자가 서로 중첩되고, 이로 인해 작품은 거울의 역할을 담당한다. 반복되는 '비추다'의 뜻을 지닌 "mirer", "miroër", "admirer", "mirer le miroir où se mire", "miroir", "mirant", "admiré" 등과 같은 유사용어들은 음성과 기능의 유사함에 힘입어 작품을 거울로 변화시킨다. 게다가 원문 1-2연에서 반복되는 'AbbA'의 각운결합은 동일한 음의 반복적 울림을 통해 거울의 반사효과를 더욱 강화한다.

LXXVI

1553년에 추가된 작품이다. 작품의 1-2연이 제시하는 상호균형을 이룬 구조 그리고 작품 전체에서 반복되며 서로 겹치는 "행복heureux", "더욱 행복한 bienheureux", "고뇌 tourment", "감미로운 doux" 등은 거울에 비친 자기 욕망을 바라보고 즐기는 시적 화자의 모습에서 나르키소스를 떠올리게 한다. 그가 찬양하는 것은 사랑과 여인이라기보다는 자기 생각과 욕망이다. 3연에서 발견되는 점층법은 그의 욕망이 점점 더 강화되는 과정을 그려 보인다. 시적 어조는 고조되며, 그 안에서 죽음의 원인이었던 형틀조차 행복의 원천으로 간주된다. 이런 그가 사랑이 가져올 고통을 비난할 이유는 없다. 그가 사랑을 거부한다면, 그것은 자기 욕망의 죽음을 알리는 것이 될 것이다. 오히려 그는 사랑의 고통과 번민을 환기함으로써 자기 욕망이 더욱 자라나게 만들어야 한다. 시적 화자의 세계 안에서는 상호 대립하는 것들이 운동을 반복한다. 모순되는 것들이 서로 반영되는 그의 세계는 정지를 모른다. 그래서 그는 여인에 대한 "망각 oubly"을 그녀에 대한 "기억 souvenir"으로 바꿔놓지 않을 수 없었다. 고통과 기쁨이 반복적으로 순환한다는 의미는 작품이 유사한 구조와 어휘로 구성된 이유를 설명한다.

1연 원문은 다음과 같다.

Ny les combats des amoureuses nuits,

Ny les plaisirs que les amours conçoivent,

Ny les faveurs que les amans reçoivent,

Ne valent pas un seul de mes ennuis.

부정문의 반복은 어떤 희망도 품을 수 없을 정도로 모든 것의 거부에 직면한 시적 화자의 상황에 대한 암시이다. 1-3행에서 언급된 최고의 기쁨은 부정의 의미를 강화하는 4행의 "그 어느 하나 un seul"로 귀결되며 기쁨과 고통이 항상 함께 있다는 메시지를 전달한다.

5행 1553년 판본의 5행은 "행복한 번민이여, 네 안에 오직 나 Heureux ennui, en toi seulet je puis"였다. 롱사르는 반어적 표현의 효과를 강조하기 위해 이전 판본의 "번민 ennui"을 "희망 espoir"으로 퇴고한다. 게다가 이런 퇴고는 1-3행에서 나열된 "밤의 전투", "기쁨", "애정" 등의 긍정적 의미의 어휘와 부정부사가 서로 결합한 구조와 균형을 맞추기 위한 것이기도 하다. 시적 화자는 "희망 espoir"과 "휴식 repos" 그리고 "열정 passion"을 서로 결합하며 사랑이 가져올 긍정적 효과를 기대한다.

2연 2연은 1연의 어조와 대립한다. 시적 화자는 고통에서 휴식과 감미로움을 경험한다. 이것은 희망이 고통의 원인이며, 고통의 도래가 오히려 희망이 된다는 모순에 처한 그의 상황을 암시한다. 시적 화자는 고통에서 희망을 찾고 행복을 경험해야 한다. 따라서 그의 고통은 강화되겠지만, 1-2연의 구조는 오히려 안정적이다. 1-3행/4행, 5-7행/8행의 구조는 1연과 2연이 서로를 비추는 거울효과를 만들어내고, 각 연이 동일한 구조를 지니고 있다. 이런 구조는 번민에 빠진 시적 화자의 불안한 상황에 대한 암시가 진정성이 있는 것인지 의심하게 만든다. 그의 정신은 말의 안정적 구조를 만들어낼 만큼 명료하고 이성적이다.

3연 "행복한"이 "더욱 행복한"으로 나아가게 만들기 위해 롱사르는 점층법을 사용한다. 욕망이 강화되는 과정을 표현하기 위해서이다.

4연 모순어법이 반복되는 4연은 사랑에서 얻은 고통에 대한 찬양으로 가득하다. 특히 번역문의 13행에 해당하는 원문의 14행 "나를 얼려버리는 불길에 내 목숨 휩싸이게 만드는 Qui cuist ma vie en un feu qui me gelle"은 고통에서 기쁨을 느끼고, 행복에서 고뇌를 경험하면서 사랑을 언제나 추구해야 하는 시적 화자의 운명을 옮겨놓는다.

LXXVII

작품은 1555년에 마리와 여러 여인들에게 바친 『사랑시집 속편』 에 처음 소개되었으나, 1578년부터 카상드르에게 바친 『사랑시집 제1권』 에 포함되었다.

1행 단수형은 "고르고 Gorgo" 혹은 "고르곤 Gorgon"으로서 바다의 신 포르키스와 케토 사이에 태어난 세 명의 딸 스테노, 에우리알레, 메두사를 가리킨다.

2행 오비디우스의 『변신』 4권 619-620행의 표현을 모방했다.

4행 헬레네를 다시 찾은 메넬라오스는 트로이아를 떠나 나일강 하구에 도착하였다. 함대 항해사 카노페 Canope는 해변에 숨어 있다가 다가온 뱀에 물려 죽게 된다. 이에 분노한 헬레네는 뱀의 등을 발로 짓이겨 놓았다. 이로 인해 뱀이 굽은 등을 갖게 되었다고 전해진다.

3-4연 오르페우스의 아내 에우리디케는 뱀에 발뒤꿈치를 물려 죽었다. 시적 화자가 염려하는 것은 사랑하는 이를 결코 구해내지 못한 오르페우스의 불행이다. 그는 오르페우스의 영광을 기대하지만, 그렇다고 그의 불행마저 얻기를 바라지는 않는다. 카상드르는 영원히 푸른 들판에서 그의 곁에 있어야 할 것이기 때문이다. 그러나 이런 기대에는 불안이 스며들어 있다. 마지막 시행의 "나 Moy"는 절망한 시적 화자의 탄식을 떠올리게 한다.

LXXVIII

「소네트 LXXVII」편과 마찬가지로 1555년 『사랑시집 속편』에 수록된 작품으로 1578년에 『사랑시집 제1권』에 포함되었다. 1555년 당시에 작품은 "아, 귀여운 강아지 너는 행복할 터인데 Ha, petit chien, que tu serois heureux"로 시작하였으나, 1578년에 현재의 형태로 퇴고되었다. 여인의 품 안에 안긴 복슬강아지의 운명과 여인의 육체에 대한 욕망 때문에 불행을 경험하는 시적 화자가 대립된다. 복슬강아지의 운명이 1연에만 해당한다면, 나머지 세 개의 연은 시적 화자의 한탄을 담고 있다. 이와 같은 연의 배분은 그만큼 그가 경험하는 고통이 크다는 것을 보여준다.

2-3행 번역문의 2행 "네 몸뚱이 그녀 품 안에 눕힐 수 있고 D'ainsi ton corps entre ses bras estendre"는 원문의 3행에 해당한다. 1555년 판본의 3행 원문은 "카상드르의 젖가슴 안에 그렇게 몸을 누이고 D'ainsi coucher au giron de Cassandre"였다. 카상드르의 이름은 1560년 판본에서 삭제되는데, 『사랑시집 속편』이 카상드르 이외의 다른 여인들에게 바쳐진 것과 관련된다. 롱사르는 작품의 일관적 성격을 고려해 카상드르의 이름 대신 소유형용사를 사용해 시적 화자가 언급하는 대상이 누구인지 독자가 짐작하게 만든다.

5-6행 5행의 원문은 "Où moy je vy chetif et langoureux"이다. 1584년 판본의 관계사 "où"는 1578년 판본의 역접사 "Mais las!"를 대체한 것이다. 1584년 판본에서 관계사가 사용된 것은 강아지와 자신의 상황을 극명하게 대조하기 위해서이다. 여인의 젖가슴 안에 안긴 강아지와 시적 화자는 동일한 대상을 육체적으로 접하면서도 상이한 운명을 경험한다. 따라서 초판본에 비해 이후 판본은 강아지와 시적 화자의 대립적 상황을 더욱 부각시킨다. 초판본의 "내 불행

mes miseres"이 "내 운명 ma fortune"으로 바뀐 것도 이런 대조를 강화하기 위해서이다.

7-8행 초판본의 "너무 많은 앎 Trop de sçavoir"이 "너무 많은 이유들 Trop de raison"로 수정된 것은 단순히 안다는 행위보다 앎에 대한 욕구를 불러일으킨 근본적 원인을 강조하기 위해서이다. 게다가 "안다"는 동사는 1연에서 복슬강아지의 행위와 관련되었기에, 다른 불행을 경험한 시적 화자에게 롱사르는 다른 동사를 부여해야만 했다.

3연 시적 화자는 소박한 사랑의 방식을 택하지 못한 것과 사랑을 알지 못할 정도로 우둔하지 않은 자신을 원망한다. 세련된 아름다움을 세련된 정신으로 욕망한 것이 불행의 원인이었다. 이 점을 강조하기 위해 이전 판본의 9행 "Mon Dieu, que n'ai-je au chef l'entendement"을 "시골데기가 되길 내 원했더라면 Je voulois estre un pitaud de village"으로 수정한다. '쓸모없는 인간'이라는 뜻을 지닌 "pitaud"라는 어휘를 첨가하는 롱사르의 퇴고방식에서 그가 판본을 거듭하며 시의 형식과 내용을 더욱 일치시키려 했다는 것을 알 수 있다.

4연 무지 ignorance에 대한 긍정적 입장을 밝히고 있다. 롱사르의 작품에서 무지에 대한 이런 호의적 태도는 매우 드물다. 인문주의의 전통을 따르는 그는 무지에 맞서 앎을 옹호한 시인이었다. 무지에 대한 호의는 사실 무지를 옹호하기 위해서라기보다는 사랑의 고통에서 벗어나기를 바라기 때문이다. 이성적 행위인 '앎 connaissance'이 감성과 관련된 사랑 앞에서 언제나 패배한다는 것을 그의 불행한 운명이 증명한다.

LXXIX

시적 화자의 희망은 여인의 품 안에서 입 맞추며 죽음을 맞이할 때 실현된다. 그가 굳이 여인의 젖가슴을 찾는 것은 그것이 여인과의 직접적인 접촉을 허용하기 때문이다. 여인의 추상적인 아름다움을 추구하는 그를 작품에서 찾을 수는 없다. 게다가 죽음을 각오하고 여인의 육감적인 젖가슴을 욕망하며 그것에 자신의 목숨을 건다는 면에서 그는 죽음의 추상성을 지향하는 자도 아니다. 여인의 몸을 기대하는 그에게 사후의 영웅적인 명성은 큰 가치가 없다. 그는 육체적 향유가 마련할 행복한 죽음만을 기대한다.

1행 1인칭 시적 화자와 3인칭 여인이 시행의 맨 앞과 뒤에 놓이며 균형을 유지한다. 이것은 여인과 육체적 결합을 매개로 소통하려는 의지를 드러낸다.

2연 호메로스의 『일리아드』 1권에서 아킬레우스는 자기의 목숨보다 명성을 떨치기를 더 선호하였다. 그러나 『일리아드』 11권에 등장하는 사후의 그는 죽음을 맞이하는 것보다 평범한 삶을 더 좋아할 수도 있었다고 한탄했다. 에우리피데스의 『이피게네이아』도 같은 내용을 다루며 멋진 죽음보다는 불행한 삶이 더 낫다고 말한다.

3연 시적 화자가 사후를 생각하지 않는 것은 그의 욕망이 매우 간절하기 때문이다. 여인에 대한 사랑을 성취하여 그녀의 육체를 맛보려는 그의 의지가 노골적으로 드러나고 있다는 측면에서 작품은 1553년 판본에 추가로 삽입될 수 있었다.

4연 시적 화자는 30세에 요절한 알렉산더 대왕보다 더 이른 죽음을 희망한다.

LXXX

앞의「소네트 LXXIX」에서 다루어진 것처럼 롱사르는 사물의 물질적 가치를 소홀히 간주하지 않는다. 이 작품에서도 시적 화자와 여인의 공간은 자연이다. 지상에 내려온 여인과의 전쟁에서 시적 화자가 죽음을 맞이하는 공간은 자연이며, 그 안에서의 죽음을 그는 감미롭고 은은하다고 정의한다. 게다가 롱사르는 자연에게 여인의 모습을 비추는 거울의 역할을 부여하면서 자연과 여인이 서로 분리될 수 없도록 만든다. 자연은 여인의 신성함과 신비함을 비추는 공간이 되고, 이 공간에 롱사르는 태양의 신마저 끌어들여 세상이 새롭게 열리기 전에 여인의 모습을 품은 자연의 신성함을 음미하도록 권유한다. 여인과 주피테르 덕분에 자연은 천상의 속성과 화합하는 공간으로 변화하고, 우주의 질서와 조화를 비추는 거울의 역할을 담당한다.

1행 롱사르는 카상드르를 종종 여전사라고 부른다. 트로이아의 카산드라를 환기하는 표현이지만, 실제로 카산드라가 전사인 경우는 없었다. 그녀는 예언자였을 뿐이다. 따라서 이 표현은 마음에 전쟁을 불러일으켜 혼돈과 갈등을 조장하는 카상드르가 그를 불행의 나락으로 떨어뜨리는 존재임을 환기하기 위해 필요했다.

4연 원문의 이중부정은 강화된 긍정의 의미를 지니지만,

Là ne se voit fonteine ny verdure,

Qui ne remire en elle la figure

De ses beaux yeux et de ses beaux cheveux[.]

이런 표현 방식을 사용한 것은 원문 7행에 해당하는 번역문 8행의 "더 나은 삶은 없어야 하기 때문이다 il n'est vie meilleure"의 부정을 연장하기 위해서였다. 이중부정구문을 존중해서 번역하면 우리말 구성이 어색해진다. 따라서 긍정문으로 옮겼으며, 다만 원문의 어조를 반영하기 위해 "모든"이라는 형용사를 첨가했다.

LXXXI

시적 화자는 허공을 부인한 플라톤이나 아리스토텔레스를 지지하면서도, 죽은 뒤에도 여전히 "목소리"가 되어 여인의 잔인함을 "고발할" 것을 다짐하며 자기 눈물이 위치할 공간을 계속 반문한다. 작품의 이해를 위해 1-2연의 원문을 싣는다.

Pardonne moy, Platon, si je ne cuide
Que sous le rond de la voute des Dieux,
Soit hors du monde, ou au profond des lieux
Que Styx entourne, il n'y ait quelque vuide.

Si l'air est plein en sa voute liquide,
Qui reçoit donc tant de pleurs de mes yeux,
Tant de soupirs que je sanglote aux cieux,
Lors qu'à mon dueil Amour lasche la bride?

플라톤에게서 허공은 모든 것의 생성과 소멸이 이루어지는 수용체의 역할을 수행하지만, 이 안의 사물들은 이데아를 원형으로 삼은 모방물에 국한된다. 플라톤에게서 허공은 비어 있는 공간은 아니었지만, 그것은 '이해될 수 있을 형체 des formes intelligibles'의 이미지들인 '감각계 사물들 les choses sensibles'이 차지한 공간일 뿐이었다. 시적 화자가 4행에서 플라톤의 허공에 대한 입장을 인정하는 태도를 취하면서도, 1행에서 부정구문을 통해 허공의 존재를 수용하지 않는 것은 비어 있음이 불안을 초래하고 사랑에 대한 공포를 조장하기 때문이었다. 또한 그것은 사랑을 계속 추구해야 할 그의 모순된 운명과도 연계되어 있다. "생각하지 않는다면 si je ne cuide"이라는 표현이 생각의 '부재'를 의미한다는 측면에서 시적 화자는 허공을 부정한 플라톤을 따르고 있는 것처럼 보인다. 그러나 1행에서의 부정의 행위는 4행의 부정을 재부인함으로써 시적 화자의 관심사가 허공의 부재에서 그것의 존재로 이동하고 있다는 인상을 갖게 한다. '부재'의 부정은 '존재'의 문제인 것이다. 이런 모호한 수사법은 여인과 자신 사이의 간극이 초래한 고통을 인정하길 원치 않으면서도, 그것을 자기 노래의 동력으로 삼아야 하는 그의 운명에 기인한다. 번역문에서는 6행이 된 원문 5행에서 시적 화자가 "만약 대기가 액체의 궁륭을 가득 채우고 있다면 Si l'air est plein en sa voute liquide"이라고 말할 때 독자는 그가 아리스토텔레스에게 관심을 가진 것은 아닌지 물을 수 있다. 분명 이 철학자는 물체와 구분된 허공이 단일한 물질로 가득하다면 운동이 있을 수 없다고 주장하면서 허공의 존재를 부인한 바 있다. 그가 인정하지 않는 허공은 존재가 '제거된 privé' 그 무엇이다. 아리스토텔레스는 만약 허공이 존재한다면, 그것은 '그 무엇인가'이어야 하고, 그것은 물체가 없는 장소, 그러나 무언가를 받아들일 수 있는 장소이어야 한다. 그러나 물질이 없는 공간이란 우주에 존재하지 않는다. 따라서 아리스토텔레스에게서 허공은 '비존재'이며, '존재의 궁핍 privation de l'être'과 다르지 않다. 그런데 허공의 있음과 없음을 같이 위치시키고 있는 9행 "허공은 있다, 아니 허공이란 전혀 없다 Il est du vague, ou si point il n'en est"라는 표현은 아리스토텔레스에 대한 롱사르의 입장이 플라톤에 대한 것과 마찬가지로 유보적임을 암시한다. 이 시인은 허공을 아무것도 없는 그 무엇으로 간주하지 않으며, 그것을 원하지도 않는다. "허공은 있다"라는 언급은 허공의 존재를 부인한 아리스토텔레스와 그를 떼어놓는 발언이다. 만약 허공이 공기라는 물질로 가득 차 있다고 주장한다면, "태어나지 않으니 ne naist"라는 다음 시행의 발언에서 알 수 있듯이 가득 채워진 공간 안에서의 '운동'은 불가능하다. 운동은 물질들 사이의 차이에 의해서 가능하며, 차이를 지닌 물질들의 상호 저항에서 운동력이 발생한다. 이때 롱사르는 공간을 채우는 공기를 자기 눈물로 대체하고자 한다. 아리스토텔레스에게서 물질이 형태의 '힘'인 것처럼, 그리고 형태가 물질을 '현동화 actualiser'하는 것처럼, 그의 눈물은 사랑을 계속 말할 수 있게 만드는 '잠재적 힘'으로 기능한다. 그는 다가올 시간에 자신의 눈물을 받아들일 새로운 수용체, 형태 없고 비물질화된 감각계 사물들의 수용체 혹은 물질들로 가득하여 빈 곳이 없는 수용체와는 다른, 채워질 수 있는 어떤 공간을 기대한다. 천상이 자기 눈물들을 '수용'하기를 희망하는 그는 아리스토텔레스와는 달리 그 어떤 공간이라도 가슴에서 우주로 '확산'되길 바란다. 눈물이 자기 가슴의 공간에서 우주의 공간을 '무한히' 채워가길 욕망한다. 따라서 작품의 마지막 연은 시적 화자가 자기 내부의 공간, 즉 가슴을 가득 채우고 있는 눈물들이 외부의 공간으로 팽창하여, 그 안에서 '확산되길 s'épancher' 바라는 것으로도 해석될 수 있다. 이를 위해서는 허공이 있어야 한다. 그는 자신의 가슴이 새로 '태어나는' 눈물로 가득하길, 그리하여 사랑의 욕망이 한결같은 운동성에 힘입어 천상의 '운동 se disposer'을 만들어가기를 바란다. 이 점에서 역설적으로 그는 플라톤적이다. 그러나 단일한 방향으로 이동하는 눈물이 아닌 사방에서 채워지는 눈물을 희망하였다는 점에서 그는 플라톤이나 아리스토텔레스가 아닌 원자론자들의 입장을 따르는 것으로 보아야 한다. 본질적으로 허공을 필요로 하지만, 그 허공은 '만듦'을 허용하는 공간이 있어야 한다는 점에서 작품 자체는 부재와 현존이 서로 공존하는 공간이 된다. 시적 화자가 허공의 부재를 인정할 수는 없었다. 허공이 없다면 그의 고통이 자리할 공간도 없기 때문이다. 그렇다고 해서 허공의 존재를 인정할 수도 없었다. 언제나 고통이면서 기쁨이고 기쁨이지만 고통인 자신의 모순된 상황으로 허공을 채워 역동적 공간으로 변화시키는 것이 필요했다. 그래서 이 시인은 움직임의 '부재'를 모르는 자이며, 움직임이 만들어갈 '잠재성'을 신뢰하는 자이기도 하다. 오직 역동적 운동성에 의지해서 그는 여인에 대한 자신의 사랑을 완성하려고 한다.

9행 형용사형 명사 "vague"는 충족과 안정을 알지 못하고 '이리저리 방황하는 상황 vagabond'을 가리키지만, 16세기에는 '비어 있음 vide'이라는 또 다른 의미를 지녔다. 따라서 "허공"으로 옮긴다.

3-4연 롱사르가 빈 공간을 상상하는 것은 이곳이 운동성의 탄생을 보장하는 곳이기 때문이다. 원문을 제시한다.

Il est du vague, ou si point il n'en est,
D'un air pressé le comblement ne naist :
Plus-tost le ciel, qui piteux se dispose

A recevoir l'effet de mes douleurs,
De toutes parts se comble de mes pleurs,
Et de mes vers qu'en mourant je compose.

3연 1행의 "있다 être" 동사는 "태어나다 naître" 동사와 운을 이룬다. 그리고 "~하기에 이르다 se disposer", "채워지다 se combler", "죽다 mourir", "짓다 composer" 동사들이 3-4연을 가득 채운다. 주목할 만한 것은 "compose"와 "dispose"의 각운이다. 탄생과 죽음의 사이에 놓인 시적 화자는 천상에 오른 자가 아니다. 그는 천상 아래에 위치한다. 그러나 그는 천상의 이 빈 공간을 '창작'의 행위로 가득 채우려는 의도를 지녔다. 게다가 창작이 사랑이 초래한 시적 화자의 "울음"을 동반할 때 그는 천상 아래의 빈 공간을 사랑의 노래로 가득 채우는 자가 된다.

12행 “내 고통의 결과 l’effet de mes douleurs”는 시적 화자가 흘릴 눈물을 가리킨다.

LXXXII

1564년에 간행된 『새로운 시집 *Recueil des Nouvelles Poésies*』에 처음 발표된 작품이다. 1567년에는 『사랑시집 제2권』에 수록되었지만, 1578년에 『사랑시집 제1권』에 포함되었다. 앞의 소네트가 지상에서의 운동성을 노래하고 있다면, 작품이 지상적 가치의 숭고함을 기억하려는 시적 화자의 의지를 노래하기 때문에 『사랑시집』에 삽입된 것으로 볼 수 있다.

1행 피에르 드 파스칼 Pierre de Paschal(1522-1565)은 플레이아드 시인들이 높이 칭송한 왕실역사가였다. 파스칼이 1565년에 사망했음을 환기한다면 롱사르가 파스칼을 추도하기 위해 작품을 작성한 것으로 볼 수 있다.

2연 시적 화자의 행복은 불행을 불러온다. 이 불행은 그에게서 육체적인 모든 것의 흔적이 사라지는 것과 관련된다. 그는 인간성을 상실하고 오직 정신으로만 남은 존재이다. 여인과의 만남이 불러오는 이런 불행에 두려움을 느끼면서도 그는 그녀와의 만남을 지향해야만 한다.

3연 천상에서 만나는 여인보다는 지상에서의 사랑을 선호하는 롱사르의 태도가 엿보인다. 시적 화자가 추구하는 사랑은 여인의 입, 눈, 얼굴과 같은 구체적인 육체이며, 그 육체에서 그는 사랑의 희열을 얻고자 한다. 따라서 신성한 여인은 천상에서 지상으로 내려와야만 하며, 지상의 영광을 누리는 시적 화자 덕분에 그녀는 지상의 여왕이 될 수도 있다.

4연 모든 것에서 생명을 앗아가는 메두사로서의 카상드르가 등장한다. 시적 화자는 그녀의 시선으로 인한 죽음을 바라지 않는다. 그것은 "내 심장이 바위로 변해버리 mon coeur en rocher"게 만든다. 모든 인간적 열정의 소멸을 초래한다는 것은 열정을 말로 옮기는 행동을 가로막는다는 뜻이다. 그것은 바위로 변한 시적 화자가 2연에서처럼 의문문을 만들어내며 자신의 욕망을 드러내지 못하게 된다는 것을 가리킬 수도 있다. 그가 진정 두려워하는 것은 말의 상실이다.

LXXXIII

작품은 1565년 여름에 간행된 『엘레지, 가면극, 목가 *Elegies, Mascarades et Bergerie*』에 처음 발표되었다. 이후 1567년 『사랑시집 제2권』에 포함되었다가 1572년에 『사랑시집 제1권』으로 자리를 옮겼으며, 1587년 사후의 『작품집』에서 최종 삭제되었다. 작품의 판본 이동은 작성배경과 관련이 있다. 이 소네트는 1564년 퐁텐블로 Fontainebleau 왕실축제의 '가면극'을 무대에 올리기 위해 작성된 작품에 속한다. 축제라는 일시적 사건을 위해 작성되었다는 점에서 해당 축제에서 낭송된 다른 작품들과의 관련하에서만 온전히 이해될 수 있다. 이 소네트는 서로 힘을 겨루는 기사들이 읊은 「만족하는 기사를 위한 첫 번째 대결 Le Premier combat pour le chevalier contant」과 「만족하지 못하는 기사를 위한 첫 번째 대결 Pour le Chevalier malcontant」이라는 결투시 Combats 중간에 낭송되었다. 각 결투시는 기사의 입장을 옹호하는 한 편의 소네트를 동반하였는데 무대 뒤에 숨은 코러스들에 의해 낭송된 것으로 추측된다. 『엘레지, 가면극, 목가』는 종교전쟁으로 초래된 왕국의 분열을 치유하기 위해 1564년 샤를 9세가 섭정인 카트린 드 메디치와 함께 프랑스 전국을 행차 la tour de France하며 퐁텐블로, 바르 르 뒤크 Bar-le-Duc 그리고 바이욘 Bayonne 등의 도시에서 개최한 축제를 위해 작성된 계기시 poésie de circonstance들을 포함한다. 1564년 축제의 배경을 설명하면 다음과 같다. 축제는 유연하면서도 우아한 수단들을 사용하여 구교와 신교의 대립에 의해 파생된 분열과 갈등을 달래려는 카트린 드 메디치가 표방한 '화합정치 la politique de conciliation'를 위한 정치 프로그램의 하나였다. 웅장하면서도 방대한 축제는 종교전쟁으로 분열된 귀족들을 국왕을 중심으로 결집시키고, 민중들에게 젊은 국왕의 모습을 보여줌으로써 왕권을 확립하기 위한 이상적인 공간으로 기능했다. 그리스와 로마의 고대, 프랑스 그리고 무엇보다도 이탈리아적인 여러 개념들이 표현되었던 축제에 '궁중사제장 겸 시인'이었던 롱사르는 때로는 총괄자로 때로는 몇몇 시편들의 제공자로 참여했다. 그는 정치적 성격을 지닌 축제의 의미를 상징적으로 전달하기 위해 당시 궁정에서 유행했던 페트라르카와 신플라톤주의, 아리오스토의 『광란의 롤랑』과 『아마디스 드 골 *Amadis de Gaule*』과 같은 기사도 로망에서 시의 소재들을 찾아야만 했다. 작품들은 축제에서 낭송되거나 노래로 불렸으며, 혹은 극의 전개에 대한 이해를 돕기 위해 관객들에게 배포되기도 했다. 축제가 롱사르의 기여만으로 진행된 것은 아니다. 구교의 신봉자였으며, 프랑수아 드 기즈 François de Guise와 관련된 작품들을 출판한 프랑수아 트뤼모 François Trumeau가 간행한 『궁정축제 모음집 *Le Recueil des Triumphes et Magnificences*』을 살펴보면, 롱사르의 이름이 신원불명의 외르네 Heurnay, 메메토 Memeteau, 지라르 Girard 등의 작가들과 함께 등장한다. 그는 궁정의 동료시인들 그리고 축제가 개최된 해당 지방의 군소시인들과 협력한 것으로 보인다. 그러나 트뤼모의 『모음집』은 궁정회계사인 아벨 주앙 Abel Jouan이 『국왕 샤를 9세의 여행 담론집 *Recueil et discours du voyage du Roy Charles IX*』에서 언급한 이곳에 개최된 여러 축제들 중에서 단 하루의 축제만을 기록하고 있을 뿐이다. 당시 축제 참가자들이 남긴 서한문, 회고록, 외교문서들이 언급한 1564년의 다른 축제들에서 롱사르의 이름은 발견되지 않는다. 축제 프로그램 livrets 혹은 축제 후의 결산을 따지는 회계보고서 comptes rendus 등과 같은 당시 문서들이 아직 발견되지 않았고, 현재 남아 있는 공식문서들마저 축제참여 작가들을 명시하지 않았다. 이로 인해 롱사르가 기획하거나 참여했던 축제들의 진행상황을 제대로 이해하기는 불가능하다. 그의 활동은 단지 1565년 시집을 통해서만 부분적으로 이해될 수 있을 뿐이다.

2행 "여기서 고백하건대 icy je le confesse"라는 표현은 작품의 상연을 고려한다면, 관객에게 사랑에 대한 입장을 밝히는 삽입구로 이해될 수 있다.

4행 원문의 "Dont les beaux yeux ne me font malheureux"에서 명사 "눈 yeux"이 시행의 한가운데 위치한 것은 의미가 있다. 행복의 근원이 그녀의 눈에 있기에 그러하고, 그 행복은 역시 2행 "Je suis heureux, icy je le confesse"의 중심에 놓인 "여기서 icy"가 암시하듯 현재진행형이기 때문이다. 시적 화자는 과거가 아닌 현재의 행복을 추구한다. 이것은 롱사르가 지상적 삶의 '지금' 그리고 '여기'에 관심을 두고 있다는 암시이기도 하다.

1연 행복과 불행의 대립구조로 형성되었다. 1-2행을 장식하는 "행복하다 heureux"의 반복은 3행의 "시종 serviteur"과 4행의 "불행하게 malheureux"와 대조를 이룬다. 불행의 위협에 놓여 있는 시적 화자는 행복을 외침으로써 불행을 극복하고자 한다. 시종이라는 열등한 신분에도 불구하고 행복을 느끼는 것 역시 이런 불행의 극복을 위한 의지의 표현으로 읽힐 수 있다.

7행 여인은 명예, 아름다움, 품성 그리고 다정함과 같은 미덕을 갖추었지만, 시적 화자가 높이 사는 것은 그녀의 젊음이다.

1-2연 원문 4행과 5행에 해당하는 번역문의 4행과 6행의 부정구문은 행복과 사랑의 성스러움을 강조하기 위한 역설적 수사법에 해당한다. 부정구문은 사랑에 빠진 시적 화자의 상태와 사랑을 확신하려는 그의 강한 의지를 드러낸다.

3연 시 전체의 어조를 고려할 때 예기지 못한 언급들이 제시되었다. 사랑에 행복을 느끼는 시적 화자의 상황이나 그의 사랑에 대한 찬미들로 가득해야 할 시의 내부에서 시적 화자를 부정하는 자들이 등장하기 때문이다. 이것은 1-2연의 역설적 수사법의 사용과도 관련된다. 행복에도 불구하고 불행의 위협을 언제나 인식하고 있는 시적 화자는 자기의 사랑을 부정하거나, 그에게 사랑을 안겨준 여인의 존재마저 부정하는 자들의 위협을 목도하고 있다. 따라서 시적 화자의 사랑이 위험하다고 말한다면, 그것은 사랑 자체 때문이 아니라 사랑을 파괴할 힘들이 그를 에워싸고 있기 때문이다. 그런데 이것은 역설적으로 그런 위협에도 불구하고 사랑의 상태를 즐기고 드러내려는 시적 화자의 강한 의지를 돋보이게 만드는 역할도 한다.

13행 시적 화자의 한결같음은 세상의 유일한 아름다움을 소유한 그녀에 대한 믿음과 확신에서 온다. 사랑의 지조를 드러내는 이 시행은 사랑에 빠진 자의 기쁨보다는 오히려 그 기쁨과 행복을 외부의 위협에도 불구하고 지켜내려는 그의 입장을 더욱 부각시킨다.

LXXXIV

작품의 최초 제목은 「리뫼이유 양에게 바치는 소네트 Sonet à Mlle de Limeuil」였다. 「소네트 LXXXIII」과 마찬가지로 1564년 퐁텐블로 축제에서 낭송되었다. 축제 3일째에 퐁텐블로성의 연못에서 세이레네스가 등장하는 화려한 해상축제가 개최되었으며, 이를 위해 작성된 많은 작품들이 카트린 드 메디치의 시녀들에 의해 낭송되었다. 「소네트 LXXXIV」가 신교의 수장 루이 드 콩데 Louis de Condé의 연인 이자보 드 리뫼이유 Isabeau de Limeuil에게 헌정된 것은 퐁텐블로 축제가 종교전쟁을 발발시킨 신구교 간의 화합을 주요 메시지로 다루고 있기 때문이다. 롱사르는 1563년에 발표된 「훈계 Remonstrance」에서 콩데 공을 신랄하게 비판한 바 있는데, 이자보에게 시를 헌정함으로써 신교의 수장과 화해하려는 의지를 드러낸 것으로 보인다. 이 작품은 이중의 독서를 요구한다. 작품이 축제와 관련될 경우 작품 안의 시적 화자는 롱사르가 아니라 콩데 공이 된다. 16세기 연극에서 귀족들은 직접 무대에 올라 연기를 했으며, 당시 문헌들에 따르면 콩데 공은 퐁텐블로 축제의 주인공이었다. 그는 무대에서 결투 장면을 연기했고, 시를 낭송했다. 따라서 콩데 공이 이자보에게 작품을 바친다는 맥락이 가능하다. 한편 작품을 축제와 무관하게 읽을 경우, 시적 화자는 롱사르가 되고, 여인은 카상드르가 된다. 롱사르는 정치적 목적을 위해 작성된 일회성의 작품을 『사랑시집』에 옮겨놓으며, 작품의 정치적 배경을 모두 소멸시킨다. 새로운 독서를 가능하게 만드는 것이다. 계기시에 해당하는 이 소네트를 시집에 포함시켰다는 점에서 자신이 작성한 모든 작품의 사후의 운명을 고려하는 롱사르를 엿볼 수 있다.

1행 "목숨 vie"은 콩테 공과 롱사르의 불화를 고려한다면 단순한 수사적 표현의 차원을 넘어선다. 종교전쟁이 발발하자 신교에 가담한 작가들은 구교의 입장을 대변하는 롱사르를 신랄하게 비판하였고, 심지어 그의 목숨마저 위협하였다. 따라서 1행의 이 표현은 단지 사랑에 빠진 자의 목숨이라는 의미 이외에 정치적 상황에 대한 암시를 담고 있다.

2행 육체적이고 정신적인 모든 것이 여인에 의해 좌우되는 시적 화자의 상황에 대한 암시이다.

1연 시적 화자의 육체와 정신이 여인에게 사로잡혀 있다면, 여인 역시 육체적이고 정신적인 아름다움 모두를 소유한 총체적이고 완벽한 존재로 소개된다. 작품의 호흡이 매우 역동적인 것은 사랑에 쉽게 빠지고 만다는 의미를 전달하기 위해서겠지만, 동시에 이런 수동적 상황에서도 정신적 가치의 의미를 이해하는 시적 화자의 민활한 정신을 소개하려는 의도도 엿보인다. 따라서 축제를 위해 작성된 일시적 운명을 지닌 작품이지만, 내적 완성도는 매우 높다고 할 수 있다. 앞의 「소네트 LXXXIII」이 1587년 판본에서 삭제된 것과 달리 이 작품이 『사랑 시집』에 꾸준히 수록된 이유를 설명하는 단서이기도 하다.

4연 페트라르카의 영향하에서 여인의 아름다움을 세상의 빛으로 간주한다. 이런 표현은 1연에서 여인이 시적 화자를 사로잡았다는 언급과도 연계된다.

LXXXV

이 작품 역시 1564년 퐁텐블로 궁정축제를 위해 작성되었다. 이듬해 단행본으로 간행된 『엘레지, 가면극, 목가』를 통해 처음으로 소개되었다. 앞의 「소네트 LXXXIII」, 「소네트 LXXXIV」와 함께 『사랑시집』에 실린 축제 계기시 마지막 작품에 해당한다. 「소네트 LXXXIV」와 마찬가지로 콩데 공이 이자보 드 리뫼이유에게 이 시를 바친 것으로 추정된다. 1567년 『사랑시집 제1권』에 수록되었다. 자신의 작품을 "아이들"로 생각하는 롱사르는 일회적인 축제를 위해 작성되었기에 축제 전체의 맥락 안에서만 의미가 파악되는 소네트들을 작품집에 포함시킴으로써 축제시에 영원성을 부여한다. 작품은 새해를 맞아 국왕과 귀족들에게 바쳐진 '신년축하시 étrenne'에 해당한다. 앞의 「소네트 LXXXII」 이후 롱사르는 1564년에 작성된 소네트 네 편을 『사랑시집』에 나란히 포함시켰다. 이 작품들의 시집 내에서의 위치는 나름의 타당성을 갖는다. 롱사르는 「소네트 LXXXI」에서 허공의 시적 가치를 노래하며 빈 공간을 역동적인 운동으로 채워 나가는 과정으로서의 창작행위를 암시한 바 있다. 1564년에 작성된 작품들을 「소네트 LXXXI」 바로 뒤에 위치시키며, 그는 이 작품들을 「소네트 LXXXI」에서 언급된 역동적이고 쉼이 없는 '눈물'로 고려한다. 이것은 다음의 「소네트 LXXXVI」이 '눈물'을 등장시키고, 물과 불에 의한 세상의 탄생과 '채움 pleinement'을 노래한다는 점에서 설득력을 얻는다. 시집을 구성하는 작품들이 서로 긴밀하게 연계된 증거이다.

2-3연 작품이 콩데 공에 의해 낭송되었다는 점을 고려할지라도, 여기에서 시인의 조건에 대한 롱사르의 관점을 읽을 수 없는 것은 아니다. 그에 따르면 시인은 불멸을 노래하는 자이지만, 인간이라는 존재 자체를 부정하지는 않는다. 롱

사르의 이런 발언에서 시인이란 자신의 영혼과 정신 그리고 육체를 소진시키면서 운명이 부여한 고통을 "견뎌내는 endurer" 자이어야 한다는 주장을 읽을 수 있다.

4연 시적 화자에게 여인의 "눈"은 모든 미덕과 명예 그리고 사랑의 원천이다. 그래서 그는 자신을 사로잡은 여인에게 몸과 정신의 모든 것을 바치지 않을 수 없다. 작품의 어조가 자연스럽지 않다. 그러나 궁정축제를 위해 작성된 작품이었음을 상기한다면, 명확한 메시지 전달을 요구하는 축제의 성격에 부합하는 것으로도 파악될 수 있다.

LXXXVI

시적 화자의 눈물과 사랑에 대한 열정을 드러내는 작품은 변신의 욕망에 대한 표현으로 읽힐 수도 있다. 그의 존재는 물과 불의 유동성에 의존한다. 그의 삶은 이런 움직임을 속성으로 삼으며, 그가 상상하는 것 역시 이런 역동성 이외의 다른 것일 수 없다. 삶과 상상이 하나의 일체를 이루게 하는 이와 같은 움직임은 끊임없이 시적 화자의 상상력을 강화하며 그의 삶을 이끌어간다. 이것이 사랑을 추구하는 그의 숙명이다. '다시 태어나기 re-naissance'라는 뜻을 지닌 변신이 '본질을 다시 부여한다 ren-essance'라는 의미도 지닌다면, 그것은 시적 화자가 사랑에서 "짊어지고 charger" 가야 할 과제가 된다.

3행 "신성한 짐 Ce faix divin"은 우주를 가리킨다.

11-14행 하나의 문장으로 구성되어 있다. 시행걸치기를 통해 11행과 12행을 연결시킨 것은 "심장의 용광로"에서 뿜어져 나오는 "불"의 맹렬함을 강조하기 위해서이지만, 불과 물이 10행에서처럼 끝없이 이어진다는 것을 시각적으로 제시하는 효과도 지닌다.

LXXXVII

호메로스가 카상드르의 눈에 매혹을 당했더라면 『일리아드』 나 『오디세이아』 같은 작품을 쓰지 않았을 것이며, 따라서 호메로스의 영웅들과 미인들은 후세의 기억에 남게 되는 명성을 얻지 못했을 것이라고 시적 화자는 말한다. 시적 화자의 여인은 호메로스의 창작을 가로막는 장애물일 수 있었다. 카상드르의 아름다움이 신화를 정복하는 것을 노래할 수만 있다면, 시적 화자는 사랑의 상징이었던 도금양과 영광의 상징이었던 월계수의 명성을 뛰어넘어 백조의 노래를 부를 수 있게 될 것이다. 카상드르 덕분에 호메로스를 능가하는 새로운 서사시인이 될 것을 희망하는 시적 화자를 통해 롱사르는 새로운 아름다움을 노래하며 고대시인을 능가할 한 시인의 탄생을 선언한다.

1행 호메로스를 가리킨다.

1-2행 1행과 2행은 시행걸치기로 연결된다. "바라보았더라면 Eus veu"은 원문에서는 2행 앞머리에 위치한다. 롱사르는 이를 통해 바라보는 행위의 날카로움을 시각적으로 표현할 뿐만 아니라, [u]의 단음을 통해 갑작스러움을 음성적으로 표현한다.

4행 아킬레우스를 가리킨다.

7행 "네 번째"인 것은 파리스의 미모를 두고 서로 다툰 이들이 헤라, 아테네, 아프로디테이기 때문이다. 이 다툼에서 아프로디테가 승리하였으며, 그녀는 파리스에게 헬레네를 부인으로 맞게 해주었다. 신화 속에서 파리스는 여인들의 다툼의 대상이 되는 존재였지만, 롱사르는 파리스를 능동적 인간으로 규정하며 그가 세 명의 여인들에 이어 카상드르를 바라보는 존재로 설정한다. 아프로디테는 파리스에게서 황금사과를 "상 pris"으로 받았다.

LXXXVIII

롱사르는 사랑하는 여인을 칭송하기 위해서는 자기 시대의 가장 뛰어난 시인들의 정신이 필요하다고 노래한다. 1552년 초판 이후 그는 여러 시인들의 이름을 덧붙이거나 삭제하면서 '시적 팡테옹 Panthéon poétique'을 만들어간다. 1553년 판본에서는 퐁튀스 드 티아르, 뒤 벨레, 생 즐레, 바이프가 언급되었다. 1578년 판본에서는 데 조텔 Guillaume des Autels이 생 즐레를 대신하고, 바이프 대신 벨로 Rémy Belleau가 언급된다. 판본을 거듭하며 동시대 작가들의 이름을 수정하는 작업은 플레이아드 유파 시인들이 전통시인들에 대립했을 뿐만 아니라 내부에서도 치열한 시적 경쟁을 했다는 암시가 된다. 이 소네트는 1552년에 『사랑시집』을 출간하면서 가장 뛰어난 시인으로 인정받으려 한 롱사르의 시적 열망을 보여준다. 퐁튀스 드 티아르의 형이상학적인 "날카로운 시적 열정"의 이론화 작업을 언급한 후, 뒤 벨레의 시적 영감의 원천인 앙주와 도라의 고향인 리무쟁 그리고 벨로의 "공부 estude"와 "젊음 jeunesse" 등을 언급하는 것은 인간 정신의 날카로움과 지상의 장소들 그리고 인간의 노력을 강조하기 위해서이다. 이것들을 기반으로 삼아 "날카로운 사랑의 화살을 찬양 traits d'amour pointus" 하는 것은 지상의 요소로 형이상학적 대상을 노래한다는 의미를 전달한다. 형이상학은 지상의 도움을 필요로 한다. 따라서 동료시인들에 대한 찬양은 지상의 한 시대를 살아가는 시인들의 연대가 사랑의 "시선 regars"을 시로 사로잡을 수 있다는 확신을 표명하는 것과 다르지 않다.

1행 롱사르는 「소네트 LV」에서 영혼을 갉아먹는 '사랑의 근심'을 노래한 적이 있다.

2행 원문 1행에 해당하는 "벌거벗은 별들 des astres dévestus"은 시적 화자의 영혼을 카상드르의 영혼 안으로 흘려보내기 위해 온갖 노력을 다한 후에 아름다운 빛을 상실하게 된 별들을 가리킨다. 시적 화자는 사랑의 주재가 별에 의해 이루어졌다는 신플라톤주의를 따르며 별들에 대한 찬양을 시도한다.

4행 "정신 esprit"은 신의 입김에 의해 활기를 띠게 된 영혼이라는 신플라톤주의의 의미를 지닌다.

8행 "시적 열정"의 원문은 "Enthousiasme"이다. 통제할 수 없는 정신의 소유자인 시인은 광인과 흡사하다. 이런 시적 영감이론은 플라톤의 『이온』(533d-536d)과 『파이드로스』(244-245b, 249b-250b)에서 소개되었다. 플라톤의 시적 영감이론은 이후 이탈리아의 마르실로 피치노의 『플라톤 향연 주석』에서 새롭게 해석된다. 피치노는 네 개의 서로 다른 영감의 사다리를 오르면 추락한 영혼이 영원한 '단일체 l'Un'와 결합하게 된다는 '영감의 서열화'를 제시했다. 그에 따르면 뮤즈와 관련된 시적 도취 délire, 디오니소스와 관련된 사랑의 도취, 아폴론과 관련된 예언의 도취, 그리고 비너스와 관련된 사랑의 도취의 단계를 거칠 때 비로소 지상에서 벗어나 단일체를 바라볼 수 있게 된다. "날카로운 aiguillon"이란 표현은 영감의 예리함을 강조하기 위해 덧붙여졌다.

2연 퐁튀스 드 티아르는 1549년 『사랑의 방황들』을 발간한다. 퐁튀스는 이 작품에서 시적 영감을 노래할 뿐만 아니라 그것을 이론화했다. 1578년 그는 박식함 덕분에 샬롱 쉬르 손 Chalon-sur-Saône의 사제신부가 된다. 앙리 3세의 아카데미에 출입하였으며, 플라톤 이론을 깊이 수용한 초기 작품을 퇴고하여 재출간하면서 그는 이 이론으로부터 벗어나려고 했다. 롱사르는 2연에서 겸손한 태도를 드러낸다. 그러나 그것은 동료시인에게 영광을 돌리기 위함이지, 자신의 영광을 낮추기 위한 것으로 보이지는 않는다. 동료시인들을 찬양하면서 그들의 벗이기도 한 자기의 위대함을 나름 강조하기 때문이다.

9행 "앙주의 리라 une lyre Angevine"는 뒤 벨레를 가리킨다. 1552년부터

1578년 판본까지 롱사르는 뒤 벨레의 작품『올리브』에 대해서 "나에겐 필요하네, 앙주의 강변에서 / 올리브의 창백함을 더 자연스런 낯빛으로 변화시킨 / 저 신성한 노래가"라고 찬양하며 3연 전체를 통해 언급했다. 1584년 판본에서는 단지 그의 이름만이 언급될 뿐이다. 1552-1553년 판본에서 롱사르는 생 즐레의 이름을 잠깐 언급한다. 여기에는 사연이 있다. 1550년에 발간된『오드시집』의 시적 혁신을 두려워한 생 즐레는 롱사르가 궁정에 소개되는 것을 반대했다. 게다가 롱사르의 입장에서 보면 생 즐레는 반드시 극복되어야 할 과거 시인들의 대변인이었다. 자기들의 시대를 각각 대표하는 두 시인의 대립은 '대수사파'라고 불린 전통을 추종하는 시인들과 새로운 시적 영감을 표방한 젊은 시인들의 첨예한 대립을 불러일으켰다. 그러나 1552년 마르그리트 드 사부아의 상서관 Chancelier 이자 앙리 2세가 인정한 미셸 드 로피탈 Michel de L'Hospital의 주재에 의해 두 시인은 궁정에서 화해하게 된다. 그리고 화합의 증거로 롱사르는 1553년 판본에 처음으로 생 즐레를 뛰어난 동시대 시인으로 언급하게 된다. 생 즐레의 이름은 1560년 판본부터 삭제된다. 또한 롱사르는 1552년 판본에서 후에 신교에 심취하게 될 데 기욤 데 조텔의 이름을 언급하였다. 데 조텔은 1553년 생 즐레로 교체되었다.

10행 1584년 판본부터 롱사르는 도라를 언급한다. 자신의 스승이었던 도라를 잊었기 때문이 아니라 1584년에 도라는 유일하게 생존한 저 화려한 날들의 유일한 증인이었기 때문이다.

14행 1577년에 자신의 영원한 벗이었던 벨로가 사망하자 롱사르는 1578년 판본에서 처음으로 벨로를 언급하였다. 1553년 판본에서는 1552년에『멜린에게 바치는 사랑시집』을 발표한 바이프를 "나에겐 필요하네, 여전히 생 즐레가, / 그리고 황금빛 시행들로 멜린을 칭송한 / 저 말솜씨 뛰어난 바이프가"라고 찬양하였고, 1578년 판본에서는 또 다른 사랑시집『프랑신에 대한 사랑 *Les Amours* *de Francine*』을 발표한 바이프를 "나에겐 필요하네, 여전히 데 조텔 같은 시인이 / 그리고 프랑신을 찬양한 바이프와 / 자신의 누이들을 자라게 한 벨로 같은 시인들이"라고 언급하며 소개했다.

LXXXIX

시적 화자는 사랑이 초래한 모든 고통을 나열한다. 모순되는 효력들을 만들어내는 사랑을 그가 비껴갈 수는 없다. 롱사르는 「소네트 XII」에서 거부하길 원하지만 피할 수 없는 사랑의 모순을 노래한 바 있다.

5행 사랑의 속박을 가리킨다.

13행 원문에서는 1-12행에서 나열된 주어들의 동사가 처음으로 13행 맨 앞에 등장한다. 이런 시적 구조는 사랑이 초래한 상반된 감정들과 현상들이 시적 화자의 행위(동사)를 억압하고 있다는 의미를 제시한다. 그리하여 14행에서 언급되는 "불확실한 희망 L'espoir douteux"과 "또렷한 고통 le trourment certain"을 경험하는 시적 화자의 불행은 더욱 강조된다.

XC

1552년 초판 이후 많은 퇴고를 거친 작품으로, 여성의 신체를 다룬 블라종에 해당한다. 여인의 시선은 시적 화자가 정체성을 상실하게 만드는 힘을 지녔다. 그는 여인을 바라보며 자아를 상실하고 여인의 시선이 이끄는 곳으로 끌려가는 포로와 다르지 않다. 그것은 고통스럽지만, 시적 화자의 말에 따르면 "감미로운 douce" 고통이며, 자유를 상실하였지만 사랑에 의한 것이기에 역시 감미로울 뿐이다. 이런 시적 화자에게서 자발적 의지를 찾을 수는 없다. 그러나 "나는 그렇게 그대 것 Je suis tant"이라고 말하는 그는 종속의 상태에서도 그녀의 육체를 가슴과 영혼에 영원히 간직할 것을 맹세한다. 종속적인 굴복을 자발적인 의지로 바꾸려는 것이다. 따라서 여인이 시적 화자를 변하게 만들지라도, 그는 자신의 고통을 기쁨으로 변화시키려고 시도한다. 여기에서 시적 화자와 여인의 관계에 변화가 발생한다. 여인이 그를 변화시킬수록, 그는 그 변화를 즐기는 자의 모습을 띠게 된다. 여인에게 종속된 시적 화자의 모습에는 여인의 신체에 대한 이미지를 자기 내부에 가둬두는 힘이 엿보인다. 심지어 여인의 육체가 아니라 시선, 미소, 눈물, 손으로 대변되는 그녀의 신체일부만을 가슴과 영혼 안에 지니기를 원한다는 점에서 그녀의 육체를 파괴하고 분해하는 자로서의 그의 모습도 비친다. 그런 이유로 3-4연에서 부각되는 것은 1인칭 대명사 "나"이다.

4연 롱사르는 대수사파 시인들의 전형적인 기법을 사용한다. 1-2연에서 나열된 시선, 미소, 눈물, 손이 마지막 시행에 다시 등장하며 서로를 비춘다. 이런 시적 울림은 포로가 되어 묶여 있고 갇혀 있는 시적 화자의 상황과는 어울리지 않는다. 억압과 폐쇄의 상황에 처해진 그는 오히려 자신의 종속된 상황을 울림의 개방성으로 변환시키는 힘을 지녔다. 특히 르네상스 시기에 미소가 침묵과 밀접한 연관을 지닌 신체현상으로 간주되었음을 고려한다면, 작품 안에서의 울림은 침묵을 거부하려는 의지마저 드러낸다. 소리를 내지 못하는 미소는 사랑의 호소에 대한 침묵과 다르지 않으며, 이로 인해 시적 화자는 고통을 경험할 수밖에 없다. 미소는 말의 단절이다. 이를 극복하기 위해 시적 화자가 마련한 장치가 메아리의 울림이다. 여인이 강제한 침묵을 소리로 변화시킨다는 점에서 침묵을 거부하는 그의 의지를 읽을 수 있다. 침묵은 죽음과 고통의 다른 이름이지만, 소리의 울림은 즐거움과 자유의 증거가 된다.

XCI

자신의 눈을 좀 더 크게 만들어 그녀의 커다란 이미지를 받아들이지 못하게 만든 신에 대한 시적 화자의 원망을 다룬다. 그에 따르면 신은 그녀의 모습을 바라보는 특권을 독점한 시기심 많은 존재이다. 여인의 신성한 아름다움을 다루는 작품에는 루크레티우스와 에피쿠로스의 관점, 기독교적 관점 그리고 신플라톤주의의 이데아 사상이 혼합되어 있다. 이런 뒤섞임은 아름다운 이미지에 대한 시적 화자의 환상을 반영한다. 여인의 이미지를 소유하는 것은 자기 내부로 완전히 들어온 여인과 합일을 이루기 위해 필요하다. 신플라톤주의의 접근 불가능한 이데아론을 거부하는 이런 관점에 롱사르는 루크레티우스와 원자론자들의 이데아에 대한 접근성을 덧붙인다. 루크레티우스와 에피쿠로스에 따르면 사물은 시뮬라크르, 즉 커다란 이미지를 발산한다. 그것은 사물에서 나오는 일종의 얇은 막과 같다. 여인이 이데아라면, 그것의 시뮬라크르를 소유하는 것만으로도 시적 화자는 욕망하는 여인의 육체 안으로 들어갈 수 있다. 이 점에서 본다면 신플라톤주의의 이데아에 내포된 비접근성과 부동성은 시뮬라크르 이론에 따라 롱사르의 작품 안에서 부인된다. 또한 시적 화자의 눈을 통해 내부로 들어와 그의 욕망과 결합하는 여인의 이미지에 대한 주장은 신의 위상까지 시적 화자를 오르게 한다. 이때 기독교의 서열구조 역시 거부된다. 롱사르는 「소네트 CXLVI」편 뒤에 놓인 「노래」에서도 이 점을 다룰 것이다. 한편, 실체로서의 여인이 아니라 이미지화된 여인과의 합일을 소개하는 롱사르는 '예술'을 통해 여인과의 합일을 이뤄내려는 의지를 갖고 있다고 말할 수 있다. 이런 이유로 인해 롱사르의 시에서 '탐욕스럽게 먹기 dévoration' 혹은 '섭취 ingestion'와 연관된 소재가 자주 발견된다. 예술은 이미지를 '흡수 absorption'하는 행위이기 때문이다.

2행 루크레티우스의 『사물의 본성에 관하여』 제4권 595-597절에 따르면, 사물은 인간의 감각이 인지할 수 있도록 원소들을 발산한다. 이것을 루크레티우스는 시뮬라크르라고 명명한다. 이 자연주의철학자에 관한 롱사르의 관심과 지지는 「소네트 LXXXI」에서 이미 다루어진 바 있다.

4행 '어떤 물질의 이미지가 눈에 보이는 것이 아니라면'이라는 뜻이다.

6행 "커다란 이미지 simulacre"는 카상드르의 모습을 가리킨다.

2연 어떤 사물의 형태가 크다면 그것이 어떻게 눈과 같은 작은 크기 안으로 들어올 수 있는지에 의문을 던지며 비율을 논한 원자론자들의 관점을 드러낸다.

13행 "세상 le monde"은 구체적으로는 '세상의 눈'을 가리킨다.

XCII

작품은 '시적 화자의 불행한 첫 번째 만남'의 토포스를 다루고 있는 것처럼 보인다. 매혹을 당한 자의 운명이 언급된다. 그러나 4연에서 큐피드의 도움이나 훼방을 뿌리치고 아름다움을 소유한 자가 등장한다는 점에서 시적 화자의 불행은 그의 인간적 의지에서 비롯된다는 것을 알 수 있다. 따라서 작품은 페트라르카식의 토포스가 아니라 시적 화자의 인간적 불행을 다룬다. 1연에서 그의 이성이 빛의 화려함에 빠져들었다면, 2연에서는 사로잡힌 그의 마음이 다루어진다. "운명 le destin"이라는 표현이 도입될 수 있었던 것은 그의 정신과 가슴이 진주의 화려함을 벗어날 수 없었기 때문이다. 소유하려는 그의 욕망은 절대적이고, 오직 그만이 소유할 수 있어야 한다. 4연에서는 진주를 손에 넣으려는 큐피드를 따돌린 시적 화자가 등장한다. 이것은 팔을 뻗어 물에 담그는 수고를 아끼지 않는 인간의 힘으로 아름다운 보물을 소유할 수 있다는 가능성과 그 가능성의 동인이 되는 인간의 의지를 강조하기 위해서이다. 또한 4행의 "정신 mon esprit"과 9행의 "아래로 à bas" 그리고 10행의 "불타는 가슴 un cueur ardent"이 언급되는 것에서도 이런 인간적인 의지를 엿볼 수 있다. 그가 추적하는 보물은 지상이 아니라 물 아래 놓여 있다. 천상을 향한 상승의 욕망과 반대되는 하강의 의지가 강조됨으로써 여인의 아름다움은 소유가 불가능한 대상이 아니게 된다. 아름다움의 소유에 대한 이런 관점은 인간으로서의 의지와 욕망을 신뢰하는 롱사르를 제시한다.

1연 원문을 소개한다.

Sous le crystal d'une argenteuse rive,

Au mois d'Avril une perle je vy,

Dont la clarté m'a tellement ravy,

Qu'en mon esprit autre penser n'arrive.

수정처럼 반짝이는 강물을 음성효과로 재현하기 위해 롱사르는 각운에서 [i] 음을 반복한다. 게다가 날카로움의 광채는 반복되는 유음 [r]로 인해 빛남의 이미지를 더욱 강화시킨다. 시적 화자의 정신은 환하게 빛나는 찬란한 광채로 가득 차 있으며, 빛의 투명함은 그가 발견한 진주의 고귀함을 반영한다.

2연 진주의 찬란함을 벗어나지 못하는 시적 화자의 상황에 대한 묘사이다.

4연 큐피드를 속이는 시적 화자의 모습에서 신과 대적하고 경쟁하려는 태도를 엿볼 수 있다.

XCIII

1564년 퐁텐블로 왕실축제를 위해 롱사르가 콩데 공의 부탁을 받아 리뫼이유 부인을 위해 작성한 작품이다. 1565년의 『엘레지, 가면극, 목가』에 처음으로 소개되었고, 1567년부터 1572년까지 『사랑시집 제2권』에 포함되었으나, 1578년부터 『사랑시집 제1권』에 수록되었다. 「소네트 XCII」가 4월을 배경으로 하고 있기에, 5월의 시간을 다루는 작품이 뒤에 놓일 수 있었다. 시적 화자는 여인의 아름다운 두 눈에 취해 있다. 두 눈의 힘은 그의 마음뿐만 아니라 생각과 이성마저도 무력화시킨다. 흥미로운 것은 "생각 penser"과 "이성 raison"이란 용어가 교차적으로 사용된다는 점이다. 시적 화자는 무력화된 이성을 언급하며 여인의 치명적 아름다움을 찬양하지만, 역설적으로 아름다움에 맞설 수 있는 유일한 대상은 이성적 판단이라고 여긴다. 게다가 2행, 6행, 8행 그리고 11행은 시행 중간에 1인칭대명사 "나" 혹은 1인칭 소유격 "ma"를 위치시키며 이성적 사고를 지탱하려는 시적 화자의 의도마저 드러낸다.

8행 "그대의 힘"은 "Vostre vertu"를 옮긴 것이다. 여인의 마법 같은 강력한 영향력을 가리킨다.

XCIV

풍부하고 역동적인 여인의 머리카락을 바라보며 시적 화자는 자신의 기쁨을 숨기지 않는다. 머리카락에서 얻게 된 행복의 느낌은 여인에 대한 묘사를 더욱 길게 연장하게 만든다. 그런데 시적 화자의 이런 경험이 머리카락의 장식성과 관능성에서 얻어진다는 점에서 그의 행복은 미학적이고 시적이라고도 말할 수 있다. 그는 허구의 공간 안에서 여인의 아름다움을 추구한다. 문제는 미학의 공간 안에서 여인이 비너스이기도 하고, 아도니스를 닮기도 했다는 점이다. 여인의 정체성이 이렇게 모호하다면, 시적 화자 역시 비너스 같은 여인만을 사랑하는 것이 아니라 아도니스를 닮은 여인을 추구하는 자이기도 하다. 그는 신화 속에서 아도니스를 쫓았던 비너스의 행위를 대신한다. 즉 남성인 시적 화자가 여성의 역할을 짊어진다. 이로써 미학적 텍스트 안에서 시적 화자는 자신의 남성성이, 여인은 여성성이 약화되는 것을 목격하게 된다. 그런데 바로 이것이 욕망의 실현에 필요한 조건이다. 욕망의 충족은 자아의 포기 혹은 자아를 타자로 고려할 때 이루어지기 때문이다. 1연의 "파도"와 같은 물의 이미지는 이런 모호성을 노래하기 위해 도입된 요소이다. 바다는 여성성의 상징이지만 또한 남성성이 용해되는 공간이며, 남성의 용해와 더불어 여성의 순수성이 혼탁해지는 공간이기도 하다. 바다의 포용성은 단 하나의 성을 간직한 것에서 나오지 않는다. 그것의 넉넉함은 '혼종'에 의해 확보된다. 롱사르는 사랑의 실현을 위해 여인이든 시적 화자이든 그들이 모두 '나' 안에 '타자'를 갖고 있음을 지적한다. 그가 노래하는 주인공들의 정체성은 이중적이다.

1연 「소네트 XLI」에서 카상드르의 머리카락을 비너스의 머리카락에 비교하고, 「소네트 CLXXXV」에서는 아폴론의 머리카락에 비교하였듯이, 황금머리카락은 여인의 신성함과 고귀함뿐만 아니라 육체의 신비함도 암시한다. 또한 젖가슴의 부드러운 윤곽을 타고 내려오는 황금머리카락의 율동은 정신의 즐거움을 반영한다. "홍겹게 follastrement"라는 부사는 정신의 부드러운 운동성에 부합하는 육체의 역동성을 표현하는 어휘이다. 또한 육체와 정신의 부드럽고 경쾌한 리듬은 서서히 밀려오는 쾌락을 의미할 수도 있다. 롱사르는 이런 점진적 운동성을 표현하기 위해 원문에서 "~on", "~ond", "~ent", "~ant", "~ein" 등의 비음을 반복적으로 사용한다.

7행 세 차례에 걸쳐 반복되는 "~하든 soit que"이라는 표현은 머리카락의 율동성을 드러내기 위한 것뿐만 아니라 흔들거리는 파도의 이미지를 반영하기 위해서 필요했다. 살아 있는 육체의 생명력을 드러내는 양보구문은 시적 화자가 느낄 역동적 기쁨을 드러낸다. 감동의 역동성은 시의 후반부에서는 정체성의 변화를 초래할 힘으로 확장될 것이다.

1-2연 페트라르카와 아리오스토에게서 영감을 얻은 머리카락의 블라종에 해당한다. 파도의 물리적 운동에 비유된 머리카락의 율동성은 성적인 욕망의 운동성마저 상기시킨다.

11행 "모방하다 imiter"라는 동사는 작품의 궁극적 대상이 여인의 아름다움이기보다는 아름다움이 만들어지는 행위를 바라보는 미학적 측면이라는 것을 암시한다. 이것은 1연의 "홍겹게 follastrement"와 연계된다.

12행 멧돼지에 치여 죽게 된 아도니스의 피가 떨어진 자리에서 아네모네가 탄생했다. 장미의 붉은색은 비너스를 포함하여 여러 여신들이 탐욕스럽게 갈구한 아도니스의 아름다움에 대한 열정의 상징이다. "아도니스처럼 ~하다 adoniser"라는 동사는 롱사르가 만든 신조어이다. 아도니스처럼 모자를 썼다는 것은 그만큼 여인이 아도니스를 닮았다는 비유적 표현이다. 루벤스나 베로네제의 비너스와 아도니스에 대한 그림에서 모자를 쓴 아도니스를 찾을 수는 없다. 따라서 4

연에서 롱사르는 의도적으로 카상드르의 정체성을 바꾸기 위해 남성적 행위에 해당하는 모자를 쓰도록 만들었다. 그는 '미의 기술'을 염두에 두고 있는 것이다. 이로 인해 여인의 아름다움을 찬양하지 않을 수 없는 포로였던 시적 화자는 4연에서는 여인의 정체성을 파괴하는 자로서의 모습을 띤다. 그에게는 카상드르의 정체성을 바꿀 수 있는 힘이 있다.

13-14행 1552년 판본은 마지막 두 시행을 "그리고 누가 알겠는가 (그렇게 그녀가 / 제 머리를 모호하게 변장하여) 그녀가 소녀인지 사내인지를? Et qu'on ne sait (tant bien elle deguise / Son chef douteus) s'elle est fille ou garson?"처럼 삽입구문으로 묶어놓았다. 1552년 판본에서 문제되는 대상은 여인의 머리이며 여인 자신이었다. 그러나 1578년 판본부터 "그녀가"는 "그녀의 아름다움 sa beauté"으로 수정된다. 여인보다는 여인의 아름다움 자체를 정체성과 연관시키려는 의도가 드러난다. 이처럼 여인에서 여인의 아름다움으로 시적 화자의 시선이 옮겨간 것에서 그의 관심사가 아름다움, 즉 미학적 차원과 관계된다는 것을 알 수 있다. 게다가 4연을 제외한 각 연에서 사용된 "흥겹게", "기뻐하다 se plaire", "모방하다"는 모두 미학과 관련된 용어들이다.

XCV

색채감으로 넘쳐나는 작품 안에서 님프에 비유된 여인의 아름다움은 새벽의 여신 아우로라(에오스)의 아름다움을 능가한다. 아우로라의 붉은색은 님프의 황금빛 머리칼과 대조를 이룬다. 그러나 능멸을 당한 여신은 자신의 신세를 한탄하며 온 공간을 바람과 불과 비, 즉 분노로 가득 채운다. 아우로라와 님프의 비교를 위해 롱사르는 뒤 벨레의 『올리브』에 실린 「소네트 LXXXIII」에서 영감을 얻었다. 뒤 벨레 작품을 옮기면 다음과 같다.

벌써 밤이 뜰에서
떠다니는 별들의 무리를 그러모으고,
깊은 굴속으로 들어가기 위해
태양을 피해 검은 머리칼을 펼쳤다.

그러자 하늘은 동방을 붉게 물들였고,
다시 새벽의 여신은 금발의 머리칼로
수많은 둥근 진주들을 엮어가며
자기 보물들로 들판을 가득 채웠다.

그때 서쪽에서 생생한 별처럼
그녀의 푸르른 강물 위로, 오 나의 강이여,
미소 머금은 님프가 나오는 것을 보았으니,

이 새로운 아우로라를 보자,

수치를 느낀 태양은 색을 덧칠하여
앙주의 동쪽과 인도의 동쪽을 물들였더라.

뒤 벨레 작품은 여러 논란을 불러일으킬 만하다. 저녁과 새벽 그리고 태양의 시간이 명확히 구분되지 않고, 시적 비유가 정확하지 않기 때문이다. 그럼에도 불구하고 작품을 다시 해석하면 다음과 같다. '밤이 지나 새벽의 여신이 찾아오고, 태양이 동쪽에 떠오르며 들판을 금빛과 붉은 빛으로 물들일 때, 새로운 아우로라인 님프가 강물에 몸을 드러낸다. 그 아름다움에 창피를 당한 태양은 자기 색깔을 더욱 도드라지게 만들며 동쪽에서 떠오른다.' 뒤 벨레는 어둠과 빛의 대조를 통해 님프에 비유된 자기 여인의 아름다움을 찬양한다. 그의 작품에서 창피를 당한 것이 태양이었다면, 롱사르의 시에서는 아우로라이다. 그러나 롱사르의 작품에서 아우로라와 님프, 붉음과 금빛의 대조만이 문제가 되는 것은 아니다. 님프의 아름다움을 강조하기 위해 그는 질투로 인해 불과 비를 천지에 내리는 아우로라의 행동을 도입함으로써, 님프의 아름다움이 천상의 존재들에게 극도의 분노와 질시를 불러일으켰음을 역동적으로 묘사한다. 뒤 벨레 작품의 분위기는 롱사르에 비교하면 다소간 정적이다.

11행 시적 화자는 사랑하는 여인을 님프에 비유하고 있지만, "아름다움"을 수식하는 형용사 "치명적인 mortelle"으로 인해 님프가 천상의 생명을 누리는 자가 아니라는 것을 알 수 있다. 그녀는 지상의 시간을 따른다.

XCVI

1569년 『시집 제6권 및 제7권』에 최초로 소개된 작품이다. 1571년에는 『사랑시집 제2권』에, 1578년 판본부터는 『사랑시집 제1권』에 수록되었다. 작품의 해석에 대한 단서는 판본상의 이동에서 찾을 수 있다. 1571년에 『사랑시집 제2권』에 실린 것은 작품의 문체에 기인한 것으로 보인다. 『사랑시집 제1권』과는 달리 마리에게 바친 제2권에서 롱사르는 매우 단순하고 낯익은 표현을 자주 사용하였다. 제1권의 난해하고 모호한 표현에 가해진 동시대의 비난을 의식했기 때문이다. 그런데 평범한 중간문체를 사용한 작품이 1578년부터 카상드르에게 바친 제1권에 포함되기 시작했다는 사실은 작품의 의미에 대한 다른 해석을 불러올 수 있다. 우선 작품의 "장미"는 여인을 지칭하지도, 그녀의 아름다움을 상기하지도 않는다. 그것은 오히려 시적 화자의 뜨거운 열정과 관련된다. 이것은 여인의 아름다움이 시적 화자의 내적 속성으로 환원되었다는 의미를 갖는다. 그는 여인의 아름다움에 반한 자기 심정의 아름다움을 드러내기 위해 장미를 여인에게 바친다. 여인의 아름다움에 맞서는 그의 어조는 당당하고 태도는 엄정하다. 이를 위해 명령형이 사용되었다. 게다가 그의 어조는 영웅의 목소리마저 닮고 있다. 여기에서 작품이 카산드라에 비견되는 카상드르에게 바친 시집에 수록된 이유가 발견된다. 또 다른 이유도 찾을 수 있다. 자기 목소리의 서사성을 강조하려는 그는 자신을 기꺼이 뮤즈들과 대등한 존재로 만든다. 1569년 판본의 4행은 "뮤즈로서 뮤즈들과 나를 섬기는 Qui sers de Muse aux Muses & à moy"이었다. 이 "새로운" 장미는 뮤즈들이 탐할 정도이며, 그녀들과 마찬가지로 시적 화자 역시 욕망하는 주체가 될 자격을 지니고 있는 것이다. 시적 영감의 원천인 뮤즈들과 자신을 동일시하는 이런 태도는 장미에 모든 사랑의 영감이 담겨 있다는 흔한 토포스에 해당하지만, 동시에 그가 추구하는 사랑이 최고의 경지에 속하는 것임을 의미할 수 있다. 그가 단 하루만 지속되는 목숨을 원한다면, 그것은 짧은 삶에는 사랑이 더더욱 필요하다는 것을 여인에게 상기시키기 위해서였다. 그는 그런 목숨을 여인에게 간청하지는 않는다. 이런 태도는 여인과 시적 화자의 수직적 관계를 수평적 관계로 만든다. 따라서 그가 비상의 의도를 갖지 않는 것은 당연하다. 원문의 6행을 번역한 5행의 "날개 결코 가져보지 못한 내 마음 mon coeur qui n'a point d'ailes"은 여인에게 다가갈 수 없는 자신의 한계와 상황을 언급하는 듯하지만, 동시에 날개를 가지려는 의도가 애초부터 없었다는 것을 의미할 수 있다. 오히려 이 표현은 여인과 수평적인 관계를 갖게 되었다는 그의 확신을 드러낸다. 게다가 장미를 매개로 삼아 여인과 맺은 수평적 관계는 뮤즈들의 처소인 저 높은 곳에서 이미 형성되고 있다. 그래서 시적 화자는 11행에서 "단 하나의 태양 Un Soleil"이 아닌 자신의 탄생을 바라본 "수많은 태양들 Mille Soleils"을 언급할 수 있었다. 우주가 그의 탄생을 목격하였고, 그가 지닌 사랑의 심정은 휴식을 모르는 신들의 민활함을 닮았다. 이렇듯 시적 화자의 목소리에는 여인에 대한 종속을 파괴할 수 있는 힘이 실려 있다. 그리고 이것을 강조하기 위해 롱사르는 이전 판본 12행의 "나를 소모시키고 결코 쉬지 않는 Qui me consome & jamais ne repose"이란 표현을 "내 사랑의 움직임은 결코 휴식을 알지 못한다 l'action jamais ne se repose"로 퇴고하였다. 그는 끊임없이 만들고, 사랑하고, 여인과의 관계를 재설정하는 행위를 반복할 것이다. 그리하여 장미가 가장 아름답고 가장 새롭다는 토포스는 여인에 대한 찬양과 더불어 시적 화자의 한결같은 사랑의 숭고함도 드러낸다. 이런 이유 때문에 여인은 시행이 진전될수록 시적 화자의 관심에서 사라진다. 1행에 등장하는 "그대"는 장미에 대한 묘사 속에서 소멸하고, 장미와 시적 화자가 같이 놓인 9행 이후에 등장한 것은 여인이 아니라 시적 화자일 뿐이다. 자기 사랑의 열정을 장미에 비유하는 그는 우주의 공간 안에 자신만이 놓여 있음을 드러내는 데 성공한다.

1연 시적 화자는 최상급을 사용하며 자신을 사로잡은 아름다움이 최고의 단계에 속하는 것이라고 확신한다. 최상급의 사용은 페트라르카풍 시의 특징이기도 하다. 1연에서 시적 화자는 여인에게 사로잡힌 종속적인 존재로 그려지지만, 원문에서 1행의 각운 "그대 toy"와 4행의 각운 "내 moy"가 운을 이루고 있다는 점에서 시의 형식은 종속적인 서열관계를 파괴한다. 시적 화자가 궁극적으로 추구하는 것은 사랑의 대상과 사랑하는 주체 사이의 동등한 합일이다. 그리고 그것을 통해서만 2행의 "가장 아름다운 les plus belles", 그리고 3행의 "가장 새로운 les plus nouvelles" 사랑이 창조될 수 있다고 파악한다. 2연을 시작하는 명령형은 이런 시적 화자의 의지를 반영한다.

5행 "날개 결코 가져보지 못한 내 마음"은 여인의 사랑을 얻지 못해 상승의 기쁨을 경험하지 못한 마음을 가리킨다. 시적 화자의 마음은 비상의 열정에도 불구하고 지상에 붙잡혀 있다. 그러나 그에게는 단절된 수직의 상승을 수평운동으로 변화시키려는 의지가 있다. 여인이 화자의 마음을 받아들이게 된다면 그것은 수평의 운동이지만 동시에 화자의 사랑을 만족시키는 것이기에 수직의 운동이 될 수 있다. 수평과 수직의 운동성이 작품 안에서 서로 구분되지 않는다.

8행 "믿음 foy"이란 단어는 주종관계를 설정한다. 그래서 시적 화자는 여인에 종속된 존재로 남기를 바라는 것 같다. 그러나 명령형의 사용은 이런 종속에 대한 간청을 배반한다. 오히려 자신의 일관된 믿음을 신뢰할 것을 요구하고 있는 것으로 볼 수 있다. 화자의 사랑에 대한 요구는 "한결같은" 마음이라는 증거를 지니고 있기에 당당하다. 동시에 "수많은 쓰라린 상처 cent playes cruelles", 즉 프로메테우스의 고난에 비유될 수 있는 고통에도 불구하고 언제나 일관된 믿음을 지님으로써 자신의 고통을 극복하고자 한다.

3연 시적 화자의 사랑은 시간이 지날수록 더욱 아름다워지고 새로워진다는 것을 과장법으로 표현한다.

4연 소멸을 알지 못하는 시적 화자의 사랑은 끊임없이 태어나 그를 고통에 처하게 만든다. 프로메테우스 신화를 환기시키는 마지막 연에서 그는 자신의 고통이 끝나면 사랑 역시 사라질 것을 알고 있다. 사랑의 충족을 원하지만 그는 그것을 이룰 수 없으며, 그렇다고 사랑의 포기 역시 그에게 주어진 운명은 아니다. 페트라르카식의 모순어법이 롱사르의 시에서는 끝나지 않을 사랑노래의 본질적 토대로 기능한다.

XCVII

1553년에 추가된 작품으로서 부재를 존재로 변화시키려는 시적 화자의 의도를 발견할 수 있다. 여인은 시적 화자의 함께하려는 욕망을 충족시켜주지 않을 것이다. 부재가 여인의 속성이기 때문이다. 그의 불행은 여인과 함께 머문다는 그런 행복 덕분에 치유되지는 못한다. 그의 불행은 영원할 것이고, 그 불가능한 불행이 치유되기를 그가 희망하는 한, 그의 불행한 심정은 더욱 강화될 것이다. 롱사르가 간투사 "아 Las"로 2연을 시작한 이유가 여기에 있다. 또한 불행이 치유될 가능성이 없다는 것을 알기 때문에 그는 3연을 "안녕 adieu"으로 시작할 수밖에 없었다. 이때 여인과의 헤어짐으로 인해 그가 얻은 불행은 그의 계속될 노래의 생명으로 기능한다. 시적 화자는 자신의 불행을 자기 노래의 동력으로 삼는 것이다. 게다가 여인의 반응이나 상황에 대한 언급이 작품에서는 다뤄지지 않는다. 여인은 작품 안에서 영원히 부재한다. 여인에 대해 시적 화자가 할 수 있는 일은 오직 그녀가 자기 심장을 가지고 떠났다고 외치는 일이 될 뿐이다.

1행 1연의 원문은 다음과 같다.

Suivant mes pleurs pleurer vous devriez bien,
Triste maison, pour la fascheuse absence
De ce bel oeil qui fut par sa presence
Vostre Soleil, ainçois qui fut le mien.

2인칭 대명사 "그대 vous"는 "슬픈 집 Triste maison"을 가리킨다. 1553년 판본에서는 "쌍둥이 언덕 Tertres besson"이었다. "쌍둥이"라는 표현이 자연과 시적 화자 사이의 일체를 강조하기 위해서는 필요했지만, 눈물을 흘리는 불행한 이미지와 고독을 강조하기에는 적절하지 않았다. 게다가 2행에서는 시적 화자의 말을 들어주는 존재였고, 10행에서는 여인과 시인 사이를 떼어놓는 역할을 맡았던 자연의 구성요소들과 "쌍둥이 언덕"이 화합하는 이미지는 서로 어울릴 수 없었다. 롱사르의 퇴고에서 표현의 일관성에 대한 배려를 발견할 수 있다.

4행 "저 아름다운 눈 ce bel oeil"은 1553년 판본에서는 단순히 "그녀 cette-là"로 언급되었다. 롱사르는 이런 지시대명사가 "태양 Soleil"의 의미를 지지하지 못한다고 파악한 듯하다. 즉 빛의 부재와 어둠의 지배를 강조하려 했던 그에게는 "눈"의 도입이 필요했다. 게다가 원문 2행의 "absence"와 3행의 "presence"의 각운에서 의미의 대조는 불행의 이미지를 더욱 강화한다.

1연 시적 화자는 자신의 슬픔을 거처에 투영한다. 그러나 그의 처소는 위안의 공간이 아니다. 그는 자신의 거처에서마저 행복을 경험하지 못하는 불행한 자이다. 그의 행복은 "있었다 fut"의 단순과거 사용에서 알 수 있듯이 이미 지나가 버린 시간의 사건이다. 그것은 다시 돌아오지 않을 것이다.

5행 "아픔 maux"은 '그녀의 부재'를 가리킨다.

2연 5행의 "얼마나 de combien"와 8행의 "행복 bien"은 원문에서 운을 이룬다. 이것은 불행과 행복의 이미지를 대립시키며 시적 화자의 행복이 고통과 다르지 않다는 의미를 제시한다. "진정"이라고 옮긴 원문 1행의 각운 "bien"이 4행의 "나의 mien"와 결합하면서 시적 화자가 추구하는 것이 행복이라는 착각을 갖게 만든다. 그러나 명사가 아닌 부사 "bien"은 "눈물을 흘리다 pleurer"라는 부정적 이미지에 연관되어 있다. 따라서 그가 추구하는 행복은 일종의 착시에 해당하며, 실현될 수 없는 성질에 속한다.

10행 자연의 구성물들이 언제나 시적 화자에게 호의적인 역할만을 수행하지는 않는다. 그것들은 그와 여인 사이의 공간을 차지하며 서로 바라보는 소통의 기회를 그들에게 허용하지 않는다.

11-14행 11행의 "눈 yeux"과 14행의 부사 "더 mieux" 사이의 각운 일치는 바라봄이 행복의 원천임을 암시한다.

13행 안드로지니 Androgyne 신화에 따라 시적 화자는 여인이 자신의 일부라고 주장하며, 여인에 대한 사랑추구를 자신의 본래적 운명으로 규정한다. 이런 언급은 불행에도 불구하고 그가 그녀에 대한 사랑의 노래를 영원히 부르게 될 것이라는 약속으로 이해될 수 있다.

XCVIII

1553년에 추가된 작품으로 앞의 「소네트 XCVII」과 더불어 여인의 부재가 초래할 고통을 다룬다. 여인은 시적 화자에게 기쁨을 주는 존재이자 부재의 폭력을 가하는 이중의 정체성을 지녔다. 이런 이중성은 여인의 변덕과 시적 화자의 사랑 사이에 놓인 불안정함을 암시한다. 그는 빛의 사라짐이 고통의 원인이라고 말하지만, 이런 비지속성이 오히려 그가 겪는 고통의 한복판에 놓여 있다. 그것은 마치 1행의 "모든 것 tout"과 "그 무엇도 rien"가 같은 행에 놓여 있는 것과 다르지 않다. 게다가 여인의 부재는 시적 화자의 "영혼"도 불안하게 만든다. 눈물이 흘러내리는 것은 넋이 그의 정신에서 빠져나가는 것과 다르지 않다. 사라진 그녀로 인해 흘리는 눈물은 그의 정신에 빈 공간을 만든다. 그래서 그는 11행의 "그것을 보지 못하게 될 것이다, 허나 진정 볼 수 있을 것인가 Ny ne verray : Mais bien puissé-je voir"와 같이 '보다'를 중심으로 긍정과 부정을 한 시행 안에서 동시에 표현할 수밖에 없었다. 이런 표현은 시적 화자가 겪는 불행의 원천이 여인의 부재가 아니라, 그 부재가 만든 '불완전한 상황'에 대한 염려라는 해석을 가능하게 만든다. 그리하여 여인의 부재에 대한 원망, 사라진 여인에 대한 숭배, 부재로 초래된 눈물 등은 작품의 의미를 구성하지 못한다. 시적 화자는 여인의 부재에서 '영감의 소멸'을 더욱 염려하기 때문이다. 작품이 여인의 아름다움을 묘사하기보다는 염려와 고통의 언어들로 채워진 것도 이런 해석을 지지할 수 있다. 따라서 작품의 중심에는 시적 화자가 놓여 있다. 그런 까닭에 1연에서 그에게 고통을 가한 주체는 표면적으로는 그녀의 "아름다운 눈"이었지만, 3연의 '보다'라는 행위의 주체는 시적 화자 자신이 된다. 1연의 사라진 여인의 눈 대신, 3연의 시적 화자는 '자신의 눈'으로 여인의 도래에 대한 목격을 희망한다. 눈의 주체가 여인에게서 시적 화자로 옮겨올 때 비로소 그는 여인의 부재가 초래한 영감의 소멸에 맞설 자격을 가지게 된다.

2-3행 원문 "Qui des plaisirs les plus doux de mon ame"의 관계사로 인해 "그 눈"을 번역에 삽입한다. "내 영혼 mon ame"과 원문 2행을 옮긴 번역문 1행의 "내 여인 Ma Dame"의 각운일치는 여인에게 사로잡혀 있는 시적 화자의 영혼을 암시한다. 1553년 판본의 "madame"을 롱사르는 퇴고하였다. 이것은 "ma"와 "Dame"을 분리시켜 여인의 부재를 시각화한다는 것뿐만 아니라, 1연을 가득 채우는 1인칭 소유형용사의 존재를 강화시킴으로써 작품을 여인의 부재가 아니라 그로 인해 초래된 시적 화자의 고통을 부각시키는 효과도 지닌다. 이런 특징은 5행 "급류 Un torrent"의 부정관사와 6행의 "온통 tout", 원문 8행을 옮긴 7행의 "유일하게 Seule" 사이에 1인칭 화자가 흩뿌려져 있는 상황으로 연결된다.

4행 1553년 판본의 "Aveques eus ont emporté la clef"에서 전치사 "함께 avecques"는 시적 화자의 "쾌락 plaisirs"과 관련되지만, 1584년 판본에서 "En leurs rayons ont emporté la clef"로의 퇴고는 여인이 부재한 어둠의 상태를 강조하기 위해 "함께"라는 의미를 지닌 전치사를 제거하지 않을 수 없었다. 시적 화자에게 정신적 즐거움이었던 그녀가 사라지면서 빛 역시 소멸하였다. 빛이 사라짐으로써 이상적인 아름다움과의 조우의 가능성도 사라졌다. 이 덕분에 1행에서 "tout"와 "rien"이 같은 행에 놓인 이유가 정당해진다. 롱사르는 4행을 퇴고하면서 1행의 의미를 더욱 심화시키고 논리적 맥락을 완성한다.

5행 시적 화자가 흘리는 눈물을 가리킨다. 동시에 "급류 torrent"라는 표현이 내포하는 '격렬함'은 여인의 떠나감을 과도한 폭력으로 간주하는 시적 화자의 불행한 인식을 드러낸다. 이를 통해 2연은 1연 전체의 의미였던 부재로 인한 고통을 심화시킨다. "내 머리 mon chef"와 원문 8행을 옮긴 번역문 7행의 "범선 la nef"이 운을 이룬다. 시적 화자는 자신의 머리를 범선에 비유하며 생각을 이끌었던 여인의 부재를 안타까워한다.

8행 1553년의 "빛나는 drillante"을 "신성한 divine"으로 퇴고하며 여인의 숭고함뿐만 아니라 시적 화자가 지닌 생각의 신성함도 암시한다.

9행 그녀의 "이글거리는 불꽃 sa braise"은 2행의 여인의 "아름다운 눈 des beaux yeux"의 속성이기도 하다.

12행 "죽기 전에 avant mourir"라는 표현은 시적 화자의 극도에 이른 고통을 말한다. 1연에서 언급된 고통이 5행의 '급류'로 강화된 후 4연에서 절정에 이른다. "짐승 Fere"은 그녀의 뜨거운 두 눈에 대한 비유이다.

XCIX

1569년 『시집 제7권』에 발표된 후 1571년에 『사랑시집 제2권』 그리고 1578년부터 『사랑시집 제1권』에 수록되었다. 시적 화자는 카상드르를 태양신의 여인이 아닌 자기 여인으로 삼으려 한다. 아폴론이 여인을 집 안에 가둬놓아 자기와의 만남을 불가능하게 만드는 것을 원망하고, 그를 소 떼를 모는 늙은 목자로 간주하는 것이 증거이다. 아폴론은 하늘의 유일한 불이 될 자격이 없다. 그 자격은 카상드르를 흠모하는 자신에게 주어져야 한다. 따라서 작품은 신의 열정을 제 것으로 만들려는 시적 화자의 욕망을 다룬다. 그는 신의 권한과 자격을 갖추려 하며, 예전에 아폴론을 찬양했던 고대시인들은 이제 그를 노래의 대상으로 삼아야 한다. 고대시인들의 태양신 찬양을 시라고 규정하며 인정하지 않으려는 시적 화자는 그들과는 다른 노래를 부를 새로운 시인의 탄생을 예고한다. 그래서 그는 2연을 "나 Je"로 시작하고, 4연에서 명령문을 사용한다.

6행 고대시인들은 다프네, 키레네, 카산드라에 대한 아폴론의 사랑을 노래했다. 아폴론의 옛 사랑을 인정하지 않으려는 시적 화자는 카상드르를 오직 자신만의 여인으로 삼고자 한다. 그는 아폴론을 저버리고 새로운 사랑의 노래를 꿈꾼다.

8행 "염려하는 soucieux"은 태양신이 시적 화자의 사랑을 염려하여 그가 사랑을 성취하도록 돕는다는 의미보다는 시적 화자의 사랑을 경계해야 한다는 뜻으로 해석될 수 있다.

C

시적 화자의 고통은 기쁨을 만들어주는 요소이기도 하다. 그가 고통과 기쁨을 동일시하는 것은 여인이 부여하는 죽음이 그에게는 외침을 허락하는 동인이 되기 때문이다. 그는 여인의 냉정함을 원망하지 않는다. 오히려 자신과 여인이 반복되는 행위를 공유하는 자들이라는 점에서 위안을 찾는다. 그리하여 번역문 12행에 해당하는 원문 13행의 각운 "스스로를 불태워 가면서도 en ma braise"와 번역문 13행을 옮긴 원문 14행의 "편한 aise"이 운을 이룬 것에서 알 수 있듯이 그들은 죽음의 고통에서 기쁨을 느끼는 행위를 되풀이하는 운명의 수레바퀴 안에 놓인 자들이다.

1행 시적 화자의 육체와 정신의 모든 기능이 사랑에 사로잡혀 있다는 뜻이다.

4행 "다른 이 Un autre"는 시적 화자의 생각이 만들어낸 여인의 이미지를 가리킨다.

5행 호라티우스의 『오드시집』 제1권 「오드 XXIII」 8행의 "심장과 무릎이 흔들거리니"를 모방한 표현이다. 사랑에 대한 생각이 많을수록 육체의 소멸은 더 빨리 진행된다.

6행 오비디우스의 『변신』 3권 487-488행을 상기시킨다.

8행 감각의 죽음은 정신의 소멸을 동반한다.

10행 "메말라 간다"는 형용사 "have"를 번역한 것으로 '어두운 sombre' 혹은 '안 좋은 상태 mauvais état'라는 뜻을 지닌다.

11행 페트라르카는 『사랑의 승리 *Il Trionfo d' Amore*』 제3권 8행에서 사랑에 빠진 자나 사랑을 불러일으킨 자는 모두 무덤에서 끄집어낸 사자死者를 닮았다고 노래했다. 마로 역시 『시편 *Psaumes*』에 수록된 「작품 CVLIII」의 34-35행에서 자신을 "무덤에서 끄집어낸 자와 닮았"다고 노래한 바 있다.

13행 "같은 고통 un même mal"이라는 표현은 목숨을 빼앗는 행위에서 여인이 고통을 느낄 것이라고 시적 화자가 생각했기 때문에 가능했다. "서로를 편하게 여긴다 l'un et l'autre est bien aise"는 표현은 여인이 시적 화자의 패배에 만족하고 시적 화자가 사랑으로 인해 초래된 패배에서 기쁨을 느낀다는 의미를 내포한다.

CI

시적 화자는 뮤즈가 자기를 칭송한 시인들에게 어떤 영광을 주었는지 알지 못하고 그것을 경험한 바도 없기에 뮤즈에 대한 찬양을 거부한다. 뮤즈의 은총을 받은 바 없는 그의 육체는 따분하고 정신은 활기를 잃었다. 뮤즈를 알지 못하는 그는 불행했지만, 여인과의 만남은 그에게 행복을 찾게 해주었다. 뮤즈가 주지 못한 영감과 재능을 그녀를 바라봄으로써 얻게 되었고, 어리석은 자의 탈을 벗어나 세상을 이해하는 정신을 얻게 되었다. 여인 덕분에 가장 높은 단계의 앎을 그는 갖게 된 것이다. 따라서 그가 여인을 자신의 "전부 Tout"로 여기는 것은 당연하다. 그가 말하고 쓰는 모든 행위들은 자발적 의지에 의해서가 아니라 여인에 대한 사랑이 만드는 것이다. 여인의 마력에 종속된 자의 기쁨이 다루어지고 있다.

8행 여인에 대한 사랑이 앎의 기쁨을 가져다주었다고 롱사르는 여러 곳에서 언급한다. 『사랑시집 제1권』의 「소네트 CLXXIX」와 『엘렌을 위한 소네트집 제1권』(1578)의 「소네트 XXIII」이 대표적이다. 특히 「소네트 XXIII」의 5-8행에서 롱사르는 "나는 그대의 미덕에서 입을 다물지 않는 법을 배웠고, / 로마와 그리스의 모든 비밀을 알게 되었고, / 그대는 나를 신탁으로 만든 이후 나를 깨우쳐, / 나는 만물을 아는 악 천사가 되었다 J'appris en tes vertus n'avoir la bouche close, / J'appris tous les secrets des Latins et des Grecs : / Tu me fis un Oracle, et m'esveillant apres, / Je devons un Demon sçavant en toute chose"(5-8행)라고 말하며 사랑의 영감 덕분에 모든 것을 간파하는 자신의 시적 능력을 노래한다.

CII

작품이 사랑의 힘 앞에서 무력한 시적 화자를 소개하는 것 같지만, 다음과 같은 원문 1연의 각운에 주의를 기울인다면, 시적 화자의 '말'이 작품의 중심에 놓여 있음을 알 수 있다.

Par l'oeil de l'ame à toute heure je voy
Ceste beauté dedans mon coeur presente :
Ny mont, ny bois, ny fleuve ne m'exente,
Que par pensée elle ne parle à moy.

1행의 "바라본다 voy"가 번역문의 3행에 해당하는 원문 4행의 "내게 à moy"와 연계됨으로써 여인을 바라보는 행위는 나 자신의 정체성을 파악하는 것과 다른 것이 아니게 된다. 그녀가 이미 내 마음 안에 있는 까닭이다. 따라서 시적 화자의 여인에 대한 추구는 나에 대한 탐색이 되고, 그녀의 말을 구하는 것은 자신의 말을 찾는 행위가 된다. 이런 해석은 7행의 "결코 en rien"라는 표현으로 인해 더욱 설득력을 갖는다. 롱사르가 '단연코 jamais'와 같은 부사를 사용할 수 있는 문장에 "en rien"이란 표현을 사용한 것에는 이유가 있다. 부재하는 여인의 시간이 시적 화자가 느끼는 즐거운 고통을 감소시키지 않았다. 그녀의 부재는 현존의 반대말이 아니다. 2연의 원문을 싣는다.

Dame, qui sçais ma constance et ma foy,
Voy, s'il te plaist, que le temps qui s'absente,
Depuis sept ans en rien ne desaugmente

Le plaisant mal que j'endure pour toy.

롱사르는 "en rien"을 14행으로 구성된 소네트의 중간부분인 7행, 나아가 이 시행의 한복판에 위치시키며 어휘의 중요한 가치를 암시한다. 그것은 우선 "지조 constance", "시간 temps", "존재하지 않은 absente", "해 ans", "줄이다 desaugmente", "즐거운 plaisant", "견디다 endurer" 등에서 반복되는 "en[ɑ̃]"의 음소를 통해 작품의 율동적 리듬을 만들어낸다. 이런 운동성은 줄어들지 않은 시간의 의미를 전달하는 데 기여한다. 그리고 다음 연에서 "수만 번 수만의 몸으로 태어나리라 Pour mille fois en mille corps renaistre"라는 표현이 지닌 반복성은 부재의 시간이 시적 화자의 고통을 소멸시키지 않았으며, 그 고통을 그는 즐거움으로 수용한다는 의미를 강화한다. 따라서 죽음을 시적 화자는 죽음으로 간주하지 않는다. 모순되는 것들은 서로 대립하지 않으며, 서로의 장애물이 되지도 않는다. 오히려 그것들은 반복되는 물결의 출렁이는 리듬을 닮았다. 이런 이유로 시적 화자는 3-4연에서 "lasser" 동사의 의미를 때로는 지겨움과 지겹지 않음이라는 상반된 문맥을 위해 사용할 수 있었다. 이 점에서 "en rien"이라는 표현은 앞의 「소네트 LXXXI」에서 다루어진 '비어 있음 vide'의 테마를 연장하고 있다고 볼 수 있다. 시적 화자는 사랑의 충족을 경험하지 못했기 때문에 고통을 느낀다. 그의 사랑은 '비어 있다'. 그러나 이 빈 공간을 그는 '눈물'로 채우면서 기쁨으로 변화시킨다. 여인이 그의 정신과 마음에 '빈 공간'을 만들었지만, 그는 그녀의 이런 행위를 기꺼이 받아들이며 비어버린 자신의 욕망을 채워 나간다. 그에게서 고통은 기쁨이 된다. 그가 겪는 고통은 3연에서처럼 그에게 죽음을 환기하게 만들지만, 그 죽음이 모든 생명의 종말, 즉 모든 것의 부재를 의미하지는 않는다. 그는 죽음에서 새로운 탄생을 맞이할 수 있을 것이라고 확신한다. 아리스토텔레스의 소멸과 '생성 regénération'의 원칙을 따르는 시적 화자는 죽음 뒤의 공간에서도 반복되는 운동이 만들어낼 효과를 기대한다. 3연과 4연의 어조가 상이한 것은 단순히 페트라르카식의 모순어법에 의지한 결과가 아니다. 그것은 소멸이 생성으로 이어지고 그 반대 역시 마찬가지라는 우주의 운동성에 대한 신뢰에 기인한다. 시적 화자의 여인에 대한 사랑은 멈추지 않을 것이다. 자기 마음을 견디는 것이 견딜 수 없음으로 이어지는 것과 마찬가지로, 여인에 대한 그의 원망과 사랑의 요구는 지속될 것이다. 따라서 작품은 영혼을 빼앗긴 시적 화자의 고통에 대한 호소라기보다는 사랑을 추구하는 말의 지속성에 대한 암시로 볼 수 있다. 그는 사랑의 말을 "결코" 멈추지 않을 시인이다.

1행 롱사르는 1-2행을 긍정문, 3-4행을 부정문으로 구성하면서 페트라르카식의 모순어법을 시도한다. 따라서 1553년의 1행 "아, 그녀를 보는 것이 아니건만, 매 순간 나는 보네 Las! sans la voir, à toute heure je voi"는 퇴고될 수밖에 없었다. 이전 판본의 "sans la voir"의 부정적 의미는 3-4행의 부정구문과 모순을 이루지 않기 때문이다.

3행 산, 숲, 강물의 환기는 시적 화자가 자연에게 자신의 의도를 투영했다는 의미를 갖는다. 여기에서 자연은 그의 목소리를 들어주는 역할을 한다.

6행 "보다"의 주체가 1연에서는 시적 화자였지만, 2연에서는 여인이다. 명령형의 사용은 "내 헌신"과 같은 중세 계급언어의 사용에서 알 수 있듯이, 여인에게 종속되었을지라도 그녀에게 말을 걸 수 없을 정도의 억압된 상황에 시적 화자가 놓여 있지 않다는 것을 암시한다. "칠 년"은 롱사르가 카상드르를 처음 만난 1546년 이후에 흘러간 햇수를 가리킨다.

8행 동사 "줄여주다 desaugmenter"는 롱사르의 전 작품을 통해 단 한 번 사용된다.

9행 "그것"은 2연에서 언급된 "즐거운 고통 plaisant mal"을 가리킨다.

4연 3연에서 다루어진 시적 화자의 인내와 4연에서의 인내의 포기는 그만큼 그의 영혼이 고통스럽다는 것을 반증한다. 이런 모순은 여인이 변덕스런 속성을 지녔다는 암시이다. 영혼을 여인에게 빼앗겼음에도 불구하고 여인이 그 마음마저 거부한다는 것은 여인이 자신을 배척하는 것과 다르지 않다. 여기에서 여인이 자신의 힘이 만든 결과를 인정하지 않는다는 모순이 발생한다.

CIII

시적 화자는 마지막 연에서 사랑에서 그 무엇도 얻지 못한 신세를 한탄한다. 그가 사랑에서 얻은 것은 없다. 욕망을 가졌지만 헛될 뿐이었다. 사랑에 대한 아무런 보상을 받지 못하는 결핍의 상황에 처한 자신을 목도하며 시간만 흘려보냈다. 그렇지만 그가 얻은 것이 없다고 말할 수도 없다. 그에게는 번민과 고통이 남았다. 게다가 제 삶이 이것들로 영위되고, 이것들 덕분에 기쁨을 누린다는 것을 그는 굳이 감추지도 않는다. 9행의 "내 삶이 얼마나 단단한지"라는 표현은 조롱조의 어조에 해당하는데, 고통을 토로하면서도 이렇게 빈정거릴 수 있는 것은 고통의 정체가 실은 기쁨이라는 확신이 그에게 있기 때문이다. 차가움과 뜨거움의 반복이 그를 강하게 만들었다. 그에게 고통과 기쁨은 하나이다. 이런 그에게 남은 유일한 일은 고통이 기쁨이라는 것을 언어로 노래하는 것뿐이다. 비극에서 행복을 찾는 지난하고 모순된 상황을 그는 사랑의 공간으로 삼아야 하고, 그것을 노래하며 자기 사랑의 풍요로움을 여인에게 드러내야만 한다. 그가 추구하는 사랑의 충만함은 결핍을 노래하며 실현되어갈 수밖에 없다.

1행 "모래 위에 씨를 뿌린다 Sur le sablon la semence j'épands"는 '얻는 것이 아무것도 없다'는 뜻의 속담이다.

2행 1행의 수평성과 2행의 수직성은 시적 화자의 고통이 온 공간을 채우고 있음을 암시한다.

9행 "내 삶이 얼마나 단단한지 잘 알 수 있는 자는"의 원문 "Qui sçauroit bien quelle trempe a ma vie"에서 사용된 파열음과 [i]의 날카로운 단음은 뜨거움을 차가움으로, 차가움을 뜨거움으로 경험하는 극심한 고통을 음성으로 표현한다.

4연 시적 화자는 자기 사랑에 대한 아무런 보상을 받지 못한 결핍의 상황을 한탄하기 위해 모순어법에 의지한다. 이 점에서 작품이 「소네트 CII」의 뒤에 놓인 이유가 설명된다.

CIV

시적 화자에게 사랑하는 여인은 불멸의 조건을 가지고 태어난 성스러운 존재이다. 그러나 이 여인은 페트라르카의 라우라와 같은 '천사'는 아니다. 오히려 그녀는 시적 화자의 '우상'이다. 그녀가 만약 천사라면 그녀의 영혼은 육체에 잠시 머무를 뿐이겠지만, 시적 화자는 여인의 몸 자체를 이미 신성한 것으로 간주한다. 그가 아름다운 눈을 가진 여인의 초상을 떠올리는 것도 바로 육체에 집착하는 욕망 때문이다. 그가 플라톤에게서 빌려온 '우상'이라는 표현은 그에게는 육체의 숭고화된 형태일 뿐이다. 이 점에서 13행에서 "검은 것 une chose noire"이라는 용어사용에서 알 수 있듯이 시적 화자는 구체성을 선호하는 '물질주의자'의 편에 서 있다. 그는 여인의 초상에 괴로워할 수밖에 없다. 초상은 여인의 시뮬라크르이지만, 시적 화자는 이것을 여인의 추상적 이미지가 아닌 여인의 모든 것을 담고 있는 실체로 간주하기 때문이다. 그가 여인의 이데아에 집착하게 되는 까닭이기도 하다.

1연 「소네트 XXVII」의 1연 "참으로 수없이 수없이 시도했다, / 내 리라의 현에 맞춰 노래 부르기를, / 수없이 수많은 종이 위에 쓰려고 시도했다, / 사랑이 내 가슴에 새겨놓은 이름을"을 환기시킨다.

4연 롱사르는 감각과 이성의 투쟁을 『엘렌을 위한 소네트집 제1권』의 「소네트 VI」에서도 다루게 될 것이다. "나는 알지 못한다, 내 배를 끌고 가려 하는 것이 내 감각인지, / 내 이성인지, 그러나 저렇게 아름다운 항구가 있건만, / 거기에 도달할 수 없다는 것이 한탄스럽다는 것을 나는 알고 있다." 반면 이 작품의 1553년 초판의 다음과 같은 3-4연은

오, 참으로 고통스럽다, 애정이
몇몇 인상으로 우리 정신을 그릴 때면!
그때 나는 사랑이 자기 화살로

섬세하게 이 인상을 새기는 소리를 듣게 되니,
언제나 우리 가슴으로 이 초상 되돌아와
우리 원치 않음에도 언제나 우리를 이끌고 간다.

O le grand mal, quand une affection
Peint nôtre esprit de quelque impression !
J'enten alors que l'Amour ne dedaigne

Suttilement l'engraver de son trait :
Toujours au coeur nous revient ce protrait,
Et maugré nous, toujours nous accompaigne[.]

사랑이 여전히 여인의 초상을 새겨놓아 언제나 떠오르게 한다는 앞의 두 사행시절의 의미를 되풀이하고 있을 뿐이다. 이런 퇴고는 말년의 롱사르가 사랑을 이성과 감각의 차원에서 다루었다는 증거가 된다.

CV

아테네 신전에서 카산드라를 겁탈하려 했던 아이아스가 스스로 죽음을 택한 것과 달리 카상드르를 사랑했다는 이유로 비극적인 죽음을 맞이하지 않을 것이라고 시적 화자는 예감한다. 이것은 신화에서 다루지 않았던 '새로운' 사랑을 카상드르에게 약속하는 것과 다르지 않다. 그가 만들어낼 사랑은 그녀의 내적 아름다움을 더욱 빛나게 만들 것이다. 그리고 이런 약속의 진정성을 전달하기 위해 그는 신화로 채워진 2-3연과는 달리 1연과 4연을 '나'로 시작하며 신화적 인물과 자기를 차별화한다. 물론 이런 구성은 새로운 사랑을 받아들이지 않을 카상드르가 겪게 될 비극적 운명을 상기시키는 효과도 지닌다. 시적 화자를 거부하면 그녀는 과거의 카산드라처럼 될 것이고, 그를 받아들이면 새롭고 명예로운 사랑을 얻은 새로운 신화적 인물이 될 것이기 때문이다.

3-4행 아이아스를 등장시키며 그의 말을 "조언을 던지니 admonnester"의 현재시제로 옮기는 것은 과거와 현재의 구분을 소멸시켜 자기 말의 진정성을 카상드르가 받아들이게 만들기 위해서이다. 아이아스는 호메로스의 『일리아드』에 등장하는 인물로서, 로크리다 Locris의 국왕 오이레우스 Oileus의 아들이며 트로이아를 위해 싸운 전사이다. 그는 카산드라를 아테네 신전에서 겁탈하였다. 오디세우스는 이를 크게 비난하였으나, 아이아스는 무죄를 호소하여 목숨을 구했다. 카산드라를 겁탈한 아이아스의 일화는 아가멤논이 카산드라를 얻기 위해 꾸며낸 것으로 알려지기도 했다. 그리스와의 전쟁에서 패한 그는 지레 바위 해변에 난파하였고, 넵투누스가 자기를 패하게 만들었다고 비난하였다. 이에 분노한 넵투누스는 그를 바다에 빠뜨려 죽게 만들었다. 아폴론이 사랑을 품었던 카산드라는 트로이아의 몰락을 예언했으나 아무도 그의 말을 듣지 않았던 예언자였

다. 원문의 "forcer"는 '겁탈하다 violer'의 뜻을 지닌다.

8행 1553년 판본의 "하늘은 사악한 자를 죽음으로 이끌었으니 Le ciel conduit le meschant au trepas"는 아이아스의 죽음이 신의 뜻에 의해 강제된 것임을 다루지만, 이후 판본은 자신의 수치스런 행위와 신에 대한 비난을 견디지 못해 스스로 죽음을 선택한 아이아스를 등장시킨다.

12행 1553년 판본의 "위대함 grandeur"을 "신전 autel"으로 퇴고한 것은 현재의 카상드르를 과거의 카산드라가 구원을 간청하며 매달리지 않을 수 없었던 미네르바에 비유하기 위해서이다. 겁탈의 위험에 노출된 카산드라를 구할 수 있었던 아테네 여신의 역할을 카상드르가 맡게 함으로써 시적 화자는 여인에게 숭고성을 부여한다. 그는 자신의 새로운 사랑을 새로운 여신이 될 카상드르의 신전에 바칠 것을 약속함으로써, 현재의 자기 사랑이 신성하다는 것을 부각시킨다.

13행 "내 순결한 마음 Mon chaste coeur"은 1553년 판본에서는 "이 순결한 마음 Ce chaste coeur"이었다. 지시사 "ce"를 소유형용사로 퇴고한 것은 카산드라가 여러 영웅들과 신들의 사랑을 불러일으켰던 것과는 달리, 오직 자기에게만 카상드르를 사랑할 권리가 있음을 강조하기 위해서이다. "허락만 해준다면"은 "s'il te plaist de souffrir"를 옮긴 것으로 동사 "souffrir"는 '허용하다 permettre'의 뜻을 지닌다.

CVI

시적 화자에게 여인의 시선은 생명의 양식이다. 그의 삶은 바라보는 여인에 의해서만 연장된다. 이런 운명은 그에게 고난의 삶을 요구할 수밖에 없는데, 생명을 유지하기 위해 그는 금기의 대상인 여인의 시선을 훔치는 도둑으로서의 삶을 살아가야 하기 때문이다. 생명의 원천을 자기 내부에 지니지 못한 채, 여인을 영원한 추구의 대상으로만 삼아야 하는 그의 운명은 불행하다.

3-4연 두 연이 한 문장으로 구성되었다. 이것은 원문 10행을 옮긴 번역문 11행의 "다른 눈짓을 찾아 되돌아오게 되는 나 j'en reviens chercher"의 의미를 연장시키기 위해서이다. 의미와 글쓰기의 일치는 롱사르 시의 주된 특징 가운데 하나이다.

CVII

롱사르는 1550년 『오드집 제1권』의 「오드 IV」에서 프랑수아 1세의 딸인 마르그리트 드 사부아 Marguerite de Savoie를 찬양한 바 있다. 당시 궁정시인이었던 생 즐레는 롱사르의 새로운 시를 폄하하며 궁정에서 그를 비난하였는데, 이런 상황에도 불구하고 마르그리트는 롱사르를 지지했다. 이로 인해 그녀는 롱사르를 비롯한 젊은 시인들의 우상이 되었다. 롱사르는 「오드 IV」에서 그녀를 "새로운 팔라스 nouvelle Pallas"로 칭송하였다.

1행 페트라르카의 대구법을 사용했다.

2행 시적 화자는 사랑하는 여인을 우아함의 여신에 비유한다.

3행 에메랄드의 녹색을 능가한다는 의미이다.

8행 "마르그리트"는 5행이 암시하듯 롱사르의 후원자인 마르그리트 드 사부아를 가리키지만, 동시에 보통명사로서 '데이지 꽃'이라는 뜻도 지닌다.

11행 꽃을 따러 오는 처녀를 가리킨다.

4연 영원히 지속될 아름다움에 대한 기원이다.

CVIII

「소네트 CII」의 마지막 연에서 소개되었던 제 마음에 지쳐버린 시적 화자가 다시 등장한다. 그의 마음은 그의 것이 아니다. 하릴없는 큐피드가 무심코 쏘아버린 화살을 맞은 그가 여인의 이름을 떠올리게 되면, 그 순간 여인에 압도당할 것을 두려워한 그의 마음은 여인의 몸속으로 도망친다. 여인을 피하려 했던 그는 제 마음마저 잃고 만다. 여인이 그의 마음의 주인이 되었다. 여인의 매혹을 피해 달아났지만, 그의 마음은 여인의 몸 안에서 즐거움과 안식처를 발견한다.

1연 원문은 다음과 같다.

Depuis le jour que le trait ocieux
Grava ton nom au roc de ma memoire,
Quand ton regard (où flamboyoit ta gloire)
Me fit sentir le foudre de tes yeux :

"새기다 graver" 동사의 3인칭 단순과거 "grava"를 2행 앞에 위치시키며 빈둥거리는 큐피드가 쏜 화살의 날카로움을 음성적으로 환기한다. 3행의 "그때 quand"의 비음은 벼락에 비유된 여인의 시선이 지닌 웅장함을 환기한다. 그리하여 1연 전체는 화살의 날카로움과 벼락의 울림으로 가득하다. 시적 화자의 마음이 놀라서 그를 달아나는 것은 필연적일 수밖에 없다. 9행에서 상처가 심각하다고 말하는 것 역시 논리적으로 당연하다. 작품 전체를 통해 사용되는 비유법의 추상성을 어휘배치를 통한 음성효과와 논리적 전개에 덧붙이면서 시인은 작품에 구체적 감각성을 부여한다.

7행 "그대의 상앗빛 물결 tes ondes d'yvoire"은 여인의 뽀얀 젖가슴을 가리킨다.

3연 시적 화자의 고통을 피하기 위해 여인에게로 달려갔던 마음이 그의 불행에 아랑곳하지 않는다는 활유법이 사용된다. 9행의 부사 "그곳에서 là"는 여인의 몸 안을 가리키는데, 2행의 동사 "grava"의 날카로운 단음을 다시 환기시킨다. 시적 화자의 상처에 무심한 마음이 안겨준 또 다른 상처의 흔적이다. 그는 여인의 두 눈을 바라보게 한 큐피드의 장난과 자신을 조롱하며 달아난 제 마음으로 인해 이중의 고통을 겪게 되었다. 이와 반대로 여인은 시적 화자의 마음을 사로잡을 힘과 그에게 상처를 입히는 아름다운 두 눈의 불꽃을 소유한 승리자로 남아 있다.

14행 『파이드로스』의 플라톤에 따라 시적 화자는 육신을 영혼의 무덤으로 간주한다.

CIX

「소네트 CVIII」과 마찬가지로 비참과 절망에 빠진 시적 화자를 다룬다. 여인도 큐피드도 등장하지 않는 이 소네트의 주인공은 고통이다. 시적 화자가 고통을 초래한 여인의 시선을 벗어나지 못하는 것은 그 시선이 그의 영혼 안에 머무르기 때문이다. 시적 화자는 자기 생각 때문에 자신을 갉아먹는다. 롱사르는 「소네트 XXXIV」에서 이것을 노래하며 시적 화자를 괴롭히는 주체가 여인의 이미지라고 밝힌 바 있다. 고통을 준 여인이 시에서 언급되지 않는 것은 고통의 근원이 그의 생각 자체이기 때문이다. 시적 화자는 자기 '상상력'의 희생물이 된 셈이다. 그래서 그는 「소네트 XLVII」에서 "밤마다, 낮마다, 내 꿈꾸고, / 가슴을 갈고, 비틀고, 갉아먹으며, / 사랑에게 내 생명 동강내달라고 기원하였지만"이라고 말하며 자신이 고통을 만든 주체임을 밝힌 바 있다. 그는 나르키소스처럼 자신이 만든 이미지를 사랑하는 자이다. 그와 고통은 서로 떨어질 수 없으며, 그가 고통을 벗어나 위안과 휴식을 얻을 가능성도 없다. 이런 이유로 작품의 원문은 "피 sang"라는 단어로 종결된다. 시적 화자의 혈관을 타고 여인의 이미지가 떠돌고 있기에, 자기 피를 버리지 않는 한 그의 고통은 영원할 수밖에 없다.

1연 시적 화자가 흘린 피에 대한 치유는 불가능하다. 그의 욕망이 끊임없이 생겨나기 때문이다. 게다가 자신의 고통이 시작과 끝의 모든 공간을 가득 메우고 있다는 모순어법은 3행의 "아래부터 위까지 Que bas ne haut"라는 확대된 공간의 이미지와 더불어 그의 고통이 영원하고 강렬하다는 인상을 갖게 만든다.

2행 "가라앉지 않는 쓰라린 내 고통에게는"의 원문 "A ma douleur dont l'aigreur ne s'alente"에서 단음의 전치사 "à"는 쓰라림을 음성적으로 표현한다.

3-4행 "발치에서부터 / 나는 성치 않다, 머리끝에 이르기까지"의 원문은 "dès

le bout de la plante / Je n'ay santé jusqu'au sommet du chef"이다. 부사 구문 "발치에서부터 ~ 머리끝까지" 사이에 주절이 삽입되면서 고통으로 인해 부서진 시적 화자의 육신과 정신이 형상화된다.

5행 시적 화자의 영혼은 여인에 대한 이미지로 인해 혼란에 빠져들었다. 1행의 "아픔 Le mal"과 5행의 "시선 L'oeil"이 각 시행의 맨 앞에 놓이면서 내부의 운율을 만들어낸다. 아픔이 눈으로부터 시작되었다는 의미도 전달한다. 또한 "열쇠 la clef"는 8행의 "범선 ma nef"과 운을 이룬다. 열쇠는 시적 화자가 사랑에서 기대하는 희망을 가리킨다.

8행 "경멸 un despit"은 라틴어 'despectus'에서 파생된 용어로 '위에서 바라보다 vue d'en haut'의 뜻을 지닌다. 시선과 관련이 있는 이런 의미에서 '멸시'의 뜻이 파생되었다. 여인의 시선이 초래한 파괴된 시적 화자를 강조하기 위해 롱사르는 1552년 판본의 "냉정함 orgueil"을 "경멸"로 퇴고하였다,

2연 시적 화자가 위치한 "격렬한 사랑의 파도"라는 수평적 공간과 "빛나는 별"의 수직적 공간이 서로 겹쳐지면서 공간이 확장된다. 수평과 수직이 서로 교차하는 입체적이면서도 유동적인 공간 안에서 시적 화자는 파괴된다. 자신의 사랑을 항해에 비유하는 그는 혼란과 무질서의 바다 한복판에 빠져 있다. 그곳에서 "빛나는 별 une estoile drillante"에 의한 구원을 기대할 수는 없다. 시행걸치기를 통해 입체적 공간을 그려 보인 3-4행과 마찬가지로 2연은 입체적 글쓰기를 지향하는 롱사르의 창작방식을 드러낸다.

9행 생각이 만들어낸 "근심 le soin"은 시적 화자를 갉아먹는다. 롱사르는 「소네트 XI」에서도 "커다란 근심, 생각 안에서 몸을 일으킨다, / 피를 빨아먹고, 정신을 갉아먹고"라고 노래한 바 있다.

11행 활유법을 사용하여 신체의 일부를 나열하는 것은 그만큼 고통이 강렬하다는 뜻이다.

14행 시적 화자의 처절한 간청은 받아들여지지 않는다. 그에게는 외부에 도움을 청할 수 있는 어떤 힘도 없다. 프로테우스는 변화의 신으로서, 격렬한 열정의 불안정함과 관련된 신화적 인물이다. 스스로를 프로테우스에 비유하는 시적 화자는 제 고통이 최소한 밤에는 쉴 수 있었던 프로메테우스의 고통을 능가한다고 밝힌다.

CX

열정의 병을 앓고 있는 시적 화자는 차라리 첫 번째 만남이 자신을 죽음으로 이끌어주기를 희망한다. 그녀에 대한 욕망이 모든 날들을 불행하게 만들었다고 판단하는 그가 이른 죽음을 원하는 것은 죽음이 그의 구원의 수단이 된다고 여기기 때문이다. 기억이 불가능한 죽음이라는 공간으로의 이동이 그에게는 오히려 희망으로의 이동과 다르지 않다. 그렇지만 작품 전체를 볼 때 시적 화자의 어조가 일관적이지는 않다. 그가 청춘의 삶을 포기하려는 의지만을 지니고 있는 것도 아니다. 1연은 이른 죽음을 두려워하는 시적 화자를 등장시키며 인간으로서의 젊은 생기에 대한 기대를 언급한다. 그러나 4연의 그는 죽음 뒤의 행복을 추구하며, 사랑 때문에 고통이 심화되는 이곳을 피하려 한다. 이런 시적 어조의 불일치는 이곳에서의 고통이 널리 이해되기를 시적 화자가 바라기 때문에 가능했다. 이것은 다음과 같은 4연의 원문에서

> Ô bien-heureux ! si pour me secourir,
> Dés le jour mesme Amour m'eust fait mourir
> Sans me tenir si longuement malade[.]

조건법과 접속법이 사용되는 것에서 설득력을 얻는다. 죽음 뒤에 평온이 있을 것이라는 강한 확신이 그에게는 결여되어 있다.

14행 원문 13행에 해당하며, "사랑 Amour"에는 "죽음 mourir"이 내포되어 있음([mour])을 내재운으로 표현한다.

CXI

사랑의 감옥으로부터 벗어나려는 시도를 하지 않는 시적 화자는 사랑이 부여한 고통을 오히려 자신의 양식으로 삼는다. 그가 고통스러운 것은 여인의 이미지가 정신을 꿰뚫고 들어와 피를 타고 그의 육신을 돌아다니기 때문이다. 그가 여인의 이미지에서 벗어날 수는 없다. 그런데 현실이 아닌 상상과 관련된 이런 이미지는 그가 할 말의 생명을 담보한다. 사랑의 고통에서 벗어나는 것은 자기 말의 죽음을 자처하는 행위와 다르지 않기 때문이다.

2연 뒤 벨레 역시 『올리브』의 「소네트 XXXIII」에서 사랑의 감옥이라는 소재를 다루면서 작품을 호격과 감탄사로 장식한 바 있다.

오, 감미로운 감옥이여, 포로가 된 나는 여기 머무르고 있으니,
경멸이나 힘이나 반감이 아니라,
내 죽는 그날까지 나를 이곳에 붙잡아둘
내 부드러운 반쪽의 시선 때문이다.

오, 행복한 해[年]여, 달이여, 하루여, 시간이여,
내 마음 그녀에게 묶여버렸다!
오, 행복한 매듭이여, 네 덕분에 나는 여기 매여 있다,
종종 내 한탄하고 탄식하고 눈물 흘린다 할지라도!

모두가 죄수인 그대들은 근심에 빠져 있다,
법과 준엄한 법관을 두려워하지만,

훨씬 행복한 나는 그렇지가 않다.

감미롭게 표현된 수많은 감미로운 말들,
감미롭게 새겨진 수많은 감미로운 입맞춤,
그것들은 고문들이지만, 그 안에서 내 충정은 여전히 지속된다.

CXII

1569년 『시집 제7권』에 처음 소개되었으며 1578년에 『사랑시집 제1권』에 수록된 이 작품은 페트라르카 『칸초니에레』의 「소네트 LXI」편을 모방하였다. 그러나 롱사르의 작품은 이탈리아 시인에 비해 더 복잡한 구조를 지닌다. 그것은 여인에게서 얻은 행복만을 노래한 페트라르카와는 달리 행복과 죽음을 동시에 노래하고 있기 때문이다. 『사랑시집』은 '변화'의 이미지들로 가득하다. 시적 화자에게 여인을 바라보는 것은 행복이자 고통이며, 그 고통을 그는 즐거움으로 간주한다. 여인의 시선은 그를 완벽한 미덕과 행복으로 이끌어 그를 신들의 자리에 머물도록 인도하지만, 때로는 프로메테우스가 경험했던 고난의 반복을 겪게도 만든다. '사랑하는 것 aimer'은 '죽는 것 mourir'이며, 시적 화자를 '변화시키는 것 se transformer'이기도 하다. 따라서 운동의 이미지가 시집 전체를 가득 채운다. 모순된 것들의 공존은 시 안에서 어조의 다양성으로도 표현된다. 시적 화자는 여인을 만났던 시간의 모든 것들을 행복으로 기억하지만, 그 행복은 그에게 삶과 죽음을 동시에 안겨주었다. 인간을 초월하는 생명력을 발견할 수 있으리라 희망했던 그는 정신이 저버린 육신만을 갖게 되었다. 희망의 대상을 보았기에 그는 행복하며, 그것으로 인해 정신이 영원히 달아날 것을 알고 있기에 불행하다. 그에게 행복은 불행의 다른 이름이다. 이런 시적 화자는 행복을 행복이라고 정의하지 않는 자, 그래서 모든 것에 새로운 가치를 부여할 수밖에 없는 자이다. 그는 변화에 민감하며 그것을 지향한다. 그런데 그의 이런 태도는 변덕을 일삼는 여인의 속성을 닮았다는 점에서 역설적이다. 이처럼 롱사르의 시들은 상태의 변화와 변화를 이끄는 운동에 기반을 둔다. 운동성을 주된 특징으로 삼을 『사랑시집』에서 노래된 모든 것들은 그 끝을 알지 못한다. 그의 모든 소리는 미완성의 상태로만 남아 있을 뿐이며, 바로 이것이 시적 화자의 운명을 반영한다. 그는 희망의 대상을 향해 멈춤을 모르고 나아가야 한다는 불행한 운명의 소유자이다. 『사랑시집』에서 발견되는 모순의 공존은 시인의 운명에 대한 암시로 읽힐 수 있다.

3행 「소네트 VIII」은 카상드르를 메두사에 비유한 바 있다.

5-6행 달아난 정신의 모습을 위해 원문의 롱사르는 문장을 시행걸치기와 도치법을 사용해 "l'esprit délié / Pour vivre en vous, a son corps oublié"와 같이 혼란스럽게 구성한다. 내용과 형식의 일치에 대한 시인의 깊은 관심을 알 수 있다.

9-11행 시행걸치기로 연결된 3연과 4연은 열정과 활기의 연장에 대한 시적 화자의 바람을 담아낸다.

CXIII

시적 화자의 마음과 정신을 장악한 여인의 이미지는 그의 목숨을 앗아간다. 그가 3연에서 자기 목숨이 쇠약해져 가는 것을 바라보고 있을 수밖에 없는 것은 이런 상황이 절대적이며 피할 수 없기 때문이다. 어떤 명령에 의해 여인을 바라보며 얻게 된 이런 목숨의 위협에서 시적 화자는 스스로를 한탄하기보다는 자신의 고통을 즐기는 여인을 비난한다. 그런데 모든 것을 빼앗기고 목숨마저 위태로운 시적 화자와 그의 어조는 일치하지 않는다. "오, 잔인할지어다 Ô cruauté"라고 외칠 목소리가 그에게는 여전히 남아 있다. 소멸하는 마음과 정신에도 불구하고 그는 소리에 대한 욕망을 지녔다. 침묵의 공간과 다르지 않은 죽음의 위협 앞에서도 그는 목소리의 힘을 신뢰하고 그것에 의지한다.

2연 페트라르카의 대표적인 모순어법이다. 태양의 뜨거움은 얼음장으로 변해버린 시적 화자를 녹이면서 동시에 얼린다. 뜨거움과 차가움이 그녀의 시선에 담겨 있다. 냉담한 큐피드와 여인은 자기 희생물의 비참함에 연민을 느끼지 못한다.

CXIV

겨울의 한기를 극복하고 봄이 태어날 수 있다면, 그것은 아름다운 여인의 도움에 힘입은 덕분이다. 카상드르를 신화적, 초월적, 비시간적 공간의 여인으로 등장시키는 롱사르의 작품에서 시간은 신화적 세계의 흐름을 따르며, 그 안에서 그는 여인의 아름다움이 매혹을 실현하는 과정과 그녀가 불러일으킨 감동을 그려 보인다. 마지막 두 연은 시적 화자가 느끼는 감정의 계절이 지상의 계절을 제 것으로 만드는 과정을 환기한다.

5행 카리스테들을 가리킨다.

6행 카스토르와 폴룩스 형제를 가리킨다.

13행 원문의 "vertu"를 "힘"으로 옮겼다.

CXV

「소네트 CXVI」과 「소네트 CXVII」과 함께 1553년에 추가된 작품이다. 롱사르가 작품을 「소네트 CXIV」 뒤에 수록한 것에는 이유가 있다. 「소네트 CXIV」가 겨울 안에서 태어날 봄의 아름다움을 기대하는 시적 화자를 등장시킨다면, 이 작품은 여인의 몸과 정신을 구체적 대상으로 삼아 그 아름다움이 초래한 황홀을 노래한다. 작품은 이전 소네트의 인상을 좀 더 세밀하고 상세하게 부각시킨다. 그리고 「소네트 CXIV」가 시적 화자의 감정을 계절의 시간에 투영하고 있다면, 이 작품의 시적 화자는 자신의 감정 자체를 배경으로 삼는다. 작품들 사이에서 의미의 점층적 강화가 형성된다. 또한 여인의 아름다움이 「소네트 CXIV」에서는 지상의 아름다움에 영향을 끼쳤다면, 이 작품의 시적 화자는 지상에 내려온 아름다움을 노래한다. 뒤이은 「소네트 CXVI」에서는 여인의 아름다움을 받아들인 지상의 찬양을 다루게 될 것이다. 작품들 사이에 긴밀한 맥락이 형성되고 있다는 점에서 시집의 긴밀한 구성에 대한 롱사르의 관심을 엿볼 수 있다.

2행 큐피드를 가리킨다.

3행 현재의 리비아에 해당하는 티르 Tyr에서 생산한 붉은 보라색 공단의 색깔을 가리킨다. 고대에 보라색은 지중해에서 만들어낸 일종의 사치품에 해당하는 고귀하고 진귀한 색을 의미했다.

4행 시적 화자는 여인의 이마와 두 뺨을 가장 고귀한 무형이나 유형의 자산 혹은 권력보다도 더 숭고한 것으로 간주한다. 그러나 앞의 2–3행의 각운은 단지 여인의 추상적 신성함만을 찬양의 대상으로 삼지 않는다. 원문 2행의 "노니다 se joue"와 3행의 "뺨 joue"의 단음절로 연결되는 각운은 시인들이 피해야 할 기법의 하나이지만, 롱사르는 '즐기다'의 의미와 여인의 신체일부분을 연계시키며 여인의 몸을 즐거움의 대상이자 즐거움을 생산하는 주체로 간주한다. 지상의 숭고함과 천상의 신성함을 모두 간직한 우주의 가장 완벽하고 고귀한 아름다움이 시적 화자가 욕망하는 대상인 셈이다.

6행 "숨 내쉬며 soupirant"는 시적 화자를 매혹시킨 여인의 웃음과 탄식이 곁들여진 감미로운 멜로디를 가리킨다. 그는 여인의 노래가 계속되기를 바란다.

8행 "작은 물결 Un petit flot"은 여인의 호흡으로 생긴 울림을 가리키지만, 연 전체는 흔들리는 젖가슴의 동작을 상기시킨다. 1연에서 시적 화자의 시선이 얼굴에 머물고 있다면, 2연에서는 목과 가슴으로 이동한다. 여인의 부드럽게 흔들리는 가슴만큼이나 그의 시선의 이동 역시 부드러우면서 은밀하다. 일종의 페티시즘적인 시선의 움직임을 연상시킨다. 여기에서 여인의 몸은 시적 화자의 눈을 매혹시키면서도 동시에 그것의 분석대상이 된다.

3연 뮤즈로 간주된 카상드르의 신비를 엿본 시적 화자는 자신을 주피테르에 비유한다. 이런 태도는 신비한 아름다움을 엿보았기 때문에 가능하다. 뮤즈의 노래에 취해 여유를 되찾은 주피테르와 마찬가지로 그는 그녀의 노래에 매혹당했다. 그는 여인의 몸을 볼 수 있는 능력과 여인의 감미로운 노래를 들을 수 있는 권한을 지니게 되었다. 여기에서 그의 고통을 찾을 수는 없다. 롱사르가 1553년 판본의 "루트 luth"를 "노래 chant"로 수정한 것은 악기의 소리보다 목소리를 더 선호한다는 것을 강조하기 위해서이다. 그는 여인의 몸을 시각으로 그리고 그녀의 노래를 청각으로 음미하면서 여인의 모든 것을 총체적으로 찬양하는 자로서의 위상을 얻고자 한다. 이런 해석은 4연에서 사용된 "손가락 doigts"과 '노래 부르다'를 의미하는 "말하다 dire"라는 동사의 사용을 통해서도 증명된다. 시적 화자는 손가락이라는 신체일부뿐만 아니라 그녀의 말에서도 행복을 얻기를 욕망한다.

12행 "사용하다"는 원문의 "embesogner"를 옮긴 것이다.

CXVI

'동일어근반복법 polyptotes'이 3-4연에서 사용된다. 원문 10행을 옮긴 번역문 9행의 "피 sang"와 11행의 "피 sang", 11행의 "예쁜 꽃송이 fleurette"와 13행의 "꽃 fleur", 14행의 "카상드르 Cassandre"와 "카상드레트 Cassandrette" 그리고 13행의 "별명 surnom"과 14행의 "이름 nom"은 롱사르의 이름을 환기하는 6행의 "가시덤불 ronce"과 뒤섞인다. 시적 화자가 입맞춤을 통해 "액체 liqueur"를 아래쪽에서 스며들게 하면, 대지는 꽃을 피운다. 관능적인 묘사는 여성의 피와 롱사르의 이름을 뒤섞으며 카상드르의 이름을 닮은 새로운 꽃을 탄생시킨다.

4행 "사이프러스의 황금여인 Cyprine la doree"은 비너스를 가리킨다.

8행 비너스가 흘린 피를 불멸하는 "액체"라고 명명한 『일리아드』 5권 339-342행의 호메로스를 모방한 흔적이다. 시적 화자는 카상드르의 피를 소중한 "액체 Une liqueur"라고 부른다. 플리니우스의 『자연사』 21권 33장에 따르면 파리스에 의해 그리스로 오게 된 헬레네가 트로이아를 그리워하며 흘린 눈물에서 꽃이 피었다. 그 꽃의 이름은 그녀 이름을 따라 헬레니움 Helenium이라 불렸다. 헬레니움은 독을 지닌 동물에 물렸을 때 상처를 치유하는 데 사용되었으며, 전설에 따르면 파로스섬에 득실대던 독사로부터 헬레네를 보호하기 위해서도 쓰였다. 따라서 롱사르가 카상드르라는 꽃을 헬레니움에 비유한 이유를 알 수 있다. 이 꽃은 자신에게 상처를 입힌 카상드르에게서 탄생했지만, 역설적으로 시적 화자의 고통을 치유하는 데 사용될 수 있다. 카상드르는 고통을 주면서 동시에 고통을 치유하는 모순된 역할을 수행한다. 한편 이런 표현은 작품에 고대의 분위기를 부여함으로써 카상드르라는 이름을 지닌 꽃의 탄생을 신화의 일부로 만드는 데

기여할 뿐만 아니라, 시적 화자의 사랑을 신화의 공간으로 고양시키기도 한다.

14행 원문의 "Cassandrette"는 '어여쁜 카상드르'라는 뜻을 지닌다.

CXVII

시적 화자는 모순된 운명 앞에서 굳이 죽음을 찾으려 하지 않는다. 죽음은 그에게 모든 것의 소멸이며, 젊음으로의 회귀를 보장하지 않는다. 나아가 그것은 과거의 시간에 대한 망각을 초래하는 위험한 요소이다. 그것은 기억을 요구하지 않기에 언어의 생산도 허용하지 않는다. 따라서 모순된 삶에도 불구하고 그는 현실의 고통을 자기 운명의 자양분으로 삼을 수밖에 없다. 그가 "다른 곳 ailleurs"을 지향할 이유는 없다. 영원하고 유일한 아름다움이 머무는 저곳이 아니라, 불행과 행복이 되풀이되는 이곳에 머무르려는 그는 고통에서 기쁨을 찾으려 애쓰면서 모순의 운명을 버텨 나갈 것이다.

2행 「소네트 II」와 「소네트 VI」 등에서 역동적인 사랑은 종종 "새 oiseau"에 비유되었다.

1연 시적 화자는 1연에서 쉼표를 나열하면서 젊은 날 여인을 사랑했던 자기 상황을 하나하나 상기해낸다. 그가 사랑을 시작한 것은 스무 해 전이고, 말을 하고 있는 지금의 그는 노년의 나이에 접어들었다. 젊은 날의 그는 여인에 대해 불만을 품지 않았지만, 지금의 그는 그녀의 무관심을 원망하지 않을 수 없다. 그런데 여인만이 그의 비난의 대상인 것은 아니다. 원문 1행과 4행의 각운 "비난 vice"과 "섬김 service"은 자신의 행위 역시 잘못된 것이라고 판단하는 시적 화자를 드러낸다. 원망의 대상에는 여인과 시적 화자가 포함된다.

5행 원문은 "Mais, ô cruelle, outré de ta malice"이다. 1553년 판본은 "Ores forcé de ta longue malice"라고 적고 있다. "강제된 forcé"을 "굴복당한 outré"으로 퇴고하며 롱사르는 여인의 강력한 힘보다는 억압에 갇힌 시적 화자의 상황을 더욱 부각시킨다. 1연이 여인보다는 시적 화자의 상황을 강조하고 있기 때문에

2연에서도 여인의 힘보다는 그를 언급하는 것이 논리적 일관성을 보장할 수 있다고 판단했을 것이다. 여기서 "가혹한 Malice"이란 표현은 사랑의 호소에 등을 돌린 여인의 잔인함을 가리키지만, 동시에 계속 사랑하게 만들었던 여인의 '속임수 ruse'도 포함한다. 2행에서 "경솔하게 mal-caut"라는 표현이 사용된 이유이기도 하다. 여인은 시적 화자를 속이고 그를 자기 뜻대로 움직였다. 따라서 이 표현은 여인에 종속된 시적 화자의 수동적이고 종속적인 상황을 압축한다.

8행 1553년 판본의 원문은 "그리고 너를 사랑하기 위해 나는 죽어야만 한다 Et pour t'aimer, il faut que je perisse"였다. 1553년 판본에서는 죽음을 선택해야만 했던 시적 화자의 의도가 강조된 반면, 1584년 판본은 사랑에 대한 원망을 강화하는 데 집중한다. 1-7행에서 자기의 종속된 삶을 언급했다면, 죽음보다는 사랑을 원망하는 것이 더욱 논리적으로 보일 것이기 때문이다. 게다가 스스로 죽음을 생각한다는 1553년의 발언은 시적 화자의 자발적 선택을 드러내는 측면이 다소간 있다. 1553년 판본의 표현은 모든 것을 상실하게 된 그의 종속적이고 수동적인 상황과는 어울리지 않는 것이다. 그래서 1584년 판본은 사랑의 실현을 여전히 꿈꾸지만, 그것을 이룰 수 없는 시적 화자의 무능력을 강조한다. 또한 사랑에 대한 이런 정의는 세월을 경험한 자의 목소리에서 새어 나오는 것이 적합하다. 1553년 젊은 날의 시적 화자에게 열정적 어조가 있었다면, 1584년의 노년에 접어든 그는 사랑의 속성을 관조하고, 그것을 담담하게 정의할 수 있게 된 것이다. 마치 금언 같은 사랑에 대한 정의는 그의 어조가 급격하고 과격하지 않다는 것을 드러낸다.

2연 1연의 과거와 2연의 현재 그리고 1연의 젊음과 2연의 늙음이 서로 대조를 이룬다.

3연 논리적 일관성을 지닌 1-2연과 대조를 이룬다. 원망의 대상이 여인에서 시적 화자 자신에게로 옮겨온다. 시적 어조의 변덕스러움은 그를 속였던 여인의 성격을 닮았다.

12행 시적 화자가 자신을 "메추라기 la caille"에 비유한 경우는 롱사르 전 작품을 통해 유일하다. 메추라기는 종교적 차원에서는 구원을 얻은 이스라엘에 예수가 내린 구원의 음식이지만, 작품에서는 여인에 의해 사육되었다는 종속의 상황을 위해 사용되었다. 게다가 일반적으로 '메추라기'는 여인을 비유적으로 가리키는 표현이기도 하다. 따라서 이 표현에는 자기 안에 내재된 여성의 나약함 때문에 사랑의 먹잇감이 되고 말았다는 시적 화자의 한탄이 섞여 있다. 이 점에서 남성성과 여성성 사이의 결합을 암시한 「소네트 CXVI」과 이 작품 사이의 연계성이 발견된다. 1553년에 추가된 시편들이 논리적 맥락으로 서로 긴밀히 연결되어 있다는 점을 확인할 수 있다.

4연 시행걸치기에 의해 1-2연과 3-4연의 대조가 시각적으로 뚜렷해진다. 3-4연 사이의 강한 밀집성은 10행과 13행의 동일한 구조를 통해서도 보장받는다. 또한 1-2연과 3-4연 사이의 어조의 대립은 시적 화자의 안정적이지 못한 운명, 독을 양식으로 사용해야 하는 운명, 다시 돌아갈 수 없는 과거에 대한 한탄을 시 전체의 구조를 통해 드러낸다. 또한 번역문의 11행에 해당하는 원문 12행의 관계사 'qui'의 날카로운 단음은 메추라기의 삶이 지닌 고통을 청각적으로 표현할 뿐만 아니라, "독 poison"이라는 어휘를 수반하며 고통을 강화하고, 나아가 긍정적 의미를 지닌 동사 "살찌다 s'engrasser"와 "양육되다 se repaistre"를 이끌면서 시적 화자의 모순된 운명을 연출해낸다. 시 전체의 구조와 시절 내부의 구조 그리고 시적 화자의 운명이 모순이라는 배경하에서 서로 일치하고 결합한다. 1553년 판본과 비교할 때 운명의 모순성은 1584년 판본에서 더욱 분명히 드러난다. 1553년 판본 4연은 다음과 같다.

그러니 단단히 진영에 머무르자,

적어도 승리자가 나는 될 수 없으므로,
손에 무기를 쥐고 명예롭게 죽어갈 것이므로.

Demeuron donc dans le camp fortement :
Et puis qu'au moins veinqueur je ne puis estre,
Que l'arme au poin je meure honnestement.

1553년 판본이 죽음을 맞이할 젊은 시적 화자의 열의를 강조한 반면, 1584년 판본은 고통에서 기쁨을 찾아야 하는 모순된 운명을 강조한다.

CXVIII

작품의 1행 "한탄하지 않고 이곳에서 살 수는 없다 Sans souspirer vivre icy je n'ay peu"의 초판본은 "힘들지 않고서는 한 시간도 살 수 없다 Franc de travail, une heure je n'ai peu"였다. 초판본에서는 고통의 크기가 강조되지만, 롱사르는 퇴고를 통해 "이곳 ici"에서의 고통을 벗어나지 못하는 운명적 한계를 더욱 부각시킨다. 여인의 아름다움이 천상에 머문다면, 지상의 시적 화자는 천상에 화답을 요구한다. 이때 여인과 시적 화자 사이의 공간은 확장된다. 매 순간의 고통만이 강조되는 초판본에서는 발견되지 못하는 이런 특징은 신화의 도입을 통해 자기 사랑의 신성함을 강조한 「소네트 CXVI」과 이 작품을 긴밀히 연결시킨다. 롱사르는 우주의 공간 안에 시적 화자의 고통이 앉을 자리를 마련해준다.

14행 불꽃 앞의 촛농처럼 녹아 흘러내리는 시적 화자가 기대하는 것은 여인의 화답을 통한 소통이다. 큐피드의 형제인 안테로스 Antéros를 가리킨다. 사랑이 화답에 의해 커져갈 수 있다는 것은 신플라톤주의를 수용한 것으로 플레이아드 시인들은 이것을 사랑시의 토포스로 삼았다.

CXIX

판도라의 상자 안에 유일하게 남아 있던 희망은 시적 화자에게는 저주받은 선물이다. 희망은 그의 벗이 아니라 원수이다. 판도라의 상자 가운데에서 희망만이 유일하게 좋은 것이었지만, 시적 화자는 신화를 수정하여 희망을 가장 악한 것으로 변형시킨다. 희망은 인간의 눈을 가리고, 인간의 가슴을 어리석은 생각과 무지로 가득 채우며 기만하기 때문이다. 따라서 사랑에서 희망은 때로는 해로운 것이고, 인간을 시련에 빠지게 만드는 요소이다. 소유하지 못할 것을 소유하려는 희망을 시적 화자는 저주한다. 그것은 주피테르가 인간의 평온과 행복을 막기 위해 판도라를 통해 보낸 악의 상징이다.

3연 일반적으로 그리스 신화에서 사투르누스, 즉 크로노스가 우라노스의 신체일부를 잘라냈을 때 흐른 피가 바다에 떨어져 비너스가 탄생하게 되었다고 전한다. 그러나 롱사르는 여기서 파비우스 풀겐티우스 Fabius Fulgentius 같은 고대로마 작가들의 의견을 따르면서 주피테르가 부친인 사투르누스의 신체일부를 잘라냈기 때문에 종말을 맞이하게 된 황금시대를 먼저 생각한다. 농경의 신이었던 사투르누스의 통치시대에는 지상과 천상이 서로 분리되지 않았고, 풍요와 발전에 대한 기대가 가능했다. 그러나 주피테르의 행위는 롱사르가 보기에는 무질서의 원인이다. 주피테르는 인간과 신들의 평화를 파괴했으며, 신들로부터 버림받은 인간에게 희망이 존재할 수 없게 만들었다. 롱사르는 무질서의 지배를 각운의 배치에 반영한다. 원문 1행의 "시련 perseverance"과 4행의 "무지 ignorance", 6행의 "기만하다 decevoir"와 7행의 "받아들이다 recevoir", 12행의 "새로운 nouveau"과 원문 13행에 해당하는 번역문 14행의 "상자 vaisseau"와 같이 상반된 것들의 공존은 무질서의 증거이고, 희망의 상실에 대한 암시이다. 사랑에 대한 기대가 사라진 시기를 맹목적인 지식과 앎, 사기와 기만 그리고 빈곤이 통치하러 몰려든다. 사랑의 희망을 상실한 시적 화자의 비참함을 드러낸 이 작품에서 질서가 파괴되고 미래에 대한 기대가 불가능한 지상에 대한 종말론적 관점이 엿보인다. 악의 운동성으로만 가득한 우주에는 "사신 ministre"인 사랑이 만들어놓은 단절과 결핍만이 있을 뿐이다.

CXX

시적 화자는 개들을 데리고 '사랑'이라는 먹잇감의 사냥을 나섰지만, 사냥에 실패하면서 오히려 굶주린 사냥개들의 먹잇감이 되어버린다. 그는 불행한 사냥꾼의 운명을 부여받았다. 여기에서 사랑은 사냥개들보다 더 빠르고, 쫓으면 쫓을수록 더 빨리 달아나는 짐승이다. 그런데 작품은 단지 사랑의 달아나는 속성만을 소개하는 데 그치지 않는다. 사랑을 추격하는 자가 스스로 초래한 비참한 종말도 다루어진다. 시적 화자는 사랑이 아니라 자기 시도의 희생물일 뿐이다. 사랑의 추적이 스스로의 불행을 만들어내는 행위와 다르지 않은 까닭에 그는 자기 운명을 통제하지 못하는 자이다.

2행 "야생의 짐승 une fere sauvage"은 길들여지지 않을 사랑을 가리킨다. 사랑을 짐승으로 간주하는 것은 그것이 포악하기 때문이지만, 사냥의 먹잇감이라는 측면에서 그것은 시적 화자에게 승리의 기쁨을 가져다줄 수 있고, 그의 몸을 살찌울 양식이 될 수도 있다. 그가 사랑의 사냥을 멈출 수 없는 이유이다.

6행 "설개 limier"는 사냥개들을 이끄는 수장의 역할을 맡았다.

7행 "벌개들 mes chiens"은 설개를 보조하는 개들이다.

2-4연 용기와 열정 그리고 젊음을 굳이 언급한 것은 그것들이 불행의 원천들이기 때문이다. 8행에서도 역시 "희망"과 "고통"이 자리를 같이한다. 희망이란 고통이고, 고통을 벗어나는 희망을 꿈꾸는 것 역시 고통을 불러온다. 시적 화자와 고통은 한 몸이다. 그래서 원문 13행을 옮긴 번역문 14행에서 롱사르는 굳이 "나를 해치는 걸 내 피할 수는 없구나 à mon dam je le voy"라는 표현을 괄호로 묶어서 언급하였다.

CXXI

1553년에 추가된 작품이다. 자신의 행위로 인해 스스로 벌을 구한다는 의미에서 앞의 소네트와 긴밀히 연결된다. 시적 화자는 '의도적'인 자신의 소멸에서 '파멸의 기쁨 plaisir de la perte'을 누리길 희망한다. 그렇지만 이 기쁨이 그의 궁극적 목적은 아니다. 그것은 여인과의 육체적 합일을 위한 조건일 뿐이다. 따라서 그는 여인에게 종속된 상황에 머무르기보다는 오히려 여인이 자기 말을 따르게 만들려는 의지를 지닌 자로서의 위상을 확보하려고 시도한다.

1연 시적 화자는 "원치 않는다 ne veux"를 사용하며 자기 심정이 "하늘"의 뜻과 일치하고 있음을 드러낸다. 그가 얻고자 하는 것이 사랑이 불러올 고통이고, 하늘 역시 그가 사랑에서 행복을 얻기를 바라지도 않는다. 특히 "즐기다 jouir"와 "원하다"와 같은 동사는 자기정체성과 자율성을 확보한 자에게 어울리는 표현이다. 따라서 시적 화자의 고통의 추구는 그의 의지에서 나오는 것으로 볼 수 있다. 그래서 "나 또한 원치 않으며 Aussi ne veux-je"와 같은 표현의 사용이 가능했다. 이것은 천상의 권위에 부합하는 제 말의 진지함과 자율성을 확보하려는 욕망을 반영한다. 사랑을 대하는 그의 자세에는 당당함과 '진지함'이 곁들여 있다. 게다가 1행에서 "여인 Dame"을 "하늘"과 "내" 사이에 위치시키며 신의 뜻과 대등하게 겨루는 나의 의지를 강조하는 측면도 엿보인다. 따라서 시적 화자의 발언에 귀를 기울여야 하는 자는 여인이다. "의무 devoir"라는 표현도 언급될 수밖에 없었다. 시적 화자는 여인에게 종속된 상태에서 벗어나야 하기 때문이다. 그래서 그는 "그 무엇에도 기쁘지 않다 ne me plaist d'avoir"의 "기쁘다 plaire"라는 동사를 5행의 "그대에겐 기쁜 일이기에 il vous plaist"에서는 여인에게 부여할 수 있게 된다.

5행 시적 화자의 진지한 에토스는 "~이기에 puis que"와 같은 표현에서도 찾을 수 있다. 그는 논리접속사를 사용하여 1연에서 암시된 자기의지를 논리적으로 전개하려고 시도한다. 3연을 시작하는 부사 "그러니 donc"의 사용 역시 그의 논리성과 의지를 드러낸다.

2연 6행의 "나는 행복하다 Je suis heureux"라는 표현에서 시적 화자의 종속성을 찾기는 힘들다. 분명 5행에 따르면 즐거움의 권위를 누리는 자는 여인이고, 그녀의 즐거움이 시적 화자를 고통에 처하게 만든 것도 사실이지만, "내 고통받는 je languisse"은 수동형 구문이 아니다. "나" 스스로 고통을 찾는다. 게다가 6행의 "나는 행복하다"라는 표현은 1행의 "하늘 Ciel"이 누릴 권위에 어울리는 장엄함도 지닌다. 그리하여 "나는 행복하다"는 발언은 여인의 '즐거움 plaisir'에 맞먹는 권위를 지닌다. 이를 위해 롱사르는 1553년 판본의 7행 "죽어가면서 나를 보게 되는 것 en mourant, de me voir"을 "그대를 섬기며 ~ 있다면 en vous servant pouvoir"으로 퇴고했다. 이전 판본의 "me voir"와 같은 수동형은 여인만큼이나 권위를 누려야 하는 시적 화자에게는 어울리지 않는 표현으로 간주되었기 때문일 것이다.

10행 육체적 탐닉에 대한 시적 화자의 욕망을 암시한다.

3연 "제 맘대로 maugré-moy"는 표면적으로는 시적 화자의 손이 그의 뜻에 반하여 움직인다는 의미를 지니지만, 실은 자기 손의 행위를 방치하고 묵인하려는 그의 태도도 암시한다. 손의 자율성은 시적 화자의 자율적 의지의 은유이다. 그래서 논리표현인 "그러니"는 시적 화자의 권위적 목소리를 대변한다. 3연에서는 여인을 대하는 그의 능동적이고 자율적인 태도가 더욱 강화된다. 이것은 4연의 명령형으로 이어지면서 자기권위를 확신하는 시적 화자를 드러낸다.

12-13행 "벌하 punir"고 "불태우 brûler"기를 바라는 행위는 시적 화자를 지배할 수 있는 여인의 초월적 힘을 전제로 삼고 있는 것처럼 보인다. 그러나 명령형

형태는 그에게 여전히 당당한 권위가 있음을 드러낸다.

14행 “때문이다”로 옮긴 원문의 13행에서 사용된 접속사 “car”의 사용 역시 자기 기쁨을 느끼는 것만큼이나 여인 역시 자기 덕분에 기쁨을 누리게 될 것이라는 논리를 반영한다. 신과 시적 화자와 여인 모두 ‘기쁨’을 나누게 된다. 기쁨의 공유에서 여인과 합일을 이룰 가능성을 더욱 확보할 수 있게 되었다.

CXXII

첫 만남 이후의 시간을 장식한 고통과 무르익은 여인의 아름다움이 대조를 이루면서 시적 화자의 죽음에 대한 갈망을 정당화한다. 여인은 태도는 수수하고 겸허하지만, 시적 화자의 사랑 고백에 대해서는 냉정하고 잔인하다. 시적 화자의 비극과 행복은 자기 시대가 칭송하는 카상드르의 아름다움을 오직 자신만이 직접 바라보았다는 데에서 온다. 시적 화자의 특별한 권한에 대한 암시를 품은 이런 주장은 그가 죽음을 행복으로 간주한 이유이기도 하다. 이런 모순은 3-4연에서 반복적으로 사용되는 부정부사 "ne"가 실은 죽음을 적극적으로 찾는 긍정의 문맥 속에서 사용된 것에서도 발견된다.

4행 롱사르는 「소네트 CXXX」에서 1546년에 카상드르를 만났다고 밝혔다. 이에 따르면 이 소네트는 1551년 혹은 1552년에 작성된 것으로 보인다.

10행 롱사르는 이 표현을 페트라르카의 『칸초니에레』의 「소네트 CXCII」편의 "보라, 황금과 진주로 장식하는 이 기술을"에서 빌려왔다.

CXXIII

시적 화자는 자신을 프리아모스의 딸인 카산드라를 사랑했던 아폴론에 비유한다. 이를 강조하기 위해 그는 번역문의 7행에 해당하는 원문 6행의 "바로 그" 혹은 "그런"으로 옮긴 부사 "pareil"를 8행에서 중복해서 사용한다.(pléonasme) 시적 화자는 시집에서 여러 차례에 걸쳐 자신을 아폴론에 비유한 바 있다. 「기원시」에서 그는 뮤즈들의 아폴론이라는 역할을 수행하며 시적 사명의 내용을 밝혔다. 「소네트 XXXXVI」에서는 처음으로 트로이아의 카산드라에 반한 아폴론과 자신을 비교하였다. 이 작품에서 그는 카산드라를 반하게 만들지 못한 아폴론의 "헛된 en vain" 리라를 상기시키며, 그를 사랑에 실패한 신으로 등장시켰다. 한편 「소네트 CXXIII」에서 그는 카산드라에 버림받은 아폴론이 카상드르에 대한 사랑을 완성하지 못한 자기를 위로해주기를 바랐다. 완전한 아름다움을 성취하지 못한 실패자인 이들 사이에 차이점은 있다. 시적 화자는 아폴론을 동료로 삼을 수 있게 된 기쁨 자체를 고통의 위안으로 삼고 있기 때문이다. 그는 카상드르를 잃었지만 아폴론을 얻었다. 이것이 가능했던 것은 그가 자신의 실패를 인간 개인의 실패로 한정하기보다는 오히려 신의 실패로 확장시켰기에 가능했다. 그리하여 시적 화자의 실패한 사랑은 우주의 경험 안에 포함된다. 작품의 원문이 번역문의 13행에 옮긴 "함께하다 s'acompagner"라는 동사로 끝나는 것도 이 점을 강조하기 위해서였다.

4행 호라티우스의 『오드시집』, I권 「오드 X」의 5-6행에 따르면 서정시의 아버지는 헤르메스이지만, 롱사르는 페트라르카의 「소네트 XXXIV, XLIII, CXV, CLXXXVIII」을 따라 그 자격을 태양의 신 아폴론에게 부여한다.

CXXIV

시적 화자는 카상드르를 처음 만났던 블루아성에서 열린 무도회를 회상하며, 과거의 애정이 여전히 지금의 자신에게 고통을 주고 있다고 노래한다. 그는 여인의 주변에 놓인 모든 것들을 기억하고 가슴에 새겨놓지만, 이런 그의 기억은 현재의 고통을 강화할 뿐이다. 자기 기억에서 자유롭지 못한 그는 오히려 기억의 희생물과 다르지 않다. 과거의 기억은 현재의 공간 안으로 잠입해 들어오고, 자연이 거듭나는 것처럼 그것은 미래를 향해 나아갈 것이다. 시적 화자가 기억에서 자유로울 수는 없다. 그가 기억에서 벗어나려고 몸부림칠수록, 기억은 마치 프로메테우스의 몸을 쪼아대는 독수리처럼 그의 영혼을 파고들어 올 것이다. 기억으로 인해 남게 된 선명한 상처에 그는 눈물을 흘리게 될 것이다.

1행 개의 등장은 카상드르를 사냥의 여신 디아나에 비유하기 위해서이다. 개를 소유한 여인은 5행의 "성문 barrière"이 암시하듯 고귀한 신분 출신이다. 롱사르는 강아지와 여인의 친밀한 관계를 설정하기 위해 1행 "Ce petit chien, qui ma maistresse suit"에서 관계사 이하를 도치하여 "강아지 chien"와 "내 여인 ma maistresse"을 서로 접촉시킨다. 이런 도치는 롱사르가 시어의 배치에 매우 민감했음을 증명한다.

2행 여인을 따르는 충실한 개로부터도 인정을 받지 못하는 자의 슬픔이 시적 화자에게 있다. 그는 낯선 인간으로만 여인에게 남아 있을 뿐이다. 이런 그가 어떤 화답을 여인으로부터 얻게 되리라는 희망을 간직할 수는 없다.

3행 여기서 밤은 고통의 기억에 포로가 되어 그 고통을 견디며 고통의 모습에 직면하지 않을 수 없는 불안함으로 가득찬 시간이다. 게다가 1행의 "따라가며 suit"와 번역문의 3행에 해당하는 원문 4행의 "밤 nuit"의 각운일치가 암시하듯 밤은 지속된다. 「소네트 XLIII」의 3연에서도 시적 화자는 봄날의 도래에도 불구하고 여전히 어둠에 머무르고 있다는 것을 "결코 볼 수 없단 말인가, 죽기 전에, / 그녀 제 봄날의 꽃을 뜯어먹고, / 그 봄날 아래 그늘에 내 삶이 머무는 모습을?"이라는 표현에 담아 탄식한 바 있다.

4행 2행의 "아무도 personne"와 번역문 4행에 해당하는 원문 3행의 "울려대고 resonne"의 각운 일치는 모순어법에 해당한다. 부재가 고통의 현존을 의미한다는 차원에서 해석될 수 있다. 또한 새의 울음으로 자기 울음을 대변하면서 시적 화자는 개인적 고통을 자연의 공간으로까지 확산시킨다. 이런 이유로 롱사르는 1552년 판본의 "내 탄식 mes plaintes"을 "제 탄식 ses plaintes"으로 퇴고하였다.

1연 만물이 탄생하는 계절이 반드시 생명의 즐거움과 연관되지는 않는다. 계절은 생동하지만, 새에 감정이입이 된 시적 화자의 노래는 슬픔을 담고 있다. 개로부터 경계를 받고, 탄식을 노래해야 하는 그는 계절의 아름다움과 화려함으로 저버린 자이다.

5행 "성문 la barriere"은 1552년 판본에서는 "성벽 cette pierre"이었다. 성문으로 퇴고한 것은 그것이 소통의 구체적 통로이기 때문이다.

8행 제피로스는 생명의 탄생을 촉진하는 따스하고 습기 많은 바람이다. 자연이 풍요로움을 준비하는 순간에 시적 화자에게서 자라나는 것은 고통스런 마음이다.

2연 "더위 le chaud"는 여름을 가리키기보다는 무더운 날씨에 더 가깝다. 여인은 더위를 피해 생각에 잠긴다. 생각한다는 것은 무언가를 만들거나 그것을 준비하는 행위이다. 정원에서 미풍이 꽃을 만드는 것도 바로 생산의 행위와 관련된다. 여인은 꽃으로 비유된 아름다움을 생산하지만, 시적 화자는 11행에서는 "고통"을, 14행에서는 "눈물"을 만들어낸다. 생산의 측면에서 여인과 시적 화자는 일치하지 않는다. 여인과 시인이 서로 함께할 수 없는 이유이다. 따라서 소통의 염원을 내포하던 "성문"마저 시적 화자를 저버린다. 이런 점에서 그는 자연이나 여인과 어울릴 수 없는 불행한 운명을 지녔다.

9-10행 1-2연의 운동성은 3연의 "무도회 cest dance"에 대한 언급에서 강화된다. 여인과 관련된 점층법의 사용이지만, 이런 글쓰기가 강조하게 될 대상은 시적 화자의 고통이다. 여인과 관련된 행위와 공간은 그의 고통을 심화시킨다. 그래서 11행의 "내 고통의 원기를 북돋아주고 rafraichist mes douleurs"와 같은 역설적 표현이 가능했다. 매우 엄격하고 논리적인 방식으로 어휘를 사용하는 롱사르가 발견된다. "잔인한 cruelle"과 "새로 온 nouvelle"의 각운은 시적 화자의 고통이 거듭난다는 의미를 전달한다.

11행 "그것"은 "화살"을 가리키는 원문의 "Qui"를 옮긴 것이다. 관계사는 단음 [i]의 날카로움으로 10행의 "꿰뚫다 M'oultre-perça"의 의미를 환기시킨다.

3연 시적 화자의 고통을 노래하는 이 시에서 1-2연에 걸쳐 등장하는 것은 시적 화자가 아니라 여인이다. 그러나 3-4연은 시적 화자를 등장시키며 연의 배열을 통해 소통에 대한 그의 의지를 반영한다. 4연 역시 여인의 "눈짓 oeillade"과 내 "눈 yeux"을 함께 등장시킨다.

14행 "적셔간다 baigner"라는 동사의 주어는 1-13행에서 나열된 사항들이다. 1-13행에서 언급된 여인과 관련된 모든 것들이 14행에서 시적 화자의 시선을 짓누른다. 작품의 시행구성은 그가 느낄 고통의 무거움을 반영한다.

CXXV

작품은 16세기 당시에 궁정의 베스트셀러였던 아리오스토의 『광란의 롤랑』 7권 9-10장에서 주인공 루지에로 Ruggiero가 마녀 알치네 Alcine와 밤을 같이 보낸 에피소드를 환기한다. 아리오스토에 따르면 알치네의 궁에 도착한 루지에로는 마법을 부리는 이 여인에게 단번에 매혹당했다. 풍성한 만찬이 끝난 후 침실에 들어선 루지에로는 자기 방으로 다가오는 알치네의 발소리를 몰래 엿듣는다. 그의 긴장된 기다림에 호응하듯 침실 문턱을 넘어 들어온 알치네는 몸에 걸치고 있던 비단잠옷을 바닥에 떨어뜨리며 투명한 유리와도 같은 살빛을 드러낸다. 두 남녀가 서로를 강하게 부둥켜안고 입을 맞추자, 동방의 화려한 향기가 그들 주변을 에워쌌다. 롱사르는 아리오스토로부터 관능적 이미지를 자주 빌려온다.

1-2연 기다림에 예민해진 루지에로의 욕망과 강렬한 포옹의 관능적 쾌락이 1-2연에서 환기된다. 알치네를 기다리는 루지에로의 긴장된 욕망을 위해 롱사르는 부사구문을 1-3행과 5-7행에 걸쳐놓고 본동사 "몸을 눕혔다 te loger"와 "앙갚음할 수 있었다 te vanger"를 각각 4행과 8행에 위치시킨다. 루지에로의 기다림에 대한 욕망은 1-3행과 5-7행에서 고조되다가 본동사에 이르러 완성된다. 또한 번역문의 7행에 해당하는 원문 6행의 "그녀와 몸 맞대고 노를 저었으니 Ore planant, ore nouant sus elle"를 통해 연인들의 얽힌 몸을 환기하고, 번역문의 6행에 해당하는 원문 7행의 전치사 "사이에서 entre"는 마치 동사 "들어가다 entrer"의 3인칭 단수형태인 양 착각을 일으키며 성애의 장면을 연상시킨다.

8행 "그 여인"은 루지에로의 여인 브라다만테 Bradamante를 가리킨다.

11행 "호의 머금은 바람 un vent heureux"은 '그대 바라듯이'라는 뜻도 지니고 있다.

12행 「소네트 LV」에서 항구는 사랑의 완성이 이루어지고, 평온을 되찾게 해 주는 장소였다.

CXXVI

궁정을 피해 고향으로 돌아왔지만, 친숙한 정경 안에서도 시적 화자는 여전히 카상드르의 모습을 떠올린다. 영감의 원천이었으며 평온과 휴식의 공간이었던 자연마저도 근심과 함께 자라나는 그의 열정을 어루만지지 못한다. 여인의 이미지가 자연 곳곳에 반영된다. 그의 기억 안에 아름다움이 새겨져 있기 때문이다. 그런데 고통의 증인인 자연은 소통의 공간이 아니다. 시적 화자가 원치 않음에도 여인의 아름다움을 보게 된다는 점에서 자연은 그를 치유하는 기능을 저버렸다. 이때 활력을 얻게 되는 것은 동사 "떠올리다 figurer"의 사용이 가리키듯 그의 상상력이다.

2행 "루아르강 La Loir"은 롱사르의 고향 방돔에 위치한 루아르 에 쉐르 Loir-et-Cher 도道를 가로지르는 작은 하천이다. 루아르 지역 Pays de La Loire을 가로지르는 강 La Loire과는 구분된다. "가틴 Gastine"은 방돔 지방의 숲으로서 롱사르는 1584년 「가틴 숲의 나무꾼들을 비난하며 Contre les bucherons de la foret de Gastine」라는 엘레지 한 편을 작성하며 시적 영감의 원천인 숲의 벌목을 반대하였다.

3행 "뇌폰 숲 la Neuffaune"은 롱사르 가문이 소유한 작은 총림이다.

CXXVII

여인의 시선은 시적 화자의 육체와 정신을 소진시킬 정도로 뜨겁고 강렬하다. 불꽃에 비유된 그녀의 시선은 한여름의 뜨거움도 무색하게 만든다. 천상의 신들 역시 그녀로부터 벗어날 가능성은 없다. 시적 화자는 영원히 그녀에게 종속될 것이다. 그런데 롱사르는 시적 화자의 개인적 경험을 서술형식을 빌려 열거하는 데 만족하지 않는다. 카상드르가 시적 화자와 천상에 모두 영향을 끼칠 수 있는 존재로 소개된 것과 마찬가지로 시적 화자의 경험을 우주적 차원으로 확대하려고 시도하기 때문이다. 그 증거는 1연에서부터 암시된다. 땅의 타오르는 열기는 황도계의 뜨거움과 만나고, 대지의 '열기 fumer'는 천체계의 '물 eaux'과 결합한다. 이러한 지상계와 천상계의 만남은 관능적 사랑으로 이어진다. 원문 2행을 옮긴 번역문 1행의 "표면에 균열을 crevassant le front"이라는 표현은 말라버린 대지의 갈라짐을 가리키지만, 여성의 성기를 상기시키기도 한다. 여름 태양의 뜨거움은 이 갈라진 틈 사이를 비집고 들어와 대지를 '타오르게 fumer' 하고, 이런 결합에서 대지의 갈증은 축축한 호흡을 만들어낸다. 성적 결합의 분위기가 작품에 배제되지 않았음을 알 수 있다. 대지와 공기, 물과 불과 같은 우주의 구성원소들이 결합하고, 시적 화자를 채우는 뜨거움은 우주 안에 팽배한 열기로 확장된다. 그리하여 3연에서 천상의 열기와 시적 화자의 열기는 서로 공존하며 '영원성'을 확보하기에 이른다. 따라서 지상과 천상의 조응을 가능하게 만든 것은 여인의 시선이자 시적 화자의 뜨거워진 열정이라고 할 수 있다. 작품은 여인에 대한 사랑 때문에 메말라 가는 시적 화자의 불행한 상황만을 노래하지 않는다. 그의 상황과 그런 상황을 연출해낸 여인을 통해 롱사르는 사랑의 욕망이 궁극적으로 추구하는 소통과 화합을 작품의 의미망 내에서 미리 실현해낸다.

4행 시리우스가 태양과 함께 떠오르는 7-8월의 삼복더위를 가리킨다. 라틴어로는 'canicula 강아지'이다. 롱사르는 그리스어 'pro 앞'와 'kyôn 아홉 개'의 합성어인 프로키온 procyon좌를 축자역하여 삼복더위를 "큰개자리 Avantchien"라고 부른다.

6행 여름의 가장 뜨거운 날에 대기 중에 번득이다가 순식간에 사라지는 작은 "불꽃 flambeau"을 가리킨다.

14행 아폴론이 한여름인 게좌(Cancer, 6월 17일)에 머무르든, 겨울 한복판인 인마궁(Sagittarius, 11월 18일)에 머무르든 시적 화자의 영혼은 언제나 뜨겁다.

CXXVIII

반복수사법을 사용해서 죽음의 순환성을 다룬다. 시적 화자는 여인의 날카로운 시선의 희생물이 되는 영광을 거부하지 않으며, 오히려 그것이 초래할 죽음을 기꺼이 수용하려는 자세마저 지닌다. 그런데 소네트 「XIX」의 3행에서 "저녁이 오기 전에" 죽음을 맞이하는 주체가 여인이었다는 점을 상기한다면, 이 작품에서 다루어진 시적 화자의 이른 죽음은 역설적으로 '은밀한 상호성'을 암시하기에 충분하다. 시적 화자가 죽음을 언급하고 그것을 자기 운명으로 수용하는 것은, 이런 소통에 대한 성공이 더 많은 위안을 주기 때문이다. 특히 그에게 소중한 것은 그녀의 날카로운 시선에 의한 죽음이다. 그 시선은 아름답다. 그가 "아름다운 beau, bel"과 같은 형용사를 자주 반복하는 것은 여인의 몸을 경배하기 위해서이지만, 동시에 자기 죽음의 아름다움마저도 드러내길 원하기 때문이다. 그의 죽음은 신성한 아름다운 두 눈에 걸맞은 아름다움을 지닐 것이다. 이것은 2행에서 "두 줄로 나란히 펼쳐진 egarlez proprement"이란 표현이 굳이 사용된 이유와도 관계된다. 그의 죽음은 1연에서 3연에 이르기까지 신성한 아름다운 두 눈"만 seuls"을 끈질기게 구애한 덕분에 얻을 수 있게 된 결과이다. 그런데 작품의 의미는 여기에서 멈추지 않는다. 1연에서 3연까지 반복되는 부정구문은 각 연 사이의 순환성을 만들어낸다. 또한 작품 안에서 "죽음 la mort", "나를 죽이다 me tuer"와 "끝내다 finir"가 서로 유사한 의미로 반복되는 것처럼, 그리고 죽음이 "저녁이 오기 전에 Devant le soir" 찾아오는 것처럼, 그의 죽음은 예외적인 사건에 속한다. 그것은 "전혀 물리지도 않는 jamais ne s'en lasse" 대상이다. 따라서 그의 죽음은 반복될 것이고, 그것을 시적 화자는 희망한다. 그만큼 여인에 대한 그의 욕망은 강렬하다. 여인에게서 벗어나려 하면서도 그녀로부터 죽음을 갈망한다. 모순된 희망이 그를 떠나지 않는다. 부정구문의 반복구조는 멈추지 않을 그의 운명을 대변한다.

1연 붉은색 입술과 치아를 가리킨다. 붉은색과 흰색은 서로 어울리면서 순수한 열정과 정숙한 자태를 환기한다.

2연 "물결치는 crespez"과 "곱슬곱슬한 frisé" 등의 어휘들은 1연의 안정감과는 상이한 운동성을 자아낸다. 그러나 흰 피부와 뒤섞인 패랭이꽃의 색채감은 여전히 1연을 연장시킨다. 1연과 2연은 반복되는 부정부사를 통해 서로 연결된다.

11행 부정부사의 나열 뒤에 놓인 "내 삶에 죽음을 선고하지는 않았다 N'ont à la mort ma vie condemnée" 구문의 전치사 'à'의 날카로운 단음은 치명적인 죽음이 초래할 아픔과 고통을 환기시킨다.

3연 2연에서는 "얼굴"을, 3연에서는 "이마 front"를 대상으로 삼은 것은 시적 화자의 시선이 여인의 얼굴에 고정되어 있기 때문이다. 게다가 아름다움을 가리키는 형용사 "beau"나 "bel"은 각 연에서 반복되며 시행들을 긴밀하게 연결시킨다.

4연 1-3연의 부정구문과 대조를 이루는 4연의 긍정구문은 시적 화자의 단호한 의지를 담아낸다.

CXXIX

여인이 사랑을 감추지 않고 보여준다면 시적 화자가 그것을 거부한들 소용이 없다. 그것은 여인의 호의와 의지가 베푼 선물이다. 그러나 여인이 사랑의 증표를 보여주지 않는다면, 그는 실현되지 않을 사랑에 대한 헛된 희망만을 품게 될 뿐이다. 그의 바람이 실현될 수 있을지 여부는 전적으로 여인의 두 눈에 달려 있다. 한쪽 눈은 그를 지옥으로, 다른 눈은 천국으로 인도한다. 여인의 눈으로 인해 그는 천상의 지복과 지옥의 형벌을 동시에 경험한다. 고통이 너무 크기 때문에 그것을 공공연히 탄식할 수도 없으며, 또한 라우라를 사랑한 페트라르카가 그러했듯이 그것을 억누를 수도 없다. 시적 화자는 아픈 사랑을 말할 수도, 그렇다고 속에 간직할 수도 없는 상황에 처해 있다.

14행 고니로 변신한 제우스와 스파르타의 왕비 레다 사이에서 태어난 쌍둥이 형제이다. 형 카스토르는 인간이었지만, 폴룩스는 불멸의 운명을 타고 태어났다. 어느 날 이다스와 린케우스를 상대로 일전을 벌였는데 이 싸움에서 카스토르가 죽고 만다. 폴리데우케스는 슬퍼한 나머지 자신의 생명과 카스토르의 생명을 바꾸어달라고 제우스에게 간청했다. 이를 가엾게 여긴 제우스는 이들을 하늘에 올려 별자리로 만들어주었다. 쌍둥이자리를 언급하며 롱사르는 눈의 이중성을 생각한다. 눈에는 수용과 거부, 지옥과 천국, 삶과 죽음에 대한 암시가 동시에 담겨 있다. 따라서 여인의 아름다운 신체 중에서 눈을 정의하기가 가장 힘들다. 「소네트 CCXXVIII」 뒤에 놓인 「궁정화가 자네에게 바치는 엘레지 Elegie à Janet peintre du Roy」에서 롱사르는 궁정화가 프랑수아 클루에 François Clouet에게 화가가 그리기 가장 어려운 부분이 여인의 두 눈이라고 지적할 것이다.

CXXX

사랑의 힘과 죽음에 대한 의지는 서로 대립한다. 사랑이 시적 화자의 심장을 옭아맬수록 죽음을 통해 위안을 얻으려는 그의 의지 역시 자라난다. 4행의 "묶어버리다 lia"의 단순과거와 번역문의 10행에 해당하는 원문 11행의 "사로잡히고만 Pris"의 동사형 과거분사는 시행 맨 앞에 놓여 있다. 또한 12행의 죽음과 관련된 동사 "~하려 했지만 vouloir" 역시 시행걸치기를 통해 원문에서는 4연 맨 앞에 위치한다. 이런 구조는 여전히 시적 화자를 죽여가는 사랑의 지속적 행동을 어휘의 배열로 표현하려는 목적에 기인한다. 시 전체에서 반복되는 시행걸치기는 사랑에 얽매여 벗어날 수 없는 시적 화자의 고통 역시 반영한다.

1-2연 일반적으로 연구자들은 롱사르와 카상드르는 1545년 4월 21일 블루아 성을 방문한 앙리 2세가 개최한 궁정축제에서 만난 것으로 확인한다. 따라서 롱사르가 1546년이라고 한 이유는 분명하지 않지만, 번역문의 3행에 해당하는 원문 4행의 "넋이 나간 surpris"과 운을 맞추기 위해 "육 년 six"으로 기록한 것이 아닌지 추측할 수 있다. 그렇지만 "그리고"라고 옮긴 두 음절의 "avec"를 생략하고 "블루아 Blois"와 같은 단어를 삽입하여 운을 맞출 수도 있었기 때문에 이런 추측은 설득적이지 않다. 다만 1행과 4행의 각운은 번역문 6행에 해당하는 원문 5행의 "배운 appris" 그리고 8행의 각운 "묶어둘 pris"과 같은 과거분사의 날카로운 단음, 나아가 2행과 3행에서 반복되는 "잔인한 cruelle"의 의미와 함께 어울리며 날카롭고도 쓰라린 여인의 매혹과 그것에 사로잡힌 심정의 아픔을 음성으로 표현해낸다. 작품 안에서 연대를 밝히는 이런 사례는 페트라르카 『칸초니에레』의 「소네트 CCXI」에서도 찾을 수 있다.

CXXXI

여인의 고통을 피해 달아난 고독의 장소에서 시적 화자가 발견하는 것은 자신을 뒤쫓던 사랑의 번민이다. 자연이 고통을 위로해주지 못할 것을 염려하는 그는 고통의 장소가 비너스의 신전이 되기를 희망하지만, 사랑의 풍요로움을 그는 이곳에서 누리지 못할 것이다. 그의 불안이 부정문과 접속법 그리고 조건법의 나열을 통해 표현된다.

1행 형용사 "변함없는 fidele"은 시적 화자가 이곳을 자주 찾았기 때문에 사용되었다. 그는 이 외진 곳을 비너스의 신전만큼 신성한 곳으로 만들고자 한다. 그가 공여를 명령하는 것은 바로 이곳에서 여인에 대한 사랑을 맹세했기 때문이다.

7행 비너스에게 바쳐진 지명들이다. 아만토스는 비너스의 섬인 사이프러스에 위치하며, 크니도스는 소아시아, 에릭스는 시칠리아에 있다.

9행 원문은 "Eussé-je l'or d'un Prince ambitieux"으로서 접속법이 사용되었다. 군주들이 신전에 바칠 제물들을 가리키는 "황금"은 사랑의 풍요로움을 의미한다.

11행 테오크리토스가 『전원시 *Les Idylles*』 12장에서 원했던 것처럼, 시적 화자는 많은 부를 얻어 이 외딴 장소를 질투와 번민이 사라지고 사랑의 맹세가 넘쳐나는 신전으로 만들기를 희망한다.

CXXXII

다시 태어난 봄날에 여인이 만든 꽃다발에게 시적 화자는 애정을 호소한다. 그는 자신의 목숨으로 여인의 꽃다발이 생명을 얻기를 희망한다. 여인 대신 사물에 심정을 호소하는 이런 방식은 사물의 찬양을 통해 사물을 소유한 자의 영광을 노래하는 블라종에 가깝다. 흥미로운 것은 자기의 눈물과 탄식이 꽃다발의 색채와 향기를 보장하는 생명력이 될 수 있다는 그의 믿음이다. 이것은 찬양을 통해 대상의 불멸을 노래했던『오드시집』의 당당함과『사랑시집』의「기원시」에서 노래 덕분에 여인이 불멸하게 될 것이라는 대담한 그의 약속을 상기시킨다. 시적 화자는 여인의 부재로 인해 얻게 된 눈물과 탄식을 불멸의 아름다움을 약속하는 담보물로 간주한다.

6행 "굴복시킨"은 "surmonter"를 옮긴 것으로, 시적 화자의 정신을 향기로 도취하게 만든다는 의미를 위해 사용되었다.

11행 고통을 상징하는 눈물이 화려한 색채를 보장하는 요소로 사용된다는 점에서 모순어법에 해당한다. 그의 고통은 다양한 색채로 넘쳐난다.

3-4연 명령형의 반복은 간절함을 암시한다.

CXXXIII

1569년 간행된 『시집 제6권과 제7권』에 소개된 작품으로 1578년부터 『사랑시집』에 수록되었다. 신화에 따르면 제우스가 탐한 이오 Io를 감시하는 역할을 맡았지만, 이오에게 사랑을 느끼고 만 아르고스에게 제우스는 헤르메스를 보내 살해하고 이오를 구출해낸다. 이오를 감시하도록 명했던 헤라는 아르고스의 충실성을 인정하여 그의 눈들을 공작의 날개로 부활하게 만들었다. 롱사르는 아르고스의 역할보다는 오히려 그의 정체성, 즉 보카치오가 『신들의 계보』 제6권 22행에서 말한 것처럼 '모든 것을 보고 알고 있는 자'에 관심을 갖는다. 아르고스의 눈은 이성의 역할을 담당한다.

2-3행 시적 화자가 말을 거는 대상은 현재의 사람들이 아닌 미래에 올 사람들이다. "허구 feinte"와 "진실 verité" 그리고 "사실인 것 veritable"이라는 어휘에서 이들이 시인들임을 추측할 수 있다.

1연 아르고스가 전설 속 인물이 아니라 실재하는 자라면 그 때문에 시적 화자가 여인을 만날 가능성은 없다.

2연 감시의 대상이 된 아름다움의 폐쇄적 성질을 다룬다. 시적 화자에게 고통을 안기는 여인의 아름다움은 아르고스 때문에 그가 근접할 수 없는 대상으로 남아 있다.

3연 아르고스가 여인에게서 감시의 눈을 돌리기란 불가능하다. 그런데 이런 불가능을 희망할 수밖에 없는 것이 시적 화자의 운명이다. 그는 자신의 현실로부터 벗어나려 하기에 불행하고, 아르고스가 그를 가로막고 있기에 현실도피는 불가능하다. 그러나 다음 시행들이 암시할 것처럼 그는 상상의 세계에서 그것을 실현할 수 있다는 믿음을 지닌다. 그에게 상상은 현실이 마련해주지 못할 것을 허용해주는 공간이다.

13행 시적 화자가 원하는 것은 아르고스의 죽음이 아니다. 그는 이성의 종말을 원하기보다는 이성이 가끔씩 잠으로 비유되는 '상상의 세계'에 그를 빠지도록 해주기를 바란다. 그것은 아름다움을 만나는 순간이 될 것이기 때문이다. 잠이 든 아르고스 몰래 잠입하여 아름다움을 만나려는 그는 포착하기 불가능한 아름다움을 갈구하는 자이다.

14행 시적 화자에게 상상은 신화처럼 모든 것을 금지하는 세계가 아니라, 욕망을 실현시켜줄 수 있는 공간으로 기능한다.

CXXXIV

1576년 앙투안 드 베르트랑 Antoine de Bertrand에 의해 음악으로 작곡된 작품이다. 봄과 여인은 신선함과 아름다움을 공유하며, 봄이 힘든 노동에 촉촉함을 뿌리듯이 여인은 시인의 눈물을 자아낸다. 여인과 자연을 동일시하며 시적 화자는 여인을 자연의 광대한 영역에 포함시킨다. 이를 위해 그는 여인과 자연에게 동일한 동사와 형용사를 반복적으로 부여한다. 나아가 13행에서 "하늘에서 풀들 위로 Du Ciel sur l'herbe"와 같이 우주와 자연이 함께 놓이는 표현을 사용하며 천상과 자연 그리고 여인 모두를 동시에 바라보는 자기 시선을 드러낸다.

4행 "비교해본다 parangonner"는 롱사르가 『사랑시집』에서 자주 사용하는 은유적 표현의 하나이다. 'parangon'이라는 단어는 '모범, 전형, 패러다임'을 가리킬 뿐만 아니라, 전문용어인 '시금석 pierre de touche', 즉 진주와 다이아몬드와 같이 정제되어 빛나는 보석도 의미한다. 따라서 4행은 일종의 동어반복법에 해당한다. "parangoner"라는 동사에 이미 아름다움의 의미가 내포되어 있기 때문이다. 이런 동어반복은 여인의 아름다움을 칭송하기 위한 것이지만, 여인의 신체를 자연과 비교하면서 예술작품을 다루듯이 노래를 부르는 자신을 발견하게 만들기 위해서도 사용되었다.

7행 여인의 얼굴과 봄의 비교는 페트라르카의 『칸초니에레』「소네트 IX」에서 가져온 것이다.

8행 사월이 큰 변화가 없는 계절인 것처럼 시적 화자는 여인에게 자신의 변치 않는 사랑을 보내기를 희망한다.

10행 "내 시 mes vers"라는 표현은 이 시집에서 시적 화자와 롱사르를 동일시할 수 있는 증거이다.

CXXXV

1569년 『시집 제7권』에서 처음 소개된 작품으로, 1571년 『사랑시집 제2권』에 수록된 후 이듬해 『사랑시집 제1권』으로 자리를 옮겼다.

1연 1행의 "목숨 vie"과 번역문 3행에 해당하는 원문 4행의 각운 "욕망 envie"은 생명의 원천이 사랑의 욕망임을 암시한다. 시적 화자는 사랑에 대한 욕망으로 살아가지만, 욕망을 불러일으킨 아름다움은 그를 죽음의 문턱까지 이끌고 간다. 그래서 시적 화자의 아름다움에 대한 원망은 자신의 욕망에 대한 비난이 되지 않을 수 없다. 그가 욕망을 여전히 간직한다면 그것은 생명과 비극의 원천이 된다. 반대로 그가 욕망을 버린다면 그것은 제 목숨을 버리는 것과 다르지 않다. 그의 욕망은 모순된 운명의 원천이다.

2연 시적 화자의 뜨거운 피는 여인이 냉정함으로부터 벗어나게 만들 수 없다. 차가움이 욕망의 뜨거움을 능가하기 때문이다. 통사적으로도 "젊은 피 Le jeune sang"가 놓인 5행의 긍정구문은 뒤따르는 6-8행의 부정구문의 반복에 의해 그 존재성을 거부당한다. 시행의 구조가 의미를 반영한다는 측면에서 롱사르의 시어구성에 대한 예민함을 확인할 수 있다.

10행 여인이 아름다움을 지키기 위해 냉정함을 유지하는 것은 시적 화자를 하데스로 끌고 가는 것과 같다. 그의 죽음은 플루톤에게는 재산이 된다.

4연 시적 화자는 사랑이 죽음을 거부하는 행위임을 여인에게 설명하고, 그녀를 삶으로 이끌어감으로써 자기 욕망의 비극을 극복하길 희망한다. 약간의 기쁨이나마 사랑에서 얻는 것이 그가 살아가는 이유이다. 그러나 1행의 "감미로운 아름다움 douce beauté"과 14행의 "재가루 cendre"의 대조는 그의 여인에 대한 권유가 무위에 그치고 말 것을 암시한다.

스탕스

1555년 『잡시집 *Meslanges*』에 「여인에게 바치는 오드 Ode à sa Maistresse」라는 제목으로 처음 소개된 후 1560년부터 1578년 사이에는 『오드시집 제5권』에 수록되었으며, 1584년에 『사랑시집 제1권』으로 자리를 옮긴 작품이다. '스탕스'라는 제목은 1584년에 처음 사용되었다.

4연 「소네트 CXXXV」의 두 삼행시절은 플루톤을 반기려는 여인을 질책한 바 있다.

6연 소멸되어가는 육체를 통한 죽음의 환기는 1562년 리용에서 출판된 『죽음의 형상들 *Les images de la mort*』에 실린 도판 '죽음을 기억하라 Memento mori'나 한스 홀바인의 「죽음의 무도 La danse macabre」 도판에서 볼 수 있는 바와 같이 중세 이후의 전통적 이미지를 계승한다. 롱사르는 『마지막 시집 *Les derniers vers*』의 「내게는 뼈만 남아 있으니, 해골을 닮았다 Je n'ai plus que les os, un Scjelette je semble」에서 죽음을 앞두고 변해가는 자기 육체에 대해 이런 표현을 사용한 바 있다. 여인에 대한 사랑을 재촉하기 위해 죽음 이후의 여인의 모습을 암시하는 수사적 방식은 「사랑하는 이여 보러 갑시다 장미를 Mignonne, allon voir si la rose」에서도 확인할 수 있다.

8연 5연까지 여인에게 사후의 비참함을 상기시키며 지금의 사랑에 응답할 것을 요구한 시적 화자의 목소리는 의연하고 당당하다. 육체적 사랑의 즐거움과 죽음의 창백함을 연계하는 4연에서와 같이 사랑과 죽음 amour-mort의 관계를 환기한 후에 6연에서 죽은 육체에 대해 구체적으로 묘사하는 것은 설득적 수사법의 전형에 해당한다. 따라서 7연의 접속사 "그러니 donque"의 사용이 부자연스럽지 않다. 그렇지만 이런 강제성을 띤 태도는 마지막 연에서 간청의 어조로 바꿈으로써 여인의 동정을 유발하려는 의도마저 엿보게 한다. 물론 이런 간청이 진지한 어조만을 지니지는 않는다. 원문의 마지막 시행 "아니 괜찮다면 더 아래쪽에서 Ou plus bas, si bon te semble"와 같은 표현의 어조는 장난스럽다. 따라서 무거움과 가벼움, 권유와 협박, 지금의 삶과 사후의 삶, 아름다움과 추함 등의 대조법을 사용하며 시적 화자는 말의 설득력을 확보하려고 시도한다. 여인의 육체에 대한 호소의 진정성을 전달하기 위해서 그는 사랑과 죽음, 현재의 삶과 미래의 죽음, 거리두기와 근접하기, 육체적 결합과 정신적 기쁨의 밀접한 관련성, 지상의 여인과 지하의 여인, 종교와 외설성과 같이 상반된 것들을 모두 소환한다. 이런 상반된 것들이 한데 모여 있는 곳은 천상이 아닌 현재 그리고 이곳이다. 한편 죽음에 대한 환기는 자유의 상실 그리고 즐거움의 파괴와 관련된다. 시적 화자가 여인을 사랑으로 인도하려는 것은 자유의 확보와 관련이 있다. 육체적 결합은 정신적 자유를 보장하기 때문이며, 즐거움의 경험은 열린 공간에서만 가능하다. 따라서 마지막 연에서 이전과는 다른 어조를 시적 화자가 사용하는 것은 시의 공간을 개방하기 위해서이다. 마지막 연을 열어놓음으로써 그는 자기 목소리의 생명마저 지속시키려 한다. 물론 그것은 육체적 사랑의 개방성과도 연계된다. 육체의 열림과 시적 어조의 개방을 서로 밀접히 연계시킨다는 점에서 육체적 사랑의 기쁨을 호소하는 시적 화자는 제 말의 생명력마저도 확보하려는 의도를 지녔다고 할 수 있다.

CXXXVI

자연과 여인 그리고 자기 고통을 '많음'이라는 같은 맥락에 위치시키며 시적 화자는 고통을 벗어날 수 없는 상황을 한탄한다. 그렇지만 그에게는 불가항력의 운명을 극복하려는 의지가 없지는 않다. 역접사 "하지만 mais"의 사용이 이를 증명한다. 그가 불행의 운명을 즐거움으로 간주하는 것은 운명을 재해석하기 위해서이다. 특히 10-11행의 "너무도 즐겁기에, 감미로운 고통에서 / 결코 멀리 떨어져 있고 싶지는 않다 je n'ay point envie / De m'esloigner de si douce langueur"와 같이 시행걸치기를 사용한 구문구조는 고통을 즐기려는 욕망을 연장하려는 그의 의도를 드러낸다. 이로 인해 여인이 연장시키는 고통은 그의 즐거움을 배가시키고, 살아 있을 때나 죽게 된 이후에도 꾸준히 그의 즐거움을 늘려갈 것이다. 1-2연과 3-4연으로 크게 구분될 수 있는 작품의 중간부터 삶의 고통은 죽음의 고통으로 이어지고 삶과 죽음의 경계는 파괴된다. 특히 명령형의 사용은 단절을 거부하는 시적 화자의 단호한 의지를 분명히 드러내면서 고통을 즐거움으로 만드는 작업을 계속할 그를 예고한다. 마지막 연의 개방성은 이 작품이 시적 어조의 열림을 암시했던 「스탕스」 뒤에 실린 이유를 설명한다.

1연 여인이 미소를 띠든, 노래에 맞춰 춤을 추든 여인의 눈은 시적 화자를 사로잡은 덫이었다. "계략 haims", "유혹 amorces", "미끼 apas" 등의 유사어 반복은 롱사르의 작품에서 흔히 발견된다.

6행 그리스 동부의 칼키스 시 근처의 그리스 본토와 에보이아섬 사이를 가로막고 있는 좁은 해협이다. 에우리포스 Euripe는 '빠른 물살'을 의미한다.

CXXXVII

시적 화자의 욕망이 음탕과 외설의 어조를 띠게 되는 대표적인 작품이다. 「소네트 XX」과 같이 작품은 주피테르의 육체적 욕망을 제 것으로 삼으려는 시적 화자의 의도를 드러낸다. 그는 육체의 은밀한 부분을 먹잇감으로 탐색하는 자로서의 모습을 띤다. 숭고한 아름다움의 추구라는 신플라톤주의를 수용하면서도 지상의 육체적 가치에 시선을 돌리는 시적 화자가 발견된다.

1행 1553년 판본은 "내 폭풍 mes tempestes" 대신 "내 눈물 mes pleurs"이라고 적고 있다. 1584년 판본은 이전 판본에 비해 고통을 경험하는 시적 화자의 내적 혼란을 더욱 강조한다. 「소네트 CXXXIX」에서 여인의 눈은 갈색이었다.

4행 "주인 Seigneur"은 큐피드를 가리킨다.

1연 여성의 신체일부에 대한 언급은 신플라톤주의의 특징인 빛, 천상, 별의 신성함과 연계되어 여인의 고귀함을 드러내면서 찬양의 어조를 고양시킨다.

1-2연 「소네트 XXIII」에서처럼 여인의 상반신을 구성하는 신체 부분들을 찬양하며 육체의 욕망을 시적 화자는 드러내지만, 동시에 자신의 육체적 욕망이 숭고와의 결합을 지향한다는 것도 밝힌다. 그렇지만 여인의 육체에 내재된 형이상학적인 측면에 대한 강조는 그녀를 추상적 인물로 만들지 않는다. 숭고함이 깃들인 아름다운 육체는 욕망을 더욱 부추길 수 있다.

9행 시적 화자의 육체적 욕망은 정신적 욕망의 통로 구실을 한다. 지상적 물질에서 정신적 기쁨을 얻을 수 있다는 확신이 그에게 있다. 여기에서 롱사르가 아리스토텔레스의 물질적 관심사와 플라톤의 형이상학적 사상을 결합하고 있음을 확인할 수 있다.

10행 허기가 기쁨이 되고, 기쁨이 허기가 되는 과정이 반복되는 것은 여성의 몸이 대리석이나 상아 등의 영원성을 지닌 사실과 연관되어 파악될 수 있다.

9-10행 원문의 각운 "욕망 désir"과 "기쁨 plaisir"은 동사 "보다 voir"와 연결되면서 보는 행위가 욕망과 기쁨의 동력이었음을 암시한다.

4연 이곳의 새는 수직이 아닌 수평으로만 날 수 있을 뿐이다. 여인에 대한 사랑이 아름다움을 향해 상승하기 위한 수단이 된다는 신플라톤주의의 영향을 수용하면서도 동시에 이것에 거리를 두는 롱사르의 태도가 드러난다. 시적 화자는 사랑의 감옥에서 벗어나길 바라지만, 그의 시도는 언제나 실패로 끝나게 된다. 만약 그가 천상의 유일한 아름다움을 향해 상승하는 새를 노래한다면, 그의 사랑은 추상성에 머문다. 반대로 시적 화자의 다른 비유인 새는 저 높은 곳의 신비한 비밀이 아니라 육체라는 지상적 가치의 은밀함을 탐색한다.

CXXXVIII

이 소네트에서 신플라톤주의의 흔적을 찾을 필요는 없다. 드니조가 천상에서 바라보는 것은 단 하나의 아름다움이 아닌 복수의 아름다움들이다. 천상의 아름다움들이 카상드르가 지닌 아름다움의 본질은 아니다. 게다가 천상의 여러 아름다움들에서 아름다움을 추출하는 드니조의 작업은 여러 여인들을 모델로 세워놓고 아름다운 신체일부를 각각 조합하였던 제욱시스의 작업을 닮았다. 카상드르를 만들기 위해서는 천상의 여러 아름다운 여인들이 필요하다는 발언은 한 여인을 통해 천상의 본질을 볼 수 있다는 신플라톤주의를 벗어난다. 게다가 시적 화자는 드니조에게 아름다움을 그려내기 위해서는 "응시하 contemple"는 것만으로는 충분하지 않다고 말한다. 환상적으로 상상해야 한다. 롱사르는 전 작품을 통해 "상상하다 fantastiquer"라는 동사를 세 번 사용했다. 이 동사는 우울한 기질에서 나오는 '헛된 것을 상상하는 것 délirer'과는 무관하다. 오히려 이 소네트에서는 '신성한 영감'이 마련하는 긍정적 의미의 상상과 연관된다. 그리스어 'phantasia'에서 파생된 'fantasie'는 16세기에는 두 가지 조건에서만 "상상 imagination"과 연관될 수 있었다. 'phantasie'는 존재하지 않는 것을 만들어내는 것을 가리키지 않는다. 그것은 일종의 인식행위와 관련이 있다. 『영혼에 관하여 *De anima*』 3권 3장의 아리스토텔레스에 따르면 모든 인식은 감각을 통해 지성에 전해진다. 안다는 행위는 감각, 상상, 사고의 세 과정을 거친다. 인식하기 위해서라면 이 과정의 어느 하나도 건너뛸 수 없다. 따라서 천상의 아름다움들을 관찰하는 드니조는 아름다움들이 시선을 벗어날지라도, 내면에 그것들의 '이미지'를 간직하고 그것을 기억 안에 그려 넣은 후, 필요할 때마다 기억의 장소에서 하나씩 끄집어내는 작업을 수행한다. 바로 이 내면의 이미지가 그림을 그리도록 만드는 힘이 된다. 이미지는 그가 바라본 것의 단순한 '반영 reflet' 이상인 것이다. 이 덕분에 드니조는 여러 아름다움을 관찰했지만, 결국엔 단 하나의 아름다움만을 그리게 될 수 있다. 게다가 시적 화자의 눈물에 물감을 적시라는 요구는 감동이 없다면 아름다움도 없다는 점을 환기시킨다. 화가에게는 "수많은 꽃들 mille fleurs"과 같은 수사적 문체가 필요하다. 연설가가 대중을 감동시키려고 애쓰는 것처럼, 화가 역시 자기에게 그림을 주문한 자의 감동을 반영해야 한다. 이 지점에서 예술은 경험을 벗어난다. 예술의 언어는 경험의 언어가 아니다. 드니조는 천상의 아름다움들을 보았지만, 그가 자신의 기억에 담아온 것은 그것들 하나하나가 모여 응집해놓은 단 하나의 아름다움뿐이다. 경험의 언어는 감각과 기억 그리고 상상이라는 예술의 단계를 거치고, 그가 그린 카상드르는 수많은 관찰 덕분에 새로운 생명력을 얻게 된 상상의 산물이 된다. 이 점에서 이 작품은 상상의 힘에 대한 찬사로도 읽힐 수 있다.

2행 비상을 방해하는 요소로서의 바람, 즉 자연의 운동이다.

3행 2인칭 복수형용사 "네 tes"의 사용은 화가이자 시인인 드니조와의 친근성을 암시한다. 드니조의 그림이 현재까지 남아 있는 것은 없지만, 1552년『사랑시집』에 실린 카상드르의 초상을 그의 작품으로 보는 것이 일반적인 견해이다. 드니조는「소네트 IX」에 등장한 바 있다.

4행 수직적인 비상의 이미지가 사용된다. 이것은 자연의 일상적 운동에 대항하는 예술의 초월적 운동성을 암시한다. 예술활동의 궁극적 목적은 미지의 신비에 도달하는 데 있다. 이 점은 원문에서 1행의 "활짝 ample"과 4행의 "신전 temple"이 운을 이루며 회화의 신성함을 의미하는 것에서도 발견된다.

5행「소네트 CXXXIII」에서 아르고스는 시적 화자와 여인의 접촉을 방해하는 이성적 행위의 상징이었다.

7행 "내 여인 ma Dame"은 5행의 원문 "Là, d'oeil d'Argus leurs deitez contemple"에서 "신성함 deitez"이 한가운데 위치한 것처럼 시행의 중간을 차지하면서 여인의 성스러움을 강조한다.

8행 '가장 아름다운 신들을 따라 모델 하나를 상상하시오'의 의미이다.

9행 아름다움의 여러 모델에서 단 하나의 모델로, 그리고 다시 "수많은 꽃들"의 복수로 시적 화자의 발언이 이동하는 과정을 볼 수 있다. 카상드르의 초상은 복수에서 단수 그리고 복수의 과정을 거친 후에야 완성된다. 이것은 복수에서 단수로 이동하는 신플라톤주의와는 차이를 보인다.

11행 여인의 아름다움으로 인해 "흘러내리는 ruer" 눈물은 마지막 행의 "목숨 앗아가다 tuer"와 운을 이루면서 시적 화자의 목숨을 빼앗는 기능을 담당한다.

13행 "주인 patron"은 천상에서 달아나 지상에 온 성스러운 여인 카상드르를 가리킨다.

14행 "내 목숨 앗아가는 저 아름다움 la beauté qui me tue"은 르네상스 사랑시에서 자주 발견되는 상투적 표현 가운데 하나이다. 이 표현은 아름다움을 그리는 예술이 인간성을 초월한다는 것을 내포한다. 진정한 아름다움은 초월적이기에 인간의 이성 밖에 위치한다. 시적 화자가 추구하는 아름다움은 인간의 한계를 벗어나 있다.

4연 시적 화자는 바람의 무게와 장애를 극복하고 천상으로 상승하는 드니조의 모습을 그린다. 그 천상은 5행에서 보듯이 일종의 명상의 장소이다. 이런 상승은 드니조라는 화가의 영웅적인 행위를 드러낸다. 그가 천상에 오르는 것은 완벽한 아름다움이 지상에 존재하지 않기 때문이다. 그런데 드니조는 천상을 탐험한 이후에 작품을 구상한다. 천상에서 그는 시선의 힘을 통해 신성한 아름다움들을 관찰하지만, 그가 작품을 수행하는 장소는 지상이다. 지상에 머문 시적 화자의 눈물을 섞어 물감을 만든다는 표현이 그 증거가 된다. 그런데 아르고스의 눈으로 "그들의 신성함을 응시하시오"라는 시행은 모순이다. 아르고스는 관찰이 아니라 감시의 전문가이다. 따라서 드니조의 시선에는 일종의 격함이 있다. 왜냐하면 13행에서 드니조는 아름다움을 '훔쳐오기' 때문이다. 여기에서 아름다움이란 천상의 선물이 아니라 일종의 '정복'이고 '훔치기'라는 롱사르의 관점이 드러난다. 게다가 아름다움은 그려진 것이기에 허구에 해당한다. 시적 화자가 사랑에서 얻고자 하는 기쁨은 허구적 대상을 통해서만 가능하다. 그가 문학적 혹은 예술적 환경 안에서 사랑의 기쁨을 얻고자 한다는 점에서 아름다움은 사랑의 글쓰기를 촉진시키고 작동시키는 힘과 다르지 않다.

CXXXIX

「소네트 CXXXVII」과 「소네트 CXXXVIII」처럼 지상의 테마와 관련된 작품이다. 날아오르지 못하는 한 마리 새인 시적 화자는 지상의 가치에 집착한다. 왕실의 고귀함을 상징하는 성들 중 하나인 블루아성이 언급되는 이유가 여기에 있다. 특히 큐피드가 천상에 오르지 않고 루아르 강물에 미역을 감는 것에서 상승에 대한 희망을 그는 갖지 않는다. 금발고수머리를 루아르강에 감으며 블루아성을 영원한 보금자리로 만드는 큐피드를 통해 시적 화자는 지상의 가치 역시 숭고하다는 것을 암시한다. 지상의 궁전은 사랑이 머무는 가장 고귀한 장소이다.

8행 "그 기억 또다시 나를 타오르게 만든다 Dont la memoire encores me r'enflame"는 표현은 기억의 지속성에 대한 언급이다. 시적 화자의 과거의 기억은 현재에도 사라지지 않으며, 14행의 기원문 형식에서 알 수 있듯이 미래에도 지속될 것이다.

CXL

롱사르는 1546년에 아리오스토가 발간한 『시집 *Le Rime*』에 수록된 소네트 「행복하리라, 달콤한 땅에서 태어난 그 별은 Felice stella, sotto ch'il sol nacque」에서 두운반복법, 과장법, 비유법, 소재 등을 모방하였다. 작품의 유사성을 고려하면 롱사르가 아리오스토의 작품을 옆에 두고 시를 썼을 것이라 추측할 수 있을 정도이다. 그런데 작품은 마로가 쓴 「아름다운 젖꼭지의 블라종」의 마지막 4행 "처녀의 젖꼭지를 완숙하고 아름다운 여인의 젖꼭지로 만들며 / 젖으로 너를 가득 채울 그이는 / 행복할 것이라고 사람들은 당연히 말할 것이다. A bon droict heureux on dira / Celluy qui de laict t'emplira, / Faisant d'un tetin de pucelle / Tetin de femme entiere et belle"도 모방하였다. 롱사르는 혼종모방을 통해 육체적 결합에 대한 구체적 욕망을 드러낸다. 물질의 구체성에 대한 그의 관심은 "요람 le bers", "젖 le laict", "부모 parens" 등과 같이 아리오스토에게서는 발견할 수 없는 표현들을 사용한 데에서도 찾을 수 있다. 특히 마지막 연은 세련된 정신적 사랑과 외설적인 육체적 사랑을 모두 추구한 롱사르의 일면을 보여준다. 총체적인 사랑의 추구자인 그가 블루아라는 구체적인 지명을 언급하며 지상에서 만난 천상의 불길을 노래한 「소네트 CXXXIX」 뒤에 작품을 놓은 이유가 이것으로 설명된다. 완벽한 사랑에 대한 욕구는 뒤이은 「소네트 CXLI」에서 사랑이 '완벽한 원'이 되기를 바라는 욕망으로 전개될 것이다.

4연 과거시제가 사용된 1-3연과 달리 4연의 시제가 미래라는 점에서 여인과 관련된 모든 것의 행복이 지속되기를 바라는 시적 화자의 태도를 살필 수 있다. 그것은 자신의 행복이 영원하게 되기를 바라는 것과 다르지 않다.

CXLI

동쪽 하늘에 떠오르는 별은 인간의 행복과 불행을 예언하는 역할을 한다고 당시 천문학자들은 믿었다. 시적 화자는 자신의 탄생 좌가 하늘이 아니라 자신에게 복종만을 요구할 독재자와 다름없는 여인의 눈 안에 있다고 말한다. 탄생을 언급함으로써 「소네트 CXL」 뒤에 위치할 이유를 얻은 이 작품에서 시적 화자의 인생여정은 운명의 별을 담고 있는 여인의 눈에 달려 있다. 따라서 여인은 별이 떠오르는 동방의 예언자인 카산드라를 연상시킨다. 카산드라의 예언처럼 카상드르의 눈은 시적 화자의 운명을 결정한다. 따라서 사랑이 완전한 원의 모양을 지닌다는 언급이나 각자 서로의 안에 존재한다는 발언은 정당성을 얻는다. 카상드르 안에 시적 화자가 있고, 그를 가리키는 것은 카상드르를 가리키는 것과 같다. 그런데 그의 죽음은 여인의 죽음이기도 하다. 이제 여인은 시적 화자를 살게 하며 자기 생명의 보장을 받아야 하는 운명을 얻게 되었다. 3연에서 "그대는 홀로 tu es seule"라는 표현이 의미하는 바가 바로 이것이다. 시적 화자 안에는 오직 여인만이 있을 뿐이기 때문이다.

1행 "떠오르는 별 L'astre ascendant"은 롱사르의 작품에서 자주 등장하는 새, 태양, 산 등의 비상의 이미지와 연관된다. 그런데 「소네트 CXXIII」에서 상승의 이미지는 인도와 같은 풍요로운 동쪽 지방을 환기하였다. 그러므로 르네상스 시인들이 자주 사용한 이런 이미지는 상승의 욕구와 양적 풍부함에 대한 욕망의 비유가 된다.

2행 "제 시선 son regard"은 별의 밝은 빛을 가리킨다.

14행 플리니우스의 『자연사』(10권 74장)에 따르면 돌고래는 육지에 오르자마자 죽게 되는 바다생물이다.

11-14행 원문 11행의 "원 ronde"과 14행의 "물살 onde"의 각운은 유연하고 풍요로운 대양의 성질이 사랑의 원 안에 있다는 것을 환기시킨다. 바다의 여성성을 자기 사랑에 부여하는 태도에서 시적 화자의 남성적 정체성 안에 여성의 정체성이 내재되어 있음을 알 수 있다. 이 점은 3연에서 나와 그녀가 서로의 안에 머물고 있다는 발언과 밀접한 관련을 가진다. 시적 화자의 '나'와 '타자' 사이에 간극이 존재하지 않는다. 그의 '나'는 '타자'를 비춘다.

CXLII

작품은 트로이아에 대한 암시 그리고 운명에 대한 언급으로 인해 앞의 소네트와 밀접하게 연결된다. 시적 화자는 여인으로 인해 삶과 죽음을 영원히 경험하게 되리라는 불안한 운명을 노래한다. 그는 고통이 지속되고 강화될 미래에 대한 불안감에 싸여 있다. 마지막 시행에서 그가 운명의 신을 원망하는 것은 고조되어온 불안의 극단에 그가 이르렀다는 암시가 된다. 시적 화자의 불안감은 뒤이은「소네트 CXLIII」편에서도 다루어질 것이다.

1연 여인의 시선이 뿜어내는 빛의 날카로움을 노래한다. 1행과 4행의 "검은"과 "갈색"의 원문인 분사형 "noircissant"과 "brunissant"을 번역하기는 힘들다. 여인의 아름다움과 연관된 검정색과 갈색의 색채가 더욱 진해져 간다는 것은 그만큼 시적 화자의 삶이 여인에게 점점 더 종속되어간다는 것을 제시한다.

2연 5행의 "죽어가게 perissant"와 운을 이룬 8행의 "아물어가게 guarissant"의 분사형은 여인의 잔인한 속성이 사라지지 않을 것이며, 이로 인해 시적 화자의 죽음과 삶이 영원히 반복될 것을 암시한다.

3연 미시아 Mysia는 고대 소아시아 또는 아나톨리아의 북서부에 위치했다. 호메로스에 따르면 미시아를 트로이아로 오인한 그리스 함대는 이곳을 정복하기 위해 아킬레우스를 보내 미시아의 왕 텔레푸스에게 부상을 입혀 항복을 얻어냈다. 텔레푸스의 상처는 팔 년간 아물지 않았다. 자신에게 상처를 입힌 자가 상처를 치유해줄 것이라는 아폴론의 신탁에 따라 텔레푸스는 상처를 봉해줄 것을 아킬레우스에게 간청하였고, 이에 아킬레우스는 그에게 부상을 입혔던 펠리온 산의 물푸레나무로 만든 창에 서린 녹으로 그의 상처를 봉합해주었다. 아킬레우스의 창은 케이론이 아버지 펠레우스의 결혼 선물로 준 것이었으며, 펠레우스와 아킬레우스 외에는 트로이아 전쟁에 참여한 그리스군 내에서는 쓸 수 있는 자가 없었다.

12행 부사 "그렇게 ainsi"의 사용에서 파르카이에 대한 그의 원망이 죽음과 삶의 반복을 피해갈 수 없다는 뚜렷한 인식에서 나온 것임을 알 수 있다.

CXLIII

찬양을 소재로 삼은 작품에서 자주 발견되는 수사법 'adynaton'이 사용된 소네트이다. 작품 안에서 구체성과 추상성의 비유가 반복적으로 결합되는 것에서 알 수 있듯이, 이 문채는 비현실적인 어휘의 결합을 통해 대상을 과장하기 위해 사용된다. 여인은 천상과 지상을 모두 매혹시키는 육체의 매력과 목소리의 마력을 지닌 존재로 칭송된다.

1연 여인의 육체를 물질에 비유하며 아름다움을 칭송하는 시적 화자의 영혼은 매혹당한 자로서의 불안정함을 띤다. 미소에 1행을 할애한 반면 치아에 대해서는 3행을 할애한 것, 그리고 치아가 성벽과 다이아몬드라는 두 사물에 비유된 것은 그가 매우 불안정한 흥분상태에 빠져 있다는 암시를 위해 의도된 것이다.

8행 "경이로움 la merveille"이라는 추상명사는 여인의 아름다움이 지상에 속하지 않음을 말하는 것 같지만, 여인의 육체를 지상의 사물에 비유했다는 점에서 추상성과 구체성을 결합하는 시적 화자를 발견할 수 있다.

2연 "두 개의 별 deux astres"은 눈, "두 개의 하늘 deux cieux"은 눈썹을 가리킨다. 시적 화자는 여인의 육체에서 '말'로 이동한 후, 다시 여인의 얼굴로 시선을 돌린다. 물질에서 추상 그리고 다시 물질에 여인을 비유하는 것은 그가 그만큼 여인의 아름다움에 도취되었기 때문이다. 이것은 1행에서 7행까지 1인칭이 사용되지 않은 것으로도 증명된다. 8행에서 사용된 1인칭은 여인을 가리키는 소유형용사일 뿐이다.

3연 원문에서 9행의 여인의 "봄 printemps"이 "언제나 en tous temps"의 '시간 temps'과 운을 이루는 것에서 시간에서 자유로운 여인을 볼 수 있다. 시간의 위협을 알지 못하고 영원한 봄을 누리는 그녀의 아름다움은 "하늘 le ciel"을 거처로 삼는다. 그러나 11행의 "향으로 가득 채우리라 Embasmeroit"의 조건법은 최고의 숭배와는 어울리지 않는다. 조건법이 아닌 미래형을 사용했어야 한다. 이것은 1-2연에서 암시된 것처럼 그녀와 자연물을 연계하고, 9행에서 여인의 향기를 "아름다운 정원 beau jardin" 안에 위치시키는 것과 연관되어 해석될 수 있다. 추상성과 구체성이 여인을 중심으로 결합하며 이것은 4연에서 하강과 상승의 운동을 언급하는 데 이르게 된다.

4연 여인의 목소리가 지닌 마법적 기능에 대한 암시이다. 그녀의 매혹적인 목소리가 자연을 변하게 만든다면, 그것은 목소리로 인해 천상과 지상이 서로 밀접하게 연계되기 때문이다. 8행에서 "경이로움"이라는 표현을 사용한 이유이기도 하다.

CXLIV

1587년 롱사르의 사후 작품집에서 최종 삭제된 소네트이다. 천사의 모습을 한 여인이 초원의 시적 화자를 사로잡는다는 설정은 페트라르카의 『칸초니에레』 「작품 CVI」 1-6행을 모방한 것이다. 이탈리아 시인의 작품 속 배경은 "시원한 강변 la fresca riva"이었다. 자연 속의 여인을 등장시킨 「소네트 CXLIII」의 뒤에 작품을 위치시킨 이유가 된다.

3행 번역문의 "그녀"는 원문의 관계사 "Qui"를 옮긴 것이다.

6행 페트라르카는 『칸초니에레』의 「작품 XXXVII」 81행에서 "땋아 올린 황금 머리 Le terccie d'òr"라는 표현을 사용한 바 있다.

2연 설명할 수 없는 아름다움을 여인이 지닌 것과 마찬가지로 시적 화자는 그런 여인의 방문을 받을 만한 특별한 존재라는 암시도 읽을 수 있다.

14행 번역문의 "그녀"는 원문 14행의 첫머리에 놓인 관계사 "Qui"를 옮긴 것이다.

4연 원문의 작품 안에 뿌려진 관계사 "qui", "que", "quel"과 접속사 "si" 그리고 두 문장으로 분할된 13행은 여인의 매력이 지닌 날카로움과 이성의 혼란을 청각과 시각으로 드러낸다. 그런데 시적 화자의 정신이 그의 말대로 이성을 상실한 상태에 머물고 있다고 믿기는 힘들다. 그는 여인이 천사였음을 확인하고, 천사와의 관능적 만남과 매혹당할 수밖에 없는 운명을 자기 "이성"에게 전달하는 명료한 의식을 지니고 있기 때문이다. 분별력을 앗아가는 초월성 앞에서 이성을 빼앗기지 않으려는 시적 화자의 불안감이 표현되고 있는 것으로 볼 수 있다.

CXLV

1567년에 작성되어 1569년 『시집 제7권』에서 처음 소개되고 1571년 마리에게 바친 『사랑시집 제2권』으로 이동한 후, 1578년부터 카상드르에게 바친 『사랑시집 제1권』에 수록된 작품이다. 따라서 롱사르는 이 작품을 카상드르만을 위해 작성하지는 않았다. 오히려 보편적인 사랑의 감정을 그가 노래한다고 볼 수 있다. 작품의 논리적 진행은 흥미롭다. 1연은 시적 화자의 상황을 다루고, 2연은 사과와 관련된 신화적 인물을 소개하며, 3연에서는 사랑에 대한 단언적 언급이 이루어지고, 4연에서는 사랑에 대한 인간전체의 운명이 언급된다. 개인에서 출발하여 신화를 거쳐 인간의 사랑을 정의하는 이런 방식은 개인적 경험을 보편적 경험으로 확장하려는 의도에 기인한다. 이와 같은 글쓰기 방식은 뒤이은 「소네트 CXLVI」에서 독자의 관심을 작품 안으로 끌어들이는 직접화법의 사용으로 이어질 것이다.

2행 "그곳 lieu"은 여인을 만난 구체적이지 않은 장소 혹은 여인과 관련된 장소를 가리킨다.

3행 원문 4행의 "mal"을 옮긴 "고통"은 보편적인 인간이라면 갖게 될 사랑의 감정을 가리킨다.

4행 "황금오렌지 L'orenge d'or"는 관능과 우아의 여신 카리테스 그리고 큐피드에게 바쳐진 과일이다. 오렌지의 황금색은 정신활동을 고양시키는 역할을 하고, 부의 상징이기도 하다. 오렌지의 이런 긍정적인 속성에도 불구하고 시적 화자의 머리는 무겁다. 의미상의 모순어법이 사용된다.

6행 이포메네스와 아탈란테 신화에 대한 암시이다. 이포메네스는 아탈란테와 달리기시합에 나서게 되었는데, 아탈란테가 자기를 앞설 것 같으면 그는 아프로디테로부터 받은 사과를 던져 사과를 줍게 만들면서 승리를 거두었다. 그러나 이포메네스는 아프로디테에게 감사의 뜻을 전하는 것을 잊었다. 분노한 아프로디테는 이포메네스를 욕정에 사로잡히게 만들어 결국 키벨레 신전에서 아탈란테와 결합시킨다. 이에 역시 분노한 키벨레는 두 사람을 사자로 둔갑시켜 자기 수레를 끌게 만들었다.

8행 아르테미스 축제 때 델로스를 여행한 아콘티오스는 "키디페 Cydippé"에게 반하여 사과를 따서 그녀와 혼인을 하겠다는 맹세를 새긴다. 그러고는 사과를 아르테미스 신전에 있는 그녀의 발밑에 굴러가게 만들었다. 키디페는 영문도 모르고 굴러온 사과를 주워 거기에 새겨진 맹세를 읽게 되었는데, 신전에서 이런 행위를 하는 것은 신을 증인으로 삼는다는 것을 의미했다. 축제가 끝난 후 아콘티오스는 고향인 케오스로, 키디페는 아테네로 각자 돌아갔다. 그곳에서 키디페는 귀족과 혼인을 맺을 준비를 하였다. 이 소식을 들은 아콘티오스는 아테네로 달려가고, 혼인을 앞둔 키디페는 병에 걸려 시름시름 앓게 된다. 그녀의 건강을 염려한 아콘티오스는 아테네 사람들에게 자신이 키디페를 사랑한다는 소식을 퍼트린다. 병세가 악화되자 크게 걱정한 키디페의 부친은 델포스의 신탁에 그녀의 운명을 문의하게 되고, 여기에서 아콘티오스의 맹세를 키디페가 신전에서 읽었다는 사실을 알게 된다. 신을 증인으로 삼은 운명을 거부할 수 없었기에 그는 아콘티오스와 키디페의 손을 맺게 해주었다.

2연 시적 화자는 황금오렌지와 사과를 받을 수밖에 없었던 자기 상황을 이 과일 때문에 고통을 경험하지 않을 수 없었던 신화적 인물들과 연계시킨다. 흥미로운 것은 신화의 인물들이 모두 여성이라는 점이다. 그들은 모두 과일을 악용한 남성들에 의해 고통을 겪었다. 롱사르는 시적 화자를 마치 여성인 것처럼 소개한다.

11행 비너스의 둥근 가슴을 사과에 비유한다.

CXLVI

시적 화자는 여인을 납치한 연적이 등장하여 자신의 목숨을 앗아가는 무서운 꿈에 대해 이야기한다. 몇몇 이미지들은 마룰루스 Marulle의 『에피그램 *Epigrammes*』 제4권 20편에서 빌려왔다. 마룰루스는 "아름다운 불길 한복판 Au beau milieu des flammes"에 떨어지는 꿈을 꾸었다. 반면에 롱사르의 작품에서 악몽을 꾸는 자는 시적 화자이며, 그의 목숨을 앗아간 자는 도적이다. 「소네트 XX」에서 꿈이 여인과의 육체적 결합을 허용하는 상상의 공간이었다면, 여기에서의 꿈은 고통을 안겨주는 시간의 역할을 맡는다. 12행의 "보고야 말았으니 me suis veu"의 표현에서처럼 꿈은 시적 화자가 자신의 죽음을 목격하는 공간이 된다. 여기에서 그의 꿈은 나르키소스의 샘물 역할을 수행한다. 1행에서는 공포를 씻기 위해 달려간 곳이 샘이었지만, 악몽의 경험을 반영하는 꿈이 샘의 기능을 맡는다는 점에서 그는 고통과 죽음을 피할 수 없다. 꿈은 그의 죽음을 반복하게 만든다.

1행 1연의 원문은 다음과 같다.

Tout effroyé je cherche une fonteine
Pour expier un horrible songer,
Qui toute nuict ne m'a faict que ronger
L'ame effroyée au travail de ma peine.

초판본의 "epouvanté"는 이후 판본에서 "온통 두려움에 떨며 Tout effroyé"로 퇴고되었다. 이것은 번역문의 4행에 해당하는 원문 2행의 "씻어내다 expier"

와 내적 운을 맞추기 위해서이다. [e]의 폐쇄적 단음과 유음 [r]의 결합은 시적 화자의 떨고 있는 모습을 음성적으로 재현해낸다. 게다가 "샘물 fonteine"의 [f]는 샘물의 흔들거림뿐만 아니라 몸을 떠는 시적 화자를 연상시킨다. 공포에 사로잡힌 상태는 원문 1행과 4행에서 반복되는 "effroyé"와 원문 2행의 "무시무시한 horrible"의 내적 운으로도 환기된다. 샘물에 몸을 씻는 것은 악몽을 떨쳐내기 위해 연못이나 바다에서 목욕을 한 신화적 인물들을 상기시킨다. 한 예로 키르케는 간밤에 자신을 떨게 만든 꿈에서 벗어나기 위해 바닷물에 머리를 감았다.

5행 "다정한 douce"이라는 표현은 시적 화자에게 적극적으로 말을 거는 여인의 태도 때문에 사용된 것으로 보인다.

7행 초판본의 "Auquel par force"의 "auquel"은 이후 판본의 "강제로 A toute force"의 전치사 "à"에 비해 한 음절이 길다. 두 음절은 단속적인 단음이 반복되며 위기에 빠진 상황을 극대화하려는 시 전체의 분위기와 어울리지 못한다. 반면에 단음의 전치사 "à"의 사용은 원문 3행의 관계사 "qui", 11행의 "그러나 Mais" 그리고 13행과 14행의 "그놈 Qui"과 "나를 M'a"의 단음과 조화를 이루며 급박한 위기상황을 심화시킨다. 이와 같이 음성적 효과를 지향하는 글쓰기는 하나의 문장으로 구성된 11-14행을 연으로 나눔으로써, 달려가는 도중에 갑작스레 죽음을 맞이하게 되는 시적 화자의 비극적인 운명을 시각화한다. 시의 의미와 형식을 일치시키는 롱사르의 글쓰기방식이 발견된다.

2연 직접화법 구문은 유괴의 장면, 위험에 빠진 여인의 상황을 생생하게 전달하려는 의도에서 사용된다. 직접화법 구문이 온전히 세 개의 행에 걸쳐 이루어지지 못하고, 행위동사 "소리치다 crier" 이후에 놓이게 된 것은 이 동사가 암시하듯 불안하고 긴박한 위험의 상황을 시각적으로 재현하기 위해서이다.

10행 "가로질러 갔다 brosser"는 숲을 향해 막무가내로 달려가는 말과 관련된 사냥용어이다.

11행 달아나는 여인의 모습과 그녀를 쫓는 시적 화자는 아르테미스를 쫓은 악타이온 신화를 상기한다. 악타이온 신화는 아름다움에 호기심을 가진 인간의 희생에 대한 암시이다.

12행 "그 도적"은 원문의 "Du larron mesme"를 옮긴 것이다. "mesme"의 표현에서 도적이 시적 화자 자신이 아닌지 의심할 수 있다. 이것은 시적 화자가 꿈에서 스스로를 도적으로 인식하고 자신을 제 칼로 찌르는 그런 꿈을 꾸도록 여인이 시적 화자의 영혼을 빼앗았다는 해석을 낳을 수도 있다. 구원을 요청하는 여인이 그의 죽음을 불러온 자이고, 여인을 구하러 간 그가 스스로의 죽음을 자초한다는 점에서 여인과 시적 화자는 이중적 속성을 지녔다.

노래

평탄운의 7음절 6행시의 궁정풍 운율을 지닌 「노래」가 1552년 『사랑시집』에 수록된 것에서 시와 음악을 결합시키려는 시인의 의도를 알 수 있다. 1550년에 간행된 『오드시집』에서 남 · 여성운을 교차시키며 시의 음악성을 구현했던 롱사르는 『사랑시집』에 수록된 소네트들 역시 음악과 밀접한 관련이 있다는 점을 「노래」를 통해 제시한다. 형식에 걸맞게 작품의 의미 역시 죽음의 순간까지 한결같은 마음을 지켜낼 것을 약속하는 시적 화자의 고귀한 "충절 loyauté"을 다룬다.

25행 "환대 bel accueil"는 『장미이야기』에서 영향을 받은 흔적이다. 「소네트 CLXIX」에서 다시 등장한다.

27행 페트라르카의 『칸초니에레』 「작품 XXXVII」편 35-36행의 "내 여린 생각의 열쇠 le chiavi de' miei dolci pensier"를 모방했다.

40행 "그것"은 시적 화자의 심장을 가리킨다.

8연 이 시절은 당시 궁정인들이 즐겨 탐독한 아리오스토의 『광란의 롤랑』 제44장을 모방하였다. 특히 바위의 이미지는 같은 장의 시절 61, 모든 유혹의 거부는 시절 64를 따른다.

11연 시적 화자는 헌신적인 사랑을 맹세한다.

72행 「소네트 XXVI」의 7행에서 시적 화자는 자신을 "금발여인의 시종"으로 자처한 바 있다.

CXLVII

아리스토텔레스에 따르면 눈은 물질보다는 물질의 이미지를 받아들여 그것을 연마하는 '대장간'이다. 작품에서는 지상을 벌하려는 주피테르의 벼락을 만드는 불카누스 대장간의 분주함과 비와 우박으로 혼돈스러워진 지상에 여인의 시선이 평화를 가져다주는 모습이 그려진다. 시적 화자는 주피테르의 분노를 진정시킬 여인의 고요한 시선을 자기 눈에 담아 '담금질 forger'한다. 여인이 제 시선으로 비와 우박의 혼돈을 흡수하여 무력화한 것처럼, 시적 화자의 시선은 여인의 신성한 행위를 '흡수'하여 간직한다. 따라서 작품은 여인의 시선이 지닌 위대함을 찬양하면서도 그 행위를 담아내는 시적 화자의 눈이 지닌 힘 역시 찬양의 대상으로 삼는다. 시적 화자에게는 질서가 자리하는 순간과 과정을 담아낼 수 있는 역량이 있다.

1연 "터져버린 crevé"과 "때려대다 frapper"의 파열음은 천상과 지상의 질서가 파괴되는 장면을 청각적으로 묘사한다. 온 대지가 비규칙적인 운동으로 가득하다. 3행의 "가느다란 우박으로 터져버린 대기 l'air crevé, d'une gresle menue"의 이전 판본에는 "crevé" 뒤에 쉼표가 생략되었지만, 1584년 판본에 첨가되며 불완전하게 움직이며 떨어지는 우박의 모습을 시각적으로 제시한다.

6행 '불카누스는 대장간에서 주피테르의 벼락을 서둘러서 만들었다'라는 의미이다.

9행 1인칭 소유형용사 "나의 ma"의 사용은 "예쁜 님프 Nymphette"로 비유된 여인에 대한 친근함을 표현한다.

10행 시간적 배경은 봄이다. 봄을 맞이한 카상드르의 따스한 시선은 천둥치는 하늘을 진정시키고, 유성들을 만들어내면서 대기를 카오스의 상태로 만든 주피테르와 키클롭스의 시선을 가라앉힌다. 혼돈이 사라지고 온 공간이 진정을 찾는다. 여인의 빛은 마치 태초의 빛인 양 세상에 질서를 부여하며 평화의 정착이 가능하게 해준다. 이 여인은 시적 화자에게 고통과 기쁨을 주었던 여인과는 다르다.

4연 주피테르의 벼락을 무력하게 만드는 신성한 능력을 가진 여인을 시적 화자는 제 시선에 담아둔다.

CXLVIII

시적 화자에게는 추락의 운명을 맞이한 이카로스와 달리 여인의 단단한 마음을 깨뜨릴 수 있다는 확신이 있다. 그리고 이카로스의 불행한 운명을 수용하기보다는 새로운 이카로스로 태어나기를 희망한다. 여기에서 10행의 "내 날개들 mes plumes"이란 표현이 굳이 사용된 이유가 설명될 수 있다. "plumes"은 시인의 펜을 가리키기도 한다. 따라서 시적 화자에게는 비상하지 못하는 부서진 운명에 '펜' 혹은 '노래'로 맞서려는 결의가 있다. "내 날개들"은 패배한 자의 모습을 사랑을 추적하는 자의 열의로 바꾸는 과정을 노래할 것이라는 암시이다. 이카로스 신화는「소네트 CLXXII」와「소네트 CLXXII」에서도 다루어질 것이다.

4행 원문에서는 3행이었던 "꿋꿋이 머무르는 d'un ferme sejour"의 이전 판본은 "d'un stable sejour"였다. "안정된 stable"에 비해 "꿋꿋한 ferme"이라는 표현은 여인의 시선을 다시는 보지 못할 것이라는 불안을 담아낸다. 여기에서 밤은 여인과의 합체를 허용하기보다는 빛을 상실한 공포의 시간이다.

8행 작품에서의 백조는 날개에 구멍이 나서 날아오르지 못하는 새, 피 묻은 날개를 지닐 운명의 새, 비상하지 못하는 새이다. 이카로스를 상기시킨다. 날개의 상처는 9행이 암시하듯 빛에 의해 만들어졌다.

3연 시적 화자는 죽음의 운명을 무력하게 수용하지 않는다. 빛으로 가득 찬 천상의 공간에 붉은 피를 뿌리면서 그는 인내한 사랑의 흔적을 남겨놓길 바란다. 그는 이카로스의 운명에서 무모함을 선망한다. 시적 화자의 이카로스는 허영심이 아니라 불가능을 시도하는 욕망을 지닌 자이다.

CXLIX

시적 화자의 당당한 어조는 여인에게 사랑을 호소하는 자로서의 태도에 어울리지 않는다. 그가 이런 어조를 유지하는 것은 여인의 당당한 오만함에 걸맞은 자신을 드러내기 위한 것으로 보인다. 여인의 사랑을 얻는 것은 신성함과 어깨를 견줄 자격을 지닌 자기 위상을 보장할 수 있다. 이런 의도를 위해 시적 화자는 1연에서 자신을 주피테르의 딸과 연관시키고, 2연에서는 스스로를 포이닉스에 빗댈 수 있었다. 그가 할 사랑의 간청은 포이닉스의 운명처럼 소멸하지 않을 것이다.

1행 "부서지다"는 "irriter"를 옮긴 것으로 '헛되이 만들다 rendre vain' 혹은 '깨뜨리다 casser'의 뜻을 지닌다.

4행 호메로스의 『일리아드』 9권에 등장하는 포이닉스는 '간청들'이 주피테르의 딸들이라고 말한 바 있다.

10행 "마음"은 원문의 "courage"를 옮긴 것으로 영혼과 정신의 상태를 가리킨다. 시적 화자는 여인에게 그녀의 마음과 정신을 진정성을 담고 있는 제 눈물에 적실 것을 권유한다. 여인이 눈물을 받아들인다는 것은 시적 화자의 사랑을 받아들이고, 그의 고통에 연민을 베푸는 행위가 된다. 그러나 그의 고통을 초래한 것이 여인의 냉정함이었기 때문에 그것은 불가능하다. 따라서 그녀에게 거만과 냉정을 버릴 것을 요구하는 것은 그녀의 정체성을 버리라고 명령하는 것과 다르지 않다. 게다가 그녀가 이 정체성을 저버린다면, 시적 화자의 눈물 역시 가치를 상실할 수밖에 없다. 정체성을 상실한 여인은 시적 화자가 부를 노래의 대상이 될 자격을 잃어버리기 때문이다. 시적 화자의 요구를 여인이 받아들일 수는 없다.

4연 세상에는 언제나 일관된 것이 없다는 관점을 드러낸다. 이것을 강조하기 위해 "언제나 tousjours"라는 표현이 부정부사와 연결되어 반복 사용되었다.

실바누스와 편력기사이기를 희망하는 시적 화자의 발언은 꿈 안에서 이루어진다. 운명이 남겨놓은 현실과 욕망 사이의 빈 간극을 메우기 위해 그는 꿈속에서 변신을 희망한다. 그에게 꿈은 욕망의 표출을 허용하는 공간이며, 그 안에서 그는 제 욕망이 지향하는 바를 분명히 드러낼 수 있다.

4행 “느긋한 고통 oisive langueur”은 빨리 사라지지 않는 고통을 가리킨다.

1연 시적 화자와 자연은 서로 불화한다. 그는 자연과 동화되지 못하는 존재이다.

7행 실바누스는 숲속의 정령이다. 시적 화자는 가슴에 뜨거운 열정을 지녔지만 자연과 어울리지 못하는 불행한 숲의 정령에 자신을 빗댄다. 그가 찾는 님프는 자연 안에 없다. 그럼에도 불구하고 그는 님프에 대한 열정을 위해 지금까지와는 다른 새로운 존재, 새로운 실바누스로 태어나서 봄날의 따스함과 화려함을 피해 어둡고 서늘한 공간을 찾아야만 한다. 새로운 신화적 인물의 탄생은 이런 불행에 의해서만 가능하다.

8행 자신의 안타까운 운명을 한탄하기 위해 시적 화자는 “진정시켜야 하리라 j’alenterois”와 같은 조건법 현재 동사를 사용한다.

3-4연 자신을 편력기사로 태어나지 못하게 한 신들에 대한 그의 원망이 두 연에 걸쳐 표현된다. 3연에서 시적 화자는 중세의 편력기사에 대한 부러움을 드러냈다. 편력기사는 세상의 질투와 시기에서 자유로운 자이지만, 현재의 그는 자연 안에서 자연과 어울리지 못하고 버림받은 채 있다. 그렇지만 자신에게 등을 돌리는 자연이라는 공간에 그는 못 박혀 떠나지 못한다. 실바누스로서의 운명을 스스로 찾았기 때문이다. 이와 달리 편력기사는 떠돌이의 운명을 따르는

자이지만, 그에게는 언제나 사랑이 허락된다. 세상으로부터 버림받았을지라도 그에게는 육체적 그리고 정신적으로 소통이 가능한 여인이 언제나 옆에 있었다. 게다가 새로운 실바누스인 시적 화자에 대해 여인은 언제나 침묵을 지키지만, 편력기사의 여인은 그와 "말을 나눈다 deviser". 언어는 편력기사와 방황을 함께 한다. 방황이 말을 동반한다. 따라서 시적 화자가 부러워하는 대상은 세상에 버림받을지라도 언어와 함께하는 삶이다. 그가 불행하다고 느끼는 것은 침묵만을 받아들일 수밖에 없는 상황 때문이다. 침묵은 그가 얻은 고통의 원인이다. 침묵의 소멸을 위해 그는 끊임없이 말을 해야만 한다. 3-4연이 하나의 구문으로 연결된 것도 제 말의 울림을 지속시키려는 의지를 담아내기 위해서이다.

CLI

시적 화자가 원하는 것은 자연을 거스르는 변화이지만, 큐피드는 그것을 따르지 않는다. 변덕을 속성으로 삼는 큐피드는 시적 화자의 이런 바람을 본래는 따라야 하겠지만, 이 신은 오히려 시적 화자를 저버리는 변덕을 발휘한다. 자신의 기원에 귀를 막은 큐피드로 인해 그가 여인의 환대를 받을 가능성은 없다. 큐피드는 2행과 8행이 말하듯 채워짐을 거부하는 자이고, 불가능을 희망하는 시적 화자는 사랑의 불가능에 갇힌 자이다.

2행 "눈물에 취한 사랑 Amour soulé de pleurs"은 큐피드가 한탄의 눈물을 가득 마신다는 뜻을 위한 것이지만, 동시에 눈물에 만족하는 상태를 가리킬 수 있다.

3행 단단함에서 꽃이 피어나는 것은 불가능하지만, 이 시행은 생성을 노래한다.

4행 공간운동이 불가능하다는 의미이다.

5행 바위가 꿀을 만들어내는 불가능을 희망한다. 3행의 "피우리라 naistre"가 생성과 관련된다면, 이 생성은 5행에서 다시 반복된다. 동사 "피우다"는 "자연을 거역하여 contre nature"와 쌍을 이룸으로써 생성 자체가 자연에 반하는 것임을 암시한다. 변화는 이루어지지만 그것은 역방향으로서의 변화이다.

6행 바뀌지 않는 계절을 의미한다.

7행 여름과 겨울이 서로 역할을 바꾸기를 바란다.

8행 2행처럼 구름이 최대한 부풀어 오른 상태, 즉 만족의 상태를 의미한다.

1-2연 시적 화자가 원하는 자연의 변화는 자연의 법칙에 어긋난다. 그것은 자연의 모든 것들이 자연스러움을 벗어나기를 원하는 것과 같다. 불가능에 대한

기대는 「소네트 CXLIII」에서 사용된 'adynaton'의 문채에 의지한다.

4연 「소네트 CL」에서처럼 시적 화자는 의문문을 사용하며 자신의 상황을 한탄한다.

CLII

달의 여신 셀레네에 비유되는 여인과 시적 화자가 같은 시간을 공유할 가능성은 없다. 그는 여인과 함께하는 밤을 원하지만, 욕망이 초래한 고통 때문에 낮을 기원하지 않을 수 없다. 사랑을 찾은 여인의 수레가 구르기를 멈춘다면, 그것은 시적 화자의 고통이 연장된다는 것을 의미한다. 밤에 나눌 사랑을 욕망하면서도 태양을 찾을 수밖에 없을 정도로 시적 화자의 영혼은 불안하다.

1행 카상드르를 달의 여신과 동일시한다. 지상의 인간들은 셀레네를 숭배하고, 그녀의 반복되는 등장과 사라짐을 쫓으며 힘겹게 지상을 살아간다. 그녀의 수레는 인간의 영원한 노동을 요구한다.

4행 수레를 이끌며 끝없이 순환하는 달의 움직임을 가리킨다.

5행 시적 화자는 자신의 욕망이 여인의 바람에 견줄 수 없다고 말하지만, 4연에서 그는 시간을 제 맘대로 통제하는 욕망을 지닌 자로 등장한다.

8행 "서로 다른"은 원문의 "divers"를 옮긴 것이다.

9행 "잠든 자 dormeur"는 소아시아의 아름다운 목동 엔디미온 Endymion을 가리킨다. 그의 외모에 반한 셀레네는 그에게 영원한 생명을 달라고 주피테르에게 부탁하자, 주피테르는 그를 영원히 잠들게 만들었다. 셀레네는 라트모스산 속에 잠든 엔디미온을 밤마다 찾아갔다.

4연 사랑하는 자를 만나는 여인은 제 밤이 연장되기를 희망하지만, 시적 화자의 밤은 고통의 시간일 뿐이다. 여인이 밤을 찾는다면 그는 태양을 희망하고, 여인이 시간이 더디기를 바란다면, 그는 시간이 빨리 지나가길 희망한다. 서로 다른 시간에 대한 생각처럼, 여인과 시적 화자 사이에는 극복되지 못할 간극이 있다. 시간이 서로 어긋나기에, 두 인물이 같은 자리에 머물 가능성도 없다. 시간은 여인과 시적 화자 사이에 놓인 장애물이다.

CLIII

차가운 물과 뜨거운 불의 대결은 시적 화자의 심장과 영혼 안에서 끝없이 지속된다. 그런데 물과 불이 우주를 구성하고 유지하는 생성의 원소들임을 상기한다면, 그의 내면에서 고통이 지속되는 것은 당연하다. 따라서 자신이 경험하는 번민을 시적 화자는 우주의 원리로 확장한다. 여기에서 독자는 세계를 끝없는 투쟁의 공간으로 인식하는 시인에 대한 암시를 얻을 수 있다. 원문이 "Une"의 단수 부정관사로 시작하여 "서로 맞서 싸우다 se combattre"로 맺는 것도 하나의 공간 안에서 각 요소들을 충돌하게 만드는 우주의 원리를 상기시킨다. 우주가 운동으로 지속되듯, 그의 고통도 종말을 알지 못할 것이다.

1행 원문은 "Une diverses amoureuse langueur"이다.

1연 사랑의 번민은 나무, 눈물은 샘물, 심장은 화산에 비유된다. 내면의 고통을 자연물에 견주면서 추상적인 고통을 구체적 사물로 변화시키는 이런 방식은 롱사르의 작품에서 자주 발견되며, 이를 통해 그는 작품의 시각적 효과를 강화시킨다. 다빈치나 제롬 보쉬 그리고 아르침볼도의 그림들에서 발견되는 이런 방식은 알레고리를 중시한 르네상스 회화의 특징이기도 하다. 독자의 상상력을 자극하는 알레고리는 추상적인 것과 구체적인 것을 섬세하게 연결하는 수사적 전략의 하나이다.

9행 "부탁한다, 사랑이여, 누구든 하나가 자리를 차지하게 해달라 Fais, Amour, fais qu'un seul gaigne la place"에서 "faire" 동사의 반복은 시적 화자의 간절함을 대변한다.

13행 원문의 13행 "Tandis que l'un à l'autre se combat"를 옮긴 것이다.

CLIV

희망의 빛을 상실한 시적 화자는 한탄과 눈물에 휩싸여 목숨을 버릴 수도 있었지만, 떠나버린 그녀가 머무는 곳으로 큐피드는 그의 시선을 이끌고 말았다. 여인이 머무는 곳에서 불어오는 바람은 그가 즐겨 찾았던 고향의 꽃향기보다도 더욱 그를 위로해주었지만, 여인이 떠나버린 지금의 빈 공간을 채우는 것은 고통과 번민이다. 게다가 그는 밤과 낮이 자연의 순리를 따르지 못하기에 고통스럽다. 여인의 부재는 시간의 자연스런 흐름을 파괴하였고, 혼란의 세계 안에 그가 머무르도록 강제했다. 그녀가 부재한 이곳은 카오스의 세계와 다르지 않다. 그의 벗이었던 예전의 화려한 꽃향기마저도 상처받은 가슴을 달래줄 조화의 힘을 상실했다. 반면에 여인이 현존하는, 그러나 그가 갈 수 없는 공간은 위안의 바람이 만들어지는 곳이기도 하다. 시적 화자는 자신의 공간과 여인의 공간 사이에 놓여 있다. 그는 어느 곳에서도 안정을 얻지 못한다. 멈춤과 휴식을 거부당하고 또한 그것을 알지 못하는 그는 '유배자 exilé'이다.

3-4연 시적 화자의 고향인 루아르와 여인이 머무는 "그곳 le païs"은 서로 대립한다. 원문 3-4연은 마침표로 나뉘지 않는다. 3연 마지막 행의 쉼표는 여인의 장소를 향해 시적 화자가 여전히 눈을 돌리게 될 것이라는 암시의 표시이다. 작품의 구두법은 정착하지 못하는 시적 화자의 상황을 표현한다.

CLV

'녹아내리는 시적 화자'와 같이 '소진'과 관련된 테마는 시집 전체를 관통한다. 사랑의 고통은 시적 화자의 모든 기력을 앗아가며 그를 파괴의 순간까지 이끌고 간다. 그러나 그는 이런 고통에 힘들어하면서도 그것을 거부하지 않는다. 마지막 행 "내 고통에서 태어나며 마르지 않는다 sans tarir s'enfante de ma peine"의 "s'enfanter" 동사가 암시하듯, 고통이 넘쳐남으로 연결될 수 있기 때문이다. 따라서 여인의 눈이 뿜어내는 아름다움의 광채는 공격적이고 파괴적이지만, 그것이 시적 화자의 내면을 메마르게 하지는 못한다. 오히려 여인의 파괴적 속성은 그의 영혼을 고통으로 더욱 풍부하게 만드는 요소로 기능한다. 그의 고통은 풍요의 다른 이름이다.

1행 에리만토스는 그리스의 아르카디아에 있는 산의 이름이며, 로도피는 "트라키아 Thrace"에 있는 매우 높은 산들이다.

9행 금잔화의 불어명사는 "Souci"로서 '근심'이라는 뜻을 지닌다. 이 꽃은 이별의 슬픔, 비통, 실망, 아쉬움을 상징하고, 주목나무와 사이프러스는 죽음의 애도라는 뜻을 내포한다. 따라서 강물 주변에 심어진 식물들은 비통과 애탄 그리고 슬픔과 관련이 있다.

CLVI

생 즐레를 비롯한 궁정시인들이 젊은 롱사르를 격렬하게 비방한 사건을 환기시키는 이 작품이 『사랑시집』에 실린 것은 여러 의문을 자아낸다. 프랑수아 1세와 앙리 2세의 궁정시인이었던 생 즐레는 1550년 롱사르의 『오드시집』이 발표되었을 때, 그의 새로운 시를 궁정에서 폄하했다. 롱사르와 생 즐레의 대립은 2년간 지속되었고, 미셸 드 로피탈의 주선을 통해 이들은 1552년에 화해를 했다. 따라서 롱사르의 비난을 받는 시인들은 전통적인 시의 형식과 장르를 고수하는 궁정시인들과 지방의 군소시인들일 가능성이 높다. 이들의 비판을 받은 롱사르를 지지하기 위해 올리비에 드 마니는 「어떤 롱사르 비방시인에게 주는 풍자시 Ïambes contre un mesdisant de Ronsard」를 『흥겨운 시 *Les Gayetez*』(1554)에 수록해서 발표하였다. 이 풍자시에서 마니는 “무례한 인간 l'homme injurieux”의 “멍청하기 그지없는 장황 sa bavarde ignorance”과 “미친 머리 sa fole teste”를 비난하면서 롱사르를 “프랑스의 명예 l'honneur de la France”로 치켜세운다. 그리고 “우리 시대와 우주를 금으로 치장하는 dorer nostre age et l'univers” 롱사르에게 “분노의 시 vers furieux”로 비방자에게 벼락을 내리칠 것을 요구한다. 롱사르는 어려운 시기에 자신을 지지한 마니에게 감사의 뜻을 전하기 위해 「올리비에 드 마니에게 A Oliver de Magni」라는 작품을 작성하였고, 어리석은 사람들이 자신과 마니를 비난한 것을 반드시 되갚겠노라고 다짐한다. 플레이아드 유파로 불릴 젊은 시인들과 대수사파의 전통을 따르는 구시대 시인들이 첨예하게 대립했던 1552년 당시의 문단상황을 암시하는 이 작품을 롱사르가 『사랑시집』에 수록한 것은, 자신을 받아들이지 않는 여인의 냉정함을 젊은 시를 인정하지 않는 시인들의 비난과 동일시하기 위해서이다. 작품 속의 시적 화자는 롱사르 자신이며, 그는 자신을 염려와 걱정 그리고 근심에 빠뜨리는 여인을 원망한다. 그러나 그의 태도에 당당함이 결여되어 있지는 않다. 어조가 급변하는 3연에서 그는 고개를 쳐들고 벼락과도 같은 시의 힘을 보여줄 것이라고 다짐한다. 여인의 잔인함에 비례하는 웅장하고도 날카로운 시를 약속하며 그는 영원히 살아갈 자기 시를 예고한다. 시적 화자의 말은 소멸하지 않을 것이다. 그것은 아름다움과 잔인함을 영원히 간직할 여인을 노래의 대상으로 삼았기 때문이다.

1행 "가지가지 근심 soucis divers"은 앞의 소네트와 이 작품을 연결하는 단서이다.

4행 여인은 언제나 깨어 있는 메두사에 비유된다. 메두사를 바라보는 자는 말을 잃은 바윗덩어리가 되는 비극을 경험한다. 롱사르는 이런 비유를 통해 메두사의 시선에도 소리를 잃지 않을 자기 시의 운명을 암시한다.

5-10행 "나병에 걸린 저 거창한 벌레의 감염된 피로 Du sang infet de ces gros lezars vers"와 "폭풍우처럼 으르렁거리는 글로 d'un escrit qui bruit comme tempeste"에서 사용된 "벌레[시] vers"나 "글 escrit"과 같은 어휘들은 시적 화자와 롱사르를 동일시할 수 있는 단서이다.

7행 "녹슬어버린 곁눈질로 d'un oeillade obliquement rouillée"는 '당당하지 못한 방식으로'의 뜻을 지닌다.

CLVII

시적 화자가 사랑을 얻기 위해 희망하는 것은 여인과의 실제적인 만남이 아니다. 그는 여인의 이미지를 자기 내부에서 소화하고자 한다. 이미지를 자기 안으로 받아들이지 못하는 환멸과 무력감이 커져갈 때마다 그는 끊임없이 여인의 허구적 이미지를 찾아 헤맨다. 그가 이미지를 찾으면 찾을수록 그것은 그의 영혼을 점점 더 갉아먹는다. 시적 화자의 이런 사랑은 자기 환상에 대한 사랑이다. 그가 스스로를 나르키소스로 부르는 이유가 여기에 있다. 그렇지만 언제나 여인의 이미지에 갈증을 느끼는 그는 "비참한 misere" 나르키소스일 수밖에 없다.

1연 감미로우면서도 쓰라린 목장에 비유된 사랑으로부터 시적 화자는 생명을 이어갈 양식을 얻어오지만, 포만감을 느끼지 못한다. 그의 양식은 빈곤하고, 그는 언제나 배고프다. 결핍이 그의 욕망을 더욱 강화시킨다. 그는 자기 욕망을 사랑이 주는 양식의 양에 맞추지 못하는, 즉 자기 욕망을 통제하지 못하는 자 혹은 그것에 종속된 자이다. 따라서 제 욕망이 만들어낸 여인의 이미지에 그가 집착할지라도 만족을 얻을 수는 없다. 그는 스스로 만든 욕망의 희생물이다.

5-6행 롱사르는 이전 판본의 "Car ce bel oeil, qui force ma nature, / D'un si long jeun m'a tant fait épâmer"를 "Ce bel oeil brun, qui force ma nature, / D'un jeusne tel me fait tant consumer"으로 수정하였다. 이전 판본의 접속사 "왜냐하면 Car"이 삭제된 것은 작품의 지나친 논리성을 피하려고 했기 때문이다. 대신에 눈을 수식하는 "갈색 brun" 형용사를 삽입함으로써 허기져서 노랗게 된 자기 상황과 여인의 시선 사이에 일종의 공모관계를 설정한다. 또한 이전 판본의 형용사 "긴 long"을 비교형용사 "이렇게 tel"로 대체하면서, 독자들이 작품에 개입하여 여인의 아름다움과 자기와의 밀접한 연관성을 직접 목격하게 만드는 방식을

취한다.

10행 시적 화자가 바라보는 것은 여인이 비추는 비참한 자신의 모습이다. 샘 속에서 자신의 불행을 읽어낸다는 점에서 전통적인 나르키소스 신화와는 차이가 있다.

CLVIII

시적 화자는 샘물에 비친 자신이 실체가 아님을 알고 있지만, 바라보는 행위를 멈출 수 없다. 그것은 자신에 대해 악의를 품은 신들이 가한 장난이며 운명이다. 신성함으로부터 버림을 받은 그가 신성한 여인의 아름다움을 획득할 수는 없다. 그것은 허용되지 않았다. 이런 그가 할 수 있는 일은 감탄문과 의문문의 나열이 암시하듯 탄식과 한탄을 늘어놓는 것뿐이다. 그런데 이런 행위는 자기의 공허함, 즉 빈 공간을 말로 채워가는 행위이기도 하다. 나르키소스가 등장하는 것도 꽃의 "아름다움"처럼 제 말의 진정성을 전달하려는 시적 화자의 의도를 제시하기 위해서이다. 시적 화자는 자신의 파괴에서 아름다운 꽃이 피어나는 '창조'의 순간을 경험한다.

1-2행 "농락하다 abuser" 동사는 여러 번에 걸쳐 롱사르의 작품에 등장한다. 「소네트 XXXIII」에서는 뭇 사람들의 놀림감이 된 시적 화자를 가리키기 위해 사용되었다. "모습"은 "objet"를 옮긴 것으로서, 눈이 바라보는 대상 혹은 사물을 가리킨다. 그것은 여인과 나 사이의 소통을 가로막는 장애물이기도 하다. 「소네트 XXIV」에서도 롱사르는 이 용어를 사용하였다.

4행 "가혹한 fier"은 야만의 잔인함과 무서움 혹은 공포를 불러일으키는 감정을 지시하는 형용사이다.

8행 "생각하다"는 "cuider"를 옮긴 것으로 '확신에 가득 차 생각하다'라는 뜻을 지닌다.

2연 시적 화자는 거짓을 참으로 여기며 행복 속에 죽음을 맞이한 나르키소스의 운명이 자신에게 부여된 것이 아닌지 자문해본다.

9행 "헛됨 le vain"은 샘물에 비친 자기 얼굴의 형상을 뜻한다.

4연 원문은 다음과 같다.

Ainsi pleuroit l'uamoureux Cephiside,

Quand il sentit dessus le bord humide

De son beau sang naistre une belle fleur.

12행의 초입에 놓인 동사 "pleuroit"는 마지막 행의 각운 "fleur"와 유사음으로 서로 조응한다. 눈물이 새로운 꽃으로 태어날 것에 대한 암시이다. 또한 13행의 샘가를 지시하는 형용사 "촉촉한 humide"은 생명의 탄생을 위해 필요한 습기를 가리킨다. 따라서 나르키소스인 시적 화자가 바라보는 샘은 "헛됨"으로 그를 속이지만, 이런 속임, 즉 허구성은 새로운 창조를 위해 필요한 요소가 된다.

CLIX

시간 혹은 공간과 상관없이 언제나 고통과 행복을 동시에 경험하게 되는 것은 시적 화자가 여인의 이미지를 눈앞에 떠올리기 때문이다. 그녀의 모습은 눈이 바라보는 대상이기에 현존하지만 동시에 허구인 까닭에 부재한다. 앞의 소네트들처럼 나르키소스 신화를 다룬다.

3-4행 "맨드라미Amaranthe"에 대해 모리스 드 라 포르트는 『형용사』에서 "결코 시들지 않는 꽃말"을 지닌다고 설명한다. 시행은 '결코 사라지지 않는 빛으로 찬란한 아침이 오든'의 뜻을 지닌다. 밤이든 낮이든 시적 화자는 고통 안에서 기쁨을 맛보는 모순의 상황에 처해 있다.

2연 1연이 시간과 관계된다면, 2연은 공간을 다룬다. 시적 화자는 언제나 고통과 행복을 동시에 안겨주는 여인을 "바라본다 voir". 그의 곁에 항상 머무는 그녀의 이미지는 그 자신이 불러온 것이고, 그것을 제 것으로 삼기 위해 그는 고독을 택하였다. 고독만이 그녀에 대한 상상을 허용할 수 있다.

6-7행 원문에서 "홀로 있는 m'absente"과 "있는 presente"의 각운은 상반된 감정의 포로가 된 시적 화자의 상황을 드러낸다.

10행 기쁨과 고통이 시적 화자를 같은 방식으로 옥죄고, 동시에 그는 같은 방식으로 기쁨과 고통을 견뎌낸다. 원문의 11행이었던 "똑같은 방식으로 d'ordre egal"는 여인이 초래한 기쁨과 고통의 동작뿐만 아니라, 그것을 견디는 시적 화자의 방식과 관련된다. 여인의 힘과 그것에 맞서는 그의 힘은 양과 질에 있어서 '같은 방식'을 택한다. 따라서 여인과 시적 화자 사이에 설정된 균형은 기쁨과 고통이 지속될 것에 대한 예고이기도 하다.

12행 "한마디로"는 "bref"를 옮긴 것이다. "압생트 absinthe"는 보들레르와 같은 상징주의 시인들이 즐겨 찾은 술이다. 비유적으로 '쓰라림 amertume'을 의미한다. 5행의 정신을 고양시키는 "즐거운 고뇌 un joyeux dueil"에 상응한다.

CLX

만물이 즐거워하기 시작하는 봄날에 황폐한 곳에서 홀로 영원한 슬픔을 느끼는 시적 화자를 소개한다. 작품의 1-3연은 봄의 활기를 노래하고 4연은 시적 화자의 슬픔을 다룬다는 인상을 갖게 한다. 특히 1-3연에서 반복되는 "지금 Or que"은 시의 리듬을 강화하면서 각 연을 밀접하게 연결시킨다. 그러나 이런 암시는 일종의 속임수이다. 2연에서 필로멜레의 말하지 못하는 슬픔과 감춰두어야만 하는 비극의 비밀이 암시되기 때문이다. 이로 인해 작품의 의미는 1연과 3연 그리고 2연과 4연으로 구분된다. 이런 다중구조는 필로멜레 신화의 비극을 현재의 봄으로 불러오면서 과거와 현재가 서로 얽히게 만들고, 이를 통해 고통을 감추면서 고통을 말해야 하는 시적 화자의 비극적 운명을 상기시킨다. 비극을 견디면서 소리 없이 노래해야 하는 필로멜레의 운명은 고통을 기쁨으로 간주하면서도 고통을 말없는 노래로 불러야만 하는 시적 화자의 운명이기도 하다.

2행 원문은 "Veut enfanter ses enfans bien-aimez"로서 욕망의 '생산'을 강조한다.

1연 전반적으로 육감적 어조를 띤다. 게다가 대기를 공간으로 삼는 주피테르와 대지를 공간으로 삼는 주노를 등장시키면서 웅장한 생산의 장면을 연출한다. 1행의 "정액으로 흥분한 espoint de sa semence"은 짐승 같은 성욕을 의미하는데, 주노에 대한 걷잡을 수 없는 열정에 사로잡힌 주피테르는 그녀의 젖가슴에 자신의 정액인 비를 내려 생산의 기쁨을 맛본다.

6행 "무장한 거선 grans vaisseaux armez"은 봄을 가리킨다. 베르길리우스와 호라티우스에게서 빌려온 표현이다.

7행 "새 한 마리 l'oiseau"는 봄의 전령사 종달새를 가리킨다.

8행 오비디우스가 다룬 필로멜레 신화에 대한 암시이다. 에릭토니오스는 물의 요정 프락시테아와 결혼하여 아들 판디온을 낳았고, 에릭토니오스가 죽자 판디온이 왕위를 물려받았다. 그런데 판디온은 이모인 제욱십페와 결혼하여 두 딸인 프로크네와 필로멜레를 낳았고, 쌍둥이 아들인 에렉테우스와 부테스를 낳았다. 국경문제로 전쟁이 발생하자 판디온은 트라키아로부터 테레우스를 원군으로 불러 물리치고, 그 공으로 테레우스에게 딸 프로크네를 아내로 주었다. 테레우스와 프로크네 사이에서 아들 이튀스가 태어났다. 그런데 테레우스는 처제인 필로멜레에게 반해 그녀를 겁탈한 후 혀를 잘라버리고는 산속에 감금하였다. 산속에 갇힌 필로멜레는 천에다 자신의 비극적 사건을 글로 새겨 언니 프로크네에게 알리게 되고, 여기에서 두 자매의 복수가 시작된다. 삼 년마다 열리는 디오니소스 축제를 틈타 프로크네는 동생을 찾아내 집으로 돌아오고, 두 자매는 테레우스의 아들 —프로크네의 아들이기도 한— 이튀스를 죽여 그 머리를 요리해서 영문도 모르는 테레우스에게 식사로 내놓는다. 그리고 아들을 찾는 테레우스에게 아들은 당신 안에 있다고 알리고는 도망친다. 사태를 파악한 테레우스가 도끼를 집어 들고 뒤쫓아 오자 두 자매는 새로 변하게 해달라고 신들에게 기도한다. 이에 프로크네는 종달새가 되고, 필로멜레는 제비가 되었으며 —혀가 잘려 제비처럼 짹짹거릴 수밖에 없어— 테레우스도 오디새(혹은 후투티)가 되었다. 고대시인은 여기에서 프로크네는 죽은 자신의 아들을 슬퍼하는 노래를, 필로멜레는 자신을 겁탈한 테레우스의 폭력을 슬퍼하는 노래를 부르게 되었다고 전한다.

9행 원문의 10행에 해당하는 "수없이 셀 수 없는 온갖 색채로 물든 De mille et mille et de mille couleurs"에서 형용사 "mille"의 반복은 색채의 다양성과 풍부함을 말하기 위해, 그리고 이를 통해 다음 연에서 이어질 "홀로 Seul" 있는 시적 화자를 강조하기 위해 사용되었다.

12행 "바위 rocher"의 등장은 시적 화자의 몰래 하는 슬픔에 대한 비유이다.

14행 원문에서 "상처 playe"와 11행의 "기뻐하는 gaye"은 서로 운을 이룬다.

마드리갈

1569년 발간된 『시집 제6집 및 제7권』에 처음 발표된 후 1574년에 '마드리갈 Madrigal'이라는 제목을 얻은 작품이다. 롱사르는 14행으로 구성된 소네트보다 1-2행이 더 많은 작품형식을 마드리갈로 정의한다. 작품은 'abba, abba, cdcd, dcdc'의 안정된 구조를 갖추고 있으며, 특히 원문 3-4연의 각운 "pas-passe-bas-ramasse / grace-combas-lasse-trepas"은 동일한 음소를 반복함으로써 반향의 효과를 자아낸다. 그렇지만 어조가 항상 차분하지는 않다. 7행에서 시적 화자는 가혹한 운명을 환기함으로써 사랑의 평온을 추구하려는 자신의 의지가 언제나 위협받는다고 암시하기 때문이다. 또한 여인의 아름다움을 비추는 거울을 그는 비난하지만, 각운의 메아리 효과에 의지해서 아름다움이란 시간과 더불어 소멸한다는 메시지가 영원한 울림으로 여인에게 전달되기를 바란다. 자신에게 가혹한 거울의 기능을 제 것으로 삼으면서 여인의 냉정함에 맞서는 이런 방식은 시적 화자의 사랑과 메시지에 담긴 진정성을 증명한다. 동시에 사랑에 대한 희망이 실현되기를 바라는 간절함 옆에 당당한 자세를 위치시킨다. 작품의 순환구조는 흘러내리는 눈물의 모양, 즉 원의 형태를 연상시킨다. 작품이 눈물이 된다. 이로 인해 시적 화자의 내적 심정은 작품 전체에서 '반사 réflexif'한다. 작품과 시적 화자가 서로를 비추고 있다는 점에서 앞의 소네트들에서 발견되었던 나르키소스 신화가 다시 다루어지고 있다고 말할 수 있다.

CLXI

큐피드에게 말을 거는 시적 화자는 여인을 "야수"라는 3인칭과 "그대"라는 2인칭으로 뒤섞어 부른다. 시적 화자 또한 1인칭 "나"로 등장하면서도 스스로를 3인칭 "연인"에 비유한다. 뒤섞인 호칭은 사랑에 상처 입은 불안한 자의 징표이다. 그런 까닭에 "내 그대 뒤를 쫓는 것은 아니다 je ne te poursuy pas"의 부가구문인 4연은 불완전하다. 독자에게 혼란을 불러일으키는 이런 구성방식은 달아나는 야수를 품 안에 가둬두지 못한 무력함의 증거이기도 하다. 쫓을수록 달아나는 여인에 대한 무기력을 시의 구조가 담아낸다.

1-2행 벰보의 작품 「내 심장 안에 새겨놓은 저 야수 La fera che scolpita nel cor lengo」를 참조하였다.

3연 오비디우스의 『변신』 1권 5장의 달아나는 다프네에게 호소하는 아폴론에게서 영감을 얻었다.

CLXII

운명에 의해 예언된 여인과의 만남을 현세 이전의 시적 화자가 극복할 수는 없었으며, 이곳에 태어나 새로운 인간껍데기를 걸치고 있는 지금도 마찬가지이다. 따라서 천상의 낙원에서 숭고한 아름다움을 지닌 여인을 만난 그가 얻었던 상처는 여전히 남아 있다. 상처가 시공간을 뛰어넘어 남게 되듯이, 그의 기억 역시 전생과 현세를 가로지르며 살아남는다. 여인에 대한 숭배는 영원한 것이 되고, 그의 고통 역시 종말을 알지 못한다. 과거의 여인을 상기하고 현재의 여인을 숭배하면서 그는 현재라는 시간을 살아가야 한다. 원문 2행과 3행의 각운 "~할 수 없는 je ne puis"과 "지금의 나 je suis" 사이의 결합은 운명을 거역할 수 없다는 사실이 현재의 그에게 주어진 조건이 되었다는 암시이다.

3연 플라톤에 따르면 영혼은 인간의 육체에 실려 다시 태어나게 된 이후부터 모든 것에 대한 기억을 상실한다. 어떤 대상을 인식한다는 것은 감각에 의해 이루어지지만, 대상이 영혼 안에 모습을 드러낼 수 있는 것은 다시 떠올릴 수 있는 능력 덕분이다. 따라서 감각은 영혼이 망각으로부터 벗어나게 만드는 매개체이다. 인간이 지식이 없이도 어떤 것을 정확하게 인지할 수 있는 것은 바로 이런 '상기 réminiscence'의 기능 덕분이다. 피치노가 주해를 단 플라톤의 『안드로지니 *L'Androgyne*』를 프랑스어로 번역한 앙투안 에로에 Antoine Héroet는 『완벽한 여인 *La Parfaicte Amye*』에서 '상기'의 기능에 대해 다음과 같이 노래하였다. "예전에 하늘에서 결합하였고 / 이후에 지상에서 서로를 알아보고, 재결합한 두 정신은 / 서로에 호의적인 육체와 호의적이고 / 봉사하고 복종하는 감각을 발견하였으니, / 그런 서로에 대한 애정으로 / 결실을, 커다란 평온과 / 어떤 만족을 서로에게서 얻었다, / 그것들은 서로에 대한 이해에서만 알 수 있는 것이다."

CLXIII

시적 화자는 과거를 회상하며 이곳과 저곳에서 보았던 여인을 떠올린다. 여인의 울고 웃고, 춤추고 생각하는 모습에 대한 여러 생각은 기억에 의지하지만, 동시에 그것은 그가 상상한 것이기도 하다. 그는 사랑의 고통을 겪으면서도 자신을 반하게 만든 여인의 아름다운 자태와 행위를 꿈꾼다. 홀로 떨어진 공간에서 여인을 상상하는 그의 여인은 1연에서는 '혼자'이다. 그는 자기상황을 여인에게 투사하면서 친근함으로 여인과 자신을 엮으려 한다. 이런 친근함을 드러내기 위해 그는 장소 부사 "여기서 ici"와 "저기서 là"를 서로 혼동되게 사용한다. 그리하여 4연에서 이곳에 있는 자는 시적 화자인 나이고, 저곳에 있는 자는 여인일 터이지만, 다음과 같은 원문의 구성은 이곳에 여인이, 저곳에 시적 화자가 위치했다는 인상을 갖게 만든다.

Icy chanter, là pleurer je la vy,

Icy sourire, et là je fu ravy

De ses discours par lesquels je des-vie

시적 화자와 그녀의 공간이 어느 곳에 해당하는 것인지 혼란스럽다. 시적 화자가 "헛된 생각 vague penser"이라고 말하고 있듯이 그의 말을 따르는 독자 역시 혼란스럽다. 독자와 시적 화자, 시적 화자와 여인, 이곳과 저곳이 뒤섞인다. 작품 자체가 환상의 공간으로 변화한다. 구분의 능력을 상실한 시적 화자의 정신이 작품 자체의 구성으로 재현되고 있다.

3행 「소네트 CXXIV」는 홀로 생각에 잠긴 카상드르를 소개한 바 있다.

11행 말과 목숨을 맞바꾸는 이런 행위는 여인의 말에 대한 시적 화자의 집착을 드러낸다. 그가 기대하는 것은 그녀의 말이지만, 말로 인한 죽음은 역설적으로 사랑을 획득한 징표가 된다. 말의 획득은 사랑의 완성이며 시적 화자가 부를 노래의 죽음이다. 이런 이유로 그는 끝없이 노래를 이어가기 위해 그녀의 말을 부단히 요구할 것이다.

13행 "베틀에서"는 "Sus le mestier"를 옮긴 것이다.

14행 "씨실을 엮어놓고 말았다 ourdit les trames de ma vie"라는 표현이 가능한 것은 시적 화자가 과거의 흩어진 기억들을 끄집어내서 나열해놓기 때문이다. 그는 운명의 여신이 자기 운명을 짠다고 말하지만, 여인에 대한 과거 추억에서 환상의 여인을 제 눈앞에 떠올리는 그의 방식은 이 꽃 저 꽃을 날아다니며 꿀을 모으는 벌의 동작을 닮았다. 그런데 이런 산발적인 기억은 벌들이 꿀을 생산하듯, 기억을 통해 자신의 욕망을 생산하려는 방식이기도 하다. 사랑의 시는 기억에서 노래를 만들어낸다.

CLXIV

1564년 『새로운 시집』에 처음 발표된 작품으로 1567년부터 『사랑시집』에 수록되었다. 시적 화자는 여인의 아름다움을 예술작품을 대하는 방식으로 바라본다. 여인을 사물로 간주함으로써 그녀의 절대적 아름다움을 객관화한다. 아름다움에 바치는 칭송은 그가 스스로를 부정하게 만드는 요소가 된다. 절대적 아름다움은 불행과 행복의 상반된 두 감정 사이를 오가는 그의 불안한 내적 정서와 대립한다. 시적 화자는 아름다움을 추구하면서 이성의 상실을 목격해야 할 운명에 처해졌다.

7행 「소네트 CLXII」가 천상에 반항한 시적 화자를 등장시켰다면, 이 작품에서 시적 화자의 사랑에 반항하는 자는 여인이다. 따라서 시적 화자와 여인은 같은 속성을 지닌다. 여인을 그가 추구하는 이유이다. 또한 「마드리갈」에서 언급된 것처럼 시간의 흐름과 함께 젊음이 사라져갈 것을 여인에게 환기시키는 그는 여인과 자신에게 주어진 조건이 동일한 것이라고 환기한다. 여인의 사랑을 획득하기 위한 이런 설득에는 자신과 여인이 서로 결합해야만 하는 운명을 타고났다는 생각이 내재되어 있다.

3연 상반된 용어의 사용은 스스로를 불행하다고 여기는 시적 화자의 내면에 대한 암시이지만, 동시에 사랑의 이중성을 환기하는 기능도 가진다. 서로 얽혀 있는 모순의 그물 안에 그는 사로잡혀 있다. 11행은 그의 삶이 모순을 경험하게 만드는 여인에게 종속되어 있음을 보여준다.

CLXV

「소네트 CXXVI」은 루아르강과 가틴 숲을 노래한 바 있다. 가틴 숲은 1584년 『엘레지 *Les Elegies*』의 XXIII편 「손이 다망한 자는 누구나 Quiconque aura premier la main embesognée」에서도 찬양될 것이다. 시적 화자는 본래 말을 삼가지 못하는 자이다. 그의 마음이 사랑에 빠진 한, 그리고 사랑의 성취를 이루지 못해 깊은 한탄을 간직하는 한, 그는 말을 걸고 말을 할 수밖에 없다. 여인이 그의 말에 화답하지 않는다면, 그는 자신의 가장 친근한 공간인 가틴 숲에게 말을 건네지 않을 수 없다. 그의 과거를 기억하고, 그를 한동안 받아들였던 이 자연은 고통을 토로하는 시적 화자에게 화답할 수 있는 유일한 친연의 공간이기 때문이다. 따라서 자연은 시적 화자가 할 말의 모태 matrice로서의 역할을 수행한다. 자연은 그가 꿈꾸고 노래 부를 모든 것의 원천이다.

6행 자신의 번뇌를 토로하고 여인을 고발할 시적 화자의 목소리에 자연은 귀를 기울이며, 그를 보호하는 역할을 한다.

8행 "변덕스런"은 "volontaire"를 옮긴 것이다. '자의적인' 혹은 '마음대로'로 번역될 수 있는 이 어휘의 역어로 '변덕스런'을 택한 것은 자연스레 흘러가는 물결의 동작이 시적 화자를 개의치 않는 카상드르의 성격을 환기하기 때문이다. 시적 화자의 고통과 비난에 귀 기울이는 루아르강은 이런 물결을 통제하고 억눌러서 그의 고통을 위로해준다.

10행 카상드르는 희극과 가벼운 시의 뮤즈인 "탈레이아 Thalie"와 동일시된다.

12행 시적 화자와 롱사르를 동일시할 수 있는 단서이다.

14행 월계관으로 불리게 될 것은 시적 화자의 성녀 가틴 숲을 가리킨다. 따라서 원문 “L'un mon Laurier, l'autre la Castalie”에서 “L'un” 대신 “L'une”을 쓰는 것이 더 정확했다.

CLXVI

인문주의자 라자르 드 바이프 Lazard de Baïf의 아들인 장 앙투안 드 바이프는 롱사르의 동료시인이며 번역가이다. 라자르 드 바이프가 설립한 코크레 학원 Collège de Coqueret에서 어린 롱사르와 바이프는 도라의 지도를 받으며 고전을 공부했다. 롱사르는 바이프를 언제나 뛰어난 시인으로 인정했으며, 플레이아드라 불린 시인들의 유파에 그를 항상 포함시켰다. 1553년 『사랑시집』 판본은 앙투안 드 바이프가 롱사르에게 바친 소네트를 싣고 있다. 바이프는 1연에서 자신보다 더 뛰어난 재능을 지닌 롱사르를 다음과 같이 소개한다. "우리 둘이 결합해서 하나의 계획을 추구하면, / 번민은 줄어가고 용기는 커져간다, / 언제나 한 사람은 다른 이보다 더 잘 간파했다, / 계획한 일의 더 큰 이점을. Quand deus unis suivent une entreprise, / Moindre est l'ennui, le courage plus grand : / Et toujours mieus le proffit aparant / D'un fait empris, l'un devant l'autre avise." 「소네트 CLXVI」은 이에 대한 화답의 성격을 띤다. 1-2행에서 롱사르는 페트라르카와 벰보를 모방하여 『멜린에게 바치는 사랑시집』을 간행한 바이프를 축하한다. 바이프가 고매한 사랑의 노래를 발표하며 지성의 저 높은 곳에 도달하고 있을 때, 시적 화자는 추방자의 모습으로 자연 속을 헤맨다. 그의 공간은 루아르의 작은 마을이며, 그가 만나는 것은 지성의 뮤즈들 대신에 흘러가는 강물이고 동굴이며 거친 숲이다. 그러나 그의 정신은 언제나 생각에 잠겨 있으며, 생각의 중심엔 바이프가 노래했던 사랑이 있다. 다만 그는 자기 사랑이 침묵에 갇혀 있기를 바라지 않는다. 루아르강이 바다로 자유롭게 흘러가듯이, 사랑이 자기에게 자유로이 말을 걸어오기를, 자기 역시 사랑에게 자유롭게 말할 수 있기를 그는 희망한다. 사랑의 적인 침묵은 시적 화자의 죽음과 다르지 않기 때문이다. 따라서 홀로 있는 그에게 자연은 사랑과의 대화를 가능하게 해줄 수 있는 매개체이다. 13-14행의 원문 “Faire qu’Amour en se taisant ne vienne / Parler à moy, et moy tousjours à luy”에서 “하다 Faire”와 “말을 걸다 Parler”는 ‘말을 하는 것은 무언가를 만드는 것’임을 암시한다.

1행 “미덕”으로 옮긴 “vertu”는 가장 뛰어난 자질과 가장 높은 학식을 가리킨다.

2행 헤시오도스가 태어난 아스크라 Ascra 지방을 흐르는 뮤즈에게 바쳐진 강 페르메스 Permesse 혹은 뮤즈들의 샘 히포크레네를 가리킨다.

5행 “사뷔 Sabut”는 롱사르의 고향 방돔에 있는 산의 이름이다.

14행 시적 화자는 큐피드와의 꾸준한 대화를 희망한다. 원문 “moy tousjours à luy”에서 “나”와 “그” 사이에 “언제나 tousjours”가 놓인 것도 이런 이유 때문이다.

CLXVII

떠나간 여인의 아름다운 육신을 바라보지 못하게 된 시적 화자는 예전에 맛보았던 감미로움에 대한 기억을 상실하게 될 것을 염려한다. 여인의 부재는 기억의 상실과 다르지 않다. 반대로 여인을 바라봄으로써만 그는 영혼을 기억으로 채울 수 있다. 떠나간 여인이 초래할 기억의 부재는 시적 화자의 죽음으로 이어질 것이다.

4행 아름다움을 시기하는 태양의 테마는 페트라르카를 추종하는 이탈리아 시인들의 작품에서 자주 발견되며, 모리스 세브 역시 『델리』의 「소네트 CXXVIII편」에서 이것을 다룬 바 있다.

7행 치즈를 만들기 위해 바구니에 응고된 우유덩어리의 볼록한 모양새를 가리킨다.

9행 호메로스의 『오디세우스』 9권 39-104행에 따르면 오디세우스와 그의 함대는 로토파고이섬의 열매 로토스를 따먹고 조국을 잊어버렸다. 오비디우스의 『변신』 9권 5장에 따르면 오르페우스가 트라키아산에서 리라를 켜서 끌어모은 식물들 중에 이 열매가 포함되어 있었다.

CLXVIII

여인의 완벽한 아름다움만큼이나 완벽한 사랑을 꿈꾸었지만, 연민을 알지 못하는 여인 때문에 시적 화자는 죽어간다. 그에게는 사랑의 미궁을 벗어날 수단이 없다. 여인이 자신의 열정을 인정할 때에만 그는 구원을 얻겠지만, 죽어 비틀어진 그의 육신을 바라보게 된다면, 여인은 사라진 열정을 뒤늦게 탄식하고야 말 것이다. 시적 화자는 자기 사랑에 대한 여인의 인정을 여인의 '읽음'에 비유한다. 읽는다는 것은 그의 열정에 대한 인정이며 소통의 방식이 된다. 그러나 작품에서 반복되어 사용된 접속법과 조건법은 여인의 행동이 읽는 행위로 나아가지 못할 것을 염려하는 시적 화자를 등장시킨다. 그의 발걸음이 "불안해진 douteux"것도 바로 이 때문이다. 그는 아리아드네의 실을 갖지 못한 자신을 원망하지 않을 수 없다.

1행 "내게는 없기 때문에 Puis que je n'ay"에서는 직설법이 사용되었다.

2-4연 6행의 "젖가슴이나마 가질 수 있다면 Eussay-je au moins une poitrine faite"의 접속법, 9행의 "그대가 알게 된다면 Si tu sçavois"의 조건절, 13행의 "내쉬게 되겠지 Tu pousserois"의 조건법은 시적 화자의 희망과 기대가 실현되지 못하리라는 예고이다.

CLXIX

사랑의 노래를 계속 부르게 되었던 것은 "환대"의 간계 때문이었다. "환대"는 시적 화자에게 여인과 함께 춤추지 않으면 사랑의 위험이 도래할 것이라고 위협했지만, 그런 위험은 본래 있지도 않은 것이었다. 따라서 그가 사랑을 욕망한 지난 오 년은 어리석은 시간이었다. 있지도 않을 위험에 대한 위협 때문에 노예처럼 춤을 춘 시간이었다. "환대"가 이끈 학교에서 그는 속임을 당하며 사랑을 꿈꾸었다. 『장미이야기』의 전통적인 알레고리를 사용하는 작품의 어조는 매우 비관적이다. 여인의 속임을 간파하지 못한 시적 화자는 시간이 흐를수록 더 많이 속게 될 것을 알고 있다. 그가 춤추었던 "과수원 verger"은 지상을 진실의 그림자로 간주한 신플라톤주의의 흔적이다.

1행 롱사르와 뒤 벨레는 『장미이야기』를 미래의 프랑스 시인들이 모방해야만 하는 과거의 뛰어난 문학작품 가운데 하나로 고려하였다. "환대"의 알레고리는 「소네트 LXIX」와 「노래」에서 등장한 바 있다.

3행 "그"는 "내 청춘 ma jeunesse"을 가리킨다.

9행 사랑에 빠진 지 오 년이 지났다.

10행 "허위의 위험"은 "faux-danger"를 옮긴 것이다.

CLXX

여인의 이중적 성격을 비판하는 시적 화자의 탄식이 다루어진다. 삶을 죽음처럼 만들어버린 여인이 자기의 상처를 치료하는 행위에서 시적 화자는 여인에 대한 배반과 실망을 느낀다. 여인을 비난하는 그의 어조는 매우 신랄하다. 그리고 이것을 드러내기 위해 그는 자신의 과거를 현재시제와 겹치면서 시간의 구분을 파괴한다. 또한 직접화법을 사용하여 과거의 사건을 마치 현재에 벌어진 것처럼 느끼게 만든다. 뒤섞인 시제는 시적 화자가 예전에 얻은 상처가 여전히 남게 되리라는 예고이다.

1행 롱사르가 사망한 후 그의 연대기를 작성한 클로드 비네는 어린 롱사르가 궁정시종들 사이에서 무술에 가장 능숙했다고 전한다. 부친 루이 드 롱사르는 아들이 군인의 삶을 택하기를 바라기도 했다. 작품에서 언급된 검술의 사례는 여인을 만나기 이전에 활력을 지녔던 젊은 롱사르를 환기한다.

6행 "내 목숨 앗아가는 qui me tue"과 "온 마음 다하여 s'esvertue"에서 사용된 현재시제는 "상처에 붕대를 감아주었다 elle pança"의 단순과거와 결합한다.

3-4연 삽입구문 "그때 말하고 말았다 dy-je lors"라는 표현은 여인에게 신랄한 태도를 지닌 시적 화자를 등장시킨다.

CLXXI

『장미이야기』가 헤라클레스의 용맹과 기백이 여성에 의해 패배를 맛보았다고 기술하고 있듯이(9193-9202행), 중세의 반여성주의적 관점은 헤라클레스의 용맹함마저 굴복시키고 말았다. 이를 고려한다면 이 작품이 널리 알려진 상투적 관점을 되풀이하고 있는 것으로 파악될 수 있다. 그러나 작품에서 여성의 질투나 어리석은 사랑이 강조되지는 않는다. 헤라클레스에 대한 시적 화자의 호소는 강렬한 사랑의 욕망을 반영할 뿐, 그의 태도에는 여성에 대한 편견이나 선입견이 없다. 그는 큐피드의 힘과 헤라클레스의 용맹함만을 대비하면서, 사랑 앞에서는 신성한 용기마저 무력해지고야 만다는 것을 노래할 뿐이다. 그렇지만 작품이 영웅의 복권을 지향하지 않는 것은 아니다. 사실 헤라클레스가 사랑에 패배한 것은 신의 뜻에 의한 것이며, 그는 불에 의해 정화된 사랑의 희생물이면서도 동시에 사랑을 승화시킨 인물이기도 하다. 불은 죽게 마련인 인간의 영혼에 남아 있는 모든 것을 소진시키고, 영혼에 자리하고 있던 신성한 성격을 자유롭게 만든다. 뒤 벨레도 「정숙한 사랑에 관한 열세 편의 소네트 Les XIII Sonnets de l'honnête amour」에서 "우리 인간의 얼굴을 경멸하고 / 몸을 불태워 불멸을 얻은 / 알크메네의 이 꿋꿋한 아들이 보여준 행위를 / 닮게 만드는 이 열정"이라고 노래한 바 있다. 이 점에서 헤라클레스는 사랑에 빠진 자의 정화된 정신상태의 상징이 될 수 있다. 이 영웅은 뒤이은 소네트가 소개하듯이 천상의 "또 다른 아름다움"을 찬양하는 행복을 얻기 위해 자신의 육체마저 소진시킨 자이다. 게다가 이러한 해석은 스스로를 불태울 필요성을 자각한 헤라클레스가 지닌 이성의 힘을 부각한다. 총체적이면서도 유일한 아름다움을 바라보기 위해 인간의 육신을 불태우기로 판단한 헤라클레스를 통해 시적 화자는 인간이성의 숭고함을 강조한다.

1행 1552년 초판은 "영원한 겨울의 양모 les toisons d'yn hyver éternel"라는 비유적 표현을 사용했다.

5행 "에게의 대양 la mer Egée"은 물살이 빠르고 폭풍우가 많은 바다를 가리킨다.

7행 "끝없는 근심의 이빨 la dent d'un soin continuel"은 호라티우스의 『오드 시집』 2권의 「오드 11편」 18행을 모방한 표현이다.

1-2연 시간부사 "언제나"의 반복은 사랑의 욕망과 갈등이 지속되고 있음을 보여준다.

3연 시적 화자는 자기 안에서 영원히 자라나는 고통과 끊임없는 전투를 벌인다. 고통의 지속성은 그가 자연의 원칙에서 벗어난 예외적 존재이며, 동시에 헤라클레스의 도움이 무용할 정도로 천상으로부터 버림받은 자임을 드러낸다.

12행 자신에게 주어진 시련을 극복하는 헤라클레스를 가리킨다. 사랑이 불러일으킨 "끝없는" 근심을 소멸시킬 자는 헤라클레스일 뿐이라고 시적 화자는 생각한다. 헤라클레스의 열두 과업이 사촌 에우리스테우스의 명령에 따라 주어진 것이기에 "순종 serve"이라는 표현이 사용되었다.

14행 헤라클레스의 열세 번째 승리가 사랑을 굴복시킴으로써 얻어질 수 있다는 뜻이다.

CLXXII

오에타 산정에서 자신을 불태움으로써 천상에 오른 헤라클레스 신화를 상기하는 시적 화자는 비상에 대한 욕망을 드러낸다. 사랑의 뜨거운 열정은 그를 분해하고 파괴한다. 사랑에서 그 무엇도 성취하지 못한 그는 스스로의 파괴를 목격하는 증인이다. 그러나 파괴되어가는 자신을 목도하는 그는 사랑을 품었던 행위에 대한 회한보다는 이 뜨거운 열정과 광기가 자기 육체를 녹여버리는 것을 기꺼이 받아들인다. 사랑의 열정만큼 뜨겁게 불타오르기 위해서라면, 불의 뜨거움을 자신의 속성으로 삼아야 한다. 그때 비로소 자신을 위협하는 사랑의 열정에 진정으로 당당히 맞설 수 있게 된다. 여기에서 관습의 울타리가 되고 만 '살'이라는 익숙한 육신을 파괴하고 새로운 세계로 진입하려는 시적 화자의 절망과 욕망을 동시에 읽을 수 있다. 그것은 『일뤼미나시옹 *Illuminations*』의 「야만인 Barbare」을 쓴 랭보의 자기 처단의 양상과 크게 다르지 않다. 자신을 가로막았던 세계의 문명에 간섭을 받게 되는 자신을 처단하는 것은 낡은 세상에 대한 복수가 되며, 그것을 통해서만 저 세계의 순수한 정신을 만날 수 있다. 그래서 카상드르를 욕망하는 시적 화자는 반항적이어야 하고 절망을 외쳐야만 한다. 이 반항과 절망에서 불타오르는 노래가 새로운 세계에 대한 욕망을 낳는다. 그가 부를 사랑노래는 낡은 세계에 대한 복수이어야만 한다.

1행 1552년 판본에서는 소유형용사 "내 mon"가 아니라 지시형용사 "cette"가 사용되었다. 음소 'o'가 내포하는 원의 완벽함과 육체의 불완전함을 대립시키려는 의도에 기인한다.

3행 사랑을 통한 정화라는 전형적인 신플라톤주의의 주제를 다룬다. 이 주제는 정숙한 사랑의 추구라는 측면에서 르네상스 궁정시인들에 의해 자주 사용되었다.

4행 헤라클레스를 가리킨다.

5행 "열망하는 desireux"의 1552년 판본은 "자극받은 chatouillé"으로 되어 있다. 수동형형용사가 능동형형용사로 수정되면서 시적 화자의 강한 의지가 강조된다. "정신 esprit"의 등장은 그가 추구하는 것이 인간적 사랑이 아님을 가리킨다. 그것은 지상과의 완전한 단절과 결연을 원하는 강한 욕망에 해당한다.

6행 "반항아가 되어 rebelle"는 육체와 결별한 후에 행복에 대한 욕구로 흥분된 상태를 가리킨다. 천상의 아름다움을 바라보기 원하는 시적 화자의 정신은 육체 안에 머무른다는 것에 분노한다. "어슬렁거리다 se promeine"는 마치 기회만 닿으면 육체를 빠져나가려는 듯한 태도를 가리킨다.

7행 "그대"라는 지시사는 여인과 "신성한 잉걸불 saint brazier"이라는 두 대상을 가리키기 위해 사용된다. 한 작품에서 두 대상을 지칭하는 2인칭 단수의 사용은 여인이 신성함과 관련이 있음을 드러낸다.

12행 "자유롭고 그리고 벌거벗은 libre, et nu"과 같은 두 형용사를 나란히 열거하는 것을 롱사르는 『프랑스 시법개요』에서 시인들이 피해야 할 기법으로 소개한 바 있다. 서로 무관한 형용사의 열거를 이탈리아 시인들이 자주 사용했기 때문이다.

14행 카상드르의 아름다움이 그녀를 낳은 '유일자 l'Un'인 신성한 아름다움의 일부로 고려된다는 점에서 신플라톤주의의 흔적이 엿보인다. 카상드르의 아름다움에 대한 욕망을 통해 신성한 아름다움에 도달하려는 시적 화자는 낯익은 것을 저버리고 새로움을 발견하기 위해 미지의 세계로 들어가기를 희망한다. 그에게 사랑은 영혼의 비상을 위한 수단이고 추진력이다. 이 점에서 그는 욕망을 천상으로까지 오르게 만들려는 새이다. 그렇지만 그의 비상이 정숙함과 순수함을 위한다고 볼 수는 없다. 오히려 그는 감각적 욕망의 고양을 지향한다. 인간적 욕망에 힘입어 천상에 오르기를 희망한다는 점에서 신플라톤주의를 롱사르는 달리 해석하고 있다.

4연 최초의 아름다움과 조우하려는 욕망이 드러난다. 그러나 14행에서 지상에 머문 여인의 아름다움을 가리키는 "그대의 아름다움 la tienne"이 번역문의 13행에 해당하는 원문 12행의 "단번에 뛰어올라 un plein sault"와 같은 연에 놓인 것에서 알 수 있듯이 시적 화자는 정신과 육체를 결합시킨다.

CLXXIII

「소네트 CLXXII」가 천상을 향한 수직적 상승을 노래했다면, 이 작품은 경솔했던 이카로스를 환기하며 지상에 머물기를 원하는 시적 화자를 소개한다. 롱사르는 「소네트 CXLVIII」에서도 이카로스를 다룬 바 있다. 지상에 체류하는 이카로스의 등장은 작품이 신플라톤주의에서 자유롭다는 것을 보여주지만, 그렇다고 해서 시적 화자가 지상에 만족하는 것은 아니다. 그의 "눈물"이 천상의 바다 혹은 대양의 물결과 동일한 자리에 놓여 있기 때문이다. 시적 화자의 눈이 하늘이나 대양의 눈과 동일시된다는 점에서 그것은 우주를 반영한다. 그가 흘리는 눈물은 우주의 시선에서 흐르는 눈물과 다르지 않다. 그가 굳이 상승의 욕망을 불태울 이유가 없다.

9행 "아름다운 별의 광채 la clarté d'une estoile si belle"는 태양을 가리킨다.

CLXXIV

대지와 하늘, 바다와 대기가 모두 소환되며 우주의 질서가 언급된다. 시적 화자는 차가운 겨울이 모든 것을 얼게 만들지라도 자신이 심정의 뜨거움으로 불타오르고, 설령 무더운 여름을 맞이한다고 해도 여인의 냉정함으로 인해 추위로 죽어간다고 호소한다. 그가 우주의 사원소를 환기하는 것은 이런 자연의 질서가 자신의 죽음을 목격하게 만들기 위해서이지만, 동시에 자연이 자신을 보호해주지 못한다는 것을 드러내기 위해서이기도 하다. 그는 질서의 파괴를 몸소 경험한다. 추위를 차가움으로 느끼지 못하고, 여름의 뜨거움을 추위로 느낄 수밖에 없는 그는 자연의 질서에서 버림받은 불행한 자이다.

3-4연 어휘 반복의 의미를 파악하기 위해 원문을 제시하면 다음과 같다.

Amour me brusle, et l'hyver froidureux
Qui gele tout, de mon feu chaleureux
Ne gele point l'ardeur qui tousjours dure.

Voyez, Amans, comme je suis traité,
Je meurs de froid au plus chaud de l'esté,
Et de chaleur au coeur de la froidure.

번역문 9행에 해당하는 원문 8행의 "차가운 froidureux"은 번역문 11행에 해당하는 원문 10행의 "뜨거운 chaleureux"과 운을 이루지만, 의미상으로 14행의 "차가운 froidure"과 연계된다. 그런데 이 차가움은 번역문 10행에 해당하는 원문 11행의 동사 "생생한 dure"과 운을 이룬다. 이 동사는 시적 화자를 괴롭히는 열기의 상태를 지시한다. 각운의 배치는 어찌할 수 없는 상태에 빠진 시적 화자를 효과적으로 드러낸다. 또한 "얼리다 geler" 동사는 시적 화자를 둘러싼 외부 환경과 그의 내적 감정 모두에 관련되어 사용된다. 겨울은 그의 뜨거움을 얼리지 못하고, 차가운 심장의 뜨거움은 겨울의 차가움과도 어울리지 못한다. 따라서 시적 화자와 겨울은 서로 일치하지 못한다. 그는 자연의 순리와 영원히 불화할 뿐이다.

CLXXV

뮤즈들의 선택을 받았던 페트라르카가 사라진 지금, 노년을 맞이한 시적 화자가 뮤즈의 아름다움만을 칭송할 수는 없다. 그에게는 여인의 아름다움을 노래해야 하는 일이 남았다. 따라서 시적 화자가 자신의 늙은 나이를 언급하는 것에는 시간의 흐름에 대한 회한이 내포되어 있지만, 뮤즈 아닌 다른 아름다움을 노래해야 한다는 의지도 포함되어 있다. 그가 선택할 대상은 밤에 춤을 추는 뮤즈나 신성한 샘물이 아니다. 그의 노래는 여인의 새로운 아름다움을 찾아야만 한다. 여기에서 시적 화자가 뮤즈에 의해 선택된 수동적 존재에서 스스로 노래의 대상을 찾아 나선 능동적 존재로 변하는 것을 확인할 수 있다.

4행 페가소스가 말발굽으로 내려치자 땅에서 솟아오른 뮤즈들의 샘이다. 시적 화자가 자기의지에 따라 샘물을 마셔 시인이 된 것은 아니다. 2연에서 그는 뮤즈의 빛에 의해 선택을 받아 시인이 되었음을 밝힌다.

2연 시적 화자가 칭송할 대상은 모든 신들의 거처인 파르나스가 아니라 단지 뮤즈일 뿐이다. 그의 목소리는 뮤즈를 기쁘게 해야만 한다.

3연 페트라르카가 자신의 고향과 조국을 빛나게 했다면, 그 덕분에 시적 화자도 프랑스에서 뮤즈를 칭송할 수 있게 되었다. 페트라르카의 영향이 없었다면 그의 뮤즈는 프랑스에서 태어나지 못했을 것이다. 시적 화자는 토스카나 시인을 칭송하며 그의 후손임을 밝힌다.

12행 "아름다운 이 beauté"는 뮤즈를 가리킨다.

CLXXVI

여인에 대한 시적 화자의 충정과 고통의 영원함을 표현하는 부정문의 반복은 「소네트 XLVIII」과 「소네트 CXXVIII」에서도 다루어졌다.

13행 "보석으로 만들어진 내 심장을 부수진 못하리라 Ne briseront mon cœur de diamant"는 1-11행까지 열거된 주어들의 동사이다. 11행에 걸쳐 나열된 주어들의 무게가 동사를 짓누르고 있지만, 부정형을 도입하는 동사구문은 이것을 극복할 시적 화자의 의지를 엿보게 한다.

4연 아름다운 여인에게와 마찬가지로 형용사 "아름다운 belle"은 시적 화자의 죽음을 한정한다. 여인의 아름다움이 그의 얼굴에 "영원히 tousjours" 새겨져 있다면, 그의 죽음 역시 "영원한" 것이 될 것이다. 또한 1-3연에서 사용된 "경멸 desdains", "기쁨 plaisir", "반항하는 contre", "생각 penser" 그리고 "액체 liqueur" 등의 유동성과 동사 "보다 voir"의 명사형용법은 유동적인 세계 안에서 죽음이 이루어진다는 의미를 드러낸다. 시적 화자의 죽음은 원문 14행의 "아름다운 belle"과 "진정 bien"이 서로 반향하고, 1행의 "아름다움 belle"과 14행의 "아름다운"이 서로 연계되는 구조 안에서 순환한다. 1연과 4연의 원문을 싣는다.

Ny les desdains d'une Nymphe si belle,
Ny le plaisir de me fondre en langueur,
Ny la fierté de sa douce rigueur,
Ny contre Amour sa chasteté rebelle […]

Ne briseront mon coeur de diamant,

Que sa beauté n'y soit tousjours emprainte :

≫ Belle fin fait qui meurt en bien aimant.

원의 회전 안에 놓인 죽음은 종말이 아닌 새로운 시작을 언제나 알린다. 죽음의 반복을 경험하는 시적 화자의 고통은 끝나지 않을 것이다.

CLXXVII

열병에 걸린 여인의 열이 언제나 뜨겁지는 않았다. 오르고 내리기를 반복했다. 그러나 시적 화자를 사로잡은 열병은 성격이 다르다. 뜨거운 그녀의 호흡을 타고 나온 입김이 그를 열병에 걸리게 했지만, 또 다른 뜨거움이 그의 혈관을 타고 흐르며 고통을 연장한다. 그녀에 대한 사랑 때문에 생긴 열정의 뜨거움은 여인의 열병과는 달리 식을 줄을 모른다. 여인과 다른 운명이 그에게 주어진 것이며, 이런 운명을 그는 벗어나지 못할 것이다.

1연 여인과 같은 침대에 있다는 언급은 관능적인 배경을 떠올리게 한다. 고열에 시달리는 카상드르는 인간의 모습을 지닌 여인이다. 그녀는 시적 화자와 마찬가지로 병마의 고통을 거부할 수 없는 인간의 속성을 지녔다. 특히 1552년 초판본의 "유월에 Au mois de Juin"를 1578년 판본부터 "그저께 Devant-hier"로 퇴고하며 특정한 시간을 언급한 것은 카상드르의 인간적이고 지상적인 속성을 강조하기 위해서였다. 그녀는 지상의 시간에 묶인 자이다. 그러나 그녀의 입을 통한 열기가 시적 화자의 혈관 안으로 들어온다는 언급에서 신플라톤주의의 영향을 찾을 수도 있다.

4연 두 번 사용된 부사 "언제나 tousjours"는 여인과 시적 화자 양쪽에 관계된다. 그러나 의미 측면에서 차이가 있다. 영원성을 누려야 하는 존재는 여인이고, 인간인 시적 화자에게는 이것이 거부되어 있어야 하지만, 작품에서 여인의 "언제나"는 부정구문에서 사용되고, 시적 화자의 "언제나"는 긍정구문에서 사용되면서 이런 선입관을 파괴한다. 시적 화자인 "내"가 오히려 "언제나"와 같이 놓이게 되는 것이다. 이런 항상성은 지속되는 고통을 지상에 머물며 영원히 짊어져야 할 숙명에 대한 암시이다. 마지막 시행은 멈추지 않을 그의 비극을 예고한다.

CLXXVIII

작품은 페트라르카 『칸초니에레』의 「소네트 CLXI」을 모방하였다. 페트라르카 작품의 한국어 번역은 다음과 같다. "아, 흩뿌려진 걸음들, 아, 방황하고 예민한 사념들, / 아, 집요한 기억, 아, 강렬한 열정, / 아, 강력한 바람, 아, 나약한 마음, / 아, 나의 두 눈은 이미 본 눈이 아니라, 샘이라네! // 아, 작은 가지들, 유명한 이마의 명예이어라, / 아, 두 값진 것에 대한 유일한 표시어라! / 아, 힘겨운 삶이여, 아, 달콤한 실수여, / 그대들이 나를 산과 구릉을 찾아 걷게 하네! // 아, 아름다운 얼굴, 여기에 사랑은 박차와 고삐를 / 모두 가지고 있어 이들로 나를 자극하고 / 자신이 좋아하는 대로 이끄니, 저항해도 소용이 없네! // 아, 우아하고 사랑스런 영혼들이여, 그대들 중 / 누구라도 아직 이 세상에 있다면, 또 맨 그림자요 / 먼지인 그대들이여, 제발 멈추어 내 죄가 무엇인지 보라."(프란체스코 페트라르카, 『칸초니에레』, 이상엽 역, 나남출판, 2005, 160-161쪽) 클레망 마로 역시 페트라르카를 번역하여 「오, 흐트러진 걸음이여, 오, 갑작스런 생각이여 O par espars, O pensées soubdaines」를 작성한 바 있다. 이 작품에서 마로는 과거 프랑스 서정시의 전통인 사랑에 빠진 자의 한탄이나 우울이라는 소재를 성공적으로 부각시키지만, 페트라르카가 사랑의 쓰라림을 통해 말하고자 했던 시인으로서의 고통스런 위상이나 상황을 전달하는 데에는 실패한다. 게다가 페트라르카의 작품에서 발견되는 의미상의 세밀함이나 우아함 역시 '충실한' 번역을 시도했던 그에게서 누락된다. 반면 롱사르는 3연을 다시 쓰면서 사랑의 열정이 지닌 위대함과 그것의 피해자인 시적 화자의 고통을 뚜렷이 부각시킨다. 그는 페트라르카가 암시한 것 이상으로 사랑에 방황하는 자의 내면을 그려낸다. '시적 주관성'의 출현과 관련된 이런 특징은 시적 주체의 사랑과 고통의 변증법이 충분히 암시되지 않았던 마로의 작품에서는 찾을 수 없었던 요소이다. 롱사르가 이탈리아 시인의 의도를 새롭게 해석하며 고유의 시적 관점과 주관성을 드러내려 했다면, 마로는 페트라르카를 동시대 독자에게 번역으로 소개하면서 프랑스의 전통적인 서정성을 유지하는 데에 주된 관심을 두었다고 말할 수 있다.

1-2연 원문을 소개한다.

Ô traits fichez jusqu'au fond de mon ame,
Ô folle emprise, ô pensers repensez,
Ô vainement mes jeunes ans passez,
Ô miel, ô fiel, dont me repais ma Dame :

Ô chaud, ô froid, qui m'englace et m'enflame,
Ô prompts desirs d'esperance cassez,
Ô douce erreur, ô pas en vain trassez,
Ô monts, ô rocs, que ma douleur entame !

여인에 대한 사랑의 시도는 어리석었으나, 여인에 대한 생각은 여전히 반복된다. 원문에서 4행의 "여인 Dame"과 1행의 "영혼 ame"이 운을 이루는 것은 여인의 모습이 그의 영혼에 화살로 박혀 있음을 보여주기 위해서이다.

2연 1연의 구조를 반복한다. 원문 2-3행과 5-6행의 용어들은 서로 조응하고, 4행과 8행은 어휘들을 나열한다. 이와 같은 반복구조는 시적 화자의 고통으로 가득한 목소리를 반향하게 만드는 효과를 지닌다.

3연 구체적이고 추상적이며 지상과 천상에 관계하는 우주의 모든 구성요소들이 시적 화자의 고통을 심화시킨다. 흥분에 가득 찬 그의 목소리는 고조되어 있다.

4연 시적 화자는 지상과 천상, 악과 선의 모든 주체들을 한자리로 불러와 자신의 고통을 목격하게 만든다. 극도의 고통을 묘사하는 12행은 앞에서 시도되었던 대조법의 효과를 극대화한다.

CLXXIX

시적 화자에게 침묵은 욕망이 만들어내는 말의 통제와 다르지 않다. 그는 사랑의 욕망을 언어에 의지하여 표현하고, 말의 힘을 통해 욕망의 강렬함을 전달해야 한다. 3-4행의 "죽은 잉걸불 아래에서 시들어가던 / 불꽃들 les feux / Qui languissoient sous une morte braise"은 사랑의 말들을 가리킨다. 그러나 2연에 등장하는 그의 어조는 침묵의 범주를 벗어난다. 고통이 행복의 원천이고 위안의 동인이 된다고 말한다. 침묵의 세계에 머무르지 않기 위해 그는 고통을 기쁨으로 환원시키고, 아픔을 편안함으로 변환시킨다. 그는 안주하는 자가 아니다. 그는 "고통 mal"에 "달콤한 doux"이라는 형용사를 덧붙여 새로운 의미를 만들어내는 자이다. 이때 비로소 고통이 소멸하는 새로운 세계를 바라볼 수 있다. 그가 여인을 칭송하는 것도 바로 이런 이유 때문이다. 고통을 안겨준 여인 덕분에 그는 무지의 세계를 벗어날 수 있었고, 인간의 시선이 닿지 못할 신비의 세계를 볼 수 있었으며, 자기 영혼이 천상의 고향으로 오를 수 있는 길도 마련할 수 있었다. 그런데 침묵은 영혼의 귀환을 불가능하게 만든다. 그래서 시적 화자는 마지막 연에서 "아픔 덕분에 Par luy [ce doux mal]"를 반복하며 자기 말의 울림을 확보하려고 시도한다. 사랑에 빠진 자는 침묵을 용인할 수 없다.

7행 삽입 구문 "슬프다고? 아니다 Je me deulx? non"와 같은 독백은 말의 힘을 강조하려는 시적 화자의 태도를 반영한다.

14행 영혼의 귀환이라는 신플라톤주의의 흔적이 엿보인다.

CLXXX

궁정인들의 베스트셀러였던 『아마디스』 8권의 마르스와 비너스의 비교에서 영향을 받았다. 사랑과 전쟁의 친근성이라는 당시 유행하던 토포스를 다룬다. 또한 오비디우스의 『사랑의 치유법』 1권 9편을 참조한 것으로도 볼 수 있다. 시적 화자의 눈물에 냉정하고 잔혹한 카상드르는 전쟁의 신 마르스와 속성을 공유한다. 1연이 큐피드, 2연이 마르스를 각각 다룬다면, 3연과 4연의 각 첫 행에서는 마르스와 큐피드가 동시에 다루어진다. 열거로 인해 자칫 단조롭게 될 구조에 시인은 변화를 부여한다.

12행 "사랑들 les Amours"은 에로스와 안테로스 형제를 가리킨다. 사랑의 욕망이 언제나 배반을 동반한다는 점에서 사랑이 복수형으로 다루어졌다.

13-14행 큐피드와 마르스의 등장은 『사랑시집』의 특징을 드러내는 요소이다. 사실 카산드라와 동일시되는 카상드르를 등장시키면서 롱사르는 사랑의 서정성에 서사성을 부여하려고 시도했다. 그는 사랑의 잔인함에 맞서는 영웅적인 목소리를 도입하여, 월계수와 도금양으로 만든 왕관을 모두 얻기를 원한다. 이와 같은 특징은 이 작품에서 시적 화자인 '나'가 등장하지 않는 것에서도 찾을 수 있다. '나'의 부재는 개인적인 사랑을 보편적 상황으로 확대하거나, 개인적 경험이 곧 보편적 경험임을 암시하려는 의도를 엿보게 할 수 있다. 이미 롱사르는 「소네트 I」에서 시집의 이런 특징을 예고한 바 있다. 따라서 『사랑시집』은 롱사르라는 한 개인이 경험한 사랑에 대한 노래가 아니라 모든 이들의 보편적 운명을 주관하는 우주의 질서에 관한 노래가 된다. 서정성과 서사성이라는 서로 구분된 두 속성이 하나로 통합된 시집에서 카상드르라는 한 여인이 상이한 성격을 지니고 등장하는 것은 일견 당연하다.

CLXXXI

시적 화자는 여인의 "따스한 환대 favorable accueil"에 대한 기억을 죽음이라는 망각의 공간 안에서도 간직하기를 희망한다. 그런데 여기에서의 "환대"는 그의 상상이 만들어낸 산물이다. 실제의 여인이 아닌 그녀의 이미지만을 욕망하며 그는 사랑의 열정을 이어가려고 시도한다. 죽음에 맞서기 위해 허구를 욕망하며 그것을 기억의 공간으로 이끌고 가는 것은 상상이 망각에 맞서는 또 다른 힘이라는 확신이 그에게 있기 때문이다.

8행 7행의 강조부사 "참으로 si"에 뒤이은 8행의 원문 "Qu'un seul regard de tous mes maux me paye"에서 단음절 관계사 "Que"는 시선의 일회적 움직임을 음성으로 재현한다.

2연 아름다움을 위해 그가 수많은 죽음을 경험했다는 것은 열정적인 사랑의 고통이 그만큼 컸다는 의미이다. 반면 단 한 번의 미소는 시적 화자가 겪을 수많은 고통의 지속성에 대립한다.

11-14행 "적시다 plonge"와 번역문 13행에 해당하는 원문 14행의 "꿈 songe" 사이의 각운 결합은 이전 판본의 "수많은 달콤함이 내 영혼을 취하게 한다 En cent nectars peut enyvrer mon ame"와 "여인의 품 안에서 정신을 잃은 Evanoüi dans le sein de Madame"에서 "영혼 ame"과 "여인 Madame"의 각운일치에 비해 운동성을 더욱 강조한다.

4연 여인과의 육체적 접촉을 허용하고, 시적 화자에게 친절한 여인을 등장시키는 꿈은 그의 욕망을 충족시켜주는 공간이다. 그래서 꿈을 허용하는 밤은 육체적 결합의 희망이 실현되는 시간이기도 하다. 그러나 번역문의 14행에 해당하는 원문 12행의 "안겨주지 apporteroit"와 같은 조건법 사용은 시적 화자의 희망이 실현되지 않으리라는 예고이다. 그는 여인의 인사를 받거나 그녀를 품에 안는 행복을 경험하며 낙원에 이르지 못할 것이다. 낙원이 금지된 그에게는 고통 속에서 사랑을 욕망하는 일만이 남아 있을 뿐이다.

CLXXXII

1569년 『시집 제7권』에 처음 소개되고, 1571년부터 『사랑시집』에 수록된 작품이다. 고집스럽고 완강한 큐피드의 설득적인 논리에 굴복하여 복종의 길을 선택하지 않을 수 없었다는 시적 화자의 고백이 이어진다. 사랑의 마차에 끌려가는 그는 자기주관성을 상실한 자이다. 그러나 이런 그에게 의지마저 배제되어 있다고 말할 수는 없다. 그의 종속적 상황이 마지막 연에서 "알고 있다 Je cognois"와 "보고 있다 Je voy"와 같이 1인칭 화자가 강조되는 표현으로 유지되고 있기 때문이다. 사랑이 죽음을 아름다움으로, 고통을 기쁨으로도 만들 수 있다는 것을 알고 있는 그는 죽음 뒤에 숨어 있을 비극적 아름다움을 기대하며 현재의 고통을 견뎌낸다.

1-2행 원문은 "Seul, je me deuls, et nul ne peut sçavoir / Si ce n'est moy, la peine que je porte"이다. 고통에 파괴된 심정을 도치법과 쉼표의 열거를 통해 시각적으로 표현한다.

8행 큐피드에게 많은 힘을 주지 말아야 한다는 의무가 사랑의 유혹 앞에서 굴복하고 말았다는 의미이다.

13행 1행부터 13행까지 큐피드에 굴복하여 여인을 사랑하게 되었다는 자책이 이어진다.

CLXXXIII

시적 화자가 계곡 깊숙한 곳에서 말 걸기를 시도하는 것은 고통을 극복하기 위해서이다. 그러나 켄타우로스가 그의 사랑, 그리고 그의 사랑에 가득한 말을 시기하여 여인을 납치해버리고 말았다. 그의 시도는 실패한다. 그가 전하려 했던 고통의 말들은 완성되지 못하였다. 비밀과 발각을 내용으로 삼는 작품의 이중구조 안에서 사랑의 말을 찾는 시적 화자의 느린 속도와 여인을 납치해가는 켄타우로스의 빠른 속도가 대조를 이룬다. 느림이 빠름을 극복할 수 없으며, 말을 찾는 행위는 폭력적 행위의 민활함을 이기지 못한다. 시적 화자의 말은 신화적 인물의 폭력 앞에서 무력하다. 말없는 자연 속에서 말을 완성하지 못하는 그는 불행하다.

9-14행 9행의 "혀"와 관련된 부사구 "수많은 방식으로 En cent façons"의 복수형과 14행의 단수인 "나"의 대립은 시적 화자의 무력함을 두드러지게 만든다.

CLXXXIV

시적 화자는 카상드르가 떠나버린 집을 원망하며 그녀의 회귀를 간절히 희망한다. 여인의 말을 가슴에 새기고, 그것을 정신 안에서 본다는 것은 이미지가 된 여인의 말이 그의 영혼을 이끄는 힘이 된다는 뜻이다. 그는 여인의 말을 기대한다. 말에 의해서만 완벽한 아름다움의 소유가 가능하고, 자기영혼의 풍요로움이 보장된다. 말을 기대하는 그가 2연에서 의문문을 반복하고, 3연에서 두 번에 걸쳐 접속법 "있을지라도 soit"를 사용한 것, 그리고 여인이 떠나버린 자기 집에 말을 거는 것은 말에 대한 절실함뿐만 아니라, 제 여인이 말에 적극적인 자기를 닮기를 기대한다는 증거이다. 그가 두려워하는 것은 사라진 여인이 남겨놓을 말의 부재이다.

2행 원문 1행의 "Veufve maison des beaux yeux de ma Dame"이라는 표현은 "없는 veufve"과 "아름다운 눈"을 대립시키며 여인의 부재를 부각시킨다. 또한 "여인"과 "집"을 시행 앞뒤에 위치시키며 집이 여인의 소유였음을 암시한다.

2연 반복되는 의문문은 여인의 부재에 절망한 애타는 심정을 반영한다.

14행 여인의 이미지로 가득한 시적 화자의 "생각"은 여인이 떠나버린 집과 대비된다.

CLXXXV

여인의 머리카락은 시적 화자에게 죽음의 욕구를 불러일으킨다. 그것에 사로잡히는 순간 그의 '나'는 사라지기 때문이다. 그러나 이런 죽음의 위협 앞에서 그는 여인의 몸을 거부하기는커녕 그것을 받아들이려 한다. 여인의 몸과 자기 몸이 엮이길 욕망한다. 이를 위해 시적 화자는 원문의 11행과 13행을 제외한 각 시행의 각운 "confort", "donne", "pardonne", "Fort", "fort", "m'ordonne", "m'abandonne", "mort", "honore", "decore", "se couronne", "environnent"에서 원의 형태를 상기시키는 음소 'o'를 반복한다.

2행 고대시인들은 선물로 주어진 머리카락의 토포스를 자주 다루었으며, 생즐레는 「머리카락으로 만든 팔찌 Le Bracelet de cheveux」와 같은 블라종에서 여인의 육체에 대한 찬양을 위해 이 비유를 사용한 바 있다.

4행 "원수들 ennemis"은 시적 화자에게 달콤한 고통을 안겨주는 머리카락을 가리킨다.

9행 아폴론을 가리킨다. 델로스는 아폴론과 아르테미스의 고향이다.

11행 이집트 여왕 베레니케는 시리아 원정길을 떠난 남편 프톨레마이오스 3세의 무사귀환을 위해 아프로디테 신전에 아름다운 머리카락을 받쳤다. 전쟁에서 승리하여 귀환한 국왕은 베레니케의 짧은 머리카락을 보고 매우 놀라 아프로디테 신전에 가보았지만, 머리카락이 감쪽같이 사라져버린 것을 알게 되었다. 슬픔에 빠진 베레니케를 보고 분노한 왕은 아프로디테 신전의 사제에게 사형을 언도하였고, 그때 이집트 궁중 천문학자 코논에 의해 신들이 아름다운 머리카락에 반해 가져갔다는 소식이 전해진다. 코논이 가리킨 하늘에서 별들이 아름답게 빛나는 모습을 본 왕과 왕비는 신전의 사제를 풀어주고 크게 기뻐하였다. 오늘

날 이 별자리는 '베레니스의 머리털자리 Coma Berenice'로 불린다. 사자자리 꼬리 부근에 있다.

CLXXXVI

시간의 순환을 시적 화자는 제 꼬리를 물고 도는 뱀에 비유한다. 프랑스어로 한 해를 가리키는 용어 'an'은 라틴어로는 '원' 혹은 '둥근 형태'를 의미한다. 베르길리우스는 『농경시 *Géorgiques*』 2권 402행에서 "한 해는 자기 길을 또 지나가며 흘러간다"고 노래한 바 있다. 시적 화자는 해가 바뀌어 자신의 불행한 운명에 종말이 고해지기를 희망하지만, 돌고 도는 뱀처럼 제 운명이 예전의 불행을 반복할 것을 알고 있다. '시간의 원 le cercle du temps' 안에 놓인 그는 희망을 버려야만 한다.

1연 시제의 사용은 시적 화자의 비극적 세계관을 드러낸다. 1행의 "나는 확신했었다 Je m'asseuroy"의 단순과거와 3행의 "돌고 돌아온 retournée"의 과거분사는 2행의 "끊어놓으리라고 romproit"와 4행의 "달래주리라고 Adouciroit"의 조건법과 대비를 이루며 실현되지 못할 희망을 암시한다. 그의 희망은 어긋난 시간들 위에 놓여 있다. 그는 어떤 시간도 제 것으로 삼지 못하며, 시간과 자신을 일치시키지 못한다. 시간과 화해하지 못한 그의 운명이 불행의 고리 안에 놓이게 되는 것은 자명하다.

5행 역접사로 시작하는 2연은 불가능한 희망의 실현에 대한 예고이다.

9행 "본질 essence"은 고대철학에서 빌려온 표현이다. 우주를 구성하는 원소들 가운데 가장 섬세하고 순수하며 가벼운 이 마지막 원소에 의해 사원소의 융합이 가능했다. 카상드르를 가리킨다.

2-4연 시적 화자의 비극적 세계관은 물의 유동성을 속성으로 삼는다. 그것은 그의 불행한 운명을 상징하는 눈물과 다르지 않다. 그런데 그는 자신의 운명을 우주의 흐름과 동일한 속성으로 맺어놓으려고 한다. 그가 비 내리고 눈 내

리는 축축한 시간을 자기 눈물에 비유하는 것에는 이유가 있다. 「소네트 XX」에서 물의 유동성이 여인과의 육체적 결합을 위한 배경으로 기능했다면, 이 작품에서의 유동성은 세상과 어긋난 운명을 다시 되돌려 놓으려는 시도의 상징으로 사용된다. 그것은 원의 형태가 완벽함을 유지하듯이, 자신과 세계를 일치시켜 같은 순환의 고리 안에 위치시키려는 시도와 다르지 않다. 그래서 원의 형태는 희망과 불행의 모든 속성을 지니게 된다. 시적 화자가 3연을 호격으로 시작하는 것도 이런 이유 때문이다. 여인은 시적 화자의 생명을 보장하면서도 그를 불행하게 만든 주체이다. 3-4연에서 반복되는 감탄사 "오 O"와 접속사 "아니 ou"는 서로 운을 이루는 "본질 essence"과 "힘 puissance"에 내재된 발음 [ã], 즉 "한해 an"의 발음과 연계된다. 이로써 작품 전체는 희망과 불행의 연속적인 자연적 순환성을 유지한다. 그런데 13행이 암시하듯, 창조될 것은 기쁨이 아닌 "눈물 pleurs"이다. 시적 화자는 개인의 비극을 세계의 비극으로 "태어나 naître"게 만들려고 시도한다.

CLXXXVII

시적 화자는 질투와 분노를 대변하는 신화적 인물들을 언급하며 가슴 깊이 간직하고 있던 사랑의 마음을 세상에 유포해버린 여인을 고발한다. 신화의 도입으로 인해 그의 개인적 분노는 역사성과 보편성을 띠게 된다. 시적 화자의 질투와 시기는 「소네트 CLVI」에서도 다루어졌다.

1행 악타이오스의 딸 아글라우로스는 케크롭스와 결혼한 뒤 자신과 이름이 같은 아글라우로스를 비롯하여 헤르세와 판드로소스 등 세 딸을 낳았다. 아테나는 갓 태어난 에리크토니오스를 광주리에 넣어 케크롭스의 세 딸에게 맡기면서 절대로 안을 들여다보지 말라고 명하였다. 판드로소스는 여신의 명령을 지켰으나, 아글라우로스와 헤르세는 호기심에 이끌려 광주리 안을 들여다보고 말았다. 그 안에는 반은 인간, 반은 뱀의 모습을 한 아기가 들어 있었다. 아테나는 명을 어긴 아글라우로스와 헤르세를 미치게 만들었고, 두 자매는 아테네의 언덕에서 뛰어내리는 죽음을 택하였다. 이들이 뛰어내린 언덕에 아크로폴리스라는 이름이 붙여졌다. 한편 오비디우스의 『변신』 2권 707행 이하에 따르면, 아글라우로스와 헤르세는 그때 죽지 않았다. 아테나를 기리는 축제가 벌어지는 동안, 헤르메스는 헤르세를 보고 사랑에 빠져 케크롭스의 궁전에 숨어들었다가 아글라우로스에게 들키고 말았다. 아글라우로스는 헤르메스를 돕는 대가로 엄청난 황금을 요구하였는데, 헤르메스가 이를 거절하자 궁전에서 쫓아냈다. 아테나는 광주리 안을 들여다보지 말라는 명령을 어겼을 뿐만 아니라 자신의 축제기간에 언니의 사랑을 놓고 흥정하는 아글라우로스에게 분노를 금치 못하였다. 아테나의 명령을 받은 젤로스는 아글라우로스가 헤르메스와 헤르세의 관계를 질투하게 만들었다. 아글라우로스는 헤르세의 침실로 들어가려는 헤르메스를 가로막고 그

자리에서 꼼짝도 하지 않겠다고 고집했다. 화가 난 헤르메스는 그녀의 말대로 돌로 변하게 만들었다. 그 돌은 아글라우로스의 검은 마음에 물들어 검은색을 띠었다고 한다.

4행 아글라우로스가 헤르메스에 의해 돌로 변해버리게 된 것을 상기한다면, 시적 화자의 비밀누설자에 대한 비난은 그를 돌로 만들겠다는 의도를 내포한다. 예전에 카상드르의 잔인한 아름다움에 그의 혀가 굳어버리고 말았다면, 이제 그는 그녀의 경박한 혀를 묶어버리려고 한다. 여인에 대한 비난은 그와 여인 사이의 관계를 전복시킨다. 그와 여인의 사랑관계는 말이 맺어주는 관계와 다르지 않다.

5행 "티시포네 Tisiphone"라는 이름은 '살인을 복수하는 여자'라는 뜻을 지닌다. 알렉토, 메가이라와 함께 복수의 여신들인 에리니에스 가운데 한 명이다. 티시포네는 피투성이 옷으로 몸을 감싸고 앉아 저승의 입구를 지켰다고 한다.

10행 아르킬로투스는 그리스 파로스 출신의 시인으로 세상의 잡놈들을 비방하는 욕설로 가득한 시들을 남겼다.

13행 딸 네오불레를 시인 아르킬로투스와 약혼시키겠다고 약속한 리캄베스는 이를 지키지 않아서 욕설과 비방으로 가득 찬 아르킬로투스의 시로 저주를 받은 끝에 딸과 함께 자살했다.

CLXXXVIII

「소네트 CLXXXVII」과 마찬가지로 여인의 경박한 혀를 시적 화자는 비방한다. 여인의 변덕스럽고 유동적인 마음과 시적 화자의 단단한 맹세가 대비된다. 시적 화자의 신념이 단단한 만큼 자신에게 등 돌린 여인의 태도에서 얻게 되는 실망 또한 매우 크다. 이로 인해 그의 어조가 비난을 섞게 되었다. 변화와 유동성에 민감한 여인마저 비난하는 그가 바라보는 세상은 바람에 흔들리는 장난감 혹은 쉽게 출렁이는 물결과 같이 안정을 알지 못한다. 신념이 사라진 세계 안에서 그의 충정이 안전할 리 없으며, 그의 어조가 언제나 한결같지 못한 것 역시 당연하다. 유동적인 세상과 여인을 비난하지만, 그의 태도에 체념의 흔적이 없지는 않다. "내 마음이 다시는 그녀 마음 만나게 하지 말라 Jamais mon coeur de son coeur ne racointes"라는 기원에는 여인과 조우할 수 없으리라는 불안이 담겨 있다. 그러나 여인에 대한 찬양의 어조에서 비난의 어조로 소리를 바꾼 그에게서 세상의 유동성을 닮은 속성도 발견하게 된다. 그 역시 자신이 비극적으로 바라보는 세상과 동일한 무늬를 지녔다. 세상의 유동성에 따라 어조를 바꿈으로써 그는 자신의 비극성을 극대화한다. 비난의 대상과 같은 속성을 지닌 자신을 드러내는 이런 방식에서 사랑에 거부당한 자의 참혹한 심정을 찾을 수 있다.

1행 『아이네이스』 4권 373행에 해당한다.

5행 "쓸모없어진 여인 femme inutile"은 카상드르에 대한 일종의 위협이다. 초판본에서 이 시행은 "그대 진정 어리석고 서툴렀으니 Tu es vrayment & sotte, & mal habile"였다. 자신의 은밀한 사랑을 누설한 행위가 어리석다고 지적했던 시행이 1578년 이후에 현재의 상태로 퇴고된 것에는 이유가 있다. 초판본은 단지 여인의 조심스럽지 못한 행위에 대한 질책을 담고 있지만, 이후 판본은 더 이상 사랑의 풍요로움을 잉태하거나 출생하지 못할 불임의 여인이 될 것을 경고한다. 여인에 의해 배반당한 그의 말은 사랑의 노래가 아니라 메마르고 거친 비난으로 바뀌게 될 것이다. 11행에서 여인과의 만남을 주선하지 말 것을 큐피드에게 요구하는 것도 이런 맥락에서 가능했다. 시적 화자가 여인에게 던질 말에 그녀는 쓰라림만을 경험하게 될 것이다.

13행 주피테르의 벼락과 넵투누스의 삼지창을 결합한 것에서 우주의 모든 두려움이 그녀의 경박한 혀 위에 쏟아지길 바라는 시적 화자의 쓰라린 심정이 드러난다. 전 우주의 형벌을 요구하는 데에서 여인으로 인해 그가 받은 상처가 매우 크다는 것을 알 수 있다.

CLXXXIX

아리오스토의 『시집』에 실린 "수많은 아름다움을 열망하는 여인이여 Madonna, sète bella e bella tanto"로 시작하는 「소네트 XXV」를 모방한 작품이다. 아리오스토를 참조해서 뒤 벨레는 『올리브』의 "커다란 아름다움으로 내 여신은 가득 차 있으니 De grand'beauté, ma Déesse et si pleine"를, 바이프는 『프랑신에 대한 사랑』의 "내 프랑신은 모든 곳이 진정 아름다우니 Ma Francine est partout excellement belle"를 작성하였다.

5행 여인의 두 눈을 쌍둥이별에 비유한다.

7-8행 주피테르는 레다를 유혹하기 위해서 백조로, 에우로페를 납치하기 위해서 황소로 둔갑하였다. 시적 화자는 여인을 신화적 인물들에 비유하며 그녀의 성스러운 아름다움을 찬양한다.

13행 "믿음 foy"은 여인에 대한 충정을 의미한다. 시적 화자는 한결같은 사랑의 마음을 여인의 아름다움이 지닌 힘에 맞서게 하면서, 여인의 힘에 버금가는 자신의 충실성을 드러낸다. 시간의 흐름에도 불구하고 여인에 대한 그의 숭배는 언제나 한결같았다.

CXC

작품의 신화적 인물들은 디오니소스나 키벨레를 숭배하는 사제들로서 난폭한 야만성을 상징한다. 그들의 광기는 때로는 잦아들지만, 시적 화자의 고통은 휴식을 알지 못한다.

1행 디오니소스를 뒤따르는 광신적인 여성 무리인 메나데스들은 사냥으로 잡은 염소의 날고기를 산 정상에서 먹으며 포도주에 취해 춤을 추는 광폭한 향연을 즐기기도 했다.

5행 "티아데스들 Thyades" 역시 디오니소스를 숭배하는 여 사제들로서 광기에 사로잡혀 격렬하고 난폭한 음악으로 그를 찬양했다.

9-10행 코리반트와 쿠레테스들은 키벨레를 섬기는 매우 신비한 의식을 집행한 사제나 주술사들이다. 키벨레 숭배에 미쳐 무장을 한 채로 동굴에서 난폭한 춤을 추었다.

11행 번역어 "여신의 날카로움"의 원문은 "Tan de sa Deesse"이다. 여기에서 "Tan"은 벌레에 찔려 날카로운 고통의 감각을 지칭하는 그리스어 'οἶστρος'의 번역어이다.

4연 시의 구조에 민감한 롱사르를 엿볼 수 있다. 1-3연까지 그는 부정문을 나열하면서 신화적 인물들의 광기가 언제나 지속된 것은 아니라고 강조하지만, 4연에서는 자신의 내부에 들어온 사랑의 광기가 휴식을 모른다고 말한다. 그런데 12행의 역접사 "그러나" 뒤에 놓인 13행 역시 부정문 '한시도 ~하지 않는다'의 구문형식을 사용한다. 동일한 부정문 형식을 갖추고 있음에도 불구하고 1-3연과 4연은 정반대의 의미를 제시한다. 순간적인 착각을 불러일으킬 수 있는 이런 용법에 의지하며 롱사르는 반복되는 구조에 변화를 부여한다.

CXCI

꿈에서 본 여인의 이미지가 여인의 부재를 보완해줄 수 있을 것이라고 시적 화자는 기대하지만, 그런 위안은 사실 헛된 것이다. 마지막 두 연은 "날아가 버리 s'envole"고야 마는 관능적 꿈에 대한 그의 실망을 다룬다. 꿈은 일시적이지만 그에게 여인의 수없이 많은 모습들을 껴안도록 허용해준다. 그래서 꿈의 환상은 꿈에서 깨어난 그를 꼼짝 못하게 만드는 죽음과 관련된 모든 것들에 대립한다. 밤이 비이성적이고 초현실적인 일순간의 행복을 그에게 보장할지라도, 일순간의 초상을 껴안는 시적 화자에게 영원한 행복은 약속되지 않는다. 그는 악마와 함께 달아나는 여인의 이미지를 보아야 하며, 다가올 고통에 홀로 공포를 느껴야만 한다. 여기에는 그녀의 이미지를 영원히 손에 넣지 못했다는 부끄러움도 개입한다. 침대 위에서 수치와 공포를 느껴야 하는 그는 자신만의 공간 안에서도 평온을 누리지 못하는 낯선 자이다. 친근함을 낯설게 느껴야만 하는 그는 달아나는 상상만을 추구해야 하는 불행한 자이다.

1연 카상드르는 시적 화자에게 행복을 주는 하늘의 별인 동시에 그에게 다정다감한 여전사이다. 여인이 시적 화자를 저버리는 않는다는 점이 흥미롭다. 여인과 그 사이에 놓여 있는 자연은 장애물이다. 자연은 그를 위로하지 않으며, 그의 목소리를 메아리로 울리지도 않고, 「소네트 XXVIII」에서처럼 여인의 아름다움을 새겨주지도 않는다. 그의 자연은 행복을 보장하지 않는다.

6행 천사와 인간의 중간단계로서 달과 지상 사이를 공간으로 삼아 날아다니는 "악마 Demon"를 르네상스인들은 신봉하였다. 1563년 롱사르는 「악마들」을 작성할 것이다. 그리고 이미 이 시집의 「소네트 XXXI」에서 악마들을 "신의 신성한 전령사들"로 간주한 바 있다.

CXCII

여름밤의 뜨거운 열기를 피하게 만들어주는 꿈속에서 여인과 감각적인 사랑을 나누려는 욕망을 표현한 작품이다. 시적 화자는 지상이 마련한 상상의 세계에서 육체적이고 구체적인 기쁨을 누리려 한다. 외부에 머물러 있기에 접근 불가능한 대상을 그는 추구하지 않는다. 허구적 상상과 연관된 꿈은 지상의 그를 위로하고 만족시키는 유일한 공간이다.

1행 "날은 더웠고 Il faisait chaud"는 뜨거운 몸을 암시하는 것으로 볼 수 있다. 그러나 시적 화자가 굳이 여름의 뜨거운 날씨를 언급하는 것에서 그가 시간에 종속된 지상에 머물고 있음을 알 수 있다. 따라서 "미끄러운 졸음 le somme coulant"은 시간적 배경이 저녁임을 지시한다.

2-3행 꿈은 뜨거움이라는 폭력을 막아주는 부드러움과 신선함의 안식처이다. 1587년 판본은 2행을 "꿈꾸는 내 영혼에 의해 par mon ame songearde"라고 표현한다. 하늘에서 내려온 졸음은 "방울방울 떨어져 들어오는 se distiller" 꿈의 느릿한 운동과 결합하며 영혼의 수면 위를 떠다닌다. 이런 꿈의 세계는 여인의 이미지와 사랑에 빠진 시적 화자의 만남이 가능하도록 만드는 환상적 공간으로서의 역할을 수행한다. 따라서 작품에 등장하는 꿈의 이미지는 「소네트 CXLVI」에 등장하는 불길한 꿈의 이미지, 시적 화자에게 고통을 안겨주는 악몽의 이미지와는 상이하다.

5행 "새하얀 멋진 상아 bel ivoyre blanc"는 여인의 치아를 가리킨다. 꿈속 여인의 이미지가 시적 화자의 육체 안으로 들어오는 관능성이 그려진다. 시적 화자의 정신적 기쁨은 여인과의 육체적 결합에서 나오고, 이런 희열을 강조하기 위해 3-4연은 감탄문으로 구성된다.

8행 시적 화자는 입맞춤이 아니라 허리를 맞부딪치는 성적인 결합을 욕망한다.

9행 손의 애무에 의해 개화하는 육체적 기쁨에 대한 암시이다.

10행 여인의 육체를 산호와 백합과 장미에 비유한다는 것은 꿈속에서 만난 여인의 육체가 은유로서만 존재한다는 의미이다. 허구로서의 육체를 도입하는 시적 화자는 꿈이 행복한 상상의 세계를 허용할 수 있다고 믿고 있다.

12행 "오, 신이시여, 오, 신이시여"는 원문의 "Mon Dieu mon Dieu"를 옮긴 것이다. 성적인 결합이 만들어낼 희열의 외침에 해당하는 이 표현을 굳이 "신"으로 번역한 것은 롱사르가 종교와 관계된 표현을 의도적으로 사용하고 있기 때문이다. 그는 종교의 신을 불러와 자신과 여인이 육체로 결합하는 현장을 목격하게 만든다. 성스러움의 종교성을 벗어나기를 바라기 때문이다. 시적 화자는 추상적이고 비현실적인 공간이 아니라 '이곳'을 지향한다.

14행 여성의 육체가 주는 기쁨을 사물로 표현한다. 여성이 부여하는 구체적 즐거움을 강조하기 위해서이다.

CXCIII

여인의 불룩한 가슴의 곡선과 통통함 그리고 단단함은 하얀 피부와 더불어 육체적 욕망을 재현하는 데 기여한다. 관능적인 정서를 드러내는 작품에서 아름다운 가슴의 토포스는 이상적인 아름다움을 표현하기 위해 동원되었다. 1-3연은 감각적인 움직임을 통해 풍요로움을 노래한다. 동시에 젖가슴의 율동은 시적 화자의 몽상을 자극하면서 그에게 쾌락을 부여한다. 이런 육체적 욕망은 4연에서는 정신적인 욕망, 즉 이상적이고 추상적인 육체의 아름다움에 대한 욕망으로 확대된다. 몸에 대한 욕망이 수평적 운동으로 다루어진다면, 정신적 욕망은 수직적 운동으로 재현되면서 확장된 공간 안에 욕망이 위치한다. 시적 화자의 비상하는 욕망("날아서 Vole")은 육체적 욕망을 거쳐서만 가능하다. 그는 절대적 아름다움을 찬양함으로써 육체에 대한 욕망을 순수성에 대한 욕망으로 고양시킨다. 이것은 초월적 세계에 대한 그의 지향이 육체의 감각적 아름다움을 간과하지는 않는다는 말과 다르지 않다.

1연 밀물과 썰물처럼 "밀려오고 밀려간다 Vont et revont"라는 젖가슴의 부드럽고 느긋한 수평적 운동 안에서 인간과 자연의 이미지가 서로 결합한다.

2연 바다의 이미지는 언덕 사이에 쌓인 눈의 오솔길로 이어진다. 봄의 감미로운 애무에 자리를 양보한 겨울의 혹독함이 묘사된다. 시적 화자는 여인을 풍경의 일부로 다루면서 육체의 매력과 자연의 매혹을 동시에 소유하려는 욕망을 강화한다.

3연 시적 화자의 시선이 젖가슴에서 젖꼭지로 이동한다. 붉은색과 흰색의 대비가 두드러진다.

13행 삽입 구문 "세상에 있는지는 알 수 없으나 si quelqu'une est au monde"

라는 표현은 여인의 관능적 육체가 신성한 아름다움의 반영일 것이라는 시적 화자의 생각을 담아낸다.

CXCIV

여인은 병에 걸릴 수 있는 자, 즉 죽음을 맞이할 운명을 지닌 자로 등장한다. 이 점에서 여인은 신플라톤주의의 이상화된 여인과는 상이하다. 시적 화자는 자신의 목숨이 여인의 생명에 달려 있다고 말하면서 그녀를 따르는 것만이 자신을 살리는 길임을 밝힌다. 그가 계속해서 여인을 노래해야 하는 이유에 대한 고백이기도 하다.

5-6행 의술의 신 아폴론을 가리킨다. 테살리아 출신 다프네에게 반한 아폴론이 달아나는 그녀를 숲속으로 쫓아가서 겁탈하려 할 때, 그녀의 아버지 강물의 신 페네이오스는 다프네의 몸을 월계수로 변하게 했다. "테살리아 나무에 대한 예전의 열정 L'antique feu du Thessale arbrisseau"은 '테살리아 여인 다프네였던 월계수에 대한 그대의 열정'으로 해석할 수 있다.

8행 여인의 창백한 안색에 혈기가 돌도록 치료해줄 것을 아폴론에게 간청한다.

9행 "수염 덥수룩한 이 Barbu"는 아폴론의 아들이자 의술이 신이기도 한 아스클레피오스를 가리킨다.

10행 "에피다우룸 Epidaurum"은 아스클레피오스를 숭배한 그리스의 식민지이다. "라구스인들"은 시칠리아 동남쪽에 위치한 도시 라구스의 사람들을 가리킨다. 신라틴 시인 마룰루스의 『에피그램』 4권 17장 1행에 따르면 이 도시 사람들은 에피다우룸 출신들이다.

11행 "내 생명의 불씨 le tison de ma vie"는 '나를 살게 만드는 여인'이라는 뜻이다. 번역어 "꺼지지"는 원문의 동사 "amortir"를 옮긴 것이다. 일반적으로 '무엇을 줄이다'와 '잦아들게 하다'의 의미를 지니지만, 롱사르는 'a-mort-ir'의 형태적 구성에 의지하여 '죽음에서 벗어나게 하다'라는 반대의 의미를 전달하기 위해 이 어휘를 의도적으로 사용했다.

CXCV

1-2행 페트라르카 『칸초니에레』의 「소네트 CCX」 1행을 모방한 표현이다.

4행 마르그리트는 「소네트 CVII」의 8행에서 언급된 바 있다.

7행 "아직은 어린 비너스 Venus encor petite"는 비너스의 탄생에 대한 암시를 드러낸다.

8행 "명예"로 옮긴 원문 7행의 "honneur"는 아름다움을 가리킨다. '비너스의 아름다움을 새길 수 없다'는 뜻이다.

9행 오비디우스의 『변신』 10권에 등장하는 멧돼지에 찢겨 죽은 비너스의 연인 아도니스에 대한 암시이다.

10행 "아이, 아이 Ai Ai"는 텔라몬 Thélamon의 아들 아이아스가 죽은 후 피어난 꽃에 새겨진 'A I'라는 글자를 간투사로 사용한 경우에 해당한다.

11행 르네상스 시기에 인도는 값으로 매길 수 없는 진주와 보석으로 넘쳐나는 나라로 인식되었다.

13행 "두 배로 풍요로운 double richesse"이라는 표현은 어원상 마르그리트가 '꽃'과 '진주'를 동시에 의미하기 때문에 사용되었다.

CXCVI

「소네트 CLXXXVII」에서 분노와 질투를 폭발시킨 시적 화자는 그런 감정표현의 원인으로 결혼을 허용하지 않는 현행법을 지목한다. 그는 여인과 관련된 모든 것이 사라진 빈 공간을 증오와 질투로 채운다. 그것들은 그에게 남은 유일한 힘이고 운동이다. 이 감정을 그는 지상의 헐벗은 상태에서 이끌고 가야 하며, 그것을 자신의 유일한 재산으로 삼아야만 한다. 보들레르가 「가난한 자들의 죽음 La Mort des pauvres」에서 죽음을 삶의 생명력으로 여기도록 권유한 것처럼, 시적 화자는 분노를 자기 욕망의 추동력으로 삼는다.

2행 "손 main"은 여인의 손이 아닌 여인을 앗아간 불카누스의 손이나 혼인법을 의미한다. 이 손은 열정을 간직한 시적 화자의 심장을 앗아간 어떤 폭력에 해당한다. 강탈당한 시적 화자는 다음 연에서 인간과 신성 사이의 결혼을 금하는 혼인법의 강제성을 밝힐 것이다. 그는 지상의 굴레에 얽매여 있다.

1연 심장을 빼앗긴 시적 화자는 생명의 힘을 만들어낼 수 없지만, 그렇다고 그가 죽게 되는 것은 아니다. 그에게는 분노와 질투가 여전히 남아 있다. 이것이 그에게 주어진 고통의 실체이다.

8행 자연법에 반하는 결혼의 금지는 프랑스 문학의 오래된 주제 가운데 하나이다. 중세 서정시나 트루베르 시인들 그리고 클레망 마로에게서 이 주제는 자주 다루어졌다.

10행 「소네트 CXCI」은 침대 위의 고독을 다루었다. 롱사르는 사후에 출판된 『마지막 시집』에 수록된 소네트 「아, 고통스런 내 생의 긴 겨울밤 Ah longues nuicts d'hyver, de ma vie bourelles」에서도 고독한 침대의 고통을 노래하며 죽음을 맞이할 것이다.

3연 심장을 잃은 시적 화자에게 밤은 고통과 외로움과 증오와 질투가 강화되는 시간이다. 여기에서 여인과의 쾌락을 허용하는 밤을 찾을 수는 없다. 그런데 달아나는 열정을 간직하기 위해 고통을 감수해야만 하는 그가 지상의 법을 벗어난 자유를 열망한다는 점에서, 그는 지상에 낯선 자로 남게 되는 운명을 지녔다. 의문문과 감탄문으로 구성된 3연은 감정의 혼란 상태를 드러낸다. 또한 시행걸치기로 연결된 3연과 4연은 시적 화자가 품고 있는 증오와 질투가 오래된 것이며 동시에 여전히 지속될 것임을 예고한다.

11행 불카누스는 못생긴 외모 때문에 오쟁이 진 남편의 상징이다.

14행 여인을 빼앗아가는 것은 여인의 빛을 앗아가는 것과 다르지 않다.

CXCVII

작품의 어조는 시적 화자의 비방만큼이나 절박한 심정을 반영한다. "돌려달라 Ren moy"는 표현은 1연과 2연에서 다섯 번에 걸쳐 반복되고, 후대가 하게 될 말을 전하는 발언은 11행에서 14행까지 연의 구분을 뛰어넘어 지속된다. 1연의 다소간 차분했던 어조는 2연 첫 행 후반부부터 가쁜 호흡에 실리게 되며, 그것은 3연의 마지막 행과 4연에 걸쳐 그 정점에 도달한다. 가속화되는 이런 어조는 '죽어서도 편치 않으리라'는 비방의 어조를 더욱 강화한다.

1행 "아름다운 여인 mignarde"의 초판본은 "약탈자 pillarde"였다. 시의 내용을 고려한다면 초판본의 용어가 더 적절해 보인다.

6행 원문의 7행에 해당하는 "명예로운 잔인함 honneste cruauté"이라는 표현에 대해서는 두 가지 해석이 가능하다. 우선, 죽음이 시적 화자를 잔인하게 추적하는 것이 여인의 명예를 지켜주기 위한 것이므로 시적 화자는 죽음을 마땅히 받아야 한다. 둘째, 자신의 명예를 지키기 위해서 여인은 잔인함과 냉정함을 드러내며 그를 거부한다. 그러나 이 두 해석 모두 여인의 명예가 시적 화자의 접근을 허용하지 않는다는 의미를 내포한다. 여인이 그의 사랑을 거부한다면, 그것은 인간적인 욕망에 맞서서 성스러운 명예를 지키기 위해서이다.

11-14행 자신의 목숨을 앗아가는 여인을 비방하기 위한 표현이지만, 후대의 예언을 미리 전하는 이런 방식은 예언적 기능을 상실하지 않으려는 시적 화자의 의지를 드러낸다. 그가 여인으로부터 가슴을 돌려받으면 번민에서 벗어날 수 있게 되겠지만, 이 경우에 그는 예언의 능력을 상실하게 된다. 따라서 그는 여인에게 목숨을 돌려줄 것을 계속 요구하며, 그녀가 맞이할 운명에 대한 예언만을 반복해야만 한다. 그의 운명은 모순으로 가득하다.

CXCVIII

작품의 1연은 페트라르카의 「소네트 IX」의 1-4행을 모방하고, 나머지 시행들은 아리오스토의 『광란의 롤랑』 45장 38행에서 표현을 빌려왔다. 작품의 주제는 이미 뒤 벨레의 『올리브』에 실린 「소네트 XXXI」에서 다루어진 바 있다. 롱사르는 이탈리아 작가들을 모방하며 뒤 벨레의 다음과 같은 시를 다시 썼다.

한 해의 통치자인 커다란 불꽃이
타오르는 힘으로
흰 소의 뿔과 초원과 산과 강을
왕자들의 피에서 태어난 수많은 꽃으로 장식한다.

이어서 불꽃의 수레바퀴가
염소자리 근처의 구역을 돌게 되면,
바람은 차가워지고 계절은 벌거벗고 신음하며
모든 꽃들이 말라 시들어간다.

그렇게, 나에게 그대는 그리했으니,
오, 나의 태양이여! 사방으로 흩어지는 그대의 밝은 광채는
우아한 봄날을 내게 느끼게 하건만,

홀연히 그대가 나를 떠난 그 순간,
내 몸속 사방으로 밀려오는
겨울 이상의 겨울을 느끼게 된다.

Le grand flambeau gouverneur de l'année,
Par la vertu de l'enflammée corne
Du blanc thaureau, prez, montz, rivaiges orne
De mainte fleur du sang des princes née.

Puis de son char la rouë estant tournée
Vers le cartier prochain du Capricorne,
Froid est le vent, la saison nue et morne,
Et toute fleur devient seiche et fanée.

Ainsi, alors que sur moy tu etens,
Ô mon Soleil ! tes clercs rayons epars,
Sentir me fais un gracieux printens.

Mais tout soudain que de moy tu depars,
Je sens en moy venir de toutes pars
Plus d'un hyver, tout en un mesme tens.

1행 "커다란 눈이 쌍둥이자리에 이르게 되면 Quand le grand oeil dans les Jumeaux arrive"은 봄의 도래를 가리킨다. 물결치는 들판과 반짝이며 흘러가는 강물에서 봄의 생명력이 암시된다.

7-8행 봄 대신에 여전히 겨울이 지속된다는 의미이다. 쌍둥이자리와 궁수자리는 일 년의 반을 서로 나눈다. 태양은 5월이 되면 쌍둥이좌에, 11월이 되면 궁수좌에 도달한다. 여인의 찬란한 눈빛이 달아나면 시적 화자는 균형 잃은 감정

에 빠지고 만다.

3-4연 1연에서 다루어진 봄의 안정성과 겨울의 불안정성은 3연과 4연에서 풍요와 빈곤의 대립으로 연장된다. 3연에서 시적 화자의 가슴이 봄날의 화창한 햇빛에 비유되는 여인의 빛으로 풍요롭다면, 그녀의 출발은 익지도 못하고 떨어진 과일 같은 희망의 빈약함만을 그의 가슴 안에 남겨놓는다.

CXCIX

시적 어조의 단호함이 느껴지는 작품이다. 시적 화자가 겨냥하는 대상은 현재가 아닌 미래의 독자이며, 그가 다룰 내용은 화려한 자연 속에서 사랑으로 인해 고통받는 자신의 현재가 될 것이다. 자신의 현재를 미래에 투영하려는 그에게 잉크와 펜은 유일한 구원의 수단이다. 그것들은 여인의 잔인함을 고발할 것이다. 이때 그는 제 목소리를 미래에 울릴 소리로 변환시킬 것이며, "보석"처럼 단단했던 자기사랑과 목숨 앗아가는 여인의 아름다움이 강제한 "고통"을 고발할 것이다. 현재의 시적 화자를 여인이 굴복시켰다면, 미래의 그녀는 그의 글로 굴복될 것이다. 「소네트 XVI」과 「소네트 「LXXII」 역시 시적 화자의 노래에 종속될 여인의 운명을 다룬 바 있다.

2행 "베러 가다 Faucher"라는 표현은 부정적 의미로 쓰이지만, 여기에서는 풀들이 무성하다는 것을 가리키기 위해 사용되었다.

1연 푸른색이 포함된 화려한 색채감은 탄생의 의미를 부각시킨다.

2연 1연의 동작성이 5행에서 리라를 갈고리에서 내리는 행위, 그리고 6행에서 노래를 부르는 행위로 이어진다. 자연 안에서의 움직임은 음악의 세계 안에서도 진행된다. 따라서 집이 화려한 색채로 장식된 것처럼, 그가 부를 노래 역시 풍요로울 것이다. 그런데 이 풍부함은 그의 이성을 앗아간 아름다운 독 때문에 얻게 된 것이다.

3연 2연의 '독살당한 이성'의 시적 화자는 자신의 고통을 음악과 시로 미래에 남기려 한다. 「소네트 LXXVII」에서 그는 말을 잃은 여인에게 그녀의 아름다움을 미래로 날려주겠노라고 약속한 바 있다.

4연 시적 화자에게서 고통을 극복하는 유일한 수단은 노래와 글쓰기이다. 그것은 과거와 현재를 미래로 투사할 힘을 지녔다. 게다가 미래로 전해질 것이기에 단속적이지 않고 지속적이다. 이것은 마치 여인이 남긴 독의 상처가 아물지 않는 것과 다르지 않다. 이렇게 그는 여인의 잔인함에 글의 힘으로 맞선다. 따라서 리라와 종이를 꺼내는 시적 화자는 독에 감염된 자이지만, 그렇다고 무방비나 패배만을 경험하지는 않는다. 그가 쓸 시가 변치 않고 영원할 것처럼, 그의 반항과 맞섬은 강인함을 얻을 것이다. 여인이 폭력적이었다면 그의 시 쓰기 역시 여인에 대해 폭력적일 것이다. 여인은 현재의 시적 화자를 상대하지만, 여인에 대한 심판을 그는 미래에 맡긴다. 그의 노래와 시는 굳건한 사랑의 마음만큼이나 "단단 durs"하게 시간을 살아남을 것이다.

CC

여인을 품 안에 껴안도록 허용하는 밤은 시적 화자의 독서와 그가 만난 보헤미안들 덕분에 약속되었다. 그는 독서에서 제 미래에 대한 예언을 읽고, 떠도는 자들과의 우연한 만남에서 호의적인 미래를 듣게 된다. 시적 화자는 시각과 청각의 모든 감각을 동원하여 시행들 사이에서 미래를 보고, 그 누구도 귀 기울이지 않는 떠돌이들의 말에서 앞날을 읽어낸다. 그런데 그가 민간풍습처럼 확실치도 않은 미신에 의지하지 않을 수 없는 것은, 그만큼 고통을 견디기 힘들기 때문일 것이다. 그러나 이 사소하지만 결정적인 예언에 의지하는 그의 방식은 신화적 인물인 카산드라의 예언을 무력화한다. 아폴론이 카산드라의 예언을 믿지 못하게 만든 것처럼, 시적 화자는 일시적인 꿈속에서 새로운 아폴론의 역할을 수행하며 신화가 실현하지 못한 사랑을 성취해낸다. 「소네트 XXXIII」은 신화를 재해석하고 재구성하며, 신화의 내용에 직접 개입하는 아폴론으로서의 시적 화자를 소개한 바 있다.

1연 고대인들은 호메로스나 베르길리우스의 작품을 펼쳐서 자신의 미래를 예언하는 시행들을 읽어냈다. 라블레는 『3서』의 10-11장에서 파뉘르주에게 '호메로스와 베르길리우스의 점 sorts homeriques et virgilianes'을 참조해보라고 권유하는 팡타그뤼엘을 소개했다.

6행 체제에 반항하며 떠도는 보헤미안들을 가리킨다.

3연 작품에 등장하는 밤은 시적 화자에게 여인의 육체를 탐할 수 있도록 허용하는 시간이다. 여인의 오만함은 밤의 시간 속에서 사라진다. 게다가 밤은 사랑을 예언하는 능력을 시적 화자에게 건네주기도 한다.

13행 원문 14행에 해당하는 "수많은 예언들 tant de propheties"은 카상드르가 전해준 시적 화자의 비극적 운명에 대한 말들을 가리킨다.

마드리갈

이 작품은 1584년 이전까지는 소네트의 형식을 갖추었지만, 1584년 판본에서는 3연에 1행이 추가되어서 마드리갈이라는 제목을 부여받았다. 3연의 초판본은 다음과 같다.

그리하여 때때로 동시에
봄날의 태양이 웃고 우는 것을 보게 되었으니,
구름이 반 정도 태양을 가로지르게 될 때에.

Ainsi voit on quelquefois en un tans,
Rire & pleurer le soleil du printans,
Quand une nuë a demy le traverse.

초판본은 "머뭇대는 douteusement"이라는 표현을 사용하지 않았다. 초판본이 1-2연의 웃음과 울음을 4연에 다시 등장시키며 작품의 반복성을 제시했다면, 1584년 판본은 불안정한 상황을 강조한다. 여기에서 마드리갈의 형식을 사용한 이유가 발견된다. 소네트가 4-4-3-3의 반복적이고 균형 잡힌 구조를 갖추었다면, 4-4-4-3의 마드리갈이 취한 형태는 소네트에 비하면 불안정한 모양새를 띤다. 여인과 자연 그리고 시적 화자의 안정을 모르는 성정을 드러내는 데 마드리갈은 매우 적절한 형식이 된다.

1행 추하고 오쟁이 진 불카누스는 「소네트 CXCVI」에서 등장한 바 있다. 불카누스와 비너스의 불행한 결혼생활이 환기된다.

4연 웃고 우는 여인의 불안정한 상황은 환히 비추다가 빛을 잃고 마는 봄날의 태양과 다르지 않으며, 그것은 또한 그녀를 바라보는 시적 화자의 상황을 반영한다. 여인과 자연 그리고 시적 화자가 모두 동일한 상황에 놓여 있다. 또한 여인에게서 자아 그리고 자연으로 확대되는 점층법을 통해 여인과의 합일을 기원하는 시적 화자의 강렬한 욕망이 표현된다. 시적 화자의 시간에 대한 관념도 발견된다. 그의 시간은 낙원의 영원한 시간을 지향하기보다는 오히려 일시적이고 순간적이며 변화에 민감하다. 일관성을 상실하고 변화를 수용한 덕분에 그의 시간은 역동성을 띤다.

CCI

고통을 경험하는 카상드르는 인간적인 모습으로 등장하지만, 그녀의 고통에 천상의 신들과 별들이 안타까움을 표현한다. 그녀의 고통은 인간과 우주의 교감을 만들어낸다. 11행 첫 부분에 '같이 느끼다 ressentir avec'라는 뜻을 지닌 "연민 sympathie"이라는 어휘가 놓인 이유가 여기에 있다. 따라서 작품이 제시하는 것은 고통받는 여인의 모습이지만, 동시에 지상을 천상의 거울로 정의하는 오래된 우주관이기도 하다. 침대에 누운 여인의 시선과 목소리가 하늘을 향하고, 신들과 별들의 시선이 지상으로 하강한다는 점에서 작품은 쌍방향의 운동성을 견지한다. 동시에 이런 운동성은 원문의 "두 손을 모으고 Croizant ses mains", "구슬프게 말했다 larmoyant parloit", "안색과 태도와 의중을 바꾸었고 Changeans de teint, de grace et de couleur"와 같은 분사형의 반복에 의해 더욱 강화된다. 그런데 하늘이 지상에 동정심을 느끼게 된 이유에는 여인의 고통스런 외침이 있었다. 그녀의 소리가 우주의 귀 기울임을 만들어냈고, 그로 인해 신들은 가던 길을 멈추었으며, 별들은 찬란한 빛을 감추었다. 죽음의 고통을 겪는 여인의 외침이 우주의 정상적인 운동성을 파괴한다는 점에서 작품은 여인의 힘에 대한 찬양을 담고 있기도 하다.

8행 카상드르의 힘은 세네카가 『메데이아』에서 묘사한 여인의 마법적인 힘에 비유된다.

CCII

앞의 소네트에서와 마찬가지로 여인의 고통에 동정을 느끼는 시적 화자가 등장한다. 고통의 무게에 흐느끼는 것은 그가 아니라 여인이며, 눈물 흘리는 여인의 신비한 모습은 감동을 일으켜 사랑의 불길을 더욱 타오르게 한다. 여인이 그의 비탄에 언제나 무관심한 모습을 보여준 것과는 달리, 여인의 고통에서 슬픈 감정을 끌어내는 시적 화자는 여인에게 자기를 닮을 것을 요구한다. 여인의 모든 상황에 공감하는 자신을 통해서 세상이 조응에 의해 유지된다는 사실을 여인이 깨닫기를 바란다. 작품에서 모순된 어휘들이 서로 결합하는 것도 자연적, 이질적 요소들이 여인의 뜨겁고도 차가운 성질을 반영하면서 결합하고 있음을 제시하기 위해서이다. 여인의 슬픔이 자연의 요소들에 의해 비추어지면서 여인과 자연의 조응이 이루어지는 것처럼, 시적 화자는 동정을 지닌 자신과 여인의 상호연계를 지향한다. 작품은 자연과 여인 그리고 시적 화자 사이의 '조응'을 소재로 삼는다.

1행 여인의 두 눈을 가리킨다.

3-4행 눈물처럼 흘러내리는 어두운 이슬비로 세상이 캄캄해졌지만, 신성한 여인의 시선으로 인해 세상의 어두움이 가시게 된다는 뜻이다.

5행 "아름다운 은빛방울 Un bel argent"은 여인이 흘리는 눈물방울을 가리킨다.

2연 여인의 시선이 태양빛을 대신하는 것처럼, 그녀의 눈물방울과 목덜미는 상아처럼 빛난다. 슬픔에 빠진 여인의 모습에 시적 화자의 시선은 경탄한다. 그러나 여기에 어떤 관능성이 배제되어 있지는 않다. 눈빛의 신성함, 은색의 눈물방울, 새하얀 목덜미는 정신적 측면과 관련되지만, 시적 화자의 시선이 향하는 곳은 여인의 가슴이다. 그의 눈길은 정신성과 관능성에 대한 욕망을 드러낸다.

9행 "미지근한 눈송이 neige tiede"는 페트라르카의 「소네트 CLVII」의 9행 "뜨거운 눈송이 calda neve"를 모방한 표현이다. 여인의 뺨이 지닌 온기와 눈물의 차가움이 만들어낸 현상이다. 이 표현에서 여인을 바라보는 시적 화자의 섬세한 시선을 엿볼 수 있다. 여인의 슬픔에 감정적으로는 동화하는 그에게는 분석적 시선이 있다. 또한 5행에서 사용된 반과거형 시제 "흘러내리고 있었다 s'escouloit"는 시적 화자의 기억에 새겨진 여인의 이미지가 사라지지 않고 남아 있다는 것을 표현한다. 현재와 결합된 과거의 기억은 그가 느끼는 감동이 결코 작지 않았음을 의미할 뿐만 아니라 과거의 모습을 현재의 수면 위에 떠올릴 수 있는 정신적 힘마저 암시한다. 물론 이런 기억은 여인의 슬픈 모습에 서려 있는 신성함이 만들어낸 것이기도 하다. 그 힘은 "미지근한 눈송이" 같은 모순어법에 의지한다. 모순된 것들의 결합이 만들어낸 신비한 분위기는 나머지 시행에서 금색과 어두운 색, 붉은색과 흰색의 결합으로 이어진다.

12행 장미와 백합은 여인의 입을 상징한다. 붉은색과 흰색의 결합은 여인의 외모에 담긴 신성함과 그것이 반영하는 정신적 숭고함을 반영한다.

4연 페트라르카의 「소네트 CLVII」 9-14행 "고통을 머금고 있는 경이로운 진주와 장미는 / 뜨겁고도 아름다운 말들을 쏟아냈고, / 탄식은 불을, 눈물은 수정을 쏟아냈다 perle et rose vermiglie, ove l'accolto / dolor formava ardenti voci et belle ; / fiamma I sospir', le lagrime cristallo"를 글자 그대로 옮긴 표현이다. 뜨거운 불의 붉은색과 차가운 수정의 은색이 결합하며 3연의 분위기를 연장한다.

CCIII

시적 화자는 여인에 대한 사랑이 자신의 인간적 의지나 욕망에 의한 것이 아니라 우주의 형성만큼이나 본질적이고 불가피한 원리에 따른 것임을 밝힌다. 신의 우주창조가 필연적이었던 것처럼, 그리고 금잔화가 태양을 언제나 바라보는 것이 자연의 원리인 것처럼, 그가 여인의 눈빛을 향하는 것 역시 이런 행위에 버금간다. 이때 그의 고통은 개인적인 차원을 떠나 보편의 영역으로 들어간다. 시적 화자는 9행에서 "나는 일상의 고통과 헤어져 간다 je pers ma peine coustumiere"고 말하면서 자신의 사랑을 보편적 사랑의 차원으로 확대하고, 우주적 조화와 합일을 이루게 만들려고 시도한다. 제 욕망을 우주의 움직임과 보조를 맞추는 그는 사랑에서 우주의 진리를 찾아내길 희망한다.

3행 하늘을 만든다는 의미이다. 우주가 창조되는 순간부터 시적 화자는 여인의 노예가 되었다.

14행 언제나 태양을 향하고 있는 금잔화를 그리스인들은 'Heliotropium'으로 불렀다. 플리니우스 2세는 『세계사』 27권 57장에서 태양을 향한 금잔화의 '사랑 amor'과 '욕망 desiderium'을 강조하였으며, 오비디우스도 『변신』 4권 260-270행에서 태양에 향한 금잔화의 '사랑'을 언급한 바 있다. 특히 금잔화가 태양을 바라보는 행위는 신플라톤주의에서는 우주의 질서에 대한 탐색과 동일한 것으로 간주되었다. 따라서 태양을 상실하는 것은 우주의 질서에 편입하지 못한다는 고통을 동반한다. 시적 화자가 금잔화를 언급하는 것에서 우주적 질서와 조화에 대한 욕망을 읽어낼 수 있다. 롱사르는 1547년에 작성한 「여인에 대한 상상 Fantaisie à sa Dame」에서 "나는 사람들이 금잔화라고 부르는 꽃이었다 j'estoi fleur qu'on nomme du Souci"라고 노래한 바 있다.

CCIV

1569년 『시집 제7권』에 실린 작품으로, 1571년에는 『사랑시집 제2권』에 수록되었으나 1584년에 『사랑시집 제1권』으로 이동하였다. 앞의 소네트와 마찬가지로 근심을 소재로 삼았다. 작품이 1569년에 처음 소개되었다는 측면에서 작품 속 여인이 카상드르를 가리킨다고 보기는 어렵다. 게다가 1569년 『시집』에서 『사랑시집』으로 이동한 다른 11편의 소네트들 역시 이 작품과 마찬가지로 주문에 의해 작성되었다. 작품은 전반적으로 모순어법에 토대를 둔다. 원문 5행의 "불씨 braise"와 8행의 "편하다 aise"의 각운일치가 그 증거이다. 시적 화자가 고통에서 위안을 얻을 수 있는 것은 삶의 종말이 죽음이 아니라 또 다른 생명의 시작이라는 생각을 지녔기 때문이다. 13행에서 명사 "죽음 mort"과 동사 "만들어놓았는지 faire"가 같이 놓인 것도 이런 해석을 증명한다. 따라서 시적 화자는 여인의 두 눈에 뜨거움과 차가움의 상반된 성질을 부여하지 않을 수 없었으며, 자기 내부에 들어온 뜨거움과 식어가는 제 육신을 동시에 제시하지 않을 수 없었다. 상반된 성질을 지닌 두 사물이 서로 합일을 이룰 가능성은 희박하겠지만, 바로 그런 희박함이 시적 화자의 뜨겁고도 차가운 사랑 그리고 여인의 감미롭고도 냉정한 시선을 영원하게 만드는 요소가 된다. 9행에서 시적 화자가 "고통에서 고통으로, 근심에서 근심으로 건너가는 De mal en mal, de souci en souci"이라는 표현을 사용한 것은 생명력을 이어 나가는 고통과 근심을 형상화하기 위해서였다.

3행 사랑시의 일반적인 표현이다. 오비디우스는 『여전사들의 서한집 *Héroïdes*』 12권 74행에서 이 표현을 사용한 바 있으며, 무엇보다도 페트라르카의 「소네트 CCXXII」의 2-3행 "속닥거리며 길을 가는 여인들이여, / 내 삶은 어디에, 내 죽음은 어디에 있단 말인가? donne che ragionando ite per via, / ove è la vita, ove la morte mia?"에서 빌려온 표현이다.

12행 페트라르카 「소네트 CCXXII」 12행의 "종종 이마에서 마음을 읽어낼 수 있으니 Ma spesso ne la fronte il cor si legge"를 모방하였다.

CCV

여인의 아름다움에 의해 극도의 흥분을 느끼는 시적 화자의 영혼은 총체적인 아름다움을 향해 비상한다. 시적 화자의 수동적 상황이 다루어지지만, 그렇다고 해서 그에게 능동성이 없는 것은 아니다. 마지막 연의 주어가 모두 "나"이듯이, 그는 아름다움에 이끌려 천상에 오르지만, 그곳에서 여인의 완벽한 아름다움을 바라보고 확인하며 자신의 생각을 완성해가는 역할을 수행한다. 여인의 시선이 쏘아댄 화살을 맞아야만 천상에 오르게 되는 상황은 수동성에서 능동성으로의 이동이 가능하다는 것을 제시한다. 시적 화자가 고통에서 기쁨을 발견하듯이, 죽음에서 사랑으로, 열정에서 행동으로 이동하는 그의 능동적 주체성이 드러난다.

2행 정신과 육체가 게을렀다는 표현은 비생산적인 상태를 가리킨다. 일반적으로 상업과 노동의 시대였으며, '운동성 mobilité'을 시대정신으로 삼았던 르네상스 시기에 '한가로움 oisivetés'은 경계의 대상이었다. 롱사르는 『오드시집』의 「서문」에서 시적 영감의 민활함 그리고 인간능력에 대한 무한한 신뢰를 증명하는 '노동 labeur'의 필요성을 강조한 바 있다. 그러나 그는 자연이 보장하는 '느긋함 passetemps'의 중요성을 간과하지 않는다. 모든 노동의 끝에 휴식의 시간이 있을 것이라고 확신하는 그는 「행복의 섬 Les Isles fortunées」에서 "그곳에서 우리는 일하지 않고 고통도 없이 살 수 있으리라 Là, nous vivrons sans travail, & sans peine"고 노래하기도 했다. 한가로움은 이 작품에서는 부정적 의미로 쓰인다.

5행 "고귀한"은 원문의 "gentille"를 번역한 것이다. 여인이 지닌 아름다움이 지상에 속하지 않고 천상의 고귀함을 지니고 있다는 뜻이다.

8행 "아름다움의 일부 la partie"는 여인의 아름다움을 낳은 '총체 le Tout'의 부분이라는 뜻이다. 지상에 머문 여인의 아름다움은 유일한 아름다움의 '반영 reflet'일 뿐이다.

2연 1연에서 언급된 운동성의 구체적 양상을 드러내기 위해 시적 화자는 "이끌어 dresser", "오르게 했으니 élever" 그리고 "불태운다 enflammer"를 3행에 걸쳐 나열한다. 지상에서 천상으로 비상하는 영혼의 민활함을 표현하기 위해서이다. 영혼이 떠난 지상에 남은 그의 육체는 여인의 이미지를 간직하는 그릇이 된다.

9행 "열등한 아름다운 눈 le moins beau"은 지상에 남은 아름다움의 반영을 가리킨다.

11행 "신들림 manie"은 천상의 아름다움으로 시적 화자를 이끈 '영감'을 가리킨다.

12행 "진정한 아름다움의 완벽함을 나는 칭송하니 du vray beau j'adore le parfait"는 총체적인 천상의 아름다움을 찬양한다는 의미이다.

14행 여인의 아름다움에 이끌린 강제된 비상을 통해서 시적 화자는 천상에서 여인의 진정한 아름다움과 자신의 본질을 발견한다. '진실'의 발견, 그것은 그가 여인의 아름다움을 추구하는 목적이다.

CCVI

시적 화자는 사나운 북풍이 여인을 루아르강에 머물게 해주기를 바란다. 여인에 대한 원망이나 질책의 어조가 작품에서 발견되지 않지만, 그의 욕망은 북풍만큼이나 강렬하고, 여인을 곁에 두지 못한 그가 내뿜는 탄식은 북풍만큼이나 차갑고 격렬하다. 1연에서 나열된 호격은 북풍에 대한 그의 기대가 강하다는 것을 암시하며, 5행에서 북풍의 여인인 오레이티이아 Orythye를 언급한 것은 자신의 현재 심정과 북풍의 과거 사랑을 겹치게 하여 북풍을 자극하기 위해서이다. 따라서 시적 화자의 현재는 겨울이며, 그가 여인과 만나는 계절은 봄이 될 것이다. 그 봄이 오기까지 북풍은 원하는 모든 것을 공포에 몰아넣으며 계속 불어야만 한다. 지옥과 하늘이 언급됨으로써 공간이 확장되고, 북풍의 과거와 시적 화자의 현재가 조우함으로써 시간 역시 팽창한다. 확장된 공간과 시간을 채우는 으르렁거리는 바람소리의 한복판 그리고 소네트의 중심부인 8행에 여인을 등장시키며 시적 화자는 욕망의 간절함을 전달한다.

1행 흑해 서쪽에 위치한 야만족이다.

5행 북풍은 새벽의 여신 에오스의 아들이다. 아테네의 국왕 에렉테우스의 딸 오레이티이아에 반하여 그녀와 강제로 결혼하였다.

9행 바람이 물에 젖어 멈춰서는 안 된다는 뜻이다.

CCVII

앞의 소네트와 마찬가지로 시적 화자의 고향인 루아르강을 찾는 카상드르를 노래한다. 그는 카상드르와 카산드라를 동일시하고 아폴론과 자신을 연계하지만, 과거의 카산드라와는 다르게 행동할 현재의 카상드르를 언급함으로써 새로운 역사를 만들어갈 사랑의 미래를 노래한다. 그가 과거를 참조하고 '모방'하면서 새로움을 희망한다는 점에서 롱사르의 미학적 인식을 찾을 수 있다.

1행 「소네트 XXXIII」은 카상드르를 파리스의 누이이며, 프리아모스의 딸인 트로이아의 카산드라와 동일시하였다.

2행 "의심 많은"의 원문은 "en doute"로서 '혹시나 하는 염려에 머뭇대다'라는 뜻을 지닌다.

4행 아폴론은 자기 사랑을 바꾸는 대가로 카산드라에게 예언의 능력을 부여하였다. 카산드라가 약속을 저버리자 아폴론은 그녀의 예언을 아무도 믿지 못하게 만들어버렸다.

5행 카산드라의 예언에 맞먹는 미래에 대한 예언의 능력을 지닌 시적 화자가 등장한다. 그는 4연에서 자연의 피조물들에게 명령을 내리는 힘도 지녔다.

6행 카상드르가 주류主流인 루아르강 Loire이 흐르는 블루아를 떠나 시적 화자인 롱사르의 고향, 방돔을 가로지르는 지류支流 루아르강 Loir으로 옮겨온다는 뜻이다. 아폴론을 배신한 카산드라와 달리 카상드르가 자기를 찾아올 것이라는 희망을 담고 있다.

3-4연 신들과 자연이 자신을 염려해준다는 언급에서 우주 전체의 동정을 한 몸에 받을 수 있는 시적 화자의 위상이 드러난다. 아폴론으로부터 예언의 능력을 얻었던 카산드라나 신성한 아름다움을 지닌 카상드르의 사랑을 얻을 만한

자격과 위엄이 자신에게 있다는 것이다. 사랑의 서정시에 서사적 어조를 결합시키려는 의도가 엿보인다.

CCVIII

심장과 말, 감성과 이성을 상실했다는 시적 화자의 고백은 여인의 아름다움이 지닌 매혹적 힘에 대한 최고의 찬사이다. 그는 자신의 모든 것을 소멸시키며 여인을 찬양하고, 여인은 시적 화자를 파괴하며 자신의 아름다움을 지켜 나간다. 그런데 시적 화자의 완전한 해체가 가능할 수 있었던 것은 그가 자신의 모든 것을 여인에게 바칠 의지를 지니고 있고, 또한 여인의 상대가 될 만한 가치를 지닌 존재였기에 가능했다. 완벽한 소멸은 패배를 의미하지만, 패배를 경험하는 그는 자신을 지키려고 몸부림치지 않는 당당함도 지녔다. 모든 것이 사로잡히고 말았다는 완벽한 패배를 고백하면서도 그는 자기 존재의 가치를 새삼 드러낸다. 주체의 소멸을 통해서 주체의 의지를 역설적으로 확인하는 그에게서 소멸은 부활의 자양분이다.

1-2연 작품은 "황금빛 or"으로 치장되어 있다. 번역문 2행에 해당하는 원문 1행의 "찬양하게 되니 j'honore"와 운을 이루는 4행의 "숭배하는 j'adore", 그리고 5행의 "그때 ore"와 결합하는 번역문 7행에 해당하는 원문 8행의 "옮겨가는 s'essore"의 각운일치는 모두 황금을 환기시킨다. 게다가 8행의 각운은 사방으로 펼쳐지는 황금머리카락의 율동마저 암시한다. 이로 인해 작품의 이미지는 "or"의 음성적 효과와 결합하면서 단단한 유기적 구조를 지니게 된다. 게다가 금발의 확산과 열림은 시적 화자의 상황과도 연계된다. 2행의 "커갈수록 s'augmenter"과 6행의 "날아올라 voler" 동사는 시적 화자의 고통스런 마음이 공간의 한계를 벗어난다는 인상을 갖게 한다. 서로 대립하는 여인의 아름다움과 시적 화자의 고통스런 마음은 동일한 역동성을 지녔다.

2연 여인의 아름다움에 심장을 제물로 바친다는 것은 운동력을 만들어내는 모든 힘을 상실하게 된다는 것과 다르지 않다. 마지막 연에서 "내 마음과 내 말 mon cueur et ma parolle"이 같이 놓이는 것도 활동력을 잃어버린 시적 화자를 제시하기 위해서이다.

4연 사랑의 감옥에서 벗어나 천상을 향해 상승하려는 시적 화자의 욕구는 실패한 것처럼 보인다. 그의 감정과 이성은 메두사와 같은 여인의 아름다움으로 인해 모든 기능을 상실하였다. 이제 시인에게는 영원한 복종만이 남아 있을 뿐이다. 역동적인 1-2연과 운동성을 상실한 3-4연의 대립은 시적 화자의 무력함을 강조하지만, 이것은 역설적으로 여인의 아름다움이 지닌 힘에 대하여 그가 최고의 찬사를 바친다는 의미를 숨기고 있다.

CCIX

1553년에 작성되어 『사랑시집』에 추가된 작품으로서 앞의 「소네트 CCVIII」과 동일한 주제를 다룬다. 1-2행이 주절이며, 나머지 행들은 모두 종속절이다. 그런데 2연은 독립된 종속절인 반면, "혹은 Ou"이나 "그런 후 Puis"로 시작하는 3-4연은 하나로 묶일 수 있다. 따라서 작품은 1-2행 / 3-4행 / 5-8행 / 9-14행의 비균형적 구조를 지닌다. 1행이 다루고 있는 시적 화자의 두려움과 경탄이 형식에 반영되었다. 여인에게 반한 그는 완성된 문장을 발화하지 못할 정도로 혼란스럽다.

2행 원문 1행에 해당하며 "L'Homme a la teste ou de plomb ou de bois"를 옮긴 것이다. 여인은 공포와 경탄의 상반된 감정을 불러일으킬 정도의 완벽한 총체성을 지녔다. 따라서 완벽한 존재의 현존에서 어떤 감정도 느끼지 못하는 인간은 생명력을 잃은 존재와 다르지 않다. 1553년 판본의 "진정으로 vraiment"를 "머리 la teste"로 퇴고한 것은 머리가 인간의 가치와 위엄을 드러내는 신체의 가장 중요한 부분이기 때문일 것이다. 감정이 동요되지 않는 자는 인간으로서의 위엄을 상실한 것과 다르지 않다.

3행 여인을 마주보고 있다는 설정은 여인이 먼 곳이나 도달하기 불가능한 곳이 아니라 바로 곁에 있다는 암시이다. 여인은 추상적이거나 신성한 차원이 아니라 인간의 영역에 머물며 인간적 면모를 지닌다.

3-4행 바라보고 듣는 행위를 나열하면서 여인의 외적 그리고 내적 아름다움이 지닌 숭고함을 제시한다.

7행 원문 6행에 해당하는 "이끌려"는 "conseiller"를 옮긴 것으로, 이 동사는 '인도하다 guider'라는 뜻을 지닌다.

2연 여인의 공간은 자연이며, 막강한 힘에 도취하기보다는 스스로를 되돌아 보는 외로운 모습으로 소개된다. 게다가 "진홍빛 손 une main vermeille"을 가진 그녀는 살과 피로 만들어진 인간의 속성도 띤다. 카상드르에게 인간적인 면모를 부여하는 시적 화자는 이상적이고 추상적인 아름다움을 지상으로 끌고 내려온다.

10행 황혼녘 문가에서 실을 잣는 행위에서 평온한 분위기를 감지할 수 있지만, 저녁은 일의 마침과 관계하는 시간이다. 이 시간에 새로운 것을 만드는 그녀의 행위에서 그녀가 하는 모든 일이 멈춤과 정지를 모르는 영원성과 관련되어 있다는 것을 알 수 있다. 여기에서 롱사르는 인간의 노동을 숭고의 단계로 비상시킨다.

11행 여인은 비단을 금으로 된 천으로 만들 정도로 신비롭고 숭고한 작업을 한다. 숭고함의 완성은 인간의 노동과 다르지 않은 그녀의 작업으로 인해 가능하다.

12행 7행의 "진홍빛 손"과 연계된다. 자연 가운데에서도 가장 아름다운 속성을 지닌 여인은 장미의 생기마저도 무색하게 만든다.

14행 사내의 마음을 훔치는 여인의 인간적 면모가 언급된다.

CCX

시적 화자에게 봄은 반드시 행복과 연관되지 않는다. 만물을 개화시키는 봄은 그의 고통마저도 다시 태어나게 만든다. 개인적 고통을 자연의 영원한 움직임 안에 편입시키는 데 시적 화자는 성공하지만, 그로 인해서 그는 고통의 소멸을 원하면서도 그것이 되살아나는 것을 경험할 수밖에 없다. 그는 괴로움을 감미로움으로 해석해야만 하는 모순된 운명을 벗어나지 못한다.

2행 "다시 초록을 띠게 만든다"는 원문의 "printaner"를 옮긴 것이다.

1연 푸른색과 붉은색의 혼합을 통한 시각적 효과는 4행의 "불어넣으면서 soufflant"의 현재분사와 동사 "불태우는 arder"의 동작성과 결합하면서 고통이 자라나는 모습을 제시한다.

2연 생생하게 살아 움직이는 고통의 모습을 활유법에 의지하여 표현한다. 몰아치는 풍랑과 사막을 가득 채우는 모래의 이미지는 시적 화자가 느끼는 고통의 광활한 범주를 가늠케 한다. 특히 원문 8행을 옮긴 7행의 명사 "번뇌 tourment"는 시적 화자의 심장이 요동치는 바다와 수많은 모래로 가득한 말라버린 사막과 다르지 않다는 것을 강조한다. 따라서 2연이 1연의 불행과 고통의 의미를 더욱 확장한다고 말할 수 있다. 그런 까닭에 3연에서 "나에게는 수많은 아픔이 있어 j'ai tant de mal"라는 단호한 언급이 가능했다.

11행 "수없이 Cent fois"라는 표현은 죽음을 강력하게 갈구하는 시적 화자의 심정을 암시하지만, 역설적으로 그것은 그를 괴롭히는 고통의 강도를 제시한다. "바라지 않을 수 없을"이라고 옮긴 "prendroit envie"의 시제가 조건법 현재인 것은 그의 번민이 사라지지 않을 것에 대한 암시이다. 수없이 죽음을 꿈꾸는 것은 수없이 꽃을 피우는 봄날의 상황과 다르지 않다.

4연 원문은 다음과 같다.

Si ce n'estoit que je tremble de creinte,

Qu'apres la mort ne fust la playe esteinte

Du coup mortel qui m'est si doux au cueur.

조건법 현재가 사용된 이 문장은 부사 "ne"의 해석 여부에 따라 '상처가 사라질 것을 염려하다'와 '상처가 사라지지 않을 것을 염려하다'라는 상이한 의미를 지닐 수 있다. 문맥에 따르면 "ne"는 허사로 읽는 것이 적당하다. 상처가 소멸되지 않기를 시적 화자가 원하기 때문이다. 3연에서 그는 죽음을 원하지만 그럴 수 없다는 것을 인정하였다. 죽을 수 없는 운명의 소유자인 그에게서 마치 봄과 같이 계속 살아나는 것이 고통일 수밖에 없다면, 고통이 가한 상처는 감미로운 것으로 남아 있어야만 그의 유일한 위안이 될 수 있다. 역설적 운명이 시적 화자에게 주어졌다. 그래서 번역문의 10행에 해당하는 원문 11행의 각운 "번민 langueur"이 번역문의 12행에 해당하는 원문 14행의 "심장 cueur"과 운을 이룰 수 있었다. 번민은 그의 생명을 보장하는 요소이다.

CCXI

앙투안 뮈레는 1553년 『사랑시집』 주석본에서 롱사르가 카상드르로부터 머리카락을 선물로 받아 작품을 작성했다고 추측한다. 그러나 8행의 나무껍데기에 붙은 이끼에 대한 언급은 작품의 성격을 바꾸어놓을 정도로 모호하다. 롱사르가 숭배하는 털이 머리카락이 아니라 여인의 음모를 의미할 수도 있기 때문이다. 시각과 촉각이 부각된 1-2연에서 시적 화자는 여인의 고귀함과 부드러움을 노래한다. 그런 이유로 9행에서 그는 "여신"이라는 표현을 사용할 수 있었다. 4연에서 큐피드에게 명령을 내릴 수 있었던 것은 숭고하면서도 관능적인 감각이 심장을 가득 채워간다고 그가 3연에서 확신했기 때문일 것이다. 롱사르가 외설적이라는 오해를 낳을 작품을 시집에서 삭제하지 않은 것은 작품의 감각성이 논리적 구조의 지지를 받으며 시적 가치를 확보하고 있다고 판단했기 때문이리라.

1-2행 황금양털을 얻은 이아손으로 인해 황소들은 마르스의 밭을 갈게 되었다.

5행 "티르 Tyr"는 자줏빛 염색과 비단제작으로 유명한 지역이다.

14행 여인의 금발을 손에 쥐는 것은 여인을 정복한 것과 다르지 않다는 뜻이다.

CCXII

떠나버린 여인으로 인해 초래된 시적 화자의 탄식은 바람을 일으켜 폭풍우를 몰아치게 하면서 "아이올로스 Eole"의 역할을 대신하고, 강물이 되어 들판을 잠기는 그의 눈물은 아이올로스의 아버지 넵투누스의 역할을 수행해낸다. 시적 화자는 한낱 가련한 사내로서가 아니라 폭풍을 머금은 바람과 물결을 일으키는 신의 역량을 제 것으로 삼는다. 그러나 마지막 연에서 볼 수 있듯이 그는 이성을 통제하지 못한다. 자기 탄식이 격렬한 바람으로, 눈물이 넘쳐나는 강물로 변하는 것을 알지 못할 정도로 슬픔에 빠져버렸다. 요동치는 대기와 범람하는 강물이 연출하는 혼돈의 상황은 통제력을 상실한 그의 내면을 적절하게 대변하지만, 동시에 그는 여기에서 탄식과 눈물을 만들어낼 수 있는 역량을 얻었다. 2행의 "생기다 concevoir", 9행의 "낳다 enfanter", 12행의 "쉼 없이 continuer" 그리고 번역문의 14행에 해당하는 원문 13행의 "바뀌다 muer"와 같은 동사들은 생산행위와 관련된다. 여인의 부재가 시적 화자에게서 욕망을 상징하는 요소들을 낳은 것이다.

3행 떠나버린 여인으로 인해 결실을 맺지 못하게 된 황폐함에 대한 비유이다.

5-6행 바람의 신이며 넵투누스의 아들인 아이올로스는 여러 바람을 가죽부대에 담아 동굴에 가둬놓고 항상 감시하였다. 원문에서 "교만한 노예 l'esclave orgueil"라는 표현이 사용된 것은 바람이 아이올로스의 가죽부대가 열리면 언제라도 빠져나갈 준비를 하고 있기 때문이다.

8행 "큰 자물쇠 sa grand clef"는 넵투누스의 삼지창을 가리킨다.

CCXIII

뒤에 놓인 「소네트 CCXIV」에서 「소네트CCXIX」에 이르는 작품들과 함께 1553년에 추가된 작품이다. 「소네트 CCXXII」가 불안한 시인을 소개했다면, 여기에서는 평온을 추구하는 시적 화자가 등장한다. 여인의 수많은 아름다움을 영혼에 간직한 까닭에 고통을 겪을 수밖에 없었던 그는 단 한 번의 육체적 접촉에서 죽음을 원한다. 그 죽음이 평온을 줄 것이라고 그는 믿는다.

3행 "좀도둑 같은 larronnesse"이란 표현은 여인의 입맞춤이 보장할 감미로움이 쉽게 달아날 것이라는 암시를 위해 사용되었다.

4행 시적 화자의 천상을 향한 비상의 기쁨은 이성이 무력화되었을 때에만 가능하다. 그는 정신을 잃음으로써만 마음의 평온을 얻을 수 있다.

2연 "입맞춤 baiser"과 "팔 bras" 그리고 "안아주는 embrasser" 등을 통해 환기되는 음소 [br]는 입맞춤의 소리를 음성적으로 표현해낸다. 이 가볍고 발랄한 소리는 1연에서 다루어진 상승하는 시적 화자의 날개동작도 상기시킨다.

3-4연 조동사와 본동사 그리고 동사와 목적어를 분리시키는 다음과 같은 원문구성은

Mais ton orgueil a tousjours de coustume
D'accompagner ton baiser d'amertume,
Froid sans saveur : aussi je ne pourrois

Souffrir tant d'heur : car mon ame qui touche
Mille beautez s'enfuiroit par ma bouche

Et de trop aise en ton sein je mourrois.

달아날지 모를 입맞춤의 순간성과 결코 편히 쉴 수 없으리라는 불안함 심정을 시각적으로 재현한다.

CCXIV

「소네트 XXXIV」와 「소네트 CXXXVIII」처럼 여인의 초상과 관련된 작품이다. 시적 화자는 죽음 이후에도 여인의 초상에 대한 기억을 간직하며 그녀를 영원히 살아 있게 만들겠다고 약속한다. 죽음이 기억을 소멸시키지 못한다는 언급에서 죽음을 불러온 여인의 행위가 무용하게 되리라는 확신을 엿볼 수 있다. 또한 소멸되지 않을 기억에 초상을 간직한다는 측면에서 시적 화자의 영혼이 여인의 아름다움만큼이나 불멸하게 되리라는 암시도 읽을 수 있다.

1행 원문은 "Je sens portraits dedans ma souvenance"이다. 10음절을 준수하기 위해 "초상 portraits"에 복수형 관사가 생략되었다. 또한 이것은 동사 "느낀다 sentir"의 사용이 말해주듯 그림에 대한 시적 화자의 내밀한 관심을 제시하기 위해서였다.

2-4행 2-3행은 여인의 머리, 4행은 몸의 분위기와 관련된다.

5행 "자네 Janet"는 궁정화가인 프랑수아 클루에를 가리킨다.

6행 형용사 "능란한 ingenieux"은 그림에 활기를 부여하여 "생생한 vive" 이미지를 기억하게 만들 수 있는 능력을 가리킨다.

9행 "보석 diamant"은 돌을 던져 남자와 여자를 탄생시킨 데우칼리온에 대한 암시이다. 그가 던진 돌이 지상에서 '초월적 정신 esprit supérieur'을 의미하는 보석이 되었다는 신화에서 롱사르는 죽음 이후에도 여인의 이미지를 영원히 간직할 시적 화자의 영혼에 대한 소재를 가져온다.

10행 "모습 portraiture"은 이미지를 가리킨다. 여기에서 시적 화자는 자신의 기억에 남을 것이 여인의 형상임을 분명히 밝힌다. 그에게 기억은 여인의 이미지에 대한 상상을 허용하는 허구의 공간이다.

CCXV

그림을 소재로 삼았다는 측면에서 앞의 소네트와 연관된다. 고통으로 가득 찬 시적 화자의 삶에 여인은 연민을 갖기보다는 오히려 그의 비극적 삶을 수로 놓으며 고통을 더욱 심화시킨다. 그런데 "가혹한 운명 fier destin"을 외치는 그의 원망은 여인보다는 오히려 운명을 향하고 있다는 인상을 갖게 만든다. 신에 의해 결정된 헬레네의 삶을 환기하기 때문이다. 자신의 비극적 삶에 신화적 숭고함의 위상을 부여하려는 의지가 엿보인다.

2행 스파르타의 왕 메넬라오스와 트로이아의 왕자 파리스를 가리킨다. 『일리아드』 3권 125-127행에 따르면 헬레네는 그리스와 트로이아가 벌인 전쟁 장면을 능숙하게 자수로 새겨놓았다.

10행 모리스 드 라 포르트의 『형용사』에 따르면 "주홍색은 얼어붙은 연인이 기꺼이 지니는 색이며, 우울의 기호이다." 8행의 "푸르른 verd"과 대비된다.

13-14행 주어와 동사의 분리는 시적 화자의 풀어헤쳐진 삶을 시각적으로 형상화한다.

4연 회화가 생생한 이미지와 말을 기록하는 시적 글쓰기를 능가할 수 없다는 암시를 읽을 수 있다.

CCXVI

시적 화자는 야만족마저 구슬리는 여인의 아름다운 눈의 마력이 미치지 않는 공간에 자리한다. 그에게는 여인의 아름다움이 제 욕망을 충족시켜주리라는 기대가 없다. 그렇다고 스키타이족을 굴복시킨 여인의 아름다움 앞에서 패배자로 남기를 바라지도 않는다. 패배한다는 것은 여인의 신성한 힘을 인정하는 것이 되겠지만, 그 순간 그의 욕망은 소멸할 것이다. 따라서 그녀의 말에 대한 불신은 자기 욕망의 지속적인 생명력을 확보하기 위해 필요하다. 이 점에서 작품은 여인의 아름다움에 대한 찬양과 더불어 영속하게 될 사랑의 욕망에 대한 갈구를 표현한다. 여기에서 소네트라는 정형시 안에 담긴 의미의 개방성을 지적할 수 있다. 지속될 욕망에 대한 희망은 소네트에서 소네트로의 이동을 필연적으로 요구하며, 그 안에서 시적 화자는 제 욕망의 무늬들을 펼쳐놓는다.

7행 16세기에 스키타이족들은 야만족의 상징이었다.

13-14행 약속의 행위와 관련된 언급이 12행에서 14행 도입부까지 이어지고, 바로 뒤에 "그러나 나는 그것을 믿지 않는다 mais je ne m'en asseure"는 표현이 마치 삽입구처럼 놓임으로써, 약속의 허위성을 장담하는 시적 화자의 단호함이 강조된다.

CCXVII

앞의 소네트처럼 시적 화자의 패배를 소재로 삼는다. 자신의 패배를 정당한 것으로 만들기 위해 상대를 높이 평가하는 수사적 방식은 『사랑시집』에서 자주 발견된다. 시적 화자는 패배를 굴종의 증거로 삼기보다는 영광이 마련해준 보상으로 간주한다. 우주를 정복한 큐피드에 맞서 패배했다는 것은 우주의 섭리와 질서를 따른다는 증거가 되기 때문이다. 스스로를 "절개 없 inconstant"다고 정의한 발언이 무모하지는 않다. 그런데 한결같지 않은 성정은 시적 화자의 것이면서 동시에 큐피드의 속성이기도 하다. 따라서 사랑의 화살에 굴복한 시적 화자는 영원한 패배자로 남기보다는 신성의 무늬가 자신에게 있다는 것을 오히려 드러내는 자이다. 그가 "큰 상을 받아야 마땅하다 digne de grand pris"라고 언급한 이유가 여기에 있다. 패배를 통해 승리자의 속성을 자기화하려는 시적 화자의 발언은 분명 모순적이지만, 역접사가 두 번씩이나 사용된 3연과 4연에서 발견되는 연이은 반전은 큐피드의 능란한 화살에 견줄 수 있는 발화의 역동성을 드러낸다. 모순어법이 세상의 진리를 담는 문체의 그릇 역할을 하는 것처럼, 그의 역설적인 언급들은 일관성을 상실할 수밖에 없는 상황에 대한 솔직한 고백을 담으면서 한결같지 않은 세상사를 제시하는 데 이른다.

2행 큐피드의 활을 가리킨다.

14행 큐피드는 천상에서는 주피테르를, 지옥에서는 플루톤을, 그리고 지상에서는 인간을 화살로 지배하는 막강한 힘을 지닌 군주로 묘사된다.

CCXVIII

1553년에 추가된 작품으로 「소네트 LXVII」과 마찬가지로 메두사 신화가 사용되고 있으며, 여인의 입을 언급함으로써 '입의 블라종'이라는 성격도 지닌다. 아름다움이 초래한 침묵은 시적 화자에게는 죽음과 같다. 바위처럼 굳어진 그에게는 말의 권리가 제거되었다. 그러나 여인의 감미로운 입에 대한 접촉은 그에게 말을 회복시켜준다. 시적 화자의 이런 양면적 삶은 여인의 이중적 정체성으로 인해 초래되었다. 그녀의 눈은 시적 화자를 죽이고, 그녀의 입은 그를 살려놓는다. 그런데 이런 여인의 운명은 시적 화자가 의도한 것이기도 하다. 스스로를 프로테우스로 정의함으로써, 그는 침묵을 말로 바꿀 수 있는 권리를 찾아낸다. 프로테우스의 운명은 강제된 것이지만, 그것을 받아들임으로써 그는 침묵의 세계에만 머무르지 않게 된다. 3-4연이 암시하듯 그는 여인과 세상에 자기의 고통과 번민을 언제나 말로 토로할 것이다.

1연 시적 화자는 여인의 눈을 바라보는 기쁨 덕분에 제 목숨이 보장되는 이 세계에 만족한다. 그녀의 시선은 이곳에서 기쁨을 얻게 하는 자양분이다. 그러나 그녀의 시선이 언제나 기쁨을 주는 것은 아니다. 때로는 바라보는 자를 침묵의 세계인 죽음으로 이끌기도 한다. 그래서 여인의 눈은 위안과 공포의 대상이며, 시적 화자의 마음은 평온과 갈등이 공존하는 공간이 된다.

3연 격양된 시적 화자의 어조는 죽음과 삶을 동시에 경험하게 만드는 여인의 잔인함을 고발한다. 양면성을 지닌 여인의 아름다움으로 인해 시적 화자의 삶은 지속성과 연속성을 보장받지 못한다. 번역문의 10행에 해당하는 원문 9행의 각운 "구하다 secourir"와 원문 10행에 해당하는 번역문 9행의 "죽다 mourir" 그리고 11행의 "다시 살아가다 vif je redevienne"의 각운이 암시하듯이, 죽음과 소생을 반복적으로 경험하는 그의 불행한 운명은 양면성을 지닌 여인에 의해 초래된 것이다. 특히 그의 불행은 말의 침묵과 관계한다. 고통을 말로 토로해야 하는 그에게 침묵은 죽음과 다르지 않다. 이를 고발하기 위해 시적 화자는 의문사 "어째서 pourquoy"를 반복하며 제 소리가 시 안에서 메아리치도록 만든다.

12행 1553년 판본의 "아! 입이여, 아! 나는 고통 속에서 다시 살아나니 Las! bouche, las! je revis en langueur"는 이후 판본보다 반복법에 의한 메아리의 효과를 연장하며 프로테우스를 자처하는 시적 화자의 목소리에 더 강한 울림을 부여했다. 롱사르는 퇴고를 통해 "근심 soing"의 '반복성'을 더욱 부각시킨다.

CCXIX

페트라르카에 대한 롱사르의 입장을 단적으로 드러내는 작품이다. 문단에 등단하며 이탈리아 시인의 모방을 주장했던 롱사르는 1553년 이후 그로부터 벗어나려고 시도한다. 그러나 반페트라르카주의가 세력을 키워가던 당시에 롱사르의 거리두기는 이탈리아 시인에 저항하고 반대하는 시인들의 부류에 그를 포함시킬 위험이 있었다. 이탈리아에 대한 경도와 거부가 공존하던 당시의 환경 속에서 그는 페트라르카를 모방하면서도 제 고유의 시세계를 창조하려는 의도와 시도를 동시에 견지해 나간다.

2행 카상드르를 사랑한 지 칠 년이 지났다는 뜻이지만, 실제 그녀를 만난 해를 가리키기보다는 롱사르가 페트라르카를 모방한 작품을 처음으로 출간한 해를 가리킬 수도 있다. 그의 첫 작품「연인으로 삼고 싶은 아름다움에 관하여 Des beautez qu'il voudroit en s'Amie」는 1547년에 자크 펠르티에의『시집 *Oeuvres poétiques*』에 수록되어 소개되었다. 여기에서 롱사르는 자신의 여인이 페트라르카가 노래한 모든 심정을 진심으로 알아줄 것을 기원한다.

3행 앞 시행의 "일곱 번 sept fois"과 "그러나 toutefois"의 각운일치는 시간에 대한 기대가 어긋났음을 암시한다.

4연「소네트 CCXVIII」이 이중적인 정체성을 지닌 여인과 시적 화자를 소개한다면, 이 작품 역시 같은 맥락을 취한다. 이탈리아 시인을 믿지 않았던 초기의 시적 화자는 태도를 바꾸어 그를 신뢰하기 때문이다. 1553년에 추가된「소네트 CCXIII」에서「소네트 CCXIX」에 이르는 작품들의 주된 소재가 '변화'임을 알 수 있다.

CCXX

1569년 『시집 제7권』에 처음 소개된 후 1571년에 『사랑시집 제2권』에 실렸지만, 1578년에 『사랑시집 제1권』으로 옮겨진 작품이다. 여인이 강제한 침묵을 노래한 「소네트 CCXVIII」과 페트라르카의 말에 대한 입장을 드러낸 「소네트 CCXIX」에 이어서 침묵을 소재로 삼는다. 여인은 시적 화자에게서 말에 대한 의지를 빼앗아갔다. 사랑의 증거를 제시할 수 없는 그가 의지하는 유일한 대상은 탄식과 구슬픈 얼굴뿐이다. 그런데 여인이 침묵을 지키는 것과 마찬가지로, 그 역시 침묵을 받아들이지 않을 수 없다는 점에서 둘은 서로 닮았다. 게다가 그의 혀를 대신하는 것은 탄식과 슬픔에 찬 얼굴이다. 논리성을 잃은 탄식과 말없는 얼굴이 말을 대신한다는 점에서 말에 대한 의지마저 그가 상실한 것은 아니다. 한탄과 얼굴은 말을 전달하는 수단이다. 따라서 말을 잃은 그에게 주어진 침묵은 소통의 욕망을 다른 방식으로 표현하게 만드는 동인이 된다. 시적 화자는 말이 사라진 자리에서 다른 모습을 한 말을 찾아낸다.

13행 "고통"은 원문의 "passion"을 옮긴 것이다. 16세기에 이 단어는 '열정'이나 '정열'뿐 아니라 '사무치는 고통 souffrance torturante'이라는 뜻도 지녔다.

CCXXI

영혼의 고통을 다룬 페트라르카의 「소네트 CX」과 「소네트 CXI」 그리고 「소네트 CCLVIII」에서 영향을 받은 작품이지만, 이탈리아 시인과는 달리 시적 화자는 지상적 가치에 여전히 시선을 남겨둔다.

1연 떠나간 여인으로 인해 얻은 슬픔과 고독을 노래한다. 2행의 "뚫고 지나가다 passer"와 번역문 4행에 해당하는 원문 3행의 "남겨두다 laisser"와 같은 동사는 여인이 매우 빠른 속도로 스쳐갔음을 암시하며, 3행에서 "그 인사"라고 옮긴 관계사 "que"의 파열음은 상처의 날카로움을 환기시킨다. 한편, 정맥과 동맥 그리고 신경 등에 대한 언급은 여인과의 최초의 만남이 육체에 끼치는 충격을 형상화하는 신플라톤주의의 전형적인 비유법이다.

2연 파괴된 육체는 "종양 ulcere"으로 이어진다. 6행의 "남겨두다 laisser"와 7행의 "상처 입히다 blesser"의 단순과거형은 번역문 2행과 4행에서 언급된 동사들의 속도를 더욱 재촉한다. 이로 인해 1연의 해부된 육체의 이미지와 2연의 극도의 고통이 서로 긴밀히 연결된다.

3연 1-2연이 시적 화자의 육체를 다룬다면, 3-4연은 여인의 인사말과 아름다운 육체 그리고 추상적 매력의 힘에 사로잡힌 그의 정신을 그려 보인다. 4연에서 지상과의 인연을 저버리려는 생각을 갖게 만들 정당한 근거가 된다.

14행 4행과 6행 그리고 "버리다"로 옮긴 14행에서 "laisser" 동사는 세 번 사용된다. 4행과 6행에서의 주체는 여인인 반면, 14행의 주어는 시적 화자의 영혼이다. 동일한 동사가 서로 다른 주체와 관련됨으로써 분열된 영혼을 지닌 시적 화자의 상처가 더욱 강조될 수 있겠지만, 여인과 그의 영혼이 동일한 행동을 한다는 점에서 여인을 찾아 떠나려는 영혼의 정당성이 마련되었다고도 말할 수 있다.

4연 시적 화자의 영혼은 상처 입은 육체를 버리고 떠날 것을 고민하지만, 그렇다고 육체와 정신의 분리가 이루어진 것은 아니다. 여전히 육체는 영혼과 연계되어 있고, 정신은 물질을 버리지 않았다. 이런 언급을 통해 시적 화자는 신성한 아름다움이라는 추상적 가치 앞에서 육체의 고통에 대한 느낌을 간직하는 태도를 견지해 나간다.

CCXXII

여인의 부재는 시적 화자에게는 부재가 아니다. 그녀의 소리가 여전히 그의 내부에서 울림을 자아낼 수 있는 것은 그가 여인을 목소리와 이미지로 대체했기 때문이다. 여인을 추상적 존재로 만들어 가슴에 새겨놓고 그것을 자기 신체의 요소들과 구분하지 않는 그에게서 타자와 자아의 구분이 가능하지 않다. 자신에게 불행을 안기는 타자를 그는 자기 내부로 끌어들이고, 그것으로 자신을 만들어간다. 그리하여 번역문의 14행에 해당하는 원문 13행의 "숨결을 불어넣다 respirer" 동사가 암시하듯, 낯선 것들은 그를 살아가게 만드는 동인들이다.

1연 의문문의 나열은 고조된 시적 화자의 감정을 반영한다. 특히 4행에서 여인만을 생각하는 자신을 냉정하게 홀대하는 그녀에 대해 그는 분노한다. 그와 여인 사이의 불균형한 관계가 그를 절규하게 만들었다. 균형을 깨뜨린 여인을 탓하기 위해 그는 균형을 잃은 감정으로 그녀에게 맞선다.

9행 「소네트 CCXXI」의 9행 "그녀의 눈과 목소리 그리고 우아한 자태"를 환기한다.

13-14행 어조가 고조된 1연의 시적 화자는 자신을 주어로 삼으면서 자아와 타자를 분명히 구분하지만, 마지막 두 시행의 그는 여인을 주어로 삼으면서 타자인 그녀를 자신으로 인식한다.

CCXXIII

1553년에 추가된 작품이다. 시적 화자는 여인을 치료해준 대가로 아폴론의 영광을 노래하리라 약속한다. 이 영광의 내용은 정복이고 동시에 변신일 것이다. 떠다니던 델로스는 본래의 속성을 버리고 자리에 머문 땅이 되었고, 예언의 능력을 상실한 "피톤 Python"은 죽음을 당해 뱀이 되었으며, 다프네는 월계수가 되어 아폴론의 머리를 장식하는 영광을 누렸기 때문이다. 따라서 시적 화자는 변신과 관련된 아폴론의 영광을 노래하는 대가로 여인을 죽음에서 삶으로 인도해줄 것을, 즉 그녀를 변신시켜줄 것을 요구한다. 카산드라의 배신을 잊고, 제 노래로 영원히 기억될 미래를 약속하는 시적 화자의 망각과 기억에 대한 요구는 당당하다. 이를 위해 2인칭 단수명령형 '너'가 사용되었다. 신을 대하는 꿋꿋함은 아폴론이 자신의 요구를 수용하게 만들기 위한 전략이며, 동시에 제 사랑의 숭고함을 그에게 제시하는 방식도 된다.

1행 의학의 신 아폴론을 가리킨다.

2행 트로이아를 가리킨다.

3행 아폴론으로부터 사랑을 받고 예언의 능력을 부여받았지만 그를 배반하였던 카산드라와 카상드르가 동일시된다.

2연 아폴론에 대한 명령은 여인의 구원을 간절히 바라는 시적 화자의 심정과 협박을 동시에 담아낸다.

10행 치료에 대한 대가로 노래를 제시하는 시적 화자는 신과 거래하는 자의 모습을 지닌다. 부유하는 섬 델로스는 아폴론이 태어나자마자 땅에 뿌리를 내리고 정착했다.

12행 예언의 능력을 지녔던 피톤은 델포이에서 갓 태어난 아기였던 아폴론의 화살에 죽음을 당했다.

14행 다프네는 아폴론을 피해 달아나다가 월계수로 다시 태어났다.

CCXXIV

1553년에 추가된 작품으로 '선물로 준 머리카락'의 소재는 「소네트 CLXXXV」에서도 다루어진 바 있다. 시적 화자가 노래할 대상은 여인의 아름다움이 아니라 그녀와 자신을 연계해주는 매개체, 즉 가위와 머리카락이다. 구체적 사물을 통해 추상적 사랑의 깊이를 노래하려는 방식에서 알레고리에 의존하는 롱사르를 발견할 수 있다. 사물과 정신 사이의 일관된 연계를 전제로 하는 알레고리는 '단절의 거부'라는 가치를 지닌다.

4행 "진영"의 원문은 "camp"이다. 매 순간 전투를 벌이는 큐피드의 부대를 가리킨다.

10행 하나의 시행을 두 개의 단문으로 구성함으로써 시적 화자의 확신을 표현한다.

13행 원문에서 "lien"은 두 번 등장한다. 8행에서는 머리카락의 "매듭"으로, 13행에서는 "끈"으로 번역하였다.

CCXXV

'기원시 voeux'의 속성을 지닌 작품이다. 신을 모독한 죄로 고문을 당하는 시적 화자의 발과 목은 결박되어 있지만, 그가 자유에 대한 열망을 포기한 것은 아니다. 자유를 얻게 되면 신들께 봉헌하고, 저 높은 제단에 자신을 본보기로 삼을 미래의 연인들을 위한 성스러운 그림 하나를 걸어놓길 바란다. 그 그림에는 사랑의 고통을 짊어진 시적 화자가 그려져 있을 것이다.

2행 원문의 "사슬 cep"은 질긴 포도나무 가지로 만든 발에 끼우는 고문도구이다.

5행 원문 2행에 해당하는 번역문 1행의 "못 박아놓은 m'encloue"과 3행의 "매어놓은 noue"의 주어는 사랑의 "사슬"이나 "그물"이지만, 원문 6행을 번역한 5행의 "서로 엮어놓은 entrenoue"의 주체는 "루아르강 Le Loir"이다. 동일한 동사의 기능이 상반된 맥락에 사용됨으로써 자연과 사랑의 대립이 강조된다.

6행 "초원 prés"은 카상드르와 결혼한 공작의 영지인 '프레 Pré'를 환기한다. 롱사르는 카상드르가 결혼하여 머문 그곳에 그녀를 향한 사랑의 신전을 세우고자 한다. 지상의 법이 그의 열정을 가로막을 수 없을 만큼 그의 욕망은 강렬하지만, 불가능한 사랑으로 고통받는 그가 다시 사랑의 신전을 세우는 것 자체는 모순이다. 그는 모순된 행동을 반복할 수밖에 없는 운명을 지니고 있다.

2연 지상의 인간과 도시로부터 멀리 벗어난 자연 안에 신전을 세운다는 것에서 자연은 자유에 대한 희망을 실현시켜주는 공간으로 기능한다.

10행 1552년 판본은 "밤의 거짓말, 거짓의 기쁨 Les faus plaisirs, les mensonges des nuits"이었다. 밤은 거짓된 사랑의 약속만을 보장하고, 일시적이고 허망한 욕망을 채우는 공허한 시간으로 정의되었다. "수난의 그림"은 "un sainct tableau"를 옮긴 번역어이다. 시적 화자의 고통이 그려진 그림이기 때문에 "saint"을 '성스러운'이 아닌 '수난'으로 옮겼다.

13행 1552년 판본은 "그리고 그대 발치에 백 마리의 소를 희생시키리라 Et soubz tes piedzs j'immoleray cent beufz"였다. 동사 "immoler"는 종교적 의미를 많이 함축한 반면, 1584년 판본의 "tuer"는 종교적 색채를 감소시킨다. 자유를 향한 시적 화자의 간절함이 수많은 제물을 바치는 행위로 암시된다.

14행 원문의 13행은 마침표로 종결한다. 14행의 금언적 성격을 강조하기 위해서이다.

CCXXVI

시적 화자의 열정은 시적 열정과 구분되지 않는다. 사랑 때문에 시를 쓴다는 것은 어떤 고귀하고 특별한 힘의 추동을 받아서 그 힘을 시어로 바꾼다는 뜻이다. 사랑을 외치는 것은 영감을 받아 시를 쓰는 행위와 다르지 않다. 그리고 신의 사랑과 시에 대한 지속적인 열망을 정당화하기 위해 시적 화자는 여인이 그것을 이미 알고 있다고 굳이 지적한다.

1연 시적 화자의 고통이 계속되는 한 그의 노래 역시 끝을 알지 못할 것이다.

6행 "이 과업 ce labeur"은 사랑하는 일뿐만 아니라 시를 작성하는 작업도 가리킨다.

10행 여인이 생각하는 대상이 자신이라는 확신을 표현한다. 그래서 10행에서 "애정을 받으며 살고, 또 좋아하며 살아가는 De vivre aimé, et de vivre amoureux"이라는 표현이 올 수 있었다.

13행 시적 화자가 쓸 시는 그의 탄식을 소재로 삼을 것이다.

CCXXVII

1554년 『총림시집 *Bocages*』에 처음 발표되었으며, 1560년부터 『사랑시집 제1권』에 수록되었다. 초월적인 힘의 개입으로 인해 여인이 추상적 존재로 남게 될 것을 시적 화자는 염려한다. 그에게 자연은 관계맺음을 허용하는 공간이지만, 신들에게 납치되어 신성을 누리게 될 여인과 '단절 rupture'된다는 공포를 갖게 만들기도 한다.

1행 시적 화자에게 사랑을 품게 하면서도 고통에 빠뜨리는 여인의 "장난 Jeu"을 말한다.

1연 자연에 생명을 부여하는 여인을 등장시키면서 여인을 자연성을 지닌 존재로 간주하려는 의도가 엿보인다.

2연 자연 역시 여인을 소중한 존재로 여기며 여인과 긴밀한 관계를 맺는다.

9행 "원소들 Les Elemen"에 대한 언급은 여인이 자연적으로 완벽한 존재임을 강조하기 위해 사용되었다.

4연 시적 화자는 지상적이고 인간적인 양상이 제거된 여인이 천상의 추상적 존재로 남게 될 것을 염려한다.

입맞춤

1569년『시집 제6권 및 제7권』에 처음 발표되었으며, 1579년부터『사랑시집 제1권』에 수록되었다.

1-2행 여인은 육체를 개방하는 적극성을 지녔다. 꽃들 사이에 난 "오솔길 sentiers"의 비유에서 여인의 관능성과 작품의 감각성을 느낄 수 있다.

3-5행 "장미의 숨결 ton haleine de roses"은 육체적 결합이 마련할 정신적 기쁨에 대한 암시이다. 1행의 시각과 3행의 후각은 5행에서 다시 시각에 대한 강조로 이동하며 최고의 절정에 도달한 기쁨을 가늠하게 만든다.

7행 시적 화자가 희망하는 모든 기원이 입맞춤에 의해 실현된다. 살과 살의 접촉을 통한 소통은 그가 사랑에서 추구하는 모든 것을 완성하는 유일한 방식이다.

8-11행 시적 화자의 뜨거운 열정은 입맞춤에 의해 진정된다. 그는 육체적 접촉에 의해서만 추상적이었던 사랑에 대한 욕망을 실현한다.

카상드르에게 바치는 엘레지

1554년 『총림시집』에 처음 발표된 후 1560년 『전집』의 「사랑시집 제1권」에 수록되었다. 롱사르는 카상드르에 대한 열정을 간직하고 있음에도 불구하고 국왕 앙리 2세의 요청에 따라 서사시 『라 프랑시아드』를 작성하게 되었다고 밝힌 바 있다. 서정시의 상징인 리라와 류트는 트럼펫으로 바뀌었다. 1554년 1월 4일 앙리 2세는 롱사르의 모든 작품에 대한 왕실출판허가권을 부여하고, 이틀 뒤 롱사르의 후견인인 랑슬로 드 카를 Lancelot de Carle은 『라 프랑시아드』에 관한 롱사르의 구상을 국왕을 알현하며 선언한다. 국왕은 롱사르가 서사시 작성에 몰두하도록 격려하였고, 같은 시기에 루브르궁의 보수를 맡은 피에르 레스코 Pierre Lescot도 국왕 앞에서 롱사르의 이런 시도를 높이 평가하였다. 이 엘레지는 카상드르가 아닌 프랑스 국왕들의 역사를 기록할 서사시가 이제 관심사가 될 것을 예고하는 롱사르를 등장시킨다. 서정시와는 달리 긴 호흡을 요구하는 그의 서사시는 미완의 작품으로 남게 될 것이다.

8행 서사시와 서정시 사이의 대립에 대한 암시이다.

15행 롱사르는 페트라르카의 『시집』을 직접 읽고 그의 표현법을 익혔다. 또한 그는 리옹에서 출간된 『이탈리아 각운 색인집 *Rimario*』을 참조하였다.

17행 원문 18행에 해당하는 "갈고리에 매달리고 만 pendue au croc" 리라는 노래를 잃은 악기에 대한 비유이다.

24행 르네상스 시기의 시 장르를 정의하기 위해 현대의 관점을 적용할 필요는 없다. 비탄의 어조로 쓰인 장르라는 엘레지의 현대적 의미가 롱사르의 엘레지에는 적용되지 않는다. 고대작가들을 모방한 그의 엘레지는 다양한 형식과 소재를 포용할 수 있는 유연성을 지닌 장르였다.

30행 뒤 벨레가 『프랑스어의 옹호와 현양』 제2권 4장에서 주장한 것처럼, 롱사르는 페트라르카를 모방하면서도 그를 능가하는 시인, 그래서 프랑스어의 뛰어남을 증명하는 시인으로 인정받기를 원했다.

37행 "에라토 Eraton"는 서정시의 뮤즈이다.

38행 카상드르에게 바친 소네트들의 뛰어남을 강조하면서도 겸손의 자세를 견지하는 롱사르를 발견할 수 있다.

39행 "과장되게"는 원문의 "grossement"을 옮긴 것이다.

44행 롱사르는 동시대 시인들이 페트라르카의 본질을 보지 못하고 단지 그의 표현이나 형식 혹은 소재만을 깊이 없이 다룬다고 비판하였다.

48행 사랑은 여전히 롱사르의 영혼을 차지하는 시적 영감이지만, 당분간 프랑스의 역사를 다루는 서사시에 착수하지 않을 수 없다는 암시이다.

52행 디안 드 푸아티에 Diane de Poitiers와 깊은 관계를 맺었던 앙리 2세가 포함된다.

65행 '아버지의 영광'이라는 뜻을 지닌 파트로클로스를 가리킨다. 아킬레우스의 친구이자 트로이아 전쟁에 참가한 그리스 전사로서 헥토르에 의해 죽음을 당했다.

69행 "선조 l'ayeul"는 프랑스 국왕들의 신화적 조상인 프랑쿠스를 가리킨다.

76행 서사시를 준비하면서도 카상드르에 대한 영원한 사랑을 약속한다. 카상드르는 트로이아의 카산드라와 같이 서사성을 내면에 지닌 여인으로 남을 수밖에 없다.

뮈레에게 바치는 엘레지

1553년 『오드시집 제5권』에 처음 소개되었으며, 1560년에 『사랑시집 제1권』에 수록된 작품이다. 1551년 초부터 소르본 교수였던 앙투안 뮈레는 1552년 『청춘시집 *Juvenilia*』을 간행하며 플레이아드 시인들과 긴밀한 관계를 유지했으며, 1553년 롱사르의 『사랑시집』 재판을 위해 작품에 주석을 덧붙였다. 그는 『청춘시집』의 오드 한 편을 롱사르에게 헌정했으며, 이에 대한 보답으로 롱사르는 새로운 시인들의 흥겨운 여행을 다룬 「행운의 섬들 Les isles Fortunees」과 17편의 에피그램을 그에게 바쳤다. 롱사르와 그가 나눈 서한들 중 일부가 현재 남아 있을 정도로 그들의 유대는 긴밀하였다. 롱사르가 「뮈레에게 바치는 엘레지」를 작성한 여러 이유가 있다. 『청춘시집』에서 뮈레는 잔느 Jeanne라는 여인에 대한 사랑을 노래하였지만, 동시대인들은 그를 여성혐오주의자로 간주하며 비난했다. 이런 상황에서 뮈레를 지지하기 위해 롱사르가 이 작품을 작성했을 가능성을 생각할 수 있다. 그렇지만 무엇보다도 사랑시편들과의 관계에서 이유를 찾는 것이 더욱 적절할 것이다. 당시에 널리 알려진 신화적 인물인 헤라클레스가 이올레 Iole에 대해 지녔던 열정을 환기하는 롱사르는 사랑의 힘이 얼마나 강력한지 그리고 사랑하는 것이 결코 잘못일 수 없다는 사랑관을 피력한다. 그는 사랑의 '오류 erreur'와 사랑이 초래한 '잘못 erreur'을 현세의 인간이 피할 수 없다고 노래하면서, '지금 이곳'에 대한 자신의 집착을 드러낸다. 우주의 네 공간을 차지하는 괴물들을 퇴치한 헤라클레스가 사랑에 굴복하여 여성의 옷차림새나 바느질을 하게 되었다고 말하면서 그는 사랑이 초래할 무질서를 지적한다. 사랑이란 과도함과 소외 그리고 심정의 수많은 일탈을 불러일으키는 환상의 힘이라는 언급은 작품이 시집 마지막 부분에 위치한 이유를 설명한다.

13행 롱사르는 오비디우스의 『변신』 제9장 172-200행에서 영감을 얻었지만, 그가 언급하는 헤라클레스의 과업은 신화에 충실하지 않다.

14행 헤라클레스가 에리만토스산의 멧돼지를 생포한 것을 가리킨다.

15행 헤라클레스가 아내 데이아네이라를 데리고 에우에노스강을 건널 때 켄타우로스 네소스가 데이아네이라를 건너도록 도우면서 겁탈하려고 했다. 이를 본 헤라클레스는 히드라의 독이 묻은 화살을 쏴서 네소스를 죽였다.

16행 에리만토스의 멧돼지 사냥을 마치고 돌아오던 헤라클레스는 구름여신의 아들 폴로스라는 켄타우로스의 초대를 받아 참석한 만찬에서 켄타우로스들과 싸움을 벌였다.

17행 레르네의 독사 히드라를 퇴치한 것을 말한다.

18행 헤라클레스의 마지막 과업으로서, 하데스의 수문장 케르베로스를 생포한 것을 가리킨다.

20행 아마존의 여왕 히폴리테와 동침하고 허리띠를 받아낸 일을 말한다.

21행 헤라클레스는 아마존 정복을 마치고 돌아오는 길에 트로이아 왕 라오메돈의 딸 헤시오네를 구해냈다.

22행 헤라클레스가 칼리돈 왕 오이네우스의 딸 데이아네이라에게 구혼했을 때, 강물의 신 아켈로스도 데이아네이라에게 구혼을 했다. 둘은 격렬한 싸움을 벌였고, 여러 모습으로 변신한 아켈로스는 헤라클레스를 속여댔지만, 그가 황소의 모습으로 변하자 헤라클레스는 한쪽 뿔을 꺾어 굴복시켰다.

23행 바다의 괴물 "포르키스 Phorce"의 딸인 메두사를 가리킨다.

24행 네메아의 사자를 퇴치한 것을 말한다.

25행 게리온의 황소 떼를 끌고 가던 헤라클레스에게 넵투누스의 아들인 안타이오스는 시비를 걸다가 죽음을 당했다.

26행 황소 떼를 찾으러 가던 헤라클레스는 아틀라스 산맥을 건너가야 했다.

그는 산을 오르는 대신 산줄기를 없애버렸다. 이때 바다를 막고 있던 아틀라스 산맥이 갈라지면서 대서양과 지중해가 생겨났고 그 사이에 조그마한 지브롤터 해협이 만들어졌다. 그 양쪽 끝에 있는 산줄기는 지금도 헤라클레스의 기둥으로 불린다.

29행 롱사르에게 헤라클레스는 무엇보다도 이올레에 대한 사랑에 빠진 자로 간주된다.

69행 2인칭 명령형은 롱사르가 뮈레에게 말을 걸고 있음을 드러낸다.

70행 "이성의 탑 la tour de la raison"은 이성과 지혜의 탑인 머리를 가리킨다.

80-86행 롱사르는 이올레와 옴팔레를 혼동한다. 신화에 따르면 저주를 받아 자기 가족을 죽이게 된 헤라클레스는 리디아의 여왕 옴팔레의 노예가 되었다. 퇴폐적 성향이 강한 옴팔레는 헤라클레스에게 여자 옷을 입히고 실을 짜게 했으며, 자신은 헤라클레스의 사자 가죽을 두르고 방망이를 즐겨 휘둘렀다.

91행 에리스테우스는 헤라클레스의 사촌 형제이다. 신화에 따르면 그는 헤라클레스를 사랑한 사내로도 알려져 있다.

108행 31-32행에서 뮈레나 자기의 사랑이 헤라클레스의 사랑에 비견될 수 없다고 말한 것과는 배치되는 표현이다.

119행 "갈망 envie"은 질병에 걸린 영혼의 증거이다.

124행 『오드시집 제1권』의 「오드 IX」에서 호라티우스가 사용한 표현이다. '지금 이곳'에 만족할 것을 요구하는 태도가 엿보인다.

노래

트로이아의 카산드라와 카상드르를 동일시하고, 카산드라를 믿지 못한 트로이아인의 불행을 자신의 불행과 일치시키는 롱사르는 지속되는 불행을 자신의 것으로 삼는다. "혹독한 죽음 ma mort dure"을 운명으로 받아들여야만 했던 그의 열정은 신화의 영원성을 지님으로써 이미 시간을 벗어났다. 죽음은 신화와 현실을 하나의 공간에 위치시키고, 신화적 불행을 현재의 사랑과 접목시킨다. 이로 인해 스스로를 "고집을 피우던 이 가련한 자들 ces pauvres obstinez"의 한 명으로 간주하는 그에게서 사랑은 역설적으로 또 하나의 신화로 기록될 운명을 얻는다. 롱사르가 리코프론을 굳이 언급하는 것도 이런 의도와 관련이 있다. 알렉산드리아 시인의 뛰어난 위상을 얻으려는 그는 스스로를 고대시인과 일치시킴으로써 영원히 읽히게 될 시인으로서의 운명을 예고한다. 작품은 7음절과 3음절의 기수각이 교차되는 6행시로 작성되었다. 롱사르는 1550년에 간행된 「멋진 산사나무 Bel aubepin」에서도 이 형식을 이용하여 정신의 경쾌함과 발랄함을 드러낸 바 있다. 그러나 이 짧은 형식은 롱사르 이전에 이미 마로에 의해 『시편 *Psaumes*』에서 사용된 바 있다. 롱사르는 자신이 극복해야만 했던 마로의 형식을 다시 취하면서도 새로운 리듬을 부여하려고 시도한다. 불행한 운명을 노래하는 작품은 7음절을 8음절처럼 길게 늘이면서도 3음절을 반복하며 경쾌한 리듬을 만들어간다. 쉽게 읽히고 노래될 수 있는 속성 덕분에 작품은 독자들의 기억에 오래 남을 수 있게 된다.

1행 원문은 "D'un gosier mache-laurier"이다. 델포이의 무녀들은 월계수를 씹으면서 신전으로 들어갔다.

3행 리코프론은 롱사르의 스승 장 도라가 선호한 시인으로서 알렉산드리아의 플레이아드 시파에 속한다. 롱사르는 그를 모방하여 일곱 명의 시인으로 구성된 새로운 시파를 구성하였다. 1인칭 소유형용사 "나의 ma"의 사용은 카산드라와 카상드르를 동일시하는 효과를 강화한다.

19행 롱사르는 17행에서 사용된 "통곡 cris"을 다시 반복하며 트로이아인들의 불행을 강조한다.

20행 "약탈로 빵빵해진"은 원문 21행의 "si chargez de proye"을 옮긴 것이다.

31행 "쉼 없이 sans repos"는 지속될 고통에 대한 예언이다.

CCXXVIII

기욤 데 조텔이 브뤼셀에서 파리로 돌아온 1559년에 작성된 것으로 추정되는 작품이다. 데 조텔은 부르고뉴 지방 출신으로, 고전어에 박식한 지식인이자 법률가였으며, 1550년 『사랑의 휴식 *L'Amoureux Repos*』을 발표하며 플레이아드 시파의 일원이 되었다. 롱사르는 데 조텔에 대해 언제나 경의를 표하였다.

2행 파르나스 정상의 히포크레네 샘을 가리킨다.

7행 데 조텔이 『사랑의 휴식』에서 찬미한 여인을 가리킨다.

10행 작품이 1560년 직전에 처음 발표되었음을 고려한다면, 롱사르가 말하는 여인은 카상드르가 아니라 그의 또 다른 여인들인 마리 Marie나 시노프 Sinope가 될 것이다.

12행 롱사르가 부르고뉴를 언급한 것은 데 조텔의 고향을 상기하기 위해서이지만, 동시에 이곳은 페트라르카풍의 사랑시를 쓴 퐁튀스 드 티아르가 활동한 곳이기도 하다. 따라서 부르고뉴는 사랑시의 터전을 상징한다.

13행 데 조텔이 노래한 여인의 냉정함을 자신의 시로 가라앉히겠다는 표현에서 롱사르는 카상드르를 노래한 제 역량을 은근히 드러낸다. 그의 이런 태도에는 페트라르카로부터 영감을 얻었던 다른 시인들의 사랑시를 능가할 자기 노래에 대한 강한 자신감도 깃들여 있다. 프랑스어의 역량을 드높이기에는 역량이 부족했던 시인들을 간접적으로 비난한 「카상드르에게 바치는 엘레지」 뒤에 이 작품이 놓인 이유이기도 하다.

노래

1555년『잡시집』에 처음 소개되었으며, 1560년부터 "엘레지"란 제목으로『사랑시집 제1권』에 수록되었다. 1578년 이후에 현재의 "노래 Chanson"라는 제목이 붙여졌다.

2-3행 "~한들"은 "tant soit-il"을 옮긴 것으로서, 원문의 반복되는 접속법 사용과 부정부사의 반복은 불안한 영혼을 반영한다.

2연 사랑에는 자유를 억누르고 굴복시키는 힘이 있다. 따라서 자유를 상실한 자에게 즐거움이 있을 까닭이 만무하며, 그가 자유를 잃어버린 것에 분노하는 것은 당연하다. 자유를 상실한 그는 분노와 욕망에 가득 차서 떠도는 자와 다르지 않다. 그는 일상의 즐거움에서 소외된 자이다. 일상의 평범한 기쁨은 그를 비껴간다. 그런데 그는 이것을 찾으려 하지도 않는다. 이방인처럼 방황하는 영혼의 고통이 다루어진다.

3연 사랑에 빠진 자는 이성을 상실한 자이다. 멜랑콜리의 힘이 그의 영혼을 지배한다. 모든 것을 의심하는 그는 인간의 기존질서에 다시 편입될 수 없다. 원문은 단순과거를 사용하며 이런 운명이 결정적이었음을 암시한다. 번역문의 23행에 해당하는 원문 24행이 "그 무엇도 en nulle chose"라는 표현으로 끝나는 것도 그가 일상에서 버림받았다는 것을 강조하기 위해서이다.

25행 익시온은 주노에게 연정을 느낀 죄로 영원히 멈추지 않는 지옥의 수레바퀴에 매달리는 형벌을 제우스로부터 받았다. 자기 사랑이 익시온의 열정을 능가한다고 말함으로써 카상드르를 주노 이상으로 신성화하려는 의도가 드러난다.

29행 탄탈로스는 신들의 음식을 훔치고, 인간들에게 신의 비밀을 누설한 죄로 지하의 나락인 타르타로스에 떨어져 영원한 형벌을 받았다. 제우스와 플루톤의 아들이다.

4연 영원한 고통의 형벌을 받으며 사랑에 영원히 번민하려는 의지가 드러난다. 고통이 지속되는 만큼이나 카상드르에 대한 사랑의 열정이 변치 않으리라는 확신이 그에게 있다. 작품의 제목이 "노래"인 것도 이와 관련이 있다. 8음절 8행시의 짧은 운율은 그의 영원할 사랑 그리고 영원한 고통만큼이나 기억에 쉽게 남아 오래 기억될 수 있는 형식이다.

왕실 화가 자네에게 바치는 엘레지

1555년 『잡시집』에 소개된 후 1560년부터 『사랑시집 제1권』에 수록된 작품이다. 롱사르는 앙리 에티엔 Henri Estienne이 번역한 『아나크레온풍 시집 *Recueil anacréontique*』과 아리오스트의 『광란의 롤랑』 7권에 실린 알치네의 초상에서 영감을 얻고 있다.

1행 자네는 「소네트 CCXIV」에 등장했던 프랑수아 클루에이다.

3행 롱사르는 주문형식을 취하며 자네에게 여인의 아름다움을 그려줄 것을 요구한다. 르네상스 시기에 화가는 물감의 양에 대한 주문까지도 심지어 수용해야만 했다.

4-8행 롱사르는 '엑프라시스 ekphrasis' 기법에 의지하여 여인의 모습을 생생하게 그려줄 것을 자네에게 요구한다. 그런데 이런 요구는 작품 제목의 뜻을 모호하게 만든다. 작품은 자네에 대한 칭송을 목적으로 하고, 그의 그림에 대한 찬양을 내용으로 삼아야 할 것이지만, 롱사르는 화가로서의 자네의 기술을 "거짓된 기술 un art menteur"로 규정하기 때문이다. 이 표현에 따르면 그에게는 회화에 대한 시의 우월을 지적하며 회화의 기술을 시의 기술로 보완하려는 의도가 있다. 시인인 롱사르가 보기에 화가인 자네는 진실을 감추는 오류를 범할 수 있으며, 그렇기 때문에 시의 안내를 받아야 한다. 회화에 대한 이런 태도는 번역문 8행에 해당하는 원문 6행의 "충분하다 Il suffit"라는 표현의 사용에서도 확인된다. 롱사르에게 자네는 여인의 초상을 있는 그대로 그릴 만한 역량이 모자란 화가이다.

11-18행 삼나무 수꽃의 색깔을 닮은 레몬 색을 가리킨다. 따라서 카상드르는 금발이다. 그런데 『사랑시집』에서 카상드르의 머리카락은 갈색으로 묘사되기도

한다. 머리카락의 블라종에 해당한다. 머리카락의 아름다움은 봄날에 피어난 꽃과 연계되면서 자연의 아름다움에 조응하고, 이로 인해 여인의 초상은 실체에 대한 재현이 아닌 자연의 아름다움에 대한 미적 인식이 새겨진 그림으로 변하게 된다. 상상의 힘이 그림 안에 부여되면서 초상은 대상의 실체를 드러내기보다는 외적 속성을 재현하는 힘을 얻게 된다. 이 초상은 물감과 선으로 그려졌다기보다는 말로 그려졌다. 여기에서 롱사르는 모방을 통해 드러내야 할 것이 시의 힘, 나아가 예술의 힘이라는 점을 암시한다. 시의 언어는 대상 안에 감춰진 생명력을 끄집어내는 데 있어서 회화의 물감이나 선을 능가하기 때문이다.

19-24행 롱사르가 여인의 이마에 주름이 없기를 바라는 것은 그녀가 언제나 걱정과 불안으로부터 벗어나 있어야 하기 때문이다.

34행 "초승달 Croissant"에 대한 언급은 여인의 아름다움이 우주의 아름다움과 소통한다는 암시이다.

39-40행 "아펠레스의 기술 l'artifice d'Apelle"은 자연과 인간의 삶을 정확히 그릴 수 있는 뛰어난 모방 능력을 가리킨다. 롱사르의 간투사 "어찌하랴 las"는 자네의 재현능력이 뛰어날지라도, 여인의 아름다움이 지닌 생생함을 드러내기에는 부족하다는 암시이다. 자네에게는 여인의 초상을 생동감 있게 그려야 하는 의무가 있다. 그리고 여인의 아름다움에 내재된 힘이 화폭에 그려져야 한다는 점에서 초상 속의 여인은 가공된 여인, 인위적 여인, 허구의 여인이다.

49-52행 아리아드네와 바쿠스의 사랑에 대한 암시이다. "디아 Die" 해변은 낙소스섬의 본래 이름이다.

58-59행 16세기 시인들은 희고 투명하고 깨끗한 귀를 블라종의 소재로 자주 삼았다.

67-69행 『광란의 롤랑』 7권 12장의 코에 대한 묘사를 모방했다.

82-84행 롱사르는 "겨우 à peine"라는 표현을 의도적으로 사용하면서 자신이

전해줄 묘사 방식이 호메로스의 묘사를 능가한다는 점을 은근히 드러낸다. 여기에서부터 작품은 자네에 대한 찬양이 아닌, 시인 자신에 대한 찬양으로 변한다.

86행 카리테스의 입은 여인의 미소가 자비롭다는 뜻이다.

90-91행 호메로스 『일리아드』의 2권 637행을 모방했다.

100행 마로는 『에피그램』의 「작품 C」에서 "입맞춤에 초대하는 듯한 값비싼 산호로 만들어진 입"을 찬양하였다.

113-114행 「소네트 XXXII」의 12행에서 롱사르는 새벽의 여신이 카상드르에게 "손가락과 풀어헤친 머리칼"을 선물로 주었다고 노래하였다.

129-132행 마치 신체해부도를 보면서 자네가 그림을 그려야 한다고 시적 화자는 요구하는 듯한 인상을 갖게 만든다. 자네의 기술적인 측면을 강조하기 위해서이다.

146행 르네상스 시기에 배꼽은 최초의 '분리'를 상징했다. 배꼽은 안드로지니 신화에 따라 자신의 반쪽과 분리된 흔적으로 간주되었다.

162행 스파르타 여인들은 "에우로타스 Eurote" 강변에서 벌거벗은 채로 몸싸움을 즐겼고, 사냥을 하면서 단단한 넓적다리를 드러내곤 했다.

172행 회화에 대한 시의 뛰어남을 암시하는 시행이다. 롱사르는 자신의 조언에 따라 그려진 초상이 말을 할 정도라고 언급함으로써, 시는 '말없는 회화'라는 레오나르도 다빈치의 회화우위론에 맞서 '말하는 회화'로서의 시를 주장한다. 여기에서 화가 자네의 역량은 시인인 롱사르에 의해서만 보완될 뿐이다.

CCXXIX

작품은 1552년 판본에서도 시집의 마지막에 위치했다. 롱사르는 자신의 시집이 지상에서 영원히 기억되고, 자신의 명성이 하늘에 오를 수 있기를 뮤즈들에게 기원한다. 작품은 의미와 구조에서 시집 첫머리에 놓인 「기원시」와 밀접한 연관성을 지닌다. 동일한 내용을 반복하는 이런 순환구조는 시집의 완결성을 구축하는 데 기여한다.

3행 앙리 2세를 가리킨다.

4행 메로빙거 왕족의 전설에 따른다면 라인강에 왕국을 세운 프랑쿠스와 프랑크족 군주들을 지칭한다. 프랑스 왕조의 트로이아 기원론은 당대 역사가들의 반발에도 불구하고 1572년에 롱사르가 간행한 『라 프랑시아드』에서 다루어질 것이다.

5행 베르길리우스의 『농경시』 4권 559-562행에서 빌려온 표현이다.

8행 1552년 여름 라인 강변에서 앙리 2세가 독일과의 전투에서 거둔 승리를 의미한다. 『사랑시집 제1권』은 그해 10월에 출간되었다.

9행 시적 화자의 영감은 지상의 끈으로부터 자유롭다. 그것은 뮤즈들이 춤을 추며 그에게 영감을 불어넣어 주었고, 그를 헬리콘의 샘물로 양육하였기 때문이다. 지상의 인간으로서 신성한 기운을 받은 시인의 이미지는 르네상스 시기의 '인간의 존엄성 dignitas hominis'에 관한 관점을 반영한다.

11행 헤시오도스는 『신들의 계보』 24행에서 자신의 시적 입문에 대해 언급하였다.

12행 뮤즈들의 수직적 비상과 샘물을 마시는 수평적 동작이 교차하며 시적 공간을 확장시킨다.

13행 여기에서는 므네모시네를 가리킨다. 르네상스 시기에 기억은 '인간의 존엄성'을 보장하는 기능의 하나로 간주되었다.

제1권 끝

삭제 시편

1578년에 삭제된 1572년 『사랑시집 제1권』 수록 작품들

[LVII]

1553년 판본에 추가되었으나, 1578년에 『사랑시집 제1권』에서 삭제된 이후 어떤 시집에도 실리지 못한 작품이다. 이 소네트는 사랑이 자기 내부에서 발생한 것을 부정하고, 그것을 외부의 힘으로만 간주하는 시적 화자를 소개한다. 여기에서 사랑의 고통을 극복하려는 의지를 발견할 수 없다. 『사랑의 치유법』을 통해 사랑을 극복할 방안을 제시했던 오비디우스에 비한다면, 그는 극복의 단서를 발견하지도, 이를 위한 계기를 마련하지도 못한다. 이것은 그가 앓는 병이 오비디우스가 경험한 사랑보다 더 강하다는 암시이다. 로마 시인의 처방은 그에게는 효력을 끼치지 못한다. 이런 점에서 시적 화자에게 오비디우스는 실패한 시인으로 남아 있을 뿐이다. 그의 노래는 그에게 어떤 위로도 주지 못한다.

1행 오비디우스는 『사랑의 치유법』에서 큐피드에게 전쟁을 선언하는 자로 등장한다.

4행 "비어버린 vuide"이란 표현은 사랑의 감정이 제거된 심장을 표현하기 위해 사용되었다. 시적 화자가 추구하는 것은 13행에서 언급할 "순결함 chasteté"이다. 사랑의 감정은 이것을 훼손하고 더럽히며, 그의 의지를 꺾고 무력화한다. 시적 화자가 두려워하는 것은 이런 사랑의 감정으로 제 마음이 가득 차는 것이다. 차라리 비어 있음이 그에게는 구원이 된다. 그러나 7행의 "나도 모르게 maugré moi"가 암시하듯 그의 어떤 노력도 비어 있음을 실현하지 못한다.

5행 "헛된 희망을 품게 하는 자 amadoueur"는 큐피드를 가리킨다. 시적 화자는 사랑의 감정을 3인칭으로 대한다. 사랑의 감정은 그의 내부에 있지만, 그는 그것의 존재를 부인하기 때문이다. 그의 내부에 존재하는 사랑의 감정은 외부에서 그의 의지와 무관하게 침입해온 것이다. 이런 시적 화자의 태도는 사랑에 이끌리지 않을 수 없는 자신의 상황을 정당화한다.

7행 "무위로 만들다 vanoyer"는 페트라르카의 'vaneggiar'에서 가져온 용어이다. '상실하다' 혹은 '무가 되다'의 뜻을 지닌다.

12행 "신중한 자 l'homme accort"는 시적 화자를 가리킨다.

[LXXIX]

1553년에 「소네트 LXXIX」편으로 추가되었지만, 1578년 롱사르의 모든 시집에서 삭제된 작품이다. 1553년 판본에서 이 작품은 1584년 판본의 「소네트 LXXVI」 뒤에 수록되었다. 「소네트 LXXVI」이 부정부사의 반복을 통해 시적 화자의 강화된 고통을 다루고 있다면, 이 삭제 시편에서 사용되는 반복법은 여인에 대한 긍정적 측면을 나열한다. 작품의 이와 같은 위치선정은 일관되지 못한 상황에 처한 시적 화자의 초상을 엿볼 수 있게 했다. 그러나 과도한 열거, 과장된 표현들, 지나친 반복, 균형을 상실한 구조 등은 과잉의 양상을 드러내는 결함을 지닌다.

1행 파리스는 카산드라의 오라비이다.

2행 파리스와 카산드라의 아버지는 프리아모스였으며, 폴릭세네는 그의 막내딸이다. 아킬레우스는 그녀와 사랑에 빠지고, 그녀는 아킬레우스의 무덤에 희생물로 바쳐졌다.

3행 프리아모스의 아들로 카산드라처럼 예언의 능력을 지녔다.

1연 위대한 명성을 얻은 신화 속 가족과 친지들에 대한 열거는 여인의 고귀함을 강조하기 위해서이다. 시적 화자의 카상드르는 카산드라와 동일시된다. 1-3행이 긍정의 비교라면 4행은 부정의 비교인 까닭에 작품의 어조가 불안정하다.

6행 프리아모스의 사촌인 안테노르는 지혜의 전형이다. 여기에서 "꿀 같은 en mieleuse"은 여인의 감미로운 말을 찬양하기 위해 사용되었다.

7행 테베의 안티고네가 아니라 프리아모스의 누이로서 아름다움을 뽐낸 안티고네를 가리킨다.

11-12행 시행걸치기는 긴박한 시적 어조를 암시한다. 주어와 동사가 연으로

분리됨으로써 1-2연의 안정적 구조를 벗어난다. 구성의 불안정성과 비일관성은 여인이나 시적 화자가 지속을 알지 못하는 성정을 지녔음을 증명한다.

[CCXXXIX]

1554년 『총림시집』에 처음 발표된 작품으로 1560년에 『사랑시집 제1권』에 「소네트 CCXXXI」편으로 수록되었지만, 1578년에 최종 삭제되었다.

1행 고대 그리스 시인 니칸드로스의 작품들을 소장했던 롱사르는 그의 작품에 주를 달면서 독서한 것으로 확인되었다.

2행 "바꽃 aconite"은 독성을 지닌 식물로 폐와 시력에 장애를 일으킨다.

3연 니칸드로스는 『해독법 *Alexipharmaca*』에서 생석회 한 줌, 포도주 혹은 황금을 불에 녹였다가 탁한 물에 식혀 마시면 독을 치료할 수 있다고 처방했다.

4연 번역문 13행에 해당하는 원문에서 12행의 "치료하다 guarir"가 14행의 "죽다 mourir"와 운을 맞추고 있듯이, 오직 죽음이 아니라면 그 무엇도 여인의 시선이 만들어낸 독에서 그를 벗어나게 도울 수 없다. 사랑으로 인해 죽음을 맞이할 수 있는 자는 한편으로는 행복한 자이다. 제 열정이 선택한 죽음이기 때문이다. 그렇지만 행복을 얻기 위해 열정이 초래한 죽음을 받아들여야 하는 그는 불행한 자이기도 하다. 여인이 초래할 모순된 상황이 다루어진다.

노래 [CCXLII]

1555년 『잡시집』에 처음 소개되었으며, 1560년부터 1567년까지 『사랑시집 제1권』에 「노래」로 수록되었지만 1578년에 최종 삭제되었다. 삭제의 이유는 분명하지 않다. 다만 작품의 마지막 연이 중세의 트루베르나 트루바두르 시인들의 작품에서 영감을 받았다는 것이 유일한 이유일 수 있다.

1연 "행운 bien"과 "불행 malheur", "전부 tout"와 "아무것 rien" 사이의 대조는 여인의 아름다움만을 추구하는 자의 간절함을 드러낸다.

4-5연 원문에서 20행의 "바라보라 Voye"와 번역문의 25행에 해당하는 26행의 "목소리 voix"가 내적 운을 이룬다. 바라보는 행위와 여인의 목소리를 결합시킴으로써 여인의 목소리에 깃든 마법적 힘을 강조한다.

8연 시적 화자는 인간적인 죽음을 맞이할 수밖에 없음에도 불구하고 사랑의 마음이 변하는 것을 허용하지 않으려 한다. 그는 자유를 상실하게 되면, 그 상실을 기쁨으로 여길 것이고, 여인에 대한 그의 충실성은 죽음과 늙음이라는 자연적 시간마저 극복할 것이다. 영원한 사랑에 대한 신뢰를 위해 그는 여인의 목소리만큼이나 자기 노래가 마법적이고 매혹적이길 바란다. 그는 그것이 영원히 살아갈 여인의 가슴 안에 머물며 시간의 위협에서 벗어나 있기를 희망한다. 여기에서 여인의 목소리에 버금가는 자기 노래의 힘에 대한 시적 화자의 확신이 드러난다. 그가 열망하는 사랑의 모든 주름들은 그의 노래에 의해 살아남게 될 것이고, 노래의 생명력은 사랑의 정신을 건강하게 회복시킬 것이다. 시적 화자의 생명이 여인에 대한 사랑에서가 아니라 사랑을 담은 제 노래에 의해 보장된다는 점에서 작품은 여인에 대한 칭송이면서 동시에 그가 부를 노래에 대한 찬양이 된다.

[CCXLI]

1555년 『잡시집』에 처음 발표된 후 1560년부터 1572년까지 『사랑시집 제1권』에 실렸으나 1578년 모든 시집에서 삭제되었다. 흔적을 남기지 않는 상처를 내면서 죽음에 이르게 하는 사랑의 힘을 노래한다.

1행 "화살 quadrelle"은 이탈리아어 명사 'quadrello'에서 차용한 용어로서 화살이나 창을 가리킨다. 롱사르에 의해 프랑스어에 도입된 용어이다.

2행 "좌두충 phalange"은 서양 낫자루처럼 긴 다리 네 쌍을 가진 거미류에 속하는 곤충이다. 'opiliones'의 속어이다.

[CCXXXIII]

1555년 『잡시집』에 처음 발표되고 1560년 『사랑시집 제1권』에 수록되었으나, 동일한 각운 “eur”와 “mie”가 1연과 2연에서 단조롭게 반복되는 까닭에 1567년에 최종 삭제되었다.

1행 스토아주의자로서의 키케로는 죽음보다는 사후에 있을 명예의 상실을 더 두려워했다. 이에 반해 시적 화자는 사랑이 초래하는 일상의 고통을 두려워한다. 사후의 삶을 성찰의 대상으로 삼는 스토아철학자들의 입장을 거부하는 시적 화자는 5행에서 의도적으로 부사 “매일같이 journelement”를 사용하며 현재를 강조한다.

6행 복수와 저주의 여신이다.

11–14행 사랑으로 인해 이성을 상실한 자는 고통을 고통으로 인식할 수 없다. 그가 불행을 벗어나려는 어떤 시도도 감행하는 것은 불가능하다. 11–12행에서 주어와 동사를 연을 바꾸어 구분하고, 13–14행에서 주어와 동사를 행을 달리해 분리한 것은 사랑이 초래한 파편화된 고통을 시각적으로 제시하기 위해서이다.

노래 [CCXXXVI]

1560년 『사랑시집 제1권』에 「노래」라는 제목으로 수록된 작품으로, 남성운만을 사용한 이유로 1567년 삭제되었다. 카상드르에 대한 사랑을 추구하기보다는 자신에 대한 믿음을 견지하려는 시적 화자의 태도는 작품이 1560년 『사랑시집 제1권』에서 마지막 두 번째에 위치한 이유를 설명한다.

1-3행 두 개의 사랑을 희망한 것에서 시적 화자의 불안함을 읽을 수 있다.

9-10행 "이제는 모든 사랑을 / 나는 떠나려 한다 je suis contant / Desormais toute amour quitter"는 전통적인 사랑이 아니라 새로운 사랑을 찾아 떠나겠다는 의지의 표현이다.

15-16행 지조 없는 사랑보다는 충실함을 견지한 자신만을 신뢰하겠다는 의지가 드러난다. 그리하여 14행의 "충실함 foy"은 번역문의 16행에 해당하는 원문 15행의 "나 자신 moy"과 운을 이룬다.

[LXI]

1552년 『사랑시집』 초판에 수록되었지만 1553년 재판 간행 때 삭제된 작품이다. 일반적으로 연구자들은 작품의 삭제 이유로 롱사르가 비판한 대수사파 시인들의 창작방식을 환기하는 표현의 반복을 지적한다. 그러나 정신병자를 연상시키는 반복되는 표현은 영혼의 혼란에 빠진 시적 화자를 드러내기 위해 사용된 것으로 보는 것이 적절하다. 시적 화자가 전진과 후진의 움직임을 반복하며 일관성을 상실하는 것 역시 병자의 행위를 닮았다. 승마와 비상의 두 이미지가 중첩되는 것도 병적인 행위의 소산으로 고려될 수 있다. 삭제의 이유는 다른 곳에 있다. 1552년 시집에 실린 대부분의 작품들은 사랑에 패배하지만, 그 패배를 중단하지 않으려는 시적 화자의 의지를 담아낸다. 그는 패배를 스스로 인정하고 그것을 반복한다. 패배가 없다면 사랑에 대한 추적 역시 멈추어야 하기에 그러하다. 따라서 시적 화자가 패배하며 경험하는 고통은 사랑을 추구할 원동력이기도 하다. 패배의 기쁨은 사랑에 버림받은 자가 구할 수 있는 유일한 삶의 근거이며 동력이다. 그런데 이 작품의 시적 화자는 추적을 스스로 포기한다. 물론 이것마저 정신병의 징후로 볼 수 있겠지만, 달아나는 것에 대한 추적의 의지를 상실하는 시적 화자의 태도는 시집에 실린 다른 작품들과 연계성을 상실한다. 특히 1552년 판본에서 이 작품은 "용서하라, 플라톤, 내가 만약 Pardonne moy, Platon, si je ne cuide"(「소네트 LXXXI」) 뒤에 수록되어 있었다. 「소네트 LXXXI」이 플라톤의 허공의 존재에 대한 주장을 거부하며 노래로 공간을 채워 나가는 시적 화자의 적극적인 모습을 담고 있다면, 이 작품은 병적인 환자의 헤매는 발걸음을 노래함으로써 맥락을 달리한다. 이런 현상은 1552년 판본에서 이 작품 뒤에 위치하였으며, 1584년 판본에서는 「소네트 LXXIV」편이었던 "원소들 그리고 별들이 앞다투어 경쟁하며 Les Elementz, & les Astres, à preuve"와의 관계에서도 발견된다. 비록 두 작품이 모두 비상의 이미지를 제시할지라도 「소네트 LXXIV」는 여인의 발아래까지 날아오르길 희망하는 시적 화자의 의지를 소개한다. 따라서 시집의 일관된 목소리를 위해 롱사르는 정신적 포기와 관련된 이 작품을 1553년에 삭제하지 않을 수 없었을 것이다.

2행 "울타리 carriere"가 쳐진 승마장을 가리킨다.

1연 여인과 시적 화자의 승마의 이미지는 역동적이다. 시적 화자는 여인을 희망으로 삼아 힘겹게 좇아가지만, 여인은 그를 피해 더 멀리 날아간다. 희망은 그에게 힘을 주는 동인이어야 하지만, 1행의 각운 "희망 espoyr"과 4행의 각운 "힘 pouvoyr"은 희망이 여인의 소유물임을 드러낸다. 시적 화자와 여인 사이의 만남은 실현될 수 없다.

2연 시적 화자는 희망을 따라잡을 수 없다는 것을 알고 경주를 포기하고 뒤로 물러난다.

3연 2연에서 발견되는 시적 화자의 패배는 3연에서는 스스로를 정신병자로 간주하기에 이른다. 그는 사랑을 추구하는 모든 행위의 무위성을 언급한다.

4연 희망은 상호성을 알지 못한다. 그것은 시적 화자로부터 달아나지만, 그가 추격을 포기한 까닭에 더 이상 추격의 대상이 되지 않는다. 그런데 추격의 대상이 되지 못하는 희망은 희망이 아니다. 그래서 희망을 희망으로 여기지 않으려는 시적 화자는 정신병자일 수밖에 없다. "그 희망 쫓기지 않으니 qui ne suit"에 대해 일부 연구자들은 "나를 따르는 qui me suis"의 인쇄상의 오식으로 보아야 한다고 주장하지만, 그것은 적절하지 않다. 희망에 모든 것을 걸고 그것을 좇다가 포기하는 행위는 자신의 포기와 다르지 않기 때문이다. 따라서 그가 어떤 형상을 희망한다고 해도 그것이 그의 손에 잡힐 까닭이 없다. 자신의 행동을 스스로 부인하는 이런 병적인 현상에 의해 시적 화자의 불행은 지속된다. 그런데 이때의 "형상 l'idole"은 여인의 이미지를 가리킨다. 이미지를 추적하지만, 이미지에 배반당하는 미친 시적 화자에게서 '시인'을 정의하는 롱사르를 발견할 수 있다.

[CLVII]

1552년 『사랑시집』에 수록되었지만, 1553년 재판에서 삭제된 이후 『전집』에 실리지 못한 작품이다. 일반적으로 카상드르가 아닌 다른 여인을 상기한다는 점에서 삭제의 이유를 찾는다. 그러나 삭제 이유를 1552년 판본의 구성에서 찾을 수도 있다. 작품은 시적 화자의 무력해진 영감을 노래한다. 마지막 연에서 사용된 3인칭 대명사 "사람 on"은 시적 화자의 운명과 인간 일반의 운명이 다르지 않다는 의미를 내포한다. 인간의 운명에 공감하는 시적 화자를 위해 "on"이 사용된 것이겠지만, 이것은 큐피드의 화살을 맞을 특별한 자로서의 위상을 스스로 부정하는 행동이기도 하다. 또한 1552년 판본에서 이 작품 뒤에는 전원에서 잠이 든 시적 화자가 꿈속에서 여인을 품에 안았다가 깨어나며 부끄러움과 두려움을 느끼는 장면을 다룬 「소네트 CXCI」이 놓여 있었다. 이 소네트에서 전원의 꿈은 여인과의 합일을 일시적이나마 실현해주는 공간이었다. 반면에 이 삭제 시편은 전원이 제공할 몽환의 세계를 경험하지도 못하고, 그렇다고 파리라는 도시를 떠나지도 않는, 주저하는 시적 화자를 소개하고 있을 뿐이다. 그에게는 확신이 없다. 그가 1연에서 사용한 "가리라 aborder"의 현재형은 가까운 미래에 대한 막연한 희망을 담고 있다. 2연에서 '여기에서 Ici'라는 장소부사 대신 "거기에서 Là"가 사용된 것 역시 자신의 지금을 확신하지 못하는 시적 화자의 불안함을 드러낸다. 1552년 판본에서 이 작품 뒤에 수록된 소네트들이 미래에 대한 전망을 불행 속에서 꿈꾸는 시적 화자를 등장시킨 것과는 대조된다. 삭제 시편으로 남게 된 근거를 연관 작품들과의 맥락에서 찾는 것이 더 바람직하다.

1연 시적 화자는 자신을 뒤흔든 고통과 불안정성에서 벗어나 안정을 찾기 위해 전원의 고향을 찾는다. 그의 고향은 시적 평온함의 장소이다.

2연 고향은 시적 영감을 얻지 못했던 그에게 사랑의 흥분을 알게 해준 공간이다.

7행 "변덕스런"은 원문의 "fantastique"를 옮긴 것이다.

11행 "투라노스 Tyran"는 가난한 자가 부자에게 항거하도록 만든 분노의 신이다. 형용사 "감미로운 doulx"은 시적 영감의 속성을 지칭한다. 시적 화자가 귀향을 원하는 것은 최초의 시적 영감을 다시 얻기 위해서이다.

4연 시적 화자에게 시인이 되기를 요구한 명령을 가리킨다. 파리라는 도시가 시적 영감을 상실하게 만들었을지라도, 시적 화자는 천상의 명을 받았던 그곳으로 되돌아가 시적 열정을 회복하기를 희망한다.

| 역자 해제 |

욕망의 시, 욕망하는 시

1. "시인들의 왕자"

「연인으로 삼고 싶은 아름다움에 관하여」(1541)라는 오드 작품으로 처음 문단에 등장한 피에르 드 롱사르는 『오드시집』(1550년)을 통해 '프랑스의 핀다로스'라는 평가를 받았고, 『카상드르에 대한 사랑시집』(1552)에서 '프랑스의 페트라르카'라는 칭호를 얻을 정도로 프랑스 시의 전통을 혁신하며 시적 언어의 가치와 시인의 역할에 대한 새로운 인식을 불러일으킨 프랑스 르네상스를 대표하는 시인이다. 스스로를 "프랑스 최초의 서정시인"으로 불렀던 그는 자연과 사랑뿐만 아니라 『논설시집』(1565)과 『라 프랑시아드』(1572)와 같은 정치와 역사를 다룬 시집들을 간행하였으며, 우주의 운동성을 다룬 과학시와 철학적 문제를 다룬 『찬시』(1555) 등을 출간하면서 시의 영역을 확장하였다. 평생에 걸쳐 끊임없이 작품을 퇴고하여 생존 시에 이미 『작품집』을 다섯 차례에 걸쳐 발간한 그가 1585년 사망했을 때, 추기경이자 인문주의자였던 뒤 페롱 Du Perron은 그를 "뮤즈들과 시, 모두의 아버지"라고 지칭하며 한 시인의 죽음을 추도한 바 있다.

"시인들의 왕자 Prince des poètes"라는 명칭을 얻었던 그는 동시대인들에게는 시 자체였다. 16세기 프랑스를 살았던 그 어떤 시인도 르네상스 휴머니

즘의 가장 위대한 시인이었던 롱사르만큼의 영광과 명예를 얻지 못했다. 뒤벨레가 『회한시집 *Les Regrets*』(1558)에서 다음처럼 언급하듯이 그의 이름은 생존 시에 이미 불멸의 명성을 얻었다.

죽어서 영광을 얻은 자는 행복하다,
그러나 후대가 아니라
죽음이 영혼을 사로잡기도 전에
불멸을 얻기 시작한 자는 더욱 행복하다.

나의 롱사르여, 살아 있는 동안에도,
네가 마땅히 누릴 불멸의 명예를 너는 누리고 있다,
소중한 지복인 죽음이 오기 전에
너의 훌륭한 품성은 질투에 승리를 거두었다.

그가 사용한 언어, 소재 그리고 내용은 프랑스 시에 새로운 문을 열어주었으며, 뛰어난 시적 역량은 "프랑스 군주들의 시인 Poète des Princes"으로서 구교의 대변자이기도 했던 그에게 맞선 신교 작가들, 특히 16세기 후반기 시를 대표하는 아그리파 도비녜 Agrippa d'Aubigné의 입을 통해서도 인정을 받을 정도였다.

롱사르여, 높이 날아오르는 깃을 가진 그대의 품덕,
그대의 능숙한 명성이 올라탄 이 페가소스는
펜 끝으로 무지를 패배시켰다,
그 덕분에 이 광대한 우주의 곳곳에서,

제멋대로의 카니발에서 이방의 스키타이까지
나는 오직 롱사르, 롱사르, 그대의 찬양 소리만 듣게 된다.

그리하여 1619년 프랑스의 정치, 역사, 문학의 현황을 다룬 방대한 저서인 『프랑스 탐구』에서 에티엔 파스키에는 30여 년 전에 이미 세상을 떠난 그를 평가하며 다음과 같이 소개를 하지 않을 수 없었다.

> 지금의 우리에게 작품을 남긴 시인들 가운데에서 그 누구도 그처럼 시를 쓰지 않았다. 시에 자신의 정신을 부여했던 그는 고대작가들을 모방하면서 그들을 능가했고, 적어도 그들과 어깨를 겨루었다. 프랑스어로 시를 쓴 모든 시인들 중에서 그와 같은 시인은 없다 […] 그는 호메로스, 핀다로스, 테오크리토스, 베르길리우스, 카툴루스, 호라티우스, 페트라르카를 프랑스어로 대신했으며, 자신이 원하는 방식으로 문체의 소리를 때로는 높이거나 줄이면서, 혹은 중간소리를 내면서 다양하게 만들었다 […] 롱사르의 작품에서 그 무엇도 가려서 추려낼 수는 없다. 그의 모든 것이 아름답기 때문이다.

2. 장미의 시인

조아생 뒤 벨레가 『프랑스어의 옹호와 현양』(1549)에서 주장한 고대모방의 필요성에 대한 실천의 한 증거를 『오드시집』에서 핀다로스와 호라티우스를 모방하며 제시한 롱사르는 현대의 독자에게는 무엇보다도 '장미의 시인 Poète de la rose'으로 널리 알려져 있다. 그의 작품에서 장미가 자주 등장하기 때문이겠지만, 특히 1553년 『오드시집』 증보판에 수록된 「여인에게 A sa maistresse」가 이런 명성을 가장 널리 대표적 작품으로 인정받아왔기 때문이기도 하다.

아름다운 이여, 보러 갑시다, 장미를,
오늘 아침 햇빛을 받으며
제 진홍빛 드레스를 활짝 펼쳐 보였건만,
이 저녁에 다 잃지나 않았는지,
진홍 드레스의 주름 주름들을,
그리고 그대 닮았던 그 낯빛을.

아! 보시게나, 그것은 얼마 가지 않아
제자리에, 아름다운 이여,
아! 아! 제 아름다움 떨어뜨리고 말았으니,
오, 진정 자연은 가혹하구나,
아침부터 저녁까지
그렇게만 꽃잎이 살아가야 할 뿐이라니!

자, 아름다운 이여, 그대 나를 믿거든,
그대 나이 그토록 푸르른 신선함 속에서
꽃 피우고 또 피우는 동안,
누리시라, 누리시라, 그대의 젊음을,
이 꽃처럼, 늙음이란
아름다운 그대의 윤기 앗아갈 것이므로.

10음절 시행들로 구성된 이 오드는 여인의 아름다움을 일시적인 장미의 아름다움에 비유하며 널리 알려진 '지금을 누리라 carpe diem'라는 교훈성을 전하지만, 작품의 뛰어난 음악성은 당시 여러 작곡가들의 관심을 끌지 않을 수 없었다.

작품에서 장미는 시적 화자와 여인 사이의 정신적이고 육체적인 관계를 매개하는 장치로서 기능한다. 장미는 여성이고, 여성 역시 장미가 됨으로써 여성과 장미의 구분이 어려워진다. 그렇지만 이 관계 안에 롱사르는 서정시인의 운명 역시 슬쩍 개입시킨다. 시인은 타자인 여성-장미와 거리를 유지하길 바라지만, 아침에 피었다가 저녁에 스러지는 장미를 통해 암시되는 시간의 위협은 노래하는 주체인 시인의 운명과도 연계된다. 짧은 장미의 삶을 통해 쉽게 소멸해버릴 아름다움을 환기하면서 여성에게 제 욕망을 받아줄 것을 그가 갈구하고 또 그래야 한다면, 시간이 그에게 기다림의 기회를 더 이상 제공하지 않을 것이라는 불안감이 그에게 있기 때문일 것이다. 작품 안에서는 여성과 장미 그리고 시인이 동일한 운명을 경험한다. 그리하여 장미는 여성과 동일한 운명에 처하게 된 시인의 '타자성'을 상징한다고도 말할 수 있다. 장미는 시인이 사랑하는 타자로서의 여성뿐만 아니라 시인 안의 사랑에 빠진 또 다른 타자를 지시하는 것이다.

시인이 여인과 동일시된 자연을 등장시키고, 자연에 자신을 이렇게 편입시키는 것은 여인과의 합일만큼이나 자연과의 일치에서 사랑과 우주의 '본질'을 찾기 위해서이다. 자연 안에서 여인이라는 타자와 자기로부터 분리되어 타자가 되어버린 자아가 공동의 운명을 누리게 된다는 것을 암시하는 그는 이 공유된 운명을 형태는 다르지만 본질은 영원히 변하지 않을 우주의 섭리 안에 포함시킨다. 자아를 타자로 만들어 또 다른 타자인 자연과 합일을 이루어내는 그는 세상의 영혼이자 사물을 지탱하는 에너지, 즉 '본질'의 발견에 초대된 자로서의 모습을 견지하기 위해서, 장미, 여인, 시인 등과 같은 사물들 사이의 연계를 확인하고, 그 매듭들을 시의 공간 안에서 증명한다.

> 신은 도처에 계시고, 모든 것에 개입하신다.
> 보이는 모든 것의 시작과 끝 그리고 중간이시며,
> 그의 영혼은 모든 것 안에 머무르고,
> 영혼이 육체에 그리하듯
> 만물이 생기를 띠게 만드신다.(「고양이」)

물결이 단절을 경험하지 못하듯, 사물들 사이의 자유로운 연결을 만들어가고, 그 관계에 적극적으로 참여하는 것이다.

롱사르는 글을 쓸 때는 "미친 자가 된다"고 말한 바 있다. "고상하고도 당당한 정신"을 지닌 그는 시적 영감의 이름하에서 자신의 시적 자아를 우주의 품 안에 던져놓는다. 그래서 그가 다룬 사랑, 자연, 고독 등과 같은 수많은 주제들은 우주의 사물들이 만들어내는 수많은 알레고리들의 시적 표현이 되고, 그의 글쓰기에 의해 일상적 언어의 범주에 갇혀 고정되었던 사물들은 서로를 이어주는 숨겨진 방식들을 시의 공간 안에서 발견하게 된다. 그의 사랑 시 역시 우주를 구성하는 사물들이 서로 다양하게 결합되어 있고, 서로 의미를 건네고 있으며, 서로의 맺음을 통해서 생명력을 스스로 마련해 나간다는 것을 기쁨과 고통을 토로하는 노래로 표현해낸다.

3. 숭고한 사랑

1552년에 총 184편으로 구성되어 『카상드르에 대한 사랑시집』이라는 제목으로 처음 발표되고, 1584년 『작품집』에 『사랑시집 제1권』이라는 제목으로 간행된 총 240편으로 구성된 롱사르의 사랑시가 당시 지식인들이 탐독하였던 페트라르카의 『칸초니에레 *Canzoniere*』로부터 소재를 빌려온 것을 부정할 수는 없다. 단테의 『신생 *Vita nuova*』에서 시작된 궁정식 사랑의 전통을 계승하며 여성에 대한 절대적 복종을 노래하는 페트라르카에게서 사랑하는 여인은 그의 영혼을 사로잡는 절대적 이상으로 간주되었다. 게다가 육체의 아름다움을 정신적이고 신성한 아름다움의 거울로 간주한 플라톤의 『향연』을 재해석하였던 피치노의 신플라톤주의도 롱사르의 작품에 상당한 영향을 끼쳤다. 그러나 이러한 정신적 경향에 대한 시인의 해석은 매우 독창적이다.

분명 롱사르는 자신의 시선과 정신을 감동시키고 매혹시키면서 아름다움의 '이데아'를 향한 비상을 허용하는 여인의 아름다움이 신들이 선물한 재능들로 구성되었다는 것을 인정한다.

> 내 경배하는 여인은 태어나면서
> 우리 천상의 거처를 아름답게 장식했으니,
> 레아의 아들은 모든 신들을 불러 모아
> 그녀를 또 다른 판도라로 만들었다.
>
> 아폴론은 그녀를 화려하게 치장했다,
> 빛으로 그녀의 눈을 만들기도 하고,
> 그녀에게 감미로운 음악을 주기도 하고,
> 신탁과 아름다운 시마저 주면서.
>
> 마르스는 그녀에게 당당한 잔인성을 주었고,
> 비너스는 미소를, 디오네는 아름다움을,

페이토는 목소리를, 세레스는 풍만함을 주었다.

새벽은 손가락과 풀어헤친 머리칼을,
사랑은 화살을, 네레이드는 자신의 발을,
클레이오는 영광을 그리고 팔라스는 신중함을 주었다.(「소네트 XXXII」)

천상에서 온 신성한 여인을 바라보게 된 그는 미적 충격에 휩싸여 사랑의 거부할 수 없는 열정의 포로가 되고, 또한 이 열정으로부터 벗어날 수 없다는 것을 알게 되며,

하늘에서 막 내려온 그녀,
내 보게 되었을 때, 영혼은 넋을 잃어
미치고 말았고, 날카롭기 그지없는 화살로

사랑은 그녀의 아름다움을 내 혈관 속으로 흘려보냈으니,
고통 아닌 다른 기쁨 내 느끼지 않는다,
그녀 초상을 숭배하는 것이 아닌 그 어떤 행복도.(「소네트II」)

때로는 "수정유리" 때로는 "천상의 두 별"에 비유되는 그녀의 눈은 욕망하는 그의 불행한 영혼을 반영한다. 아름다운 여인의 눈에서 그가 읽어내는 것은 "치명적인 불길"의 희생자가 되고 마는 자신의 고통이다.

나 그대 눈을 이 수정유리에 비교하나니,
그것은 내 영혼의 목숨을 앗아간 자를 비출 것이다.

빛나는 그것은 대기 중에 불꽃을 터뜨리고,
그대 눈은 내게 성스럽고 치명적인 불길을 내뿜는다.

행복한 거울이여, 나를 불태우는
아름다움을 너무도 바라본 내 고통과 같으니,
내 여인을 너무 비추었던 너는 나처럼
똑같은 감정에 쇠약해져 갈 것이다.(「소네트LXXV」)

그렇지만 위 두 번째 연이 암시하는 것처럼 롱사르의 카상드르는 라우라와 같이 사랑의 감정을 불어넣는 유일한 존재, 그래서 그녀에 대한 사랑을 구하는 시인을 영원한 복종에 머무르게 만드는 그런 존재는 아니다. 오히려 그는 사랑의 대상이 된 여인에게 끊임없이 자신의 성실함을 항변하고 그것을 받아들이도록 강요하며, 심지어는 복종을 약속하는 목소리에 일종의 위협을 담아내면서 목소리의 당당함을 견지하려고 시도한다.

사랑시의 롱사르는 페트라르카에 비해 덜 수동적이다. 그것은 여인에 대한 욕망과 그것이 초래하는 고통을 경험하면서도 "종이", "책", "펜"과 같이 작품 곳곳에 뿌려진 표현들을 통해 자신의 불행한 운명을 시의 영역 안으로 끌고 가려는 그의 의지에서도 확인할 수 있다.

내 손은 다른 이름을 가꾸지 않으니,
내 종이는 영혼에서 느끼는 두 눈의 아름다움
말고는 그 무엇으로도 장식되지 않으리라.(「소네트 XXV」)

숭배의 대상인 여인은 시인으로서의 의식을 그에게 일깨워주면서 개인적 사랑의 경험을 시적 실험의 장으로, 더 나아가 시에 대한 사랑의 또 다른 표현으로 인도한다. 1553년 판본에 라틴어 송시를 쓴 롱사르의 스승 장 도라가 "카상드르에 대한 사랑뿐만 아니라 뮤즈에 대한 사랑을 통해 시인이 시적 영감으로 고양되고" 있다고 지적한 것도 이러한 특징과 관련이 있다. 카상드르는 시의 헌정을 받는 대상이지만 동시에 사랑의 열정을 불어넣은 뮤즈라고 그가 여러 곳에서 밝힌 것처럼 사랑의 영감은 시적 영감과 같은 뿌리를 지닌다.

> 활활 타오르는 그대의 멋진 광채 덕분에
> 나는 시인이 되었으니, 내 목소리가 흥겹고,
> 그대 매혹시킨 내 리라가 마음에 든다면,
> 파르나스가 아니라 그대 시선이 칭송을 받아야 할 것이다.(「소네트 CLXXV」)

뮤즈들의 거처였던 파르나스 정상은 카상드르의 빛나는 눈동자 안에 위치하고, 냉정하고 가혹한 여성에 대한 사랑을 추구함으로써 얻게 되는 고통과 번민은 영원한 아름다움을 만나기 위한 시적 창조의 여정에 놓인 길과 다르지 않다. 게다가 『일리아드』의 불행한 예언자 카산드라를 상기시키는 카상드르의 이름 자체는 롱사르가 『오드시집』에서 반복해서 주장해온 '서사시 la poésie héroïque'의 의인화라고 할 수 있다. 그만큼 열정적인 사랑의 추구는 초월적인 진실에 대한 추구로 승화되지 않을 수 없다. 그에 따르면 "진정한 행복 le vrai Bien"은 시적 열정을 통해서만 접촉을 허용한다.

> 그 고귀한 불꽃의 단 한줄기 빛은
> 총체를 보기 위한 내 무모한 비상을 공중으로 이끌어

나를 천상에까지 오르게 했으니,
이곳에서 그 아름다움의 일부가 나를 불태운다 […]

그곳에서 진정한 아름다움의 완벽함을 나는 칭송하니,
그곳에서 나태했던 나는 활기를 얻게 되었고,
그곳에서 내 여인과 나 자신을 알게 되었다.(「소네트 CCV」)

이 천상의 행복은 페트라르카의 사랑이 신플라톤주의와 만나 결합한 흔적이라고 할 수 있다. 신플라톤주의에서 육체적 사랑은 단지 사랑의 변증법의 한 단계일 뿐이며, 그것은 "진정한 아름다움"이라는 본질에 이르기 위한 하나의 초대로서만 고려되었다. 그래서 롱사르의 시도는 신성한 아름다움을 언어로 포착하여 여인과의 행복한 화합이 마련할 '지복'을 시의 공간 안에서 실현하려는 욕망에 토대를 두고 있다고 말할 수 있다.

그렇지만 천상의 아름다움을 향해 비상하려는 욕망이 강렬하다는 것은 그만큼 그 여정이 쉽지 않다는 것도 내포한다. 롱사르의 여인은 언제나 그를 비껴가고 그를 거부하며 그의 외침에 귀를 가린다. 사랑의 대상이 만남과 접촉을 허용하지 않는 까닭에 이 시인이 얻게 될 고통은 여인을 기억하고 환기하면 할수록 더욱 강렬해진다. 그의 불행은 합일을 통한 그녀의 소유가 영원히 불가능하다는 불안함에서 나온다. 그런 까닭에 그는 자신의 물질적 존재성을 포기하는 고통마저 감수한다는 결심에 이르기도 한다.

이 불완전한 내 인간 껍질을 불태워
저 하늘로 날아가 버리고 싶다,
불꽃에 휩싸여 신들 사이에 자리 잡은

알크메네의 아들마냥 영원을 누리면서.

이미 지고의 행복을 열망하는 나의 정신은
반항아가 되어 내 살덩이 속에서 어슬렁거리며,
그대 시선이 품어내는 불꽃에 바쳐질
희생의 장작더미를 벌써 그러모으고 있다.

오, 성스러운 잉걸불이여, 오 신의 불길이
피워놓은 불꽃이여, 그대 뜨거움으로
내 낮익은 껍질을 활활 불태우라,

그리하여 자유롭고 그리고 벌거벗은 나 하늘너머로
단번에 뛰어올라 그곳에서 찬미하련다,
그대의 아름다움을 낳은 또 다른 아름다움을. (「소네트 CLXXII」)

롱사르의 사랑시 가운데에서 장엄하고 영웅적인 어조를 지닌 대표적 작품으로 선정될 수 있는 위 소네트에서 그는 자신의 몸을 불사름으로써만 지상의 고통에서 벗어나 천상에 오를 수 있었던 헤라클레스의 영웅적 운명에 자신의 시적 창조의 길을 비유하며 영웅적 의지의 단단함을 드러낸다. 우리가 그의 작품들 속에서 전쟁에 관계된 용어들과 더불어 '여전사 카상드르 La Cassandre guerrière'를 발견하게 되는 까닭도 여기에 있다. 그녀는 남성의 힘을 상기시키는 존재이며, 이런 그녀를 추종하는 한 전사가 사랑의 승리를 얻기 위해 가는 여정은 결코 순탄치 않다. 곳곳에 고통의 암초들이 놓여 있으며, 그 앞에서 시인인 전사는 자신의 선택에 번민하고 의문을 던지며 괴로워한다. 그는 제 사랑의 유일한 대상인 카상드르의 부드러움에 매혹당하면서도 그녀의 냉정함과 잔인함에 번민한다. 그의 여정은 감미롭지만 동시에 쓰라리다.

이런 상반된 두 감정으로 인해 시는 시적 긴장을 유지하게 되고, 롱사르는 사랑의 표현을 숭고한 시의 영역으로 이끌고 간다. 여기에서 그는 사랑의 불행은 시인에게 부여된 운명이라는 것을 드러낸다. 카상드르를 처음 만나는 순간부터 그는 이미 이것을 예감하고 있었으며, 이때부터 그는 여인에 대한 영원한 맹세를 표하며 길을 떠나는 서사적 영웅들처럼 사랑을 찾아 길을 떠나지 않을 수 없었다.

> 그러나 그대 혹독한 냉정함에 꼼짝없이 못 박힌,
> 수많은 고통을 수없이 견뎌내는 나에게는
> 가장 잔인한 것이라도 지극히 감미로울 것이다.(「소네트 XIII」)

> 완벽한 본보기를 따라서
> 세상을 만드신 이께서는
> 제 신전의 천정을 둥글게 마무리 지으며
> 나에게 그대의 노예라는 운명을 명하셨다.(「소네트 CCIII」)

롱사르의 독창성은 바로 이 지점에서 확인될 수 있다. 페트라르카 시의 특징을 이루는 열정과 고통의 뒤섞임이라는 일종의 모순어법은 그의 시에서도 자주 발견되지만, 그렇다고 해서 페트라르카풍 시에서 흔히 볼 수 있는 사랑의 거부에 절망하는 시인이나, 나긋나긋한 감상에 빠지는 시인의 등장을 발견하기는 참으로 어렵다. 코드화되어 지나치게 부자연스러운 감정의 표현,

겉치레와 같은 표현들, 그리고 그것들이 만들어내는 어딘지 모르게 정교한 것 같지만 실은 어긋나는 표현들이 뒤섞인 글쓰기, 형언할 수 없는 고통을 자기 삶의 모든 조건으로 삼아 그곳에 안주하려는 글쓰기를 롱사르는 택하지 않으려 한다. 오히려 그의 고통의 토로에는 고통을 극복하기 위한 기쁨과 행복에 대한 강렬한 시적 의지가 담겨 있다.

아름다운 여인이여, 그대 가슴속에 붙잡아 가둬놓은
내 심장을 돌려달라, 내 심장을 돌려달라,
그대 아름다운 두 눈에 경솔하게 맡기고 만
내 달콤한 자유를 돌려달라, 돌려달라,

내 생명을 돌려달라, 아니면 저 죽음을 늦춰달라,
알지 못할 명예로운 잔인함으로
그대의 아름다움 사랑하는 나를 뒤쫓고 있으니,
내 고통을 좀 더 가까이 와서 바라보라.(「소네트 CXCVII」)

『사랑시집』의 생명력을 보장하는 요소는 여기에 있다. 불행한 영혼은 이루어지지 않을 희망을 꾸준히 시도함으로써 시 전체의 생명력을 유지시킨다. 역설에 해당하는 이런 특징은 카상드르에 대한 사랑으로 인해 불행과 행복을 동시에 체험하게 된 롱사르의 시적 상황을 반영한다. 게다가 사랑에 빠진 자의 모순된 상황은 우주를 구성하는 상반된 요소들 전체에 고통을 직접 호소하는 다음의 시에서 볼 수 있듯이, 자신의 사랑이 우주의 넓은 영역에서 해석되기를 바라는 욕망을 반영한다.

오, 대지여, 오 바다여, 혼돈이여, 운명들이여, 신들이여,
오, 밤이여, 오 낮이여, 오 지옥의 망혼이여,
오, 당당한 욕망이여, 오 너무 강한 열정이여,

오, 그대 악마들이여, 오 그대 신성한 정령들이여,
만약 어떤 사랑이 때때로 그대들을 엄습한다면,
바라보라, 제발, 내 젊어진 고통이 어떠한지를!(「소네트 CLXXVIII」)

따라서 숭고한 사랑과 인간적 고통이 서로 교차하는 건널목에 서서 끊임없이 사랑을 호소하는 이 시인에게는 우주적 진리에 대한 시적 성찰의 의지가 있다고, 또한 불행한 사랑에서 천상의 비밀을 읽어내려는 욕망이 자리한다고 말할 수 있다.

4. 사랑시의 관능성

그러나 롱사르의 정신적이고 숭고한 사랑시에서 육체적인 욕망이 배제되거나 거부된다고 말하는 것 역시 불가능하다. 그의 노래에서 몸에 대한 욕망은 페트라르카가 저속함에 속하는 것도, 억압의 대상으로도 등장하지 않는다. 숭고한 이상의 여인 카상드르에게 던지는 그의 호소에는 육체적 만족을 얻기 위한 욕망, 벗은 몸을 보려는 격렬한 에로티시즘이 자리한다.

내 간절히 원하길, 참으로 노오란
황금 빗방울 되어 방울방울 떨어지기를,
내 아름다운 카상드르의 젖가슴 안으로,

그녀 눈에 졸음이 스며들 때에.
그리고 내 간절히 원하길, 상냥한 소로
변하여 내 등 위에 그녀를 태우기를,
사월 그지없이 푹신한 풀밭 위를
수많은 꽃들을 매혹시켜 꽃피우며 그녀 지나갈 때에.

내 간절히 원하길, 고통 달래기 위해
나르키소스가 되기를, 그녀가 샘이 되기를,
한밤 영원히 그곳에 몸 담그기 위함이니.

그리고 내 원하길, 이 밤이 여전히
영원하기를, 그리고 새벽이
날을 밝혀 결코 나를 깨우지 않기를.(「소네트 XX」)

"내 간절히 원하길"이라는 표현을 각 연에서 반복하며 결합에 대한 욕망을 강렬하게 표현하는 위 「소네트 XX」은 밤의 배경 속에서 결합하는 두 육체의 향연을 소개한다. 그런데 황금비가 되어 다나에와 사랑을 나누었던 주피테르의 신화적 소재를 다루는 작품에 대한 해석이 신화에 대한 지식을 요구한다는 측면에서, 그리고 시인과 주피테르가 동일한 속성을 지닌 인물로 등장하게 된다는 측면에서 외설적인 이미지들에도 불구하고 시는 고상함을 견지한다.

접촉을 원하는 시인의 비유일 수 있는 황금비가 내리는 모양새는 갑작스럽지 않다. 아마도 잠이 든 카상드르를 놀라게 하지 않기 위해 그런 것이겠지만, 페트라르카식의 눈부신 시선이 자아낼 폭력성보다는 부드러운 사랑을 선호하는 시인을 찾을 수도 있다. 여인의 아름다운 시선이 시인 내부에 불러올 감정의 고양은 마치 신성한 영감의 화살을 맞은 것마냥 그에게 깊은 고통을 안겨주며 스스로를 망각하게 만들 위험이 있기 때문이다. 따라서 느릿하게 진행되는 은근함 속에서 육체적 결합이 이루어진다. 작품 전체에서 발견되는 몽환적이고 감각적인 분위기는 사랑을 이루기 위한 조건이며 동시에 이루어진 사랑이 만들어내는 기쁨의 표현이다.

사랑하는 여인의 가슴에 스며드는 그는 이 감각적 결합에서 사랑이 주는 고통을 벗어나는 한 방안을 마련한다. 그리고 제 욕망의 정당성을 밝히기 위해 때로는 주피테르가 되고 때로는 나르키소스가 되며 때로는 실비누스처럼 강가의 푸르른 초원 위에 아름다운 여인을 눕히거나, 자신의 타오르는 욕망을 해소하기 위해 그녀를 숲속으로 납치하길 원한다.

> 그녀는 이 푸른 숲에서 태어난
> 님프가 아니란 말인가? 저 그늘진 서늘함을 지나며
> 새로운 실바누스인 나는 활활 타오르는 불길로 나를 태우는
> 이 불꽃의 열기를 진정시켜야 하리라.(「소네트 CL」)

특히 여인과 결합하기 위해 그녀가 잠이 들기를 바랐던 것처럼 꿈은 외부의 억압으로부터 자유로울 수 있는 욕망이 해소되는 공간으로 간주된다. 꿈속에서 그는 틈만 나면 달아나려는 그녀의 수많은 모습을 다시 껴안고 애무할 수 있는 기회를 도모한다.

> 매일 밤 서두름에 초조해진
> 나는 품에 껴안고 매만진다,

수많은 거짓형태를 지닌 그녀의 헛된 초상을.(「소네트 CXCI」)

여름날 오후, 나른한 꿈속에서 느끼게 되는 즐거움을 묘사한 다음과 같은 「날은 더웠고, 미끄러운 잠」에서 페트라르카의 이미지들은 감각적인 경험과 결합되고,

날은 더웠고, 미끄러운 졸음이
꿈꾸는 내 영혼 안으로 방울방울 떨어져 들어왔고,
그때, 알 수 없는 발랄한 여인의 모습이
내 잠을 감미롭게 뒤흔들어 놓았다.

내게로 새하얀 멋진 상아를 기울이며,
팔딱이는 혀를 내 쪽으로 내밀면서,
앙증맞은 입술로 내게 입 맞추어댔다,
입과 입을, 허리와 허리를 맞대면서.

그때, 활짝 핀 두 손 가득히,
수많은 산호와 백합과 장미를
서로 몸을 움직이며 만져본 것 같지 않았던가?

오, 신이시여, 오, 신이시여, 그 숨결 얼마나 감미로웠던가,
그녀의 입은 알 수 없는 향기로
알 수 없는 루비로 그리고 보석으로 얼마나 가득했던가!(「소네트 CXCII」)

남녀 사이의 성적 결합은 페트라르카풍의 비유와 뒤섞이면서 구체성을 상실한 비현실적인 페트라르카의 표현들을 감각으로 느낄 수 있는 살아 있는 비유, 생생한 물질성을 회복한 비유로 변화시킨다. 꿈의 공간은 여인의 추상적인 미덕이 현실성을 회복하게 만들며, 신성함을 추구하는 시인의 욕망에 물질성을 덧붙임으로써 그의 욕망을 더욱 부추기는 역할을 수행한다. 꿈은 "세상의 휴식처"이다. 꿈에서는 정체성을 유지할 수 없는 법이다. 꿈에서는 정복과 복종의 구분이 소멸되며, 현실과 비현실의 경계가 무너진다. 부재의 현실을 극복하기 위해 시인이 꿈의 공간을 택한 것은 시간에서 벗어나 있기 위해서이다. 시간의 통제력에서 스스로를 구하기 위해서이다. 『오드시집』에서 시간을 통제하며 불멸을 얻으려 했다면, 사랑시의 롱사르는 비시간적인 세계, 시간이 해체되는 세계를 기꺼이 자신의 시적 공간으로 삼는다. 현실의 결핍은 모든 것은 혼동되고 결합하며 엉켜지는 잠의 공간 안에서 풍요라는 다른 이름이 얻게 된다.

그래서 여인의 결핍을 꿈을 통해 쾌락으로 바꾸는 이 시인은 스스로를 나르키소스와 동일시하지 않을 수 없었다. 연못에 비친 자신을 바라보는 시간을 잊은 자가 되길 원하기 때문이다. 나르키소스에게서는 바라보는 자와 비치는 자의 구분이 소멸하고 주체와 객체의 경계가 사라지듯이, 꽃을 따려는 시인은 그것을 간직한 여인과 분리되기를 원치 않는다. 여인의 가슴 안으로 황금비가 되어 스며들기를 욕망하는 그는 꿈속으로의 미끄러짐을 통해 결핍을 쾌락으로 변화시키는 중요한 시적 순간을 맞이하길 희망한다. 물론 여성을 정신적으로 기억하고 상상하는 것이 시인의 고통을 강화할 수는 있다. 그러나 강화된 고통이 시인을 나르키소스의 허구적 존재가 되도록 허용한다는 점에서 꿈은 결핍된 현실의 극복을 허용해주는 공간이 되며, 시인은 이곳에서 자신을 살아 있는 '허상'이 되도록 만들면서 현실의 고통을 상상이라는 허구의 힘으로 극복하려고 시도한다.

이처럼 롱사르가 절대적 아름다움과 절대의 선으로 이끄는 유일한 길인 사랑에 대한 호소에 관능적인 감각성을 덧붙이는 것은 그가 결코 여성의 몸이 지닌 아름다움과 조화로움에 냉정하지 않았기 때문일 것이다. 그는 여성의 몸이 정신적 욕망으로 나아가게 만드는 동인이라고 생각하며, 자기 시가 지상의 육체적 기쁨이 자신의 창조적 감각성에 의해 마음껏 노래되는 공간이기를 희망한다. 예를 들어, 전통적 사랑시의 소재였던 '아름다운 젖꼭지 le beau tétin'를 다루는 다음 시는 흔들리는 여인의 젖가슴이 촉발시킨 욕망을 표현하지만, 그것이 다루는 자연적 관능성의 공간은 이상적인 자연의 모습을 띤다. 이로 인해 작품은 인간적 욕망과 자연의 감각성이 한데 어울리는 총체적 세계에 대한 시인의 관점을 숨기는 역할을 수행한다.

통통하게 살찐 젖가슴의 쌍둥이 물결이
하얀 계곡을 지나서 밀려오고 밀려간다,
마치 해변의 파도가 모래사장으로
천천히 밀려왔다 빠져나가듯이.

두 젖가슴 사이에 길이 열리고,
한겨울 바람 잦아들면
흘러내린 눈에 하얗게 변해버린
두 언덕 사이에 평평한 오솔길이 펼쳐지는 것처럼.

그곳에 오뚝 선 루비 두 개가 붉게 빛나니,
둥글고 포동포동한

상아의 색을 무색하게 만든다.

그곳에 온갖 명예와 그곳에 온갖 은총이 넘쳐나니,
그 아름다움, 세상에 있는지는 알 수 없으나,
이 멋진 낙원의 처소를 날아서 찾아온다.(「소네트 CXCIII」)

따라서 롱사르의 시에서 감각의 추구는 시적 영감을 출현에 뒤따르는 상황이자 동시에 그것을 보장하는 필요조건이라고 말할 수 있다. 감각의 추구는 영감에 빠진 시인의 세계를 환상적인 공간으로 만들려는 의지를 반영할 뿐만 아니라, 한 여성의 몸과 정신에 대한 사랑을 통해 우주의 아름다움을 추구하는 고상한 영혼마저도 드러낸다. 육체적 관능미가 동시대 시인들의 경우처럼 정신의 아름다움에 비해 열등하거나 배제되어야 하는 대상이 아니라 오히려 사랑 그리고 시적 영감의 숭고함, 나아가 시인의 숭고한 영혼을 노래하기 위한 조건이 된다. 여기에서 페트라르카의 정신적이고 추상적인 시적 풍취를 그가 작품의 중심으로 삼지 않는다는 것을 확인할 수 있다. 사랑의 숭고함이 육체의 접촉을 배제하지 않는다는 새로운 인식을 담아내면서 고유한 시적 세계를 만들어가는 롱사르를 발견할 수 있다. 우주를 구성하는 모든 것들은 그가 취할 노래의 대상이자 소재가 되며, 노래를 부를 수 있게 만드는 동인인 셈이다. 세계 전체는 그 다양함을 통해서 노래, 즉 시에 대한 그의 욕망을 자극하고 이끄는 힘인 것이다.

5. 욕망의 글쓰기

여인에 대한 욕망을 드러내면서 시의 길을 개척하려는 이런 의도를 롱사르는 사실 시집을 시작하는 「기원시 Voeux」에서부터 이미 예고한 바 있다.

신성한 누이들이여, 그대들은, 카스탈리아의
부드러운 강변에서, 그대 태어난 산에서,
그리고 맑디맑은 말의 샘가에서,
그대들 학원에서, 어린 나에게 가르침을 주었다.

노래하는 그대들의 원무에 도취하여
조화로운 운각으로 내 그대들 춤을 인도했으니,
철보다, 구리보다 그리고 쇠붙이보다 더 단단하게
그대 신전에 이런 말들을 적어달라.

롱사르는, 그의 청춘이
사랑에 경의를 바쳤음을
미래의 시간이 가끔은 기억하길 바라며

오른손으로는 그대 제단에
소박한 선물로 불멸의 시집을,
다른 손으로는 자기 심장을 이 초상 발치에 바치노라.

뮤즈들에 대한 환기로 시작하는 이 작품에서 그는 영감과 불멸에 대한 열망을 표현한다. 특히 후반부 두 연은 뮤즈의 신전에 새긴 일종의 박음질과 같다. 그러나 뮤즈만이 이 시의 헌정대상이 아니다. 그는 사랑하는 여인 카상드르에게도 자기 심장을 바치기 때문이다. 작품을 여인에게 바침으로써 그는 자신의 고통과 욕망도 함께 새겨지기를 바란다. 이런 까닭에 그의 의도는 '이중적'이라고도 말할 수 있다. 사랑과 시적 영감을 기꺼이 같은 맥락에 위치시키는 그는 열정의 표현이 시적 불멸을 보장하는 길이라고 확신하는 듯하다. 사랑의 고통을 담은 책은 "쇠붙이보다 더 단단"한 기념비가 될 것이고, 자신의 고백을 후세에 전달하며 그만큼 "단단"한 명성을 보장해줄 수 있으리라는 것이다. 따라서 롱사르에게 있어서 시인이 된다는 것은 작품을 하나의 완벽한 건축물로 완성하는 것과 다르지 않다. 『사랑시집』의 마지막 소네트가 「기원시」의 의미를 되풀이하는 것도 바로 이런 건축적 구조의 통일성과 일관성을 염두에 두었기 때문일 것이다.

때로는 근심에 쌓이고 때로는 희망에 가득 차,
내 눈의 눈물을 닦으려 한다,
앙리가 프랑스 국경 저 멀리서
최초의 선조들의 명예에 복수를 할 그날이 오면,

하늘에 오르기 위해 날카로운 창끝으로
영광의 길을 가로질렀던
그가 승리의 팔로
라인 강변에서 용맹한 스페인 병사들의 목을 벨 그날이 오면.

힘찬 날갯짓으로 내 정신을 사로잡는
그대 신성한 무리들이여, 나의 지주이자 나의 영광이여,
예전에 그대들은 헤시오도스가 목을 축였던

그 강물 마시도록 내게 허락했었다,

기억의 신전 가장 신성한 곳에

이 탄식을 영원히 새겨놓을 수 있도록.(「소네트 CCXXIX」)

자신의 시를 불멸로 인도해주기를 뮤즈들에게 요구하는 롱사르는 시집의 시작과 끝에서 시의 완성을 노래함으로써, 시집이 담고 있는 사랑의 노래가 결국엔 시에 대한 노래와 다르지 않다는 것을 상기하고 드러낸다. 이를 위해 그는 능수능란하게 말을 다루는 오비디우스를 닮기를 열망하지 않을 수 없었으며, 언어를 통해 사물을 마음대로 변화시킬 창조력을 지닌 한 시인으로 탄생하길 희망한다.

나는 능변의 오비디우스가 될 수 없단 말인가?

눈, 그대는 찬란히 빛나는 아름다운 별이,

손, 그대는 아름다운 백합이, 머리칼, 그대는 고운 비단올가미가 될 터인데.

(「소네트 XVII」)

등장인물들의 정체성을 언어로 바꾸어놓고, 그들의 여정을 언어로 기록하는 오비디우스가 될 때, 비로소 그는 시적 표현을 통해 고통에 빠진 자신을 구하고, 고통을 불러일으킨 여인을 언어로 정복하며, 그녀와 언어로 화합할 수 있게 될 것이기 때문이다. 이런 점에서 독자가 『카상드르에 대한 사랑 시집』에서 고통에 빠진 자신을 소개하는 롱사르만 발견한다면 작품들을 제대로 읽었다고 말할 수는 없다. 시인이 고통을 마주하는 방식을 읽어내고, 고통을 노래하며 지향한 바가 무엇인지, 그리고 그것을 어떻게 시어로 표현하고 있는지를 파악하는 것이 필요하기 때문이다. 그것은 그의 시가 숨겨놓은 본질적 의미의 파악에 대한 접근을 허용할 수 있다.

한 예로, 「모래 위에 씨를 뿌린다」라는 소네트를 살펴보자. 사랑이 초래한 고통에서 벗어나지 못한 한 시인의 가련한 초상을 소개하는 이 작품에서 시인의 목소리는 쓰라림의 어조에 실려 있다. 사랑에 빠진 자가 경험할 수 있는 모든 감정들의 굴곡을 그는 비껴가지 못했다.

모래 위에 씨를 뿌린다,
심연의 깊이를 재어본들 소용없다,
아무도 나를 부르지 않건만, 언제나 스스로 나선다,
얻는 것도 없이 세월을 소비한다.

맹세하며 그녀의 초상에 내 목숨 걸어놓으니,
그녀의 불길 앞에서 내 가슴 유황으로 변하고,
그녀의 눈 때문에 혹독히 힘들어하고,
아픔은 셀 수 없지만, 하나도 후회하지 않는다.

내 삶이 얼마나 단단한지 잘 알 수 있는 자는
결코 사랑에 빠지길 원치 않을 터이지만,
뜨거움에, 차가움에, 타오르는 나를 느낀다.

내 모든 기쁨은 쓰라림으로 절어 있다,
번민에 살아가고, 슬픔에 쇠약해진다,
너무 사랑했기에 이리되고 말았다.(「소네트 CIII」)

첫 번째 연에서 시인은 사랑에서 그 무엇도 취하지 못한 자기신세에 슬퍼한다. 그가 사랑에서 얻은 것은 없다. 욕망을 가졌으나 헛되었다. 사랑에 대한 아무런 보상을 받지 못하는 결핍의 상황에 처한 자신을 목도하며 시간만 흘려보냈다. 그렇지만 엄격히 말해 그가 얻은 것이 없다고만 말할 수도 없다. 그에게는 번민과 고통이 남았기 때문이다. 그런데 시인은 자신의 삶이 이것들로 영위된다는 것을, 그리고 이것들 덕분에 기쁨을 누리게 된다는 것을 또한 굳이 감추려고 하지 않는다. 9행의 "내 삶이 얼마나 단단한지"라는 표현은 고통에 짓눌린 자신의 심정을 알리지만, 그 어조는 조롱에 가깝다. 고통을 토로하면서도 이렇게 빈정거릴 수 있는 것은 고통의 정체가 실은 기쁨이라는 확신이 그에게 있기 때문일 것이다. 차가움과 뜨거움의 반복이 그를 강하게 만들었기에 그에게 고통과 기쁨은 하나로 간주되지 않을 수 없었다.

또한 마지막 시행이 암시하듯 시인은 고통의 소멸이 여인의 보상과 대답으로만 가능하다는 것도 알고 있다. 고통에서 벗어나는 길은 소통의 사랑을 통해서이다. 그런데 소통이 이루어지는 순간 자기 노래의 생명이 끝난다는 것을 그는 인식한다. 무릇 미완성의 목격과 완성을 위한 추구에서 시가 태어나고, 충만하지 못한 존재의 결핍을 메우려는 의지가 시를 낳는다는 것을 부정할 수는 없다. 그러나 완성이 실현되면 시는 더 이상 생산의 추진력을 얻지 못한다. 따라서 롱사르가 말한 것처럼 고통은 기쁨으로 남아 있어야만 한다.

물론 이때의 기쁨이 여인으로부터 화답을 받았기에 생기는 기쁨을 말하지는 않는다. 그것은 "그녀의 초상"에 그가 집착할 수 있기 때문에 얻게 되는 고통이다. 즉, 완전한 사랑에서 오는 기쁨이 아니라 초상이 마련하는 '상상'에 어울리는 언어를 그가 끊임없이 고안해낼 수 있게 되기에 얻어지는 기쁨이다. 사랑의 고통을 달래기 위해 그는 가끔씩 자연을 찾아 은둔의 방식을 선택하기도 하지만, 전원의 고요함과 외로움은 그의 강렬한 욕망과 욕망이 낳은 고통을 위로해주는 결정적 안식처가 되지 못한다. 오직 이 시인이 가슴에 간직하는 것은 여인의 초상일 뿐이다.

> 그지없이 울창한 외딴 숲은,
> 날카롭기 그지없는 거친 바위는,
> 삭막하기 그지없는 쓸쓸한 강변은,
> 적막하기 그지없는 동굴의 스산함은,
>
> 내 탄식과 목소리를 위로해주나니,
> 아주 은밀한 그늘 아래 홀로 떨어져 있어도
> 가장 푸른 시절에 나를 뜨겁도록 미치게 만든
> 이 사랑의 광증이 나아지는 듯하다.
>
> 그곳, 딱딱한 땅 위에 몸을 눕혀
> 품 안에서 초상 하나 꺼낸다,
> 내 모든 불행의 유일한 위로이니,
>
> 드니조가 담아놓은 그 아름다움,
> 나를 수없이 변하게 만든다,
> 단 한 번의 홀연한 눈짓만으로도.(「소네트 IX」)

자연 안에서 초상을 바라보는 이런 행위는 자연이 시인의 모든 고통을 위무해주지는 못하지만, 최소한 시인을 '예술의 세계'로 인도하는 창구를 맡는다. 자연과 회화, 자연과 예술은 서로를 보완하며 시인의 내부를 파고들어 가는 저 치명적인 고통을 위로한다. 고통의 치유를 원한다면 시인은 부재하는 여인을 대변하는, 그리하여 자신의 "광증"을 달래줄 수 있는 예술의 상상에만 의지해야 할 것이다.

그리하여 카상드르의 아름다움을 욕망하며 신성한 비밀을 목격하려는 이 시인은 낯익은 것을 저버리고 미지의 세계로 들어가는 자의 무모함과 대담함 그리고 그 길에 놓일 위험을 기꺼이 감수한다. 그에게는 죽음이 두려울리 없다. 자기 정체성의 변화를 초래할 이 죽음을 그는 여인에게서 부재하지 않을 수 없는 자신을 현존하는 주체로 만들기 위한 수단으로 고려하며,

> 이 아름다운 두 눈이 때가 되기도 전에
> 나를 저곳으로 추방하며 죽음의 판결을 내리면,
> 파르카이가 내 발걸음을
> 행복의 강변 저 건너편으로 끌고 가면,
>
> 동굴이여, 초원이여, 그대 숲이여, 그리되면,
> 내 아픔을 슬퍼하되, 날 경멸하진 말아달라,
> 오히려 그대 품 그늘진 곳에
> 영원하고 고요한 내 거처 마련해달라.
>
> 사랑에 빠진 어떤 시인이
> 내 불행한 운명을 가엾이 여겨
> 떡갈나무에 이런 경구를 짓게 하라.
>
> 이 아래에 방돔의 연인이 누워 있으니,

여인의 아름다운 두 눈을 너무 사랑했기에

고통이 이 숲에서 그의 목숨 앗아갔도다.(「소네트 LXII」)

"영원하고 고요한" 자연 안에 고통스런 현실을 초래했던 사랑이 "경구"라는 표현이 암시하듯이 언어와 시를 통해 영원히 기록되기를 희망한다. "사랑에 빠진" 미래의 어느 시인이 와서 그의 고통을 확인하고 그것을 미래의 또 다른 시인에게 전해주길 기원한다. 그들이 옮기는 것은 시인의 불행이지만, 미래에도 여전히 자신의 불행이 노래될 것이라는 점에서 그는 위안을 얻고 영원성을 획득할 수 있다. 미래에 올 시인들에 의해 죽음을 선택한 그는 영원히 살아 있을 수 있다. 게다가 그녀가 원하는 것이 죽음이라면, 그 죽음을 거부할 까닭도 그에게는 없다. 그녀의 부드러운 시선이 죽음을 초래한다면, 그 죽음 또한 감미로움으로 여기면서 수용하는 것이 그녀에게 가까이 가는 최적의 방식이기 때문이다.

사랑이 전통箭筒에서 꺼내 나를 향해

당긴 화살은 부드러웠다, 화살에 닿자마자 나를 엄습한

달콤하면서도 매서웠던

자라나던 열병은 부드러웠다.

그녀가 내 시를 손가락으로 튕겨가며

류트로 흥겹게 노래할 때,

매혹으로 가득 차버린 내 정신이 육신을 떠나도록 만들었던

그녀의 미소와 목소리는 부드러웠다.

그렇게 부드럽게 그녀 목소리 방울방울 흘러나오니,
그 소리 누가 듣지 못할 것이며,
영혼의 새로운 기쁨 그 누가 느끼지 못할까.

그녀 소리 듣지 않아도, 정말이지, 사랑은 유혹하며
부드럽게 웃고 부드럽게 노래하니,
나 그녀 곁에서 부드럽게 죽어가리라.(「소네트 XXXVIII」)

시 전체에 흩뿌려져 있는 "부드러운 doux", "부드러움 douceur", "부드럽게 doucement"의 명사나 형용사 그리고 부사들은 죽음과 여인의 목소리 그리고 "말"과 연계되면서 시인의 고통에 노래가 자연스럽게 결합하도록 만든다. 시인의 불행이 노래의 모습을 띠지 않을 이유도, 그가 부를 노래가 고통을 다루지 않을 까닭도 없다. 노래와 죽음이 결합하면서 만들어낼 욕망의 영원함을 향한 이 여행은 그에게 "단번에 뛰어올라" 갈 수 있는 지난한 노력을 요구하지만,

그리하여 자유롭고 그리고 벌거벗은 나 하늘 너머로
단번에 뛰어올라 그곳에서 찬미하련다,
그대의 아름다움을 낳은 또 다른 아름다움을.(「소네트 CLXXII」)

현재의 결핍으로부터 "단번에 뛰어"오르기 위해 그는 여인의 초상과 자신의 죽음에 모든 것을 내걸며, 자신의 모든 언어에 불행의 고통과 욕망의 주름들을 담아내지 않을 수 없다.

그래서 욕망의 추구와 시적 글쓰기에 대한 욕망은 롱사르의 시에서 축을

같이한다고 말할 수 있다. 그의 펜을 물들이는 붉은색은 고통의 흔적이지만,

> 허리를 꿰뚫은 그녀의 찬란한 빛으로
> 내 날개들을 피로 붉게 물들일 텐데,
> 내 견뎌온 저 고통을 증명하기 위해서[.](「소네트 CXLVIII」)

그것은 동시에 그의 시를 화려하게 장식하는 요소로 기능한다. 그의 고통은 피로 물든 펜 끝에서 정열로 태어나고, 이 정열이 고통을 증명하는 그의 글을 이끌어간다.

6. 말에 대한 욕망

자신의 소멸을 통해 고통스런 현재의 사랑에서 벗어나 미래의 새로운 공간으로 뛰어오르길 욕구하는 이 시인은 사랑에 패배한 자라기보다는, 오히려 사랑을 자기 것으로 삼기를 강렬하게 원하는 자라고도 할 수 있다. 이제 그에게는 여인의 불길을 피할 이유가 없다. 여인을 대하는 그의 태도가 당당하지 않을 이유도 없다.

> 내 눈이 그대 뚫어지게 바라보며 즐거워할 때,
> 능란하게 화살을 쏘아댄 그대 눈은
> 그 힘으로 나를 바위로 굳혀버린다.
> 끔찍한 메두사의 시선을 바라본 것처럼.
>
> 그대를 섬기는 내가 그대 영광 그리기 위해

오직 토스카나 사람만이 자격이 있는
누이들의 연장을 능란하게 사용하지 않는다면,
그대의 잔인함은 스스로를 탓해야 한다.

아니, 내 무슨 말을 했단 말인가? 바위 안에 갇혀버린
내가 그대 비난한다면 나 자신 안전할 수 없으니,
그만큼 그대 역정의 불길이 심히 두렵다,

그러니 내 머리가 그대 눈의 불길로
저주받기를, 에페이로스산들이
신들의 벼락으로 벌을 받았던 것처럼.(「소네트 VIII」)

바라보는 자를 돌로 굳게 만들어버렸다는 메두사 신화는 망각의 테마를 환기시킨다. 메두사를 본 자는 말을 잃고, 목소리를 상실하며, 급기야 기억을 잃어버리게 된다. 바위처럼 소리 없는 존재가 된다. 그에게는 말을 할 수 있는 능력이 제거된다. 여인에 대한 욕망은 두 존재 사이의 물리적 거리를 소멸시킴으로써 실현될 수 있지만, 메두사의 눈에 굳어버린 시인은 이 거리를 극복할 수도, 그것을 통해 상호소통의 길을 열어 보일 수도 없는 존재가 되고 만다. 냉정한 여인은 그가 말을 하는 것을, 그리고 그의 행동을 원치 않는다. 정신의 생기를 잃은 이 시인은 9행이 암시하듯 자신이 했던 말이 지닌 의미마저도 해석할 수 없는 무력한 존재로 남게 된다. 그는 자신의 애정을 전달할 수단을 마련하지 못한 존재, 생명력을 잃은 부동의 인간일 뿐이다.

시인이 그녀로부터 유일하게 얻게 되는 것은 사랑에 대한 화답이 아니라 그녀가 가할 불의 벼락일 뿐이다. 그러나 역설적이게도 그것에 의해 시인은

여인의 아름다움을 "그리려"는 시도를 할 수 있게 된다. 여인을 비난해야만 그는 그녀의 "역정의 불길"을 받을 자격을 얻게 되고, 그로 인해 고통의 노래를 이어갈 수 있다. 그는 여인의 분노를 진정 두려워하지만, 그 두려움이 그를 위협하여 소리를 내지 못하게 할 정도는 아니다. 비난 때문에 스스로의 안전을 돌볼 수 없다는 사실과 그녀를 두려워한다는 점을 감추지 않는 것은 그것이 자신을 시인일 수 있게 만드는 동인이라는 것을 그가 알기 때문이다.

따라서 그의 사랑 노래의 생명은 여인에 대한 비난과 뒤섞인 두려움과 분노에 대한 공포가 지속되는 한에서만 가능하다. 그는 벼랑 끝에 서서 최후의 순간을 남겨둔 자처럼 분노의 화살을 끊임없이 자기에게 쏘아대기를 여인에게 요구한다. 말을 하지 못하도록 자기를 바위로 만들어버린 여인에게 당당하게 자신의 잘못을 자책할 것을 권하기도 한다. 자기 "머리가 [여인의] 눈의 불길로 / 저주받기를" 원하고, 자신의 영혼이 망가지기를 갈망하는 그는 자신의 정신이 파괴의 순간에 도달하는 것을 염려하지 않는다. 자신을 위협하는 그녀의 생생함이 오히려 여인의 영광을 노래하는 제 노래의 지속을 그에게 허용해줄 수 있다고 그는 확신한다. 그리고 여인으로 인해 초래된 고통을 고발하는 다음과 같은 그의 외침은

> 결코 볼 수 없단 말인가, 죽기 전에
> 그녀 제 봄날의 꽃을 뜯어먹고,
> 그 봄날 아래 그늘에 내 삶이 머무는 모습을?
>
> 결코 볼 수 없단 말인가, 그녀의 두 팔에 얼싸안겨,
> 사랑에 짓눌려, 온통 얼이 빠지고, 기진맥진하여,
> 그녀의 품 안에서 맞이하는 아름다운 죽음을?(「소네트 XLIII」)

"볼 수 없단 말인가?"라는 의문문의 반복을 통해 되풀이되는 울림을 지니게 된다. 사랑의 욕망을 지탱해 나가기 위해서이다.

여인의 시선으로 인해 죽음과 생을 반복하는 그는 여인이 부여한 자기 죽음에 순환성을 부여하면서 그녀에게서 벗어나면서 동시에 그녀를 갈구하는 자가 된다. 일견 '부정의 수사학'이라고도 부를 수 있는 이런 반복법을 통해 롱사르는 순환하는 운동 안에 자기 노래를 위치시킨다. 따라서 시인의 죽음은 역설적으로 '은밀한 상호성'을 지향한다고 말할 수 있다. 그는 죽음을 경험하지만, 그 죽음은 그가 여인과의 상호소통에 성공했다는 것을 반증한다. 그가 죽음을 언급하고, 그것을 자기 운명으로 수용하는 것은 바로 이런 소통에 대한 희망이 그에게 더 많은 위안을 주기 때문이다. 또한 그가 자기 죽음에 "아름다운"이라는 형용사를 부여할 수 있었던 것도 아름다운 여인의 시선으로 인한 죽음이 아름다움을 영원히 노래할 권리를 부여할 수 있다고 확신하기 때문이다. 그의 아름다운 죽음은 아름다움을 다루는 노래의 생명을 보장하는 요소인 셈이다.

인간적 죽음이 아닌 지상의 반복적 운동을 닮은 새로운 죽음을 사랑에서 구하는 것에서 우리는 기억의 소멸을 부정하는 한 시인을 만날 수 있다. 삶과 대립되는 죽음은 그에게는 아름다움을 기억하지 못하게 만드는 '예술적 의식의 종말'일 뿐이다. 죽음 뒤에 아무것도 남지 않게 되는 것, 아무것도 느끼지 못하게 되는 것, 말하고 듣고 보지 못하는 모든 것을 그는 거부한다. 오히려 자신에게 고통을 부여하고 자신의 목숨을 앗아가는, 그리고 영원히 그의 추적을 비껴가는 여인의 아름다움을 '붙잡아' 가슴에 '새기는' 것, 그것을 '기억하는 것'을 자신의 소명으로 삼는다. 이제 그에게는 여인의 아름다움에 대한 기억을 목소리에 담아 되풀이하는 일, 반복되는 질문을 던져 목소리의 힘을 유지하는 일만이 남아 있을 뿐이다.

물로, 흙으로, 혹은 불꽃으로 나는 돌아갈 수 있을 것인가?
천만에, 오히려 목소리가 되어, 저곳에서, 내 여인의
가당찮은 잔인함을 고발하게 되리라.(「소네트 XXXVII」)

죽음 이후에도 "목소리"를 지닐 것이라는 이런 발언은 르네상스 프랑스에 깊은 영향을 끼친 물질의 생성과 소멸에 관한 아리스토텔레스의 견해를 따른다. 물질은 소멸하지 않고 다만 형태가 변한다는 원칙에 따라 그는 죽음 이후의 소멸을 신뢰하지 않는다. 오히려 죽음 뒤에 여인을 소리 내어 고발하겠다는 발언은 시인을 죽이는 여인이 오히려 시인을 영원히 살게 만드는 기능을 수행한다는 것을 의미한다. 이 시인은 "사랑의 전투"가 그에게 안겨준 고통 앞에서 자연적 죽음이 아닌 미학적 죽음, 목소리의 영원한 울림을 추구한다. 일회적이고 순간적인 것을 수용하지 않으려는 그에게서 죽음은 아름다움에 대한 기억을 간직하고 그것을 말로 옮기도록 허용하는 조건일 뿐이다. 다만 그가 염려하는 것은 자연적 죽음이 남겨놓을 '빈 공간'이다.

그가 헛된 사랑을 염려하고, 그의 감정이 모순성을 띠고 있는 것도 여인이 그에게 가할 죽음 이후의 '빈 공간'을 인정하지 않기 위해서이다. 헛된 사랑은 채워져야 한다. 사랑의 빈 공간은 고통과 신음, 아름다움에 대한 찬양과 비난, 여인의 젖가슴에 대한 욕망과 정신에 대한 경배, 그리고 죽음에 대한 호소 등을 담은 그의 목소리로 가득해야 한다. 여인의 아름다움을 추구하는 그의 목소리가 이 공간을 울림으로 채울 때 여인에 대한 그의 사랑은 지속될 수 있으며, 이때 비로소 그는 시인이라는 자기 정체성을 견지할 수 있을 것이다.

비스듬히 떨어지는 이 작은 덩어리들,

사선으로 방황하듯 내려오며

서로 부딪혀 아주 다양한 맺음으로 상호 얽어매면서

그렇게 세상을 구성하였다.(「소네트 XXXVII」)

'헛된' 사랑이 비어 있음의 비유라면, 사랑의 욕망을 통해 시적 목소리를 찾으려는 그는 헛되고 비어 있는 공간을 운동성을 얻게 된 근심과 불안, 고통과 희망과 같은 여러 원소들로 가득 채워 나가려 한다. 설령 원소들의 충돌이 자연적 죽음과 같은 파괴를 낳을지라도, 그 파괴는 그 자체로 또 다른 생성의 동력이 될 것이다.

[…] 그리고 카오스는 서둘러서

예전의 싸움으로 혼돈에 빠지게 되리라,

그리하여 그대 아닌 다른 아름다움이, 다른 사랑이

다른 멍에로 내 등을 속박하게 되리라.(「소네트 LIII」)

이처럼 롱사르가 경험하는 고통은 그에게 목소리의 생명력을 얻게 만드는 힘, 영혼에 여인의 생생한 아름다움을 기억으로 간직하게 만드는 "사랑의 등대"와 다르지 않다.

나는 영혼에 영원한 심지를 느낀다,

그것은 내 심장 한복판에서 언제나 타오르고,

내 온몸을 메말리는 아름다운 불길로

내 쓰라림을 인도하는 사랑의 등대이다.(「소네트 XLVII」)

끊임없이 자기 고통과 애정을 호소하는 그의 시는 그래서 여인이 강요할 침묵에 대한 비난이자, 동시에 침묵에서 여인이 벗어나길 바라는 호소가 된다. 그는 여인에게 말을 권유하며, 시란 말의 공간임을 제시한다. 말없는 여인이 말을 생명으로 삼는 시인의 목소리에 실려 영원히 기억되기를 희망한다. 사랑이 초래한 비극을 기억하며 그것을 자신의 말이 머물 공간으로 삼으려는 그는 사랑의 욕망을 말에 대한, 그리고 시에 대한 욕망으로 승화시키며, "진정한 프로테우스"의 시인으로 '기억'되기를 희망한다.

> 저 눈은 세상에 대해 내가 만족하게 만들고,
> 다가오는 자가 있으면 바위로 만들고,
> 때로는 웃음으로 때로는 분노의 시선으로
> 내 마음의 갈등과 평화를 키워 나간다.
>
> 아름다운 눈이여, 그대로 인해 고통받는 나는 침묵하고,
> 성스럽고 천사같이 아름다운 입이여,
> 고통이 나를 건드리기 무섭게
> 나는 그대 부드러움에 다시 살아난다.
>
> 입이여, 어째서 그대는 내가 죽음을 원할 때
> 말로써 나를 다시 구하러 오는가?
> 어째서 내가 다시 살아가길 바라는가?
>
> 근심이 넘쳐나는 나는 진정한 프로테우스,
> 고통 속에서 다시 살아간다, 근심이

내 마음으로 좀 더 오래 자라나길 바라므로.(「소네트 CCXVIII」)

여기에서 우리는 롱사르가 사랑을 소재로 택한 이유를 다시 한 번 확인할 수 있다. 사랑을 노래의 소재로 즐겨 삼았던 당시의 시적 분위기에 부응하기 위해서도, 그리고 그것을 통해 세속적 명성을 얻기보다는, 오히려 사랑에서 무엇을 보아야 하는지, 그것을 옮겨내는 시가 무엇을 해야 하는지를 증명하려는 시인으로서의 의도가 그의 노래 안에 있다. 그가 사랑을 노래한 동시대의 어떤 시인들보다도 더 뛰어난 시인으로 남을 수 있었다면, 그것은 시적 표현을 단지 시를 꾸미는 요소가 아닌 시 자체로 그리고 시의 생명력을 보장하고 유지하는 힘으로 간주했고, 지상과 천상의 두 공간을 채우는 모든 욕망을 시 안에 담아내면서 죽음을 생명으로, 고통을 희망으로 변화시킬 수 있는 언어의 힘에 대한 전망을 제시했기 때문일 것이다.

『카상드르에 대한 사랑시집』에는 시를 통해 불멸의 명성을 얻으려고 욕망하고 시도하고, 그것이 불가능하다는 것을 알면서도 그것의 실현을 위해 무모하고도 대담한, 그래서 영광스럽지 않을 수 없는 시적 글쓰기라는 험난한 길에 나서는 한 시인의 모습이 담겨 있다. 시란 무릇 비극의 참상을 울림 가득한 말로 외쳐야 한다는 것을, 표면적인 삶 뒤에 숨겨진 어떤 다른 세계에 대한 비전을 "강철" 같은 펜으로 찾아서 기록해야 한다는 것을, 그리고 일시성 뒤에 숨겨져 있는 저 행복하고도 영원한 삶에 대한 비전을 제시해야 한다는 목소리를 우리는 한 르네상스 시인의 사랑노래에서 듣게 된다. 그의 사랑시를 읽으며 '시인이란 불행을 먹고 산다'라는 말이 자연스레 떠오른다면, 그것은 미래의 시가 걸어가야 할 길을 그가 앞서 제시했기 때문일 것이다.

| 작가 연보 |

1524년 9월 2일

피에르 드 롱사르는 방돔 Vendôme에 위치한 라 포소니에르 La Possonnière 영지에서 아버지 루이 드 롱사르 Loys de Ronsard와 어머니 잔 쇼드리에 Jeanne Chaudrier 사이에서 여섯째로 태어난다. 루이는 부르봉-방돔 왕가의 봉신이었다. 롱사르 집안은 오래전부터 루아르강에서 잡히던 붉은 잉어 rosse 세 마리가 위 아래로 나란히 놓인 문장을 선택했다. 그래서 이 가문은 14세기에는 'Rossart'나 'Roussart'로, 16세기 초반에는 'Ronsart'로 표기되었다. 'Ronsard'는 시인이 작품을 간행하며 처음 사용한 철자명이다. 롱사르의 부친 루이(1479-1544)는 프랑수아 황태자와 앙리 도를레앙 공작(미래의 앙리 2세)의 궁정수석관리자였다. 1515년 프랑수아 1세를 수행하여 마리냥 전투에서 혁혁한 공을 세웠다. 1525년 파비 전투에서 패해 스페인에 볼모로 잡힌 왕자들을 국왕의 뜻에 따라 돌보았다. 루이에 대한 국왕의 신임 덕분에 어린 롱사르는 별 어려움 없이 후에 궁정에 출입할 수 있었다. 루이는 당시 최고의 시인 장 부셰 Jean Bouchet의 후원자였으며, 그에게서 작시법을 배웠다고 한다.

1533년

9세가 될 때까지 롱사르는 가정교사로부터 교육을 받았으나, 현재까지 이 가정교사에 대해 알려진 사항은 없다. 그러나 장서가였던 숙부 장 롱사르가 학교교육을 받기 이전의 어린 롱사르에게 상당한 영향을 끼쳤을 것으로 파악된다. 몽테뉴가 출생한 해이자 라블레의 『팡타그뤼엘』과 클레망 마로가 프랑수아 비용의 『작품집 *Oeuvres*』을 간행한 1533년에 10세였던 롱사르는 파리의 콜레주 드 나바르 Collège de Navarre(1530년 설립)에서 공부를 시작한다. 그러나 학습기간은 길지 않았다. 반년 정도 지난 후 아무런 소득 없이 고향으로 돌아온다.

1536년

롱사르는 부친의 뜻에 따라 황태자 알랑송 공작(프랑수아 1세의 아들)의 시동이 되지만, 일주일 만에 황태자의 갑작스런 죽음을 목격하게 된다. 이어 샤를 당굴렘(프랑수아 1세의 셋째 아들)의 시동이 되었고, 자크 5세와 혼인한 여왕 마들렌의 병문안을 위해 스코틀랜드로 떠나는 인문학자 라자르 드 바이프를 수행한다. 오랜 악천후 끝에 간신히 도착한 이국의 땅에서 롱사르는 여왕의 죽음마저 목도하게 된다. 2년여의 기간을 스코틀랜드에서 보낸다. 1539년 귀국하여 샤를 도를레앙궁의 왕실 시종관직을 맡게 된다. 군인의 직업을 아들이 택하길 바랐던 부친 루이의 뜻과는 달리 롱사르는 바이프를 수행하여 독일을 다녀온 1540년 말에 혹독한 관절염으로 인해 청각 장애를 갖게 되었다.

1540년 8월

최초의 작품인 「그녀[뮤즈]의 류트에게 Ode à son Luc」를 작성한 것으로 추정된다. 작품은 『총림시집』(1550)에 실리지만, 이때만 해도 인쇄업자들이 작가의 작품에 임의로 교정을 가하던 시기였고, 롱사르 자신도 후에 작품을 퇴고했기 때문에, 작품의 최초의 원고 상태가 어떠했는지는 알 수 없다.

1543년

3월 6일 르 망 Le Mans의 교구장이었던 기욤 뒤 벨레의 장례식에 참석했다가 르네 뒤 벨레로부터 삭발례 tonsuré를 받게 된다. 성직자로서의 소명의식은 없었지만, 교구를 운영하며 최소한의 삶을 유지할 수 있는 수단을 마련하기 위해서였다. 이때 그는 르네 뒤 벨레의 비서로 있었던 자크 펠르티에 뒤 망을 만난다. 호라티우스의 『시학』을 최초로 프랑스어(1541)로 번역하고, 1555년에 자신의 『시학』을 출판한 시인이자 인문주의자였던 그는 롱사르에게서 시인의 자질을 간파한다. 1547년 『시집 *Oeuvres poétiques*』을 간행하였는데, 롱사르의 첫 작품인 「연인으로 삼고 싶은 아름다움에 관하여」를 실어주었다.

1544년

부친 루이가 사망한 후 롱사르는 라자르 드 바이프가 아들 장 앙투안의 교육을 위해 만든 모임에 참석하여 본격적으로 미래의 인문학자들을 만나게 된다. 고전문학 연구자인 장 도라가 모임의 선생으로 오게 되면서, 본격적으로 미래의 플레이아드 시인들의 탄생을 위한 그룹이 형성된다. 도라의 지도하에서 고전문학을 번역하거나 주석을 다는 공부에 임하게 된다. 이 시기에 롱사르는 호메로스, 핀다로스, 리코프론, 칼리마크, 카툴루스, 프로페르티우스, 티불루스 그리고 신라틴 작가들의 작품을 읽으며 인문학적 소양을 쌓기 시작한다.

1545년 4월 21일

블루아성에서 개최된 무도회에서 14세의 카상드르 살비아티를 만난다. 카상드르는 피렌체 은행가 출신으로 프랑스로 건너와 프랑수아 1세의 재정을 관리하였으며, 블루아 근처의 탈시 Talcy에 영지를 가지고 있었던 베르나르 살비아티 Bernard Salviati의 딸이었다. 이 젊은 여인을 롱사르는 사랑했지만 성직자로서의 신분 탓에 그녀와의 결혼을 약속하지 못했다. 게다가 카상드르는 1546년 11월 23일 라 포소니에르 근처 장 드 페녜 Jehan de Peigné 지방의 영주인 프레 le sire de Pré와 결혼을 한다. 카상드르는 롱사르의 시를 읽고, 악기로 연주할 수 있는 능력을 지닌 교양 있는 여자였다. 카상드르는 1550년의 『오드시집』에도 가끔씩 등장하지만, 그녀의 이름이 무한히 환기될 곳은 1552년 『카상드르에 대한 사랑시집』에서이다. 롱사르에게 카상드르는 시적 영감의 원천이고, 프랑스에 새로운 시를 도입하려는 위대한 시도의 뮤즈이다.

1547년

1549년까지 콜레주 드 코크레 Collège de Coqueret에 교장으로 부임한 도라의 지도하에서 장 앙투안 드 바이프와 함께 고전을 공부한다. 도라는 롱사르에게 그리스 시의 가치와 문예적 감수성을 전수했다. 그의 지도를 받은 덕분에 롱사르는 호메로스의 서사시에 깃들인 신화의 문학적 가치를 발견한다. 게다가 라틴어와 그리스어에 이미 정통하였던 롱사르의 재능은 스승의 배려하에 빛을 발하게 된다. 조아생 뒤 벨레, 화가이자 음악가인 니콜라 드니조, 랑슬로 드 카를 그리고 후에 콜레주 드 루아얄 교수가 될 드니 랑뱅과 함께 공부하였다. 이곳에서 플레이아드 시파라고 불리게 될 '부대 Brigade'라는 시 모임이 조직된다.

1549년 3월 20일

1548년 6월에 출간된 세비예 Thomas Sébillet의 『시학 *Art poétique*』이 클레망 마로를 시대의 가장 뛰어난 시인으로 소개한다. 이에 반박하여 뒤 벨레는 『프랑스어의 옹호와 현양 *Deffence et Illustration de la langue françoyse*』을 발표한다. 작품은 시인의 타고난 영감이 완벽함에 도달하기 위해서는 시적 창조의 세심한 노력이 필요하다는 것과 번역보다는 고대모방이 요구된다는 것을 주장한다. 또한 라틴어를 선호하여 모국어를 버린 작가들, 기법에 치중한 이전 세대 시인들을 비난한다.

1550년 1월 말

총 4권 94편으로 구성된 『오드시집』을 기욤 카벨라 Guillaume Cavellat 출판사에서 간행한다. 「서문 Au lecteur」에서 그는 자신을 핀다로스와 호라티우스를 계승하는 프랑스 최초의 서정시인으로 정의한다. 고대의 주제를 서정적이고 육감적이며 차분하고 진지한 어조로 새롭게 노래하는 그에게서 고대시인들을 자유롭게 다루는 새로운 시인의 탄생을 발견한다. 1550년 『올리브』 재판을 간행한 뒤 벨레는 경쟁자이자 동료 시인인 롱사르에게 "신성한"이라는 형용사를 부여한다. 1553년에 증보판 그리고 1555년에는 수정증보판이 인쇄된다.

1552년 9월 말

페트라르카와 신플라톤주의를 배경으로 삼아 카상드르 살비아티에 대한 사랑을 노래한 『카상드르에 대한 사랑시집』이 출간된다. 전통적인 궁정풍 연애와 이탈리아 작가 아리오스토의 『광란의 롤랑』이나 『아마디스 드 골』 같은 기사도 소설과 결합한 페트라르카와 신플라톤주의는 세련된 궁정문화를 만들어가고 있었다. 롱사르는 당시 독서취향에 부합하여 페트라르카의 주요 주제들, 사랑을 구하기 어렵고 게다가 무관심한 여인, 여인에 대한 사랑을 불태우다 좌절하는 남성, 열정의 수렁에 빠져 고통을 자신의 운명으로 여겨야만 하는 존재 등을 다루면서 동시에 시인의 역할, 시적 목소리의 위상 등을 새롭게 조망한다. 시집에 대한 반응은 대단했다. 1553년에 40편의 소네트가 덧붙여진 수정증보판이 간행된다. 신화적 언급에 대한 앙투안 뮈레의 주석이 보유로 수록된다. 또한 구디멜 Goudimel, 세르통 Certon, 자느캥 Janequin 등의 음악가들이 총 174편의 소네트를 음악으로 작곡한다. 이미 "프랑스의 핀다로스 Pindare français"라는 칭송을 받은 롱사르는 이 시집의 출간과 더불어 "프랑스의 페트라르카 Pétrarque français"라는 찬양을 얻게 된다. 뮈레는 이 시집의 롱사르에 대해 "프랑스 시인들의 왕자 Gallicorum poetarum facile princeps"로 남게 될 것을 예고한다.

1553년

8월에 『오드시집 제5권』을 간행하기 바로 직전에 롱사르는 지금까지와는 전적으로 어조가 다른 새로운 작품을 간행한다. 그것은 『익살시집 *Les Folastries*』(4월 19일)이다. 1551년 6월부터 작성되기 시작한 이 작품은 외설적 표현으로 인해 점잖은 지식인 독자층에 충격을 안겨주었다. 몇몇 작품들은 후에 『흥겨운 시』라는 제목의 다른 시집에 재간행된다. 이 작품에서 사용된 표현의 사실성과 관능적인 의미에 담겨진 풍자성은 중세의 익살시의 경향과 말장난의 전통을 계승하고 있는 것으로 고려될 수 있으며, 당시의 브뤼겔이나 제롬 보슈의 그림을 연상시키기도 한다.

1555년 1월 25일

1554년 1월 『총림시집』 재판본과 『잡시집』을 간행한 후, 1555년 1월에 간행된 『오드시집』에 여러 작품을 추가하여 총 4권으로 된 제3판을 간행한다. 작품에는 우울한 시인의 모습이 등장하기도 하고, 귀족들의 주문에 의해 작성된 궁정시들이 발견되기도 하지만, 퇴고와 수정을 거친 새로운 판본의 간행은 작품에 대한 롱사르의 엄격하고도 예민한 비판 정신을 반영한다. 인위적인 고어, 신조어, 라틴어 표현, 모호한 비유 등이 과감하게 삭제된다. 이에 대해 "롱사르가 말레르브가 이룰 개혁의 문을 열어 보였다"라는 후대의 평가가 있다. 같은 해에 『사랑시집 속편 *Continuation des Amours*』과 『찬시집 *Hymnes*』, 그리고 이듬해에 『새로운 사랑시집 속편 *Nouvelle Continuation des Amours*』을 간행한다. 『사랑시집 속편』은 부르게유 Bourgueil에서 만난 15세의 시골처녀 마리에 대한 사랑을 노래한다. 1555-1556년 시집들에서는 현학적 표현이 제거된다. 페트라르카식의 고상한 어조나 표현의 모호함이 사라지고, 신화적 언급도 적은 편이다. 그러나 마리에 대한 사랑의 노래들은 『카상드르에 대한 사랑시집』만큼의 성공을 거두지는 못했다. 1557년에 파리와 루앙에서 재판이 나왔을 뿐이다.

1555년

9월 말에서 11월 초 사이에 간행된 것으로 추정되는 『찬시집 제1권』과 이듬해 8월 15일에 간행된 제2권은 "시인들의 왕자"라고 불릴 정도로 절정에 오른 롱사르의 명성을 증명한다. 작품은 롱사르에게 "새로운 칼리마코스"라는 호칭을 부여했다. 『찬시집』은 프랑스에 철학시의 새로운 등장을 알린다. 호메로스, 칼리마코스, 피치노 학파, 이탈리아 시인 알라마니 Alamanni 그리고 신라틴 작가 마룰루스와 같은 작가들의 작품을 탐독한 롱사르는 시집에서 세상과 사물에 대한 자신의 철학적 관점을 해석해낸다. 비록 시집이 철학적 개념에 대한 논리적 체계를 제시하지는 않지만, 감동적이면서도 웅장하고 동시에 근엄한 서정적 울림은 작품의 성공을 보장한다. 『찬시집』의 성공은 펠르티에, 티아르, 세브, 바이프, 벨로 그리고 뒤 바르타 Du Bartas 혹은 라 보드리 Guy Le Fèvre de La Boderie와 같은 다른 시인들이 철학시 혹은 과학시를 출간하게 만든다.

1559년 1월

『잡시집』의 재판을 간행한다. 1558년 10월 14일 궁정시인으로 있던 생 즐레의 사망에 뒤이어 이듬해 1월 말 롱사르는 마침내 "궁정시인이자 사제장 Poète et Aumônier du Roi"이라는 공식직위에 오르게 된다. 시인의 영광을 보장하는 이 직위를 위해 롱사르는 일 년에 최소한 3개월 이상 국왕을 수행하며 매일같이 행해지는 종교행위, 기도, 미사 등의 행사에 참석해야 했다. 그리고 매년 1200리브르 정도의 보잘것없는 수입을 보장받았다.

1560년 12월 초

36세였던 롱사르는 자신이 늙었다고 생각하였으며, 이해 1월 1일 뒤 벨레가 책상 앞에서 뇌출혈로 사망하자 죽음을 준비하기 시작한다. 인쇄업자 혹은 출판업자들이 자신의 작품에 수많은 오식들을 남겨놓았다고 불평하며, 총 4권으로 구성된 『전집 *Oeuvres*』을 파리 왕실출판업자 가브리엘 뷔옹 Gabriel Buon 출판사에서 출판한다. 1권은 『사랑시집』 2책(livre), 2권은 『오드시집』 5책, 3권은 다양한 소재의 작품들을 모은 『시집 *Poèmes*』 그리고 4권은 『찬시집』 2책으로 구성된다. 프랑스 시사에서 생존 시에 자신의 모든 작품을 출판한 최초의 작가는 롱사르가 처음이다.

1562년

1560년 12월 프랑수아 2세가 사망하자 아우인 샤를 9세가 12세의 나이에 왕위에 오르게 된다. 모친 카트린 드 메디치의 섭정이 시작된다. 1561년 프와시 Poissy 종교회의와 오를레앙의 삼부회의 등을 통해 왕모는 '화합정치'를 추진하며 신교에 대한 관용정책을 펼쳐 나간다. 그러나 1562년 3월 기즈 공작이 바시 Wassy에서 신교도들을 학살함으로 인해 콩데 공을 수장으로 한 신교도들의 무력항쟁이 시작된다. 그들은 오를레앙을 점령함으로써 1차 종교전쟁의 시작을 알린다. 이해 5월 롱사르는 『이 시대의 비참함에 대한 논설 *Discours des misères de ce temps*』을 간행하며 폭력에 대한 분개와 신교의 책임을 묻는 구교의 대변자 역할을 수행하기 시작한다. 그리고 10월에 『새로운 논설시집 *Continuation du discours des misères de ce temps*』, 이듬해 초에는 『프랑스 백성에게 고하는 충고 *Remonstrance au peuple de France*』를 소책자 형태로 출판한다. 작품들의 반향은 즉각적이었다. 곳곳에서 시인의 이름이 삭제된 해적 판본들이 무수히 쏟아져 나왔으며, 신교도 시인들은 롱사르를 비난하는 작품들을 간행한다. 롱사르는 1563년 4월 1200행으로 작성된 『답변 *Response*』을 간행하며 시대의 비참함을 기억하도록 증명하는 시인의 역할을 주장한다.

1563년

『새로운 시집 *Recueil des Nouvelles Poësies*』을 간행한다. 작품은 즈네브르 Genèvre와의 사랑, 영원한 칭송의 대상이었던 마리 스튜어트의 죽음에 대한 슬픔, 그리고 지상의 아름다움에 따스한 시선을 던지는 시인의 모습을 담고 있다.

1565년

1564년 1월에 시작하여 1566년 여름까지 지속된 궁정축제에 참여하면서 작성한 작품들을 모아『엘레지, 가면극, 목가』를 출판한다. 구교와 신교 귀족들의 화해, 샤를 9세와 영국여왕 엘리자베스 1세와의 결혼추진, 프랑스와 스페인의 화합 등을 목적으로 추진된 '화합정치'의 의도에 부합하는 작품들이 포함된다. 계기시로 구분된다. 시집은 당시의 정치적 이해에 부응하면서도 시인으로서의 위엄과 시적 비전을 일관되게 간직하고 제시하려는 롱사르의 의도를 드러낸다. 고대시인들에 대한 모방과 중세 기사도 정신의 흔적들이 통합된 이 시집을 통해 롱사르의 이름은 영국의 작가들에게 널리 알려진다.

1566년

미래의 시인들을 위한 일종의 시학 개론서인『프랑스 시법 개요 *Abbregé de l'art poétique françoys*』가 간행된다. "단 세 시간 만에 작성한" 작품으로 알려져 있다.

1567년

4월에『전집』증보판을 출간한다. 신화적 이야기를 바탕으로 삼은『시집 *Poèmes*』과 궁정의 인물들과 여인들에게 바쳐진『여러 사람들에게 바치는 소네트집 *Sonnets à diverses personnes*』을 새롭게 추가한 작품집에서 롱사르는 인간 세계의 다양성과 변화 그리고 영원한 운동성을 노래한다,

1571년

샤를 9세와 오스트리아 여왕 엘리자베스와의 결혼 그리고 그에 따른 왕과 왕비의 파리 입성을 위한 축제의 총괄책임자인 롱사르는 프랑스 국왕 통치

하의 유럽평화라는 정치적 목적을 고대의 신화로 해석한 『가면극시, 전투시 그리고 결투시 *Mascarades, Combats et Cartels*』를 세 번째 『전집』에 수록하여 출판한다.

1572년 9월

1569년 45세의 롱사르는 영광의 절정에 있었다. 사랑의 시인, 숭고의 시인, 삶의 기쁨과 고뇌를 노래하는 시인, 철학자로서의 시인, 궁정시인, 자연의 시인 그리고 정치적인 시인 등 그를 지시하는 그 어떤 형용사도 부족하지 않았다. 다만 그에게 부여되지 않은 하나의 명칭이 있다면 그것은 프랑스의 위대한 서사 시인이라는 칭호였다. 1568년 비서이자 제자인 아마디스 자맹 Amadis Jamyn을 수행하고 고향으로 돌아온 롱사르는 1572년 9월의 생 바르텔르미 대학살을 거치면서 『라 프랑시아드』의 첫 4권을 출간한다. 예고된 총 24권의 노래 중 4권만이 간행된 미완의 서사시이다.

1575년 2월 15일

1575년 2월 15일 왕위에 오른 앙리 3세는 롱사르보다는 새로운 젊은 시인 필립 데포르트 Philippe Desportes를 선호하였다. 1576년 공식적으로 "왕립 아카데미 Académie du Palais"를 설립한 국왕은 롱사르에게 많은 배려를 쏟지 않았다.

1578년 2월

네 번째 『전집』을 준비하면서 마지막 사랑의 노래가 될 『엘렌을 위한 소네트집 *Sonnets pour Hélène*』을 작성하기 시작한다. 1578년 2월에 간행된 『전집』에 실린 이 시집에서 롱사르는 정신적인 사랑을 부인하지 않으면서도 육체의 관능성과 지상에 대한 애착을 함축하는 관점을 실어낸다. 또한 이 시집은 가벼운 사랑을 노래한 데포르트의 창작방식과 시적 관점에 대한 비판적 성격을 띤다. '가을의 사랑'이라고 불리는 이 시집을 끝으로 그는 더 이상 사랑을 노래하지 않게 될 것이다.

1581년

주아외즈 공작 duc de Joyeuse과 여왕의 여동생 마리 드 로렌 Marie de Lorraine의 결혼식 축제 주관을 스승 도라와 함께 맡는다. 축제는 페트라르카의 '사랑의 승리'와 신플라톤주의 '지상과 우주의 상응'이라는 테마로 구성된다. 시, 음악, 연극 그리고 기이한 무대장치들이 총동원되었으며, 17세기 오페라의 등장을 예고하는 가치를 지닌다. 발루아 왕실이 제공한 가장 화려한 마지막 축제였다.

1585년 12월 28일

1582년 이후 병세가 악화된 롱사르는 다섯 번째 『전집』 간행을 위해 파리에 체류한다. 1584년 1월 4일에 출간되었다. 1585년 봄, 자신이 사망할 경우 여섯 번째 『전집』을 출판해줄 것을 갈랑 Jean Galland과 비네 Claude Binet에게 부탁한다. 10월 22일 그는 갈랑에게 "잎새와 더불어 떠나리"라는 내용을 담은 편지를 보내며 자신의 최후가 다가오고 있음을 알린다. 기력을 상실한 롱사르는 사후에 비네에 의해 출간될 『마지막 시집 *Derniers vers*』에 실릴 작품들을 작성한다. 1585년 12월 28일 새벽 2시 롱사르는 생 콤므 수도원에서 생을 마감한다.

1587년 12월

1586년 2월 24일 갈랑과 비네는 파리에서 거행된 추도식에서 "그 어떤 이들보다도 뛰어났으며, 모든 방면에서 변함없이 훌륭하였던" 한 시인의 명복을 빈다. 1587년 12월에 27편의 운문시와 3편의 산문이 추가된 마지막 『전집』이 파리에서 출판된다. 이후 롱사르라는 이름은 프랑스 문학에서 사라져 간다. 그의 이름은 19세기 중반에 낭만주의 작가들에 의해 환기되기 시작하며, 그의 유해는 20세기 초에 와서야 생 콤므 수도원에서 발견되었다.

| 참고문헌 |

1. 작품

Oeuvres complètes, éd. Paul Laumonier, révisées et complétées par Raymond Lebègue, Isidore Silver et Jean Céard, Paris, STFM, 1914-, 20 vol., t. IV (éd. 1552) et t. V (éd. 1553, pp. 95-164).

Oeuvres complètes, éd. Jean Céard, Daniel Ménager et Michel Simonin, Paris, Gallimard, Coll. Bibliothèque de la Pléiade, 1993-1994, 2 vol.

Les Amours, éd. Henri Weber et Catherine Weber, Paris, Garnier, 1963.

Les Amours(1552-1584), éd. Marc Bensimon et Jean Martin, Paris, Garnier-Flammarion, 1981.

Les Amours et les Folastries, éd. André Gendre, Paris, LGF, 1993.

Les Amours, leurs Commentaires(1553), éd. Christine de Buzon et Pierre Martin, Paris, Didier, 1999.

2. 주요 연구

Alduy (Cécile), *Politique des "Amours". Poétique et genèse d'un genre français nouveau(1544-1560)*, Genève, Droz, 2007.

Andersson (Bénédickte), *L'invention lyrique. Visage d'auteurs, figures du poète et voix lyrique chez Ronsard*, Paris, Champion, 2011.

Armstrong (Elizabeth), *Ronsard and the Age of Gold*, Cambridge, Cambridge University Press, 1968.

Aspect de la poétique ronsardienne, éd. Philippe de Lajarte, Caen, Université de Caen, 1989.

Balsamo (Jean), "Le pétrarquisme des Amours de Ronsard", *Revue d'Histoire littéraire de la France*, 98-2, 1998, pp. 179-193.

Bellenger (Yvonne), *La Pléiade*, Paris, Nizet, 1988, 2e éd.

Bellenger (Yvonne), *Lisez la Cassandre de Ronsard. Etude sur les Amours(1553)*, Paris, Champion, 1997.

Bensimon (Marc), "Les Amours de Ronsard et Vénus. Réflexions sur la transformation et la détérioration du mythe de Vénus au XVIe siècle", *Incidences*, 5, 2-3, 1981, pp. 61-78.

Binet (Claude), *La vie de P. de Ronsard*(1586), éd. Paul Laumonier, Paris, Hachette, 1910.

Bokdam (Sylviane), *Métamorphoses de Morphée. Théories du rêve et songes prophétiques à la Renaissance en France*, Genève, Droz, 2012.

Busson (Henri), "Ronsard et l'Entéléchie", in *Mélanges à Henri Chamard*, Paris, Nizet, 1951, pp. 91-95.

Castor (Grahame), *La poétique de la Pléiade. Etude sur la pensée et la terminologie du XVIe siècle*, trad. fr., Paris, Champion, 1998.

Cave (Terence), *Cornucopia. Figures de l'abondance au XVIe siècle : Erasme, Rabelais, Ronsard, Montaigne*, trad. fr., Paris, Macula, 1997.

Cazauran (Nicole), "Cassandre en 1552 ou l'invention d'un personnage", in *Les Fruits de la Saison, Mélanges à André Gendre*, Genève, Droz, 2000, pp. 167-175.

Chamard (Henri), *Histoire de la Pléiade*, Paris, Didier, 1961-1963, 4 vol.

Conley (Tom), *An Errant Eye. Poetry and Topography in Early Modern France*, Minneapolis-Londres, University of Minnesota Press, 2011.

Dassonville (Michel), "Pour une interprétation nouvelle des *Amours* de Ronsard", *Bibliothèque d'Humanisme et Renaissance*, n° 28, 1966, pp. 241-270.

Dassonville (Michel), *Ronsard. Etude historique et littéraire*, Genève, Droz, 1968-1990, 5 vol.

Dassonville (Michel), "A propos du pétrarquisme de Ronsard", *L'Esprit créateur*, t. XII, 1972, pp. 178-182.

Dauvois (Natalie), *Mnémosyne. Ronsard, une poétique de la mémoire*, Paris, Champion, 1992.

Dauvois (Natalie), *Le Sujet lyrique à la Renaissance*, Paris, PUF, 2000.

Demerson (Guy), *La Mythologie classique dans l'oeuvre lyrique de la "Pléiade"*, Genève, Droz, 1972.

Desonay (Fernand), *Ronsard, poète de l'amour*, Gembloux, Duclot, 1952-1959, 3 vol.

Desonay (Fernand), "Les variations métriques de Ronsard poète de l'amour", in *Lumières de la Pléiade*, Paris, Vrin, 1966, pp. 363-390.

Ford (Philip), "Les *Amours de Cassandre* et l'héritage (néo-)platonicien", in *La poésie de la Pléaide, Héritages, influences, transmission, Mélanges offerts au professeur Isamu Takata par ses collègues et ses amis*, Paris, Garnier, 2009, pp. 87-106.

Ford (Philip), "La passion lucrétienne dans la poésie de Ronsard", in *Poètes, Princes et Collectionnaires, Mélanges à Jean-Paul Barbier-Mueller*, Genève, Droz, 2011, pp. 59-69.

Franchet (Henri), *Le Poète et son oeuvre d'après Ronsard*, Paris, Champion, 1923.

Gadoffre (Gilbert), *Ronsard par lui-même*, Paris, Seuil, Coll. Ecrivains de toujours, 1994.

Gendre (André), *Ronsard, poète de la conquête amoureuse*, Neuchâtel, La Baconnière, 1970.

Gendre (André), "Fixité et mobilité du sonnet. L'expérience de Ronsard", *CAIEF*, 32, 1980, pp. 107-121.

Gendre (André), "Vade-mecum sur le pétarquisme français", *Versants*, n° 3, 1985, pp. 37-65.

Gendre (André), *L'Esthétique de Ronsard*, Paris, SEDES, 1997.

Gennaï (Aldo), "Représentation du mouvement et des émotions dans *Les Amours* de Ronsard. Une poétique du repos", *Revue des Amis de Ronsard*, 23, 2010, pp. 31-54.

Gordon (Alex), *Ronsard et la rhétorique*, Genève, Droz, 1970.

Huchon (Mireille), "Les atomes du petit monde des inventions ronsardines", *Cahiers Textuel*, n° 17, 1998, pp. 109-121.

Jeanneret (Michel), *Perpetuum mobile. Métamorphose des corps et des oeuvres de Vinci à Montaigne*, Paris, Macula, 1998.

Joukovsky (Françoise), *La Gloire dans la poésie française et néo-latine du XVI*[e] *siècle*, Genève, Droz, 1969.

Langer (Ullrich), *Invention, death and self-definitions in the poetry of Ronsard*, Saragota, Anma Libri, 1986.

Langer (Ullrich), "De la métamorphose. Le polyptote comme figure du plaisir (Pétrarque, Scève, Ronsard)", in *Esprit généreux, esprit pantagruélicque, Mélanges à François Rigolot*, Genève, Droz, 2008, pp. 39-55.

Laumonier (Paul), *Ronsard poète lyrique*, Paris, Hachette, 1932, 3e éd., Genève, Slatkine Reprints, 1997.

Le poète et ses lecteurs : le cas Ronsard, Oeuvres & Critiques, t. VI, n° 2, 1981/1982.

Lebègue (Raymond), *Ronsard, l'homme et l'oeuvre*, Paris, Hatier, 1962, nouv. éd.

Lectures de Ronsard. Les Amours, éd. Claudine Nédélec, Rennes, Presses Universitaires de Rennes, 1997.

Legrand (Maris-Dominique) et Cameron (Keith), *Vocabulaire et Création poétique dans les jeunes années de la Pléiade(1547-1555)*, Paris, Champion, 2013.

Les Amours(1552-1553) de Ronsard, éd. G. Mathieu-Castellani, Cahiers Textuels, 17, 1998.

Les figures du poète / Pierre de Ronsard, Littérales, n° 26, 2000.

Lumières de la Pléiade, éd. P. Mesnard, Paris, Vrin, 1966.

Maira (Daniele), "Le titre des *Amours* de Ronsard(1552) dans son contexte éditiorial et littéraire", *Bibliothèque d'Humanisme et Renaissance*, n° 64, 2002, pp. 653-668.

Maira (Daniele), *Typosine, la Dixième Muse. Formes éditoriales des canzoniere français(1544-1560)*, Genève, Droz, 2007.

Mallett (Brian J.), "Some Notes of the 'Sensuality' of Ronsard's *Amours* de Cassandre", *Kentucky Romance Quarterly*, 19, 1972, pp. 433-446.

Maréchaux (Pierre), "Ces mots qui saignent : transsubstantiation poétique et synchrétisme mythologique dans *le premier livre des Amours*", *Cahiers Textuel*, n° 17, 1998, pp. 95-107.

Mathieu-Castellani (Gisèle), *Les thèmes amoureux dans la poésie française(1570-1600)*, Paris, Klincksieck, 1975.

Mathieu-Castellani (Gisèle), *Narcisse ou le Sang des fleurs. Les mythes de la métamorphose végétale*, Genève, Droz, 2012.

Mélançon (Robert), "Sur la structure des *Amours*(1552) de Ronsard", *Renaissance and Reformation*, n° 13, 1977, pp. 119-135.

Mélançon (Robert), "Le sujet lyrique dans *Les Amours* de 1553", *Cahiers du Centre Jacques de Laprade*, Biarritz, n° 5 : *Pierre de Ronsard. A propos des "Amours"*, 1997, pp. 59-72.

Ménager (Daniel), *Ronsard, Le Roi, le Poète et les Hommes*, Genève, Droz, 1979.

Méniel (Bruno), "Ronsard l'obscur", in *Poètes, Princes et Collectionnaires, Mélanges à Jean-Paul Barbier-Mueller*, Genève, Droz, 2011, pp. 71-86.

Moisan (Claude), "Le 'logos' dans les *Amours de Cassandre* de 1584", in *Mélanges de poétique et d'histoire littéraire du XVIe siècle*, éd. J. Balsamo, Paris, Champion, 1994, pp. 97-118.

Moreau (Hélène), "L'énigme de l'oracle inutile. Cassandre selon Ronsard", in *L'Enigmatique à la Renaissance : formes, significations, esthétiques*, éd. D. Martin, P. Servet et A. Tournon, RHR, 2008, pp. 93-107.

Naïs (Hélène), "Pour une notice lexicographique sur le mot 'métamorphose'", in *Poétique de la métamorphose*, éd. Guy Demerson, Saint-Etienne, PU de Saint-Etienne, 1981, pp. 15-25.

Nantet (Marie-Victoire), "Passion amoureuse et métamorphose dans le *Canzoniere* de Pétrarque et *le premier livre des Amours* de Ronsard", *Revue des Amis de Ronsard*, 9, 1996, pp. 37-58.

O'Brien (John), "Theatrum Catopticum. Ronsard's *Amours de Cassandre*", *Modern Language Review*, 86-2, 1991, pp. 298-309.

Pantin (Isabelle), "*Les Amours* et leurs 'noeuds de philosophie'. Un aspect de l'attitude de Ronsard envers la tradition pétrarquiste", *Op. cit.*, n° 9, 1997, pp. 49-56.

Pigné (Christine), "*Les Amours* de Ronsard : itinéraire spirituel ou enferment fantastique?", *Seizième Siècle*, n° 5, 2009, pp. 269-297.

Pigné (Christine), *De la fantaisie chez Ronsard*, Genève, Droz, 2009.

Pineaux (Jacques), "Ronsard et Homère dans *les Amours de Cassandre*", *Revue d'Histoire littéraire de la France*, 1986, pp. 650-658.

Pot (Olivier), *Inspiration et mélancolie. L'Espitémologue poétique dans les "Amours" de Ronsard*, Genève, Droz, 1990.

Pot (Olivier), "La théorie du furor divinus dans *Les Amours* de 1552-1553", *Cahiers Textuel*, n° 17, 1998, pp. 25-53.

Pouey-Mounou (Anne-Pascale), *L'Imaginaire cosmologique de Ronsard*, Genève, Droz, 2002.

Py (Albert), *Imitation et Renaissance dans la poésie de Ronsard*, Genève, Droz, 1984.

Quainton (Malcolm), *Ronsard's Ordered Chaos, Visions of Flux and Stability in the poetry of P. de Ronsard*, Manchester, Manchester University Press, 1980.

Quainton (Malcolm), "The Liminary Texts of Ronsard's *Amours de Cassandre*(1552) : Poetics, Rotics, Semiotics", *French Studies*, n° 53, 1999, pp. 257-278.

Raymond (Marcel), *L'Influence de Ronsard sur la poésie française(1550-1585)*, Genève, Slatkine Reprints, 1997.

Rieu (Josiane), "La beauté qui tue dans les *Amours* de Ronsard", *Revue d'Histoire littéraire de la France*, 1986, pp. 693-708.

Rieu (Josiane), "Fureur et passion dans les *Amours* de Ronsard(1552-1553)", in *La Poétique des passions à la Renaissance. Mélanges à Françoise Charpentier*, Paris, Champion, 2001, pp. 73-89.

Ronsard, Revue d'Histoire Littéraire de la France, vol. 86, n° 4, 1986.

Ronsard. A propos des Amours, Cahiers du Centre Jacques de Laprade, Biarritz, n° 5, Biarritz, Atlantica, 1997.

Ronsard. Colloque de Neuchâtel, éd. André Gendre, Genève, Droz, 1987.

Ronsard e l'Italia. Ronsard in Italia, éd. E. Balmas, Fasano, Schena, 1988.

Ronsard en son IVᵉ centenaire, Genève, Droz, 1988-1989, 2 vol.

Ronsard et la Grèce, éd. K. Christodoulou, Paris, Nizet, 1988.

Ronsard et les éléments, éd. André Gendre, Genève, Droz, 1992.

Ronsard et l'Imaginaire, éd. M. Dassonville, *Studi di Letteratura francese*, 12, Florence, Olschki, 1986.

Ronsard. Figure de la variété, éd. Colette H. Winn, Genève, Droz, 2002.

Ronsard in Cambridge, éd. Ph. Ford et C. Jondorf, Cambridge, Cambridge French Colloquia, 1986.

Ronsard / Les Amours de Cassandre, éd. Michel Simonin, Paris, Klincksieck, 1997.

Ronsard-Scève, in *Europe*, n° 691-692, 1986.

Ronsard the Poet, éd. Terence Cave, Londres, Methuen, 1973.

Silver (Isidore), *The Intellectual Evolution of Ronsard*, Saint-Louis, Washnigton University Press, 1969-1973, 2 vol.

Simonin (Michel), *Pierre de Ronsard*, Paris, Fayard, 1990.

Stone (Donald), *Ronsard's Sonnet Cycles : A Study in Tone and Vision*, New Haven, Yale University Press, 1966.

Sur des vers de Ronsard(1585-1985), éd. Marcel Tetel, Paris, Aux Amateurs de Livres, 1990.

Terreaux (Louis), *Ronsard correcteur de ses oeuvres. Les variantes des "Odes" et des deux premiers livres des "Amours"*, Genève, Droz, 1968.

Thomine (Marie-Claire), *Pierre de Ronsard. Les Amours*, Paris, PUF, 2001.

Tin (L.-G.), "*Les Amours de Cassandre*. Un concours poétique", *Bibliothèque d'Humanisme et Renaissance*, n° 62, 2000, pp. 249-257.

Trotot (Caroline) et Rees (Agnès), *Ronsard. "Les Amours"*, Neuilly, Atlande, 2015.

Vianey (Joseph), *Le pétrarquisme en France au XVIe siècle*, Genève, Slatkine, 1969.

Vickers (N. J.), "Les Métamorphoses de la Méduse : pétrarquisme et pétrification chez Ronsard", in *Sur des vers de Ronsard(1585-1985)*, éd. Marcel Tetel, Paris, Aux Amateurs de Livres, 1990, pp. 159-170.

Vineton (Alice), *Les métamorphoses du désir. Etude des "Amours" de Ronsard*, Presses universitaires de Rouen et du Havre, 2015.

Weber (Henri), *La Création poétique au XVIe siècle en France*, Paris, Nizet, 1956.

Weber (Henri), "Platonisme et sensualité dans la poésie amoureuse de la Pléiade", in

Lumières de la Pléiade, Paris, Vrin, 1966, pp. 157-194.

Weber (Henri), "Quand Ronsard veut rivaliser avec Du Bellay", *Cahiers Textuel*, 17, 1998, pp. 11-24.

Wilson (Dudley B.), *Ronsard, Poet of Nature*, Manchester, Manchester University Press, 1961.

Yandell (C.), "Les roses de Ronsard. Humanisme et subjectivité", in *Nature et Paysages. L'émergence d'une nouvelle subjectivité à la Renaissance*, Paris, Champion et Genève, Droz, 2006, pp. 29-38.

Yates (Frances A.), *Les Académies en France au XVI*ᵉ *siècle*, trad. fr., Paris, PUF, 1996.

| 고유명사 찾아보기 |

롱사르, 카상드르, 큐피드, 비너스, 페트라르카는 제외한다.
작품에서 언급된 고유명사는 롱사르의 표기방식을 따른다.

지은이

피에르 드 롱사르 Pierre de Ronsard, 1524-1585

프랑스 투르 근처의 방돔(Vendôme)에서 태어난 롱사르는 몽테뉴와 함께 프랑스 르네상스 문학을 대표하는 시인이다. 『오드시집』(1550년)을 통해 '프랑스의 핀다로스'라는 평가를 받았고, 『카상드르에 대한 사랑시집』(1552)을 발표하며 '프랑스의 페트라르카'라는 칭호를 얻을 정도로 프랑스 시의 전통을 혁신하고 시적 언어의 가치와 시인의 역할에 대하여 새로운 인식을 불러일으켰다. '프랑스 최초의 서정시인'으로 자칭했던 그는 자연과 사랑 그리고 죽음과 같은 다양한 소재들뿐만 아니라 『이 시대의 비참에 대한 논설』(1565)과 『라 프랑시아드』(1572)처럼 정치와 역사를 다룬 시집들을 간행하였으며, 우주의 운동을 다룬 과학시와 철학의 관심사를 다룬 『찬시』(1555) 등을 출간하면서 시의 영역을 확장했다. 평생에 걸쳐 끊임없이 작품을 퇴고하여 생존 시에 이미 『작품집』을 다섯 차례 발간한 그가 1585년에 사망했을 때, 프랑스는 "뮤즈들과 시, 이 모두의 아버지"였던 한 시인의 죽음을 추도하였다. 우주를 구성하는 사물들이 서로 다양하게 결합되어 있고, 서로 의미를 건네면서 생명력을 스스로 마련해간다는 것을 노래했을 뿐만 아니라 이런 본질을 찾아낼 수 있는 인간의 역량을 강조한 그는 인문주의 시인의 전형이었으며, 지상과 천상의 두 공간을 채우는 모든 욕망을 시 안에 담아내면서 죽음을 생명으로, 고통을 희망으로 변화시킬 수 있는 시적 언어의 힘에 대한 전망을 제시했다. 동시대인들은 그에게 '시인들의 왕자 Prince des poètes'라는 명칭을 부여했다.

옮긴이

손주경

고려대학교 불어불문학과를 졸업하고 동대학원에서 석사학위를 받은 후 프랑스 투르대학교 르네상스 고등연구소(CESR)에서 롱사르 연구로 박사학위를 받았다. 현재 고려대학교 불어불문학과 교수로 재직 중이다. 저서로는 『르네상스 궁정의 시인 롱사르』와 『글쓰기의 가면 *Le masque de l'écriture*』(제네바, 공저)이 있으며, 역서로는 『프렌치 프랑스』, 『헤르메스 콤플렉스』 등이 있다. 「기억과 시인의 운명」, 「말의 부재와 시인의 말」, 「'허공'에 대한 사랑시인의 해석」 등의 롱사르에 대한 연구와 「번역의식과 시적비전의 상관성」, 「르네상스 번역과 인문주의 정신」, 「16세기 프랑스의 번역의 지평」 등 르네상스 번역과 시학에 관한 다수의 논문을 발표했다.

:: 한국연구재단총서 학술명저번역 서양편 608

카상드르에 대한 사랑시집

1판 1쇄 찍음 | 2018년 3월 5일
1판 1쇄 펴냄 | 2018년 3월 15일

지은이 | 피에르 드 롱사르
옮긴이 | 손주경
펴낸이 | 김정호
펴낸곳 | 아카넷

출판등록 2000년 1월 24일(제406-2000-000012호)
10881 경기도 파주시 회동길 445-3
전화 | 031-955-9510(편집) · 031-955-9514(주문)
팩시밀리 | 031-955-9519
책임편집 | 이하심
www.acanet.co.kr

Printed in Seoul, Korea.

ISBN 978-89-5733-586-4 94860
ISBN 978-89-5733-214-6(세트)

이 도서의 국립중앙도서관 출판시도서목록(CIP)은 서지정보유통지원시스템 홈페이지(http://seoji.nl.go.kr)와
국가자료공동목록시스템(http://www.nl.go.kr/kolisnet)에서 이용하실 수 있습니다. (CIP제어번호 : CIP2018005963)